Leonardo Padura

Die Palme und der Stern

W0053562

Zu diesem Buch

Nach achtzehn Jahren im Exil kehrt der Schriftsteller Fernando nach Havanna zurück, um nach einem verschollenen Manuskript des Dichters José María Heredia zu suchen. Die Rückkehr führt ihn nicht nur zu den Geheimnissen der Freimaurer Kubas, denen Heredia angehörte, sondern auch in die eigene Vergangenheit: Wer hat Fernando vor bald zwanzig Jahren denunziert und damit ins Exil getrieben?

Padura verwebt drei Handlungsstränge: Das Schicksal von Fernando, die Suche nach dem verlorenen Manuskript und die fiktiven Memoiren von Heredia. Gleichzeitig vermittelt er ein atmosphärisches Bild von Kubas Geschichte, vom beklemmenden Lebensgefühl im Exil und deckt erstaunliche Parallelen im Leben der beiden Schriftsteller aus zwei Jahrhunderten auf.

»Ein brillianter Künstlerroman. Kuba und seine Intellektuellen, das ist bis heute eine spannungsgeladene Beziehung.«
Sibylle Peine, Thüringer Allgemeine

»Ein Thriller um ein verlorenes Manuskript, das politischen Sprengstoff birgt.« *Lore Kleinert, Büchermagazin*

Der Autor

Leonardo Padura, geboren 1955 in Havanna, zählt zu den meistgelesenen kubanischen Autoren. Sein Werk umfasst Romane, Erzählbände, literaturwissenschaftliche Studien sowie Reportagen. International bekannt wurde er mit seinem Kriminalromanzyklus Das Havanna-Quartett. Im Jahr 2012 wurde ihm der kubanische Nationalpreis für Literatur zugesprochen und im Juni 2015 erhielt er den spanischen Prinzessin-von-Asturien-Preis in der Sparte Literatur. Leonardo Padura lebt in Havanna.

Im Unionsverlag sind außerdem lieferbar: *Das Havanna-Quartett (Ein perfektes Leben, Handel der Gefühle, Labyrinth der Masken, Das Meer der Illusionen); Adiós Hemingway; Der Nebel von gestern; Der Mann, der Hunde liebte; Der Schwanz der Schlange; Ketzer* und *Neun Nächte mit Violeta.*

Der Übersetzer

Hans-Joachim Hartstein (*1949) übersetzt seit 1980 französisch- und spanischsprachige Literatur. Er hat u. a. Werke von Georges Simenon, Léo Malet, Luis Goytisolo, Juan Madrid, Marina Mayoral, Leonardo Padura und Ernesto Che Guevara ins Deutsche übertragen.

Mehr über den Autor und sein Werk auf *www.unionsverlag.com*

Leonardo Padura

Die Palme und der Stern

Roman

Aus dem Spanischen
von Hans-Joachim Hartstein

Unionsverlag

Die Originalausgabe erschien 2002 bei Tusquets Editores, Barcelona.

Im Internet
Aktuelle Informationen, Dokumente und Materialien
zu Leonardo Padura und diesem Buch
www.unionsverlag.com

Unionsverlag Taschenbuch 756
© Leonardo Padura, 2002
Originaltitel: La novela de mi vida (2002)
© by Unionsverlag 2017
Neptunstrasse 20, CH-8032 Zürich
Telefon +41 44 283 20 00
mail@unionsverlag.ch
Alle Rechte vorbehalten
Die erste Ausgabe dieses Werks im Unionsverlag
erschien am 24. Juni 2015
Reihengestaltung: Heinz Unternährer
Umschlagbild: age fotostock/LOOK-foto
Umschlaggestaltung: Heike Ossenkop
Druck und Bindung: CPI – Clausen & Bosse, Leck
ISBN 978-3-293-20756-1

Der Unionsverlag wird vom Bundesamt für Kultur mit einem
Verlagsförderungs-Strukturbeitrag für die Jahre 2016-2020 unterstützt.

Auch als E-Book erhältlich

Für meinen Vater, Freimaurer-Meister 33. Grades,
sowie für alle Freimaurer Kubas.

Für Lucía, aus den immer gleichen Gründen.

Inhalt

Dank

Obwohl durch historische Fakten belegt und durch Briefe und persönliche Dokumente gestützt, muss der in der ersten Person erzählte Roman des Lebens von José María Heredia als ein fiktives Werk betrachtet werden. Das reale Leben des Dichters und das der Personen in seinem Umfeld – angefangen bei Domingo del Monte, Varela, Saco und Tanco bis hin zum Generalfeldmarschall Tacón und dem mexikanischen Caudillo Santa Anna sowie seinen beiden großen Lieben Lola Junco und Jacoba Yáñez – wurde einer fiktiven Handlung zugrunde gelegt, in der sich die realen Ereignisse mit den romanhaften, erfundenen frei vermischen. So ist alles, was Heredia erzählt, wirklich geschehen oder hätte geschehen können; doch stets wird es aus der Perspektive eines Schriftstellers und heutigen Zeitgenossen betrachtet und wiedergegeben.

Bei der Arbeit an einem Buch wie diesem – während der Recherche, der Niederschrift und der Korrektur – ist der Autor auf die Urteile, die Nachforschungen und die kritische Lektüre, kurz, auf die Mitarbeit und das Vertrauen vieler Menschen angewiesen. Deswegen möchte ich mich in erster Linie bei meiner Freundin Marta Armenteros für ihre unschätzbare Hilfe bei der Suche nach Sekundärliteratur und anderen Informationen sowie bei Ambrosio Fornet für seine notwendige und erhellende Durchsicht der ersten Romanfassung bedanken. Mein Dank geht gleichermaßen an die unsterblich in ihre Heimatstadt Matanzas verliebten Raúl Ruiz und Urbano Martínez Carmenate; an Belkis Hernández und Liliana Chirino für den Gang durch den Aldama-Palast; an Professor Eduardo Torres Cuevas, der mir das unveröffentlichte Manuskript seiner *Geschichte der Freimaurerei in Kuba* überlassen hat; an José Luis Ferrer für seine aufschlussreichen Analysen der Entwicklung der kubanischen Kultur in den

9

zwanziger und dreißiger Jahren des neunzehnten Jahrhunderts; an
Eliseo Alberto, der mir die Geschichte von Eugenio Florit geschenkt
hat; an meine treuen Leser und Lektoren Alex Fleites, Arturo Arango,
Vivian Lechuga, José Antonio Michelena, Beatriz de Moura, Anne-
Marie Métailié und Abilio Estévez für die Zeit und die Arbeit, die sie
investiert haben, um diesen Roman zu verbessern. Und wie immer
möchte ich mich ganz besonders bei meiner Frau Lucía López Coll
bedanken, für ihre Geduld, ihren literarischen Rat und andere, notwendige – unverzichtbare – Dinge.

Leonardo Padura
Mantilla, Sommer 2001

ERSTER TEIL

Das Meer und die Heimkehr

Warum erwache ich nicht endlich aus meinem Traum?
Ach, wann wird der Roman meines Lebens enden,
damit seine Wirklichkeit beginnen kann?
José María Heredia, 17. Juni 1824

Mach mir einen doppelten Espresso, Bruder.«
So oft hatte er diesen Satz in Gedanken wiederholt, achtzehn Jahre
lang, dass die Wörter in der Erinnerung und im Mund jeden Sinn
verloren hatten und jetzt hohl klangen, wie ein Losungswort in einer
unverständlichen Sprache. Denn auch wenn er sich bemühte, das einzig Richtige zu tun – nämlich zu vergessen –, bäumte sich Fernando
Terrys Gewissen immer wieder auf, und dann überlegte er sich unweigerlich, was er gerne in dem Augenblick empfinden würde, wenn
er sich nach einem doppelten Espresso im Las Vegas eine Zigarette
anzünden, die Calle Infanta überqueren und die 25. Straße hinuntergehen würde, bereit, sich dem Besten und dem Schlechtesten seiner Vergangenheit zu stellen. Von Melancholie bis Hass, von Freude
bis Gleichgültigkeit, von Groll bis Nachsicht, auf seinen imaginären
Reisen hatte Fernando alle Karten der Erinnerung ausgespielt, ohne
zu ahnen, dass in einem düsteren Winkel noch jene aggressive Traurigkeit lauern könnte, die sich seinem Herzen eingebrannt hatte, zusammen mit der Frage: Musstest du zurückkehren?
Zu Beginn seines Exils, in den Monaten der Ungewissheit, als
er in einem stickigen Zelt im Park des Orange Bowl in Miami gelebt hatte, ohne zu wissen, ob er eine Aufenthaltsgenehmigung bekommen würde, hatte Fernando sich mit dem Gedanken an eine

kurze, aber notwendige Rückkehr getragen. Sie sollte ihm helfen, die durch einen niederträchtigen Verrat verursachten blutenden Wunden zu schließen und ihn vielleicht sogar von dem schwindelerregenden Gefühl zu befreien, seinen Mittelpunkt verloren zu haben, sich außerhalb von Zeit und Ort zu befinden. Doch als nach Jahren eine Barriere aus Gesetzen und Verordnungen seine Rückkehr immer noch verhinderten, redete er sich ein, dass es möglich, ja, vielleicht das Beste sei, zu vergessen. Und nach und nach verspürte er eine wohltuende Erleichterung. Die Sehnsucht nach der Heimat verflüchtigte sich, verwandelte sich in ein schlummerndes Gefühl der Beklemmung, das in gewissen unbestechlichen Nächten hinterlistig in ihm aufstieg, wenn in der Einsamkeit der Dachwohnung in Madrid seine Erinnerung unbeirrbar irgendeinen Moment der dreißig Jahre, die er auf der Insel gelebt hatte, wiederaufleben ließ.

Doch seit ihn Álvaros Brief mit der schon nicht mehr erwarteten aufregenden Nachricht erreicht hatte, wurde die Notwendigkeit einer Rückkehr mehr als ein im Verborgenen lauernder Albtraum. Fernando verspürte den Drang, den Koffer mit den so gefährlichen Erinnerungen erneut zu öffnen. Also holte er zum ersten Mal, seit er aus Kuba fortgegangen war, die alten Unterlagen hervor, um in seiner unglückseligen Doktorarbeit über die Dichtung und Ethik von José María Heredia zu lesen, während er in Gedanken jeden einzelnen der Schritte vorwegnahm, die ihn zu Álvaros Wohnung führen würden, um sich schließlich in jenem stets düsteren Hausflur mit den beschwerlichen Treppen wiederzufinden und sich kopfüber in den Strudel der Vergangenheit zu stürzen. In der Vorstellung pflegte er die Abfolge, das Tempo, die Absicht seiner Handlungen und Gedanken zu variieren. Doch sie starteten immer an der Theke des Las Vegas, wo er Seite an Seite mit Betrunkenen, irgendeinem Busfahrer in Eile, Männern, die beim nahen Radiosender arbeiteten, sowie den unvermeidlichen Tagedieben den leichten, süßlichen Kaffee trinken würde, den man nur in jenem alten Café bekommen konnte. Ein Café, das es, wie er jetzt mit unsagbar stechendem Schmerz feststellte, nur noch in seiner Erinnerung und in irgendwelchen Romanen über das nächtliche Havanna gab: Das Café Las Vegas mit seiner unverwüstlichen Theke aus blankpoliertem Mahagoni hatte sich, wie so viele andere Dinge seines Lebens, in Luft aufgelöst.

Als würde er von einer fremden Macht vorangestoßen, flüchtete Fernando vor diesem Fiasko, und angesichts des baufälligen Gebäudes, in dem sein Freund zwischen überquellenden Mülleimern, von Salpeter zerfressenen Mauern und räudigen Straßenkötern lebte, begriff er, dass der Kampf zwischen seiner Erinnerung und der Wirklichkeit gerade erst begonnen hatte. Er zog es vor, zunächst zum Malecón weiterzugehen, bevor er in Álvaros Wohnung hinaufstieg, wo ihn möglicherweise eine noch niederdrückendere Atmosphäre von Mangel und Tristesse erwartete.

Beinahe freudig überrascht stellte er fest, dass die Uferpromenade, deren lange Mauer die Einwohner Havannas vom Meer trennte, zu dieser nachmittäglichen Stunde, in der die Sommersonne noch brannte, menschenleer war. Nur in der Ferne sah er ein paar Angler hoffnungsvoll ihre Ruten ins Wasser werfen, während aus der Bucht ein aufgeputztes Touristenschiff aufs offene Meer hinausfuhr.

Achtzehn Jahre Kampf gegen die Einzelheiten dieses Augenblicks, um am Ende wieder von dem bedrückenden Gefühl des Verlorenseins übermannt zu werden, ließen ihn am Sinn seiner Rückkehr zweifeln. So klammerte er sich an Álvaros Brief, an die Nachricht in Großbuchstaben, die ihn dazu bewegt hatte, all seine Bedenken beiseitezuwischen und einen Monat Urlaub zu beantragen, um nach Kuba zurückzukehren: FERNANDO, FERNANDO, FERNANDO: ENDLICH GIBT ES EINE HEISSE SPUR. ICH GLAUBE, WIR WISSEN JETZT, WO HEREDIAS VERSCHWUNDENE MANUSKRIPTE SIND. Und dann schrieb ihm sein Freund, dass Dr. Mendoza, ihr ehemaliger Professor und seit seiner Pensionierung Bibliothekar der Großen Loge, im Keller des Staatsarchivs mehrere Kisten mit Unterlagen der Freimaurer entdeckt und dass sich unter den Papieren ein Dokument befunden habe, das einem den Atem verschlagen könne. Es handle sich um ein Protokoll aus dem Jahre 1921 der Freimaurerloge Söhne Kubas von Matanzas, versammelt zu Ehren José de Jesús Heredias, des jüngsten Sohnes und letzten Treuhänders des Dichters José María Heredia. Darin sei verbürgt, dass der alte Freimaurer dem Ehrwürdigen Meister einen versiegelten Umschlag mit einem wertvollen Dokument seines Vaters übergeben habe, welches von den Erben der Loge, die den kämpferischen Dichter 1822 in die Freimaurerei eingeführt habe, bis 1939 unter Verschluss gehalten werden müsse … Was das für ein wertvolles Dokument sein könne?, fragte ihn Álvaro in seinem Brief, und Fernando kam zu dem Schluss, dass es sich um nichts anderes als das verlorengegangene Manuskript der mutmaßlichen Autobiografie von Heredia handeln müsse, nach der er jahrelang ohne den geringsten Erfolg gesucht hatte. Zwei Wochen darauf verwarf er seine früheren Entscheidungen und ging zum kubanischen Konsulat, um die Formalitäten zum Erhalt eines Visums in die Wege zu leiten, das ihm die zeitlich begrenzte Rückkehr in seine Heimat erlaubte.

Ganz in seine Grübeleien versunken, bemerkte Fernando das Touristenschiff erst wieder, als der Wind die Klänge der Trommeln und Rumbarasseln von Bord zu ihm herübertrug. Er sah zu dem Schiff hinüber und erblickte einen Mann an der Reling, der sich offenbar von dem lärmenden Vergnügen der übrigen Touristen fernhielt. Plötzlich hob der Mann den Kopf und starrte zu Fernando herüber, so als wäre es ihm unbegreiflich, dass ein Mensch in der prallen Mittagssonne Havannas ganz alleine auf der Ufermauer saß. Fernando starrte zurück und folgte dem Schiff mit den Augen, bis sich auch die kleinste der Wellen in seinem Kielwasser an der felsigen Uferbefestigung brach. Der Unbekannte, der ihn so forschend anstarrte, beunruhigte Fernando. Und als könnte er Zeit und Raum überwinden, spürte er den Schmerz, der José María Heredia an jenem sicherlich kalten Morgen des 16. Januar 1837 überkommen haben musste, als er von der Brigg aus, die ihn nach einem letzten, schmerzvollen Besuch auf der Insel ins Exil zurückbrachte, sah, wie die Wellen sich von dem Schiff entfernten und auf ebendiese Felsen zurollten, den letzten Zipfel Kubas, eines Landes, das der Dichter nie mehr wiedersehen sollte.

Und ich, musste auch ich zurückkommen?, fragte er sich erneut, während er den Malecón überquerte, sich eine nach trockenem Gras schmeckende Zigarette anzündete, die 25. Straße entlangging und die schmalen Stufen erklomm, die ihn zu Álvaros Wohnung führten. Eher ängstlich als behutsam, gerade so, als schreckte er davor zurück, klopfte er an die alte Holztür, und sein Herz schlug schneller, als er Schritte und dann die Tür in den Angeln quietschen hörte.

»Endlich, Bruder«, sagte Álvaro und umarmte ihn, ohne auch nur eine Sekunde zu zögern.

»Mensch, Varo!« Fernando drückte die Schweiß, Zigaretten und Alkohol ausdünstende knochige Gestalt des Mannes an sich, den er Jahre zuvor als einen seiner besten Freunde betrachtet hatte.

»Wie schön, dich zu sehen … Dich gibt es also noch, kaum zu glauben … Bist ja fast weiß geworden …«

Álvaro lachte über seinen eigenen Scherz, und Fernando stimmte in sein Lachen ein, obwohl das, was er sah, viel schlimmer war, als er es sich vorgestellt hatte. Die fünfzig Jahre, in denen Álvaro Almazán, befeuert durch billigen Fusel, schlecht geschlafen und sich noch schlechter ernährt hatte, mussten seiner Leber dasselbe Aussehen verliehen haben wie seinem Gesicht: eine violette Maske, durchzogen von unnatürlich tiefen Furchen und knotigen Venen, die jeden Moment zu platzen drohten.

»Hab schon den ganzen Morgen auf dich gewartet«, sagte Álvaro und legte ihm einen Arm um die Schulter. »Los, komm rein.«

Von dem unausrottbaren Schorf des Salpeters zerfressen, atmete die Wohnung immer noch jene Verwahrlosung, der Fernando mehr als dreißig Jahre zuvor bereits begegnet war, als Álvaros Eltern noch gelebt und sie sich angefreundet hatten. Vielleicht wegen des Gefühls der Freiheit, das die ständig dort herrschende Unordnung hervorrief, hatte die Gruppe der jungen Dichter angefangen, sich auf der Dachterrasse dieses Hauses zu treffen, was schließlich zu den berühmten Zusammenkünften der »Spötter« werden sollte.

»Ich weiß, woran du gerade denkst«, sagte Álvaro lächelnd, während er sich auf der Terrasse in einen der eisernen Schaukelstühle fallen ließ.

Fernando nickte zustimmend und setzte sich in den anderen Schaukelstuhl.

»Hier verändert sich nichts …«

»Ich hab Rum da.«

»Hier verändert sich nichts und niemand«, präzisierte Fernando.

»Mehr als du glaubst. Aber es gibt gewisse Dinge, denen man treu bleibt.«

Álvaro brauchte eine knappe Minute, um mit zwei Gläsern, Eiswürfeln und einer Flasche ohne Etikett mit trübem Inhalt zurückzukommen. Er goss die Gläser randvoll und reichte eines davon Fernando.

»Worauf trinken wir?«

»Auf die toten Dichter. Auf uns alle, die wir entschlafen sind«, sagte Álvaro, der immer schon gern das Wort »entschlafen« benutzt hatte. Ohne vorher anzustoßen, trank er den ersten Schluck. »Schau mich an … Enrique schaust du dir besser nicht an. Zwanzig Jahre unter der Erde, das ist kein Spaß. Und der arme Víctor wird wohl so ähnlich aussehen … Die anderen laufen zwar noch rum, ernten sogar Ruhm und Ehre, aber auch sie sind schon vor langer Zeit entschlafen … Und du selbst! Manchmal hab ich mich an dich erinnert, als wärst du bereits tot.«

»Erzähl keinen Quatsch, Varo.«

»Hör mal«, er trank hastig einen großen Schluck, »irgendwo hab ich noch deinen Brief. *Schreib mir nur aus drei Gründen: wenn meine Mutter im Sterben liegt, wenn Du im Sterben liegst oder wenn Du Heredias Manuskript gefunden hast …*«

»Du hast gemogelt und mir deine Bücher geschickt.«

»Aber ich hab nicht mal ne Widmung reingeschrieben, gehorsam, wie ich bin …«

»War schon okay, mir die Bücher zu schicken«, musste Fernando zugeben und probierte den Rum, der einen leichten Kerosingeschmack auf seiner Zunge zurückließ. »Also, ich hab ein Visum für einen Monat gekriegt, Verlängerung eventuell möglich … Meinst du, das reicht?«

»Ich hab nicht die geringste Scheißahnung … Aber am Anfang ist es immer das Beste, erst mal anzufangen, oder? … Heute werden die Spötter zum ersten Mal seit fünfundzwanzig Jahren wieder alle zusammen sein. Und ich hab zwei Kerzen besorgt, eine für Enrique und die andere für Víctor, die beiden, die entschuldigt fehlen …«

Fernando stand auf und stellte sich an die Brüstung. Obwohl das Meer weniger als hundert Meter weit entfernt lag, war es nur von dieser Stelle aus möglich, ein Fitzelchen seines blauen Schimmers zu erhaschen, und auch das nur, wenn man sich weit über das Geländer beugte. In poetischeren Zeiten hatte er deswegen Lust gehabt, all die hässlichen Gebäude, die im Weg standen, abzureißen.

»Ich hab dir doch gesagt, dass ich keinen sehen will … Dich, Miguel Ángel, aber sonst keinen …«

»Erzähl keinen Scheiß, Fernando, wie lange willst du das noch mit dir rumschleppen?«

»Erzähl du lieber keinen Scheiß, Varo«, eiferte sich Fernando und drehte sich um. »Der, der mich denunziert hat, muss mich sehr gut gekannt haben. Und auch wenn ich beschlossen habe, alles zu vergessen, ziehe ich es vor, keinem zu begegnen und die Geschichte auf sich beruhen zu lassen.«

»Dann lass sie auf sich beruhen, aber verzichte nicht auf dein Leben. Das ist dir sowieso schon reichlich versaut worden.«

»Zu reichlich, glaube ich … Los, gib mir mehr Rum.«

Auch wenn ich viele Jahre gebraucht habe, um mir klar darüber zu werden, so bin ich mir heute sicher, dass der Zauber Havannas von seinem Geruch herrührt. Wer die Stadt kennt, wird bestätigen, dass sie ein ganz eigenes Licht besitzt, intensiv und mild zugleich, und eine heitere Tönung, was sie von tausend anderen Städten der Welt unterscheidet. Doch erst ihr Geruch haucht ihr diese unverwechselbare Seele ein, die sie der Erinnerung lebendig erhält. Der Geruch von Havanna ist weder besser noch schlechter als anderswo, ist weder Wohlgeruch noch Gestank, und vor allem, er ist nicht rein: Er entsteht aus dem fiebrigen Gemisch, das eine chaotische und faszinierende Stadt ausschwitzt.

Der Geruch schlug mich gleich beim ersten Mal in seinen Bann, als ich, bereits fähig, die Dinge bewusst in mich aufzunehmen, nach Havanna kam. Mit meinen knapp vierzehn Jahren hielt ich mich für erwachsen, und ich vermochte die Einzigartigkeit jenes Geruchs zu erkennen, da mir die Ausdünstungen von halb Amerika bekannt waren: angefangen bei dem sumpfigen Gestank von Pensacola über die satten, unvermischten Gerüche der Städte an den Küsten und in den Bergen Venezuelas, die heißen, süßlichen Dunstschwaden von Santo Domingo oder den Duft nach frischen Meerestieren in Veracruz bis hin zu den Gerüchen nach Tortillas und trockenem Staub in Mexiko. Havanna dagegen empfing mich mit einem wunderbaren Gemisch, in dem der scharfe Geruch nach spanischen Pfefferwürsten, den *Chorizos*, mit dem nach Dörrfleisch aus Montevideo wetteifert, der Gestank nach Pferdeäpfeln mit der frischen Meeresbrise, die säuerlichen Ausdünstungen der Schwarzen mit den süßlichen Lavendeldüften der weißhäutigen Damen (oder derer, die man dafür hält), der Pestgestank der Tümpel mit dem durchdringenden des Petroleums, das in den Lampen verbrannt wird, der Geruch von soeben aus Europa eingetroffenen teuren Stoffen mit dem nach räudigen Hunden, den Herren der Nacht und der Abfallhaufen, der Gestank nach der Pisse der Milchkühe, die ihre zum Platzen gefüllten Euter durch die Gegend schaukeln, mit den verlockenden Gerüchen, die den Stundenhotels entströmen, in denen es nach Alkohol und Minze duftet, vermischt mit den Gerüchen der schwarzen, hell- und dunkelbraunen, weißen und gelben Frauenkörper, die alle erdenklichen männlichen Bedürfnisse zu befriedigen verstehen. Und die in der Luft hängenden Düfte nach Jasmin und Tabak, die Gerüche nach Teer und Käse, nach frischem Fisch und verschüttetem Wein, die sich mit denen nach allen möglichen Früchten vermengen, die das wunderbare tropische Klima hervorbringt und die man auf den Märkten Havannas finden kann: Ananas, Mangos, Guajaven, Papayas, Guanábanas und köstliche Bananen verschiedenster Größen und Farben …

Jetzt atme ich nur noch eine schale Luft, und aus meinen verbrauchten Lungen steigt verstohlen das warme, jugendliche Gefühl von damals auf. In meiner Brust pulsiert der verlorene Geruch Havannas mit der schmerzvollen Heftigkeit des Romans, der mein Leben war und in dem alles in übertriebenen Dosen zusammenfloss. Poesie,

Politik, Liebe, Verrat, Traurigkeit, Undankbarkeit, Angst, Schmerz, all das ergoss sich sturzbachartig über mich, um eine stürmische Existenz zu prägen, die nun sehr bald zu Ende gehen wird. Dann wird nichts bleiben als das Vergessen und vielleicht die Poesie, frei von der Intensität der Tage und der Jahre, weit entfernt auch von jenem Moment, in dem sie einem Menschen – mir – wie ein Blitz in Fleisch und Blut überging.

Wenn ich mir die Zeit nehme, die Gerüche Havannas heraufzubeschwören, dann deshalb, weil der glückliche Beginn dieser Geschichte in der Stadt anzusiedeln ist, in der ich, kaum angekommen, jenen Geruch fand, der mich begeisterte und den ich aus irgendeinem geheimnisvollen Grunde als den meinen empfand. Wie gesagt, war ich gerade mal vierzehn Jahre alt, als ich auf die Insel kam, aus Venezuela, wo meine Familie die letzten fünf Jahre verbracht hatte, inmitten von separatistischen Unruhen und furchtbar grausamen Gemetzeln, die die verschiedenen Parteien veranstalteten. Der Aufenthalt in Havanna versprach kurz zu werden, da unser eigentliches Ziel Mexiko war, wo mein Vater, seit jeher königlicher Beamter, den Posten des Polizeipräfekten annehmen sollte. Mein kurzes Leben war bis dahin ein ständiges Herumziehen gewesen, als wäre es mein Schicksal, nirgendwo hinzugehören, keinen festen Ort zu haben, für immer jemand zu sein, der unterwegs ist zu anderen Zielen. Obwohl in Kuba geboren, im heißen Santiago, an dessen Gerüche ich keinerlei Erinnerung habe, hatte ich zuvor nur knapp drei Jahre auf der Insel meiner frühesten Kindheit gelebt. So lernte ich erst jetzt während dieses kurzen Aufenthaltes das Land kennen, an dessen Ufern meine Eltern nach mehreren Schiffbrüchen aufgrund eines unheilvollen oder glücklichen Zufalls gestrandet waren, damit ich am 31. Dezember 1803, dem Tag des Heiligen Silvester, das Licht der Welt erblicken konnte.

Außer mit seinem Geruch überraschte mich Havanna mit der wunderbaren Entdeckung, dass das Leben dort so zügellos und ausschweifend gelebt wurde, als würde am nächsten Tag ein Hurrikan über die Stadt hinwegfegen. Und tatsächlich, in den wenigen Monaten, die ich damals in der Stadt verbrachte, wurde mein Leben nicht von einem, sondern von mehreren Hurrikanen erschüttert, sodass es jäh aus der unschuldigen Kindheit herausgerissen und auf den stürmischen Pfad geschickt wurde, an dessen Ende ich mich nun befinde.

Als hätte das Schicksal die Fäden gezogen, fügte es sich, dass einer der ersten Höflichkeitsbesuche, die man uns, kaum angekommen, abstattete, der eines gewissen Señor Leonardo war. Er war wie meine Eltern auf Hispaniola geboren und ehemaliger Studienkollege meines Erzeugers auf der Universität von Santo Domingo. Señor Leonardo, hochgewachsen und elegant, war zu der Zeit eine der einflussreichsten Persönlichkeiten von Havanna, bekleidete er doch – in Anerkennung seiner politischen Verdienste in Santo Domingo und Venezuela, wo er, wie wir, mehrere Jahre gelebt hatte – den Posten eines Beraters der kubanischen Regierung. Seine Karriere war offenbar steiler verlaufen als die meines armen Vaters, der zu anständig war für eine Welt, in der sich alles unter der Hand kaufen und verkaufen ließ.

Bei seinem Besuch wurde Señor Leonardo von seiner Gattin und einem seiner zahlreichen Kinder begleitet, Domingo geheißen, einem Jungen meines Alters mit der Stimme eines Engels und dem stechenden Blick eines kurzsichtigen Teufels. Nachdem der sämige Guanábanasaft, der meiner Mutter so vorzüglich gelang, geschlürft und der starke, bittere Kaffee, den zuzubereiten mein Vater, Meister seines Faches, sich nicht nehmen ließ, getrunken waren, begannen die Erwachsenen damit, ihrem Stolz über den jeweiligen Sprössling Ausdruck zu verleihen. Die Sprache kam auf die Liebe zur Poesie, die wir seltsamerweise miteinander teilten. Und ich lüge nicht, wenn ich sage, dass Domingo und ich uns eher mit Argwohn als mit Sympathie musterten; denn jeder von uns glaubte, zum größten Dichter der Welt berufen zu sein.

Kaum waren die Salven elterlicher Lobeshymnen verklungen, lud ich Domingo in mein Zimmer ein, und wir betraten den Raum wie zwei Hähne den Kampfplatz. Ich las ihm eines meiner kürzlich verfassten Gedichte vor, harmlose Zeilen, gewidmet der schönen Julia, die in Caracas zurückgeblieben war, ohne um meine Existenz, geschweige denn um meine unglückliche Liebe zu ihr zu wissen.

Domingo, weder schüchtern noch faul, zog mehrere Blätter aus der Tasche und überfiel mich mit einer Romanze, wohlgereimt und anmutig, jedoch eher kunstvoll überladen denn von Poesie durchdrungen.

So, wie wir uns mit Versen bombardierten, ließ nichts darauf schließen, dass zwischen uns beiden so etwas wie Freundschaft entstehen sollte. Wie allgemein bekannt, ist es nur sehr schwer möglich, dass aus zwei großen Dichtern gute Freunde werden können … Es sei denn, sie machen mit vierzehn Jahren ihre ersten sexuellen Erfahrungen zwischen den bereitwilligen Schenkeln derselben Prostituierten.

Miguel Ángel, El Negro, kam als Letzter. Bestimmt wäre er früher der Erste gewesen, dachte Fernando, denn er hatte immer und überall gewetteifert. Fast verzweifelt hatte er nach Perfektion gestrebt, mit einer Besessenheit und einer Energie, die von einem Bedürfnis nach Anerkennung gespeist wurden, um die historischen Atavismen und Vorurteile gegen Menschen seiner Hautfarbe zu überwinden. Nie würde Fernando den Tag vergessen können, an dem er sich nach Schulschluss mit ihm prügeln musste, nachdem er ihn in der Spanischprüfung für Schüler der sechsten Klasse überflügelt hatte. Miguel Ángel hatte die Niederlage als persönliche Beleidigung empfunden, und mit Tränen der Ohnmacht in den Augen hatte er Fernando herausgefordert, um so vielleicht den gnadenlosen Kampf um die Vorherrschaft mit Körperkraft wieder auszugleichen … Doch als Fernando ihn jetzt hereinkommen sah, entdeckte er in seinem Blick den Ausdruck eines gehetzten Tieres, den er bei dem unversöhnlichsten und stolzesten der Spötter nie vermutet hätte.

»Mach auf, Alter«, hatte Álvaro, vermutlich in voller Absicht, Conrado gebeten, während er damit beschäftigt war, zwei rote Kerzen für Víctor und Enrique anzuzünden. Fernando beobachtete, wie Miguel Ángel und Conrado sich kühl die Hand gaben, was vorauszusehen gewesen war. Während der eine nämlich als politisch unzuverlässig stigmatisiert war, hatte der andere seine Zuverlässigkeit gewinnbringend eingesetzt und war zum Direktor einer kubanisch-spanischen Kooperative aufgestiegen, die Kakao exportierte und Konfitüren importierte.

»Wenn jemand spitzkriegt, dass ich mich hier mit diesem Verrückten treffe, kann ich für alle Zeiten einpacken«, hatte Conrado gesagt, als er hörte, dass El Negro auch kommen würde. Doch dann hatte er sich überreden lassen, an dem teilzunehmen, was Álvaro »das vorletzte Abendmahl der Spötter« nannte.

Wortlos ging Miguel Ángel auf Fernando zu, um ihn zu umarmen.

»Schön, dich zu sehen, Bruder.«

»Und, wie gehts dir, Negro?«, fragte ihn Fernando, beinahe erschrocken über das, was er wie im Spiegel vor sich sah: Miguel Ángel wurde langsam kahl, war dünn, allerdings mit einem Bauchansatz, und seine Zähne besaßen die Farbe von Kaffee und Tabak, den beiden Dingen, denen sie beide gleichermaßen verfallen waren.

»Gut, glaube ich«, antwortete der andere schließlich wie nebenbei, als wäre das nicht so wichtig, und ging zu Tomás und Arcadio hinüber, um ihnen ebenfalls die Hand zu geben. Dann zog er eine imaginäre Pistole aus dem Gürtel und tat so, als schösse er auf Álvaro, der ihm auf dieselbe Art antwortete. Sie pusteten auf die Mündungen ihrer Waffen und steckten sie wieder zurück in den Gürtel. So pflegten sie sich seit dreißig Jahren zu begrüßen.

Beklommen blickte Fernando auf die Gespenster seiner Vergangenheit: Conrado, Arcadio, Tomás, Miguel Ángel, Álvaro … Auf dieser baufälligen, nach Meer riechenden Dachterrasse war der wichtigste Teil seines Lebens versammelt, das, was er am meisten daran liebte und was ihn am meisten quälte; denn er wusste, dass einer der Anwesenden oder einer der »entschuldigt Fehlenden«, wie Álvaro die beiden Verstorbenen Enrique und Víctor nannte, derjenige gewesen sein musste, der ihn beschuldigt hatte, von Enriques heimlichen Fluchtplänen gewusst zu haben.

Das war der erste Schritt in Richtung Exil gewesen. Bis dahin hatte Fernando nie daran gedacht, irgendwo anders als auf der Insel zu leben, und auch wenn er aufgrund der Bücher, die er in seiner Jugend gelesen hatte, manchmal davon träumte, zu reisen und die symbolischen Orte der Poesie kennenzulernen – das New York von Whitman und Lorca, das Paris der Symbolisten und Surrealisten, das Buenos Aires von Borges, das Andalusien von Alberti und das Kastilien von Machado –, verliebte er sich am Ende in das Havanna von Heredia und Casal, von Eliseo Diego, Lezama Lima und Carpentier, diese mit Metaphern und unergründlichen Offenbarungen angefüllte Stadt, in die er in seinen verwegensten Bücherträumen reiste und deren Gerüche, Lichter, Träume und irregeleitete Lieben er gierig in sich aufnahm.

In jenen Tagen des Glaubens an die Poesie hatte Fernando sich als glücklichen Menschen mit einer angenehmen und hoffnungsvollen Zukunft betrachtet. Zwei Jahre zuvor hatte seine Examensarbeit über »Die poetische Schaffung kubanischer Symbole und deren Darstellung in den Werken José María Heredias« neue Sichtweisen auf den Vaterlandsbegriff in der Vorstellungswelt des Dichters eröffnet, und das Prüfungskomitee hatte ihm nicht nur die Höchstnote zuerkannt, sondern auch zwei außergewöhnliche Vorschläge gemacht: Die Arbeit solle veröffentlicht und in den Kanon der Sekundärliteratur für Studenten aufgenommen werden, und Fernando Terry solle eine Stelle als Lehrbeauftragter am Institut für Literaturwissenschaften antreten. Außerdem solle er, sobald er die nötigen Voraussetzungen erfülle, zum Doktoranden der Geisteswissenschaften ernannt werden und, ausgehend von den neuartigen Thesen seiner Examensarbeit, eine kritische Ausgabe der Werke Heredias vorbereiten.

Diese zwei Jahre als Lehrer waren vielleicht die besten seines Lebens. Er unterrichtete kubanische Literatur und hatte Zeit für seine Forschungsarbeit. Außerdem genoss er die Vorteile seiner erstmals erlangten finanziellen Unabhängigkeit und seiner Position auf dem Gebiet, das ihm am meisten Spaß machte, in, wie er sagte, einem diachronischen und synchronischen sowie horizontalen und vertikalen Sinne, quer durch das gesamte chromatische Spektrum. Mit der Ausdauer eines Athleten vernaschte er jede genießbare Dame aus der Riege der Lehrerinnen sowie die feinsten Leckerbissen aus dem Kreise seiner Studentinnen. Er lebte wie ein Fürst, überzeugt davon, dass sein leuchtender Stern niemals untergehen und er, wenn der Augenblick käme, in dem seine Inspiration erwachte, wieder Gedichte schreiben würde, so wie er es in seiner Schüler- und Studentenzeit getan hatte.

Doch unvermittelt musste Fernando Terry entdecken, dass auch der hellste Stern erlöschen und sogar in der Unendlichkeit des Raumes verglühen kann, als ihn nämlich die Sekretärin des Instituts während des Unterrichts aus dem Seminarraum holte und ihn aufforderte, sich unverzüglich ins Dekanat zu begeben. Verunsichert betrat Fernando das Büro, in das man ihn gerufen hatte, und sah sich einem Mann gegenüber, der ihn mit sehr ernstem Gesicht anblickte.

»Setzen Sie sich«, befahl ihm der Mann, »wir haben miteinander zu reden.«

Der stämmige Mulatte, einige Jahre älter als Fernando, stellte sich als Genosse Ramón vor, Teniente der Staatssicherheit, zuständig für das Literaturwissenschaftliche Institut der Universität Havanna. Ohne Umschweife teilte er ihm mit, dass »im Zuge der Nachforschungen betreffs der Vorbereitung illegaler Landesflucht des Staatsbürgers Enrique Arias Martínez« der Betreffende ausgesagt habe, dass zu dem Personenkreis, der in seine Pläne eingeweiht gewesen sei, auch Fernando Terry Álvarez zähle.

»Wie Sie wissen«, fuhr der Teniente fort, »ist das eine sehr schwerwiegende Anschuldigung, umso mehr, wenn man in Betracht zieht, welch große moralische Verantwortung jemand trägt, der direkt mit der Erziehung unserer jungen Generation betraut ist, und das in einem Institut, in dem die Ideologie ein so bedeutsames Gewicht hat ...«

Nachdem sich Fernando vom ersten Schrecken über diesen Tiefschlag, der ihm den Atem nahm, erholt hatte, protestierte er, stritt ab, schlug mit der Faust auf den Tisch und verlangte schließlich eine Gegenüberstellung mit Enrique. Doch der Offizier sagte, dass das im Moment nicht möglich sei. Er glaube ihm ja, versicherte er lächelnd und bot ihm sogar eine Zigarette an, bestimmt sei die Behauptung unwahr, wahrscheinlich wolle der Betreffende einem Mitglied des Lehrkörpers schaden, und er hielt ihm die Flamme seines Feuerzeugs hin. Fernando müsse verstehen und, natürlich, zur Klärung des Falles beitragen. Habe ihm Enrique, sagte der Genosse Ramón und beugte sich zu ihm vor, zum Beispiel nicht irgendwann mal erzählt, dass er gerne in den Vereinigten Staaten leben würde? Oder habe er irgendwann davon gesprochen, dass er mit der Politik der Regierung unzufrieden sei? Habe er ihm gegenüber irgendwann erwähnt, ob andere Freunde von ihnen der gleichen Meinung seien? Könne er sich nicht vorstellen, dass Álvaro Almazán oder Víctor Duarte ebenfalls in die Pläne von Enrique Arias eingeweiht gewesen sein könnten? Und die anderen, die in dem Haus in der 25. Straße zusammengekommen seien? Ein gewisser Conrado Peláez? Oder Tomás Hernández, oder Arcadio Ferret? Nein, er, Ramón, könne nicht glauben, dass keiner von ihnen etwas über die politischen Ideen von Enrique Arias gewusst habe, wo sie doch so eng miteinander befreundet seien.

Und da tat Fernando, ohne weiter darüber nachzudenken, den verhängnisvollen Schritt, der ihn in das schwarze, bodenlose Loch stoßen und sein Leben verändern sollte. Jahrelang noch würde er in den Spiegel blicken und in dem Gesicht das jenes Fernando Terry zu entdecken versuchen, der in seiner Verwirrung aus einem Winkel seiner Erinnerung das hervorgeholt hatte, was möglicherweise die dumme, unbedeutende Ursache jenes Missverständnisses gewesen war.

»Nun ja, ganz so war es nicht …«, begann er, »einmal hatte Enrique sich über irgendetwas geärgert, ich erinnere mich nicht mal mehr, worüber, und da hat er zu mir gesagt, irgendwann steig ich in ein Boot und hau ab … Solche Wutanfälle kriegt er schon mal, wenn er sich über etwas aufregt … Es ist nämlich so, na ja, er ist schwul. Deswegen hab ich ihn auch nicht ernst genommen.«

Das Wort »schwul« war ihm über die Lippen gekommen wie ein satter Rülpser, und es fühlte sich gut an, es einmal ausgesprochen zu haben. Der Teniente aber wiegte den Kopf hin und her, als wollte er etwas verneinen oder infrage stellen.

»Er hat Ihnen also gesagt, dass er vorhatte, das Land zu verlassen.«

»Nicht so direkt … Irgendwann, hat er gesagt.«

»Sie waren ganz schön naiv … Wie Sie sehen, war es dem Staatsbürger Enrique Arias ernst damit. Er hatte tatsächlich vor, das Land zu verlassen. Und Sie wissen, dass Sie die entsprechenden Stellen davon hätten unterrichten müssen. Darüber hinaus haben wir Kenntnis davon, dass Sie und einige Ihrer Freunde sich über verschiedene Maßnahmen, die in den letzten Jahren von der Regierung getroffen wurden, abfällig geäußert haben. Äußerungen, auf die ich jetzt nicht weiter eingehen möchte, zumal Sie ja sehr wohl wissen, was ich meine.«

»Nein, das weiß ich nicht«, sagte Fernando, und er spürte, dass seine Hände zitterten.

»Sollten Sie aber, denn wir wissen über alles Bescheid … Doch damit noch nicht genug: Ein Blick auf Ihre Gedichte zeigt, dass Sie nicht gerade das sind, was man einen politisch interessierten Menschen nennt. Wohlgemerkt, das ist nicht unsere Meinung, sondern die der Institutsleitung und die von jemandem aus der Parteizentrale … Ich persönlich kann in Ihren Gedichten nichts Verwerfliches sehen. Fast würde ich sagen, sie gefallen mir, aber ich will offen zu Ihnen sein: Sie schreiben mir zu sehr wie Vallejo, mir sind die Gedichte Ihres Freundes Álvaro Almazán lieber. Eine Frage des Geschmacks, wie schon gesagt. Aber, nun gut, wenn Sie mit uns zusammenarbeiten …«

Fernando starrte den Polizisten an, der seine Anschuldigungen vorbrachte, als schmerze es ihn, sie auszusprechen, und der seine poetischen Vorlieben mit ästhetischer Bedachtsamkeit darlegte, um ihn schließlich aufzufordern, sich als Spitzel anwerben zu lassen. Langsam stand Fernando auf, und einen Moment lang dachte er darüber nach, auf welchen Wegen der Teniente an seine Gedichte und an die von Álvaro gekommen sein mochte. Warum nicht an die von Arcadio? Und an die Erzählungen von Miguel Ángel? Seine Verunsicherung wurde von einem schwerelosen Gefühl der Erleichterung abgelöst, der Erleichterung, zu wissen, dass er unschuldig war. Auch die bizarren Anspielungen und die vorhersehbaren Ergebnisse einer unhaltbaren Farce, die auf nichts anderes abgezielt hatte als auf den letzten Satz des Polizisten, verloren ihren Schrecken. Ohne den Teniente anzusehen, zog Fernando an seiner Zigarette und stellte fest, dass seine Hände nicht mehr zitterten.

»Sie haben recht. Anscheinend bin ich politisch naiv, genau wie Sie sagen. Aber was die beiden anderen Punkte angeht, da irren Sie sich. Ich verdanke Gelman sehr viel mehr als Vallejo, und wenn ich eins nicht bin, dann ein Spitzel. Und jetzt entschuldigen Sie mich bitte«, sagte er und ging in den Seminarraum zurück, um mit dem fortzufahren, was seine letzte Unterrichtsstunde am Literaturwissenschaftlichen Institut der Universität Havanna sein sollte.

Als die Dekanin ihn am nächsten Tag in ihr Büro kommen ließ und ihm mitteilte, dass er vorübergehend von seinen Aufgaben suspendiert sei, spürte Fernando zum ersten Mal den Peitschenhieb der Angst. Irgendetwas Schmutziges, noch Undurchschaubares und ganz sicher Übermächtiges war hier im Gange, doch sein Glaube an die Wahrheit und die Gewissheit, unschuldig zu sein, gaben ihm Rückhalt. Er nahm seine ganze Würde zusammen und sagte zu der Dekanin, er gehe, bis sich die Situation geklärt habe.

Mehrere Wochen lang wartete Fernando auf den Anruf, der sein Leben wieder in Ordnung bringen würde, während er verzweifelt versuchte, mit Enrique zu sprechen und ihn um eine Erklärung zu bitten. Doch der erlösende Anruf kam nicht, und auf die Aussprache musste er eineinhalb Jahre warten, bis Enrique seine Strafe wegen versuchter illegaler Ausreise abgesessen hatte.

Mehr als alles auf der Welt liebte Domingo Luxuskaleschen und Bücher. Später sollte er diese Vorliebe durch den Erwerb einer der prächtigsten Kutschen von ganz Havanna und den Besitz der besten Privatbibliothek der Insel, bestückt mit den neusten Druckerzeugnissen aus London, Madrid, Paris, Bologna und Philadelphia, unter Beweis stellen. Doch an jenem von wenig literarischen Absichten bestimmten Nachmittag, als er noch ein einfacher Student war, platonisch verliebt in die Poesie und ebenso wie ich begierig darauf, die wahren Geheimnisse des Lebens zu entdecken, entschied er, da wir uns in der Jahreszeit befanden, die in anderen Breitengraden als Winter bezeichnet wird, und es sich um meinen ersten Ausflug in die, wie er es nannte, »wirkliche Stadt« handelte, dass wir auf die

Kutsche verzichten und unseren Erkundungsgang zu Fuß unternehmen sollten.

»Im Sommer, wenn es regnet«, erklärte er mir, »ist es unmöglich, zu Fuß durch die Stadt zu gehen. Der Matsch spritzt dir bis an die Knie, und die Mücken saugen dir das Blut aus. Jetzt, in der Trockenzeit, bist du am Ende über und über mit Staub bedeckt, wenn du nicht gerade von einem der Pferdekarren über den Haufen gefahren wirst, und deine Schuhe sind voller Pferdescheiße. Aber weißt du, das ist nichts im Vergleich zu dem Matsch.«

Das Ziel unseres Ausflugs war das Bordell von Madame Anne-Marie, das bekannteste der mittlerweile vielen Freudenhäuser der Stadt. Man erzählte sich, dass die Besitzerin, eine vor dem Aufstand der Schwarzen aus Saint-Domingue geflüchtete Französin, es mit viel Geschäftssinn und möglicherweise mit Unterstützung eines heimlichen Wohltäters geschafft hatte, ihr blühendes Unternehmen aufzubauen. Freunde von Domingo hatten ihm geraten, das Haus so bald wie möglich aufzusuchen und, auch wenn er Schlange stehen müsse, zu warten und sein Geld in eine lustvolle Stunde mit der gefragtesten Dirne von Madame Anne-Marie zu investieren: einer brasilianischen Mulattin namens Betinha, die auf den Herrengesellschaften der Stadt wegen ihrer außergewöhnlichen Begabung für die gewagtesten und modernsten Liebespraktiken, bekannt als »französischer Stil«, bereits eine gewisse Berühmtheit erlangt hatte.

Es muss so gegen vier Uhr nachmittags des 6. Januar gewesen sein, als wir der alten Plaza de Armas entgegenschlenderten. Wie an jedem Dreikönigstag wurde eines der typischsten und für mich bedrückendsten Spektakel von Havanna dargeboten: der sogenannte »Tanz der Trommeln« vor dem Palast des Generalkapitäns der Insel. Dieses traditionelle Ereignis erlaubte es den Negern, Freien wie Sklaven, in Kuba oder in Afrika geboren, einmal im Jahr zum Rhythmus ihrer Trommeln tanzend durch die Straßen Havannas bis vor den Sitz der Kolonialregierung zu ziehen. Dort nahm der Generalkapitän ihren Gruß entgegen und warf ihnen ein paar symbolische Münzen als Geschenk der Heiligen Drei Könige zu. Die Schwarzen, durch den harten rohen Klang der Trommeln wie in Trance und sicherlich randvoll mit Branntwein, tanzten wie Besessene unter den nervösen Blicken der zur Aufrechterhaltung der Ordnung abgestellten Garnisonssoldaten. Jener Tanz, der am selben Tag in kleinerem Rahmen in jedem Dorf der Insel, auf jeder Zuckerrohr- und jeder Kaffeeplantage zelebriert wurde, war wie eine Warnung vor dem, was nicht hingenommen werden durfte: Der schändliche Sklavenhandel hatte die Schwarzen und Mulatten zur Mehrheit der Bevölkerung des Landes werden lassen, und der Tanz der Trommeln demonstrierte die gewaltige Macht von Menschen, die, würde sich ein Führer finden, das Schicksal der Insel verändern konnten, so wie es einige Jahre zuvor im wohlhabenden Saint-Domingue geschehen war.

Benommen von dem Geschrei und den monotonen Schlägen der Trommeln bogen wir in die Calle del Obispo ein, mit ihren luxuriösen Geschäften und den vielen Menschen, die darauf aus waren, alles zu kaufen, was es zu kaufen gab, und strebten den Festungsmauern zu, hinter denen sich der neue Paseo del Prado befand. Wegen des Feiertags tummelte sich dort die vornehmste Jugend Havannas, insbesondere die kreolische, die mit großer Vorliebe endlose Stunden lang durch die Straßen schlenderte, wann immer es weder zu kühl noch zu heiß dazu war. So auch an jenem verheißungsvollen Nachmittag, an dem so viele verschiedene Bilder auf meine Augen und meine Sinne einstürmten.

Von frühester Jugend an war Domingo einer der unterhaltsamsten Plauderer, die ich je kennengelernt habe, ausgestattet mit enormer Überzeugungskraft, vor allem, wenn es darum ging, sein Verhalten zu rechtfertigen. Damals war er von zwei oder drei Dingen besessen, wie er mir alsbald darlegte: Er wollte nicht arm sein und war sich sicher, dass er als reicher Mann sterben würde; er wollte Dichter werden und Bücher veröffentlichen; und berühmt wollte er werden, koste es, was es wolle. Ich, weniger redegewandt und weniger ehrgeizig, aufgewachsen fernab der weltläufigen Regsamkeit Havannas, folgte in meinem Leben einem einzigen Ziel, dem ich mich in endlosen durchwachten Nächten widmete: der Poesie. Ich sei bereit, sagte ich zu ihm, die zahlreichen Gedichte, Erzählungen und Übersetzungen, die ich bereits angefertigt hätte, dem erstbesten Leser, dem ich begegnen würde, ohne jede Scheu zu zeigen … Doch als hörte er mir nicht zu, riss Domingo das Gespräch mit einer Wortkaskade an sich: »Siehst du, José María? Siehst du, was das für ein Land ist?« Und er sah mich mit der durchdringenden Kurzsichtigkeit seiner Augen an, während er auf die prächtigen Kaleschen und die Pferdewagen wies, die über den Paseo fuhren, und auf die elegante Jugend, die, gekleidet in unangemessen dunkle, dem europäischen Modediktat unterworfene Stoffe, unermüdlich auf der Promenade auf und ab schlenderte. »Dieses Land ist ein Jahrmarkt, ein Zirkus, eine Lüge. Angeblich versammelt sich hier die Crème de la Crème von Kuba, aber das Einzige, was zählt, ist Geld und Protzerei. Wichtig ist, dass du gesehen wirst und man über dich redet, ansonsten existierst du nicht … Die Menschen hier wollen mehr scheinen als das, was sie sind, und das ist das Schlimmste.«

Wenig später sollte ich erkennen, wie zutreffend diese bittere Überlegung war, die mir in dem Moment, als ich sie vernahm, übertrieben erschien. Ich war geblendet von so viel Lebensfreude, und vor allem stand mir der Sinn gerade nicht danach, über die Eitelkeiten eines Landes zu philosophieren, das ich kaum kannte. Für einen Jungen von vierzehn Jahren nahm Domingo das Leben bereits sehr ernst, während ich versuchte, alles, was ich sah, in mich aufzunehmen, mir vorzustellen, welchen Platz ich in jenem Kaleidoskop einnehmen würde, und vor allem, mich zu orientieren auf meinem Weg zu dem so wichtigen Ziel eines unschuldigen Jungen, seine Unschuld so schnell wie möglich zu verlieren.

Über den Prado gelangten wir zur Angelus-Kirche, die sich auf einer kleinen Anhöhe befindet, und gingen dann weiter über die Calle del Empedrado, die am besten gepflasterte Straße der Stadt, bis zur Plaza Vieja, wo eines der dort üblichen Volksfeste stattfand. Obwohl jedes dieser Feste einem bestimmten Heiligen gewidmet war, war es von völlig untergeordneter Bedeutung, welcher Schutzpatron gerade gefeiert wurde. In jedem Fall pflegte sich das Fest über achtzehn Tage hinzuziehen, wobei lediglich am Anfang und am Ende der Feierlichkeiten eine Messe abgehalten wurde. Die übrige Zeit wurde das karnevaleske Treiben von dem beherrscht, was momentan als das größte

Vergnügen in der Stadt galt: dem Glücksspiel. An Tischen auf den Straßen, vor den Hauseingängen, im Innern der Wohnhäuser und der Geschäfte frönte man den unterschiedlichsten Spielen: Karten- und Würfelspielen, Domino, Lotterien und Billard, dazu allen Arten von Wetten, die sich die menschliche Fantasie ausdenken konnte. Darüber hinaus hatte man in den Innenhöfen der Häuser Hahnenkampfplätze eingerichtet, vor denen die zahlreichen fanatischen Anhänger ihre Wetteinsätze brüllten. Die Gestalten, die sich dort herumtrieben, Weiße, Schwarze und Mulatten, mit Gesichtern, als hätten sie bereits tausend Straftaten begangen, jagten einem Furcht und Schrecken ein und machten uns bewusst, dass wir uns auf gefährlichem Terrain befanden. Auf Anraten meines Freundes hatte ich das Geld, das wir für die berühmte Betinha benötigen würden, im Strumpf versteckt, aber Domingo beschloss, mit dem restlichen Geld sein Glück zu versuchen, überzeugt davon, wie er mir sagte, dass es ihm gelingen würde, unser Kapital zu vermehren.

Domingo betrat einen Laden, der als Apotheke ausgewiesen war, und ging zu einem Tisch, an dem zu meiner Verwunderung zwei Männer in Militäruniform, ein Priester, mehrere übel aussehende Schwarze und eine weiße Frau, deren Gesicht die Narbe einer frisch verheilten Wunde zierte, Karten spielten. Von der Decke hingen zwei Petroleumlampen herab, die den Raum nur spärlich beleuchteten, und auf dem Tisch standen Krüge, Wein- und Schnapsflaschen. Daneben lagen brennende und noch in Brand zu steckende Zigarren, und auf dem Boden döste einer jener räudigen Hunde, von denen es in der ganzen Stadt nur so wimmelte. Domingo fragte mich mit den Augen, ob ich mich an dem Spiel zu beteiligen wünschte, und ich signalisierte ihm, dass ich das nicht wolle. Glücksspiele sind meinem Wesen immer fremd gewesen.

Domingo dagegen war der geborene Hasardeur, wie er in seinem langen Leben noch so häufig unter Beweis stellen sollte, und nach den ersten beiden Runden, aus denen er als Sieger hervorging, drehte er sich zu mir um und schaute mich triumphierend an. Da begriff ich, wie stark seine Spielleidenschaft war: Seine Hände zitterten, auf seiner Stirn standen Schweißperlen, trotz der kühlen Brise, die mit Einbruch der Dunkelheit aufgekommen war, und in seinem Mund sammelte sich Speichel, so erregt war er. Ich, eher gelangweilt als begeistert und überdies den Ausgang jener Posse vorausahnend, überlegte mir, auf dem Platz draußen spazieren zu gehen, doch da es bereits dunkel war, verwarf ich den Gedanken wieder. In den letzten Tagen hatte ich so oft von Überfällen, Schlägereien und Morden gehört, dass ich es vorzog, in der Apotheke zu bleiben, einen Kaffee zu trinken und das voraussehbare Ende abzuwarten. Wenn wir alles, was bei uns vermutet wurde, verloren hätten, würden wir für die Ganoven, die um den Platz herumstrichen, nicht mehr interessant sein, und dann würden wir uns unbesorgt auf die Straße wagen können.

Und wirklich: Eine Viertelstunde später hatte der Glücksjunge, wie die Frau mit der Narbe über dem Gesicht Domingo getauft hatte, alles verloren, was er in den ersten Runden gewonnen, und dazu noch die eineinhalb Goldunzen, die er für seine große Leidenschaft am Anfang eingesetzt hatte. Doch trotz des Verlustes juckte es ihm in den Fingern, und seine Anspannung stand ihm im Gesicht geschrieben.

»Los, gehen wir«, sagte er heiter und zugleich traurig. Mit zwei kleinen Laternen bewaffnet, die uns die Frau mit der Narbe, eine Andalusierin, überließ, nahmen wir Kurs auf die Calle del Teniente Rey, um durch die Puerta de Tierra auf den Campo de Marte außerhalb der Stadtmauern und dann zum Hause von Madame Anne-Marie zu gelangen.

Noch heute kann ich spüren, wie meine Knie zitterten, als wir die von einer niedrigen Balustrade eingefassten Veranda betraten und durch die offene Tür in einen mit Pflanzen üppig dekorierten und von wohlduftenden Essenzen aus zwei Räucherpfannen parfümierten Raum gelangten. Leuchten, Kerzen und Öllampen sorgten für eine beinahe festliche Beleuchtung, von der auch noch der Korridor, der sich im Innern des Hauses verlor, und der den mit Bäumen und Blumen bestandenen Innenhof erfasst wurden. In einem Sessel mit hoher Rückenlehne saß, angetan mit einer seidenen Mantilla, geschminkt und frisiert wie für ein Fest, jene Frau, die ich mir dick und ordinär vorgestellt hatte und die nun die Gesichtszüge und das Gebaren einer Muse besaß.

»Kommen Sie herein, meine Herren, seien Sie willkommen«, sagte sie mit rauchiger Stimme in perfektem Spanisch zu uns. Anne-Marie war zierlich, hatte kastanienbraunes Haar und große grüne Augen, und alles deutete darauf hin, dass sie in ihrer noch nicht weit zurückliegenden Jugend von erregender Schönheit gewesen war. Wenn man sie so vor sich sah und wusste, welchem Gewerbe sie nachging, konnte man sich gut vorstellen, dass dieser Frau zwei, drei oder noch mehr Liebhaber aus der vornehmsten Gesellschaft Havannas zu Füßen lagen. Wir beide gehörten nicht dazu, und vielleicht deswegen kam sie ohne weitere Umstände gleich zur Sache: »Mein Haus steht Ihnen zur Verfügung … vorausgesetzt, Sie sind älter als fünfzehn …«

»Keine Sorge, Madame, wir sind schon sechzehn«, log Domingo leichthin.

»Und haben die Herren einen speziellen Wunsch?«

Domingo sah mich an, ich sah ihn an. Meine Knie hörten nicht auf zu zittern, doch in solchen Situationen kommt stets die rettende Sekunde, in der es mir gelingt, meine Ängste zu überwinden.

»Wir möchten Betinha besuchen«, sagte ich.

Madame Anne-Marie nickte lächelnd. »Freut mich zu hören, welche Berühmtheit das Mädchen erlangt hat …«

»Was ist der Preis?«, fragte ich, denn ich befürchtete, dass Domingo falsch informiert war und unser Geld nicht reichen würde.

»Eine halbe Goldunze für den kompletten Service, für eine Stunde.«

Demnach würden unsere eineinhalb Goldunzen sogar noch für ein paar Gläser Wein reichen. Ich atmete erleichtert auf.

»Im Moment ist sie nicht frei, aber in einer halben Stunde wird Betinha für Sie da sein. Wünschen Sie etwas zu trinken, während Sie warten?«

»Zwei Glas Wein … drei, wenn Sie uns die Ehre geben, Sie einladen zu dürfen, Madame.« Ich fühlte mich befreit von all den Zweifeln, die mich den Tag über geplagt hatten. In einer halben Stunde würde ich eine der profunden Wahrheiten des Lebens kennenlernen und, als Dichter, der ich werden wollte, eine wichtige Erfahrung machen, die ich eines Tages in Verse verwandeln würde.

Anne-Marie war nicht nur schön, sondern auch gastfreundlich, und als sie hörte, dass zwei Dichter in ihrem Hause weilten, wie wir uns beeilten, ihr kundzutun, lud sie uns zu einem zweiten Glas ein und begann eine lebhafte Unterhaltung. Es kamen zwei weniger anspruchsvolle Kunden, die rasch von einem feminin wirkenden, blassen Jüngling, den die Hausherrin Elizardito nannte, in Empfang genommen wurden und sich von ihm unter Verbeugungen und nervösen Blicken durch den Korridor ins Hausinnere geleiten ließen. Dank der Redseligkeit von Madame, die, wie sie erzählte, in ihrer Jugend im damals blühenden Cap-Haïtien häufig Racine und einiges von Molière gespielt hatte, erfuhr ich an jenem Abend, dass der Erwerbszweig der Prostitution auf der Insel schneller prosperierte als die Zuckerproduktion. Ganz besonders einträglich war das Geschäft für diejenigen, die Sklavinnen in einem kleinen, eigens angemieteten Haus zu festen Tarifen arbeiten ließen. Die Prostituierten mussten durch ihre Arbeit für ihren eigenen Unterhalt sorgen und am Ende der Woche die festgesetzte Quote an ihren »Besitzer« abliefern. Den übrigen Gewinn durften sie behalten, weswegen diese Frauen sehr fleißig arbeiteten und eine größere Kundschaft aller Art bedienten, was sie rentabler machte als die weißen Prostituierten, die nur für die Weißen da waren. Jene unglücklichen Sklavinnen hatten nämlich zum Ziel, sich freizukaufen und, wenn möglich, eines der kleinen Geschäfte zu betreiben, wie es die freien Neger in Havanna taten.

Wir schlürften gerade das zweite Glas Wein, als unser Gespräch unterbrochen wurde. Ein respektabel aussehender Herr von etwa vierzig Jahren kam durch den Korridor in den Salon, den Hut tief in die Stirn gedrückt. Madame entschuldigte sich, trat auf ihn zu, nahm seinen Arm, und leise miteinander redend gingen die beiden hinaus auf die Straße. Wenige Minuten später kam Anne-Marie zurück.

»Wie Sie sehen, habe ich vornehme Gäste …«

»Und darf man wissen, wer das war?«, wagte Domingo zu fragen.

Anne-Marie lachte ihr träges, kehliges Lachen. »Aber selbstverständlich! So etwas ist eine gute Werbung für mein Haus. Das war Don Domingo Aldama, einer der reichsten Männer der Insel.«

»Sieh an, Señor Aldama geht zu den Huren«, bemerkte mein Freund. Später erzählte er mir, dass jener Mann, der für seine Zukunft so wichtig werden würde, einer der umtriebigsten Sklavenhändler des Landes war.

»Auch er hat eine Vorliebe für die Betinha ... Na, dann mal los, Jungs, wer will zuerst?«, fragte Anne-Marie, und Domingos Antwort überraschte mich sehr.

»Er«, sagte er und wies mir mit einer Handbewegung den Weg zum Korridor.

Mit seiner unerwarteten Entscheidung offenbarte mir mein junger Freund, den ich später wie einen Bruder lieben sollte, an jenem Abend, ohne dass ich mir dessen bewusst war, einen weiteren seiner Wesenszüge. Heute weiß ich, dass die Großzügigkeit, mit der er mir den Vortritt ließ, keine Geste der Höflichkeit dem Neuling gegenüber war. Es handelte sich um eine für ihn lebenswichtige Strategie, die darin bestand, andere an die Front zu schicken, während er sich im Schatten der Etappe hielt.

Er zog den Knoten nach links, zurrte ihn fest und korrigierte ihn dann leicht nach rechts, um mit einer letzten, fast unmerklichen Korrektur nach links den perfekten Sitz zu erreichen. Die Uhr zeigte Punkt sechs, als José de Jesús Heredia die Krawatte fertig gebunden hatte. Er war schon immer ein Perfektionist gewesen, und nun überprüfte er vor dem stellenweise blinden Spiegel des kleinen Hotelzimmers auch noch die Sauberkeit seiner Nasenlöcher, klopfte den unvermeidlichen Schuppenschnee von den Revers des alten Musselinjacketts und zwirbelte mit speichelbenetzten Fingern das schmale, bereits völlig ergraute und mit jedem Tag dünnere Oberlippenbärtchen. Sodann schickte er sich an, auf Carlos Manuel Cernuda und Cristóbal Aquino zu warten, seine beiden Freimaurerbrüder, mit denen er vor der Sitzung der Freimaurerloge »Söhne Kubas« im Restaurant Neptuno zu Abend essen wollte. Sie waren im Foyer des kleinen Hotels in Matanzas, in dem man ihn einquartiert hatte, für halb sieben verabredet, und wenn José de Jesús etwas nicht leiden konnte, dann, andere auf sich warten zu lassen.

Um die nächsten dreißig Minuten möglichst angenehm herumzu-
bringen, überlegte er, in den Park hinunterzugehen und die Leute zu
beobachten. An solch milden Frühlingsabenden pflegten die wunderschönen Frauen, an denen in der Stadt kein Mangel herrschte,
dort spazieren zu gehen. Doch sogleich entschied er, dass dies keine
gute Idee sei: Der Anblick weiblicher Schönheit frustrierte ihn, sie
erinnerte ihn an seine entschwundene sexuelle Leistungsfähigkeit.
Stattdessen wandte er sich dem Bett zu, auf dem von einem malvenfarbenen Band zusammengehalten ein Umschlag aus Manilapapier
lag. Er enthielt Blätter, die sein Vater mehr als achtzig Jahre zuvor
beschrieben hatte und die auf José de Jesús eine beinahe krankhafte
Anziehungskraft ausübten, seit er sie vor siebzehn Jahren zum ersten Mal gelesen hatte. Erst als seine ältere Schwester Loreto, die sich
als einziges der Kinder des Dichters an den Vater erinnern konnte,
ihm das Manuskript ausgehändigt hatte, hatte er von dessen Existenz erfahren. Mehr als den Geschichten seiner Großmutter María
de la Merced verdankte José de Jesús den Erinnerungen Loretos das
Bild eines abgemagerten, hohläugigen José María Heredia, der wei-
nend seine Frau Jacoba umarmte, als er im Februar des Jahres 1837
von seinem letzten Kubaaufenthalt zurückgekehrt war. Mehr tot als
lebendig, beschämt und verraten, so zermürbt, dass er in jenem Moment nicht einmal die Kraft aufbringen konnte, sich auf die einzige
Art zu rächen, die ihm zur Verfügung stand: seine Erinnerungen aufzuschreiben und sie für eine Nachwelt festzuhalten, von der ihm
vielleicht Verständnis zuteilwerden und Gerechtigkeit widerfahren
würde.

Nachdem der alte Mann den Gedanken, in den Park hinunterzugehen, endgültig aufgegeben hatte, setzte er sich aufs Bett, löste das
abgegriffene Band und zog das Manuskript aus dem Umschlag, um
es sich, vielleicht ein letztes Mal, anzusehen. Nur das Wissen um seinen nahen Tod konnte ihn dazu bringen, sich von diesen schrun-
digen Blättern zu trennen, in denen die Energie eines einzigartigen
Mannes pulsierte und die aufopferungsvolle Liebe einer Frau verborgen war, deren Wangen vermutlich ein ums andere Mal erröteten,
während sie die von ihrem todkranken Mann diktierten Teile der un-

geschminkten Lebensbeichte abgeschrieben hatte. Denn ebenso wie die verheerende Geschichte, die der Dichter auf den wenig mehr als hundert Manuskriptseiten erzählte, faszinierte José de Jesús das Zusammenspiel der Handschriften seines Vaters José María und seiner Mutter Jacoba. Ihr dramatischer Kontrapunkt glich einer Klaviersonate zu vier Händen, bei der die beiden Pianisten nur in der gegenseitigen Ergänzung auf den Elfenbein- und Ebenholztasten einen vollkommenen Klang erreichen.

Beim Durchsehen der Blätter betrachtete er wie so oft die männliche Schrift auf den ersten Seiten – steil, gedrängt, stark nach rechts geneigt –, die für den Dichter so charakteristisch war. Mit eigener Hand hatte Heredia den heldenhaften, glücklichen Teil der Geschichte festgehalten, den der Jugendjahre, der Sinnlichkeit, der Poesie und der Verschwörung. Dann, mit Beginn der Verbannung, gab die Erzählung der runden, feinen Handschrift Jacobas mehr Raum, vor allem bei den Episoden, die für seinen Vater sehr schmerzlich gewesen sein mussten. Während Heredia eigenhändig die gewaltigen Niagarafälle beschrieb, seine großartige Wiederbegegnung mit der Poesie, den begeisterten Entschluss, nach Mexiko zu gehen, oder die Bewunderung, die die stille Schönheit der Tochter des Justizbeamten Isidro Yáñez in ihm geweckt hatte, hielt Jacoba seine ersten Gedanken über Betrug und Heimweh fest, über die Kälte und die Entdeckung, dass er an einer unheilbaren Krankheit litt, an der er fünfzehn Jahre später sterben sollte … Die Verschlimmerung jenes Leidens war es denn auch, die Heredia zwang, seine Frau in Anspruch zu nehmen und sie in die Niederschrift einer Erinnerung einzubinden, bei der er seinen Körper und seine Seele entblößte, wie es nur wenige Menschen zu tun gewagt hätten. Das letzte Drittel der Geschichte war fast ausschließlich Jacoba vorbehalten, da der Autor nicht mehr in der Lage gewesen war, auf einem Stuhl zu sitzen und mit eigener Hand die letzten Kapitel des endgültigen körperlichen Verfalls niederzuschreiben. Sie sollten ihn in das dunkle, kalte Haus der Calle del Hospicio de San Nicolás führen, zu Füßen der herrlichen Kathedrale von Mexico City, in der er damals, in den Tagen seiner Versöhnung mit Gott, zum letzten Mal der Messe beigewohnt hatte. Gegen

Ende jedoch schien sein Vater seltsamerweise zu Kräften gekommen zu sein und seinen Platz wieder eingenommen zu haben. Mit einer noch geneigteren, unsicheren Schrift schrieb er eigenhändig die Episode seiner herbeigesehnten Reise nach Kuba nieder, auf der ihm die wenigen Ideale und letzten Freunde abhandenkamen. Eine Reise, die die letzten Hoffnungen eines Mannes zerstörte, der mit zwanzig Jahren Ruhm, Ehre, Liebe, Beifall und Freundschaft kennengelernt und die Dichtkunst beherrscht hatte wie sonst keiner der auf jener mit materiellem Reichtum gesegneten und an menschlichem Elend so reichen Insel Geborenen. Immer wieder gern las José de Jesús aus jener schmerzlichen Zeit die Episode, in der sein von allem und jedem enttäuschter Vater wieder der wahren Größe seines Lebens gewahr wurde, als nämlich der Schauspieler Antonio Hermosilla allen politischen Risiken zum Trotz auf der Bühne eines Theaters in Havanna die berühmte Ode an die Niagarafälle rezitierte. Die Anwesenden brachten dem armen, gedemütigten Dichter stehende Ovationen dar und verliehen auf diese Weise zum letzten Mal ihrer Anerkennung seiner literarische Größe, seiner Fähigkeit, eine Schönheit zu schaffen, die kein Tyrann trüben konnte, Ausdruck … Von da an war es wieder Jacobas Handschrift, die die letzten Wendungen des traurigen Abenteuers seines Lebens festhielt. Sie war es, die die Grausamkeit des Vergessenwerdens aufs Papier gebannt hatte, den Schmerz einer sich verschlimmernden Krankheit, das Gefühl der unerträglich werdenden Kälte, die Heftigkeit eines Heimwehs, das zur Obsession wurde, und auch die Entscheidung zur historischen und literarischen Rechtfertigung seiner Existenz, zu der diese Schilderung werden sollte. Er hatte sie an dem Tag begonnen, an dem er sich seiner furchtbaren Einsamkeit ausgeliefert sah, als er erkannte, dass er keinen einzigen Freund hatte, an den er sich hätte wenden können, und sich trotz allem daransetzte, sein Gedächtnis zu entlasten, in der Absicht, einem Sohn, der ihn nie kennenlernen sollte, von den Wechselfällen seines Lebensromans zu erzählen.

Während José de Jesús die Blätter umwandte und über ihre von der Feuchtigkeit und den Jahren angegriffenen Ränder strich, fragte er sich wieder einmal, ob seine Entscheidung richtig war. Vielleicht hätte der unverschämte Bibliothekar Figarola sich vor einem Notar bereit erklärt, die brisanten Papiere zu kaufen, und die Bedingung akzeptiert, sie bis zum 7. Mai 1939 unter Verschluss zu halten. Der Erlös aus diesem Verkauf hätte ihm sehr geholfen, die letzten Jahre seines Lebens durchzustehen – er hatte nicht einmal genug Geld, um sich anständig zu kleiden –, und sicherlich hätte ihm der Geist seines Vaters aus dem Himmel heraus verziehen. José María Heredia wusste, dass der Mensch alles oder fast alles ertragen kann, außer Hunger und Verachtung. Und sein jüngster Sohn, den er vielleicht niemals auf dem Arm hatte halten können, lebte im Elend und am Rande der Verachtung. Doch José de Jesús wusste auch, dass ihn der bittere Geschmack des begangenen Verrats nicht in Frieden würde sterben lassen: Figarola oder ein anderer von denen, die sich gerne mit der Veröffentlichung dieses Manuskripts geschmückt hätten, konnte einen im Kreise der Familie Heredia geschlossenen Pakt brechen und ohne jeden Skrupel eine Geschichte veröffentlichen, die das Bild des Dichters und der Menschen seiner nächsten Umgebung für immer verändern würde.

Und dann verfolgte ihn wieder der Gedanke, der ihn am meisten quälte, seit er mit diesen Blättern in Berührung gekommen war: Wäre es nicht besser, sie zu vernichten, die Geschichte ruhen zu lassen und mit ihr die Seele des Vaters, die furchtbarsten Geheimnisse seines Lebens und auch das in Ehren gehaltene Bild jener Menschen, über die der Dichter sein Urteil gesprochen hatte? Es wäre nicht das erste Mal gewesen, dass José de Jesús versucht hätte, die Biografie seines Vaters zu schönen. Schon vor einigen Jahren hatte er das Original des entsetzlichen Briefes von 1823 vernichtet, in dem Heredia dem Richter, der die Verschwörung der Unabhängigkeitsbewegung »Bolívars Strahlen und Sonnen« untersucht hatte, seine Unschuld beteuerte. Ebenso hatte er ein Schreiben des Vaters an Félix Varela verschwinden lassen, das mit dem Vermerk »Adressat unbekannt« zurückgekommen war. Im Brief dankte Heredia dem Pater für seine Bemühungen, den Roman *Jicoténcal* in Philadelphia zu veröffentlichen – anonym, da Heredia ihn für literarisch misslungen hielt. Mit der Vernichtung jenes Briefes hatte José de Jesús den einzigen Beweis dafür verschwinden lassen, dass sein Vater der Autor eines Romans war, der seit hundert Jahren die Gelehrten beschäftigte und sie sogar dazu verleitete, die Urheberschaft ebendiesem Félix Varela zuzuschreiben.

José de Jesús beruhigte die Überzeugung, dass Geschichte auf genau diese Weise geschrieben wurde: mit Auslassungen, Lügen, nachträglich konstruierten Beweisen und frei erfundenen oder aufgebauschten Heldentaten, und so beschlichen ihn bei seinem Bestreben, die Lebensgeschichte seines eigenen Vaters zu korrigieren, keinerlei Skrupel. Die Herren der Macht taten das ständig, und die historische Wahrheit war die gefügigste und die am schlechtesten bezahlte Hure der Welt ... Doch diese Blätter auf dem Hotelbett waren imstande, das Leben vieler unschuldiger Menschen zu verändern, und darüber hinaus lastete auf ihnen die Entscheidung seiner eisern entschlossenen Großmutter María de la Merced, sie im Schoße der Familie verborgen zu halten und erst dann der Öffentlichkeit zugänglich zu machen, wenn der Moment gekommen und die hundert Jahre nach dem Tode des Dichters vergangen sein würden.

Es war sechs Uhr siebenundzwanzig, und der Alte gab sich zwei Minuten, um das endgültige Schicksal des Manuskripts zu besiegeln. Um sechs Uhr neunundzwanzig würde er hinuntergehen müssen, um sich mit seinen Freimaurerbrüdern Carlos Manuel Cernuda und Cristóbal Aquino zu treffen. Doch die einhundertzwanzig Sekunden genügten, um über das Schicksal des nachgelassenen Geheimnisses von José María Heredia zu entscheiden.

Das Elend konnte auch seine schönen Momente haben. Mit dreißig Dollar kommst du davon, hatte Álvaro zu ihm gesagt, und als Fernando beim Umrechnen feststellte, dass es sich nur um rund fünftausend spanische Pesetas handelte, konnte er es fast nicht glauben. Und noch weniger glaubte er es, als er die wundersame Verwandlung seines Geldes sah: Auf dem Tisch thronte ein Topf mit dunklem Reis und schwarz glänzenden Bohnen, flankiert von einer randvollen Schüssel Schweinebraten, einem Dutzend Maispasteten, einer Pyramide aus gebratenen Bananenscheiben, dem bunten

Salat aus Tomaten, Gurken und Kopfsalat und außerdem einem in einem Meer von karamellisiertem Zucker schlummernden Kürbispudding. Alles zubereitet von Álvaros Nachbarin, die sich dank ihrer Meisterschaft im Zubereiten kreolischer Gerichte ihren Lebensunterhalt sicherte, denn ihr Monatslohn als Spitzenkraft in der Planungsbehörde reichte kaum aus, um eine Woche zu überleben. Die Getränke – zwei Kästen Bier, drei Flaschen Rum und zwei Flaschen Rotwein – hatte Conrado beigesteuert, der sich, geheimnistuerisch wie immer, weigerte, den Ursprung der Beute preiszugeben.

Kaum saßen sie am Tisch, schlug Arcadio vor, einen poetischen Toast auf Fernando auszubringen, und alle stießen auf sein Wohl an. Dann stand Miguel Ángel mit erhobenem Glas auf und setzte zu einer improvisierten (oder vielleicht gar nicht so improvisierten) Rede an, wie er es in seiner Zeit als Studentenvertreter so gern getan hatte:

»Ich möchte auch auf uns alle anstoßen. Ich möchte anstoßen auf die Jahre, in denen wir so gute Freunde waren. Auf die schönen Erinnerungen, die wir miteinander teilen. Auf all die Blätter, die wir vollgeschrieben haben, um uns das Geschriebene auf dieser Terrasse vorzulesen. Auf Enrique und Víctor, die nicht hier, aber irgendwie doch unter uns sind. Und ich will auf das Wunder anstoßen, dass wir uns heute, nach mehr als zwanzig Jahren, an diesem Tisch versammelt haben, und auch, dass wir fähig sind, den Groll und die Differenzen beiseitezuschieben, ja, zu vergessen, denn das ist das Beste, was wir tun können …«

Sowie Miguel Ángel geendet hatte, erhoben sich die anderen von ihren Stühlen. Die Stimmung wurde feierlich, die Spannung ließ nach, und Fernando beobachtete die Reaktionen von Conrado, Tomás und dem schönen Arcadio, die vielleicht Angst davor gehabt hatten, etwas Unangenehmes zu hören zu bekommen. Doch auch sie stießen mit El Negro und dem Rest der überlebenden Spötter an.

Während sie aßen und Erinnerungen austauschten, musterte Fernando immer wieder das Familienbild und durchforstete dabei sein Gedächtnis auf der Suche nach einem Zeichen aus der fernen Vergangenheit, das es ihm ermöglichen würde, einen der Anwesenden als den Denunzianten zu identifizieren, der sein Leben so nachhaltig verändert hatte.

Am Tischende ihm gegenüber sprach gerade Álvaro, vom Alkohol gezeichnet, aber immer noch mit diesem unverschämten Blitzen in den Augen. Als Fernando die beiden Gedichtbände seines Freundes bekommen und gelesen hatte, hatte er eine widerspenstige Kraft in ihnen gespürt, dämonisch und eschatologisch zugleich, und ihm war klar gewesen, dass es sich um das aufrichtige und schmerzliche Vermächtnis eines Mannes handelte, der es nicht fertigbrachte, Knall auf Fall Selbstmord zu begehen, es jedoch verstand, sich langsam, aber sicher umzubringen, so als zelebriere er das herbeigesehnte Ende. Außer den Gedichten und einer unbeirrbaren Treue zu seinen Gewohnheiten und Manien war kaum noch etwas übrig geblieben von dem alten Weggefährten, in dem Fernando selbst an den düstersten Tagen nie jemanden hatte sehen können, der fähig gewesen wäre, einen Verrat zu begehen. Álvaro war ihm immer zu aufrichtig erschienen, zu echt, um die für einen Verräter unverzichtbaren Eigenschaften zu besitzen.

Neben Álvaro, aber so, als gehörte er als Mensch und als Dichter einer anderen Spezies an, saß der schöne Arcadio. Immun gegen die Verwüstungen des Alters, lebte er nur für die Poesie, ihr ergeben wie eine Vestalin ihrer Göttin, auf dem Kopf, als wäre er mit ihnen auf die Welt gekommen, die Lorbeeren, die er dank seiner fanatischen Hingabe eingeheimst hatte. Fernando erinnerte sich an die fernen Tage, in denen sie sich, frisch an der Universität immatrikuliert, kennengelernt hatten; als Arcadios Gedichte darauf abzielten, eine einverständliche Kommunikation herzustellen mit der Realität des Landes oder mit der konkreteren seines eigenen, friedlichen und begrenzten Lebens. Doch bald begann dieser Bezug in den Hintergrund zu treten. Seine Poesie begann sich selbst zu genügen und wurde zu einem Widerhall der Veränderung des Menschen auf den zwangsläufigen und zugleich sich immer wiederholenden Lebenswegen. Mit den Jahren verdüsterten sich die prosaischen Metaphern seiner Jugend, genauso wie sein Blick auf das Schicksal und die unentrinnbare Einsamkeit des Menschen, und Arcadio fing an, seine besten Gedichte hervorzubringen. Das Ergebnis dieses poetischen Bemühens waren acht weit verbreitete, viel besprochene und prämierte Bände. Arcadio Ferret wurde von vielen als eine der bemerkenswertesten Stimmen seiner Generation gefeiert, und man sprach sogar schon von seinem Einfluss auf die Jüngeren. Ohne Eitelkeit, doch voller Stolz nahm Arcadio, überzeugt davon, dass er es verdiene, Lobreden, Reisen, Medaillen, Autos und auch verfrühte Hommagen entgegen. Diese weltlichen Triumphe führten jedoch dazu, dass sein Schaffen, dem er sich mit derselben ehrfürchtigen Hingabe widmete wie zu den unschuldsvollen Zeiten, als er davon träumte, einige seiner Verse gedruckt zu sehen, immer eigensinniger und in sich gekehrter wurde. Seine betont mürrische, wenn auch allgemein als natürlich betrachtete Haltung war das, was Álvaro am meisten an ihm störte. Er sah im ehemaligen Kommilitonen einen aufgeblasenen, opportunistischen Heuchler, ohne den Mut, sich dem zermürbenden Alltag des Lebens zu stellen, aus dem Álvaro den Stoff für seine aggressive Dichtung gewann. Jene erbitterte menschliche und ästhetische Rivalität war, wie Fernando wusste, bereits viele Jahre zuvor entstanden. Sie war Teil der literarischen Tradition einer Insel, auf der der Erfolg des anderen, ob begründet oder unbegründet, stets Argwohn und Groll hervorrief.

Rechts von Fernando saß, so viel Rum trinkend, wie sein bodenloser Magen aufnehmen konnte, Tomás, vielleicht derjenige von allen, der sich am wenigsten verändert hatte. Während das durch Enrique entfesselte Gewitter Fernando aus dem Literaturwissenschaftlichen Institut hinweggefegt hatte, war Tomás unbeschadet daraus hervorgegangen und hatte bis heute seine Professorenstelle behalten, ohne dass seine Karriere in den letzten zwanzig Jahren den erhofften Verlauf genommen hätte. Schon vor langer Zeit hatte er resigniert und den Gedanken an die Romane aufgegeben, die er irgendwann hatte schreiben wollen, obwohl er sie weiterhin ankündigte und sogar über sie sprach. Auch die seiner Intelligenz angemessenen Essays hatte er nicht veröffentlicht. Sein Leben erschöpfte sich in der Routine eines ununterbrochenen Kampfes um Ruhe und kleine Privilegien. Tomás verschanzte sich hinter seiner pragmatischen Straßenphilosophie, trotzte allen Stürmen und richtete sich in seiner Arbeit bequem ein. Er hatte einige der seit Fernandos Weggang verwaisten Betten geerbt und war seiner Gewohnheit, zu joggen und Hanteln zu stemmen, treu geblieben. Mit seinem flachen Bauch, seinen muskulösen Armen und dem nur von wenigen grauen Strähnen durchzogenen schwarzen Haar war er von ihnen allen der in der besten körperlichen Verfassung. Fernando erinnerte sich, dass Tomás schon immer der Zyniker der Gruppe gewesen war, das perfekte Chamäleon, und ihm traute er es am ehesten zu, ihn damals angeschwärzt zu haben. Doch er besaß keinen einzigen Beweis für seine Verdächtigungen, die im Übrigen am strikten männlichen Ethos zerschellten, der seinem früheren Freund in die Haut geritzt schien, als erste Lektion, die er in dem hitzigen Viertel von Havanna, in dem er geboren war, gelernt hatte.

Der vielleicht interessanteste Fall war Conrado. Denn auch wenn er immer noch derselbe Conrado war, dasselbe Schlitzohr, hatte er aufgehört, Conrado zu sein. Fernando betrachtete ihn und glaubte ihn wiederzuerkennen, doch dann verschwamm das Bild seiner Erinnerung angesichts einer Realität von fast zweihundert Pfund, die das gewohnte Kalbsgesicht zu verdoppeln schien. Wenig war geblieben von der siegesgewissen Begeisterung des Bauernjungen aus Placetas, der den Gestank der Landluft gegen den Dunst des Asphalts eingetauscht hatte, weil er um jeden Preis dem Schmutz und dem Elend, in dem seine kanarischen Großeltern und seine kubanischen Eltern gelebt hatten, entkommen wollte, entschlossen, es »zu etwas zu bringen im Leben«, wie er zu sagen pflegte. Zweifellos hatte Conrado seinen Ehrgeiz und seine angeborenen Fähigkeiten genutzt, um sich emporzuarbeiten, und tatsächlich hatte er, seine Möglichkeiten voll ausschöpfend, seine Träume vom Aufstieg verwirklicht. Nachdem er als Erster aus einer bitterarmen Familie die Universität besucht hatte, erklomm er emsig sämtliche Stufen der Leiter des Erfolgs, bis er es zu mehr als nur zu »etwas« im Leben gebracht hatte, jedenfalls in dem Bereich, der am sichtbarsten war. Ein Haus in Miramar, ein japanisches Auto mit Klimaanlage, eine goldene Schweizer Uhr, eine Frau und zwei Geliebte, elegant lässige Kleidung und der unwiderstehliche Duft teurer Parfüms, all das deutete auf seine offensichtlichen Erfolge hin. Von seinen ehemaligen Freunden war er der Einzige gewesen, den Fernando während seines langen Exils gesehen hatte. Vor ungefähr zwei Jahren hatte sich der »Bauernjunge« in Madrid aufgehalten und ihn mit einem Telefonanruf überrascht. Die Sauftour war unbeschreiblich gewesen, und Conrado schien glücklich gewesen zu sein, den Freund wiederzusehen. Erst gegen Morgen, beim letzten Glas, war ihm herausgerutscht, dass er bereits zum x-ten Mal in Spanien war. Da hatte Fernando begriffen, dass sich bei Conrado oder in seiner Umgebung irgendetwas verändert haben musste, dass das berechnende Schlitzohr es wagte, sich mit einem alten Freund im Exil, den er bei seinen früheren Aufenthalten in Spanien nie angerufen hatte, in der Öffentlichkeit zu zeigen. Schließlich jedoch hatte Fernando versucht, die herausgerutschte Bemerkung und andere alte Rechnungen zu vergessen und sich nur auf die stundenlange Unterhaltung zu konzentrieren, während der Conrado ihm von den Lebensumständen der übrigen Spötter berichtete und eingestand, dass er nie daran geglaubt habe, irgendwann Schriftsteller werden zu können. Er wusste, dass ihm dazu das Feingefühl, die Aufrichtigkeit und die Risikobereitschaft fehlten. Und die Gedichte, die er als Zwanzigjähriger geschrieben hatte, seien nicht mehr gewesen als eine schlaue, durchsichtige Maßnahme, um weiterhin zu jener hitzköpfigen Gruppe zu gehören, die davon überzeugt war, das literarische Leben des Landes verändern zu können.

Miguel Ángel, der rechts neben Álvaro saß, hatte Fernando sich zum Nachtisch aufgehoben, denn der war der Undurchsichtigste von allen. In seiner Erinnerung war El Negro schon immer anwesend und allgegenwärtig. Er hatte ihn seit den unbeschwerten Tagen der vierten Klasse begleitet, als seine Familie in Fernandos Viertel gezogen war, ins Haus der Eisenwarenhandlung »La Moderna«, deren Besitzer ins Exil gegangen waren. Größer als seine Mitschüler, hatte es der kräftige schwarze Junge von Anfang an darauf angelegt, Anführer der jungen Pioniere und der beste Schüler von allen zu sein. Fernando hatte in ihm immer eine Art Rotgardist gesehen, mit unverrückbaren politischen Ansichten, die so endgültig waren wie der Erwerb des Parteibuchs wenige Jahre später. Die politischen Überzeugungen hatte er von seinen Eltern übernommen, Kommunisten und Gewerkschaftern, die während der Batista-Diktatur Verfolgung, Gefängnis und sogar Folter hatten erleiden müssen. Diese Überzeugungen waren für ihn ein Bestandteil des täglichen Lebens geworden, was sich jedoch – wunderbarerweise, sagte Arcadio – nicht in den Texten niederschlug, die er als Jugendlicher verfasste. Sowohl die harmlosen Erzählungen aus seiner Studentenzeit als auch die beiden später veröffentlichten Romane waren frei von politischen Absichten. Sie atmeten sogar häufig den Zauber großer Literatur, auch wenn sie nicht das hielten, was sie versprachen, möglicherweise aus Mangel an Schliff, der sich erst nach vielen vollgeschriebenen Seiten einzustellen pflegt. Für Fernando waren El Negros Romane die Sprossen auf einer Leiter, die ihn zu Höherem hätten führen können. Doch da brach Miguel Ángels monolithische, aus dem stalinistischen Eifer seiner Eltern und dem Kampf um die Würde seiner Hautfarbe erbaute ideologische Mauer ganz plötzlich auseinander, und sein Glaube machte einer galoppierenden Enttäuschung Platz, die bei seinem Charakter nur kompromisslos ausfallen konnte. Der Rauswurf bei der Zeitschrift, für die er gearbeitet hatte, und die Beschuldigung, ein Perestroiker und Revisionist zu sein, war der erste Schlag vonseiten seiner ehemaligen Kollegen, die ihn von dem Moment an als potenziellen Feind betrachteten und behandelten, vor allem als bekannt wurde, dass er außerhalb Kubas einige Artikel veröffentlicht hatte, die seine frühere Haltung als überzeugter Kommunist infrage stellten. Mit sich selber hadernd fuhr der Renegat fort, zu schreiben. Und es gelang ihm weiterhin, seinen literarischen Freiraum von seinen politischen Überzeugungen zu trennen. Einige Monate zuvor hatte Fernando das erhalten, was El Negro als den ersten Entwurf seines dritten Romans bezeichnete, und erwartungsvoll die Geschichte aus dem neunzehnten Jahrhundert gelesen, von einfachen Leuten, die sich im Strom der Geschichte trafen und wieder verloren. Den Roman konnte man als Parabel auf die kubanische Gegenwart lesen, ohne dass in der Handlung ein einziger direkter Bezug darauf zu finden gewesen wäre. Doch vor allem sah Fernando in diesem so verbitterten wie hoffnungsvollen Text, in dem sich das historische Trauma einer versklavten und diskriminierten Rasse offenbarte, ein überzeugendes Werk mit jener großartigen Eigenschaft, die er sich stets von der Literatur erhoffte: die Fähigkeit, den Leser durch Schönheit und Leidenschaft anzurühren.

Die Möglichkeit, sich die Unmenge an Treue, Verrat, Veränderungen und Konsequenzen, die das Leben der Menschen ausmacht, ganz plötzlich summarisch vor Augen zu führen, rief in Fernando ein bitteres Unbehagen hervor. Die Vergangenheit über die Gegenwart zu stülpen war eine fast hinterlistige Vorgehensweise, um unvorstellbare Verstümmelungen und Verluste zutage zu fördern, während die Gegenwart noch Zukunft war und die Vergangenheit etwas so Beschränktes, dass sie sich in zwei Worten zusammenfassen ließ: ein umweltbedingtes oder genetisches Erbe und einige wenige erlernte Verhaltensweisen. Warum zum Teufel tue ich das?, fragte er sich. Warum bin ich nicht in der Lage, dieses Zusammensein zu genießen, ein wenig zu lachen und ein für alle Mal den ganzen Scheiß zu vergessen?, fragte er sich weiter. Er goss sich den Rest aus einer Weinflasche ins Glas und betrachtete die beiden brennenden Kerzen in einer Ecke, in deren Flammen die Erinnerung an Víctor und an Enrique aufflackerte, den Held und den Märtyrer, die beiden fehlenden Tischbeine an diesem offenbar nicht zu reparierenden Tisch, der auf der Freundschaft und dem unschuldigen Jugendglauben an die Literatur und an das Leben errichtet worden war.

Die Nachricht, dass Víctor in Angola von einer Panzermine auf einer Straße im Süden des Landes getötet worden war, war einer der furchtbarsten Schläge gewesen, die Fernando in seinem eben begonnenen, von Unsicherheit geprägten Exil hatte verdauen müssen. Für alle war Víctor der beste der Spötter gewesen. Niemand zweifelte an der grundsätzlichen Aufrichtigkeit des hochgewachsenen, starken, hübschen und gesunden Mulatten, der das beste Zeugnis des Jahrgangs bekommen hatte und dazu Delfina, die Frau, auf die fast alle scharf gewesen waren und die Fernando nach zwanzig Jahren, in denen sie sich nicht gesehen hatten, vielleicht noch immer liebte … Fernandos Freundschaft mit Víctor hatte begonnen, als sie im Gymnasium in derselben Klasse gesessen und in derselben Baseballmannschaft gespielt hatten, und mit den Jahren war er sich darüber klar geworden, dass er den Freund oft beneidete. Während er selbst immer ein bestimmtes Ziel vor Augen hatte, waren Víctors Ambitionen einfach und bescheiden: Baseball zu spielen und nicht mehr darin zu sehen als ein Spiel; zu schreiben, wenn er schreiben konnte; bis in alle Ewigkeit ein und dieselbe Frau zu lieben; die Bücher zu lesen, die ihm gefielen, oder maßvoll Rum aus einer Flasche zu trinken, die einer seiner Freunde entkorkt hatte. Nie hatte man gehört, dass er sich vor jemandem fürchtete, jemanden hasste oder mit jemandem konkurrierte. Nach dem Studium wollte es das Schicksal, dass Víctor als Assistent am Filminstitut anfangen konnte, und schon bald begann er eigene Kurzfilme zu drehen. Als er als Kriegsberichterstatter nach Angola geschickt wurde, schrieb er gerade mit Miguel Ángel am Drehbuch für seinen, wie er hoffte, ersten abendfüllenden Spielfilm. Er ging in den Krieg, wie er ans Ende der Welt oder zu einem Baseballspiel ins Stadion von Havanna gegangen wäre: ruhig und ohne Angst. Mit zweiunddreißig Jahren wurde er in Stücke gerissen und hinterließ bei denen, die ihn geliebt hatten, das Gefühl eines unersetzlichen Verlustes, zusammen mit einer beklemmenden Frage: Wie weit hätte es dieser Mann, der Sanftmut, Sensibilität und Talent in sich vereinte, noch bringen können?

In diesem Augenblick begann Enriques Kerze zu flackern, wie um Fernandos Aufmerksamkeit auf sich zu lenken und ihn zu zwingen, sich wieder einmal zu fragen: Hat er den Tod gesucht, oder habe ich ihn getötet? Die Erinnerung an Enrique quälte Fernando wie eine Obsession, und er musste sich eingestehen, dass es Enrique auch Jahre nach seinem Tod immer noch schaffte, Mittelpunkt, Hauptdarsteller, stets präsente Figur zu sein. Alles an seinem Leben, einschließlich seines frühen Endes, war theatralisch. Fernando war überzeugt, dass Enrique den höchsten Punkt seiner Exzentrizität an jenem Abend erreicht hatte, als er sich gegen Ende des ersten Studienjahres und nach den ersten Treffen der Spötter auf Álvaros Terrasse zu Wort meldete, um »einen Tagesordnungspunkt einzubringen«. Damit alles klar, sauber und ordentlich sei, wie er sagte, erklärte er seinen Freunden, dass, wenn jemand unter ihnen vermute, er sei schwul, er damit recht habe: Ja, er sei schwul. Und zwar seit seinem zwölften Lebensjahr, als ihm sein Sportlehrer in der achten Klasse, ein kräftiger Mulatte, in den Umkleideräumen der Turnhalle an den Arsch gepackt habe, selbstverständlich ohne ihn einzuschüchtern oder Gewalt anzuwenden. Ihm habe der Mulatte gefallen, und dem Lehrer habe es gefallen, ihn, Enrique, zu vögeln. Und wenn er seine sexuellen Neigungen stets geheim gehalten habe, dann einzig und allein deshalb, weil es in Kuba sehr schwierig sei, als überführter und, mehr noch, als bekennender Schwuler zu leben, und auch deshalb, um ohne Probleme an der Universität studieren zu können. Denn wie alle wüssten, werde das Institut für Literatur regelmäßig und radikal von Homosexuellen gesäubert. Die Verblüffung seiner Freunde war es wert, in eine Anthologie des Erstaunens aufgenommen zu werden: In Kuba gab niemand – oder fast niemand – zu, homosexuell zu sein, und schon gar nicht in einer so direkten Form, frei von Romantisierung oder Traumata. Das Eingeständnis war so schonungslos offen, dass Enrique weiterhin von allen akzeptiert wurde, vielleicht auf eine freimütigere Art, da nun kein Zweifel an seiner sexuellen Ausrichtung bestand, der ihre Freundschaft hätte trüben können. Von da an berichtete er ihnen von seinen Liebesabenteuern, und die anderen genossen, voyeuristisch und amüsiert zugleich, die Geschichten über seine zufälligen Straßenbekanntschaften oder die Informationen über das Doppelleben von bekannten Persönlichkeiten aus Kunst, Politik und Fernsehen, die in Wirklichkeit »verwelkte Margariten« waren, wie er sagte. Etwa jener eitle schnauzbärtige Mulatte aus dem Fernsehen oder der knallharte Generalsekretär des Kommunistischen Jugendverbandes der Fakultät, den sie daraufhin »süßes Vögelchen der Jugend« tauften. Wie zu erwarten, galten die literarischen Vorlieben Enriques dem Theater, und die gesamte Studienzeit hindurch schrieb er Stücke für die Theatergruppe des Instituts, in denen er außerdem auch mitspielte. Er besaß echtes Schauspieltalent, Sinn für Rhythmus und ein Gespür für die dramaturgische Umsetzung des täglichen Lebens. Als Erster von ihnen gewann er einen wichtigen Preis, der die Veröffentlichung seines Buches einschloss, bedauerlicherweise das einzige, das er in seinem Leben veröffentlichen sollte. Denn nachdem er die eineinhalb Jahre Gefängnis wegen versuchter illegaler Ausreise abgesessen hatte, schien er ein anderer geworden zu sein, jemand, der sich von dem, den sie gekannt hatten, grundlegend unterschied. Weniger als ein Jahr später sollte Enrique beim Überqueren des Malecón von einem Lastwagen erfasst werden, ohne dass man je erfahren hätte, ob es unheilvolle Zerstreutheit oder wohlüberlegte Absicht war, die ihn an jenem Abend im Jahre 1979 gegen das sowjetische Eisenmonstrum KP3 hatte laufen lassen.

Ein unmerklicher Windhauch, von dem Víctors Kerze nichts bemerkte, schaffte es, die von Enrique zu löschen. Ein dünnes Rauchwölkchen stieg vom Docht auf und tanzte sekundenlang in der Luft, bevor es von der Nacht verschluckt wurde.

WENN ICH MEIN LEBEN ÜBERDENKE, kommt es mir vor, als wären die beiden Jahre, die ich in Kuba verbracht habe – prall und sorglos, fieberhaft und zügellos –, von einer anderen Person gelebt worden, einer Person, die ich kaum kenne. Ich war fünfzehn Jahre alt, gewährte meinem Körper Lust und meinem Geist Freiheit; nichts quälte mich, und ich hielt mich für den glücklichsten Menschen der Welt. Doch wie man weiß, hat ein Dichter niemals das Recht, sein Dasein in vollen Zügen zu genießen, und nachdem ich eine Weile darüber nachgedacht hatte, schien mir der Moment gekommen, mir einen Kummer für mich zu erschaffen, und nichts konnte angemessener sein als eine unmögliche Liebe. Gerechter- und anständigerweise muss ich hinzufügen, dass mir Betinha mit ihrer Erfahrung dabei half, mir diesen Liebeskummer auszudenken. In ihrem heißen Bett sprudelten die Gedanken mit derselben Natürlichkeit aus mir hervor wie das Wasser aus einer Quelle.

Betinha war nicht nur schön, sie war auch unglaublich lebensklug in mehr als einer Hinsicht, wenn auch ihre größte Fähigkeit unbestreitbar darin bestand, mit ihrem geschickten Körper die Bedürfnisse eines anderen Körpers zu befriedigen. Deswegen wurde mein Wunsch, sie wiederzusehen, seit ich bei unserer ersten Begegnung, als meine Jungfräulichkeit zwischen ihren Schenkeln geopfert wurde, zu einer Obsession. Woche für Woche wanderte das Geld, das mein Vater mir für Bücher und sonstige Ausgaben zubilligte, in die Schatulle von Madame Anne-Marie, die mir, als sie meine Treue als Kunde und meine frühe Liebe zum Wein bemerkte und, vor allem, einige meiner Gedichte kennenlernte, verschiedene Privilegien einräumte. Sie gewährte mir Rabatte (mit Einwilligung Betinhas, die sich inzwischen ebenfalls dafür begeistert hatte, ihre vorzügliche Kunst mit mir auszuüben) oder ließ mich am Mittagessen ihrer Mädchen teilnehmen, wo ich eigene oder fremde Gedichte rezitierte, um danach mit der heißblütigen brasilianischen Mulattin Siesta zu halten und am späten Nachmittag, körperlich vollauf befriedigt, das Haus zu verlassen.

An einem jener Nachmittage, als ich meine Wollust ausgelebt hatte, gestand ich Betinha würdevoll, wie sehr ich sie liebte. Ganz im französischen Stil, den sie so kunstvoll beherrschte, verzichtete diese wunderbare Frau darauf, sich über mich lustig zu machen, wie mein Geständnis es verdient hätte, sondern versuchte mir die Gründe für meine Liebe begreiflich zu machen und erklärte mir, warum sie unser Liebesverhältnis für unmöglich hielt.

»Betrachte es auf diese Weise, damit du nicht leidest«, sagte sie in ihrer seltsamen, so gewählten wie musikalischen Sprache zu mir, während sie den feuchten, dunklen Busch ihres Geschlechtes an meinen Oberschenkel presste. »Es ist ganz einfach nicht möglich. Du und ich, wir können uns nicht anders lieben als so, wie wir es jetzt tun. Du bist noch ein halbes Kind, und ich bin zweiunddreißig Jahre alt. Bald gehst du fort, und die Zukunft wird dich auf Wege führen, die du dir noch nicht einmal vorstellen kannst. Uns gehört dies hier«, sie presste ihr Geschlecht noch stärker an meinen Körper und nahm mein wieder steif gewordenes Glied in die Hand, »und nur dies. Ich bin eine Prostituierte, und ich bin schwarz. Du bist weiß und außerdem ein Dichter, was sag ich, du bist ein bedeutender Dichter. Deine unglückliche Liebe gehört nicht in ein Bordell, sondern in einen Palast. Erfinde eine solche Liebe, wenn du sie nicht fühlst, und besinge sie, mir aber schenke deine Leidenschaft.«

Daraufhin stillte Betinhas wunderbarer Mund meine durch ihre unermüdliche Hand hervorgerufene sexuelle Begierde, denn sie wusste inzwischen, wie sehr mich die herrliche Kühnheit ihrer geschickten, ausdauernden Zunge befriedigte. Und in diesem Moment der Lust beschloss ich, ein in der Liebe unglücklicher Dichter zu werden. Nun musste ich nur noch das Objekt meiner Liebe finden.

Wenn ich mich nicht in Anne-Maries Haus aufhielt oder in der Universität, an der ich mich auf Beschluss meines Vaters für das Studium der Rechtswissenschaften eingeschrieben hatte, pflegte ich durch Havanna zu streifen, um die Geheimnisse der Stadt zu ergründen. Tatsächlich entfloh ich so oft ich konnte der bedrückten Atmosphäre meines Elternhauses, wo die familiären Angelegenheiten nicht zum Besten standen, denn die Tuberkulose meines Vaters griff diesen ehemals so robusten Mann gnadenlos an, sodass er vom Fieber geschüttelt und von schrecklichen Hustenanfällen zerrissen wurde. Somit verzögerte sich unsere Umsiedlung nach Mexiko, wo er sich in dem trockenen Klima der Hochebene zu erholen hoffte. Das Haus kam mir wie ein Käfig vor, denn Krankheit und Warterei hatten aus meinem Vater, jenem rechtschaffenen Mann, durch und durch Justizbeamter in jeder Minute seines Lebens, einen aufbrausenden, jähzornigen Menschen gemacht, der stets Stille einforderte, insbesondere seit er angefangen hatte, Niederschriften zu verfassen mit Titeln wie *Erinnerungen an die Revolutionen in Venezuela, basierend auf unveröffentlichten Dokumenten, die im Besitz von José Francisco Heredia sind, dem Vorsitzenden Auditor am Obersten Gerichtshof daselbst, geschrieben für den persönlichen Gebrauch und für den Fall, dass es irgendwann angebracht sei, diese so einzigartigen Tatsachen Seiner Majestät in Erinnerung zu bringen.* Denn noch immer hoffte mein Vater auf Rückkehr der Länder des südamerikanischen Kontinentes unter die Herrschaft Spaniens. Meine Mutter, die unbezwingbare María de la Merced, versuchte ihrerseits, mich unter Kontrolle zu halten, so wie sie es bei meinen Schwestern und meinem kleinen Bruder Rafael tat, obwohl es für sie immer schwieriger wurde, mich zu bändigen. Denn mit der Zeit entwickelte ich ein immer größeres Geschick darin, ihr durch die kleinsten Maschen zu entwischen, wobei ich stets eine rettende Notlüge parat hatte, eine von den vielen, die mein fieberhaft arbeitendes Hirn in Minutenschnelle zu erfinden vermochte.

Meine Gedichte schrieb ich am liebsten auf irgendeinem der vielen Plätze oder Promenaden der Stadt. Das quirlige Treiben der Straße inspirierte mich, und in jenen Jahren überschwänglicher Jugend reifte eine weitere meiner folgenschweren Entscheidungen heran: So es mir möglich wäre, würde ich Kuba zu meinem poetischen Heimatland erwählen, denn dieses unterdrückte und korrupte, vitale und großzügige Land besaß den nötigen Zauber, um die schöpferischen Kräfte eines Dichters zu entfesseln. Die Leute hier lebten in Erwartung von etwas, von dem niemand wusste, was es sein könne. Es gab ebenso viele Verfechter wie Feinde der Unabhängigkeit, ebenso viele, die angesichts der Öffnung der Häfen für den freien Handel vor Freude tanzten, wie solche, die den wirtschaftlichen Ruin des Landes durch diese Maßnahme voraussagten, ebenso viele Konstitutionalisten wie Monarchisten, ebenso viele, die fortgehen, wie solche, die bleiben wollten … Doch sonderbarerweise gab es unter all jenen Vertretern nicht einen einzigen Dichter, den man als solchen hätte bezeichnen können. Mit der poetischen Leidenschaft, die in mir brodelte, würde es daher nicht schwer sein, auf den Gipfel eines verwaisten Parnasses zu gelangen, den ich nach Gutdünken würde ausgestalten können.

Stundenlang sprach ich mit Domingo über diese Pläne. Mein Freund war weniger begabt fürs Dichten als ich, aber höchst talentiert, wenn es darum ging, Schimären nachzujagen. Ich muss gestehen, dass er es war, der mir enthüllte, wie schlecht es um die kubanische Literatur bestellt war und wie leicht es sein würde, sich dort einen Namen zu machen. Und er war es auch, mit dessen Hilfe ich meine unmögliche Liebe fand.

An jenem sommerlich warmen Nachmittag des 16. März 1818 verließen wir Domingos Haus – er mit Kurs auf einen Spieltisch, und ich voller Begierde, in Betinhas Bett zu kommen –, als eine prachtvolle Kalesche vor dem Haus hielt und, hinter einem Herrn und einer Dame von zweifellos hohem Rang, ein wunderbares Wesen, einer Porzellanpuppe gleich, den Fuß auf die Erde setzte. Domingo begrüßte die Ankömmlinge, alte Bekannte seiner Eltern, und stellte mich als seinen Dichterfreund vor, und in dem Augenblick, als ich das liebliche Lächeln des Mädchens sah, beschloss ich, sie zum Objekt meiner Liebe zu machen. Sie war kaum zwölf Jahre alt, doch da meine Leidenschaft nur platonischer Natur sein sollte, würde niemand mich der Abartigkeit beschuldigen können. Allerdings zeigte jenes Nymphchen bereits Kurven, die viele Frauen in gemäßigterem Klima erst mit siebzehn oder achtzehn Jahren bekommen und die das prachtvolle Weib erahnen ließen, zu dem sie sehr bald heranreifen würde. Von jenem Tag an wurde Isabel Rueda y Ponce de León zu der unmöglichen Liebe im Herzen des unglücklichen Dichters, auch wenn sie selbst es erst sehr viel später erfahren sollte.

An jenem Tag schrieb ich, den Rücken der schlafenden Betinha als Schreibtisch nutzend, aus einem Guss ein perfekt strukturiertes Gedicht, das von Liebe und Eifersucht sprühte, denn schon zog ich die Beständigkeit meiner geliebten Isabel in Zweifel:

> *Mira, mi bien, cuán mustia y desecada*
> *Del sol al resplandor está la rosa*
> *Que en tu seno tan fresca y olorosa*
> *Pusiera ayer mi mano enamorada …*

> Sieh, meine Einzige, wie welk und vertrocknet
> von der Sonne Glanz die Rose ist,
> die an deinen frisch duftenden Busen
> meine verliebte Hand noch gestern gesteckt …

Eine halbe Stunde vielleicht benötigte ich, um, obwohl immer wieder abgelenkt durch das üppige Panorama von Betinhas Pobacken, die insgesamt vierzehn Verse zu schreiben. Kaum hatte ich geendet, las ich sie ihr vor, und dann geschah etwas, das ich mir nie hätte vorstellen können: Aus den Augen der durch das Leben hart gewordenen Frau perlten zwei Tränen, die sie zu verbergen trachtete, indem sie ihr Gesicht dem meinen näherte, um mich mit unerwarteter Zärtlichkeit zu küssen.

»Auch wenn es eine Lüge wäre, gäbe ich alles dafür her, wenn jemand so etwas Schönes für mich schreiben würde. Die Frau, die sich nicht in dich verliebte, wenn sie so ein Gedicht bekäme, müsste dumm sein oder, schlimmer noch, kalt und gefühllos …«

Und sie erhob sich in ihrer wundervollen, kupferglänzenden Nacktheit vom Bett und ging zu der Anrichte, die eine ganze Wand des Zimmers einnahm. Mit abgewandtem Gesicht murmelte sie ein paar Worte in ihrer mir unbekannten Sprache, und nachdem sie sich mehrmals mit beiden Händen über Gesicht und Hals gestrichen hatte, öffnete sie eine der Schubladen und förderte eine kleine Schatulle zutage. Dann, ganz behutsam, so als höbe sie einen Säugling hoch, entnahm sie ihr ein in einen in Blau und Rosa gehaltenen Stoff gehülltes Etwas und kam mit gesenktem Blick, ohne mich anzusehen, zum Bett zurück. »Ich möchte dir etwas zeigen, das noch kein Mann, der in diesem Zimmer war, zu sehen bekommen hat.« Mit diesen Worten legte sie das kleine Paket auf das Lager und enthüllte die sonderbare Figur, eine Art Sirene mit großen Brüsten, eine aus schwarzem Holz geschnitzte Meerjungfrau, die mit winzigen Muscheln besetzt war. »Das ist Yemanjá, meine Mutter«, erklärte sie, als sie mein erstauntes Gesicht sah.

Seit meiner Ankunft in Kuba hatte ich schon häufiger von diesen Heiligen gehört, die die Schwarzen aus ihrer fernen Heimat mitgebracht hatten, Bildnisse ihres heidnischen Glaubens, denen sie Tieropfer darbrachten und die sie mit Trommelschlägen günstig zu stimmen suchten. Doch diese Welt war mir immer so fremd erschienen, dass ich mich nicht weiter um sie gekümmert und nichts getan hatte, um sie näher kennenzulernen.

»Ich habe sie in Bahia bekommen, als ich zwölf war, und seither begleitet sie mich. Sie ist die Königin der Meere, der blauen Wellen, und auch der stehenden Gewässer. Sie ist die Mutter aller Dinge … In meinem Land sagt man, sie wohne in der Lagune von Abaeté in der Nähe von Itapoan. Die Alten jedoch behaupten, sie wohne am Grunde des Meeres. Über Yemanjá werden viele Geschichten erzählt, und alle sind fröhlich, denn sie ist die Freude, obwohl sie auch rachsüchtig sein kann, wenn man ihre Anweisungen nicht befolgt … Sie hilft mir zu leben, gibt mir die Kraft, das Leben zu ertragen.«

Und dann küsste sie ihre Muttergöttin, mit einer Verehrung und einer fast kindlichen Liebe, die mich rührten …

Wenn ich mich so genau daran erinnere, dass all das am 16. März 1818 geschah, dann nicht wegen meiner ersten Begegnung mit Isabel, auch nicht, weil ich jenes Gedicht geschrieben habe, das die Leidenschaft meiner Liebe zu ihr ausdrücken und meine Qualitäten als romantischer Dichter unter Beweis stellen sollte. Nein, ich erinnere mich daran wegen der Art und Weise, wie Betinha und ich uns an jenem Nachmittag liebten, vielleicht unter dem magischen Einfluss der Mutter aller Dinge, der Schwarzen Göttin der Fruchtbarkeit und der Liebe. Nicht hemmungslos, nicht wollüstig, sondern zärtlich und voller Hingabe drückten unsere Körper und unser Geist ihren Willen aus, so als wäre es das letzte Mal. Sie bot mir das dunkle Rosa ihres Anus dar; ich ejakulierte drei Mal, wie eine unerschöpfliche Quelle; sie reinigte mich mit ihrer Zunge, diesem so warmen, wohl-duftenden Tuch; ich trank die Säfte ihres unergründlichen Brunnens bis zur Neige; sie prophezeite mir unsterblichen Ruhm, und ich versprach ihr ein Liebesgedicht …

Außer den Versen, die ich an jenem Nachmittag Isabel widmete, verfasste ich damals noch sehr viele mehr, und heute erinnere ich mich voller Wehmut daran, wie leicht es mir damals fiel, Gedichte zu schreiben. Ich dachte in Versen, meine Gedanken nahmen die Form eines Sonetts an, während einer schlichten Unterhaltung flogen mir die Reime zu, und mein verschwenderischer Geist war imstande, endlos viele Elfsilber zu produzieren. Doch während mir Betinha und alle meine Freunde Beifall spendeten, keimte in Domingo eine heftige jugendliche Rivalität auf, wahrscheinlich der Same, der später sein Spielerherz vergiften sollte. Denn auch wenn er es niemals eingestand, hatte er den größten Wunsch seines Lebens auf eine Karte gesetzt: den Wunsch, der bedeutendste Dichter der Insel zu werden.

Zu der Zeit pflegten wir stundenlang mit Freunden, ebenfalls angehenden Dichtern, zusammenzusitzen und voller Begeisterung über Literatur zu sprechen. Unser Lieblingsort dafür war die alte Plaza de Armas, weniger belebt als die Alameda de Paula und zentraler gelegen als der neue Paseo del Prado, denn der Platz befand sich genau in der Mitte zwischen der Universität und dem pulsierenden Seminar von San Carlos, wo Domingo und meine neuen Freunde Sanfeliú, Silvestre und Cintra ihre ersten Kurse in Zivilrecht absolvierten.

Einer unserer immer wiederkehrenden Träume war es, eine Zeitschrift für Gedichte und Schriften zu gründen, die das literarische Antlitz der Insel verändern würden. Domingo war davon überzeugt, dass wir »Erleuchtete« waren, in die Welt gekommen mit der Mission, jener der Hohen Kunst so feindlich gesonnenen Kolonie, die über fast keinerlei literarische Tradition und keinen berühmten Schriftsteller verfügte, einen Platz auf der kulturellen Landkarte zu sichern. Natürlich wussten wir sehr wohl, dass es nicht einfach werden würde, der Dichtkunst Würde zu verleihen in einem Land, das dem Laster so sehr verfallen war und in dem der Fluss des Geldes, die Menge an Negersklaven, die pro Jahr an Land gingen, die Anzahl der produzierten und verkauften Kisten Zucker, die Qualität des Tabaks und die Grundstückspreise die größte Bedeutung besaßen. Während sich ganz Südamerika gegen die spanische Herrschaft erhob, war auf der Insel von Auflehnung kaum etwas zu spüren. Der stürmische Fluss einer von Invasionen, Tagen des Konstitutionalismus und Jahren des Absolutismus bestimmten Hauptstadt und der angrenzenden, in einen unumkehrbaren Krieg verwickelten Länder hatte den kreolischen und spanischen Fischern ein großes Vermögen beschert, und niemand war daran interessiert, an diesem Zustand etwas zu ändern … Auch ich nicht, der ich mich, wie mein Vater mir eingeimpft hatte, als Spanier aus Übersee betrachtete, als Kind eines gemeinsamen Mutterlandes, das uns eine ruhmreiche Religion, eine gemeinsame Sprache und eine lange Geschichte geschenkt hatte.

Inmitten dieses dichterischen Fiebers beschloss ich, meine frühreifen Fähigkeiten unter Beweis zu stellen und alles, was ich in Venezuela und während der in Kuba verlebten Monate geschrieben hatte, in *José María Heredias Gesammelte Schriften* zu vereinen. Ich nannte sie »Zweites Heft«, da ich bereits in derselben Absicht ein »Erstes Heft« zusammengestellt hatte, das meine Übersetzungen der Werke großer Dichter der Vergangenheit enthielt. Wie ich es erwartet hatte, war das Erstaunen unter meinen Freunden groß, als sie die Mappe mit den

Gedichten und Übersetzungen sahen, und aus Erstaunen wurde Begeisterung, vor allem seitens Silvestre Alfonsos, des Reinsten, Reichsten, aber am wenigsten Begabten unserer Gruppe. Seine Idee war es auch, meine Gedichte einem Mann zu zeigen, einem Geistlichen, der als weise galt und fast wie ein Heiliger verehrt wurde, damals Professor der Philosophie am Priesterseminar und eine Art Orakel, zu dem all jene liefen, die die Wahrheit erfahren wollten. Und so betraten wir eines Novembernachmittags wie in einer Prozession einen kleinen Seminarraum, wo uns der für die Heiligkeit prädestinierte Priester bereits erwartete. Er war noch jung, hatte aber das Gesicht eines alten Mannes, war extrem mager, mit einem durchdringenden Blick und einer sanften und zugleich gebieterischen Stimme, und hörte auf den Namen Félix Varela.

Ich war der Einzige, den Pater Varela nicht kannte. Deswegen stellte Domingo mich ihm vor und nannte ihm zur Erinnerung noch einmal den Grund unseres Besuches. Der Geistliche, der mit den Jahren beweisen sollte, dass er noch weiser und hellsichtiger war, als alle gedacht hatten, sah mir direkt in die Augen, und ich hielt seinem Blick stand, ohne das Zittern, das mich sonst in allen schwierigen Momenten meines Lebens zu überkommen pflegte. Denn wenn er in mir einen Dichter suchte, würde er ihn ohne jeden Zweifel finden. Schließlich lächelte Varela, und wir begannen die Unterhaltung, während er einige meiner Gedichte überflog, ohne eine Meinung zu äußern oder gar ein Urteil zu fällen. An meinen Übersetzungen schien ihm bemerkenswert, dass ich über ausreichende Kenntnisse des Lateinischen und Französischen verfügte, um mich an Horaz und Florianus heranzuwagen. Ohne auch hier eine Meinung zu äußern, legte er die Hefte beiseite und lenkte das Gespräch auf für mich weniger wichtige Dinge. Eine halbe Stunde später entschuldigte sich Varela, er habe einen wichtigen Termin im Bischofspalast, und bat mich, in einer Woche wiederzukommen, damit er Zeit habe, meine Gedichte zu lesen.

Beunruhigt wegen des Ausbleibens eines sofortigen Urteils stellte ich mich in der darauffolgenden Woche, nun mit dem gewohnten Zittern der Knie, in dem Seminarraum ein, wo der Priester einen langsamen, sehnsuchtsvollen Walzer auf seiner Violine spielte. Die Tage zwischen unseren Begegnungen hatte ich genutzt, um mich über ihn zu informieren, und ich war beruhigt zu hören, dass es hinter seinem Ruf als aufrichtiger, unbestechlicher Mann, als der er galt, einen gütigen Menschen mit enzyklopädischem Wissen und kühnen philosophischen Ansichten gab, der früher einmal davon geträumt hatte, ein berühmter Geigenvirtuose zu werden. Vor allem jedoch galt er als Anwalt der Jugend und entschiedener Verfechter alles Neuen, gleichzeitig als Anhänger der staatlichen Ordnung, was er in einer kürzlich verfassten Eloge auf Fernando VII. unter Beweis gestellt hatte, in der er die Politik des Königs gegenüber der getreuen Insel Kuba rühmte.

Die Gleichgültigkeit, mit der mich Varela an diesem Nachmittag empfing, ließ meine Knie nur umso heftiger zittern. Ohne das Geigenspiel zu unterbrechen, bedeutete er mir mit den Augen, Platz zu nehmen, und wandte sich mir erst wieder zu, nachdem er die bezaubernde Melodie zu Ende gespielt hatte. Endlich lächelte er, verstaute das Instrument im Geigenkasten und holte meine Hefte hervor.

»Ich habe Ihre Gedichte aufmerksam gelesen, mein junger Freund, und ich muss Ihnen etwas gestehen, das ich vom ersten Gedicht an wusste und das Ihnen sicherlich gefallen wird: Sie sind ein Dichter! Sie müssen noch viel lernen, Ihren Stil finden, den wohlfeilen Reim meiden ... doch niemand kann daran zweifeln, dass Sie bereits jetzt schon ein Dichter sind, und niemand kann vorhersagen, wohin Sie gelangen werden, obwohl ich mir sicher bin, dass Sie es sehr weit bringen werden. Als ich diese Verse eines Jungen von gerade mal fünfzehn Jahren gelesen habe, war ich derart überrascht, dass ich nicht weiß, ob Sie Rat benötigen, aber ich werde es trotzdem wagen, Ihnen einen zu geben: Lassen Sie es niemals zu, dass sich Ihre Poesie prostituiert. Prostituieren Sie sich selbst, falls es zum Leben nötig ist, denn das Leben ist uns von Gott geschenkt, und wir müssen es um jeden Preis bewahren. Die Poesie aber ist ein Wunder, und Sie wurden von der Vorsehung auserwählt, Schönheit zu schaffen ... Sie werden den Neid der Menschen erdulden müssen, vernichtende Urteile hören, Verachtung und Aversion kennenlernen, und bestimmt werden Sie häufig Verrat erfahren, obwohl Sie auch Lob zu hören bekommen und geliebt und geehrt werden: Verschließen Sie Ihre Ohren vor den Gesängen der Sirenen und dem Geheul der Wölfe! Vielleicht verstehen Sie in diesem Moment noch nicht, was ich Ihnen sage und warum ich es Ihnen sage. Doch es wird der Tag kommen, an dem man Sie benutzen will. Man wird Ihre Verse kaufen wollen und Ihr Einvernehmen, denn die Despoten, die die Poesie stets verachten, wissen sehr gut, dass ein gefügiger Dichter mehr nützt als ein toter und dass Verse den Schrecken der Tyrannei Glanz verschaffen können. Vergessen Sie das nie! Alles andere werden Sie ganz allein lernen, denn Talent und den Wunsch, ein Dichter zu sein, haben Sie mehr als genug ...«

Das Zittern meiner Knie, das bei Varelas Worten nachgelassen hatte, verstärkte sich wieder, als ich meine Hand ausstreckte, um die Hefte entgegenzunehmen. Sie kamen mir nun schwer und plump vor, gerade so, als wären sie mit Schmutz bedeckt. Der Scherz, über den Betinha so sehr gelacht hatte, nämlich Verse und Gedanken, die der Venezolanerin Julia gewidmet gewesen waren, in den Gedichten an die ätherische Isabel zu wiederholen, oder den der in den beim Abschied von Caracas verfassten Elegien geheuchelten Schmerz, wo ich doch in Wirklichkeit froh war, jener Hölle zu entkommen – all das erschien mir niederträchtig, unverzeihlich. Und ich wünschte, die Erde möge sich vor mir auftun und mich verschlingen, gleich hier, vor diesem Mann, der in fünf Minuten all das vorausgesagt hatte, was mir in dem traurigen Roman, der mein Leben gewesen ist, widerfahren sollte.

Ja, es ist ein Wunder.« Doktor Mendoza klopfte mit dem Fingerknöchel auf das vergilbte, mehrmals gefaltete Papier. »Niemand weiß, wie diese verdammten Kisten ins Staatsarchiv gelangt sind.«

»Dann glauben Sie also inzwischen an Wunder, Doktor?«, fragte ihn Álvaro und zündete sich eine Zigarette an.

Doktor Mendoza lächelte. »Klar ... Ich erinnere mich noch, wie ich zu dir gesagt habe, dass du nur dann die Abschlussprüfung bestehst, wenn ein Wunder passiert, und dann hast du fünf Punkte geholt.«

»So viel hab ich in meinem ganzen verfluchten Leben nie wieder gelernt. Soll ich Ihnen den *Gallischen Krieg* aufsagen? ... *Gallia est omnis divisa in partes tres, quarum unam incolunt Belgae, aliam Auquitani, tertiam qui ipsorum lingua Celtae, nostra Galli apellantur ...*«

Fernando spürte eine Welle der Melancholie in sich aufsteigen, auch wenn Doktor Mendoza nicht gerade zu den angenehmsten Erinnerungen seiner Universitätszeit gehörte. Dieser hagere, hinfällig wirkende Greis mit der von tausend Falten durchzogenen Haut war damals ein korpulenter Mann gewesen, so alt wie er selbst jetzt, wild entschlossen, ihnen um jeden Preis eine Sprache beizubringen, die ihnen absurd erschienen war. Doch mit den Jahren kam auch die Einsicht, wie recht Mendoza gehabt hatte, und Fernando empfand eine herzliche Sympathie für den alten Lateinlehrer und heutigen Bibliothekar der Großen Loge.

Mendoza hatte in der Vorhalle des Gebäudes gewartet, das Fernando zum ersten Mal in seinem Leben betrat. Tausendmal war er im Bus oder zu Fuß an diesem Betonklotz vorbeigekommen, der von einer Erdkugel gekrönt war, darauf ein Zirkel und ein Winkelmaß, die ein glänzendes G einrahmten, Symbol für den Schöpfergott der Freimaurer. Fernando hatte sich immer schon gefragt, warum die geheimnisvolle Freimaurerei eine so entscheidende Rolle in der kubanischen Nation spielte. Aber weil die Freimaurerei als eine rückschrittliche und bürgerliche Institution stigmatisiert war, hatte er sie als einen prähistorischen, der sicheren Auslöschung geweihten Stamm betrachtet. Vielleicht war das der Grund, warum er sie mit einem düsteren Getto assoziierte, in das sich einige wenige alte Männer geflüchtet hatten – stets stellte er sie sich mit Anzug und Krawatte vor –, die es sich zur Aufgabe machten, Ideale und Riten zu bewahren, die, wie die Religionen, bald von den Stürmen der neuen Zeit hinweggefegt werden würden. Doch schließlich hatten es Freimaurer und Priester mit zäher Widerstandskraft und unerschütterlichem Glauben an die Brüderlichkeit geschafft, ihr Überleben zu sichern, allerdings um den Preis unzähliger Verwandlungen und Verschleierungen.

»Erlauben Sie, dass ich Ihnen eine Frage stelle, Doktor ... Waren Sie bereits Freimaurer, als Sie uns unterrichtet haben?«

Mendoza sah Fernando an, dann senkte er den Blick und schaute auf die Blätter, die zu Heredias verschollenem Roman führen konnten. »Zwanzig Jahre lang habe ich aufgehört, in die Loge zu gehen. Ich habe ›geschlafen‹, wie wir sagen ... Damals gab es keine Alternative, ich musste mich zwischen der Loge und der Universität entscheiden.«

»Verstehe ... Und warum ist es ein Wunder, dass diese Kisten mit den Dokumenten im Staatsarchiv aufgetaucht sind?«

»Weil die Dokumente der Logen in den Logen aufbewahrt werden. Oder sie werden, wenn es einen besonderen Grund dafür gibt, hierher gebracht, in die Bibliothek, wo sich das Zentralarchiv der Freimaurer befindet. Irgendwann zwischen 1932 und 1933 muss jemand die Papiere ins Staatsarchiv geschmuggelt und dann vergessen haben, oder er konnte sie nicht wieder an sich nehmen, wer weiß, weshalb. Merkwürdig ist, dass sie keinen Eingangsstempel tragen und aus unzusammenhängenden Akten und Protokollen bestehen, als hätte man sie zufällig ausgesucht. Mein Eindruck ist, dass die Person, die die Kisten zusammengepackt hat, nicht wollte, dass die Schriftstücke, speziell dieses hier, verloren gingen. Denn in den anderen steht nichts Wichtiges drin, reine Freimaurerroutine.« Mendoza nahm das maschinengeschriebene Blatt in die Hand und starrte es an, als sähe er es zum ersten Mal. »Das Seltsamste ist, dass der Text auf einem einzelnen Blatt mit der Maschine geschrieben wurde.«

»Warum seltsam?«

»Weil die Akten im Aktenbuch aufbewahrt werden, und die werden, wie ihr euch vorstellen könnt, mit der Hand geschrieben. Und um das Ganze noch komplizierter zu machen, habe ich mich vergewissert, dass sich dieses Blatt, das heißt, das Original, von dem dies hier eine Kopie ist, noch immer in dem entsprechenden Buch befindet ... Aber die beiden Texte sind nicht identisch. Dieses hier enthält Dinge, die in dem anderen fehlen.«

»Jetzt verstehe ich gar nichts mehr«, gestand Álvaro.

»Es ist, als hätte es jemand darauf abgesehen, dass bekannt wird, was in jener Nacht geschehen ist«, sagte Fernando.

»Genau. Ich lasse euch eine Fotokopie anfertigen, aber es gibt da zwei oder drei Dinge, die ich euch sagen möchte. Zum einen möchte ich euch bitten, euch vorzusehen. Hinter all dem steckt etwas sehr Ernstes …«

»Ich verstehe schon wieder nichts, Doktor«, sagte Álvaro. »Vorsehen, wovor?«

»Nun … Ich habe mich bereits mit der Loge Söhne Kubas in Matanzas in Verbindung gesetzt, und dort weiß niemand etwas von einem Manuskript. Wenn die Freimaurer es irgendwann einmal besaßen, weil Heredias Sohn es ihnen übergegeben hat, wie ist es dann möglich, dass es sich nicht in der Loge befindet? Warum hat es nie jemand erwähnt? Warum blieb es verschollen oder irgendwo unter Verschluss? Mit diesem Manuskript muss es etwas höchst Ungewöhnliches auf sich haben. Darum glaube ich, dass es sich nicht um einen Roman handelt …«

»Vielleicht ist es ja auch kein Roman«, lenkte Fernando ein. »Soweit mir bekannt ist, weiß niemand, was in dem Manuskript steht, falls es das ist, was ich annehme. Bekannt ist lediglich, dass es eine Notiz von Heredias Frau gibt, in der von einem Manuskript die Rede ist, das nicht zur Veröffentlichung bestimmt ist. Dass Heredia an einem Roman über sein Leben schrieb, wurde nach seinem Tod von einem mexikanischen Journalisten verbreitet.«

»An einem Roman, den dieser Journalist nie gesehen hat. Und nun bedenkt Folgendes.« Mendoza nahm die Finger zu Hilfe. »Erstens, Heredia war ein Dichter, kein Romanschriftsteller; zweitens, er nahm es manchmal mit der Wahrheit nicht so genau, wie jeder gute Dichter; und drittens hat er sich nie, jedenfalls nicht schriftlich und nachweisbar, über irgendetwas geäußert, das darauf schließen ließe, dass er kurz vor seinem Tod an etwas geschrieben hat … Und wenn es sich um einen einfachen Roman handelte, warum wurde dann so ein Geheimnis darum gemacht? Warum hat man ihn so lange vor der Öffentlichkeit verborgen?«

Fernando Terry begann nervös auf und ab zu gehen. Die Argumente, die Mendoza vorbrachte, waren ihm sattsam bekannt, doch die jahrelange Beschäftigung mit Heredias Leben, seine umstrittene, aber mögliche Autorenschaft des Romans *Jicoténcal*, seine erleuchtenden, ja visionären Kommentare zum historischen Roman hatten ihn in seinen Vermutungen bestätigt. Mehrere Jahre hatte er verbissen nach irgendeiner Spur gesucht, die ihn zu dem Manuskript hätte führen können, von dem nur ein paar vage Notizen existierten. Doch sie hatten lediglich zu weiteren und immer weniger ernst zu nehmenden Spekulationen Anlass gegeben. Nun aber, auf Grund dieses Dokuments der Freimaurer, konnte sich die Existenz eines Manuskripts als real erweisen, das anscheinend niemand gelesen hatte und bei dem es sich möglicherweise um den zwischen 1837 und 1839 von Heredia kurz vor seinem Tod geschriebenen Roman handelte. Fernando erzitterte beim bloßen Gedanken an die Möglichkeit einer solchen Entdeckung. Das Manuskript konnte sich als wichtigster Text der kubanischen Literatur erweisen, und deshalb wollte er seine Hoffnungen unbedingt stützen.

»Wenn dieses Schriftstück hier beinhaltet, dass José de Jesús der Loge ein Manuskript seines Vaters überlassen hat, das nicht veröffentlicht werden sollte, dann muss es sich um etwas sehr Ernstes handeln, wie Sie selbst gesagt haben, denn sonst hätte er es verkauft. Der Mann hätte nämlich selbst seine Mutter verkauft, wenn er einen Käufer gefunden hätte ...«

»Aus diesem Grund kommt mir das alles sehr sonderbar vor«, sagte der Bibliothekar.

»Weil es sonderbar ist, Professor«, mischte sich Álvaro ein, nachdem er sich eine weitere Zigarette angezündet hatte. »Und das ist ja das Interessante daran ... Etwas anderes: Wer weiß noch von diesem Dokument hier?«

»Ich habe der Universität eine Kopie zukommen lassen und eine weitere einem wissenschaftlichen Mitarbeiter des Historischen Archivs in Matanzas. Und natürlich auch der Loge. Denn das hier ist keine Privatangelegenheit. Aber euch vertraue ich mehr als allen anderen. Soll ich euch mal was sagen? Auch wenn ihr noch so große Spötter wart, hatte ich nie wieder Studenten wie euch. Mir war von Anfang an klar, dass ihr keine gewöhnlichen Studenten wart ... Was ist aus Delfina geworden? ... Ein Jammer, dass Víctor und Enrique so jung gestorben sind und dass man mit dir gemacht hat, was man mit dir gemacht hat«, sagte er und sah dabei Fernando an.

»Ich erinnere mich schon gar nicht mehr daran, Meister«, log Fernando dreist. »Außerdem war ich kein guter Lehrer.«

»Und wovon lebst du in Madrid?«

Fernando schüttelte den Kopf und schmunzelte. Es war nicht leicht, Doktor Mendoza hinters Licht zu führen. »Ich bin Lehrer.«

»Ich habe es damals sehr bedauert, dass man dich von der Uni geschmissen hat … Ich fand das komplett unangemessen und habs auch der Dekanin gesagt. Aber ich habe es nicht gewagt, etwas dagegen zu unternehmen. Was konnte ich schon tun? Aber ich glaube heute, dass ich etwas hätte tun müssen. Na ja, jetzt bin ich ein alter Sack, und meine Rente langt hinten und vorne nicht. Milch trinken und Fleisch essen kann ich nur, weil mein jüngster Sohn, der, der nicht studiert hat, einen Stand auf dem Bauernmarkt betreibt, wo er Schweinefleisch verkauft und Gott und die Welt beklaut. Damit verdient er rund fünfhundert Pesos am Tag, fast dreimal so viel, wie meine Monatsrente beträgt …«

»Haben Sie vielen Dank, dass Sie an uns gedacht haben, als Sie auf dieses Schriftstück gestoßen sind.« Fernando setzte sich wieder. »Sie wissen ja, wie viel mir diese ganze Geschichte bedeutet.«

»Hoffentlich findet ihr was«, erwiderte der alte Lehrer und sah Fernando direkt in die Augen.

»Was sollen wir Ihrer Meinung nach tun?«

Mendoza betrachtete wieder den Stoß Papiere. »Wenn du nach Kuba gekommen bist, um das verschwundene Manuskript zu suchen, dann fang damit an. Der Sohn von Carlos Manuel Cernuda war mehrmals Ehrwürdiger Meister der Söhne Kubas. Hier ist seine Adresse, das könnte immerhin ein Anfang sein, meine ich, nicht wahr?«

Carlos Manuel Cernuda ließ den Schlegel mit ganzer Wucht auf die Tischplatte fallen, und der zum Befehl gewordene Knall hallte in dem Tempel wider, von Osten bis zu den im Westen und Süden postierten Aufsehern. Die sechsundachtzig Männer erhoben sich von ihren Plätzen. Aus seinem Dreieck mit den sieben Lichtern heraus schien das Heilige Auge der Vorsehung über dem Thron des Logenvorsitzenden, des Stuhlmeisters, die allegorische Ausstattung des Saales, eine Zusammenfassung des Universums, zu beobachten: Die Decke als Himmelsgewölbe, die vier Himmelsrichtungen sowie die makellos weißen Statuen von Minerva, Herkules und Venus, getaucht in das Licht der hohen salomonischen Säulen der Kraft und der Stabilität, die von den mit der Erd- und der Himmelssphäre verzierten Glaskugeln auf ihren Marmorspitzen erleuchtet wurden. Drei hohe Kerzen bestückten den Altar der Gelöbnisse, auf dem die höchsten Symbole der Bruderschaft lagen: der Kodex der Freimaurer auf dem Zirkel und dem Winkelmaß, den Werkzeugen der alten Erbauer von Kuppeln und Spitzbögen; daneben eine Bibel, die das Gesetz des Allmächtigen Baumeisters des Universums enthielt, aufgeschlagen auf der Seite mit dem Psalm 133, damit jeder Meister, Geselle und Lehrling sich stets an das Stufenlied erinnere, das in den Tagen des Ursprungs von David zitiert wurde:

Siehe, wie fein und lieblich ists,
daß Brüder einträchtig beieinander wohnen!
Wie der köstliche Balsam ist, der vom Haupt Aarons
herabfleußt in seinen ganzen Bart,
der herabfleußt in sein Kleid,
wie der Tau, der von Hermon herabfällt auf die Berge Zion.
Denn daselbst verheißt der Herr
Segen und Leben immer und ewiglich.

Von seinem Thron im Osten herab, auf den man über die sieben Stufen der Weisheit gelangt – Grammatik, Rhetorik, Logik, Arithmetik, Geometrie, Musik und Astronomie –, nickte Carlos Manuel Cernuda dem zu seiner Rechten sitzenden José de Jesús Heredia zu, als bäte er ihn um Erlaubnis, mit dem Ritual zu beginnen. Der Greis gab mit einer kurzen Geste seine Zustimmung, und der Stuhlmeister legte den hölzernen Hammer der Steinmetze behutsam auf den Tisch. Die würdevolle, fast hohl donnernde Stimme hallte mit der Autorität seines Ranges durch den Tempel:

»Bruder Erster Aufseher, seid Ihr Freimaurer?«

»Meine Brüder erkennen mich als solchen an, Ehrwürdiger Meister«, antwortete von Westen Ramiro Junco, Erster Tempelaufseher, ein hagerer Mann, dem der Anzug zu groß schien und der Schurz des Freimaurermeisters von den Hüften zu rutschen drohte.

»Bruder Zweiter Aufseher, wie alt seid Ihr?«, fragte nun der Stuhlmeister und schaute nach Süden zu der kleinen Erhöhung, von der ihm der Zweite Aufseher, ein schwarzer Gemüsehändler, antwortete.

»Fünfzehn Jahre, Ehrwürdiger Meister«, sagte Cándido Alfonso, wobei er sich auf die Jahre bezog, die er Mitglied der Freimaurerloge war.

»Welches ist Eure erste Pflicht in der Loge, Bruder Zweiter Aufseher?«

»Den Tempel vor der Indiskretion Fremder zu schützen.«

»Dann erfüllet sie«, befahl Cernuda und trank einen Schluck von der Biliarsalzlösung, die bereitstand, um die Auswirkungen eines seiner bevorzugten Exzesse zu lindern: Er hatte im Restaurant Neptuno seinen geliebten, stark gewürzten Kabeljau auf baskische Art gegessen, obschon er sehr wohl um die Rache seiner Gallenblase wusste.

Währenddessen erteilte der Zweite Aufseher seinen Untergebenen Anweisung: »Bruder Zweiter Schaffner, schaut nach, ob wir geschützt sind.«

Ricardo Junco, der neben dem Saaleingang stand, schlug dreimal mit dem Knauf seines blitzenden Schwertes gegen die Tür und erhielt von der anderen Seite die Antwort: drei kurze Schläge gegen das Holz. »Bruder Zweiter Aufseher, der Tempel ist ausreichend geschützt«, meldete er, und der Zweite Aufseher wandte das Gesicht wieder gen Osten und informierte den Logenvorsitzenden über das Ergebnis der Nachfrage:

»Ehrwürdiger Meister, mit brüderlicher Fürsorge und Liebe bewacht ein Bruder mit dem Schwert in der Hand die Tür der Bauhütte von innen, und auf dieselbe Weise bewacht ein anderer sie von außen, damit niemand sich nähere und lausche …«

Stehend, angetan mit den Juwelen und den Schurzen ihres jeweiligen Ranges, hatten die sechsundachtzig Männer das strenge Ritual verfolgt, das die Sitzung der Freimaurerloge Söhne Kubas am 11. April 1921 eröffnete. Mit unendlichem Eifer schafften es die Freimaurer, die Geheimnisse einer Bruderschaft zu bewahren, deren Ursprünge sie auf die Tage der Erbauung des Tempels Salomons zurückführten. Der weiseste aller jüdischen Könige und erster Würdenträger fürchtete die Macht jener Vereinigung freier Männer, die gelobt hatten, den Absichten ihres Allmächtigen Baumeisters gehorsam zu dienen.

»Nehmt denn Platz, Brüder«, sagte schließlich der Ehrwürdige Meister und wandte sich José de Jesús zu, wie um ihn mit besonderer Ehrerbietung zum Sitzen aufzufordern. Für einen Moment füllte das Geräusch scharrender Stühle den Saal, und nur der Zeremonienmeister auf dem Hügel des Ostens blieb stehen, um zu warten, bis wieder Stille eintrat. Serafín del Monte war ein Mann mit einem rotwangigen Bauerngesicht, trug jedoch einen Maßanzug, aus dessen Ärmeln eine goldene Uhr und goldene Manschettenknöpfe hervorblitzten.

»Ehrwürdiger Meister, ehrbare Brüder«, sagte er und machte eine dramatische Pause, die er sichtlich genoss. »Es war der Wunsch des Allmächtigen Baumeisters des Universums, dass sich unsere Loge heute Abend aus einem ganz besonderen Grund versammelt. Hier, auf dem Hügel des Ostens, sitzt einer unserer Brüder, der während seiner sechzig Jahre als Freimaurer viel zum Ansehen unserer Vereinigung beigetragen hat. Aus diesem Grunde hat die Mutterloge der Söhne Kubas, die seine Aufnahme im Jahre 1861 erleben durfte, heute die Ehre, dem höchst ehrbaren Bruder José de Jesús Heredia y Yáñez den Grad eines Ehrwürdigen Meisters *ad vitam* zuzuerkennen.«

Die sechsundachtzig Männer erhoben sich für eine stehende Ovation. Carlos Manuel Cernuda stieg von der höchsten Erhöhung des Tempelsaals herab, trat zu dem Geehrten und streckte ihm freundlich eine Hand entgegen. Auf den Arm des Stuhlmeisters gestützt, einen gelben, mit einem malvenfarbenen Band zusammengehaltenen Umschlag vor die Brust haltend, erhob sich José de Jesús unter Mühe von seinem Platz, woraufhin Cernuda den Greis umarmte und ihm mit außergewöhnlicher Ehrerbietung die Insignie der Ehrwürdigkeit um den Hals legte. Das silberne Winkelmaß, das an einem himmelblauen, mit sieben ebenfalls silbernen Sternen besetzten Seidenband hing, leuchtete auf der Brust des letzten Nachfahrens von José María Heredia.

»Ehrwürdiger Bruder Heredia«, sagte Carlos Manuel zu ihm, »ich bitte Euch, uns in Eurer Eigenschaft als Ehrwürdiger Meister *ad vitam* die Ehre zu erweisen, bei unserer Sitzung am heutigen Abend den Vorsitz zu führen.«

José de Jesús, der die Funktion des Stuhlmeisters 1906 zum letzten Mal ausgeübt hatte, kam der freundlichen Aufforderung nach und bestieg mit unsicheren Beinen den höchsten Punkt des Ostens. Carlos Manuel Cernuda bemerkte, dass der Anzug des Greises, vermutlich durch übermäßiges Tragen, am Hosenboden fadenscheinig war. Als José de Jesús auf dem Thron saß, strich er liebevoll über den Schlegel, den er seit Jahren nicht mehr in der Hand gehalten hatte, und schlug mit ihm drei Mal auf den Tisch, zum Zeichen, dass mit der Tempelarbeit fortzufahren sei.

Der Bruder Redner, ein hochgewachsener, kräftiger Mann mit freundlichem Aussehen, nahm seinen Platz im Zentrum des Ostens ein und hob den Blick zum Altar mit der Bibel, dem Zirkel und dem Winkelmaß. Cristóbal Aquino, den man erneut für dieses Amt auserwählt hatte, würde an diesem Abend zeigen, wie gut er die Kunst der freimaurerischen Rhetorik beherrschte.

»Ehrwürdige Brüder«, begann er, »vor hundert Jahren hielt die erste, von den sogenannten Rationalen Rittern gegründete Freimaurerloge der Stadt Matanzas in einem schmucklosen Gebäude auf dem Grundstück, auf dem sich heute unsere achtbare Loge Söhne Kubas befindet, ihre Sitzungen ab. Damals steckte die moderne Freimaurerei in Kuba noch in den Kinderschuhen, und die despotische Kolonialmacht betrachtete sie aufgrund der demokratischen und freiheitlichen Ideen, die unsere Bruderschaft seit jeher inspiriert hat, als einen potenziellen Feind. Eine Initiation unterlag zu jener Zeit strengster Geheimhaltung, und es wurden gewichtige Treuegelöbnisse und Verschwiegenheitsgelübde abgelegt, da die bloße Tatsache, Freimaurer zu sein, unendliche Risiken barg … In jenen alten Gemäuern des ursprünglichen Tempels, dessen rechtmäßige Erben wir sind, fassten sich an einem historischen Abend furchtlose Männer bei den Händen. Sie hielten zum Zeichen unverbrüchlicher Bruderschaft selbst unter widrigsten Umständen ein scharfes Schwert in die Höhe. Sodann wiederholten sie nacheinander den Schwur, zu dem sie die schwierigen Zeiten zwangen. ›Schwört Ihr auf dieses Schwert, die Unabhängigkeit zu verteidigen und für sie zu sterben?‹, wurden die neuen Mitglieder gefragt, und sie antworteten ›Ich schwöre‹, woraufhin ihnen erwidert wurde: ›Wenn Ihr das tun werdet, wird Amerika es Euch danken.‹ Der glückliche Zufall wollte es – zum Ruhme unserer Institution –, dass sich unter den neuen Mitgliedern auch José María Heredia y Heredia befand, ein Jüngling noch von siebzehn Jahren, der sich mit seinen flammenden Liebesgedichten und patriotischen Versen gerade einen Namen zu machen begann und seither für sein großes Ziel brannte: die Freiheit Kubas. Jenes Gelöbnis vom Abend des 21. September 1822 sollte das glückliche, sorglose Leben unseres jungen Dichters für immer verändern, um ihn auf den Pfad des grausamsten aller Schicksale zu führen, der ihn Entwurzelung, Tyrannei, Krankheit, Verachtung und unsäglichen Verrat erleiden, ihn jedoch dank seines starken Charakters zu dem großen Kämpfer für die Demokratie werden lassen sollte, zu dem gerechten Mann, der während seiner Zeit in Mexiko den Wert einer Verfassung leidenschaftlich verteidigte, und, dank seiner göttlichen Empfindsamkeit, zum Vater der kubanischen Poesie, zur sanften Seele des Vaterlandes und daher zum Nationaldichter Kubas. Zu dem Mann, der, wie es unser Bruder José Martí y Pérez in so wunderbaren Worten ausdrückte, der erste Dichter Amerikas war, vulkanisch wie seine Eingeweide, erhaben wie seine Höhen ...«

Nach und nach begann Fernando die Fallstricke der Erinnerung zu erkennen, lernte, mit ihnen zu leben, ohne sich je ganz von den hinterhältigen Attacken zu befreien. Anfangs erfolgten sie fast täglich, waren heftig und sehr schmerzhaft. Während jener Monate, in denen er, quasi eingesperrt in den Gärten des Orange Bowl in Miami, wie ein Paria gelebt hatte, unter einer mörderischen Hitze leidend, im Ohr die Beleidigungen, die jeder, der Kuba verlassen wollte, zu hören bekam, hatte das Gedächtnis ihm die ersten Streiche gespielt. Immer wieder glaubte er unter den Tausenden von Flüchtlingen, die die Insel vom Hafen von Mariel aus verlassen hatten, das Gesicht eines seiner Freunde zu entdecken, der sich, wie er selbst, in ein Exil ohne Rückkehr begeben hatte. Später dann, als eine gewisse Normalität in sein Leben eingekehrt war und er so viel arbeitete, wie er konnte, erfolgten die Attacken des Gedächtnisses nur mehr sporadisch und gingen so schnell vorbei, wie sie kamen, abgeschwächt vielleicht durch die Müdigkeit und die Notwendigkeit, sich in einer neuen Welt zurechtzufinden. In den letzten Jahren jedoch, als er sich schon auf dem Weg der endgültigen Besserung wähnte, hatten ihn die Pfeile der Erinnerung erneut mit verheerender Präzision getroffen.

Die letzte Attacke musste er ein paar Tage vor seiner Rückkehr nach Kuba über sich ergehen lassen. Obwohl es eine häufige Vision war, traf sie ihn mit einer Wucht, die er für immer überwunden geglaubt hatte: Er stand an der Kasse des Pryca, um die Küchengeräte zu bezahlen, die er seiner Mutter mitbringen wollte, als er Delfina aus einem Café kommen und auf ihn zusteuern sah. Das Herz schlug ihm bis zum Hals, es nahm ihm den Atem, und er hob schon den Arm, um sie auf sich aufmerksam zu machen, doch die junge Frau – etwa dreißig Jahre, schwarzes Haar, große Augen und lange Beine – setzte ihren Weg mit energischem, aber elegantem Schritt fort, ohne ihn zu beachten, und ließ ihn in der mit vergifteten Dornen gespickten Realität zurück.

Am häufigsten jedoch besuchten ihn die Gespenster Enriques und seiner Mutter. Sie erschienen ihm in Restaurants, in der Metro, in Parks, im Kino, in Buchhandlungen; aber auch die anderen Spötter kreuzten bisweilen seinen Weg, auch der tote Víctor. Selbst der Polizist Ramón konnte plötzlich aus dem Nebel auftauchen und Fernando einen bitteren Nachgeschmack im trockenen Mund bescheren. Von allen Frauen jedoch, die er in Kuba geliebt hatte, war es nur Delfina – die Einzige, die er immer nur heimlich begehrt hatte, die er nie gestreichelt hatte, die zu vergessen er sich gezwungen hatte, bevor das Vergessen zu einer Frage von Leben oder Tod geworden war –, die immer wieder zu ihm zurückkam, um die Erinnerungen aufzuwühlen und ihn auf die Unmöglichkeit hinzuweisen, gewissen Dingen zu entsagen.

Jetzt, angesichts dieser vitalen, schönen Frau mit ihren siebenundvierzig Jahren, beobachtete Fernando, wie die junge Erscheinung, die ihn in der Erinnerung bedrängt hatte, mit dem realen Körper in beunruhigender Harmonie verschmolz: Delfinas langes Haar fiel noch immer weich auf ihre Schultern, ihre großen Augen leuchteten dunkel, und die Jahre hatten es nicht geschafft, der Haut ihrer langen gebräunten Arme etwas anzuhaben. Delfina war nicht mehr das zwanzigjährige Mädchen, das er gekannt und in seinen Wahnvorstellungen so oft heraufbeschworen hatte, zusammen mit der Eifersucht auf den erfolgreichen Víctor. Sie war auch nicht mehr die junge Frau von dreißig Jahren, die er zum letzten Mal gesehen hatte, bevor er Kuba verließ und sie bereits mit seinem Freund verheiratet war. Aber sie war auch nicht die, die er nach so vielen Jahren vermutet hatte: alt und verbraucht. Dafür war er ihr zutiefst dankbar.

»Wie machst du das nur? Du hast dich gar nicht verändert, siehst noch genauso aus wie früher …«

Und sogleich wurde er sich seiner Taktlosigkeit bewusst. Was hatte er erwartet? Dass sie alt war und voller Falten wie Álvaro, den die Jahre und das Leben zugrunde gerichtet hatten? Oder mit Halbglatze, dickem Bauch und Ringen unter den Augen, so wie er sich selbst in dem bösartigen Spiegel sah, den aus seinem Zimmer zu entfernen er sich immer wieder vornahm?

Nachdem Fernando bei seiner Mutter vorbeigegangen war, hatte er das Bedürfnis verspürt, die Aufarbeitung seiner Vergangenheit mit einem Besuch bei Delfina zu beginnen. Er hatte sogar daran gedacht, zu ihr zu gehen, bevor er im Las Vegas einen doppelten Espresso getrunken und einige seiner alten Freunde wiedergesehen hätte. Aber bei dem Gedanken, einer von der Zeit gezeichneten Erscheinung gegenüberzutreten, war ihm ein kalter Schauer über den Rücken gelaufen, und er hatte seine Ungeduld gezügelt und den Besuch auf später verschoben. Zwei überzeugende Gründe trieben ihn zu dieser Begegnung, die er sich seit seinem Entschluss, Kuba kurz zu besuchen, so oft vorgestellt hatte. Der erste war – zumindest versuchte er es sich selbst einzureden – Víctors früher Tod im Jahre 1981. Denn er hatte nicht wie die anderen an jener merkwürdigen Totenfeier teilnehmen können, um sein Beileid auszudrücken und dem Toten das letzte Geleit zu geben, einer abwesenden Leiche, die erst acht Jahre später nach Kuba zurückgebracht werden sollte, als ein Haufen anonymer Knochen in einem Zinksarg, so wie die anderen Kubaner, die in den Steppen und Wäldern Angolas gestorben waren. Der zweite Beweggrund war zwiespältig und erhaben zugleich, völlig absurd und gleichzeitig schrecklich real: Fernando glaubte, immer noch in Delfina verliebt zu sein, so wie er es gewesen war, seit er sie zu Beginn des Studiums 1969 kennengelernt hatte, und wie er es weiterhin sein sollte, obwohl sie inzwischen Víctors Frau geworden war.

Noch heute fragte er sich, warum er sich aus der Geschichte damals zurückgezogen und jede Möglichkeit, eine tragende Rolle darin zu spielen, aufgegeben hatte. Seit Delfina den Spöttern begegnet war, hatte sie die männlichen Instinkte aller in Aufruhr versetzt. Sie war weder das hübscheste noch das eleganteste oder gebildetste der sechsunddreißig Mädchen des Studiengangs. Aber aufgrund der unbekümmerten und nüchternen Art, mit der sie das Leben und ihre Weiblichkeit annahm, war sie die am weitaus attraktivste. Und wegen ihres Realitätssinns, der sie wie eine Aura umgab. In den nichtliterarischen Gesprächen auf Álvaros Dachterrasse gestand jeder Einzelne, welche Anziehungskraft Delfina auf ihn ausübte. Der schöne Arcadio, daran gewöhnt, immer freie Auswahl zu haben, tat so, als wäre er nicht besonders scharf auf sie, auch wenn er es gerne hin und wieder mit ihr getrieben hätte, wie er einmal gestand. Schlitzohr Conrado bedauerte es, sich mit María Victoria eingelassen zu haben, denn seit sie und Delfina sich miteinander angefreundet hätten, seien ihm die Wege nach Mekka versperrt; doch er gab zu, sie früher ein paar Mal angebaggert zu haben – erfolglos, da Delfina ihn freundlichst zum Teufel geschickt habe. Fernando gestand, dass sie ihm gefalle, er aber noch ein wenig warten wolle, bis er sich sicher sei: bei einer solchen Hochwildjagd zu scheitern könne fatale Folgen für den weiteren Verlauf der Dinge haben. Tomás seinerseits glaubte, Delfina müsse irgendwo einen tollen Hecht haben und lasse deswegen keinen ran. Der schwarze Miguel Ángel, der zunächst die Meinung geäußert hatte, so toll sei Delfina nun auch wieder nicht, erzählte eines Abends, dass er von ihr geträumt habe, und am Ende gestand er uns, ehrlich, wie er war, dass er möglicherweise in sie verliebt sei, jedoch den Verdacht habe, dass Delfina keine dunklen Farbtöne möge. Álvaro dagegen, vielleicht von uneingestandenen Vorurteilen geleitet, behauptete, die Kleine sei bestimmt lesbisch oder Schlimmeres: Keine Frau könne so blöd sein, und schon gar nicht heutzutage, wo die Welt jeden Augenblick untergehen könne und die Parole heiße, nimm, was du kriegen kannst. Es sei ja bewiesen, dass Enthaltsamkeit dick mache und dass jedes Organ, das nicht benutzt werde, verkümmere … Nur Víctor enthielt sich jeden Kommentars, auch nach jenem Abend im September, kurz nach Beginn des zweiten Studienjahres, als er mit Delfina am Arm bei Álvaro aufkreuzte. Den Spöttern hatte es die Sprache verschlagen, als sie das Mädchen in seinem Schlepptau sahen, und die Überraschung war noch größer geworden, als sie sahen, wie Víctor sich neben sie setzte und ihre Hand nahm, während sie die andere auf den Oberschenkel des Glücklichen legte.

In seltener Einmütigkeit verhielten sich die Spötter grausam und rachsüchtig. Angeführt von Fernando, der geschickt das Gelände verminte, ohne sich jemals offen zu äußern, suchten sie nach einer Möglichkeit, Víctor daran zu hindern, mit seiner Freundin zu den Treffen zu kommen. Doch langsam fanden sich alle damit ab, dass Delfina nicht »die Frau der Musketiere« sein würde, wie Tomás sagte: Eine für alle. Und schließlich nahmen sie sie in ihren Reihen auf, als wäre es möglich, das Unmögliche zu akzeptieren, vor allem für Fernando, dem es trotz seiner Treue zu Víctor und seiner eigenen amourösen Erfolge jedes Mal einen Stich gab, wenn er an sie dachte, und der sogar eingestand, dass er auf immer und ewig und hoffnungslos in diese Frau verliebt sei …

Bin ich immer noch in sie verliebt?, fragte er sich, nachdem er sie auf spanische Art auf beide Wangen geküsst hatte. Er fasste sie an den Oberarmen und trat einen Schritt zurück, um sie besser betrachten zu können. »Wie machst du das nur? Du hast dich gar nicht verändert, siehst noch genauso aus wie früher …«

Delfina lächelte über das gefährliche Kompliment des Besuchers. »Ach, Fernando, du bist und bleibst der größte Lügner, den ich in meinem Leben je kennengelernt habe.«

Drei Stunden dauerte das Gespräch. Sie saßen auf Delfinas Balkon, zu ihren Füßen die 17. Straße, tranken zwei Tassen Kaffee, und Fernando rauchte zehn Zigaretten. Víctor widmeten sie nur wenige Minuten, und er hatte das Gefühl, dass Delfina das Thema lieber vermeiden wollte. Fernandos Weg durch die Etappen seines langen Exils in Miami, New York und Madrid nahm fast eine Stunde in Anspruch. Die übrige Zeit redeten sie über Delfinas Leben in den vergangenen Jahren. Fernando erfuhr, dass sie nach wie vor als Spezialistin für bildende Kunst arbeitete und ein Buch über die kubanischen Maler der Achtzigerjahre geschrieben hatte; dass ihre Mutter gestorben war, ihr Vater aber noch lebte und sich anschickte, tausend Jahre alt zu werden; dass sie Fernando nie geschrieben hatte, weil er alle seine Freunde darum gebeten hatte, ihm nicht zu schreiben; dass ihr inzwischen ergrautes Haar gefärbt war; dass sie nach Víctors Tod nicht wieder geheiratet hatte, und das nicht etwa aus Mangel an Bewerbern, und dass ihr vor etwa drei Monaten etwas Unglaubliches passiert war: Sie stand an der Kasse des Focsa, um zwei Päckchen Spaghetti zu bezahlen, als sie plötzlich Fernando in den Laden kommen sah. Das Gefühl war so intensiv, dass sie automatisch die Hand hob, um ihn auf sich aufmerksam zu machen …

In diesem Augenblick spürte Fernando Terry die Explosion. Die Welt brach auseinander. Keine Information hätte grausamer und verheerender sein können als diese, nicht einmal die, dass der Roman Heredias, dem er hinterherjagte, ein unerreichbarer Traum war. Die Gewissheit, dass er, anstatt aufzugeben, hätte kämpfen sollen, führte ihm eine verpasste Möglichkeit vor Augen: Jetzt erst wurde ihm klar, dass diese Frau die Seine, dieser Balkon der seiner Wohnung und die Aussicht, die er jetzt genoss, die hätte sein können, die er jeden Morgen nach dem Aufwachen gehabt hätte. Und die Erkenntnis, dass die Liebe ihm zwischen den Fingern zerronnen war, ließ ihn das Ausmaß eines Irrtums spüren, der das gesamte Universum all seines Sinns zu berauben imstande war.

*E*INES DER FESTE, DIE DAS LEBEN für mich bereithalten sollte, um mir die Existenz Gottes und seine einzigartige Fähigkeit, Schönheit zu erschaffen, vor Augen zu führen, erlebte ich auf meiner ersten Reise nach Matanzas im Winter des Jahres 1819. Zwar war es mir im Laufe meines Lebens vergönnt, einige der überwältigendsten Wunder der Natur zu genießen, wie zum Beispiel die unermessliche, schlammige Flussmündung des Orinoco, dessen rotes Wasser das blaue Meer auf einer Länge von mehreren Meilen wie ein blutiger Dolch in zwei Teile teilt; oder die Niagarafälle, jenes Schauspiel von ungeheuerlicher Kraft, das mich zu höchster Inspiration geführt hat; oder aber das einzigartige Panorama des Vulkans El Nevado de Toluca mit einer jahrhundertealten Geschichte zu seinen Füßen, den ich bestiegen habe, nur um zu erkennen, dass die Quelle der Poesie in mir endgültig versiegt war. Doch das dem menschlichen Maß vollendet entsprechende, in warmen bunten Farben gemalte Schauspiel, das das Yumurí-Tal mit seinen majestätischen Königspalmen, den friedlich dahinfließenden Flüssen und sanft wogenden Zuckerrohrfeldern dem Reisenden bietet, und der herrliche Blick, den man anschließend auf die an eine weitläufige Bucht geschmiegte Stadt Matanzas genießt und der von ihrer traumhaft gelegenen, faszinierenden Bucht gekrönt wird, waren ein Geschenk und zugleich ein Fluch. Vom ersten Augenblick an verliebte ich mich in jene Landschaft, die ich noch am selben Tag zu meiner erklärte und deren bleibende Erinnerung mich in den Jahren meines Exils, zwischen Kälte und Wehmut, so sehr schmerzen sollte.

Mein Onkel Ignacio, der mich eingeladen hatte, ein paar Wochen in Matanzas zu verbringen, lachte über mein sichtliches Entzücken, das ihn überraschte. Er wusste, dass uns die Reise über den Camino Real, den Königsweg, auf diesen wunderbaren Höhenzug über dem äußerst fruchtbaren Tal führen würde, wo sich der Fluss San Juan Richtung Meer ergießt und sich die Stadt dem Blick des ahnungslosen Reisenden unvorbereitet darbietet. Und um meine Bewunderung noch zu steigern, schlug Ignacio mir vor, der riesigen Zuckerrohrplantage »Los Molinos« einen Besuch abzustatten, deren Eigentümer, die Marqueses de Prado Ameno, Freunde meines Onkels, zurzeit bedauerlicherweise nicht auf ihrem so paradiesischen Besitz weilten. Dessen ungeachtet tranken wir auf der Veranda des prachtvollen Wohngebäudes, in dem ich in schwierigeren Zeiten Zuflucht suchen sollte, einige Gläser Mameysaft und betrachteten das wundervolle Panorama, als mein Onkel erklärte, diese Stadt, die sauberer und ruhiger sei als Havanna, bescheiden-provinziell und noch nicht so verdorben von den Lastern der damaligen Zeit (ich wusste genau, was er damit meinte, denn schon damals war Ignacio mein Vertrauter), diese Stadt also werde mir, davon sei er überzeugt, so gut gefallen, dass ich mich bis an mein Lebensende an sie erinnern würde. Und er hatte recht, mein Onkel, wie immer.

Ignacio war der jüngste Bruder meiner Mutter und ganz offensichtlich zum Glückspilz auserkoren. Er war Besitzer der Kaffeeplantage »Jesús María«, an der Grenze zum Stadtbezirk Colón, und Inhaber einer Anwaltskanzlei in Matanzas, die die reichsten Familien der Gegend zu ihren Klienten zählte. Er schätzte gutes Essen, exquisite Weine und teure Kleidung ebenso wie gute Bücher, von denen er mir während jener Ferien und bei vielen anderen Gelegenheiten in meinem weiteren Leben einige Schätze schenkte. Nur kam es mir seltsam vor, dass dieser gut aussehende, noch junge Mann den Frauen keinerlei Interesse entgegenbrachte. Zwar sprach er hin und wieder von ihnen, von ihrer Schönheit und ihrer Eleganz, doch ohne das fieberhafte Interesse, das jedes hübsche Mädchen, das an mir vorbeiging, in mir hervorrief. Damals hatte ich keine Vorstellung von dem schrecklichen Drama, in dem dieser gutherzige Mann, dem ich so viel zu verdanken habe, ständig lebte, stets dazu gezwungen, seine sexuellen Neigungen zu verbergen.

Ignacios Beziehungen erleichterten mir den Zugang zu der kleinen literarischen Welt von Matanzas. Die Kollegen hier hatten die wenigen Gedichte, die ich bereits in verschiedenen Zeitschriften Havannas veröffentlicht hatte, gelesen und nahmen mich sofort und ohne das übliche Misstrauen, das zwischen den Schriftstellern in großen

Städten zu herrschen pflegt, sofort begeistert in ihren Kreis auf. Für sie war ich so etwas wie ein Paradiesvogel, zu jung ihrer Meinung nach, um mich bereits als berühmter Dichter fühlen zu dürfen. Mit provinziellem Stolz, wie Ignacio es ausdrückte, besaßen die Matanceros einen wundervollen Glauben an die Poesie und die Kunst und versicherten, dass sich ihre von zwei Flüssen durchzogene und sich dem Meer öffnende Stadt, einem tropischen Venedig gleich, zu einem Paradies der schönen Künste entwickeln werde.

Zwei für mein Leben überaus folgenschwere Ereignisse bescherte mir mein kurzer Aufenthalt in Matanzas: In der morgendlichen Ruhe schrieb ich fast in einem Zuge mein erstes Theaterstück, dem ich den Titel *Edward IV. oder Der gütige Usurpator* gab und das mich vorzeitig und endgültig in der Stadt berühmt machte. Tatsächlich brachte ich es, zusammen mit anderen Theaterbegeisterten, auf die Bühne und stellte mich, in einem Anfall von jugendlichem Übermut, in der Rolle meiner Figur Guillermo höchstselbst auf die Bretter, etwas, das ich nie wieder tun sollte. Und ich glaube sogar, dass ich gar nicht schlecht war.

Das zweite, nicht weniger bedeutsame Ereignis fand an einem jener heiter-sorglosen Tage statt, die wir mit Nichtstun, Spaziergehen, Reden und Trinken zubrachten. Es war an einem warmen Januarnachmittag an der Flussmündung des Yumurí, als ich an Bord eines Ausflugschiffes das junge Mädchen erblickte, das nicht nur meine Lieblingsmuse, sondern auch die blutende Wunde werden sollte, die ich für den Rest meines Lebens mit mir herumtragen würde.

Meine erklärte Liebe war damals die ätherische Isabel, die ich, wie es sich für einen Poeten gehört, in *Lesbia* oder *Belisa* umgetauft hatte. Beide Namen waren, wie leicht zu erraten, ein scheinbar unschuldiges Spiel mit Buchstaben, um den eigentlichen Namen des Mädchens zu verschlüsseln. Meine wirkliche Liebe dagegen war Betinha, die Frau, die meine Jungfräulichkeit geraubt hatte und die Glut des soeben in die Liebe eingeführten jungen Mannes lenkte. Ich glaubte, mein Liebeshunger sei damit gestillt, doch beim Anblick jener jungen Dame in ihrem luftigen weißen Leinenkleid, das die leicht olivenbraune Tönung ihrer Haut zur Geltung brachte, verspürte ich einen Stich ins Herz. Sie trug einen spitzenbesetzten Hut, unter dem sich ihre schwarzen Locken ergossen. Das Dekolleté ließ straffe Brüste erahnen, und ihr Rock bauschte sich über Pobacken, die einen Vergleich mit denen Betinhas nicht zu scheuen brauchten. Doch erst als ich ihr verschwenderisches Lächeln auf den mit glänzenden Schweißperlen benetzten Lippen sah, wurde mir schlagartig klar, dass das Herz eines Mannes, zumal das eines Dichters, einem fruchtbaren Feld gleicht, auf dem Guajaven und Mangos, Guanábanas und Papayas, Nelken und Rosen nebeneinander gedeihen können … Und in dem Moment, als sie sich anschickte, von Bord zu gehen, näherte ich mich ihr mit einer Entschlossenheit, die mich selbst überraschte, und reichte ihr die Hand, um ihr dabei behilflich zu sein, den Fuß auf den Landungssteg zu setzen. Mit dieser galanten Geste, die die mangelnde Höflichkeit ihrer männlichen Begleiter deutlich werden ließ, gelang es mir, ihr ein weiteres Lächeln zu entlocken und einen Blick auf die strahlend weißen Perlen zwischen ihren roten Lippen zu erhaschen. Ich erwiderte ihr Lächeln und wollte mich, nachdem ich meine höfliche Pflicht erfüllt hatte, schon zurückziehen, als ich ihre Stimme vernahm.

»Vielen Dank, Señor«, murmelte sie.

»Es war mir ein Vergnügen, Señorita …«

»Dolores Junco, stets zu Ihren Diensten.«

»José María Heredia, ergebenster Diener.«

»Der Dichter?«

»Ganz der Ihre, Señorita.«

Seit jenem glücklichen Tag blieben das Lächeln und die Stimme von Lola Junco meinem Gedächtnis unauslöschlich eingeprägt, als Verheißung einer Zukunft, die uns jenseits aller Grenzen führen sollte. Niemand hätte sich damals vorstellen können, welch wonnetrunkenen Momente wir miteinander erleben würden und wie hartnäckig das Unglück uns verfolgen, uns schließlich zu seinen Sklaven machen sollte.

Verständlicherweise war ich tief betrübt, als ich Matanzas nach einigen Wochen wieder verlassen musste. Vielleicht wäre mein gesamtes Leben anders verlaufen, weniger glanzvoll möglicherweise, aber zweifellos auch weniger leidvoll, wenn mein Wunsch, in jenem friedlichen und blühenden Städtchen bleiben zu dürfen, damals in Erfüllung gegangen wäre. Doch ich musste die Examen meines zweiten Studienjahres an der Universität ablegen, und so blieb mir keine andere Wahl, als nach Havanna zurückzukehren.

Zum Glück war ich mit meinem Onkel einige Kapitel des Lernstoffs durchgegangen, sodass ich die lästigen Prüfungen ohne Probleme hinter mich brachte. Kurz darauf wurde endlich der Zeitpunkt unserer Abreise nach Mexiko festgelegt: Ende März würden wir an Bord der ›Argos‹ gehen, die uns nach Veracruz bringen sollte, wo uns ein Leben erwartete, das sich, wie ich wusste, von dem, das wir in Kuba geführt hatten, sehr unterschied. Doch der Gesundheitszustand meines Vaters verschlechterte sich zusehends, und etwas Ähnliches geschah mit dem strengen Charakter meiner Mutter, die mich ständig in ihre Nähe haben wollte, vor allem nach dem unerwarteten Tod meines jüngeren Bruders Rafael einige Monate zuvor. Sein Tod, der erste von vielen Toden geliebter Menschen, die ich im Laufe meines Lebens beweinen musste, konfrontierte mich unbarmherzig mit der Vergänglichkeit menschlicher Existenz: Dieser Junge, den ich hatte aufwachsen und lachen sehen, erkrankte plötzlich an einem schrecklichen Fieber, und zwei Tage später war er nur mehr eine sterbliche Hülle in einem weißen Sarg. Die erschütternde Zerbrechlichkeit der Lebenslinie war für mich so real, wie die Nichtigkeit und das materielle Streben der Menschen mir irreal erschienen.

Glücklicherweise war Domingo schon immer ein ausgezeichneter Vermittler gewesen, und nicht einmal an ihren schlechtestgelaunten Tagen wagten es meine Eltern, mir zu untersagen, mit ihm auszugehen, sodass ich ihn häufig dazu benutzte, dem düsteren, kränklichen Ambiente meines Elternhauses zu entfliehen. Allerdings war das Ziel unserer Ausflüge manchmal – so oft wir konnten, um ehrlich zu sein – das Bordell von Madame Anne-Marie, meistens jedoch Domingos Haus oder die Bänke auf der Plaza de Armas und der Alameda de Paula, wo wir unseren literarischen Träumen nachhingen.

Heute begreife ich, dass wir während unserer endlosen Gespräche etwas so Wunderbares wie die Pläne für die Geburt eines Landes schmiedeten, ohne uns allerdings über die Reichweite eines solchen Vorhabens im Klaren zu sein. Mit unseren sechzehn Jahren waren wir weniger überlegt und hellsichtig denn begeistert und leichtfertig. Schon damals war es Domingos Obsession – die sich später in eine Art Dogma verwandeln sollte –, das typisch Kubanische in einen literarischen Stoff zu verwandeln. Wie seine Vorliebe für elegante Kaleschen und Bücher oder sein Wunsch, ein bedeutender Dichter zu werden, hatte sich diese Idee in seinem Kopf festgesetzt, und so sprach er bei unseren Treffen immer darüber, dass die Literatur der Insel das Wesen der Menschen des Landes widerspiegeln müsse, um sie von jener Literatur zu unterscheiden, die, müde und gefühlskalt, aus Madrid zu uns kam. Zwar hatten die Dichter, die uns vorangegangen waren, die Schönheit des kubanischen Wesens besungen, aber ihre Werke erschienen uns zu prosaisch, zu sachlich, frei von jedem Gefühl. Wir hingegen glaubten, dass man eine wirklich neue Literatur nur schaffen könne, indem man in ihr eine genaue Vorstellung vom Leben des Landes vermittele … Erst nach vielen Jahren sollte ich die Quelle entdecken, aus der sich die Gedanken, die mein Freund wie ein Echo wiederholte, gespeist hatten: In Philadelphia, während des schrecklichsten Winters, den ich je erlebt habe, hörte ich die Reden von Pater Varela, die der große Domingo Satz für Satz auswendig gelernt und als seine eigenen ausgegeben hatte.

Um den Ehrgeiz meiner Mitstreiter herauszufordern und zu beweisen, wozu ich fähig war, schloss ich mich in jenen Tagen mehrere Vormittage zu Hause ein und schrieb mit jener Leichtigkeit, mit der mir das Reimen von der Hand ging, ein Lustspiel über das kubanische Landleben – das ich nur von meinen gelegentlichen Ausflügen in die Umgebung von Matanzas her kannte – und gab ihm den Titel *Der verstörte Landmann*. Bevor ich das Stück meinen Freunden vorlas, besaß ich die Vermessenheit, damit zu Pater Varela zu laufen, den ich buchstäblich dazu zwang, sein Geigenspiel zu unterbrechen. Doch dann sah ich ihn amüsiert über einige meiner Verse schmunzeln, wobei sein wohlwollendes Urteil am Ende wie immer mit einer Ermahnung verbunden war:

»Ich finde es sehr gut. Aber du musst zwei Dinge beachten. Das eine kannst du im Moment noch nicht ändern: deine Jugend. Das andere aber musst du von jetzt an lernen: Literatur ist kein Wettstreit.«

Diese Worte des wunderbaren Priesters habe ich nie vergessen, genauso wenig wie Domingos Gesicht, als ich mein Lustspiel vortrug. Irgendwie war er bei der Güterverteilung, die er vorgenommen hatte, davon ausgegangen, dass die Themen »Landleben« und »Bauern« sein ureigenes Gebiet seien. Mich nun etwas vorlesen zu hören, das seine Möglichkeiten bei Weitem überstieg, in aller Eile niedergeschrieben, aber imstande, bei den übrigen Freunden begeisterten Jubel auszulösen, empfand er als ein unverzeihliches Eindringen meinerseits … Fern lag mir der Gedanke, jener Tag könne den Mann, den ich so sehr liebte, zu meinem Feinde machen, und noch ferner die Ahnung, dass das Glück ein labiles Gleichgewicht ist, das mit der Unverfrorenheit eines perfekt geschliffenen Glases zerbrechen kann.

Passiert mir dasselbe, was dir passiert ist, oder bilde ich mir nur ein, dass mir dasselbe passiert wie dir?, fragte er sich, als der Wagen in die lang gezogene, abschüssige Straße einbog, und er freute sich auf eines jener Schauspiele, die er in seinem früheren Leben am meisten geliebt hatte. In einer Welt voller außergewöhnlicher Landschaften hätte jemand anderes vielleicht nichts Besonderes daran gefunden, ihn aber berührte der wunderbare Blick auf die Stadt Matanzas, der sich plötzlich hinter einer Kurve der Landstraße auftat, jedes Mal bis in die letzte Faser seines Körpers. Seine Gefühle waren so hartnäckig, dass diese Strecke in den zwanzig Jahren seiner Abwesenheit Hunderte von Malen vor seinem geistigen Auge erstanden war. Häufig hatte er den jungen Heredia mitreisen lassen, um das Schauspiel zu genießen, das den jungen Dichter seinerzeit verzaubert hatte, als er zum ersten Mal in die Stadt gekommen war, in der er so unendlich glücklich und unglücklich sein sollte. Fernando wusste, dass man damals von Havanna aus auf anderen Wegen nach Matanzas gelangt war und die Stadt im Jahre 1818 aus kaum mehr als einer Handvoll ärmlicher und friedlicher Häuser bestanden hatte. Doch angesichts der Schönheit des letzten Abschnitts der Vía Blanca mit der Bucht im Hintergrund und der von ihren beiden Flüssen umarmten Stadt, die sich dem Blick des Neuankömmlings wie sanft schlafend darbot, nahm er an, dass diese Aussicht auf Heredia denselben intensiven und unvergesslichen Eindruck gemacht hatte wie jetzt auf ihn selbst.

»Bist du immer noch so beeindruckt?«, fragte ihn Arcadio, der am Steuer des Wagens saß.

»Dem ist nicht zu helfen, schau ihn dir doch an«, antwortete Álvaro vom Rücksitz aus. »Als wären es die ägyptischen Pyramiden.«

»Oder die Niagarafälle«, stimmte Fernando zu, ohne die Augen von der Landschaft abwenden zu können.

Er spürte den romantischen Blick Heredias auf sich gerichtet, was ihn dessen Abwesenheit nur umso schmerzlicher bewusst machte. Und ihn überkam das bis zu diesem Moment sonderbarerweise nicht wahrgenommene Gefühl, dass sein Leben genau in jener unendlich fernen Nacht eine unheilvolle Wendung genommen hatte, als er schweißgebadet aufgewacht war, mit steifem Glied und der Gewissheit, unbedingt ein Liebesgedicht schreiben zu müssen. Fernando war vierzehn Jahre alt, und zum ersten Mal, seit er die Wonnen der Selbstbefriedigung entdeckt hatte, trieb ihn die Lust nicht ins Badezimmer, in das er sich normalerweise zum Onanieren zurückzog. Ein weit dringenderes Bedürfnis, das sogar imstande war, seine Erektion zu bezwingen, ließ ihn einen Stift in die Hand nehmen, ohne dass er im Mindesten geahnt hätte, was das in ihm auslösen sollte. Denn hätte er jenes Gedicht, von dem ihm kein einziger Vers in Erinnerung geblieben war, nicht geschrieben, und wäre er stattdessen ins Badezimmer gegangen, um dem wilden Ruf seiner Instinkte zu folgen, dann wäre sein Leben vielleicht fernab des Sinnestaumels verlaufen, der nun, wie eine unverdiente Wiederholung, die Gefühle in ihm wachrief, die der wahre Dichter empfunden haben musste.

»Und wie fahren wir jetzt?«, wollte Arcadio wissen, als der Wagen sich in das Labyrinth der Stadt begab. »Ich kann noch so oft herkommen, immer verfahre ich mich.«

»Wo wohnt dieser Cernuda?«, fragte Fernando Álvaro.

»Contreras 96.«

»Ich weiß, wo das ist«, versicherte Fernando. »Fahr bis zur nächsten Ecke, und dann nach rechts. Hinter der Bibliothek.«

Während er voller Wehmut das heruntergekommene Ortsbild auf sich wirken ließ, stellte er überrascht fest, wie genau er den Stadtplan im Kopf hatte. Viele Male war er, als Student und dann als Wissenschaftler, durch die Straßen von Matanzas flaniert, auf den Spuren von Heredia, Domingo del Monte, Plácido und den anderen Dichtern, die dazu beigetragen hatten, dass die Stadt – mit ihren Schriftstellern, Malern und Musikern, aber auch mit ihren Sklaven und Sklavenhaltern, wie die griechische *Polis* – »das Athen Kubas« genannt wurde. Und jetzt trat aus einer verborgenen Schublade seiner Erinnerung die präzise Kenntnis der Straßen und Winkel des Viertels zutage, und er dirigierte Arcadio zu einem alten Gebäude mit hohen, vergitterten Fenstern und einer riesigen, zweiflügligen schwarzen Holztür.

Die drei Freunde stiegen aus, und Álvaro klopfte an die Tür. Fernando spürte die Erregung des Augenblicks, während Arcadio das Haus erwartungsvoll anstarrte, so als könnte es zu ihm sprechen.

Ein Mann von etwa vierzig Jahren öffnete die Tür und begrüßte sie. Álvaro trat einen Schritt vor und ergriff das Wort. »Wir suchen Señor Leandro Cernuda … Wir kommen von Doktor Mendoza, dem Bibliothekar der Großen Loge.«

»Ich bin sein Sohn, aber … mein Vater ist vor zwei Jahren gestorben.«

»Aber wie kann Mendoza dann …?« Álvaro wollte widersprechen, denn er konnte kaum glauben, dass der Professor nichts davon wusste. Doch dann begriff er die Absurdität der Situation und drehte sich zu seinen Freunden um. Fernando war blass geworden, und Arcadio starrte noch immer das Haus an, so als wollte er es genau studieren.

»Wenn ich Ihnen irgendwie behilflich sein kann …«, sagte der Mann, vielleicht neugierig geworden auf diese Leute, die seinen toten Vater suchten. Jetzt mischte sich Fernando ein:

»Vielleicht können Sie uns tatsächlich helfen … Dürfen wir hereinkommen?«

Der abgedunkelte, kühle Raum beherbergte ein Ensemble alter, prachtvoller Möbel. Die vier setzten sich in die Schaukelstühle, und Fernando erklärte dem Hausherrn, worum es ging. Sie seien gekommen, sagte er, um mit Leandro zu sprechen, dem Sohn von Carlos Manuel Cernuda, weil er ihnen möglicherweise sagen könne, wo sich gewisse Schriftstücke befänden, die der Loge der Söhne Kubas vor fast achtzig Jahren übergeben worden seien.

»Ich fürchte, da kann ich Ihnen nicht weiterhelfen«, sagte der Mann. »Ich gehöre nicht mal den Freimaurern an.«

»Gibt es denn niemand, der …?«, setzte Álvaro an. »Denn die Loge existiert doch noch, oder?«

»Ja, natürlich. Und wenn irgendjemand etwas darüber weiß, dann der alte Aquino. Er muss jetzt so um die achtzig sein und war seit seiner Geburt Freimaurer, glaube ich. Es gibt da allerdings ein Problem …«

»Was für ein Problem?« Álvaro sah aus, als wollte er sich im nächsten Moment auf den Mann stürzen.

»Er lebt inzwischen in Colón, bei seinem Sohn.«

»Dann fahren wir eben nach Colón«, warf Arcadio ein, dessen Hauptinteresse weiterhin dem Haus galt. »Haben Sie die Adresse?«

»Meine Mutter wird sie kennen. Einen Moment …« Der Mann erhob sich und ging hinaus. Fernando, Álvaro und Arcadio sahen sich an.

»Ich zahl das Benzin«, sagte Fernando, woraufhin Arcadio die Sache mit einer abfälligen Handbewegung abtat.

»Das Haus fasziniert mich … Es hat Poesie, nicht wahr?«

»Jetzt hör dir den an.« Genervt schlug Álvaro auf die Armlehne. »Dass wir zwei Jahre gewartet haben, das ist Poesie …«

Die beiden anderen mussten lachen, und Fernando wurde klar, wie vage die Spur war, die sie für so sicher gehalten hatten. Erstens lebte vermutlich keiner der Zeugen mehr, die bei jener Zeremonie im Jahre 1921 anwesend gewesen waren, und wenn doch, dann musste er jetzt hundert Jahre alt sein. Zweitens gab es, falls sie denn überhaupt jemanden fänden, der ihnen zuverlässige Informationen würde liefern können, wohl keinerlei Gründe dafür, warum dieser Jemand ihnen ein Geheimnis, das unter die Schweigepflicht der Freimaurer fiel, anvertrauen sollte. Und schließlich gab es da einen Punkt, der ihm von Anfang an als der dunkelste erschienen war: Falls diese Dokumente noch existierten, warum hielten ihre Verwalter sie unter Verschluss? Zusammen mit der Nachricht von Leandro Cernudas Tod stellten diese Probleme ein schier unüberwindbares Hindernis zwischen seinem Wunsch und dessen Verwirklichung dar.

Eine Frau betrat den Raum. Sie musste ungefähr siebzig sein, machte aber mit ihrer Küchenschürze einen rüstigen, aktiven Eindruck. »Guten Tag. Ich bin Alma, Leandros Witwe. Lassen Sie hören, worum geht es?«

Während Álvaro ihr Anliegen vortrug, glaubte Fernando einen Schimmer von Interesse in den Augen der Frau, die ihn in vielerlei Hinsicht an seine eigene Mutter erinnerte, aufblitzen zu sehen.

»Ich liebe die Geschichten der Freimaurer«, sagte sie, als Álvaro geendet hatte. »Mein Mann war seit seinem siebzehnten Lebensjahr Freimaurer und ist es bis zu seinem Tod geblieben, da war er sechsundsiebzig. Und ich selbst war ›Akazie‹ … das heißt, ich bin es noch, obwohl ich seit einer Ewigkeit nicht mehr in der Loge war. Das Haus, die Enkel …«

Arcadio rutschte auf die Kante seines Sessels vor und sah sie an. »Hat Ihr Mann nie über diese Dokumente gesprochen, Señora Alma?«

»Nein, bestimmt nicht. Wir waren mehr als fünfzig Jahre verheiratet, und er hat mit mir nie über das gesprochen, was innerhalb der Loge vor sich ging … Sie wissen doch, wie eigen die Freimaurer sind, wenn es um ihre Sache geht … Aber das ist nicht das eigentliche Problem. Sein Vater Carlos Manuel *kann* ihm die Geschichte gar nicht anvertraut haben. Überlegen Sie, das mit den Dokumenten ist im Jahr 1921 passiert, nicht wahr? Nun, Leandro wurde 1922 geboren … und sein Vater ist 1929 gestorben. Von ihm jedenfalls kann er also nichts erfahren haben.«

Fernando sah buchstäblich, wie der Vorhang fiel. Plötzlich überkam ihn eine unsägliche Müdigkeit, und er verspürte den übermächtigen Wunsch, das Haus zu verlassen, die Stadt, die Insel, und erst wieder in seiner Madrider Dachwohnung aufzuwachen, um diese sinnlose Suche zu vergessen, die seinen Entschluss, im Vergessen zu leben und nie mehr auf die Insel zurückzukehren, umgestoßen hatte.

»Sie müssen zum alten Aquino fahren. Er war eine halbe Ewigkeit lang Hauptredner und Sekretär der Loge«, sagte Alma. »Ich kenne die genaue Adresse des Sohnes nicht, aber ich weiß, dass sein Enkel Leiter des Museums von Colón ist. Sie werden ihn ganz leicht finden. Und hoffentlich finden Sie auch die Dokumente! Ihre Geschichte fasziniert mich sehr ... Sie können es natürlich nicht wissen, aber ich bin eine Ururenkelin von Pepilla Arango. Wissen Sie, dass das alte Haus meiner Familie, das genau hier auf diesem Grundstück stand, das Haus war, in dem sich Heredia versteckt hielt, bevor er Kuba verließ?«

»Sie meinen, er war hier, genau hier?«, fragte Arcadio überrascht, und als die alte Dame nickte, sah er Álvaro triumphierend an. »Ich wusste es, dieses Haus hat Poesie!«

Wieder das Meer. alles begann von vorn. Mexiko in der Gegenwart, Kuba, Venezuela, Pensacola, Santo Domingo in der Vergangenheit, und jetzt vor mir das Meer, und ich wieder auf dem Weg in ein anderes Land. Was würde die Zukunft bringen?, fragte ich mich, das Rauschen des Meeres noch immer im Ohr, als die Kutsche uns in die Calle de la Monterilla Nr. 9 brachte, wo wir nun wohnen würden. Mit bewundernswerter Geschicklichkeit wich der Kutscher Schlaglöchern und Straßenhändlern aus, während er uns von der schrecklichen Gewalt erzählte, die während der letzten Jahre in Mexiko-Stadt explodiert war. Doch ich hörte ihm kaum zu, denn eine Wolke trauriger Ungewissheit umflorte den Geist des Sechzehnjährigen, der Liebe, Freunde, Mentoren, Pläne und geliebte Orte verlassen hatte, um in eine andere Welt einzutreten, die mir im unvermeidlichen Vergleich zum extrovertierten Havanna düster und verschlossen erschien. Jene zwei Jahre in Kuba hatten in meiner Seele tiefe Spuren hinterlassen, hatten mich so Entscheidendes wie Freundschaft, Liebe, poetische Brüderlichkeit gelehrt und mich sogar den Tod eines geliebten Menschen erleben lassen. Und sie hatten Bande geschaffen, deren wirkliche Stärke ich noch nicht erahnen konnte, jedoch bereits als unzerstörbar empfand. Zum ersten Mal hatte ich gespürt, wie es ist, einem Ort anzugehören, ein Land und ein Heim sein Eigen zu nennen. Jene unselige Insel, auf der ich durch Zufall geboren und auf die ich durch unvorhersehbare Umstände zurückgekehrt war, um aus der Kindheit ins Mannesalter katapultiert zu werden, wurde mir zu einem Bedürfnis und, wie ich später erleben sollte, zu einem Fluch, von dem ich mich nie würde befreien können. Warum konnte ich kein Venezolaner oder Mexikaner oder Dominicano sein, wo ich doch in jedem dieser Länder genauso lang oder länger gelebt hatte als in Kuba? War ich womöglich der Erste, der die bittere Erfahrung machte, dass jenes Stück Heimaterde einen unersetzbaren Platz in seinem Herzen einnahm? Wäre es für mein Glück, meine Gesundheit, ja, sogar für meine Poesie nicht besser gewesen, ein anderes Vaterland zu erwählen als jene Insel, wo die großartigsten Schönheiten der physischen auf die tiefsten Schrecken der moralischen Welt treffen?

Was ich zu der damaligen Zeit brauchte, waren Antworten, und Mexiko vollbrachte das Wunder, mich mit Überzeugungen zu versehen, ohne mir allerdings wie Kuba seine Seele zu offenbaren. In den zwei Jahren, die ich auf der heiligen Erde der Anáhuac-Ebene verbrachte, wurde ich zu dem, der ich heute bin. Und nach so vielen Irrfahrten durch die Welt sind mir drei Dinge geblieben: Mein Gedächtnis, die Gewissheit, dass der Mensch seine Möglichkeiten nur in einer Demokratie und in einem Rechtsstaat vollständig entfalten kann, sowie die ferne Hoffnung, dass das Urteil des Herrn über meine vielen Sünden wohlwollend ausfallen möge.

Das Land, in das wir im Jahre 1819 kamen, war, wie das gesamte Amerika, ein brodelnder Kessel, in dem die verschiedenen politischen Fraktionen darum stritten, ob man weiterhin zu Spanien gehören oder die Nabelschnur durchtrennen sollte. Ich, Sohn eines redlichen Beamten der spanischen Zentralregierung, glaubte immer noch, dass das alte Iberien das gemeinsame Mutterland aller Spanier diesseits und jenseits des Ozeans sein könne. Voraussetzung allerdings war, dass die Politik der Kolonialmacht sich ändern und das monarchische System endgültig eine konstitutionelle Form erhalten würde, mit den nötigen Gesetzen und Verordnungen, um selbstsüchtige tyrannische Übergriffe zu verhindern. All dies drückte ich, in überschwänglichen Versen, aus, als sich Fernando VII., treubrüchig und berechnend, angesichts des Staatsbankrotts und Riegos tapferer Soldaten gezwungen sah, die Verfassung von 1812 zum Nutzen des Mutterlandes und der überseeischen Gebiete wieder in Kraft treten zu lassen. In meiner Naivität glaubte ich, ein Tyrann sei willens, Änderungen herbeizuführen, die seine Macht schwächen und die Fesseln lockern, mit denen er das Volk knebelt … Denn so, wie es alle Despoten der Vergangenheit gemacht haben und, da bin ich mir sicher, die kommenden Tyrannen machen werden, führte der König von Spanien die politischen Veränderungen nur herbei, um Zeit zu gewinnen, die Daumenschrauben seines repressiven Staates zu reparieren und zu verfeinern und die gewährten Freiheiten wieder zu beschneiden.

Aus der Entfernung betrachtet mutet es höchst merkwürdig an, dass ich den Aufenthalt in Mexiko von Anfang an als eine vorübergehende Unterbrechung meines kubanischen Lebens betrachtete, für das ich mich bereits entschieden hatte. Ich fühlte mich dem offenen, pragmatischen Geist Kubas viel stärker verbunden als dem komplizierten mexikanischen Charakter, der mir zu grüblerisch und in sich gekehrt erschien, so sehr, dass sein Einfluss sogar gewisse Veränderungen in meinem Verhalten hervorrief und mich in wenigen Monaten ruhiger und nachdenklicher werden ließ.

Gleich nach meiner Ankunft fand ich zwei gute Freunde, die es fertigbrachten, den Verlust meiner früheren Kameraden ein wenig aufzufangen: der großherzige Anastasio Zerecero und der stets treue Blas de Osés. Beide studierten, wie ich, Rechtswissenschaften an der Universität Mexiko, doch wiederum war es die Poesie, der es zukam, das Band der Freundschaft zu knüpfen. Durch Blas und Anastasio erfuhr ich, wonach sich die jungen Intellektuellen Mexikos sehnten: Fast alle strebten sie nach Unabhängigkeit, denn sie waren der Meinung, das alte imperialistische System habe jungen Ländern, die ihren eigenen Weg gehen mussten, nichts zu bieten. Bei den Diskussionen in den Kneipen und den Parks der Stadt oder auf den Bänken des Universitätsgeländes fiel es mir schwer, eine schlüssige Antwort zu finden, wenn sie mich nach den separatistischen Perspektiven Kubas fragten. Denn soweit ich es beurteilen konnte, deutete nichts darauf hin, dass die Insel nach Unabhängigkeit strebte. Zudem tauchte immer, wenn von einer solchen Möglichkeit die Rede war, ein Gespenst auf, das auch den Kühnsten zweifeln ließ: Und wenn sich die Neger auflehnen, wie in Haiti? Aus diesem Grunde erwähnten weder meine jungen Freunde noch ihre reichen Väter, ja nicht einmal die bekanntesten Liberalen Kubas, wie zum Beispiel Pater Varela, die Möglichkeit eines Unabhängigkeitskrieges. Man vertraute darauf, die Dinge unter sich regeln zu können, ohne dass Blut in einen Strom floss, von dem nur Gott wusste, wo er münden würde.

Anastasios Esslust – seiner einzigen erkennbaren Sünde – verdanke ich die tiefe Wertschätzung für die abwechslungsreiche mexikanische Küche und die Vorliebe, die ich seither für die Avocado hege, obwohl ich ein leidenschaftlicher Verfechter des kubanischen Essens bin, insbesondere der gekochten, in Knoblauch und im Saft bitterer Orangen eingelegten Malanga, des Quimbombó-Eintopfs mit Schweinefleisch und reifen Bananen oder des Ajiaco-Eintopfs, in dem die verschiedensten Gemüse- und Fleischsorten miteinander wetteifern und der Geschmack jeder einzelnen Zutat voll zur Geltung kommt. Da Anastasios über finanzielle Mittel verfügte, die die meinen um ein Vielfaches überstiegen, lud er mich, wenn ich für ihn ein Gedicht rezitierte, zum Essen und zum Agavenschnaps in die verschiedensten Lokale der Stadt ein, von den teuersten und vornehmsten bis zu den einfachsten, volkstümlichen in den Vororten, wo die Männer mit dem Revolver auf dem Tisch aßen, von dem sie durchaus Gebrauch machen konnten, nur weil sie, was bisweilen geschah, über die Schärfe des vom Wirt servierten Chili in Streit gerieten.

Unterdes machte ich dank Blas de Osés eine einzigartige Erfahrung, die mein Leben und meine Poesie für immer prägen sollte. Kurz zuvor hatte ich den schwersten Schlag in meiner bisherigen, noch kurzen Existenz erlitten: Mein guter Vater, der gerechte Richter, ergebener Untertan der spanischen Krone und mustergültiges Familienoberhaupt, war am 31. Oktober gestorben und hatte, als Resultat von so viel Gerechtigkeit, Ergebenheit und Mustergültigkeit, meine Mutter, meine Schwestern und mich in tiefstem Elend zurückgelassen. Traurig war sein Tod, wenn auch nicht unerwartet, aber noch viel trauriger war es, zu erleben, wie ein so integrer Mann, der vierzig Jahre lang im Dienste des Königreiches gearbeitet hatte, nur dank einer Kollekte unter Freunden und Kollegen ein würdiges und christliches Begräbnis bekommen konnte. Die ohnehin schon schwierige Situation unserer Familie wurde verzweifelt, denn die neunhundert Pesos, die uns als Rente zugestanden wurden, reichten gerade mal aus, um nicht Hungers zu sterben. In meinem Schmerz schrieb ich ein Gedicht »Für meinen Vater, zu seinen Lebzeiten«, und gleich darauf verfasste ich zornerfüllt die Biografie des Staatsbeamten Francisco de Heredia, der tugendhaft gelebt hatte und mittellos und vergessen gestorben war, als Belohnung für seine lebenslange Gewissenhaftigkeit und Opferbereitschaft im Dienste eines immer ferneren Königs. Plötzlich hatte sich vor uns ein schrecklicher Abgrund aufgetan, und das Erste, was meine Mutter tat, als sie die Zügel der Familie in die Hand nahm, war, Onkel Ignacio zu schreiben und ihn zu fragen, ob seine Großzügigkeit ausreiche, um eine Witwe mit drei kleinen Töchtern und einem heranwachsenden Sohn, der sich mitten im Universitätsstudium befinde, bei sich aufzunehmen.

Und während wir noch auf Ignacios Antwort warteten – ich betete jeden Abend, dass wir nach Kuba zurückkehren könnten –, hatte Osés die Idee, mich auf andere Gedanken zu bringen. Eines Sonntagmorgens im milden mexikanischen Winter 1820 unternahmen wir einen Ausflug zu den Ruinen des Opfertempels der Azteken, bekannt als El Teocalli de Cholula, in der Nähe der Stadt Puebla de los Ángeles.

War ich bei meiner Ausreise aus Kuba nur ein Lehrling der Verskunst gewesen, durchaus imstande, zehn Liebesgedichte pro Tag zu verfassen oder alltägliche Ereignisse und Situationen in Versen darzustellen, so bewirkte, wie ich glaube, die geografische, historische und menschliche Erhabenheit, die ich in Mexiko kennenlernte, einen bemerkenswerten Wandel in meinem Leben und meiner Poesie ... Vor allem eines der ersten Gedichte, die ich kurz nach unserer Ankunft niederschrieb, ließ meine wahren Möglichkeiten erkennen. Ich nannte es *An den Popocatépetl*. Das Gedicht enthielt bereits ein Maß an Reflexion und Identifikation mit der Natur, der Zeit und der Geschichte, das wie ebendieser Vulkan explodieren sollte, als ich eines Abends im Dezember – mein Vater war tot, die Familie zugrunde gerichtet, von der Großherzigkeit anderer abhängig – mit einem Mal begriff, welche Lehre uns die düstere Pyramide von Cholula erteilte.

Von dem Reiz, den Landschaften stets auf mich ausgeübt haben, habe ich bereits gesprochen. Doch nur wenige können sich mit dem vergleichen, was sich an jenem Abend meinen Augen darbot und mich fast zu Tränen rührte: das fruchtbare Ackerland mit den im Abendwind leicht wogenden Getreideähren; die stumme Pyramide mit ihren vom Blut unschuldiger, durch Aberglaube, Tyrannei und Wahnsinn hingeschlachteter Menschen getränkten Eingeweiden; und im Hintergrund, weiteren ewigen Pyramiden gleich, schlafend, indes nicht tot, die drei großen Vulkane Mexikos: der Iztaccíhuatl, der Orizaba und der launische Popocatépetl, mit ihren herausfordernden, schneebedeckten Gipfeln, die noch kein Mensch je betreten hatte. Das Leben, der Tod und die Ewigkeit auf drei aufeinanderfolgenden Ebenen, eine beunruhigende Offenbarung. Von der einstigen Pracht der Pyramide und ihrer königlichen Erbauer war nur die Stein gewordene Erinnerung an die grenzenlose Grausamkeit geblieben, an die Opferung unschuldiger Menschen, denen man das noch zuckende Herz mit steinernen Messern herausgeschnitten hatte, um die Götter gnädig zu stimmen und den Willen der Herrscher erfüllt zu sehen. Doch auch sie vergingen, sie, die »ewig ihre Städte nannten / und die Erde zu ermatten glaubten mit ihrem Ruhm. / Sie waren: von ihnen bleibt nicht mal Erinnerung«, während das Leben unten auf der Erde seinen Lauf nahm und das Ewige von seinen hehren Höhen herab über alles wachte.

In jenem lichten Moment, während das Gedicht in meinem aufgewühlten Geist entstand, begriff ich die Sinnlosigkeit menschlichen

Strebens nach Bedeutung, Stolz Macht und Ansehen, und ich schwor vor dem soeben aufgehenden Mond, im Namen der armen Seelen jener der Raserei geopferten Menschen, dass ich, so es mir das Leben denn erlaubte, all meine physischen und mentalen Kräfte darauf verwenden würde, das Schlimmste zu bekämpfen, das der Mensch geschaffen hat, um seine schändliche Gier nach Macht zu befriedigen: die Sklaverei und die Tyrannei.

Wieder nichts Neues?«, hatte er gewohnheitsmäßig gefragt, doch als er die Antwort seiner Mutter hörte, wurde ihm schwindlig, und er wünschte sich tief in seinem Inneren, dass die Antwort dieselbe gewesen wäre wie immer.

›Nein, mein Sohn‹, hätte Carmela sagen sollen, so wie sie jeden Abend auf Fernandos Frage antwortete, wenn er nach Hause kam. Und sie hätte sich die Hände an der Schürze abgetrocknet und nachgesehen, ob der Kaffee schon durchlief.

›Der Kaffee läuft gerade durch‹, hätte sie dann gesagt, wenn sie auf Fernandos rhetorische Frage nicht das geantwortet hätte, was er am wenigstens erwartet hatte.

»Enrique sitzt hinten. Er wartet schon seit etwa zwei Stunden.«

Wenn die Antwort dieselbe wie an jedem Abend gewesen wäre, hätte Fernando die tägliche Tasse Kaffee gereicht bekommen, er hätte genüsslich daran gerochen und wäre auf die Terrasse gegangen, wo er den Kaffee Schluck für Schluck zu trinken pflegte und sich dabei Schuhe und Strümpfe auszog, eine Zigarette im Mundwinkel und den Blick auf die Bäume im Hof gerichtet. Diese Szene war zur Routine geworden, und wenn es doch mal eine Abweichung gab, dann war der Grund nicht die immer selbe Antwort auf die immer selbe Frage. Der Brief, die Benachrichtigung, die Mitteilung, das rettende Schreiben, auf das Fernando wartete, es kam nicht. Während des gesamten Arbeitstages, wenn er den Gabelstapler mit den Papierballen für die Zeitungen aus der Lagerhalle zu den Rotationsmaschinen fuhr, wartete er ungeduldig darauf, nach Hause zu gehen und sich zu erkundigen, ob er auf eine seiner Beschwerden oder Bittschreiben eine Antwort erhalten und *jemand* ihn darüber informiert hatte, dass sich seine Situation geklärt habe, oder ihm zumindest das konkrete Urteil und die Höhe der Strafe mitgeteilt hatte.

In den eineinhalb Jahren fern der Universität hatte Fernando immer darauf vertraut, jemand würde seinen Fall studieren und feststellen, dass er das Delikt, wegen dessen er angeklagt und bestraft worden war, nicht begangen hatte. Um seinen festen Glauben an eine zwangsläufige Rehabilitierung und seinen Willen, seine ideologischen Schwächen zu überwinden, unter Beweis zu stellen, leistete er freiwillig jeden Tag zwei unbezahlte Überstunden, nahm an jeder politischen, sozialen und gewerkschaftlichen Veranstaltung teil, die in der Druckerei abgehalten wurde, aktualisierte täglich die Wandzeitung der Gewerkschaft und schrieb darüber hinaus die Reden des Parteisekretärs, des Sekretärs der Kommunistischen Jugend und des Geschäftsführers.

In den Monaten, die auf seinen Verweis von der Universität folgten, bekam er verschiedene Antworten auf seine Eingaben: eine vom Rektor, der ihn wissen ließ, dass sein Fall inzwischen ans Ministerium weitergeleitet worden sei; zwei vom Büro des Ministers, in denen ihm zunächst mitgeteilt wurde, dass sein Fall überprüft werde, und dann, dass alles an eine Kommission gegangen sei, die ihn zu gegebener Zeit vorladen werde; eine von einer Abteilung des Innenministeriums, in der er darauf hingewiesen wurde, dass seine Bestrafung ein verwaltungstechnischer Akt sei und deshalb nicht in ihren Zuständigkeitsbereich falle; und schließlich zwei weitere vom Büro des Staatsrates, die ihm den Erhalt seines Schreibens bestätigten und ihm mitteilten, dass sein Fall durch die entsprechenden Instanzen gehe … Der letzte Brief war ihm vor acht Monaten zugestellt worden, und das Schweigen derer, von denen sein Schicksal abhing, begann Fernando zur Verzweiflung zu treiben, auch wenn er an seinem Glauben an eine Rehabilitierung und Wiedergutmachung festhielt, die allerdings erst eineinhalb Monate nach seinem Gang ins Exil eintraf.

Alles wäre vorhersehbar und entmutigend gewesen, wenn seine Mutter ihm die erwartete Antwort gegeben hätte. Doch die Nachricht, dass Enrique auf ihn wartete, war für ihn schlimmer als die Vorhölle, in die man ihn, vielleicht für den Rest seines Lebens, verbannt hatte.

»Diese Schwuchtel ...«, begann er zu schimpfen, doch ein strenger Blick seiner Mutter ließ ihn verstummen.

Von Anfang an hatte er Enrique die Schuld an seinem ganzen Unglück gegeben. Aber die bevorstehende Unterhaltung kam eineinhalb Jahre zu spät, eineinhalb düstere, zerrüttende Jahre, in denen er verschiedene Strategien verfolgt hatte, um seine wachsende Beklemmung zu lindern und das Gefühl loszuwerden, die Zeit gehe unbarmherzig und leer vorbei und versinke in einem Brunnen ohne Boden. Trotz seiner physischen Erschöpfung hatte Fernando sich gezwungen, mit wissenschaftlicher Disziplin seine Studien weiterzuverfolgen und jeden Abend ein paar Stunden der Lektüre über das 19. Jahrhundert Kubas zu widmen. Währenddessen stellte er Vermutungen an, die zu Tatsachen wurden, schloss Wissenslücken und entdeckte vergessene Wahrheiten, floh aus der Realität und suchte Trost darin, sich eine triumphale Rückkehr an die Universität auszumalen. Denn er würde bestens darauf vorbereitet sein, belesen und kompetent, würde sein Gebiet beherrschen, als wäre er ein Zeitgenosse von Heredia, Varela, Saco, Del Monte, Plácido, Manzano, Suárez y Romero, Echevarría, Tanco und dem jungen Villaverde. Jede verborgene Geschichte, jede Motivation, jede ausdrücklich geäußerte oder erahnte Absicht jener besessenen Erfinder einer literarischen *Cubanía* waren Teil seines Lebens und seiner Sicht auf die Insel und ihr geistiges und poetisches Bildes geworden. Sie hatten das Bild eines bisher nicht beschriebenen Landes verwandelt und ihm ein Gesicht und eine Sprache, eigene Symbole und eine eigene Mythologie gegeben.

Was sich ihm an jenen Abenden privater Studien allerdings hartnäckig verweigerte, war die Poesie. Zwar hatte er auch in den vorangegangenen Jahren, als er an seiner Dissertation geschrieben und als Lehrer zu arbeiten begonnen hatte, nur das eine oder andere Gedicht geschrieben. Studium und Arbeit hatten zu viel Zeit in Anspruch genommen, und so waren ihm nur wenige Stunden für seine Verse geblieben. Doch die Gewissheit, dass die Poesie sich nicht in Luft aufgelöst hatte, sondern lediglich in ihm schlummerte, bereit, wieder hervorzubrechen, sobald er die unergründlichen Motoren der Kreativität anwerfen würde, gab ihm ein beruhigendes Vertrauen in seine Fähigkeiten. Dennoch schien seit seinem Verweis von der Universität irgendein Mechanismus zerbrochen zu sein. Sosehr er sich auch bemühte, sich Ziele setzte, sich zum Schreiben zwang, sein Geist war unfähig, einen einzigen Vers hervorzubringen, und die Gedanken lösten sich auf, bevor sie im geschriebenen Wort Gestalt annahmen. Das Erschreckendste jedoch waren das Hassgefühl und der Wunsch nach Rache, die ihn immer häufiger überkamen. Und auch wenn das alles beherrschende Bild das eines zitternden Enrique war, der ihn der Mitwisserschaft und des Schreibens von Gedichten mit zweifelhafter politischer Tendenz beschuldigte, wie der Polizist Ramón ihm ins Gesicht geschleudert hatte, nagten auch andere Dinge an ihm. Arcadios anscheinend unaufhaltsamer Aufstieg und die Preise, die er einheimste, seine Reisen zu Kongressen und Messen; Miguel Ángels Beständigkeit, mit der er an seinem ersten Roman schrieb; Víctors Glück, der vom Assistenten zum Regisseur von Kurzfilmen aufgestiegen war, während er, Fernando, sein Leben damit vergeudete, den Gabelstapler zu fahren und sich eine bessere Zukunft auszumalen, die einfach nicht kommen wollte. Tag für Tag spürte er, wie er sich in einen ganz anderen Menschen verwandelte, mit verbittertem Groll im Blick, mit der Enttäuschung als Dauerbegleiter und der Traurigkeit als fast permanentem Gemütszustand. Und wenn der erlösende Brief endlich kommen würde, wäre er dann fähig, sein Lachen, die Poesie, die Leichtigkeit, mit der er die Liebe genossen hatte, zurückzugewinnen?

An jenem Abend brach Fernando mit all seinen Gewohnheiten: Er trank den Kaffee in der Küche, zündete sich eine Zigarette an und folgte seiner Mutter, die mit einer weiteren Tasse Kaffee auf die Terrasse hinausgegangen war, wo Enrique auf ihn wartete.

Beim Anblick des Verräters stieg all sein Groll in ihm hoch. Im Korbsessel saß ein abgemagerter Mann mit fast kahlem Schädel und einem von roten Punkten übersäten Gesicht. Mit zitternder Hand versuchte Enrique die Kaffeetasse an die Lippen zu führen. Die achtzehn Monate, in denen Fernando ihn nicht gesehen hatte, schienen seinen ehemaligen Freund zugrunde gerichtet zu haben, so sehr, dass er die elende Gestalt, wäre er ihr an einem anderen Ort und unter anderen Umständen begegnet, kaum mit dem exzentrischen Enrique von früher in Verbindung gebracht hätte.

»Wie geht es dir, Fernando?« Enrique traute sich nicht, seinen Kaffee auszutrinken oder aufzustehen.

»Im Moment weiß ich das nicht so genau«, murmelte Fernando und sah seine Mutter an.

»Hast du ausgetrunken?«, fragte Carmela den Gast, der hastig den letzten Schluck trank und ihr die Tasse gab.

»Danke, Carmela … war wunderbar.«

»Also, ich geh dann mal einkaufen«, sagte die Frau und warf ihrem Sohn einen Blick zu, der ihn zur Geduld mahnen sollte.

Fernando sah Enrique nicht an. Er wartete darauf, dass der andere irgendeine Erklärung abgeben würde. Doch es überraschte ihn, dass er weder Hass- noch Rachegefühle empfand, sondern eher Mitleid. Enrique blickte zu Boden und wagte ebenfalls nicht, ihn anzusehen. Er wartete auf eine ermutigende Geste, die die Spannung hätte lösen können. Schließlich gab er es auf.

»Die haben uns beide reingelegt«, begann er, und Fernando erkannte in seiner Stimme die gewohnte Vitalität, so als wäre Enrique wieder der Enrique von früher und als drückten seine Worte eine schlichte Wahrheit aus.

Fernando Terry hätte es vorgezogen, beleidigt oder gar angegriffen zu werden, als so etwas zu hören. Zorn stieg wieder in ihm auf, mächtig, unbezähmbar, und ließ den Groll, die Verzweiflung und die seit eineinhalb Jahren unterdrückten Rachegelüste hervorbrechen. Die Zigarette, die er in der Hand hielt, flog durch die Luft, und die Adern an seinem Hals schwollen bedrohlich an.

»Du Arsch! Was meinst du damit, *die* haben uns reingelegt, Scheiße noch mal! Du hast mich denunziert! Hast denen gesagt, ich hätte gewusst, dass du Kuba verlassen wolltest, und hast lauter Scheiße über mich erzählt! … Die haben mir mein Leben versaut, und das ist deine Schuld! *Wer* soll uns reingelegt haben, verdammt noch mal? *Du* warst es, der mich in die Pfanne gehauen hat! Ich hab geglaubt, du wärst mein Freund, aber so eine Schwuchtel wie du kann niemand zum Freund haben!«

Im Korbsessel sitzend, den Blick zwischen seinen Beinen auf den Boden gerichtet, ließ Enrique die Beschuldigungen wie einen Feuerregen auf sich niederprasseln, ohne den geringsten Versuch zu unternehmen, sich zu verteidigen.

Fernando zündete sich eine weitere Zigarette an und betrachtete die Jammergestalt. Seine Wut über den Hauptschuldigen an seinem Unglück ausgekotzt zu haben war so etwas wie eine Erlösung. Denn in diesem Moment der Befreiung konnte er nicht ahnen, dass seine Beleidigungen, das Bild eines niedergeschmetterten Enrique, das befriedigende Gefühl, seinen Hass losgeworden zu sein, und das genüsslich ausgespuckte Wort *Schwuchtel* ihn als eine der beschämendsten Szenen sein Leben lang verfolgen sollten. War ich es, der ihn unter den Lastwagen gestoßen hat?, würde er sich sein Leben lang immer wieder fragen.

»Die haben uns beide reingelegt«, wiederholte Enrique und sah ihm endlich ins Gesicht. Seine Augen waren verdächtig feucht, und gleichzeitig blitzte eine verhaltene Drohung in ihnen auf.

Fernando wollte seine Angriffe fortsetzen. Dass Enrique darauf beharrte, man habe sie beide reingelegt, löste Mordgelüste in ihm aus, doch die am Boden zerstörte Gestalt seines ehemaligen Freundes hielt ihn zurück.

»Was hätte ich davon haben sollen? Sag mir, was hätte es mir genutzt, zu lügen? Sie hätten mich doch auf jeden Fall eingelocht ... Ich habe dich nicht denunziert. Im Gegenteil, sie haben mir gesagt, dass du ihnen gesagt hättest, ich würde Dinge schreiben, die nicht revolutionär seien und dass ...«

»Wovon redest du?« Fernando fuhr hoch, als hätte ihm jemand ein Messer in die Rippen gestoßen.

»Das weißt du ganz genau: Du warst der Einzige, der einen Teil meiner ›Kubanischen Tragikomödie‹ gelesen hatte. Und angeblich sollst du gesagt haben, das sei das Werk eines politisch Enttäuschten ...«

»Woher hast du denn den Scheiß?« Fernando erhob sich langsam.

»Das haben sie zu mir gesagt, verdammt noch mal!«, schrie Enrique und stand ebenfalls auf. Plötzlich waren alle Vorsicht und Scham von ihm abgefallen. »Aber kapierst du denn nicht? Sie haben uns gegeneinander ausgespielt, sie haben uns verarscht! Hör zu, Fernando: Entweder haben sie uns eine Falle gestellt, oder mich hat jemand angezeigt, der wusste, woran ich gerade schrieb, und dieser Jemand hat auch dich angezeigt …«

»Erzähl keine Märchen, Enrique, du wirst mich nicht überzeugen.«

»Doch, ich werde dich überzeugen«, entgegnete Enrique, als wäre Fernando zu überzeugen die einzige Mission seines Lebens. »Ich bin zwar schwul, aber wenns drauf ankommt, kann ich ein besserer Freund sein als du, und du weißt, was Freundschaft mir bedeutet. Ich hätte dich niemals denunziert, und ich bin mir sicher, dass du mich auch niemals denunziert hättest, stimmts?«

Fernandos Magen vollführte einen Salto mortale. Was Enrique sagte, ließ ihn an dem zweifeln, dessen er sich eineinhalb Jahre lang so sicher gewesen war; denn es war der vermeintliche Denunziant, der ihm jetzt seine eigene Schwäche vor Augen führte: Wusste Enrique womöglich, dass er ihn tatsächlich gegenüber dem Polizisten Ramón beschuldigt hatte? Laut sagte er: »Natürlich nicht …«

»Sieh mal, Fernando, irgendwann erzähle ich dir, was ich im Gefängnis durchgemacht habe … Das kannst du dir gar nicht vorstellen. Aber ich hatte genug Zeit zum Überlegen, und jetzt weiß ich, dass sie uns beide reingelegt haben, weil irgendjemand uns angezeigt hat. Und dieser Jemand hat einen Namen.«

»Was redest du da, Enrique?«

»Warum willst du nicht verstehen, verdammt noch mal? El Negro, Conrado, Varo, Arcadio, Víctor oder Tomás, einer von ihnen hat dich beschuldigt, von meinen Ausreiseplänen gewusst zu haben.«

»Und jetzt soll ich einen von ihnen verdächtigen und dir glauben?«

Enrique sah ihn mit einer Gewissheit an, die aus seinem Innern zu kommen schien. In diesem sonnenverbrannten, vorzeitig gealterten Gesicht loderten die Augen wie zwei dunkle Flammen, in denen Fernando Terry eine furchtbare Wahrheit zu sehen begann.

»Tu, was du willst, Fernando. Misstraue mir und glaube ihnen.

99

Aber eines Tages wirst du die Wahrheit erfahren. Schade ...«, sagte er ganz leise und ging vom Innenhof ins Haus und dann auf die Straße. Fernando betrachtete den Schaukelstuhl, in dem Enrique gesessen hatte. Verdammte Scheiße, dachte er, als er spürte, wie sich die bequeme Gewissheit, Enrique habe ihn verraten, in Luft aufzulösen begann.

Mit wachsender Nervosität lauschte er Cristóbal Aquinos Lobeshymne auf den patriotischen Dichter und sein leidvolles, stürmisches Leben. So oft hatte er diese makellose Persönlichkeit rühmen hören, dass in seinem Geiste schließlich das eherne Bild eines Mannes entstanden war, an den er keine lebendige Erinnerung hatte, da sein Vater einen Tag, nachdem er drei Jahre alt geworden war, das Zeitliche gesegnet hatte.

Lobreden und Vorträge, Beschreibungen und Geschichten wie die, die seine Großmutter und seine Schwester Loreto erzählten und ausgeschmückten oder er im Laufe der Jahre in Büchern gelesen hatte, ersetzten die fehlenden Erinnerungen. Bis plötzlich alles seinen wirklichen Sinn entfaltete. Von diesem Augenblick an war José de Jesús Heredia der Einzige auf der Welt, der die wahre menschliche Natur des Mannes kannte, der sein Vater gewesen war, und nicht die durch Worte, Erinnerungen und aus dem Gedächtnis rezitierte Verse geschaffene makellose Statue.

Seither überraschte José de Jesús seine Zuhörer mit detailgenauen Beschreibungen zeitlich präziser Episoden aus dem Leben des Dichters, die in der Mehrzahl weit vor seiner eigenen Geburt stattgefunden hatten. Mit ganz besonders bösartiger Vorliebe jedoch erzählte er von den letzten Tagen seines Vaters als Ausgestoßenem, dem Vergessen anheimgegeben, ohne Geld, ohne Ruhm, ohne Freunde, drüben dort in der alten Calle del Hospicio de San Nicolás in Mexiko-Stadt. Heredias Schmerz konnte in seinen Schilderungen dann so lebendig werden, dass die Zuhörer bisweilen das Gefühl hatten, es handle sich um persönliche Erlebnisse des Sohnes und nicht um die Summe der Geschichten, die das Kind von klein auf gehört hatte.

An jenem Abend also bereitete sich José de Jesús aus gewichtigerem Anlass denn je darauf vor, die traurige Geschichte zu erzählen, wie der tuberkulosekranke, fieberglühende Dichter vom Bett aus seiner Frau Jacoba die Erinnerungen eines von den Stürmen seiner Zeit erfassten Mannes diktiert hatte. Er nahm sich vor, auf keine der Einzelheiten zu verzichten, die seiner Schilderung Glanz, Glaubhaftigkeit und Menschlichkeit verleihen würden: das verblichene Haar seiner Mutter, das sie zu Hause offen trug; die bitteren Gerüche der Medizin, die sein Vater trinken musste, und die dunklen Pflaster, die auf seiner fieberheißen Brust klebten; das Licht der Öllampen, die die ganze Nacht hindurch brannten; die beißende Kälte während des letzten Winters in Mexiko, die des Dichters Sehnsucht nach Kubas Wärme mehr denn je verstärkte. Und schließlich die Heraufbeschwörung des dramatischen Augenblicks, als der im Sterben liegende Vater ihn, den Sohn, zu sich rief: Bichí, hatte er gesagt, so wie er ihn immer zu nennen pflegte, und ihm das Band mit der kleinen Schneckenmuschel um den Hals gelegt, von der sich José de Jesús, wie es der Vater gewünscht, nie getrennt hatte. Sollte er ihnen die gebleichte Muschel zeigen, die mehr als ein Jahrhundert zuvor dem Meer entrissen worden war? … Der alte Mann war sich bewusst, dass er sein Bestes geben musste, damit sich die Einzelheiten der geschilderten Episode und die Bedeutung ihres Geheimnisses unauslöschlich ins Gedächtnis dieser Männer eingruben. Als Einzige standen sie in unverbrüchlicher Treue zu ihrem Schwur, die ihnen anvertrauten Geheimnisse durch die Jahrhunderte hindurch zu bewahren, weswegen er sie als Hüter der bissigsten und entlarvendsten aller von José María Heredia unveröffentlicht hinterlassenen Schriften auserwählt hatte: alter Dokumente, die, wie sein Sohn sehr wohl wusste, einen lebensrettenden Preis auf dem Markt der Vergangenheitsfledderer erzielen konnten.

Nicht einmal in den Momenten schrecklichster Not hatte José de Jesús gewagt, jene Schriftstücke aus der Hand zu geben. Dabei war es ihm schwergefallen, dem Drängen und den Offerten des unverschämten Figarola zu widerstehen, der betont hatte, dass die Nationalbibliothek die von José de Jesús angebotenen Manuskripte Heredias nur zusammen mit dem Brief von 1823, in dem der Dichter seine Beteiligung an der Verschwörung der Unabhängigkeitsbewegung *Bolívars Strahlen und Sonnen* leugnete, sowie einer Art Roman oder Memoiren ankaufen würde, die nie jemand zu Gesicht bekommen hatte, an deren Existenz Figarola jedoch nicht zweifelte, seit er zwischen den Seiten eines der wenigen Bücher, die man aus der in alle Winde verstreuten Privatbibliothek des Dichters hatte wiederbeschaffen können, eine handgeschriebene Notiz von Jacoba Yáñez gefunden hatte. Auf diesem Zettel vermerkte Jacoba, dass »der Roman seines Lebens« auf ausdrücklichen Wunsch ihres Gatten nicht veröffentlicht werden dürfe. Außerdem – wiederholte Figarola penetrant – solle José de Jesús wissen, dass die Existenz besagten Textes von dem mexikanischen Journalisten Gerardo Arreola, einem der wenigen Freunde, die den todkranken Dichter besucht hätten, bestätigt worden sei. In einem Nachruf auf Heredia habe der Chronist »einen langen Text« erwähnt, möglicherweise einen Roman, an dem der Kubaner in den letzten Monaten seines Lebens geschrieben habe … Worum sonst könne es sich dabei handeln als um ebenjenen »Roman seines Lebens«, den Jacoba erwähne?, fragte ihn, oder eher sich selbst, der spitzfindige Figarola. Doch José de Jesús bestritt, von der Existenz eines solchen Dokumentes Kenntnis zu haben. Stattdessen legte er dem bestens informierten Bibliothekar zwei persönliche, hochbrisante Briefe Heredias auf den Schreibtisch, geschrieben im nordamerikanischen Exil und gerichtet an Domingo del Monte, den er indirekt beschuldigte, die Verschwörung der Unabhängigkeitsbewegung von 1823 verraten zu haben. Darüber hinaus bot José de Jesús dem Bibliothekar den von seinem Vater selbst verfassten Schiedsspruch seines Vorfahren Marqués de Mieses und verschiedene andere Dokumente an, die Licht auf das Leben des Dichters im mexikanischen Exil warfen.

Die von mehreren Wissenschaftlern erwähnten, bis dahin jedoch unbekannten Briefe an Del Monte schienen die Gier des Bibliothekars zu befriedigen. Liebevoll strich er mit den Fingerspitzen darüber, so als wären sie der Haut einer Frau eingraviert. Es war bekannt, dass Heredia verschiedene Schreiben an Del Monte geschickt hatte, von denen der Adressat jedoch nur einige wenige, allerdings keine aus der Zeit zwischen 1821 und 1823, zwar aufbewahrt, aber nicht in den *Centón epistolario* aufgenommen hatte, jene von Del Monte selbst herausgegebene Sammlung der zahlreichen, während mehr als zwanzig Jahren an ihn gerichteten Briefe. »Gehen wir einmal davon aus« – Figarola ließ nicht locker – »dass diese Memoiren nicht existieren, so war aber der Brief von 1823 sehr wohl bekannt, ist sogar in Auszügen verbreitet worden, und jemand muss das Original besitzen …«

Obwohl es nicht das erste Mal war, dass José de Jesús Dokumente seines Vaters verkaufte, hatte er sich selten so elend gefühlt wie an jenem Morgen des 6. August 1917, als er einem Mann gegenübersaß, der dank seiner jämmerlichen Macht als Bibliothekar Ruhm zu erlangen suchte in einem Land, in dem sich niemand mehr um Bibliotheken kümmerte und sich kein Mensch für alte Schriften oder Dichter oder die Gnade Gottes interessierte. Doch er brauchte Geld, genauso wie sein Vater es gebraucht hatte in den schlimmsten Tagen des mexikanischen Exils, als er bei dem Versuch, seine Würde zu bewahren, die Gunst der Mächtigen verlor und nicht einmal mehr das schmale Beamtensalär von der Regierung erhielt. Um seiner Familie ein Dach über dem Kopf zu sichern, musste er deshalb jede Art von Arbeit annehmen, sich Geld von der Familie leihen, den wenigen wertvollen Schmuck, an dem er so sehr hing, verpfänden und sogar seine Bibliothek verkaufen.

José de Jesús erzählte dem Bibliothekar, was mit dem Originalbrief geschehen war, den sein Vater an Francisco Hernández Morejón, Untersuchungsrichter im Fall der Verschwörung von Matanzas, geschrieben hatte, in der klaren Absicht, seine Flucht aus Kuba zu erklären und gegen die Beschuldigung zu protestieren, er sei an Plänen der Unabhängigkeitsbewegung beteiligt gewesen. Ein Freund, dessen Identität er nie preisgeben würde, hatte das Original aus den Prozessakten entwendet und es José de Jesús ausgehändigt. Er habe den Brief verbrannt, murmelte der Greis beschämt, um die furchtbare Schwäche des Vaters in jenem dramatischen Moment seines Lebens aus dem Gedächtnis der Menschheit zu tilgen. Was er Figarola nicht erzählte, war, dass er, hätte er schon früher mehr von seinem Vater gewusst, niemals ein Schriftstück vernichtet hätte, in dem der Dichter ganz bewusst seinen Nachruhm aufs Spiel gesetzt hatte. Ein verzweifelter Versuch, sich die Hoffnung auf eine große Liebe und die Möglichkeit zu erhalten, seinen Sohn, den er nie kennenlernen sollte, auf den Arm zu nehmen …

Schließlich akzeptierte José de Jesús die lächerliche Summe, die Figarola ihm für den Stapel Dokumente anbot, rettete jedoch den »Roman seines Lebens«, in einem von einem malvenfarbenen Band zusammengehaltenen Umschlag aus Manilapapier, mit dem er von Havanna nach Matanzas gereist war, um ihn in die Obhut der Söhne Kubas zu geben. Der letzte Sohn von José María Heredia spürte, wie sich ihm die Brust zusammenzog bei dem Gedanken, keinen Centavo für dieses Dokument zu bekommen, das ihn viele Nächte davor hätte bewahren können, sich hungrig schlafen zu legen.

»Und? Bist du so ergriffen wie in Matanzas?« Álvaro trank einen Schluck Rum aus seinem Flachmann, zündete sich eine Zigarette an und lehnte sich auf dem Rücksitz zurück. Das Auto kam nur mühsam voran, wich Schlaglöchern aus, Hunden, Passanten, die unachtsam oder möglicherweise in Selbstmordabsicht die Straße überquerten, und einem Heer von Fahrrädern und Karren, die, von Pferden oder Rindern gezogen, in einem chaotischen Durcheinander über die Dorfstraße rumpelten.

»Sieht aus wie in einem Wildwestfilm«, lachte Arcadio und bog nach rechts in eine Seitenstraße ein, um den Wagen zu parken.

»Aber im ganz wilden, gottverlassenen Westen«, murmelte Álvaro mit geschlossenen Augen. »Was für ein hässliches Scheißkaff!«

Wenn Havanna Fernando fremd und Matanzas trotz des Verfalls immer noch schön vorgekommen war, so hatte er in Colón das Gefühl, an einem Ort gelandet zu sein, der aus der Zeit gefallen war. Die Jahre der Krise hatten den zweifelhaften Reiz, den das Dorf in der weiten Ebene von Matanzas früher einmal gehabt haben mochte, zum Verschwinden gebracht, und die Hässlichkeit vor seinen Augen deprimierte ihn zutiefst. Während Arcadio ausstieg, um sich nach dem Weg zum Museum zu erkundigen, fragte sich Fernando, ob es sich gelohnt hatte, den weiten Weg hierhergekommen zu sein.

»Mal ganz ehrlich, Varo, glaubst du, dass das Manuskript jemals auftaucht?« Álvaro öffnete die Augen und hob den Blick, als wäre er gerade aus einem tiefen Schlaf erwacht.

»Warum fragst du? Ich glaube dasselbe wie du: Wir haben jetzt eine Spur, die wir vorher nicht hatten. Ob das Manuskript noch existiert, ist eine andere Frage, und ob es wieder auftaucht, eine noch ganz andere … Aber was hast du denn plötzlich? Bereust du inzwischen, dass du hergekommen bist?«

»Ehrlich gesagt, ich bin mir nicht sicher.«

»Siehst du, das war schon immer dein Problem: Du warst dir nie sicher. Schau dir Arcadio an, für den ist alles klar: Er will Dichter sein, und alles andere interessiert ihn einen Scheißdreck; Conrado ist bereit, die halbe Insel abzufackeln, nur um das zu erreichen, was er erreichen will; Tomás ist alles scheißegal, und das weiß er, er steht dazu und hat seinen Spaß … Aber du, du wusstest nie, ob du Dichter oder Lehrer werden wolltest, ob du ein Buch über Heredia schreiben wolltest, ob dir Delfina gefallen hat, ob du abhauen wolltest, ob du wieder zurückkommen wolltest …«

»Und warum haust du mir das ausgerechnet jetzt um die Ohren, Alter? Was soll das plötzlich?«

»Weil ichs kommen seh, Fernando! Ich sehs kommen, und ich kenne dich. Ist doch so: Du weißt nichts, hast aber auch nicht die Eier, um zu verzeihen. Du vergisst lieber, als zu verzeihen, hab ich recht?«

»Ja, aber das hat nichts mit Eiern zu tun …«

»Schön«, seufzte Álvaro resigniert, »wenn du meinst … Aber du weißt, dass das nicht hinhaut. Du wirst nämlich niemals vergessen, jedenfalls nicht, solange du den Märtyrer spielst und weiterhin glaubst, dass es einer von uns war, der dich ans Kreuz genagelt hat. Warum fängst du nicht endlich an, die ganze Scheiße wieder aufzuwühlen, he?«

Álvaro wandte sich ab und zündete sich die nächste Zigarette an, als er Arcadio zum Wagen zurückkommen sah. »Ich hatte den richtigen Riecher, das Museum ist gleich an der nächsten Ecke«, sagte Arcadio durchs geöffnete Seitenfenster und zeigte die Straße entlang.

Das Museum sah einladend aus. Es war in einem alten Holzgebäude mit steilem Ziegeldach, weiß gestrichenen Fensterrahmen und leuchtend grünen Außenwänden untergebracht. Die Aufseherin in der Eingangshalle bestätigte, dass der Museumsdirektor in seinem Büro sei, und fragte, was sie von ihm wollten. Der schöne Arcadio, überzeugt, in Kultur- und Frauenkreisen bestens bekannt zu sein, versuchte den Weg zum Direktor zu ebnen, indem er seinen Namen nannte und als Referenz den der Cernudas.

Während die Frau nach hinten verschwand, betrachteten Fernando, Álvaro und Arcadio die Reproduktionen bekannter Werke, die an den Wänden hingen, hochwertige Kopien, die eine Art Zusammenfassung des Besten darstellten, was Louvre, Prado, Orsay, MOMA und Eremitage zu bieten hatten. Beim Anblick der verkleinerten *Meninas* musste Fernando an den überwältigenden Eindruck denken, den das Meisterwerk von Velázquez bei seinem ersten Besuch im Prado auf ihn gemacht hatte. Später dann hatte er den freien Eintritt an Sonntagen genutzt, um in den Madrider Museumspalast zu gehen und sich das majestätische Gemälde genauer anzuschauen, das ihm nach und nach seine Geheimnisse enthüllte. Bei jedem Besuch forschte er minutenlang in dem Gesicht, in dem sich der Meister selbst verewigt hatte, suchte in dem Blick des Selbstbildnisses das begnadete Auge eines Genies, das die Welt aus seiner Zeit heraus und von seiner Höhe herab betrachtete. Und nun, viele Kilometer von dem Original entfernt und viele Jahre nach seinem letzten Besuch im Prado, rief diese Kopie in ihm ein tiefes Gefühl von Frieden hervor, das Unbehagen verdrängend, das Álvaros Worte in ihn hervorgerufen hatten. Fernando glaubte in den Augen des Malers ein ironisches und gleichzeitig dämonisches Aufblitzen zu entdecken, das an die Vergänglichkeit der Zeit und aller Eitelkeit zu gemahnen schien.

Die Aufseherin teilte ihnen mit, dass der Direktor sie erwarte, und zeigte ihnen den Weg in den Innenhof, der mit Orangen-, Feigen- und Guajavenbäumen bepflanzt war, zwischen denen Basilikum, Nachtjasmin und Jasmin wuchs. Roberto Aquino empfing sie in der Tür seines Büros und begrüßte Álvaro mit besonderer Hochachtung. Er kenne seine Gedichte und halte sie für das Beste, was zur Zeit in

Kuba geschrieben werde, sagte er, während Fernando Arcadios Reaktion beobachtete, der seinen Blick durchs Büro schweifen ließ und so tat, als höre er nichts oder suche auch hier nach Poesie, bis Aquino auch ihn mit Lob bedachte.

»Ihr letztes Buch hat mir sehr gefallen«, sagte er und nahm dafür den Dank und das gnädige Lächeln des Dichters entgegen.

Roberto Aquino war ein paar Jahre jünger als die Besucher und ein leutseliger Mann. Darüber hinaus schien er unglaublich gut über das Bescheid zu wissen, was kulturell geschah, nicht nur in Kuba, sondern auf der halben Welt. Auf seinem Schreibtisch lag aufgeschlagen die umfangreiche Camus-Biografie von Olivier Todd, und die Regale seines Büros waren vom Boden bis in unerreichbare Höhen vollgestopft mit Büchern. Doch er vertraute ihnen an, dass hier nur die Bände stünden, die weniger Gefahr liefen, gestohlen zu werden. Die Juwelen seiner Bibliothek bewahre er bei sich zu Hause auf und verleihe sie nur an wenige ausgewählte Freunde.

»Das ist das Schlimmste, was man tun kann. Es sind immer die Freunde, die einem die Bücher nicht zurückgeben. An seine Feinde verleiht man nämlich erst gar keine.«

Als Fernando ihm den Grund ihrer Reise erklärte, hörte Roberto Aquino aufmerksam zu, war jedoch keineswegs überrascht.

»Ich kannte Leandro Cernuda ziemlich gut. Er war ein enger Freund meines Großvaters und meines Vaters, der ebenfalls Freimaurer ist.«

»Und wäre es möglich, mit Ihrem Großvater zu sprechen?« Fernando hatte sich endlich entschlossen, ihm diese entscheidende Frage zu stellen, und wartete nun nervös auf die Antwort.

»Aber selbstverständlich. Mit seinen zweiundneunzig Jahren ist Großvater noch klar im Kopf, klarer als wir alle … Aber gestatten Sie mir eine Frage, die mir sehr wichtig erscheint: Wussten Sie, dass die Loge Söhne Kubas im Jahre 1932 von Machados Regierung verboten wurde? Man beschuldigte einige Freimaurer der Konspiration, und die Loge blieb bis zum Sturz Machados 1933 untersagt … Laut meinem Großvater veranstaltete die Polizei in der Loge eine Razzia und nahm viele Unterlagen mit, die nie wieder aufgetaucht sind …«

Als Roberto Aquino das Entsetzen und die Enttäuschung in den blass gewordenen Gesichtern seiner Besucher sah, verstummte er. Offenbar wusste Professor Mendoza auch über diese Ereignisse nicht Bescheid.

»Am besten, Sie reden mit meinem Großvater«, schlug er vor und klappte die Camus-Biografie zu, »die Geschichte ist nämlich noch komplizierter.«

Wie an jedem Spätnachmittag saß der alte Aquino in seinem Mahagoni-Schaukelstuhl vor der Haustür und sah dem Leben auf der Straße zu, in der rechten Hand einen Pappfächer, in der linken eine mächtige Zigarre und auf dem Kopf einen zerfledderten Strohhut. Trotz seines Alters war er ein kräftiger Mann mit großen, knochigen Händen und einem starken Stierkopf zwischen riesigen Ohren, aus denen Haarbüschel hervorsprossen. Obwohl es nicht heiß war, fächelte er sich im selben Rhythmus Luft zu, wie seine Beine den Schaukelstuhl in Bewegung hielten. Sein Enkel ging zu ihm, gab ihm einen Kuss auf die Wange und erklärte ihm laut und vernehmlich, wer die Besucher waren. Der Alte hörte auf, Schaukelstuhl und Fächer zu bewegen, und sah die Ankömmlinge gelassen und aufmerksam an, wobei er mehrmals an seiner riesigen Zigarre zog.

»Und Sie sind extra aus Havanna gekommen?«, schrie er, offensichtlich halb taub.

»Ja, wir sind heute Morgen weggefahren und über Matanzas hierhergekommen«, erwiderte Arcadio in derselben Lautstärke.

»Und Sie wollen noch heute zurück?«, schrie der Alte.

»Ja, natürlich«, gab Arcadio vernehmlich zurück.

»Robertico«, wandte sich der Alte an seinen Enkel, »stell Schaukelstühle raus für die Jungs!«

»Ich helf mal«, bot sich Álvaro an und folgte Roberto ins Haus.

»Und wo werden Sie heute Abend essen?«, fragte Aquino weiter, nachdem er dunklen Schleim in eine Ecke gespuckt hatte.

»Irgendwo, Aquino, egal …«

Roberto kam mit einem Schaukelstuhl heraus, und sein Großvater drehte sich zu ihm.

»Robertico, sag deiner Mutter, sie soll zwei Hühner schlachten, die Jungs bleiben zum Abendessen.«

Arcadio und Fernando setzten zu einer Ausrede an, aber der Alte schien sie nicht zu hören. »Sie sehen aus, als würden sie gerne Reis mit Hühnchen essen, genau wie ich … Wenn ich dürfte, würde ich jeden Tag Reis mit Hühnchen essen«, fügte er hinzu, und während er noch seinen kulinarischen Vorlieben nachhing, machte er eine Handbewegung, mit der er seinen Enkel ins Haus schickte, um seine Anweisung weiterzugeben.

Verlegen machte Fernando einen erneuten Versuch, eine Ausrede zu finden. »Aber schauen Sie, Aquino, eigentlich wollten wir …«

»Hören Sie, junger Mann, beeilen Sie sich nicht zu sehr, wir haben mehr Zeit als Leben. Ich möchte Ihnen nämlich zwei Dinge sagen: Wenn Sie mich besuchen, haben Sie meine Einladung zum Essen anzunehmen, sonst werd ich böse … Warten Sie, warten Sie, ich bin noch nicht fertig. Das zweite, was ich Ihnen sagen möchte, ist, dass ich 1924, mit achtzehn Jahren, Freimaurer und 1930 Sekretär der Loge geworden bin. Das ist lange her, nicht wahr? Und ich hab mit eigenen Augen gesehen, wie Machados Schergen die Loge 1932 durchsucht und alles mitgenommen haben, was sie fanden.«

»Und was ist mit den Unterlagen geschehen?«

»Keine Ahnung, aber das ist auch egal, es handelte sich nämlich ausschließlich um unwichtiges Zeug.«

Fernando nahm die Schadenfreude in der Stimme des Greises wahr, und in seinem Innern keimte Hoffnung auf. »Dann haben sie also nicht alle Dokumente mitgenommen, die sich in der Loge befanden?«

»Ich habs doch gesagt, nur unwichtiges Zeug. Alten Papierkram, Quittungen über Strom- und Wassergeld, ein paar Bücher, Diplome …«

»Und die anderen Unterlagen?«

»Die waren gar nicht mehr da, denn wir wussten ja, dass die Polizei kommen würde …« Der Alte fächelte sich wieder Luft zu. »Wussten Sie eigentlich, dass Machado Freimaurer war und ausgeschlossen wurde? Nein? Das wundert mich nicht … Also, die Freimaurer forderten Machado in einem Brief auf, von seinem Amt zurückzutreten, weil er sich in einen Diktator verwandelt hatte und kein Kubaner ihn als Präsident haben wollte. Es gab viele Diskussionen bei uns wegen dieses Briefes, denn der Scheißkerl hatte jede Menge Spitzel in die Logen eingeschleust. Einerseits sollen wir Freimaurer uns nicht in die Politik einmischen, andererseits aber sind wir verpflichtet, die Tyrannei zu bekämpfen. Und genau das haben wir Machado in dem Brief gesagt. Aber er wollte nicht zurücktreten, und weil wir ihn als Verräter an den Prinzipien unserer Bruderschaft betrachteten, entschieden wir, ihn auszuschließen.«

»Und die Unterlagen der Loge?«, insistierte Álvaro und zündete sich eine Zigarette an der Kippe der vorangegangenen an.

»Was Sie suchen, befand sich nicht in der Loge. Auch nicht im Sekretariat oder in der Geheimkammer der Meister, dem einzigen Ort, an dem sie normalerweise aufbewahrt werden. Sie fragen sich, warum ich das weiß? Nun, weil mein Vater und ich die Archive eigenhändig aus der Loge fortgeschafft haben. Es waren zehn Kisten.«

Arcadio und Fernando sahen sich an. Álvaro sprang auf. Die Frage lag in der Luft, und er kam seinen Freunden zuvor: »Und wohin haben Sie die Kisten gebracht?«

»In die Bibliothek von Matanzas. Wir haben sie in einem Keller versteckt, zwischen anderen alten Papieren. Der Leiter der Bibliothek war Freimaurer und hat sie dort aufbewahrt, bis der Sturm vorüber war.«

»Und wissen Sie, ob unter diesen Papieren auch die Dokumente waren, die José de Jesús Heredia der Loge übergeben hatte?«

»Die habe ich nie gesehen, nur von ihnen gehört. José de Jesús hat sie in aller Heimlichkeit der Loge übergeben …«

Fernando gab Álvaro ein Zeichen, er wolle selbst weiterfragen, und beugte sich so weit wie möglich zu dem Alten vor. »Worum ging es in diesen Dokumenten?«

»Das weiß ich nicht. Um Heredias Leben, glaube ich …«

»Aber wenn sich Heredias Schriften im Besitz der Loge befanden, dann hätten Sie als Sekretär es doch wissen müssen, oder?«

»Natürlich hätte ich«, sagte Aquino streng, »und deswegen sage ich Ihnen, dass diese Dokumente sich nicht in den Kisten befanden, die wir 1932 fortgebracht haben, auch nicht unter denen, die wir in der

Loge gelassen haben, damit die Polizisten sie mitnahmen. Dessen bin ich mir so sicher, wie ich Afortunado Salvador Aquino Romagosa heiße.«

Fernando hatte das Gefühl, das Herz würde ihm jeden Augenblick in der Brust zerspringen. »Und Sie haben keine Ahnung, wo Heredias Papiere jetzt sind oder ob jemand sie damals bereits vor Ihnen aus der Loge fortgebracht hatte?«

Der Alte lächelte und schaukelte heftiger. »Dass es diese Papiere gegeben hat, daran besteht für mich kein Zweifel. Mein Vater Cristóbal Aquino war Redner der Loge, und er hat 1921 die Laudatio auf Heredia und auf seinen Sohn José de Jesús gehalten ... Apropos, es wäre interessant zu wissen, woher Mendoza die Kopie des Dokumentes hat, in dem die Übergabe der Papiere bestätigt wird. Denn ich kann mir vorstellen, dass wir es zusammen mit anderen unwichtigen Papieren in der Loge gelassen haben, für den Fall, dass die Polizei kommen würde. Diese Papiere sind nämlich nie wieder aufgetaucht ... Wie dem auch sei, jedenfalls wusste jeder in der Loge, dass bis 1939 niemand Heredias Manuskript lesen und nicht einmal darüber reden durfte, denn José de Jesús hatte verlangt, dass über die Existenz der Papiere seines Vaters Stillschweigen bewahrt würde. Irgendetwas Bedeutendes musste in diesen Schriften stehen, meinen Sie nicht auch? ... Was ich allerdings mit Sicherheit sagen kann, ist, dass 1930, als ich mein Studium beendet und als Sekretär angefangen habe, besagte Dokumente sich bereits nicht mehr in der Loge befanden. Wer sie allerdings von dort fortgebracht hat, warum und wohin, das weiß ich wirklich nicht.«

»Und Sie hatten nie eine Vermutung?«, schrie Arcadio, so laut, dass man die Frage bestimmt noch zwei Häuserblocks weiter hören konnte.

Der Greis zog an seiner Havanna und stellte fest, dass sie ausgegangen war. Eine lange Minute starrte er die Zigarre ungläubig an, als könnte er nicht begreifen, warum sie ihn im Stich ließ, und warf sie dann energisch auf die Straße. »Jetzt hab ich Hunger. Später reden wir weiter. Mit vollem Magen spricht es sich nämlich besser, nicht wahr? ... Lucrecia ...!«

*T*AUSENDMAL HABE ICH MICH GEFRAGT, WAS aus meinem Leben geworden wäre, wenn uns jener Brief mit der Nachricht, die uns glücklich machte, nie erreicht hätte: »Liebste Schwester María, mein Haus steht Dir und meinen geliebten Nichten immer offen, und von heute an betrachte ich es als meine vornehmste Pflicht, dafür zu sorgen, dass José María, den ich wie einen Sohn liebe, der Anwalt wird, von dem sein guter Vater, Gott habe ihn selig, geträumt hat.«

Ewiger Bürovorsteher in irgendeinem Notariat, von denen es so viele in Mexiko gibt? Soldat aufseiten der Königstreuen, wie es mein Vater gewünscht hätte, oder der Unabhängigkeitskämpfer, wie es mir mein Herz befahl? Journalist vielleicht, einer von denen, die Tag für Tag Streitschriften verfassen und davon träumen, etwas Zeit zu haben – was nie eintritt –, um an dem eigenen Werk zu schreiben, zu dem es nie kommen wird? Aber vor allem: Wäre ich glücklicher oder weniger glücklich geworden? Hätte ich in so extremem Maße, wie es mir widerfahren ist, die Befriedigung verspürt, mich nützlich und berühmt zu fühlen, und das Martyrium erlitten, mich verachtet und vergessen zu wissen?

Wohl keine dieser Fragen ist mir durch den Kopf gegangen, als, wie zum Geschenk für meinen siebzehnten Geburtstag, Onkel Ignacio uns die Tore der Hoffnung öffnete und wir damit begannen, die Rückkehr auf die Insel vorzubereiten. Der Gedanke daran, erneut das Meer zu überqueren, erfüllte mich diesmal mit Freude, und nur der Umstand, dass ich meine mexikanischen Freunde zurückließ, goss einen Wermutstropfen in den wasserreichen Fluss des Glücks, nach Kuba zurückkehren zu können.

In den letzten Tagen des kalten Monats Februar 1821 fuhren wir los und erreichten Havanna in einem warmen Februar, dem Monat, in dem das Licht des milden kubanischen Winters den Dingen eine eigenartige Tiefe verleiht, die sich erst in den langen Hitzemonaten, mit der Mutter Natur die Insel bedenkt, verliert. Im Hafen empfing uns, zusammen mit dem unverwechselbaren Geruch der Stadt, Onkel Ignacio, der, nachdem er mich in einer Pension in der Calle de los Mercaderes untergebracht hatte, sogleich mit der übrigen Familie nach Matanzas aufbrach, wo eine Menge Arbeit auf ihn wartete.

Kaum hatte ich meinen Schwestern zum letzten Mal zugewinkt und die Kutsche um die Ecke biegen sehen, eilte ich ins Seminar San Carlos, wo der Unterricht jeden Moment zu Ende sein musste. Ein kaum zu unterdrückendes Glück pulsierte in meinen Adern, denn das Gefühl der Freiheit, die ich zum ersten Mal in meinem Leben genoss, stimmte mich euphorisch.

Das Wiedersehen mit Domingo, Silvestre, Cintra, Sanfeliú und dem Rest der Truppe war sehr stürmisch und emotional. Sie hatten durch eine kurze Notiz in der Zeitung vom Tode meines Vaters erfahren, und Silvestre hatte mir in einem von mehreren Freunden unterzeichneten Brief, der mich in Mexiko erreichte, das Beileid der Gruppe ausgesprochen und mir mitgeteilt, dass auch Don Leonardo, Domingos Vater, nur zwei Monate zuvor verstorben war. Tragisches Zeichen eines göttlichen Willens, der es darauf abgesehen zu haben schien, Parallelen in Domingos und meinem Leben zu schaffen, bis es zu jenem bitteren Zerwürfnis kommen sollte.

Doch keiner von ihnen hatte auch nur für einen Moment daran gedacht, dass ich eines schönen Nachmittags ohne vorherige Ankündigung auftauchen würde, noch in meinem groben englischen Reiseanzug und mit der Nachricht, die ich ihnen sogleich verkündete: Ich sei gekommen, um für immer zu bleiben.

Wir feierten das Wiedersehen in einem der vielen Lokale, die während meiner Abwesenheit in der Nähe des Paseo del Prado eröffnet worden waren. Dieses hieß »Die Silberne Ananas« und war bei den Jugendlichen sehr beliebt, denn es war das einzige, das über eine Eismaschine verfügte und Fruchteis und Mixgetränke mit Eiswürfeln anbot, was die Schönheiten von Havanna anlockte. Außerdem spielte dort ein Gitarrentrio, zwei Neger und ein schlanker Mulatte, der dazu mit samtener Stimme wunderschöne Liebeslieder sang. Nachdem wir uns an gefrorener Mameycreme gütlich getan hatten, gingen wir zu härteren Sachen über, und schließlich landeten wir in einer Kneipe ganz in der Nähe, wo wir Wein bestellten. Mehrere

Krüge eines feurigen portugiesischen Rotweins wurden an unserem Tisch geleert, an den sich irgendwann ein junger Kolumbianer setzte, ein angehender Dichter, dünn, lebhaft, immer einen Witz auf Lager. Er hieß Félix Tanco und lebte seit ein paar Jahren in Matanzas. Während wir also tranken, brachten mich meine Freunde auf den neusten Stand über das Leben in Havanna, das sich in den letzten zwei Jahren sehr verändert hatte. Obwohl mir einige Fragen auf der Zunge brannten, zog ich es vor, noch damit zu warten, denn Domingo, der meine Absichten erriet, hatte bereits beschlossen, dass ich mit ihm zusammen im Haus seines Bruders, bei dem er jetzt wohnte, zu Abend essen sollte.

Aus den Berichten über die vielen Neuigkeiten hörte ich heraus, dass der wichtigste Grund für die Ausgelassenheit meiner Freunde die Luft der Freiheit war, die auf der Insel wehte, seit die konstitutionelle Staatsverfassung installiert worden war. Ein wahres politisches Fieber hatte sich des Lebens in Havanna bemächtigt, und manchmal kam es sogar zu blutigen Auseinandersetzungen zwischen Konstitutionalisten und Absolutisten. Etwas unverständlich für mich war, dass die reichen Kreolen immer noch für die absolutistische Herrschaft eintraten, doch der Grund für diesen politischen Starrsinn war laut Silvestre die Tatsache, dass diese reichen Kubaner vom König alles bekamen, was sie wollten, und die neuen Gesetze ihre zahlreichen Privilegien gefährdeten.

»Und ihr, was seid ihr, Absolutisten oder Konstitutionalisten?«, wagte ich zu fragen, wobei ich fürchtete, als Trottel dazustehen, da einige meiner Freunde und der Freunde meiner Freunde die größten Vermögen auf der Insel im Rücken hatten. Doch aus Erfahrung vermutete ich, dass sie eher der konstitutionellen Demokratie zuneigten, mit der auch ich sympathisierte.

Glücklicherweise stellte sich heraus, dass sie liberale Konstitutionalisten waren, und sie waren es noch mehr, seit sie sich ein paar Wochen zuvor massenweise für das bereits überfüllte Seminar für Konstitutionelles Recht eingeschrieben hatten, das auf Anweisung des Bischofs von Havanna eingerichtet worden war und dessen Professor kein Geringerer war als Pater Varela.

Es wurde bereits dunkel, als wir auseinandergingen und uns auf den Weg machten. Domingo, der nun in der Calle San Ignacio wohnte, nahm meinen Arm, doch anstatt mit mir zu sich nach Hause zu gehen, führte er mich zum Paseo del Prado, wo wir eine leere Bank fanden. Dort erzählte er mir, wie sehr sich sein Leben seit dem unerwarteten Tod seines Vaters verändert hatte. Seine Mutter, Doña Rosa, hatte die Besitztümer von Don Leonardo veräußert und das Geld in den Aufbau einer bescheidenen Zuckerrohrplantage investiert, wofür sie Ländereien nahe Matanzas gekauft hatte. Die Absicht meines Freundes, der sich nun dazu gezwungen sah, ein karges Leben zu führen, war es, so schnell wie möglich sein Studium zu beenden und Geld zu verdienen.

»Das Schlimmste war es, zu lernen, arm zu sein«, sagte er zu mir. »Verstehst du das? Nein, das kannst du dir nicht vorstellen, José María.« Doch da täuschte er sich: Ich konnte es mir nicht nur vorstellen, ich wusste es. Domingo, der immer im Mittelpunkt gestanden hatte, spürte, dass er im Freundeskreis nicht mehr die Position besaß, die seine Wohlhabenheit ihm früher gesichert hatte, als er nach Gutdünken alle anderen einladen und mit Geld nur so um sich werfen konnte.

»Ich habe es dir schon früher mal gesagt, und jetzt wiederhole ich es: Ich werde reich sein, koste es, was es wolle. Die Armut und ich, wir passen nicht zusammen.«

»Und die Poesie, bedeutet sie dir nichts mehr?«

»Ja, schon, aber nicht so viel wie dir ... Ich fand dein Gedicht ›Popocatépetl‹ wunderbar.«

»Spielst du noch?«

»Manchmal ... seltener als früher.«

»Und gehst du noch zu Madame Anne-Marie?«

»Nur wenn mich jemand einlädt, stell dir vor ...«

»Lass uns heute Abend hingehen.«

»Und woher willst du das Geld nehmen?«

»Ich hab welches, um mir Bücher kaufen zu können. Aber wenn du mir deine ausleihst ...«

Es war so gegen neun, als wir mit den unvermeidlichen Laternen in der Hand vor dem Eingang des gastfreundlichsten Hauses der Stadt standen. Unterwegs amüsierten wir uns und sprachen darüber, wie abweisend die junge Isabel, der Domingo durch seine Schwester einige meiner Liebesgedichte hatte zukommen lassen, meinem Werben gegenüber gewesen war. Nach den Worten meines Freundes war Isabel inzwischen zu der schönen Frau herangereift, die zu werden sie drei Jahre zuvor versprochen hatte, und seit einigen Monaten war sie offiziell mit einem Geschäftsmann aus Malaga verlobt, der doppelt so alt, aber auch doppelt so reich war wie sie, was viel heißen wollte bei einer Rueda y Ponce de León. Der Glückliche war ein gewisser Pedro Blanco Fernández de Trava, einer der skrupellosesten Profiteure des Sklavenhandels, der sich zu einem ganz besonders lukrativen Geschäft entwickelt hatte, seitdem das definitive Verbot eingeleitet wurde, das 1817 von Spanien und England offiziell beschlossen worden war.

Meine Anwesenheit in dem Bordell rief unter den Prostituierten, meinen Freundinnen, große Freude hervor, und einige von ihnen ließen Arbeit Arbeit sein und kamen aus ihrem Zimmer, um mich stürmisch zu begrüßen und abzuküssen. Ich sei größer geworden, meinten sie, auch kräftiger, hübscher, und ich hatte das Gefühl, dass ihre Freude über meine Rückkehr aufrichtig war. Meine geliebte Betinha, die sich lächelnd im Hintergrund hielt, damit ihre Kolleginnen mich willkommen hießen, nutzte schließlich eine Atempause, um mich zu bitten, auf sie zu warten, sie sei in zwanzig Minuten frei.

Ihrer Rolle als strenge Chefin gerecht werdend, klatschte Anne-Marie zwei Mal in die Hände und forderte die Mädchen auf, an ihre Arbeit zurückzugehen. Mit weiterem Händeklatschen rief sie Elizardito zu sich, den Mulatten, der ihr zur Hand ging, und trug ihm auf, eine Flasche des besten roten Bordeaux aus dem Keller zu holen.

»Es ist mir eine große Freude, dich wieder hier zu sehen, mein Lieber«, sagte Anne-Marie mit ihrer wundervollen kehligen Stimme zu mir. »Ich übertreibe nicht, wenn ich dir versichere, dass wir dich vermisst haben, auch wenn dein Freund Domingo uns treu geblieben ist und sein Bestes gegeben hat … Er hat Betinha während deiner Abwesenheit getröstet.«

Die Ironie, die Madame in ihre letzte Bemerkung legte, blieb mir keineswegs verborgen. Mannhaft hatte ich mir eingeredet, dass meine Beziehung zu Betinha über ihrem Gewerbe stand und nichts, was sie bei ihrer Arbeit tat, mir etwas anhaben konnte. Doch die Information, dass Domingo während meiner Abwesenheit zu ihr gegangen war, hinterließ bei mir einen üblen Nachgeschmack, der sich glücklicherweise mit dem exzellenten Wein, zu dem uns die großzügige Madame einlud, hinunterspülen ließ.

Die ganze Leidenschaft, die ich in den zwei Jahren durch einsame Erleichterungen nur unzureichend gestillt hatte, entlud sich in jener Nacht nach meiner Rückkehr nach Havanna. Elizardito kam und brachte mich zu Betinha, die mich frisch gebadet und parfümiert nackt auf ihrem Bett liegend erwartete. Das Licht zweier dicker Duftkerzen verlieh ihrem goldbraunen Körper eine purpurne Tönung, und zwischen ihren Schenkeln schimmerte, leicht geöffnet wie eine geheimnisvolle Wunde, der schwarze Busch ihrer Weiblichkeit.

Erregt und selbstsicher trat ich an das Lager, neben dem, in ihren blau-rosa Mantel gehüllt, das Bildnis der Meeresgöttin Yemanjá lag, auf deren kleinem Gesicht ich einen Ausdruck von Zufriedenheit zu bemerken glaubte. Als ich mich aufs Bett legen wollte, hielt Betinha mich zurück und legte mit der Entschiedenheit derer, die befehlen, ihre Hand auf meine Brust. Dann setzte sie sich auf den Bettrand, schlang ihre Beine um die meinen und liebkoste mit den Fingern meine Brustwarzen, während ihre Lippen meinen Bauch berührten. Ich spürte eine erdhafte Wärme, die intensiver und intensiver wurde, während ihre Zunge nach unten glitt, liebkoste, zurückwich, abschweifte, bis sich ihr Mund in eine Höhle verwandelte, die meine Männlichkeit verschlang … Heute glaube ich, dass ich in jener Nacht nur deshalb nicht vor lauter Wonne starb, weil das Schicksal bereits damals entschlossen war, mich die Kühnheit, mit der ich mich als das glücklichste Wesen auf Erden zu betrachten erdreistete, durch unendliche Leiden bezahlen zu lassen.

Innerhalb weniger Tage gewöhnte ich mich an das Leben in der neuen Freiheit, die Kuba genoss, und in der angenehmen Unabhängigkeit, mit der ich meine persönlichen Entscheidungen traf. Für mich war dies ein vollkommen neuer Zustand, und nie empfand ich die Vorteile des freien Willens so wie in jenem Augenblick meines Lebens. Allerdings sollte ich bald lernen, dass Freiheit stets Anarchie mit sich bringt, und die war jetzt weit verbreitet auf der Insel. In den unzähligen Zeitungen, die im Fieber der Pressefreiheit auf den Markt geworfen wurden, galt praktisch alles als für die Veröffentlichung geeignet; am üblichsten jedoch waren offene Attacken gegen alles, was den Interessen derer, die das Pamphlet finanziert hatten, zuwiderlief. In einem gnadenlosen Krieg zwischen den Dutzenden von bestehenden Fraktionen wurden die heftigsten Beleidigungen jetzt schwarz auf weiß gedruckt.

Doch mit der Freiheit trat auch die Politik, der Krebs der Poesie, in mein Leben. Und sie tat es auf eine so harmonische, natürliche Weise, dass ich glauben musste, mein Blut sei seit jeher bereit gewesen, sie als eines seiner vitalen Elemente zu akzeptieren. Wie eine Feder im Wind wurde ich zur Politik hingeweht, und bereitwillig ließ ich mich treiben, ohne zu ahnen, dass ich damit den ersten Schritt auf ein Schicksal zutat, das über meine Kräfte gehen, mir unendlichen Kummer und zahllose Niederlagen bereiten würde.

Während ich an meiner Arbeit schrieb, um das erste juristische Examen an der damals noch scholastischen Universität von Havanna abzulegen, verbrachte ich die freien Nachmittage mit meinen Freunden, die ich hin und wieder ins Seminar begleitete, um den leidenschaftlichen Vorlesungen von Pater Varela zu lauschen, und die Abende fast immer in der Küche im Hause von Madame Anne-Marie. Auf Anweisung meiner französischen Freundin wurde ich mit Essen, Wein und Kerzen versorgt, damit ich meine Gedichte schreiben konnte, während ich darauf wartete, dass der letzte Kunde gegangen und, endlich, endlich!, der Weg in Betinhas Zimmer frei war.

Das häufigste Gesprächsthema in unserer Runde waren die bevorstehenden Wahlen der kubanischen Vertretung im spanischen Parlament. Die Kreolen setzten ihre Hoffnungen in die Triade ihrer Kandidaten, angeführt von Pater Varela, der von seinem Mentor, dem Bischof von Havanna, zu dieser Entscheidung gedrängt worden war. Die zwei anderen Kandidaten waren der reiche Leonardo Santos Suárez aus Havanna und der katalanische Geschäftsmann Tomás Gener, der sich vor vielen Jahren in Matanzas niedergelassen hatte, ein Mann mit weitverzweigten Geschäftsverbindungen, darunter, wie böse Zungen behaupteten, auch solchen, die den Import von Sklaven ermöglichten …

Schon bald sollten die großen Hoffnungen, die wir mit diesem Ereignis verbanden, unsere Naivität in politischen Dingen offenbaren. Man erwartete, dass mit den Stimmen der Kubaner im Parlament die nötigen Gesetze verabschiedet werde könnten, um die Entwicklung der Insel sowie das tägliche Leben der im Land Geborenen nicht länger zu behindern. Darum bejubelten wir, so wie viele Kreolen, den Sieg von Varela, Santos Suárez und Gener unter den finstern Blicken der Kolonialbehörden, die die Entstehung eines nationalistischen Ferments mit unvorhersehbaren Konsequenzen für die Zukunft argwöhnisch beobachteten.

Besonders kämpferisch gab sich der gute Pater Varela, der sich als ein unbeugsamer Konstitutionalist und Liberaler erwiesen hatte. Von seinem Katheder herab griff er jetzt immer direkter die monarchistische Regierung, den zentralistischen Staat und die verschiedenen Formen der Tyrannei an, während er die spanische Verfassung vorstellte und erläuterte, wobei er seine Ausführungen mit so verlockenden und in Kuba ungewohnten Worten wie Unabhängigkeit, Demokratie und Souveränität zu würzen pflegte.

Unter dem Vorwand, ihm meine neuen Gedichte zu lesen zu geben, stahl ich ihm manchmal etwas von seiner Zeit, und er empfing mich wohlwollend in seiner Zelle im Seminar. Manchmal begleiteten mich Domingo und Silvestre, und dann schweiften die Gespräche über Poesie immer in die aktuelle Politik ab. Kurz vor der bevorstehenden Abreise des Paters nach Madrid hatten wir ein letztes Treffen mit ihm, an dem auch Cintra, Sanfeliú, Tanco und ein Junge aus Bayamo teilnahm, von dem ich schon viel gehört hatte, den ich aber erst bei dieser Gelegenheit persönlich kennenlernte. Er hieß José Antonio Saco und war der intelligenteste Mensch, dem ich jemals begegnet bin. Die Freunde nannten ihn Saquete, und trotz seiner Jugend sollte er schon bald Varelas Nachfolger auf dem Lehrstuhl der Philosophischen Fakultät werden.

Ich erinnere mich noch, dass an jenem Tag nicht über Poesie geredet wurde. Wir kamen direkt auf den Kern zu sprechen, mehr noch, auf den Keim, denn als Domingo Pater Varela fragte, was er im spanischen Parlament für Kuba erreichen wolle, bekamen wir eine deprimierende Antwort zu hören.

»Nichts«, antwortete Varela und nahm die Brille ab, die er seit Kurzem benutzte und die ihm das Aussehen eines früh gealterten jungen Mannes verlieh. »Dieses Land hat weder vom Parlament noch von der Regierung Spaniens etwas zu erwarten, außer Unterjochung und absurde Gesetze.«

»Und warum haben Sie sich dann bereit erklärt, Abgeordneter zu werden?«, fragte ich ihn, denn irgendwie wollten seine Antwort und seine Entscheidung nicht zusammenpassen.

»Zu zeigen, dass das Parlament nichts für Kuba tun wird, ist das Beste, was man in der heutigen Zeit machen kann. Darum bin ich Abgeordneter geworden. Wenn man unter der Tyrannei lebt, ist es sehr wichtig, jederzeit zu wissen, was zu tun und zu sagen möglich ist, aber auch, was zu tun und zu sagen unmöglich ist. Zu sehen, dass wir nichts von der Regierung erwarten können, ist vielleicht heilsam, damit die Kubaner endlich begreifen, dass der einzig mögliche Weg der der Unabhängigkeit ist, wie es zurzeit in ganz Amerika geschieht.«

Auf diese ohne jede Zurückhaltung ausgesprochenen Gedanken hin tauschten wir besorgte Blicke aus. Auch wenn das Thema der Loslösung von der spanischen Kolonialmacht bisweilen in unseren Diskussionen aufkam, wurde das Wort »Unabhängigkeit« stets nur hinter vorgehaltener Hand ausgesprochen. Es jetzt so unverhohlen zu hören, und das aus dem Munde von jemandem wie Varela, verlieh ihm einen Wert, der noch gesteigert wurde, als der Pater, der seine Brille wieder aufgesetzt hatte, uns nacheinander ansah und seine Frage in den Raum stellte:

»Ist das nicht auch Ihre Überzeugung?«

Und der gute Silvestre, der so schlicht und naiv sein konnte, konfrontierte uns mit unserer Realität, indem er fast flüsternd, als kniete er vor dem vergitterten Fensterchen im Beichtstuhl, fragte:

»Pater, ist die Unabhängigkeit Kubas denn möglich?«

»Ja, aber nicht jetzt sofort … Der Vorzug und gleichzeitig die Tragödie dieses Landes ist die Tatsache, dass es sich im Zentrum der Welt befindet und noch lange befinden wird. Heute sind es Spanien, England und Mexiko, die über Kuba herrschen wollen; morgen wird es Frankreich sein oder die Vereinigten Staaten oder sonst irgendeine Regierung. Und dann die ewigen Vorwände. Heute ist Haiti das abschreckende Beispiel für das, was geschehen könnte, wenn es zu einem Unabhängigkeitskrieg käme. Danach wird es eine andere Katastrophe sein, die den Vorwand dafür liefert, die Dinge nicht zu verändern. Und so werden sie es durch Drohungen und Vorwände immer erreichen, dass es besser erscheint, alles zu lassen, wie es ist. Dabei spielt es keine Rolle, dass Tausende von Menschen in der Sklaverei leben, dass andere verhungern, dass die Frauen sich prostituieren. Alles kein Problem, wenn sie nur ihre Macht erhalten können. Und wenn die Mode des Konstitutionalismus vorbei ist«, fügte er hinzu, und ich erinnerte mich, den Satz schon aus dem Munde eines anderen gehört zu haben, »werden Sie sehen, ob ich recht habe oder nicht.«

»Aber was kann man tun?«, fragte ich, überzeugt, kein besseres Orakel für Kubas Zukunft finden zu können.

»Nichts. Oder viel, wenn man kühn genug ist, das eigene Leben auf dem Scheiterhaufen des Vaterlandes zu opfern, ohne irgendeinen Lohn und noch weniger den Sieg zu erwarten.«

»Sie sind heute sehr pessimistisch, Pater«, bemerkte Saco, der dem Wortwechsel schweigend gelauscht hatte, etwas, das für den geschliffenen Polemiker ganz untypisch war, wie ich später feststellen sollte.

»Sagen wir besser, realistisch, Saquete.«

Wie in einer Prozession zogen wir an jenem historischen Morgen des 28. April 1821 allesamt zum Hafen von Havanna, um den Pater und die anderen Abgeordneten zu verabschieden. Die Jugend Havannas drängte sich rund um die Alameda de Paula, um sie das Schiff besteigen zu sehen, das sie mit der Mission, die kubanischen Interessen zu vertreten, zur spanischen Halbinsel bringen sollte. Mitten in der Menschenmenge stehend verfolgte ich die Schritte des hageren Priesters, der mich in den letzten Wochen so sehr ins Grübeln gebracht hatte. Schon an Bord, drehte sich Varela um, die linke Hand auf dem Herzen, und machte mit der Rechten das Zeichen des Kreuzes, um uns zu segnen. Und plötzlich überfiel mich die Gewissheit, etwas Endgültigem beizuwohnen. Noch heute weiß ich nicht, warum, aber etwas sagte mir mit schmerzlichem Nachdruck, dass dieser vortreffliche Mann, der sein Land so sehr liebte, von uns Abschied nahm, um die unbarmherzige Strafe anzutreten, nie mehr an den Ort seiner Geburt zurückkehren zu dürfen.

Mit ungläubigem Staunen verfolgten Fernando Terry, Álvaro Almazán und Arcadio Ferret, wie Salvador Aquino den dritten Teller saftigen Reis mit Hühnchen und rotem Paprika hinunterschlang. Auf dem ersten hatte er ein Bruststück, auf dem zweiten eine Keule bekommen, und jetzt, beim dritten, konzentrierte er sich auf die vier Flügel der beiden Hühner, die geopfert worden waren, um den Heißhunger des Greises zu befriedigen, der zum Essen einen riesigen Löffel, dunkel wie aus Bronze, benutzte. Als Beilage verspeiste er einen Avocadosalat und trank dazu krügeweise stark gezuckerte Limonade. Sein Enkel und die drei Besucher begnügten sich mit nur einem Teller, allerdings randvoll gefüllt, der die gastrischen Bedürfnisse eines normalen menschlichen Wesens mehr als stillen konnte.

»Schade, dass es keinen Pudding gibt«, bedauerte der Alte und wischte sich die Hände an einem Lappen ab, nachdem er den vierten Hühnchenflügel abgeleckt und die Knochen seinem Hund Sultán zugeworfen hatte, der ebenso gefräßig war wie sein Herrchen. »Milch ist kaum noch zu bekommen ...«

Beim Kaffee, den Lucrecia in Besuchern vorbehaltenen Porzellantassen serviert hatte, stellte Fernando fest, dass es schon fast neun war und sie noch die Rückfahrt nach Havanna vor sich hatten. Er hatte gesehen, wie Arcadio gegähnt hatte, und versuchte das Gespräch zu Ende zu bringen. »Also, Aquino, wer kann die fraglichen Dokumente aus der Loge geschmuggelt haben?«

Der Greis ließ sich mit der Antwort Zeit. Er zündete sich umständlich die sechste und letzte Havanna des Tages an und betrachtete, ganz in Gedanken versunken, die Glut. »Darüber denke ich jetzt schon siebzig Jahre lang nach, und in siebzig Jahren hat man viel Zeit, um über etwas nachzudenken, nicht wahr …? Die erste Möglichkeit wäre, dass Heredias Sohn die Papiere gar nicht der Loge übergeben hat und sie deshalb nie dort aufgetaucht sind …«

»Aber er hatte doch die Absicht, sie der Loge zu übergeben«, wandte Álvaro ein, den die verschlungenen Wege dieser Suche so langsam verzweifeln ließen.

»Ja, das hatte er, aber soweit ich weiß, hat niemand jemals bestätigt, ob er es auch tatsächlich getan hat. Und wer sagt, dass es nicht seine Absicht war, alle Welt in dem Glauben zu lassen, dass die Dokumente sich in der Loge befanden, während sie inzwischen irgendwo anders gelandet waren …«

Arcadio sah erst Álvaro und dann Fernando an. »Klingt nicht sehr logisch, ist aber durchaus möglich, oder?«

»Natürlich«, bekräftigte der Alte. »Die zweite Möglichkeit ist, dass sich die Papiere in der Loge befanden und jemand sie fortgeschafft hat, bevor die Probleme mit der Regierung begannen. Und dieser Jemand muss Ehrwürdiger Meister oder Erster Aufseher gewesen sein, denn die Dokumente lagen mit Sicherheit in der Nische der Geheimkammer der Meister, und dafür hatten nur sie den Schlüssel.«

»Dann war es Cernuda«, schloss Fernando, der die verlorene Spur unbedingt wieder aufnehmen wollte.

»Möglich«, Aquino zog zweimal an seiner Zigarre, »aber in jenen Jahren gab es noch weitere Ehrwürdige Meister. Damals war die Wahl des Ehrwürdigen noch etwas Besonderes, nicht wie heute, wo jeder vor Ungeduld brennt und nach zwei Jahren Mitgliedschaft schon ganz oben sitzen und den Hammer schwingen will … Lassen Sie mich nachdenken … 1921 war Cernuda Ehrwürdiger Meister. 1922 und 23 war es Ramiro Junco, der zuvor Erster Aufseher unter Cernuda gewesen war. Dann, von 24 bis 26, war es wieder Cernuda und in den Jahren 27, 28 und 29 mein Vater. Und der hat die Dokumente nie gelesen, nicht mal in die Hand genommen, das kann ich mit Sicherheit sagen. Er hat mir nur einmal erzählt, dass der gelbe Umschlag mit dem malvenfarbenen Band lange Zeit in der Nische der Kammer der Meister gelegen hat.« Der Alte bekräftigte seine Aussage mit einem Kopfnicken, während er wieder genüsslich an der Zigarre zog.

»Etwas verstehe ich nicht«, mischte sich Arcadio mit neu entfachtem Interesse energisch ein, beide Hände vorstreckend, als müsste er sich auch physisch einen Zugang zu der Unterhaltung verschaffen. »Ich weiß zwar nicht, wohin das alles noch führen wird, aber etwas möchte ich gerne wissen: Warum erzählen Sie ausgerechnet uns, was in der Loge geschehen ist und vermutlich der Schweigepflicht unterliegt? Und ich verstehe auch nicht, warum Sie es bis jetzt nie jemandem erzählt haben …«

»Es kommt immer darauf an, von welchem Standpunkt aus man die Dinge betrachtet«, philosophierte der Greis. »Erstens ist das, was ich erzählt habe, kein Geheimnis der Freimaurer. Denn selbst wenn man mich foltern würde, würde man kein Wort über eins unserer Geheimnisse aus mir herausbekommen, ist das klar? Ich rede von Dingen, die in der Loge geschehen sind, so wie sie in einer Kirche geschehen könnten, ohne dass der Priester deshalb gleich das Beichtgeheimnis preisgeben müsste. Vergesst nicht, die Dokumente hätten bereits vor sechzig Jahren veröffentlicht werden sollen, und dann hätten sie inzwischen alle lesen können … Und zweitens: Es stimmt nicht, dass ich es bis jetzt niemandem erzählt habe.« Er zählte die Personen auf, die er eingeweiht hatte, wobei er seine Finger zu Hilfe nahm. Sie waren so dick und knorrig wie die alten Äste eines Baumes. »Also, ich habe mit dem Historiker von Matanzas darüber gesprochen, denn der sucht ebenfalls nach den Papieren; dann mit einem jungen Mann, der über das Leben von Domingo del Monte forscht; und schließlich mit meinem Enkel Roberto. Wir haben sogar eine Theorie über den Verbleib der Dokumente entwickelt.« Der Alte sah seinen Enkel an. »Los, Robertico, wer von den beiden konnte es sein? Junco oder Cernuda?«

Aquino der Jüngere lächelte und errötete verlegen. Anscheinend behagte es ihm nicht, von seinem Großvater in die Enge getrieben zu werden. »Hör auf, Großvater. Du weißt doch, dass ich es nicht weiß.«

»Komm schon, Robertico …!«

»Na schön«, willigte der Enkel schließlich ein und wandte sich mit sichtbarem Unbehagen den Besuchern zu. »Als wir einmal wieder darüber gesprochen haben, habe ich zu ihm gesagt, dass jeder von den beiden die Papiere an sich genommen haben könnte, wenn es sich dabei tatsächlich um das handelt, was ich vermute.«

»Moment, Moment, mir ist schon wieder ganz schwindlig«, sagte Álvaro. »Und dabei hab ich heute kaum einen Schluck getrunken.«

»Das sind alles nur Vermutungen, vergessen Sie das nicht.«

Plötzlich lief es Fernando eiskalt über den Rücken. Nein, dachte er, das kann doch nicht wahr sein. Aber in dieser Geschichte spielte das Absurde eine immer größere Rolle, und so fragte er: »Ramiro Junco … von den Juncos aus Matanzas? Es handelt sich dabei doch wohl nicht um die Familie von Lola Junco, in die Heredia sich verliebt hat?«

Roberto sah zu dem alten Aquino hinüber, der angefangen hatte, seinen Schaukelstuhl wieder in Schwingung zu versetzen, den Blick in der Erinnerung an alte Zeiten verloren.

»Ich denke schon.«

»Dann stammte dieser Ramiro also aus ebenjener Familie?« Fernando brannte vor Ungeduld.

»Ja, und genau da liegt das Problem«, entgegnete Roberto. »Die Logik sagt mir Folgendes: Wenn Heredia etwas über sein Leben geschrieben hat und nicht wollte, dass es vor Ablauf von hundert Jahren nach seinem Tod veröffentlicht würde, dann doch wohl deshalb, weil es etwas mit Menschen zu tun hatte, die noch lebten und denen er keinen Schaden zufügen wollte. Da liegt für mich die Vermutung nahe, dass er in dem Text andere Personen angegriffen hat. Können Sie mir folgen?«, fragte er Álvaro, der wortlos nickte. »Heredia hatte ein leidenschaftliches Interesse an Geschichte, und in seinen Gedichten ist immer wieder von der Erinnerung und von der Bedeutung des Vergangenen die Rede …«

»*Im Tempel von Cholula, Niagara, An die Große Pyramide von Ägypten*«, Fernando nannte aufs Geratewohl Beispiele, die ihm in den Sinn kamen, und zitierte: »*Alles vergeht / durch universelles Gesetz. Obwohl diese Welt, / so schön und prächtig, die wir bewohnen, / der Leichnam ist, bleich und entstellt, / der andren Welt, die einmal war* ... Das Vergangene hat ihn sogar zu sehr interessiert, glaube ich ...«

»Deswegen bin ich überzeugt, dass es sich bei dem Manuskript nicht um einen Roman handelt, wie behauptet wurde, sondern eher um Memoiren oder so etwas. Interessant in diesem Zusammenhang ist aber, dass die Familie Junco zwar mit allen Mitteln versucht hat, die Liebesaffäre ihrer Tochter mit dem Dichter zu vertuschen, dass aber in Matanzas erzählt wurde, Lola habe ein Kind gehabt, bevor sie Felipe Gómez heiratete ...«

»Über Heredia wurde viel erzählte«, wandte Álvaro ein. »Auch, dass er mit Luisa Montes, einer Mulattin, ins Bett gegangen ist und dass sie von ihrem Mann erstochen wurde, als der davon erfuhr ...«

»Ich kenne die Geschichte, aber dies hier ist etwas anderes, vor allem, weil über die Sache so gut wie nicht gesprochen wurde ... Das Kind, das er angeblich mit Lola hatte, wurde im Januar 1824 geboren, drei Monate nachdem Heredia aus Kuba fortgegangen war. Demnach muss es im April 23 gezeugt worden sein ...«

»Im April?«, fragte Fernando, doch in Wirklichkeit sprach er mit sich selbst. »Zu der Zeit war er in Matanzas ...«

»Im Juni brachte die Familie ihre Tochter Lola auf die Zuckerrohrplantage Miraflores, hier ganz in der Nähe von Colón, und Heredia hat sie nie mehr gesehen. Im Taufregister ist das Kind unter dem Namen Esteban Junco eingetragen, als Sohn von Rubén, Lolas älterem Bruder. Und Esteban ist der Vater von Ramiro. Wenn stimmt, was damals erzählt wurde, dann war Esteban der Sohn von Lola Junco, und Ramiro war ihr Enkel ...«

»Und du glaubst, dass Ramiro auch der Enkel von Heredia war«, führte Fernando den Gedanken fort, als er spürte, dass ihm die Zigarette, die er in der Hand hielt und völlig vergessen hatte, die Finger verbrannte.

»Wenn es sich bei dem Manuskript um Memoiren handelt«, fuhr

Roberto fort, »und Ramiro sie gelesen hat, ist er wahrscheinlich auf diese Geschichte gestoßen, falls alles sich tatsächlich so ereignet hat, wie wir vermuten. Und bei einer Veröffentlichung wäre das, was die Familie ein Jahrhundert lang zu verheimlichen versucht hatte, ans Tageslicht gekommen.«

»Genauso muss es gewesen sein, genauso«, ereiferte sich Arcadio.

»Red keinen Scheiß, Arcadio«, entgegnete Álvaro, »das Ganze hört sich an wie eine mexikanische Telenovela.«

Als hätte er nichts gehört, setzte Roberto Aquino seinen Gedankengang fort: »Interessant daran ist doch, dass Ramiro Junco, der ja bereits alt und krank war, alles darangesetzt hat, Ehrwürdiger Meister der Loge zu werden. Dafür gibt es meiner Meinung nach nur eine Erklärung: Er wollte an das Manuskript herankommen.«

Fernando Terry sah Roberto konzentriert in die blauen Augen und nahm ein flüchtiges Funkeln wahr. »Entschuldige, Roberto, aber jetzt bin ich derjenige, der nichts mehr versteht … Mit all diesen Informationen, die du hast, hast du nie daran gedacht, nach Heredias Manuskript zu suchen?«

Roberto Aquino lächelte. Er zögerte, als wäre es schwierig, eine klare Antwort auf Fernandos Frage zu geben. »Ich habe mich mehrere Jahre lang damit beschäftigt, vor allem, als ich in Matanzas als Professor gearbeitet habe. Aber dann habe ich es aufgegeben, weil ich zur Überzeugung gelangte, dass Heredias Memoiren, sollte es sie überhaupt je gegeben haben, sich zu keinem Zeitpunkt in der Loge befunden hatten. José de Jesús war stets beinahe am Verhungern, und dann, kurz vor seinem Tod, kam er plötzlich zu Geld. Und sein einziges Kapital waren die Manuskripte seines Vaters, die er nach und nach verkaufte. War es nicht so, Großvater?«

Alle Augen richteten sich auf Salvador Aquino. Während sie der aufregenden Geschichte, die alle bisherigen Theorien über den Haufen warf, gelauscht hatten, hatten sie den Alten ganz vergessen. Doch aus dem Schaukelstuhl des Greises drangen lediglich die ruhigen Atemzüge eines Mannes, der, mit einer halb gerauchten Havanna zwischen den Fingern, den friedlichen Schlaf derer schläft, die mit der Wahrheit und dem Leben ihren Frieden gemacht haben.

Unvorstellbar erscheint mir, dass ich inmitten der politischen Unruhen und der sexuellen Ausschweifungen, denen ich mich seit meiner Rückkehr nach Havanna hingab, noch die Zeit und die gedankliche Klarheit aufbrachte, um meine Examensarbeit zu schreiben, der ich den Titel *Servis heredis legari, non potest* gab und bei deren Verteidigung mir Domingo als Tutor beistand. Fast überflüssig zu erwähnen, wie wenig freundlich mir meine scholastischen Dominikanerprofessoren gegenübertraten: Jenes alte Thema römischer Rechtsprechung klang in höchstem Maße subversiv in einem Land, in dem die Knechtschaft – in der besonders schmerzhaften Form der Sklaverei – als Plage aus vorchristlicher Zeit fortbestand. Meine mehr romantische als pragmatische Absicht war es nun, das infame Gesicht der Sklaverei anhand der Rechtlosigkeit zu zeigen, in der Menschen leben, die man aus ihrem Vaterland vertreibt, von ihren Familien trennt, sie zerstört und dahinvegetieren lässt und sie aller bürgerlichen und menschlichen Rechte beraubt, auf denen die moderne Demokratie gründet.

Mein liebstes Projekt jedoch, dem ich die meisten Stunden meiner Arbeit widmete, war eine Zeitschrift, mit der ich die Erneuerung der kubanischen Literatur einleiten wollte, die gegenwärtig weit von dem entfernt war, was die so lebendige politische und ökonomische Atmosphäre der Insel hätte erwarten lassen. Von Anfang an wurde meine Idee von Domingo und Sanfeliú begeistert unterstützt, doch zu einer Einigung darüber zu gelangen, welcher Art die Zeitschrift sein sollte, von der wir träumten, war schwierig. Domingo, davon überzeugt, dass die Presse eine »Peitsche der Gesellschaft« zu sein habe, wie er sagte, wollte sie aufrührerisch, sowohl was die literarischen als auch die politischen Themen anging, wobei er letzteren einen breiten Raum einzuräumen gedachte. Sanfeliú dagegen sah sie eher nachdenklich, fast philosophisch, was ganz seinem eigenen Wesen entsprach. Zu meinem engsten Verbündeten zwischen diesen beiden Extremen wurde Silvestre, den ich für meinen Vorschlag gewinnen konnte, das Nachdenkliche mit Leichtigkeit und die Polemik mit Subtilität zu kombinieren, ohne allerdings in puncto Qualität der poetischen Texte auch nur einen Zollbreit nachzugeben. Auf diese Weise, so dachte ich, konnten wir ein breiteres Publikum erreichen, das aufgrund seines Interesses an weniger gewichtigen Dingen zum Leserstamm der Zeitschrift werden und sie finanziell unterstützen könnte.

Der Zufall wollte es nun, dass mein Freund Blas de Osés im April nach Havanna kam. Sein Vater hatte ihn aus Mexiko fortgeschickt, weil er um das Leben des jungen Mannes fürchtete, der mit den mexikanischen Unabhängigkeitskämpfern offen sympathisierte. Ich muss dazu sagen, dass die Gutherzigkeit und die finanziellen Möglichkeiten meines Freundes umgekehrt proportional zu seinen dichterischen Talenten standen, soll heißen, er war ungeheuer reich und einer der großzügigsten Menschen, die ich je kennengelernt habe. Allen meinen Plänen zugetan, war es leicht, ihn dazu zu überreden, das nötige Geld zu dem Projekt beizusteuern und Mitherausgeber meiner Zeitschrift zu werden. Um sein Ja zu erhalten, genügten zwei sehr vergnügliche Nächte im Etablissement von Madame Anne-Marie, meiner heimlichen Verbündeten, die Wein und Frauen bereitstellte. Ihr und den netten Mädchen zu Ehren beschlossen Osés, Silvestre und ich, unsere unmittelbar vor dem Erscheinen stehende Zeitschrift *Bibliothek der Damen* zu nennen.

Fieberhaft arbeiteten wir an der Herausgabe der ersten Nummer. In meiner Unerfahrenheit war ich übermäßig ehrgeizig, doch meine selbstlosen Mitarbeiter nahmen mir viele Aufgaben ab, und so konnte ich mich mit größter Emphase an die Übersetzung ausländischer Autoren machen. Deren Poesie sollte als Leuchtfeuer für den Geschmack der Kubaner dienen, die von der Literatur der übrigen Welt so gut wie keine Ahnung hatten. Darüber hinaus musste ich, parallel zur Arbeit an der Zeitschrift, wohl oder übel einige Stunden täglich im Notariat verbringen, um die zwei Jahre Referendarzeit zu absolvieren, die für die Zulassung als Anwalt verlangt wurden. Und als wäre das noch nicht genug gewesen, vervielfachte ich mich wie eine tropische Medusa und setzte meine Besuche bei Betinha fort, während ich, natürlich sehr reduziert, die poetische Liebschaft mit meiner Muse Isabel wieder aufnahm, deren Verlobung inzwischen gelöst worden war, weil man sich finanziell nicht hatte einigen können. Feuer, nicht Blut musste es wohl gewesen sein, das durch meine Adern floss ...

Genau am 21. Mai jenes wunderbaren Jahres 1821 erblickte die erste Ausgabe der *Bibliothek der Damen* in der Druckerei von Díaz de Castro in Havanna das Licht der Welt. Die Gewissheit, unsere Zeitschrift würde eine Explosion des Lichtes inmitten des finsteren Panoramas der damaligen Zeit hervorrufen, war, das schwöre ich, nicht auf meine literarische Eitelkeit zurückzuführen. Überall wurde von ihr gesprochen, und die an Literatur Interessierten eilten zu den Verkaufsstellen – vor allem in die zentral gelegene Apotheke von Sanfeliús Vater –, um die Zeitschrift zu erwerben und uns zu beglückwünschen. Währenddessen sorgten Tanco und mein Onkel Ignacio in Matanzas für ihre Verbreitung, und besonders freute es mich zu hören, dass einige Gäste des Hauses von Madame Anne-Marie sich von ihr dazu bewegen ließen, die Ausgabe zu kaufen, obwohl ich mir nicht sicher bin, welchem Zweck sie sie schließlich zuführten ... Mein einziger Fehler bestand darin, zu glauben, dass es außer dem Kreis der Eingeweihten und derer, die sich zum Kauf verpflichtet fühlten, genügend Leser in Kuba gäbe für eine Zeitschrift, die es sich zur Aufgabe machte, hervorragenden, aber unbekannten Dichtern Raum zu geben. Doch diese Rechnung ging nicht auf. Und da die Geldmittel des guten Osés nicht unbegrenzt waren, mussten wir nach fünf Nummern das Requiem für unsere *Bibliothek der Damen* anstimmen.

Schmerzhaft war es für mich, das Scheitern zu akzeptieren. Ich glaubte mich prädestiniert, mit allem Erfolg zu haben, und war angewidert von einer Gesellschaft, in der es keinen Platz für die Poesie gab. Also beschloss ich, diese fixe Idee aufzugeben und stattdessen meinem eigenen Werk, dem letztlich mein Hauptinteresse im Leben galt, mehr Zeit zu widmen. Um das zu erreichen, musste ich Abstand gewinnen, und nachdem ich mich von meinen Freunden und meinen realen und fiktiven Geliebten verabschiedet hatte, nahm ich in meinem verschwitzten Anzug und mit einem Koffer voller Bücher die Kutsche nach Matanzas, wo ich nun endgültig auf dem schwankenden Seil meines Schicksals balancieren wollte.

So verändert mir Havanna nach knapp zwei Jahren Abwesenheit erschienen war, so beeindruckt war ich von dem bemerkenswerten Fortschritt von Matanzas. Prächtige Häuser, belebte Plätze, Märkte mit allen möglichen Waren, von denen man in den kühnsten Fantasien nur träumen konnte, faszinierten den Neuankömmling, während sich in der Bucht Schiffe unzähliger Länder den Platz streitig machten, beladen mit Kisten voll Zucker, Säcken voll Kaffee und edlen Hölzern. Offenbar hatte der Wohlstand das Venedig Kubas mit seinem Zauberstab berührt, obwohl es für niemanden ein Geheimnis war, dass der wahre Ursprung dieses Reichtums auf den Sklavenhandel und die Arbeit der Neger, der »Kohlensäcke«, zurückzuführen war.

Dank der Großzügigkeit von Onkel Ignacio und der Rente von neunhundert Pesos, die meine Mutter weiterhin erhielt und die in einer Stadt wie Matanzas eine Menge Geld waren, hatte sich die Familie in einem großen und luftigen Haus in der Calle O'Reilly niedergelassen, fast direkt am Ufer des Flusses San Juan. Im hinteren Teil des Hauses wartete ein Zimmer mit eigener Tür und Fenstern zum Innenhof auf mich, der reinste Palast im Vergleich zu dem Zimmerchen, das ich in der Pension in Havanna bewohnt hatte. Dort würde ich die nötige Ruhe zum Schreiben haben, weitab von dem Piano im Salon, auf dem meine liebe Schwester Ignacia stundenlang zu spielen pflegte.

Wie immer versuchte meine Mutter, mich einem geregelten Tagesablauf und einer fast militärischen Disziplin zu unterwerfen, doch bald musste sie einsehen, dass sie die Schlacht verloren hatte. Aufgrund der Stunden, die ich in der Kanzlei meines Onkels zubrachte, um meine restliche Referendarzeit zu absolvieren, und den vielen gesellschaftlichen Verpflichtungen, denen ich seit meiner Ankunft in Matanzas nachkommen musste, war ich so gut wie nie zu Hause. Und wenn doch, dann schloss ich mich im Zimmer ein und widmete mich meiner Poesie.

Ich muss gestehen, dass ich sehr enttäuscht war, als ich gleich nach meiner Ankunft erfuhr, dass ein gewisser Felipillo Gómez, Sohn eines steinreichen Besitzers mehrerer Zuckerrohrplantagen, der schönen Lola Junco den Hof machte, anscheinend mit Erfolg, wie man hörte. Insgeheim hatte ich einigermaßen unbegründete Hoffnungen in eine Begegnung mit dem jungen Mädchen gesetzt, und nun fühlte ich mich in meinem männlichen Stolz verletzt, vor allem angesichts der Tatsache, dass ich nur ein armer Waisenjunge war, ohne jede Aussicht, von dem reichen Clan der Familie Junco akzeptiert zu werden.

Doch das, was mich ganz besonders beschäftigte und meine Gedanken in Anspruch nahm, war die immer festere Überzeugung, dass die Zukunft Kubas wie die von ganz Amerika in der Unabhängigkeit von Spanien liegen würde. Die Nachricht, dass die Wahl der kubanischen Parlamentarier in Madrid angefochten wurde und die Abgeordneten nun ein Jahr warten mussten, bevor sie ihr Amt antreten konnten, bestätigte, wie recht Pater Varela damit gehabt hatte, nichts von dieser politischen Institution zu erwarten. Die Aussichten waren düster, denn es war bekannt, dass der hinterlistige Fernando VII. der Verfassung zähneknirschend zugestimmt hatte und irgendwann zum Gegenschlag ausholen würde, um wieder zur alten Regierungsform zurückzukehren. Und was konnte man von der Zukunft erwarten? Würde das spanische Joch dem Risiko, bei einem Sklavenaufstand alles auf eine Karte zu setzen und zu verlieren, wirklich vorzuziehen sein? Stimmte es, dass Simón Bolívar eine Armee geschickt hatte, um uns zur Unabhängigkeit zu verhelfen und uns Großkolumbien einzuverleiben?

Silvestre Alfonso war es, der mir in einem der häufigen Briefe, die ich mit den in Havanna zurückgelassenen Freunden erhielt, die schlechte Nachricht übermittelte. Als großer Verführer, der ich gerne sein wollte, und in dem Glauben, dass ich bei Lola jede Chance verpasst hatte, hatte ich ihn gefragt, ob er etwas von meiner Muse Isabel gehört habe. Die Antwort war niederschmetternd: »José María«, schrieb er mir, »vergiss die Dame, deine Zeit ist abgelaufen. Weißt du, wer ihr den Hof macht, und das mit den besten Aussichten? Nun, unser Sonntagskind Domingo …« War es Schmerz, was ich verspürte?

War es Wut? Oder war es einfach nur Enttäuschung? Eifersucht nicht, natürlich nicht. Denn die Belisa, der ich so viele Gedichte gewidmet hatte, liebte ich nicht und hatte sie nie geliebt. Aber ich fragte mich, warum Domingo unter so vielen jungen Frauen ausgerechnet sie ausgewählt hatte. Irgendetwas kam mir falsch vor an dem Spiel, und der Brief, den Domingo mir kurz darauf schrieb, besänftigte mich nur zum Teil. Darin erklärte er mir, dass es Isabels Vater gewesen sei, ein alter Freund seines Vaters, der die Beziehung angebahnt habe, die er, Domingo, sich niemals habe vorstellen können, dass er sich aber angesichts meines offensichtlichen Desinteresses an Isabel und weil er meine wahren Gefühle ja kenne, schließlich darauf eingelassen habe … Was er mir aber natürlich verschwieg, war, dass Isabels Vater seinem Werben in Wirklichkeit immer ablehnend gegenübergestanden hatte, wie mir Silvestre berichtete, und dass die Eheschließung mit einer Rueda y Ponce de León, wie ich sehr wohl wusste, ausreichte, um nicht nur einen, sondern alle Domingos auf Jahre und auf Jahrzehnte, ja, sogar auf Jahrhunderte der Armut zu entreißen. Meine so treuherzige wie betrübte Antwort darauf war ein langes Gedicht, das ich »An D. Domingo, auf dem Lande geschrieben« nannte und in dem ich ihm einerseits seinen Verrat vorwarf, andererseits jedoch Vergebung anbot, was ja das Vorrecht einer erhabenen Seele ist, als welche ich die meine betrachten wollte. Dies sollte das erste Mal sein, dass ich Domingo verzieh.

Außer dem ruhelosen Tanco hatte ich drei weitere Freunde in Matanzas gefunden, mit denen ich die Abwesenheit der unersetzlichen Freunde ein wenig zu kompensieren und mit der Kränkung durch den untreuen Domingo fertigzuwerden versuchte. Meine neuen Freunde waren älter als ich. Der Älteste, Antonio Betancourt, war der Schwager der beiden Brüder Pablo und Juan Aranguren. Sie stammten allesamt aus alten Matanzer Handelsdynastien, und alle liebten sie die Poesie und waren, wie wir praktisch alle, bereits vom von Biss der Schlange der Politik vergiftet. Sie führten mich in die Gesellschaft von Matanzas ein, denn zu der Zeit war Onkel Ignacio mit Arbeit überhäuft und anscheinend mit einer seiner heimlichen Liebschaften beschäftigt. Mit den neuen Freunden besuchte ich Feste und Gesprächszirkel und unternahm zahlreiche Spaziergänge, und durch sie lernte ich auch Doktor Juan José Hernández kennen, der als radikal und politisch gefährlich galt. Die spanische Obrigkeit und die reichen Kubaner fürchteten ihn gleichermaßen, sodass sie sich gegen ihn verschworen, um ihm bei den bevorstehenden Parlamentswahlen, bei denen sie Gener favorisierten, den Weg zu einem sicheren Abgeordnetensitz zu versperren. Ich lernte den Doktor als einen verrückten, leidenschaftlichen Mann kennen, der die französischen Philosophen der Revolution bewunderte und ihre Ansichten teilte, darüber hinaus mehrere Stunden täglich die Armen behandelte, Medikamente in den Vorstädten verteilte, Straßenköter versorgte und flammende Reden gegen den Sklavenhandel hielt. Er hatte etwas von einem christlichen Märtyrer an sich, weswegen ich mich sogleich von ihm, dem Besessenen, magnetisch angezogen fühlte, denn irgendetwas sagte mir, dass er das, was er sagte, auch wirklich praktizierte. Wenn mir zwei Schritte fehlten, um ein überzeugter Anhänger der Unabhängigkeit zu werden, dann, so glaube ich, war er es, der mein Bein anhob und mich zu dem ersten dieser beiden Schritte bewegte. Den zweiten sollte ich, auf unverantwortliche Weise, ganz allein tun.

Stundenlang diskutierte ich mit Doktor Hernández, Tanco und den anderen Freunden leidenschaftlich über die Situation in Kuba. Antonio Betancourt war von der Notwendigkeit überzeugt, Wege zur Erlangung der Unabhängigkeit zu suchen. Denn wenn erst einmal die Sklaverei abgeschafft sei, so behauptete er, hätten die Neger keinen Grund mehr, sich aufzulehnen. Die Brüder Aranguren waren sich dessen nicht so sicher, genauso wenig wie die übrigen reichen Kubaner, die nicht die Absicht hatten, ohne Weiteres das in die Anschaffung der Sklaven investierte Vermögen verloren zu geben. Der Doktor dagegen schaute weiter in die Zukunft: Wenn es in Kuba zur Zeit ebenso viele Weiße wie Schwarze gebe, sagte er, so würden die Schwarzen in einigen Jahren in der Überzahl sein, da der illegale Sklavenhandel und der Zucker die beiden einträglichsten Geschäfte seien. Außerdem glaubte er, dass der Aufschwung des Liberalismus und die militärische Schwächung Spaniens, das in den südamerikanischen Unabhängigkeitskriegen aufgeriebenen wurde, dazu beitrügen, dass der Moment für eine Befreiung äußerst günstig sei. Und um uns endgültig zu überzeugen, sprach er schließlich von gewissen Beziehungen zu Bolívar höchstpersönlich, der Geheimagenten auf die Insel geschickt habe und den Kubanern seine uneingeschränkte Unterstützung zusichere, falls es zum Krieg kommen würde. Bolívar habe zugesagt, uns nötigenfalls Truppen und Waffen zu schicken, um die Spanier zu besiegen und das Land zu befrieden.

An einem heißen Augustabend lud der Doktor uns zum Essen zu sich nach Hause ein und überraschte uns mit einem köstlichen Ajiaco-Eintopf. Beim Kaffee sagte er, er wolle uns, die er uns inzwischen als überzeugte Befürworter der Loslösung von Spanien betrachte, anvertrauen, dass er die Ankunft eines Sondergesandten Bolívars erwarte, der den Auftrag habe, eine Unabhängigkeitsbewegung aufzubauen. Und dann erwähnte er sehr leise einen Namen, der mir bis zu diesem Augenblick unbekannt war, an den ich mich jedoch im Laufe meines Lebens noch häufig erinnern sollte: José Francisco Lemus.

In Havanna vermutete man damals hinter jedem, der aus Südamerika eintraf, einen Geheimagenten der Unabhängigkeitsbewegung, aber laut Doktor Hernández handelte es sich bei Lemus um keinen einfachen Agitator, denn er bekleidete den Rang eines Obersten in Bolívars Armee und erhielt seine Befehle direkt von dem großen General. Als er sich im Jahr zuvor in Kuba aufhielt, hatte er eine Geheimloge gegründet, die er »Bolívars Sonnen« genannt hatte und von der bald überall auf der Insel Zweigstellen eingerichtet würden. Die Konspiration war in vollem Gange, und ihre geheimnisvolle Aura faszinierte mich, denn ich interessierte mich damals sehr für alles, was mit Geheimzellen und Verschwörungen zu tun hatte. Als der Doktor uns fragte, ob wir der Loge, die in der nächsten Zeit in Matanzas gegründet werde, beitreten wollten, war ich deshalb der Erste, der sich dazu bereit erklärte, während Antonio Betancourt und die Brüder Aranguren zögerten und Tanco meinte, so etwas erscheine ihm wenig erfolgversprechend …

In der Absicht, das Gespräch mit Domingo zu suchen, nachdem ich von seiner überraschenden Liebesleidenschaft erfahren hatte, beschloss ich, nach Havanna zu reisen. Meine spärlichen Geldmittel erlaubten es mir, in Matanzas einigermaßen unbeschwert zu leben, reichten aber kaum für einen kurzen Aufenthalt in Havanna, einer Stadt, in der die Kosten für Unterkunft, Essen und Droschkenfahrten wöchentlich anstiegen. Ich erinnere mich noch, dass Pablo und Juan Aranguren mich drei Tage vor dem festgesetzten Reisetermin zu einem Fest einluden, das aus Anlass des Geburtstages einer entfernten Cousine in dem vornehmsten Tanzsaal der Stadt gefeiert wurde. Von Pablo, der in etwa meine Statur hatte, lieh ich mir einen Anzug, um angemessen gewandet an dem Fest teilnehmen zu können, auf dem, eigens zu dieser Gelegenheit aus der Hauptstadt angereist, kein Geringerer als der berühmte Ulpiano mit seinem Orchester spielte. Zwei für mich überaus bedeutende Dinge geschahen an jenem Abend voller Musik und ausgelassener Fröhlichkeit: Zum einen drehten sich viele Köpfe zu mir um, als ich den Saal betrat, wo die Crème de la Crème von Matanzas versammelt war, und ich hörte, wie leise getuschelt wurde: »Da ist Heredia, der Dichter«, wobei viele Augen vor Bewunderung leuchteten. Meine Eitelkeit, die immer schon groß war, wuchs an jenem Tag ins Unermessliche, und das Gefühl, ich könnte mit der Hand den Himmel berühren, ließ mein Ego anschwellen und veranlasste mich – zum anderen – zu einer der wichtigsten Aktionen meines Lebens: Ich näherte mich einer Gruppe junger Leute, unter denen ich Lola Junco erblickt hatte, blieb in angemessenem Abstand vor ihr stehen und starrte, ohne auch nur ein Wort zu sagen, das junge Mädchen an, so lange, dass es schon fast unverschämt war, bis sie verlegen die Augen senkte, wobei ein Lächeln über ihre Lippen huschte.

Eine meiner größten Unzulänglichkeiten hielt mich davon ab, den nächsten Schritt zu tun, um meine so forsch begonnene Annäherung fortzusetzen: Ich kann nicht tanzen. Besser gesagt, ich konnte nie gut tanzen, und jemand, der mit diesem Mangel behaftet ist, sollte sich tunlichst von der Tanzfläche fernhalten in einem Land, in dem es die größte Dummheit ist, schlecht zu tanzen und sich zu erdreisten, es dennoch in aller Öffentlichkeit zu tun. Allerdings verfügte ich über eine äußerst mächtige Waffe, von der ich tags darauf Gebrauch machte: Ich setzte mich hin, die Feder in der Hand, und schrieb ein verzweifeltes Liebesgedicht. Ich nannte es, als wollte ich taktvoll sein, »Für …, beim Tanz« und benutzte Gleichnisse, Metaphern und Attribute, denen sich – wie Betinha so richtig gesagt hatte – eine Frau nur schwer verschließen kann: *Du Palme, aufrecht und stolz, himmlischer Engel, schöner als der weiße Mond*, schrieb ich und besang ihre göttlichen Augen, ihre rosigen Lippen, ihren heiteren Blick und ihr glockenhelles Lachen.

In der Kutsche, die mich nach Havanna bringen sollte, bat ich den Kutscher, vor dem Hause von Donato Junco, Lolas Vater, anzuhalten. Mit meinem Gedicht in einem parfümierten Umschlag in der Hand und mit der Unehrerbietigkeit meiner siebzehn Jahre und der meinem wachsenden Ruhm geschuldeten überspannten Eitelkeit aufgrund meines wachsenden Ruhmes klopfte ich an die Tür des Hauses. Als die Sklavin öffnete, überreichte ich ihr den Umschlag mit der Bitte, ihn Señorita Dolores persönlich auszuhändigen.

Kaum in Havanna angekommen, ließ ich meine Habseligkeiten in dem Zimmer, das man mir freundlicherweise in dem prachtvollen Hause von Silvestre Alfonso überlassen hatte, und eilte, fast ohne zu grüßen, wie ein Verrückter in das Bordell von Madame Anne-Marie, um meine aufgestaute Begierde zu stillen. Doch wie groß war mein Erstaunen, als ich das fröhlichste Haus der Stadt verschlossen fand. Niedergeschlagen, auch verärgert näherte ich mich der Veranda, an der ein Schild hing, das den Verkauf des Hauses zugunsten der Gemeinde von Havanna anzeigte. Die einstmals so weiße Fassade wies jetzt gelbe, rote und schwarze Flecken auf, unzweifelhaft Spuren von Wurfgeschossen aller Art, die auf das Haus geschleudert worden waren, und dazwischen halb abgerissene schmierige Wandzettel, auf denen mit Farbe oder Kohle die schlimmsten Beleidigungen geschrieben waren.

Meine Beine fingen an zu zittern, sodass ich mich minutenlang nicht von der Stelle bewegen konnte. Etwas Schreckliches musste an diesem Ort geschehen sein, der solche Beleidigungen über sich hatte ergehen lassen müssen. Wie ein Schatten meiner selbst setzte ich meinen Weg fort. Es dämmerte bereits, als ich auf die Alameda de Paula gelangte, wo ich sicher war, meine Freunde anzutreffen, die mir sagen könnten, was im Hause von Madame Anne-Marie passiert war. Domingo, Silvestre und Sanfeliú umarmten mich zur Begrüßung. Domingos Umarmung fiel besonders herzlich aus, was mich an seine Illoyalität erinnerte, doch im Moment war meine Sorge eine andere, viel größere.

»Um Gottes willen, was ist passiert?«

»Man hat sie beschuldigt, eine Spionin zu sein«, sagte Domingo. »Eine französische Spionin, verstehst du?«

Seine Worte dröhnten mir in den Ohren, während er mir erzählte, die Geheimpolizei des Generalkapitäns habe aufgedeckt, dass Madame Anne-Marie dem französischen König, der in Spanien und Kuba den Absolutismus wieder einführen wollte, geheime Informationen zukommen ließ. Ohne weiter über die Absurdität der Anschuldigung nachzudenken, sorgte ich mich um das Schicksal der Mädchen, vor allem um das von Betinha.

»Sie haben ein großes Spektakel veranstaltet, José María«, erklärte Sanfeliú, sarkastisch wie immer. »Sie haben zu ihnen gesagt, sie sollen ihre Siebensachen zusammenpacken und verschwinden. Nicht mal eine offizielle Weisung haben sie erhalten.«

»Aber wo sind sie hin?«

»Mit dem Schiff ab nach New Orleans …«

»Und Betinha, ist sie auch …?«

»Sie haben den Pöbel organisiert, um sie zu beschimpfen und zu beleidigen und sie mit Eiern und faulen Tomaten zu bewerfen. Drei Reales haben sie allen gezahlt, die sich daran beteiligten. Den armen Elizardito haben sie sich geschnappt, ihn bespuckt und verprügelt«, berichtete Silvestre und sah mich an. »Ich habe Betinha geholfen, ihre Sachen zusammenzupacken, und sie hat mir diesen Brief für dich gegeben …«

Ich nahm, nein, ich riss ihm das kleine Blatt Papier aus der Hand, auf dem Betinha in zittriger Schrift und mit vielen orthografischen Fehlern geschrieben hatte: »Mein lieber José María, ich hoffe, dass ich in Zukunft noch viele Verse von dir lesen werde. Nie werde ich vergessen, dass ich einmal die Muse des größten Dichters war, den diese Insel hervorgebracht hat und die ich schmerzerfüllt verlasse.

Aber ich weiß, dass wir uns wiedersehen werden. Meine Mutter Ye-manjá sagt, nicht einmal das Meer ist unendlich und der Herr im Himmel ist großmütig, auch mit den Dichtern und den Dirnen. Es küsst Dich Deine Dich liebende Betinha.«

Man kann sich leicht vorstellen, dass ich, als ich, mit dem gefalteten Papier an meiner Brust, zusammen mit den anderen in einer Taverne saß, allzu häufig meine Hand hob, um den Kellner herbeizuwinken, und dass ich am Ende sternhagelvoll war.

»Du hast gestern ja richtig zugelangt«, sagte Domingo zu mir, kaum dass ich am nächsten Morgen die Augen aufschlug. Ich hatte einen furchtbaren Brummschädel, und erst nachdem ich mich frisch gemacht und den Kaffee getrunken hatte, den Silvestre mir netterweise brachte, konnte ich mich erkundigen, was vorgefallen war. Ich erfuhr, dass ich, neben vielem anderen Blödsinn, von der Taverne bis nach Hause den ganzen Weg über wüste Beleidigungen gegen den Generalkapitän ausgestoßen hatte.

»Du hast dich wie ein Verrückter benommen, José María«, fasste Domingo zusammen.

»Der Wein ist dir nicht bekommen«, sagte Silvester zu meiner Rechtfertigung. »Seit gestern hast du nichts gegessen. Los, du musst frühstücken.«

Im Esszimmer stellte ich fest, dass es schon elf war und ich etwa zehn Stunden an einem Stück geschlafen hatte. Ich trank Saft und verschlang Obst, was mein Magen dankbar aufnahm. Mit einer zweiten Tasse Kaffee in der Hand trat ich mit Domingo auf den Innenhof hinaus. Wir setzten uns unter einen Orangenbaum, an dem die bitteren Früchte hingen, und warteten auf Silvestre, der zu seinem Vater ins Büro gegangen war, um ihm etwas Geld abzuschwatzen.

»Nun, Domingo, wie läuft es mit Isabel?«

An jenem Tag sah ich ihn zum ersten Mal die Gelassenheit des Spielers verlieren. Aber wir waren damals achtzehn Jahre alt und hatten die schwierigste Strecke unseres Lebens noch vor uns. Deswegen antwortete mir Domingo, den Blick starr auf den Boden gerichtet: »Verzeih mir. Ich weiß, ich habe mich nicht richtig verhalten.«

»Du hast mich doppelt belogen«, fügte ich hinzu, aber vielleicht hatte ich nicht das Recht, den Spieß noch tiefer in die frische Wunde zu bohren.

»Willst du die Wahrheit hören?«

»Die war mir schon immer das Wichtigste. Meine Wahrheit in Bezug auf Isabel kennst du. Deine kann ich nur erahnen.«

»Sei nicht grausam, José María«, erwiderte er, und ich fühlte, dass meine Vorwürfe im Grunde nicht am Platze waren und, gleichzeitig, dass etwas in mir aufbrach. Der Rest an Groll, hervorgerufen vielleicht durch das, was mit Betinha und den anderen Mädchen geschehen war, verflüchtigte sich bei dem, was ich jetzt hörte. »Du liebst Isabel nicht und wirst sie niemals lieben, aber ich, ich liebe sie. Und weißt du, warum? Weil ich durch sie erreichen kann, was ich erreichen will. Die Liebe ist komplizierter, als die Dichter sagen. Liebe ist eine Notwendigkeit, in jeder Hinsicht. Verstehst du mich?«

»Nicht richtig, ehrlich gesagt«, antwortete ich auf diese seiner üblichen rhetorischen Fragen, die mich manchmal gehörig enervierten.

»Dann hör gut zu: Die Frau, die ich liebe, muss schön sein, aber sie muss mir auch helfen, der Armut zu entfliehen, denn ich halte dieses Leben nicht aus. Meine Geldvorräte schmelzen dahin, und was sie einem in den Kanzleien zahlen, reicht hinten und vorne nicht. Die Anwälte nutzen uns aus, das weißt du ja. Und auch wenn wir eines Tages unseren Beruf ausüben können, garantiert uns niemand, dass wir viel Geld verdienen werden. Und wenn ich eine Frau liebe, die welches hat … Ist dann nicht alles viel einfacher? Schau, ich weiß, dass sie mich liebt. Ich weiß es schon seit Langem. Und ich weiß auch, dass ihr Vater mit meinem befreundet war, weil er sich einen Vorteil davon versprach. Mein Vater ermöglichte es ihm, Geschäfte mit der Regierung zu machen, er sorgte dafür, dass es keine Schwierigkeiten mit dem Zoll gab, er verschaffte ihm Kontakte zum Militär, und deswegen war Señor Rueda sein Freund. Aber nun, da Señor Leonardo tot ist … wer interessiert sich da noch für seinen Sohn, den armen Advokaten? Wie du ja weißt, haben sie versucht, Isabel mit einem widerlichen Sklavenhändler zu verheiraten … Aber aus dem Geschäft wurde nichts, und diesmal werde ich mir Isabel nicht durch die Lappen gehen lassen. Verstehst du mich?«

Meine Bereitschaft, Domingo zu verzeihen, war grenzenlos, und so setzten wir uns am Abend darauf wieder mit allen Freunden zusammen, um Pläne für eine neue Zeitschrift zu schmieden. Und an jenem Abend führte mich Cayetano Sanfeliú auf den Weg zu einer gefährlichen, unumkehrbaren Lüge.

Sanfeliú war der Meinung, eine neue Zeitschrift herauszubringen, nur um Raum für Veröffentlichungen zu schaffen, werde die anstehenden Probleme nicht lösen. Für ihn als Anhänger Varelas komme nur eine Publikation infrage, die – weder so extrem aufrührerisch und amerikanistisch wie *Argos* noch so poetisch wie meine *Bibliothek der Damen* – in der Lage wäre, mühelos von politischen zu literarischen Themen überzuwechseln, ohne die philosophischen Aspekte außer Acht zu lassen, und die vor allem versuchen würde, einen kubanischen Geist hervorzubringen.

Lang war, wie üblich, die Diskussion an jenem Abend. Domingo, Silvestre, Sanfeliú und ich hatten politische Meinungen, die sich zwar ähnelten, sich aber auch unterschieden, ein klares Indiz dafür, dass wir typische Kubaner waren: Nichts auf der Welt würde es je schaffen, uns auf eine Linie zu bringen, es sei denn, einer von uns würde sich zum Meinungsführer aufschwingen, wie Domingo es noch unter Beweis stellen sollte. Müde des vielen Diskutierens und überzeugt davon, dass ich den Vogel abschoss, wenn ich noch eins draufsetzen würde, begab ich mich deshalb auf einen Weg, auf dem meine Eitelkeit und meine Selbstliebe mir jede Rückzugsmöglichkeit benahmen.

»Ich glaube«, begann ich, »die Probleme Kubas lassen sich weder durch Zeitschriften noch durch Gedichte lösen, nicht mal durch Gesuche an das Parlament ...«

»Und was gedenkst du zu tun?«, fragte Sanfeliú, ernsthaft wie immer.

»Ich werde den Freimaurern beitreten. Einer Loge von Verschwörern, die für die Freiheit Kubas kämpfen.«

Wie kannst du dir da so sicher sein, Fernando?«

»Wer sagt dir, dass ich mir sicher bin, Delfina?«

»Wäre es nicht besser, du vergisst alles?«

»Das habe ich ja versucht … Aber ich weiß jetzt, dass ich das nicht kann. Vor allem, wenn ich daran denke, dass das mit Enrique kein Unfall war.«

»Um Gottes willen, was redest du da?«

»Vielleicht war ich es ja, der ihn unter den Lastwagen gestoßen hat.«

»Jetzt spinnst du aber, das ist doch absurd! Natürlich war es ein Unfall. Hör auf damit! Es muss schrecklich sein, zwanzig Jahre an nichts anderes zu denken …«

»Das war die schlimmste Strafe.«

Das Hereinbrechen der Nacht war eine Erleichterung. Fernando mochte diesen vagen, unentschiedenen Moment, wenn alles in der Schwebe war, wie sein eigenes Leben. Die drückende Hitze ließ nach, und über die Alameda de Paula strich eine klebrige, mit den ölig-brackigen Ausdünstungen der Bucht gesättigte Brise.

Ohne es sich zweimal zu überlegen, hatte er Delfinas Einladung angenommen und sie um Punkt fünf abgeholt, eingehüllt in den Duft seines besten Parfüms. Die eigenartige Situation, an ihrer Tür zu klingeln, sie auf die Wange zu küssen, sich ins Wohnzimmer zu setzen und zu warten, bis sie sich fertig zurechtgemacht hatte, sie aus dem Badezimmer kommen zu sehen, ebenfalls parfümiert, mit klimpernden Armreifen, sie, als hätte sie das schon oft gemacht, fragen zu hören, ob er ihren verdammten Schlüssel gesehen habe, immer verliere sie ihn, mit ihr zusammen den verdammten Schlüssel zu suchen, um schließlich festzustellen, dass sie ihn im Türschloss hatte stecken lassen, und darüber zu lachen wie über einen gelungenen Scherz – das alles rief in ihm das aufregende und zugleich abwegige Gefühl hervor, am Beginn von etwas zu stehen. Dabei wusste er, dass er gar nicht in der Verfassung war, irgendetwas zu beginnen: ein solcher Salto mortale hätte seinen Schmerz nur noch vergrößern können.

Während Fernando mit Delfina durch die Calle Obispo ins Herz der Altstadt ging, entdeckte er ein ganz neues, unerwartetes Gesicht von Havanna. Die alte, in seiner Erinnerung heruntergekommene und quirlige Geschäftsstraße hatte auf ihn immer einen poetischen Zauber ausgeübt, den er trotz des fortschreitenden Verfalls, der sich dem Auge darbot, zu spüren meinte. Fernando hatte das Gefühl, der Mangel an Schönheit in dieser engen Gasse werde durch die Anwesenheit großer Geister kompensiert, die ihr ihren wahren Sinn verlieh. Häufig waren Heredia, Del Monte, Saco und Varela, der sogar hier gewohnt hatte, durch diese Straße geschlendert. In der vulgär anmutenden Atmosphäre dieser Straße hatte sich Julián del Casal seine parfümierte und feinsinnige Welt geschaffen. José Martí war in seinen jungen Jahren als Dichter immer wieder hier entlanggegangen, bereits besessen von seinem großen Ziel, der Unabhängigkeit Kubas. Lezama Lima und Gastón Baquero hatten sie aufgesucht, allerdings mehr aus sexuellen denn aus poetischen Beweggründen, ebenso wie Lorca, der in einer der Bars in Liebe zu einem unwiderstehlichen Hafenarbeiter entflammt war, einem Mulatten, der schamlos seine muskulösen Arme und sein gekräuseltes Brusthaar, das wie ein schwarzes Meer bis zum Halsansatz hinaufbrandete, zur Schau gestellt hatte.

Fernando rührte der Gedanke an die Meister der Dichtkunst, deren Spuren und Ambitionen einen in seiner Erinnerung derart gewöhnlichen, schmutzigen und heruntergekommenen Ort geprägt hatten. Umso mehr überraschte es ihn zu sehen, wie die Calle Obispo ihre Gebrechen überwunden und neuen Schwung gewonnen hatte für einen Tanz, der zum metallenen und so gar nicht lyrischen Klang des Dollars aufgeführt wurde. Die alten Läden, Kneipen, Cafés und Buchhandlungen hatten ihre jahrelang verschlossenen und eingerosteten Türen wieder geöffnet, um ohne jede Rationierung eine erstaunliche Fülle an Möglichkeiten zu präsentieren und ganz offen Waren gegen anrüchige Dollars anzubieten. Delfina erklärte ihm, dass die Geschäfte, die ihre Produkte früher auf verschlungenen Wegen in der Teufelswährung verkauft hätten, für deren bloßen Besitz ein kubanischer Bürger ins Gefängnis wandern konnte, ihre Waren viele Jahre hinter dicken Vorhängen verborgen und so den Passanten nicht einmal die

Freude gestattet hätten, das Unerreichbare wenigstens betrachten zu dürfen. Doch eines schönen Tages seien die Vorhänge gefallen, sagte Delfina, einfach so, und sogleich hätten die Dollarläden die ganze Insel überschwemmt und offen das verkauft, was bis dahin nur in den kühnsten Träumen der Kubaner existiert habe: japanische Fernseher, Markenkleidung, teure Parfüms, hochwertige Musikanlagen und sogar Lebensmittel: von Rindfleisch, spanischen *Chorizos* und italienischer Pasta über Bonbons und Pralinen bis hin zu Kaugummi, das all die Jahre zuvor als Symbol nordamerikanischer Leere und Überheblichkeit gegolten hatte. Mit erstaunlicher Selbstverständlichkeit war das kubanische Leben von jener Welt eingeholt worden, deren einzige Barriere der Besitz oder Nichtbesitz der grünen Scheine war. Jetzt war es sogar möglich, echten Schmuck, exotische Blumen, Weihnachtsbäume einschließlich Girlanden sowie Möbel und Bücher käuflich zu erwerben. Besonders absurd erschien Fernando der Hundesalon – Schneiden, Waschen, Kämmen, ebenfalls gegen Dollar –, und das mitten in einer Stadt, in der es von unter Räude und Misshandlungen leidenden Straßenkötern nur so wimmelte.

Als Folge des dramatischen ökonomischen Erdbebens war die hinter Verwahrlosung und Schmutz verborgene Schönheit der Altstadt an den unerwartetsten Ecken wieder aufgeblüht. Verblüfft stellte Fernando fest, dass seine eigene Stadt ihm fremd und gleichzeitig vertraut vorkam, heruntergekommen und wiedererstanden. Wo er sich nur an ein dunkles Gemäuer erinnern konnte, erhob sich nun ein Palast aus den Anfängen des 19. Jahrhunderts. Wo ein paar dreckige Säulen gestanden hatten, befand sich ein altehrwürdiges Geschäft mit portugiesischen Kacheln und italienischem Marmor, hervorgezaubert wie von Gotteshand. Wo sich tonnenweise uralter Müll angehäuft hatte, war nun ein mit einem Wappen geschmücktes Gebäude zu bewundern, mit Traufen, Edelholzverzierungen aus dem 19. Jahrhundert und von begnadeten Künstlern geschmiedeten Eisengittern.

Diese Mischung an Eindrücken, an die er sich erst einmal gewöhnen musste, hatte ihn daran gehindert, eine von Delfina kuratierte Ausstellung mehrerer junger Künstler in einem der vor dem sicheren Tod bewahrten Paläste vorurteilsfrei zu würdigen. Zu viel Snobismus, unverhältnismäßig viel angestrengter Postmodernismus, das offensichtliche Bedürfnis, avantgardistischer zu sein als die führenden Zentren der Avantgarde, all das vernebelte den Blick einiger Maler, die pariserischer oder mailändischer oder newyorkischer waren als kubanisch und mit denen er sich nicht verbunden fühlte.

Unter dem Vorwand, eine Zigarette rauchen zu wollen, war er hinaus auf die Straße getreten, während Delfina das übliche Vernissagenritual abspulte. Fast tat es ihm weh, die Frau, von der er so oft geträumt hatte, in ihrem Kleid aus indischer Baumwolle so real vor sich zu sehen, ihre dunkle Haut, ihr tiefschwarzes Haar, eine Frau, die sich mit den Jahren einen eigenen Raum geschaffen hatte, eine eigene Welt, der sich Fernando so furchtbar fremd fühlte. Es war nicht leicht für sie gewesen, mit Víctors Tod fertigzuwerden, aber ihre unbedingte Liebe zum Leben hatte es ihr ermöglicht, mehr in die Zukunft zu sehen als in die Vergangenheit und ihr Leben in einer Weise neu zu gestalten, die sie befriedigte oder zumindest nicht leiden ließ. Deswegen weigerte sich Delfina, als sie später, bei Einbruch der Nacht, auf einer Bank an der alten Alameda de Paula saßen, die zwanghafte Geschichte eines Verrats und eines Todes zu akzeptieren, die Fernando mehr als zwanzig Jahre lang verfolgt hatte, Jahre eines Lebens, das ihm immer fremder und verlorener vorkam.

»Ich hätte so nicht leben können«, sagte sie, den Blick starr aufs Meer gerichtet.

»Ich habe es mir nicht ausgesucht. Versteh mich recht, ich hege weder Groll noch Rachegelüste. Ich glaube, ich kann nicht mal Hass empfinden. Aber wenn ich an all das denke, was geschehen ist, glaube ich, dass ich das Recht habe, zu *wissen*. Das Recht, den Schuldigen zu verurteilen und, vor allem, die Unschuldigen freizusprechen. Denn von Álvaro, Tomás, Arcadio, Conrado, Miguel Ángel und Víctor ist nur einer der Verräter …«

»Und Enrique? Verzeihst du ihm, weil er tot ist?«

»Nein, ich verzeihe ihm, weil er der große Verlierer dieser Geschichte ist und weil ich, auch wenn es mir nicht leichtgefallen ist, eingesehen habe, dass auch er verraten wurde … Enrique hatte Angst, aber nicht dieselbe Angst wie die anderen. Er wusste, dass es ihm nichts nützen würde, mich zu denunzieren. Aber er fühlte sich schuldig wegen dem, was mir geschehen ist.«

»Und deswegen hat er sich umgebracht? Ach, Fernando, übertreibst du da nicht ein wenig?«

»Als ich das letzte Mal mit ihm gesprochen habe ...«, begann Fernando, verstummte aber, denn er merkte, dass ihm die Geschichte immer noch zu schaffen machte.

»Jetzt sag mir mal eins, Fernando, und sei bitte ehrlich zu mir: Wen hast du in all den Jahren für den Verräter gehalten?«

»Alle«, sagte er. »Manchmal habe ich gedacht, es war Álvaro, dann wieder Arcadio und so weiter ...«

»Ich glaube nicht, dass Víctor zu so etwas fähig war.«

»Ich auch nicht. Genauso wenig wie Álvaro oder Arcadio oder die anderen. Und darum habe ich versucht, die ganze Geschichte zu begraben. Aber ich muss immer wieder daran denken, dass es einer von ihnen war. Und was dieser eine über mich und über Enrique erzählt hat ... na ja, du weißt ja, wie teuer wir das bezahlt haben.«

»Du tust mir leid, weißt du das?«

»Ich tue mir auch leid, aber das bringt nichts ... Vergiss nicht, dass der, der uns verraten hat – wenn es nicht Víctor war – noch lebt, auch wenn Álvaro sagt, dass wir alle tot sind. Vor ein paar Tagen habe ich mit fünf Männern zusammen gegessen, alle aus Fleisch und Blut, sie haben mit mir gesprochen, mich umarmt, mich gefragt, wie es mir ergangen ist ... Wie konnte der Verräter all die Jahre weiterleben, obwohl er wusste, dass er Enrique auf dem Gewissen hatte und mich auf viele Arten umgebracht und unser aller Freundschaft zerstört hat? Er hat all das zerstört, von dem wir einmal geträumt haben. Aber auch er hat seine Strafe bekommen, und die war schlimmer als die meine: Er musste weiterleben, angewidert von sich selbst.«

»Und du sagst, du hegst weder Groll noch Rachegelüste? Sieht mir eher nach Paranoia aus ... Lachst du denn nie, betrinkst du dich nie, scheißt du nie auf alles und genießt die wenigen schönen Dinge des Lebens?«

Fernando lachte bitter: Gab es denn noch schöne Dinge?

»Ich werd dir jetzt was erzählen ... Wir haben damals alles versucht, damit Víctor dich nicht mehr zu den Treffen der Spötter mitbrachte. Nicht weil wir Machos waren, nein, wegen etwas weniger Absurdem und sehr viel Blödsinnigerem. Ich weiß nicht, ob Víctor dir davon erzählt hat …«

»Weswegen dann?«

»Weil wir alle in dich verliebt waren, der eine mehr, der andere weniger.«

»Ich habe nicht gewusst, dass ihr so radikal wart, und auch nicht, dass es so ernst war …«

»Jetzt bin ich froh, dass wir so radikal waren. Sonst hätte ich wohl auch dich verdächtigt, uns verraten zu haben. Der Gedanke, dass unsere kollektive Muse gleichzeitig eine Verräterin gewesen war, wäre zu schrecklich gewesen.«

»Dann muss ich euch also dankbar sein, weil ihr mich aus der Gruppe ausgeschlossen habt?«

»Dankbar ist nicht das richtige Wort, eher … ich weiß nicht, irgendwie … rein … Scheiße, Delfina, jetzt werd ich noch pathetisch. Aber sei unbesorgt, manchmal besaufe ich mich, und dann fange ich sogar an zu lachen.«

Jetzt war sie es, die lachte. Sie griff zur Zigarettenschachtel, die auf der alten Steinbank lag.

»Ich wusste gar nicht, dass du rauchst.«

»Ich rauche fast nie. Aber wenn ich dich so höre, werde ich traurig. Du bist besessen von der ganzen Sache, dass du fortgehen musstest und so, und siehst alles nur noch schwarz. Und das ist weder gut noch richtig … Können wir nicht das Thema wechseln? Ich weiß nicht, erzähl mir, was mit dem verdammten Roman von Heredia geschehen ist.«

Er sah aufs Meer hinaus, das sich inzwischen in eine schwarze Masse verwandelt hatte. »Ja, der verdammte Roman, der nicht auftaucht … Aber zuerst werd ich dir was anderes erzählen, ich will das nämlich nicht noch die nächsten dreißig Jahre mit mir herumschleppen … Hör zu, Delfina, auch wenn es sich lächerlich und traurig anhört, aber Tatsache ist, dass ich dich immer noch liebe. Blöd, mit neunundvierzig etwas zu sagen, was man mit neunzehn hätte sagen sollen.

Aber noch viel beschissener wäre es, mit neunundsechzig zu sterben, ohne es überhaupt jemals gesagt zu haben.« Kaum hatte Fernando ihr dieses Geständnis gemacht, das ihn selbst überraschte, fühlte er sich von einer tonnenschweren Last befreit. Er hatte nicht erwartet, dass es sein Unterbewusstes so sehr erleichtern würde.

»Ich dachte, das Wort sei aus der Mode«, sagte sie nach langem Schweigen. Trotz der Dunkelheit, die sie überrascht hatte, und trotz seiner inneren Unruhe bemerkte Fernando ein feuchtes Glitzern in ihren Augen und so etwas wie Müdigkeit in ihrer Stimme. »Heutzutage kommunizieren die Männer mit den Händen. Sie laden dich zum Essen ein oder ins Kino oder in eine Bar, und plötzlich legt sich eine Hand auf deinen Rücken oder auf den Oberschenkel, wenn er so was wie Anstand besitzt, oder er packt dich gleich an den Hintern, wenn er zu den Draufgängern gehört.«

»Ich nehme an, im Laufe der Jahre haben sich tausend Typen an dich rangemacht, oder?«

»Neunhundertneunundneunzig«, sagte sie mit einem traurigen Lächeln und befahl mehr als dass sie vorschlug: »Komm, lass uns ein Stück gehen, mir ist danach … Ich glaube, die meisten meiner Bewerber waren mehr in meine Wohnung verliebt als in mich. Du weißt ja, die Leute hier lieben Wohnungen und Autos mehr als alles andere. An so was ist schwerer ranzukommen als an eine Frau oder einen Mann.«

»Bei dir bin ich mir da nicht so sicher. Du hast die Männer schon immer wie ein Magnet angezogen.«

Sie lachte wieder, und jetzt war es ein offenes Lachen. »Ein ziemlich lahmer Magnet … Soll ich dir was gestehen?« Sie wartete seine Antwort nicht ab. »Seit drei Jahren habe ich mit niemandem mehr geschlafen. Nach Víctors Tod hatte ich lange keine Beziehung, und das, obwohl viele Männer es bei mir versucht haben. Scheint so eine Art nekrophile Reaktion zu sein bei euch Männern: Wenn einer stirbt, ist der Platz frei für einen Lebenden.«

»Sieh es doch mal anders«, entgegnete er, während sie in das Viertel kamen, in dem sich früher einmal die angesagtesten Hafenkneipen befunden hatten, die inzwischen fast alle verschwunden waren, so wie das alte Las Vegas. »Du warst damals dreißig, in deinen besten Jahren also. Ich dagegen war völlig im Arsch, und wenn ich dich mit Víctor sah, bin ich vor Neid fast geplatzt ...«

»Seit damals ist viel passiert, Fernando.«

»Und es wird noch mehr passieren, Delfina. Ich weiß nicht, ob noch Schlimmeres, aber auf jeden Fall mehr. Und du bist noch immer eine attraktive Frau, die jedem Mann gefällt.«

»Noch immer, wie nett ... Komm, ich lad dich zum Eis ein.«

In der Cafeteria wurden nur Dollars genommen, aber Delfina bestand darauf, zu bezahlen. Fernando fragte sich, woher sie das Geld für so überflüssige Ausgaben hatte. Mit dem Eisbecher in der Hand suchten sie sich einen Tisch mit Blick aufs Meer.

»Ich muss über das nachdenken, was du gerade gesagt hast«, begann sie, nachdem sie von ihrem Eis gekostet hatte. »Manchmal habe ich nämlich das Gefühl, eine alte Frau zu sein. Ist dir klar, dass uns das Leben davonläuft, Fernando? Dass wir auf dem absteigenden Ast sind? Erinnerst du dich an die vollbusige Míriam, die von der Universität Santiago? Vor etwa einem Jahr ist sie an Krebs gestorben. Und an Sindo, den Vorzeigekommunisten? Nun, der hatte eine Thrombose und ist nur noch ein Wrack. Geht am Stock und zieht ein Bein nach. Und an María Victoria, die Freundin von Conrado? Man hat ihr die Gebärmutter entfernt, und ihr Mann hat sie wegen einer anderen verlassen ... Und außer Víctor und Enrique sind auch Oscarito und Mirta Cabañas gestorben ... Wenn ich darüber nachdenke, aber ich denke nicht jeden Tag darüber nach, das kannst du mir glauben, großer Gott, dann krieg ich Panik, aber vor allem gibt es mir Kraft. Denn eins ist mir klar: Man muss leben, und dabei hilft einem weder Hass noch Groll oder Frustration. Es ist mir nicht leichtgefallen, aber ich habe mich fürs Leben entschieden.« Sie führte das Löffelchen zum Mund und stippte Zunge und Lippen ins Eis, als gehöre dies zu den eben erwähnten schönen Dingen des Lebens.

»Es muss sehr hart für dich gewesen sein.«

»Ich habe versucht, Víctor zu begraben, und bin mehrere Beziehungen eingegangen, zwei davon haben ziemlich lange gedauert. Aber sosehr ich es mir auch gewünscht habe, es war nie das Gleiche.

Etwas sagte mir, dass ich mein ganzes Leben mit einem dieser Männer hätte zubringen können, aber immer spürte ich sehr bald, dass es nicht das war, was ich suchte.«

»Mir ist es genauso ergangen«, stimmte Fernando zu. »Hier und in Madrid. Dort hatte ich mehrere Freundinnen, aber immer hat mir was gefehlt.«

»Das Einzige, was ich manchmal bedauere, ist, kein Kind zu haben«, murmelte Delfina, während sie auf ihr Eis starrte. »Manchmal hab ich daran gedacht, eins alleine großzuziehen, aber das kam mir egoistisch vor gegenüber dem Jungen ... oder dem Mädchen. Ich glaube, jeder hat das Recht, mit seinem Vater und seiner Mutter aufzuwachsen. Vielleicht weil ich mit meinen Eltern viel Glück hatte.«

»Sieht aus, als wär bei uns alles schiefgegangen, nicht wahr?«

»Du wirst es nie begreifen, Fernando: Uns allen passieren Dinge, gute und schlechte, manchmal mehr schlechte als gute, stimmt, aber man kann nicht den ganzen Tag herumjammern, so wie du«, warf sie ihm vor. »Wessen Schuld ist es, dass Álvaro Alkoholiker ist und nicht schreibt? Wer ist verantwortlich dafür, dass Arcadio schreibt und seine Bücher veröffentlicht? Und wer, dass Tomás ein Zyniker ist und Miguel Ángel gläubig? Wenn wenigstens Gott existieren würde ...«

»Und? Existiert er nicht?«, fragte Fernando mit leiser Stimme.

»Wie spät ist es? Ich muss meinem Vater was zu essen geben ... Komm«, befahl sie wieder, und sie standen auf.

»Wenn ich dich seh, hab ich ein sonderbares Gefühl«, gestand Fernando und zündete sich eine Zigarette an. »Von allen Leuten, die ich hier kenne, scheinen nur du und meine Mutter dieselben geblieben zu sein. Die anderen erkenne ich fast nicht wieder.«

»Sei dir da mal nicht so sicher. Auch ich habe mich verändert. Die Welt hat sich verändert. Schau dir deinen Freund Conrado an ... Hast du gehört, dass er *Santo* geworden ist?«

»Red keinen Scheiß, Delfina!«

»Er hats niemandem erzählt, aber ich kenne seinen Paten, dessen Sohn ist Künstler. Conrado ist jetzt *Ochún*, und jedes Jahr gibt er eine Riesenparty bei seinem Paten. Da bewahrt er auch seine *Santo*-Pfanne auf.«

»Das schlaue Bäuerlein!« Fernando musste lachen. »Und was sagst du zu Miguel Ángel? Ich kanns kaum glauben!«

»Du kannst es ruhig glauben, er glaubt es nämlich auch … Und das mit mir, Fernando, ist das nicht nur eine deiner Launen? Nur um nicht dein ganzes Leben lang den Zweifel mit dir herumzuschleppen?«, fragte sie, ohne ihn anzusehen, als der Bus kam.

»Niemand kann einem anderen so viele Jahre hindurch gefallen und sich am Ende als Laune herausstellen. Mein Leben ist im Arsch, Delfina. Ich musste fortgehen, auch wenn ich nicht fortgehen wollte. Alles, was ich liebte, hat sich in Rauch aufgelöst, und du bist die Einzige, die mich von meiner Vergangenheit befreien kann … Geh zu deinem Vater, aber denk daran, es wäre einen Versuch wert«, sagte er und küsste Delfina auf die Wange, gerade noch rechtzeitig, bevor sie in den Bus stieg.

Während Fernando Terry dem Bus hinterhersah, war er davon überzeugt, dass er sich nicht geirrt hatte: Wenn diese Reise schon nicht dazu diente, der Wahrheit über das Leben von José María Heredia auf den Grund zu gehen, dann würde sie vielleicht dazu dienen, ein paar Wahrheiten über sein eigenes Leben herauszufinden.

Wahrscheinlich war es seine Großmutter María de la Merced gewesen, die jene heikle Situation gemeistert hatte. Wie kein anderer Mensch versinnbildlichte diese Frau, die er nur als Greisin kannte, die Entscheidungskraft. Vielleicht erinnerte er sich deshalb an sie stets mit einem knotigen Stock in der Hand, in einem hochgeschlossenen schwarzen Kittelkleid, auch im Sommer, als wäre sie unempfindlich gegen die Hitze. Sie saß gerne in dem nach Feigen, Jasmin und Orangenblüten duftenden Garten des Hauses von Ignacio Heredia in Matanzas, wo sie eine Bleibe gefunden hatte und in das auch José de Jesús mit seinen Schwestern Loreto und Julia sowie seine sterbenskranke Mutter Jacoba wenige Jahre nach dem Tod ihres Vaters gekommen waren, um sich hier niederzulassen. Der Großmutter hatten wohl nie die Knie gezittert, so wie es José María Heredia so häufig passiert war oder auch ihm selbst, der sich fast nicht auf den Beinen halten konnte, als er, den gelben Umschlag in der Hand, aufstand, um seine letzten Eigentumsrechte für immer abzutreten. Sie, die immer auf alles eine Antwort parat hatte und sich jedem Schicksalsschlag gewachsen zeigte, hätte bestimmt nicht die Zweifel gehabt, von denen ihr Enkel gequält wurde. Sie hätte in diesem alles entscheidenden Augenblick gewusst, was zu tun war, so wie sie es von dem Tag an gewusst hatte, als Jacoba nach Kuba gekommen war und ihr jene Dokumente übergeben hatte, mit der Bitte, sie den endgültigen Empfängern zukommen zu lassen.

Drei Tage danach verabschiedete sich die gute Jacoba Yáñez von der Welt, alt und verwelkt, gezeichnet von derselben tödlichen Krankheit, die auch denjenigen ereilt hatte, der ihr einziger Mann im Leben gewesen war. Von da an wurde für María de la Merced Heredia y Campuzano alles einfacher: Nach der Lektüre des bitteren, schonungslos offenen Zeugnisses ihres Sohnes, das ihr Geheimnisse und Leiden enthüllte, die sie sich gewiss nicht hatte vorstellen können, entschied sie kurz und bündig, dass die Texte irgendwann das Licht der Welt erblicken sollten. Deshalb entschloss sie sich, die Papiere zu behalten, gegen den ausdrücklichen Wunsch des Dichters, sie seinem Sohn, den er nie kennengelernt hatte, zu übergeben. Großmutter María de la Merced, die sich mit ihrer Menschenkenntnis brüstete, war davon überzeugt, dass die eigentlichen Empfänger, sollten sie dieses Dokument in die Hände bekommen, es verschwinden lassen würden, so wie auch andere Dinge und sogar Identitäten verschwunden waren. Und sie glaubte, dass die Erinnerungen ihres Sohnes ein anderes Schicksal verdient hätten, auch wenn sie dafür den letzten Willen des Verstorbenen missachten müsste.

Die alte Frau nahm all ihren Mut zusammen und lud Lola Junco zu sich nach Hause ein. Und nachdem sie ihr Heredias letzten an sie gerichteten Brief ausgehändigt hatte, teilte sie ihr ihren Entschluss mit, die Memoiren des Dichters, in denen er auch sein abenteuerliches Liebesleben ausbreitete, veröffentlichen zu lassen. Von seiner Schwester Loreto, einziger Zeugin der Unterhaltung, sollte José de Jesús viele Jahre später erfahren, dass die ausdrückliche und wichtigste Adressatin jenes Dokuments darum bat, es lesen zu dürfen, was seine Großmutter jedoch ablehnte. Gleichzeitig versicherte sie ihr, dass weder sie noch ihr Sohn sich wegen des Inhalts des Manuskriptes Sorgen machen müssten; denn in eben jenem Augenblick hatte María de la Merced entschieden, dass es nicht vor Ablauf des hundertsten Todestages des Dichters veröffentlicht werden sollte. Von jenem Tag an bewahrte María de la Merced das Manuskript in ihrem Schrank auf, zusammen mit einem Brief, in dem sie die Einzelheiten der weiteren Vorgehensweise festlegte.

Falls die Großmutter mit der Zeit ihre Meinung geändert hätte, hätte sie sogar in aller Ruhe das Manuskript vernichten können, denn nach Lola Juncos Tod war sie mehrere Jahre lang die Einzige, die von seiner Existenz wusste. Doch unerschütterlich in ihren einmal gefällten Entscheidungen hielt sie es unter Verschluss, bis sie es, als sie ihren Tod nahen sah, ihrer Enkelin anvertraute. Loreto musste schwören, es vor unerwünschter Lektüre zu schützen und zu gegebener Zeit in sichere Hände zu geben, bis die von ihr festgesetzte und Lola Junco versprochene Frist für die Verbreitung verstrichen sei.

Nachdem José de Jesús so viele Anstrengungen unternommen hatte, um die Biografie seines Vaters zu korrigieren und sogar Momente der Schwäche und des Zweifelns zu tilgen, kam ihm der Gedanke, Verschweigen könne der Veröffentlichung einer verheerenden Beichte vorzuziehen sein. Sie würde nur das immer liebenswerter werdende Gesicht einer Vergangenheit verändern, an dem rühren, was er durch die Jahre hindurch aufgebaut hatte, gewisse Helden vom Sockel stürzen und den traurigsten Teil des Wesens eines Dichters enthüllen, den die Geschichte zu guter Letzt mühsam auf einen Sockel gestellt hatte, der ohne ihn auf immer und ewig leer geblieben wäre.

Jahrelang hatte José de Jesús Flecken entfernt und die schärfsten Kanten der Biografie seines Vaters geglättet, ohne von der gefährlichen Existenz jener Memoiren Kenntnis zu haben. Er hatte gegen das offizielle Vergessen des Dichters angekämpft, der sich fahrlässig offen zum Glauben an die Unabhängigkeit bekannte in einem Land, das noch für viele Jahre eine Kolonie bleiben sollte. Hinzu kam die erbärmliche Gleichgültigkeit derer, die Heredias Dichtung als Hymne und Banner für unterschiedlichste Interessen benutzten. Doch als der Mann und seine Verse ihnen von keinerlei Nutzen mehr waren, verwiesen sie ihn des Landes, gaben ihn dem Vergessen preis, um ihn zu vernichten, damit seine offensichtliche Größe die allgemein verbreitete Mittelmäßigkeit in der Poesie nicht augenfällig machte. Der persönliche Erfolg Heredias außerhalb der engen Grenzen der Insel war zu einem Stigma geworden, und Ströme von Frustration und Neid suchten ein Werk wegzuspülen, das der Stolz und der Triumph aller hätte sein sollen. Die erbärmliche Einsamkeit, in der das Leben des großen Romantikers endete, das elende Begräbnis, das er bekam, und das Armengrab, in dem jener Mann beigesetzt wurde, der den Ruhm in Händen gehalten hatte, all das war meilenweit entfernt von der Welt der verschwenderisch illuminierten und dekorierten Salons, der Teeservices aus chinesischem Porzellan, der zahlreichen Bankette mit den exquisitesten Speisen, der Bibliotheken mit in Leder gebundenen Schriften. Und es hatte nichts zu tun mit dem herausragenden gesellschaftlichen Rang, dessen sich so manche seiner kubanischen Freunde aufgrund ihres Kalküls und ihres durch den Sklavenhandel angehäuften Vermögens erfreuten. Vielleicht reagierte deshalb keiner der alten Weggefährten der poetischen Träume auf die Bittschriften, mit denen María de la Merced das nötige Geld für eine neue Grabstätte in Mexiko zusammenbringen und so die Überführung der sterblichen Überreste des Dichters in ein Massengrab auf dem Friedhof von Tepellac verhindern wollte, wo sie schließlich verscharrt wurden wie die irgendeines armen Erdenbürgers, dessen Grab kein Gedenkstein ziert. Der letzte Akt seines Lebens war schrecklich, und nun wusste niemand mehr, wo die sterbliche Hülle eines Mannes ruhte, der dazu verdammt war, als Lebender umherzuirren und als Toter durch anonyme Gräber zu geistern.

Erst als einige der Männer in Heredias engerer und weniger engen Umgebung aufhörten, mit ihrem Einfluss, ihrer Stimme und sogar ihrem Geld den Widerhall seiner Größe zum Verstummen zu bringen, konnte José de Jesús damit beginnen, kleine Korrekturen anzubringen und Rehabilitationen zu erreichen. Die wichtigste von allen kam vielleicht, unerwarteterweise, aber folgerichtig, von dem Mann, der von seiner strahlenden Höhe herab die verwandte Seele Heredias zu erkennen imstande war. José de Jesús würde es immer bedauern, José Martís prophetischen Gesang nicht aus dessen Munde gehört zu haben. Dieser andere unbeugsame und ebenfalls in die Verbannung getriebene Kubaner hatte herausfordernd ausgerufen, Heredia sei der bedeutendste Dichter Amerikas gewesen, der unbezähmbare Urwald der kubanischen Poesie, und er hatte ihm den verdienten Ehrenplatz auf dem ruhmreichen Gipfel zugewiesen, der ihm als dem unübertrefflichen Vater der poetischen *Cubanía* zustand. Danach kamen die mühsame Instandsetzung des Hauses in Santiago, in dem sein Vater geboren worden war, und die Benennung der Straße nach ihm; später dann die Anerkennung Heredias als wichtigste poetische Stimme des Landes, als auf dem Wappen der von ihm erträumten neuen Nation die Palme und der Stern Kubas, die er mit der Vorahnung des Gründers besungen hatte, zwischen ihren Symbolen verewigt wurden.

Sollte José de Jesús' Kampf gegen den Gedächtnisverlust in einem Land, in dem die wahren Dichter an Hunger, am Vergessen oder an Kugeln in der Brust starben, vergeblich gewesen sein? Zunichtegemacht durch die schonungslosen Enthüllungen eines Mannes, der sich von der Welt verabschiedet hatte, bereit, seinen eigenen Sockel umzustürzen, indem er seine Liebe zu etwas, das niemand wissen wollte, bekräftigte: zur Wahrheit … Eine schreckliche, weder von Heredia selbst noch von María de la Merced vorhergesehene Fehleinschätzung offenbarte sich viele Jahre später dem Mann, der, ohne es erwartet noch darum gebeten zu haben, über das endgültige Schicksal des Dichters zu verfügen hatte. Denn Heredias Verleumder und Kritiker, diejenigen, die seinen Namen benutzt oder beschmutzt hatten, hatten keinen entscheidenden Einfluss mehr auf die Erinnerung der Menschen, und keiner von ihnen war es wert, das Bild seines Vaters zu opfern. José de Jesús wusste, dass Heredias Angst, Enttäuschung, Zweifel, Schäbigkeit und Verzweiflung schwerer wogen als der dichterische Ruhm, schwerer als all seine Verse, und so würden Spott und Hohn über Verständnis siegen.

Darum bat er in seiner leidenschaftlichen Rede an die Freimaurerbrüder wiederholt um Diskretion: Niemand dürfe etwas außerhalb der tauben Mauern des heiligen Tempels über den Gegenstand dieser

Sitzung verlauten lassen; niemand dürfe bis zum Jahre 1939 die Dokumente lesen, die er seiner Mutterloge anvertraue. Und zum Erstaunen aller Anwesenden schloss er seine Bitten mit der Forderung, der Umschlag solle so, wie er ihn übergeben werde, in der Nische der Geheimkammer der Meister aufbewahrt werden und man solle, wenn der Moment gekommen sei, den letzten Willen des Dichters zu erfüllen – er wies dabei auf den Ersten Aufseher –, den Bruder Ramiro Junco befragen, was mit den Dokumenten zu geschehen habe, von denen er, José de Jesús, sich nur angesichts der Gewissheit seines nahen Todes trenne.

»In Euch, meine Brüder, setze ich all mein Vertrauen, so wie es mein Vater seinerzeit getan hat. Euch übergebe ich zur sicheren Aufbewahrung dieses alte Dokument, in dem alle, die es zu lesen das Privileg haben, einige der Tugenden wiederfinden werden, auf denen unsere Institution gründet: Glaube an die Wahrheit, Liebe zur Gerechtigkeit, Verteidigung der Demokratie. Euren Händen und eurer Verschwiegenheit übergebe ich den Geist meines Vaters und mein eigenes Herz.«

Nach seinen letzten Worten breitete sich ein von den Freimaurern überaus geschätzter Hauch von Feierlichkeit und Konspiration im Saal aus. Mit zittrigen Beinen erhob sich der Greis, und ohne noch einmal zu Ramiro Junco hinüberzusehen, drückte er den gelben Umschlag an seine Brust und ging die sieben Stufen der Weisheit hinunter, um sich auf die Ebene des Ostens zu begeben, wo Carlos Manuel Cernuda ihn erwartete. Schweigend beobachteten die sechsundachtzig zu der Sitzung einberufenen Freimaurer, wie José de Jesús das geheimnisvolle Päckchen dem Ehrwürdigen Meister in die Hände legte und gleich darauf die silbernen Insignien der Ehrwürdigkeit an ihn zurückgab. Cernuda schaute dem alten Mann in die Augen und sah, dass er den Tränen nahe war. Um sich diesem traurigen Anblick zu entziehen, wandte er sich, den Umschlag in Händen, ab, stieg vom Osten hinab zum Altar der Gelöbnisse. Dorthin, auf die Bibel, den Kodex der Freimaurer, den Zirkel und das Winkelmaß der ersten Erbauer von Kathedralen, legte er den gelben Umschlag und sprach mit gesenktem Blick:

»Ich, Carlos Manuel Cernuda, Ehrwürdiger Meister der hoch-achtbaren Loge Söhne Kubas, schwöre, das Geheimnis der Existenz dieses Dokumentes, das auf den heiligsten Symbolen unserer Bruderschaft ruht, gewissenhaft zu wahren. Vom heutigen Abend an ist unsere Mutterloge durch den Willen unseres geliebten Bruders José de Jesús Heredia y Yáñez die Hüterin der Erinnerung des illustren Bruders José María de Heredia y Heredia, der vor hundert Jahren in die Geheimnisse der Freimaurerei eingeführt wurde unter dem Versprechen, bis zum Tode für die Unabhängigkeit Amerikas zu kämpfen. Jeder hier anwesende Bruder wird nun feierlich schwören, dieses Geheimnis zu wahren, so wie er seinerzeit aus freiem Willen die Wahrung der Geheimnisse unserer Bruderschaft gelobte.«

Die Männer standen auf und zogen hintereinander vor den Altar der Gelöbnisse, um mit leiser Stimme den von ihrem Ehrwürdigen Meister verlangten Schwur zu leisten. Vom Hügel des Ostens herab, auf dem er alleine zurückgeblieben war, sah José de Jesús sie an dem lebendigen Geist seines Vaters vorbeigehen und war erleichtert, als die Reihe an Ramiro Junco kam, der ihn einen Moment lang ansah, bevor er sagte: »Ich schwöre.« Und endlich fühlte sich José de Jesús von einer schweren Last befreit. Er atmete tief durch, stolz auf sich selbst, denn er hatte seine eigene Schwäche besiegt und dem unerbittlichen Ruf der Versuchungen widerstanden.

EIN GANZES JAHR, LANG UND SCHON fast verzweifelt friedlich, sollte vergehen zwischen meinem Entschluss, Freimaurer zu werden, und dem Tag, an dem ich mit verbundenen Augen und nackter Brust in den Raum geführt wurde, wo ich, ein Schwert in der Hand, vor der altehrwürdigen Bruderschaft der in die Geheimnisse der Proportionen und des Gleichgewichtes Eingeweihten meinen Treueschwur leisten sollte.

Mein stürmisches Leben schien sich beruhigt zu haben während jener Monate der Routine, die den sehnlichen Wunsch in mir weckte, alles möge sich verändern und gleichzeitig so friedlich bleiben wie bisher. Doch wie mir die Zukunft zeigen sollte, war ich ein Kind meiner Zeit, und selbst wenn ich mich versteckt hätte, hätte sie an meine Tür geklopft. Nur dass ich es war, der das Schicksal herausforderte, die Tür öffnete und die Schwelle übertrat, hinter der es kein Zurück gab.

Wenige Tage vor Ende des Jahres 1821 erhielt ich überraschend Besuch von Domingo, der nach Matanzas gekommen war, um mit mir meinen achtzehnten Geburtstag zu feiern. Groß war meine Freude, ihn zu sehen, und nicht weniger groß die, aus seinen Händen ein wunderschönes Exemplar des *Émile* von Rousseau in Empfang zu nehmen, zusammen mit diversen Anregungen – er konnte es sich nicht verkneifen – zum Wesen der Poesie und zur Absicht des Dramas. Es wurden heitere, unbekümmerte Festtage, während derer unsere Freundschaft ihren höchsten Gipfel erreichte. An den Abenden erzählte er mir von seiner unerfüllten, aber nach wie vor schlummernden Liebe zu Isabel, und ich erzählte ihm jeden Tag davon, dass ich Lola den Hof machte und immer häufiger ein Lächeln von ihr erhielt.

Auf sein Drängen hin verbrachten wir, zusammen mit seiner Mutter und seinen Schwestern und Brüdern, Silvester auf der Zuckerrohrplantage Ceres, die seine Familie von der Hinterlassenschaft seines verstorbenen Vaters gekauft hatte, und erfreuten uns an der unvergleichlichen Landschaft der Ebene von Matanzas. In Wirklichkeit hatte ich die Einladung an jenen abgelegenen Ort nur deshalb angenommen, weil auch Lola auf einer der Plantagen ihrer Familie weilte und die Stadt ohne sie jeden Reiz für mich verlor. Offenbar hatte das, was als ein bloßes galantes Abenteuer begonnen hatte, tiefe Spuren in meinem Herzen hinterlassen, und nach ein paar Monaten fühlte ich, dass ich bis über beide Ohren und unrettbar in diese schöne junge Frau verliebt war.

Am 2. Januar brachen wir in aller Frühe auf und begaben uns nach Matanzas, wo wir gemeinsam mit unseren Freunden die Feiertage genossen, die sich bis zum Dreikönigstag hinzogen. Selten habe ich die Wärme der Freundschaft und den Wert von Gemeinsamkeiten so sehr gespürt wie an jenen Tagen. Vergessen waren für einen Moment die politischen Diskussionen;, und wir widmeten uns unseren gemeinsamen literarischen Interessen sowie unseren jeweiligen Leidenschaften: Domingo der fürs Spiel – er verlor fast alles, was er besaß, auf den Hahnenkampfplätzen von Pueblo Nuevo –, Tanco der für den Wein – er konnte Unmengen davon trinken – und ich der für den Sex – dank der feurigen, aber unglücklich verheirateten Luisa Montes, einer hübschen Mulattin, die auf der Loma de Jesús María wohnte und es immer wieder schaffte, ihren Ehemann unter tausend Ausflüchten zu hintergehen, um Zeit und Orte für unsere amourösen Abenteuer zu finden.

Als Domingo nach Havanna zurückkehrte, verspürte ich eine schmerzliche innere Leere. Zwar hatte ich gute Freunde in Matanzas, aber keiner war meinem Herzen so nahe wie er. Vormittags widmete ich mich der langweiligen Arbeit in der Kanzlei, an manchen Nachmittagen stillte ich meine Lust mit Luisa Montes, und abends schrieb ich mit einer Leidenschaft und Leichtigkeit, wie ich es seit den hitzigsten Tagen meiner Jugendzeit nicht mehr getan hatte. In wenigen Wochen war meine Version von Crébillons Tragödie *Atreo* fertig, die wir am 16. Februar in einem zu einem Theater umgewandelten Schuppen auf die Bühne brachten, an der Spitze des Ensembles der damals noch junge, aber sehr talentierte Antonio Hermosilla. Obwohl ich das Stück über die Gefahren der Tyrannei mit Rosenwasser geschrieben hatte, war es zu gewagt für die Gesellschaft von Matanzas und löste eine Welle kontroverser Meinungen aus. So wurde meine Arbeit trotz des geringen Kassenerfolges viel diskutiert, was mich dem Gipfel meiner literarischen Berühmtheit noch näher brachte.

Zur gleichen Zeit schrieb ich einige meiner glühendsten Liebesgedichte, allesamt an die »Nymphe des Yumurí« gerichtet, die sie jeweils umgehend erhielt. Besondere Sorgfalt verwandte ich auf das Gedicht »Für Lola, in ihrer Jugend«, mein Geschenk zu ihrem siebzehnten Geburtstag, der Herold, der endlich die Barriere des Lächelns überwand. Die Flamme meiner Hoffnungen wurde zu einem Freudenfeuer, als Antonio Betancourt mir zwei Tage darauf das anmutige, mit L. unterzeichnete dreiecksförmige Billett überreichte:

»Vielen Dank, mein Herr. Ein so schönes Geburtstagsgeschenk hatte ich nicht erwartet. Deswegen verzeihe ich Ihnen Ihre Kühnheit und betrachte mich von heute an als Ihre Freundin.« Und darunter hatte sie die schönste Nachricht hinzugefügt: »Hoffe Sie bei meiner Rückkehr aus Havanna zu sehen.«

Überflüssig zu sagen, wie endlos und schrecklich mir die Wochen bis zu ihrer Rückkehr wurden. Fast täglich schrieb ich Briefe an Silvestre und Domingo, in denen ich sie bat, mir von Lola zu berichten, obwohl ich mein überschäumendes Interesse hinter Anmerkungen zu unseren gemeinsamen literarischen Plänen zu verbergen suchte. Domingo, ganz begeistert von seinem bevorstehenden journalistischen Debüt, schrieb mir, dass er, gemeinsam mit Cintra und der Unterstützung von Saco und Sanfeliú, dabei sei, eine Zeitschrift aus der Taufe zu heben, die sich zunächst mehr literarisch als politisch präsentiere, jedoch, wie es ihr Name – *Der Freie Amerikaner* – verlange, Partei ergreife für die wichtigen Dinge, über die wir so oft gesprochen hätten. Es gehe darum, den Bogen zu spannen, um herauszufinden, wie weit man gehen könne.

Den überraschendsten und schmerzlichsten Brief erhielt ich von Blas de Osés aus Mexiko. Er unterrichtete mich davon, welch traurigen Lauf die Ereignisse in seinem Vaterland genommen hatten, und teilte mir Einzelheiten über den Verrat von Agustín Iturbide mit. Der ehemalige königstreue Offizier war zum General der Unabhängigkeitsbewegung aufgestiegen und hatte es, ganz heimtückischer und opportunistischer Renegat, der er war, geschafft, die Macht über das neue Land an sich zu reißen, um dann aus heiterem Himmel eine Gewaltherrschaft zu installieren und sich zu nichts Geringerem als zum Kaiser ausrufen zu lassen. So makaber war die Situation in Mexiko nach zwölf Jahren Krieg, dass sie beinahe zum Lachen reizte. Die Ereignisse in Mexiko enthielten aber auch eine bittere Warnung: Das Fieber der Macht, die Gier nach Ruhm, der Wunsch nach geschichtlicher Größe konnten jederzeit zum Verrat an den Idealen und der gerechten Sache führen. Die Selbsternennung Iturbides zum Kaiser würde wohl nur die erste von vielen Tyranneien einleiten, die die lateinamerikanischen Völker zu erdulden hätten, immer im Namen des – gering geschätzten – sogenannten allgemeinen Wohls und der Zukunft des Landes.

Meine Antwort auf die Ereignisse in Mexiko fiel entschieden und mehr als deutlich aus, getragen von meinem damaligen Glauben an die Poesie; denn naiv, wie ich war, hielt ich sie für fähig, die Dinge zu verändern. In diesem Zustand der Erregung schrieb ich die »Ode an die Einwohner von Anáhuac«, einen neuerlichen Aufschrei gegen den Despotismus und für Demokratie und Freiheit. Ich schickte sie sogleich an Osés mit der Bitte, sie in Mexiko zu veröffentlichen, und an Domingo, der sie in irgendeiner Zeitschrift in Havanna unterbringen sollte. Postwendend kam die entsetzte Antwort Domingos: Ob ich verrückt geworden sei oder die Absicht hätte, ins Gefängnis zu gehen oder des Landes verwiesen zu werden? Denn durch eine Veröffentlichung des Gedichtes würde ich zum offenen Verfechter der Unabhängigkeit. Ich hätte das Gedicht mehr mit dem Herzen als mit dem Verstand geschrieben und würde das volle Risiko auf mich nehmen, antwortete ich ihm und zog meine Bitte zurück, das Gedicht jemandem zu übergeben, der bereit und in der Lage sei, es zu veröffentlichen.

Mit dem Sommer kam auch Lola zurück in die Stadt, und von da an stand die Erfüllung meiner Liebesträume wieder im Zentrum meines Lebens. Oft ging ich nachmittags in Begleitung von Silvestre, der für kurze Zeit in Matanzas weilte, zum friedlich daliegenden Anlegeplatz des Yumurí, in der Hoffnung, ihr an jenem magischen Ort zu begegnen. Und eines Sonntagnachmittags wurde meine Hartnäckigkeit schließlich belohnt. Als ich auf sie zutrat und ihr die Hand küsste, verriet mir das Feuer ihrer Haut, dass dieselbe Leidenschaft das Mädchen ergriffen hatte, die auch mich verbrannte, und in diesem Moment spürte ich, wie mein Leben endlich einen Sinn bekam.

Zwischen jener schamhaften Berührung ihrer Hand und dem ersten Kuss, den wir uns auf den Mund gaben, ließen Lola und ich törichterweise Tage, Wochen und Monate verstreichen, die wir unserer Liebe hätten widmen sollen. Korrekt, wie ich war, wagte ich nicht, das unerträglich gemächliche Tempo zu beschleunigen, das die Regeln des Anstandes unserer Beziehung vorgaben. Ich nahm die Herausforderung der Wartezeit an und stillte währenddessen meine Lust im ehebrecherischen Bett der bereitwilligen Luisa Montes. Doch mit Lola am Fluss spazieren zu gehen, sie zum Tanzen auszuführen, wo wir über alles sprachen, was uns die Konventionen gestatteten, über die Plätze und durch die Parks der Stadt zu schlendern und sogar ins Theater oder zu den literarischen Zirkeln zu gehen, die mich immer gern als Gast dabeihatten, all das machte mich unsäglich glücklich, nur weil ich in der Nähe jener Frau sein durfte, der ersten, die ich mit Leib und Seele begehrte.

Aber nicht einmal die Liebe, die einen großen Teil meiner Kraft und meiner Zeit verschlang, konnte mich von den politischen Versammlungen und Diskussionen abhalten, und ich hörte auch nicht auf, mich mit den anderen Anhängern der Unabhängigkeitsbewegung zu treffen, vor allem mit Doktor Hernández. Unsere Gruppe begann sich im Hause von Don José Teurbe y Tolón zu verabreden, und außer meinen Freunden Aranguren und Betancourt pflegten noch weitere Personen teilzunehmen, darunter ein geschwätziger, etwas verrückter Pfarrer namens Federico Ginebra, der, wie meine Eltern, aus der Dominikanischen Republik stammte und davon faselte, man müsse Christus vom Kreuz holen und ihm die Sklavenhütten auf den Zuckerrohrplantagen von Matanzas zeigen. Diese Gespräche, bei denen über alles Mögliche diskutiert wurde, verliefen wie eine Art literarischer oder politischer Stammtisch, eine *Tertulia*, die von den verschiedensten Themen geprägt war, sodass wir irgendwann mal auf die Idee kamen, unsere geheimen Treffen auch genau so zu nennen: La Tertulia.

Bei anderen Unterhaltungen, die im privateren Rahmen stattfanden als unsere Tertulia, in die, wie wir wussten, die Regierung ganz sicher Agenten eingeschleust hatte, kündigte mir Doktor Hernández eine baldige Wende der Ereignisse an. Und wenig später vertraute er mir an, dass der kürzlich ins Land zurückgekehrte Oberst José Francisco in Havanna die Loge »Bolívars Sonnen« wieder ins Leben gerufen habe. Er sei nämlich damit beauftragt, den Aufstand einzuleiten, und die Schmiede der Verschwörung sollten die Freimaurerlogen sein, die sich fast auf der ganzen Insel ausbreiteten, aufgeteilt in zwei parallele Bruderschaften: die Loge der »Kette« und die der »Sonnen«.

»Und du, José María?«, fragte er mich. »Bist du bereit, einzutreten?«

Ich erinnere mich an seine sanfte Stimme, die auch etwas Beschwörendes hatte, was dem Doktor wundersamerweise Autorität verlieh.

»Ja, Doktor, das wissen Sie doch.«

»Ist dir auch klar, auf was du dich da einlässt, mein Sohn?«

»Ich glaube, ja …«

»Egal ob wir siegen oder besiegt werden, erwarte als Lohn nichts anderes als die Undankbarkeit der Menschen. Vorher aber besteht die Gefahr, dass wir sterben, ins Gefängnis geworfen oder des Landes verwiesen werden … Bist du trotzdem nach wie vor dazu entschlossen?«, fragte er, und als er sah, dass ich nickte, fasste er mich an den Armen. »Dann halte dich bereit, an einem der nächsten Abende werde ich dich abholen. Deine Verse können für die Unabhängigkeit Kubas so wertvoll sein wie deine Arme.«

Voller Stolz wartete ich ungeduldig darauf, dass Doktor Hernández mich abholen würde. Währenddessen fuhr ich fort, mit Lola spazieren zu gehen, mich mit Aktenbergen und juristischen Streitfällen herumzuschlagen und Gedichte zu schreiben, bis im September jenes Jahres 1822 ein Hurrikan über Matanzas und auch über mein Leben hinwegfegte.

Seit den Mittagsstunden verfinsterte sich der Himmel, und ein heißer Wind trieb heftige Böen über die Stadt. Gegen Abend stimmte ein sturzbachartiger Regen in das Konzert ein und überflutete die Straßen. Just mit dem ersten Schauer kam Doktor Hernández zu mir. Meine Mutter führte ihn in mein Zimmer, nachdem sie ihm ein Handtuch gereicht hatte. Seine Kleidung war durchnässt, sein Blick aber war feurig, und kaum hatten wir uns begrüßt, teilte er mir den Grund für seinen stürmischen Besuch mit: Am Abend des 21. sollten, wenn in der Stadt überhaupt noch ein Stein auf dem anderen stünde, die Verschwörer in die Loge der *Rationalen Ritter* aufgenommen werden. Der Zeitpunkt sei auf Punkt zehn Uhr festgesetzt, präzisierte er, im Lagerhaus von Don Manuel Ríos, und meine absolute Verschwiegenheit sei, wie die aller anderen, wichtiger als meine Anwesenheit.

Als der Doktor gegangen war, spürte ich die Last einer Verantwortung, die meine Kräfte zu übersteigen drohte, begleitet von einer pochenden Angst. Die Zeit der Worte und der Poesie war vorbei, und es begann die der Tat und der Waffen. Der bevorstehende unwiderrufliche Sprung, der mir bis zu jenem Tag weit weg und sogar unwahrscheinlich erschienen war, löste Panik in mir aus, und ich fühlte mich in den vier Wänden meines Zimmerchens eingesperrt. So lief ich denn wie ein Besessener aus dem Haus, ohne auf das Schimpfen meiner Mutter und auf das Flehen meiner Schwestern zu hören.

Durch die Straßen peitschte der jetzt wie rasende Wind, Ziegel und Holz durch die Luft wirbelnd. Eine glühende Hitze, die aus dem Innersten der Erde zu kommen schien, heizte die Atmosphäre auf, während Wolken über den unnatürlich hell leuchtenden Himmel jagten. Meine eigene entfesselte Energie dem Wind entgegenhaltend, machte ich mich auf den Weg, und meine Schritte lenkten mich zunächst zum Hause meiner geliebten Lola, das, wie zu erwarten, verriegelt und verrammelt war, und dann weiter zu der Anlegestelle des Yumurí, wo meine Liebe geboren worden und gewachsen war. Dort fand ich, an einen Pfosten gebunden, einen riesigen Stier, der seine Angst in die Welt hinausbrüllte. Ohne nachzudenken, band ich das Vieh los und musste mich selber an den Pfosten klammern, um nicht vom nächsten Windstoß fortgerissen zu werden. Der Stier, endlich befreit, versuchte den inzwischen reißenden Fluss zu überqueren, kehrte jedoch um und begann direkt vor mir die Erde mit seinen starken Hufen aufzuwühlen, als wollte er sein eigenes Grab ausheben. Mit dem in panischen Schrecken versetzten Tier als einziger Gesellschaft spürte ich das Ende der Welt kommen: Das bleiche Licht, das bis vor einer Minute noch den Himmel erleuchtet hatte, erlosch und ein undurchdringlicher Mantel hüllte uns ein. Die Luft brüllte, als wären Millionen von Dämonen hinter ihr her, der Regen riss die Erde auf, der friedliche Yumurí trat über die Ufer und die Wellen des nahen Meeres bliesen zur Attacke, entschlossen, alles Menschliche und Göttliche hinwegzuspülen. Die Erfahrung, direkt vor meinen Augen die entfesselte Kraft der Mutter aller Stürme zu sehen, machte mir einmal mehr klar, wie unendlich klein der Mensch ist angesichts der Mächte des Himmels und der Natur und wie absurd all die Eitelkeiten sind, all das Streben nach Bedeutung und die irdischen Ängste, mit denen wir Menschen unsere Tage vergeuden. Doch als wäre diese erneute furchtbare Bestätigung noch nicht genug, ereignete sich im nächsten Moment das eigentliche Wunder: Plötzlich wurde es für eine von keiner Uhr messbare Zeitspanne still, und ein reiner Lichtstrahl fiel aus dem Himmel direkt vor meine Füße. Wie von einer inneren Stimme gewarnt, hörte der Stier zu graben auf und sah zu dem erleuchteten Firmament hoch, zu dem auch ich den Blick erhoben hatte. Meine entkräfteten Arme ließen den Pfosten los, ich fiel vor dem Licht auf die Knie und spürte, wie heiße Tränen über mein regennasses Gesicht rannen. War es der Tagtraum eines Dichters oder der Albtraum eines physisch erschöpften Menschen? War es die Erkenntnis, dass sich mein Leben in Kürze grundlegend verändern würde, oder eine durch die Furcht hervorgerufene Halluzination? Oder war es tatsächlich das Antlitz des Herrn, das ich für den Bruchteil eines Augenblicks vor mir aufzucken sah wie einen hell glänzenden Stern, bevor mit einem ungeheuren Knall Regen, Wind und rasende Wolken wieder einsetzten und ich vor meinen Augen den riesigen Stier wie eine schwerelose Feder durch die Luft fliegen sah, der Unendlichkeit des Ozeans entgegen? Warum das schwere, unschuldige Tier und nicht ich …?

Noch heute, da ich mein Leben überdenke, weiß ich nicht, ob ich in jener schrecklichen Nacht einer Halluzination erlegen bin oder ob ich auserwählt wurde, einem der unergründlichen Wunder Unseres Herrn beizuwohnen.

Auch wenn Fernando Terrys Leben seit dem Morgen, an dem der Polizist Ramón ihn in das Büro der Fakultät gerufen hatte, holprig verlaufen war, hatte er irrigerweise geglaubt, die größte aller seiner Demütigungen hinnehmen zu müssen, als er die Worte vernahm, die der Geschäftsführer der Zeitschrift *TabaCuba*, der beim Sprechen nie die Zigarre aus dem Mund nahm, an ihn richtete. Doch er hatte sie mit angehaltenem Atem hinuntergeschluckt und sich sämtliche Antworten verkniffen, die ihm in den Sinn kamen, fest entschlossen, zu beweisen, dass er nicht der Mann war, der in seiner Personalakte beschrieben wurde.

Voller Zuversicht, dass seine Rehabilitierung möglicherweise kurz bevorstehe, hatte Fernando seine neue Arbeitsstelle angetreten. Wegen eines verstauchten Rückens, den er sich bei dem Versuch zugezogen hatte, einen Papierballen festzuhalten, der in dem Moment abgerutscht war, als er ihn auf die Rotationsmaschine hieven wollte, war er einen Monat lang nicht in der Druckerei gewesen. Die Zeit, die der Arzt ihn krankgeschrieben hatte, hatte er glücklich genutzt, um zu lesen und sogar ein halbes Dutzend Gedichte zu schreiben. Wieder in die Druckerei zurückgekehrt, hatte ihn der diensthabende Schichtleiter zu sich gerufen, um ihm eine gute Nachricht zu überbringen. Anscheinend wende sich sein Schicksal zum Besseren, hatte er gesagt, denn wie es aussehe, wolle man ihm eine Arbeit in einer Zeitschriftenredaktion geben. Und dann hatte er ihn umarmt und ihm gesagt, er freue sich, jemand wie ihn kennengelernt zu haben. Im Büro des Personalchefs dann hatte Fernando innerlich jubelnd den Brief entgegengenommen, in dem seine Versetzung zu *TabaCuba* amtlich bestätigt und er aufgefordert wurde, sich unverzüglich dort einzufinden.

Der Geschäftsführer der Zeitschrift, ein Mulatte, ehemaliger Verwalter einer Tabakplantage, die es beim Sozialistischen Wettkampf einmal zur »Staatlichen Avantgarde« gebracht hatte, war klar und unverblümt gewesen: Die einzig freie Stelle sei die des Korrektors, und wenn sie ihn einstellten, dann nur, weil *jemand* ihn empfohlen habe, aber bei der kleinsten Unachtsamkeit werde man ihn feuern; sie hätten schon genug Probleme und wenig Lust, Leute mit einem Haufen Scheiße in der Personalakte hier aufzunehmen. Also, beim ersten Knall wisse Fernando ja, wo die Tür sei, und er, Teodoro Zaldívar, werde ihm sogar noch den Fahrschein für den Bus spendieren …

Und so hatte sich Fernando mit einer Art christlicher Demut, die mit seinem fundamentalen Atheismus kollidierte, ins Unvermeidliche geschickt und sogar versucht, die angenehme Seite seines neuen Schicksals zu sehen. Doch die angenehme Seite versteckte sich und zeigte sich schließlich nie, sodass alles in beschämender und verheerender Weise endete. Der Geschäftsführer hatte es ihm ja unmissverständlich erklärt: Seine Aufgabe war es, die Bürstenabzüge durchzusehen und sich dabei einzig und allein auf die Korrektur der Druck-, Satz- und Orthografiefehler zu beschränken, was ihn dazu zwang, vier oder fünf Mal all die erbärmlich geschriebenen, mehr vom Wunsch als von der Realität bestimmten Artikel über den Anbau und die Produktion von Tabak zu lesen. Aber die raffinierteste aller Strafen, die ihm auferlegt waren, bestand in der Verpflichtung, acht Stunden auf der Redaktion zu verbringen, auch wenn er seine Arbeit längst erledigt hatte.

Die ersten Monate an seiner neuen Arbeitsstelle verliefen in einer Atmosphäre äußerster Anspannung, eines permanenten Krieges gegen Errata und Orthografiefehler. Gleichzeitig nutzte er die viele Freizeit, um seinen Arbeitseifer zu demonstrieren, indem er einen präzisen Bericht zu verfassen begann, in welchem er modernere, effizientere Normen für die Redaktion, das Layout und die Typografie der Zeitschrift vorschlug.

Wenn Fernando nach Hause kam, war er erschöpfter als zu der Zeit, als er in der Druckerei gearbeitet, zehn Stunden lang Papierballen transportiert und alle anfallenden Arbeiten erledigt hatte, immer mit Blick auf die Punkte der Gewerkschaft für den Besten Arbeiter des Monats, des Viertel- und Halbjahres und des Jahres, bis hin zum Ehrendiplom für den Herausragenden Arbeiter des Jahrhunderts, falls man denn jemals beschließen würde, diese glanzvolle Auszeichnung zu verleihen. Jetzt aber war er abends vor allem mental erschöpft, fühlte sich an Geist und Körper zerschlagen und war zu nichts anderem mehr in der Lage, als zu Hause zu bleiben, untätig auf der Terrasse zu sitzen oder sich irgendein Fernsehprogramm anzusehen, bis ihn die Müdigkeit übermannte. Das war dann der schlimmste Moment des Tages: Sobald er sich ins Bett fallen ließ, war seine Müdigkeit wie weggeblasen, und um einschlafen zu können, musste er zuerst auf den Lindenblütentee zurückgreifen, den Carmela für ihn zubereitete, dann Entspannungsübungen machen und schließlich Tabletten schlucken, die ihm einen unruhigen, häufig von Bürstenabzügen, Druckfehlern und tanzenden Zigarren bevölkerten Schlaf bescherten.

Nach sieben Monaten war seine minutiöse, vor Objektivität strotzende Analyse fertig. Mithilfe der Bürovorsteherin schaffte es Fernando, einen Termin beim Direktor zu bekommen. In dem mit der Maschine geschriebenen Bericht samt zwei Durchschlägen brachte er keine Kritik an, sondern unterbreitete vielmehr wohldurchdachte Vorschläge zur Verbesserung von Layout und Redaktion der Zeitschrift und stellte so sein Interesse an der Arbeit unter Beweis. Aus Misstrauen gegen den Layouter und den Redakteur hatte er es vorgezogen, ihnen nichts davon zu erzählen. Nur die Reinemachfrau, der man den Spitznamen »Chochín«, Muschi, verpasst hatte, wusste von seinen Bemühungen. Sie war eine dicke und etwas beschränkte Frau, die mit der besonderen Gabe ausgestattet war, einen hervorragenden Kaffee zu kochen, und wegen der er sich beinahe mit dem Layouter geprügelt hätte, als dieser die bedauernswerte Frau einmal dazu zwingen wollte, ihm in der Besenkammer einen zu blasen. Von dem Tag an war Chochín Fernandos Verbündete, und er genoss das Privileg, morgens die erste Tasse ihres berühmten Kaffees zu trinken.

Der Direktor, der zwei- oder dreimal die Woche flüchtig in der Redaktion vorbeischaute, hatte den Termin auf einen Freitag um sechs Uhr abends festgelegt. Mit flatternden Nerven wartete Fernando auf das Treffen. Obwohl seine Arbeitszeit um fünf beendet war, harrte er diszipliniert bis halb sieben aus. Als er den Direktor auf sich zukommen sah, langsam und lächelnd, und ihn sagen hörte »Nanu, Chef … Scheiße, hatte ganz vergessen, dass mein Starkorrektor auf mich wartet«, begriff er sofort, dass der Mann getrunken hatte. Bisher hatte er, abgesehen von den Arbeitsanweisungen, kaum einmal ein »Guten Tag« von ihm gehört.

»Los, Chef, rein mit dir«, sagte er zu ihm und ging ins Büro voraus, wo die ständig laufende Klimaanlage Fernando eine Gänsehaut verursachte. »Also wirklich, um diese Uhrzeit, und du immer noch bei der Arbeit …«

Der Direktor suchte in einem mit silbernen Ziernägeln beschlagenen Humidor aus Edelholz nach der besten Zigarre. Schließlich fand er die Havanna, die ihm geeignet schien, eine Gran Corona von einem vielversprechenden, glänzenden Braun, ohne Rippen, und steckte sie sich zwischen die Zähne. Dann goss er sich Kaffee aus einer Thermoskanne ein, die auf einem Beistelltischchen stand. Fernando wartete vergebens darauf, dass er ihm auch eine Tasse anbot. Ganz in seine Tätigkeit vertieft schnitt der Direktor mit einem Zigarrenschneider die Spitze der Havanna ab und begutachtete mit Kennermiene das Resultat, bevor er sich die Zigarre wieder in den Mund steckte und sie mit einem langen Zedernstreichholz entzündete. Er wollte sich schon setzen, doch irgendetwas hielt ihn davon ab.

»Moment, Chef, ich muss mal aufs Klo ...« Er verließ das Büro, und Fernando ging zu dem Humidor und öffnete ihn. Auf der Innenseite des Deckels war der Name des ursprünglichen Besitzers dieses Juwels der Schreinerkunst eingraviert, und Fernando erinnerte sich wenig überrascht daran, dass der inzwischen aus dem öffentlichen Gedächtnis des Landes verschwundene Name in früheren Zeiten mehrere Millionen Pesos schwer gewesen war, investiert in Zuckerrohrfabriken und Tabakpflanzungen. Dann fiel sein Blick auf die drei Ordner, die seinen Bericht enthielten, und ihn überkam das übermächtige Bedürfnis zu weinen.

Nach zehn Minuten kam der Direktor zurück, begleitet von dem Geschäftsführer, der Fernando ansah, wie man ein seltenes Schnabeltier ansieht, und sich wortlos setzte, im Mund die unvermeidliche Stinkezigarre.

»Also, Chef, worum gehts?«

Fernando war drauf und dran, irgendeinen Grund für seine Bitte um den Termin zu erfinden: dass er Urlaub brauche, dass er sich am Herzen operieren lassen müsse, dass er vor Müdigkeit umkomme, aber er entschied sich dafür, geradewegs auf sein Ziel loszusteuern.

»Ich ... ich wollte Ihnen dies hier übergeben ... Einen Bericht ...«

»Einen Bericht?«, wiederholte der Geschäftsführer erstaunt.

»Einen Redaktionsbericht«, präzisierte Fernando. »Ich habe die Ausgaben analysiert und möchte Ihnen einige Vorschläge zur Verbesserung der Zeitschrift unterbreiten. Veränderungen im Layout, im Stil, in der Typografie ... so etwas.«

Der Direktor sah den Geschäftsführer an und zog an seiner Zigarre. Der Mulatte sah seinerseits Fernando an und fragte ihn: »Du findest also, dass die Zeitschrift schlecht ist, was?«

»Nein, nein, ganz im Gegenteil … aber wenn wir …«

»Lass mir den Bericht hier, Chef«, unterbrach ihn der Direktor und lehnte sich in seinem Drehsessel zurück. »Es ist gut, dass du dir um die Qualität der Zeitschrift Gedanken machst. Doch, doch, das gefällt mir außerordentlich.« Er sah wieder den Geschäftsführer an. »So muss es sein, Zaldívar, die Leute sollen sich um ihre Arbeit Gedanken machen. Aber leider«, nun sah er wieder Fernando an, »gehört das nicht zu deinen Aufgaben. Du sollst dich um die Abzüge kümmern, um die Druckfehler und so, und ich glaube, Genosse Zaldívar hat es dir in aller Deutlichkeit erklärt, oder etwa nicht?«

»Hab ich«, versicherte Zaldívar und kaute energisch auf seinem Zigarrenstummel.

»Kann ich gehen?«, murmelte Fernando, wobei er sich fragte, ob er überhaupt imstande sein würde, sich zu erheben. Seine Beine zitterten nicht mehr, vielmehr hatten sie aufgehört zu existieren. Und er überlegte, dass aus diesem Büro zu kriechen nicht besonders erniedrigend war für einen wie ihn, der sich in ein erbärmliches Kriechtier mit feuchtem Bauch verwandelt hatte, dem so brillante Ideen kamen wie die, Berichte zu schreiben.

»Ja, Chef, *vete embora*«, sagte der Direktor. Dergleichen portugiesische Redewendungen pflegte er immer wieder einzuflechten, um daran zu erinnern, dass er im Krieg in Angola gekämpft hatte, wo er *ficar sozinho*, *vete embora* und *você está maluco* zu sagen gelernt, mehr Schüsse abgegeben und mehr Schwarze der *Unità* getötet hatte als sonst irgendjemand in der Kompanie von Capitán Macho-Großkotz.

Fernando legte die Ordner auf den Schreibtisch und schaffte es unter Zuhilfenahme der Armlehnen, sich aus dem Sessel zu erheben. Als er den ersten Schritt auf die Tür zugegangen war, hörte er wieder die Stimme des Direktors: »Weißt du, wem unsere Zeitschrift gefällt? Dem Genossen Minister! Findest du es nicht etwas verrückt, ihm zu sagen, dass wir sie verändern wollen, weil irgendein Schlauberger, der hier arbeitet, meint, sie wär scheiße? Hör zu, Chef, ich glaube, du bist sehr, wirklich sehr im Arsch.«

»Kann ich jetzt gehen?«, fragte er wieder, den Blick zu Boden gerichtet.

»Ja, verdammt, hab ich dir doch schon gesagt, *vete embora,* hau ab ...!«

Es fehlte nur noch das Schnalzen mit der Zunge, um ihn wie einen Hund rauszuschmeißen. Auf dem Flur traf ihn die Hitze wie ein Keulenschlag. Ihm wurde schwindlig, vor Hitze und vor Scham. Schließlich trat er hinaus auf die Straße. Die Nacht brach herein. Er lehnte sich gegen die Hauswand, an der das Schild REVISTA TABACUBA prangte, und schaute nach beiden Seiten, als müsste er sich orientieren. Er war schweißgebadet, doch das Schwindelgefühl ließ nach. Seine Beine gehorchten ihm wieder, und er erinnerte sich daran, dass er sich in der alten Calzada de la Reina befand, die der Diktator Miguel Tacón eineinhalb Jahrhunderte zuvor hatte verbreitern und modernisieren lassen, um seinen Ruhm zu mehren. Derselbe Tyrann, mit dem José María Heredia eine Unterhaltung gehabt hatte, die ebenso demütigend gewesen sein musste wie die, die er, Fernando, soeben mit dem Direktor der Zeitschrift gehabt hatte. Nur dass Heredia ein bedeutender Dichter und Tacón eben ein echter Tyrann gewesen war.

Ohne zu wissen, wohin er ging, stolperte er durch die Calzada de la Reina zum Parque de la Fraternidad. Unterwegs trank er in einer Cafeteria einen doppelten Espresso und kaufte eine Schachtel Zigaretten. In seinem Kopf herrschte ein heilloses Durcheinander, aber etwas begann ihm klar zu werden: Er konnte dem Direktor nicht mehr gegenübertreten. Vielleicht würde er mit der soeben erlittenen Demütigung leben können, vielleicht auch würde er fähig sein, sich mit dem Gedanken abzufinden, dass er selbst die Hauptschuld trug an all diesem Elend; es war sogar möglich, dass er irgendwann einmal wieder ohne Schlafmittel würde schlafen können. Aber was er auf gar keinen Fall mehr würde ertragen können, war, noch einmal das Gesicht des Direktors zu sehen und ihn »Chef« zu ihm sagen zu hören. Nie mehr! Höchstwahrscheinlich war der Preis für seine Entscheidung sehr hoch. Fernando konnte es sich nicht erlauben, keine Arbeit zu haben, denn auch wenn ihn seine Mutter unterstützte, barg Arbeitslosigkeit noch andere, größere Risiken: Er würde mit alten Gesetzen gegen Herumtreiberei und neuen gegen soziale Gefährdung in Konflikt geraten, und wenn er den Weg verließ, den irgendjemand für seine Resozialisierung vorgezeichnet hatte, würde er vielleicht nie den Brief erhalten, die Mitteilung, den endgültigen Urteilsspruch, auf den er immer noch wartete, und damit die Möglichkeit verlieren, jemals an die Universität zurückzukehren. Aber, so dachte er weiter, wenn der Weg seiner Errettung über diese Zeitschrift führte, dann war es besser, auf dem Scheiterhaufen zu enden und in der Hölle zu schmoren wie Hatuey, der heldenhafte Indianerhäuptling.

Ohne zu realisieren, wohin ihn seine Schritte lenkten, durchquerte er den kleinen Park des Kapitols, kreuzte den Paseo del Prado und ging durch den Parque Central, und als er an den stets nach Urin stinkenden Arkaden des ehemaligen Centro Asturiano vorbeikam, sah er ihn, an eine der Säulen gelehnt, im Gespräch mit einem Jungen in Schuluniform. Mehr als ein Jahr hatten sie sich nicht mehr gesehen, und Fernando wäre nie auf den Gedanken gekommen, dass er ihn heute Abend zum letzten Mal sah, um sich danach immer wieder zu fragen: Habe ich ihn getötet? Habe ich ihn unter den Lastwagen gestoßen?

Enrique schien noch dünner geworden zu sein als nach seiner Entlassung aus dem Gefängnis. Er war fast kahl, und die roten Punkte in seinem Gesicht waren zu dunklen, zystenartigen Flecken geworden. Mit seinen dreißig Jahren sah er verbraucht aus, glanzlos, nur noch eine ferne Erinnerung an den jungen Mann, der vor Exzentrizität und positiver Energie nur so gestrotzt hatte.

Ohne darüber nachzudenken, was er tat, blieb Fernando stehen und betrachtete ihn, befriedigt vielleicht darüber, dass er noch heruntergekommener zu sein schien, als er selbst es war, bis Enrique, der sich beobachtet fühlte, den Kopf wandte. Der Schüler, den das Auftauchen eines Fremden nervös machte, nutzte die Gelegenheit, um sich aus dem Staub zu machen. Vielleicht fürchtete er, Fernando könnte ein eifersüchtiger Liebhaber sein.

»Hab ich dir die Tour vermasselt?«, fragte Fernando, während er auf ihn zutrat.

»Kann man so sagen«, entgegnete Enrique und zündete sich eine Zigarette an.

»Wie geht es dir?«

»Sieht man das nicht? Und dir?«

Fast hätte Fernando gesagt, dass es ihm gut gehe. Wäre alles anders gekommen, wenn er mit dieser Lüge geantwortet hätte? Vielleicht.

»Ich hatte gerade das schlimmste Erlebnis meines Lebens …«

»Schlimmer als …? Hast du einen Moment Zeit? Mal schauen, ob wir irgendwo Rum kriegen, dann können wir reden.«

Die schäbige Kneipe, die sie betraten – El Platanal, Bananen- plantage, wie man sie mit mehr Hohn als Fantasie getauft hatte –, war gerammelt voll. Keine Limonade, kein Eis, nur Rum pur, in Alu- miniumbechern. Zum Glück hatte der Wirt nichts dagegen, dass seine Gäste mit dem Becher in der Hand vor die Tür traten. Sie stell- ten sich, jeder mit seinem Doppelten in der Hand, vor einen mit Brettern vernagelten staatlichen Laden, aus dem die Ratten heraus- lugten, um das Treiben auf der Straße zu beobachten.

Drei Becher Rum später hatte Fernando Enrique von seinen Schwierigkeiten in den letzten Jahren erzählt, von seiner Verzweif- lung, seiner Scham und dann von seinem Entschluss, nicht mehr an seine Arbeitsstelle zurückzukehren, geschehe, was wolle. Enrique ließ ihn sich alles von der Seele reden und versprach ihm, ihm irgend- wann einmal seine eigene Geschichte zu erzählen.

»Du kannst noch auf etwas warten, Fernando, aber mir bleibt nur das da«, er zeigte auf die schmutzigen, tristen Straßen, die in je- nem Winkel der Stadt ganz besonders düster waren. »Wenn sie mich schnappen, sollte ich wieder einmal ein Boot besteigen, dann können sie mich für wer weiß wie viele Jahre einsperren. Wenn ich mit einem Buch zu einem Verlag gehe, werden sie es ablehnen, sobald sie erfah- ren, wer ich bin. Niemand wird mir eine Arbeit geben, die etwas mit dem zu tun hat, was wir studiert haben. Ich weiß wirklich nicht, wo ich bleiben soll, und zum Märtyrer hab ich nicht die Kraft. Und weil ich außerdem auch noch schwul bin und es ganz offen zeige … Ich bin auf dieser Insel gefangen. Und ich glaube sogar, dass ich es verdient habe, nach allem, was passiert ist. Meine persönliche Tragikomödie hat viel zu tun mit einer verlorenen Insel, die keiner verlassen darf. Klingt fast romantisch, nicht wahr? Zuerst schlägt man sich mit der Literatur herum, und am Ende rächt sich die Literatur an einem. Und du glaubst immer noch, dass ich an allem, was dir passiert ist, schuld bin, stimmts?«

»Das ist doch jetzt nicht mehr wichtig … lass gut sein«, erwiderte Fernando. Er war in die Grube gefallen, und es lohnte sich nicht, darüber nachzugrübeln, wer sie ihm gegraben hatte, und sich an Erklärungen und wiedergutmachende Entschuldigungen zu klammern, um sich über Wasser zu halten.

»Doch, es *ist* wichtig, Fernando, denn es hat dir dein Leben versaut. Ich weiß nicht, wie ich dich davon überzeugen kann, dass ich dich nicht denunziert habe. Frag den Polizisten, der uns beide verhört hat. Ich kann dir nur mein Wort geben, auch wenn ich weiß, dass du auf das Wort eines Schwulen nichts gibst.«

»Damit hat das nichts zu tun …«

»Doch, hat es, weil du es mir nämlich ins Gesicht geschleudert hast, damals, bei dir zu Hause, und … weil ich die Aufzeichnung gehört habe, die der Polizist Ramón von deinem Verhör gemacht hat. Du hast ihm gesagt, dass ich schwul bin und alles nur damit zu tun hat …«

»Dieses Arschloch hat dir …?«

»Das ist sein Job, und er hat ihn gut gemacht. Er hat dir eine Falle gestellt, und du hast gesagt, was sie von dir hören wollten. Ist dir eigentlich nicht aufgefallen, dass er dir von mir keine Aufzeichnung vorgespielt hat?«

Fernando schämte sich so sehr, dass er es nicht wagte, Enrique in die Augen zu sehen. Es war nicht mehr die Scham über die eigenen Demütigungen, sondern darüber, dass er niederträchtig gehandelt und einen vermutlich Unschuldigen beschuldigt hatte. Und er begriff, dass es keinen Zweck hatte, um Verzeihung zu bitten, während er im Geiste ein Puzzle zusammensetzte, in dem Enriques Steinchen offenbar keinen Platz hatte.

»Aber wer war es dann, verdammte Scheiße?«

Zum ersten Mal lächelte Enrique. Er stellte seinen Becher auf den schmierigen Boden und streckte ihm die Hände entgegen, wie ein Kartenspiel. »Du hast die freie Auswahl: Conrado, Álvaro, Víctor, Miguel Ángel, Tomás, Arcadio … Aber weißt du, was das Schlimmste ist?«

»Gibt es noch was Schlimmeres?«

»Ja, zumindest für mich. Du hast drei Jahre lang gedacht, dass ich dich in die Scheiße geritten habe. Und solange du die Wahrheit nicht kennst, wird der Zweifel bleiben. Du wirst immer denken, dass ichs war. Und glaub mir, es ist ziemlich beschissen, mit einer Schuld zu leben, die nicht meine ist, obwohl sie es im Grunde doch irgendwie ist, denn wenn ich nicht in dieses verdammte Boot gestiegen wäre, wäre alles andere nicht passiert, oder? Ich hab tausendmal darüber nachgedacht, aber ich schwöre dir bei meiner Mutter, dass ich nicht im Traum daran gedacht habe, ich könnte irgendjemandem damit schaden, am wenigsten dir.«

»Hör auf, dir Vorwürfe zu machen, es hat keinen Sinn.«

»Mach ich mir aber, denn was sie dir heute angetan haben, ist schlimmer als alles, was ich im Knast erlebt habe, und du kannst dir nicht vorstellen, wie es da war … Dir aber haben sie heute an die Eier gepackt, und das musst du den Rest deines Scheißlebens mit dir herumschleppen. Und obwohl ich dich damals nicht denunziert habe, liegt die Schuld an alldem nur bei mir, oder?«

Als Fernando vier Monate später die Nachricht erhielt, dass Enrique mitten auf dem Malecón von einem sowjetischen KP3 überfahren worden war, hatte er seinen ganz persönlichen Grund, sich zu fragen: Musste ausgerechnet *er* sterben? Habe ich ihn getötet? Habe ich ihn unter diesen Lastwagen gestoßen?

IN DEM MOMENT, ALS UNS DIE AUGEN verbunden wurden, hörten meine Knie auf zu zittern und ich wurde ganz ruhig. Wir wurden barfuß in den Saal geführt, und mir war bewusst, dass ich die alles entscheidenden Schritte meines Lebens tat. Doch ich ging ohne

Angst, beinahe freudig erregt. Neben mir gingen, mit verbundenen Augen wie ich, etwa zwanzig weitere Männer verschiedenen Alters. Einige kannte ich von unserer Tertulia, andere kamen aus der Umgebung von Matanzas. Wie viele von ihnen empfanden wohl dieselbe freudige Ruhe, die mich in diesem Augenblick überkam? Wie viele hatten Angst, Zweifel oder vielleicht den Wunsch, weit weg von hier zu sein? Was würde mit einem Verräter geschehen in einem Land, in dem jeder geheime Akt angezeigt wurde?

An der Eingangstür hatten uns Doktor Hernández und, für mich überraschend, Federico Ginebra empfangen, der verrückte Pfarrer, dem ich so einiges zugetraut hätte, nur nicht, dass er etwas mit diesem dramatischen Abenteuer fern von Kanzeln und Predigten zu tun haben könnte. Jedem Neuankömmling stellte der Doktor dieselbe Frage, und alle antworteten wir, dass wir einzutreten wünschten. Dann mussten wir in einem kleinen Nebenraum sämtliche Kleider ablegen, mit Ausnahme von Hemd und Hose, während der Doktor und der Pfarrer auf die Nachzügler warteten, bis uns schließlich die Augen verbunden und wir in den Saal geführt wurden, wo die Zeremonie stattfinden sollte.

Energische Schritte, die sich nach groben Lederstiefeln anhörten, durchmaßen den stickigen Saal, wie um ihren Platz zu finden. Wir hörten das Klirren von Metall, und dann trat Stille ein, eine angespannte Stille, die schließlich durch einen Befehl unterbrochen wurde:

»Zieht ihnen das Hemd aus!«

Von allen Seiten hörten wir Schritte auf uns zukommen, und zumindest mir rissen eisenharte Hände die Knopfleiste meines besten Hemdes ab, das daraufhin auf meine Hüften hinunterglitt. Nachdem der Befehl ausgeführt war, entfernten sich die Schritte wieder.

»Meine Herren!«, donnerte die Stimme von eben. »Dies ist eine geheime Zeremonie, und nichts, was Sie hier hören oder sehen, darf nach außen dringen. Ein Vertrauensbruch würde viele Menschen das Leben kosten. Ich frage Sie zum letzten Mal: Möchte sich jemand von Ihnen zurückziehen? Wenn ja, so hebe er die linke Hand.«

Erneute Stille, und kurz darauf Schritte, die näher kamen, stehen blieben und sich wieder entfernten.

»Noch jemand?«, fragte die Stimme, und wieder trat absolute Stille ein, bis ein weiterer Befehl kam: »Brüder, stellt euch hinter die Neuen!«

Ich hörte die Schritte mehrerer Männer und spürte jemanden in meinem Rücken, ein Gefühl, das noch deutlicher wurde, als ich seinen Atem in meinem Nacken fühlte. Schweiß begann meine Augenbinde zu befeuchten.

»Heute Abend, liebe Brüder, werden wir in diese Loge, die wir auf den Namen Rationale Ritter getauft haben, einundzwanzig neue Mitglieder aufnehmen, die von heute an die erste Rangstufe, jene eines Strahls, bekleiden und sich, gemäß ihrer Überzeugung und aus freiem Willen, von diesem Augenblick an dem Kampf für die Unabhängigkeit unserer Insel anschließen werden. Dieser Kampf wird erst enden, wenn die Verfassung der Freien und Demokratischen Republik Cubanacán verabschiedet ist.« Und nach einer kurzen Pause: »Sie werden schwören, treu zu unserer Sache zu stehen und unsere Geheimnisse zu wahren. Sie werden schwören, für die Unabhängigkeit Kubas und ganz Amerikas zu kämpfen. Sie werden Teil von Bolívars Strahlen und Sonnen sein. Nehmt ihnen die Augenbinde ab!«

Zwei Hände zogen mir die Binde von den Augen, und endlich konnte ich, noch etwas geblendet, das feierliche Schauspiel bewundern: Dutzende von auf dem Boden stehenden Kerzen erleuchteten den großen, fest verriegelten Saal mit der endlos hohen Decke und verliehen ihm eine eigentümliche Atmosphäre. In der Mitte, uns gegenüber, zeigten die Spitzen eines Fächers von blitzenden Schwertern direkt auf unsere nackten Oberkörper. Hinter den Schwertern, zwischen fünf sternenförmig angeordneten hohen Kerzen, konnte man ein dickes Buch erkennen – ich vermutete sogleich, dass es sich um eine Bibel handelte –, flankiert von einem Zirkel, einem Senkblei, einem Winkelmaß und einem menschlichen Schädel. Und hinter dem Buch stand ein hagerer Mann mit durchdringendem Blick in einer mit Tressen, Medaillen und Kordeln geschmückten Uniform mit einem breiten Ledergürtel, an dem ein Säbel mit goldenem Knauf in einer goldverzierten Scheide hing. An der Rückwand hinter dem Mann hing eine riesige blaue Fahne mit einer aufgehenden roten Sonne, von der sechzehn gelbe Strahlen ausgingen, die sich bis zum oberen Stoffrand erstreckten.

»Mein Name ist José Francisco Lemus«, sagte der hagere Mann, dem die bisher vernommene Stimme gehörte. »Ich bin Oberst der Armee des Befreiers Simón Bolívar, der mich zum Obersten Befehlshaber der Armee der Republik Cubanacán ernannt hat. Für Euch werde ich darüber hinaus die Höchste Sonne unserer Bewegung sein. Und in dieser Eigenschaft ernenne ich unsere Brüder Don Manuel Madruga, Don José Teurbe y Tolón und Doktor Juan José Hernández zu den Obersten Sonnen der Bruderschaft Rationale Ritter.«

Die Genannten traten vor, angetan mit einer Uniform, ähnlich der von Lemus, aber weniger dekoriert. Dass Teurbe y Talón und Doktor Hernández diese hohe Rangstufe verliehen wurde, war zu erwarten gewesen. Überraschend erschien mir dagegen die Ernennung von Don Manuel Madruga, Hauptmann der Nationalmilizen, den ich bis dahin für regierungstreu gehalten hatte. Die drei Männer nahmen neben dem Obersten Befehlshaber Aufstellung. Dann zogen sie wie auf Kommando ihre Waffen aus der Scheide und richteten sie auf die Bibel. Schließlich nahmen sie sich bei der Hand, und Lemus sprach:

»Ein Glied allein kann stark sein, wird aber nichts erreichen. Um unsere Reihe zu schließen, braucht es eine Kette, die bewiesen hat, dass jedes einzelne ihrer Glieder stark ist. Wir werden diese Kette sein und alles tun, um unser Ziel zu erreichen. Heute ist es unsere vornehmliche Aufgabe, eine Kette über die gesamte Insel zu bilden, damit wir morgen die entscheidende Schlacht beginnen können. Jeder von Euch, der als Strahl anerkannt ist, wird die höhere Rangstufe einer Sonne erreichen, wenn er ausreichende Beweise seiner Liebe und Treue zur Bruderschaft geliefert und ihr sieben neue Strahlen zugeführt hat.«

Und die vier Obersten Sonnen riefen im Chor:

»Einigkeit! Standhaftigkeit! Mut!«

Heute noch, fast zwanzig Jahre nach jener mitreißenden Zeremonie, während der wir einundzwanzig Männer mit dem Schwert in der Hand gelobten, für die Unabhängigkeit Amerikas zu kämpfen und, wenn nötig, zu sterben, spüre ich den Nachhall der Ergriffenheit, die mich damals erfüllte. Voller Stolz atmete ich tief durch, denn endlich hatte ich die brennende Grenze zu dem überschritten, was möglich war und von dem Pater Varela gesprochen hatte. Ich gehörte nun einer gefährlichen Welt an, in die ich als einziger von allen meinen Dichterfreunden vorgedrungen war. Und ich schäme mich nicht zu gestehen, dass ich mich ihnen überlegen fühlte.

Eine der ersten Entscheidungen, die in jener Nacht getroffen wurden, war, dass alle neuen Strahlen sowie die, die sich demnächst in die brüderliche Kette eingliedern würden, unverzüglich den Nationalmilizen beitreten sollten, um die militärische Ausbildung zu genießen, die uns die spanische Krone, gegen die wir kämpfen wollten, kostenlos angedeihen lassen würde. Und so nahmen wir einmal wöchentlich in prächtigen neuen Uniformen unter dem Vorwand, uns auf die Verteidigung der Verfassung vorbereiten zu wollen, an einer militärischen Übung auf einem improvisierten Exerzierplatz im neuen Stadtviertel Versalles teil, wo wir in die Geheimnisse der Feuerwaffen eingeweiht wurden und uns an das Gewicht der scharfen Kampfschwerter gewöhnten. Und noch vor Ablauf eines Jahres wurden meiner Ausbildungseinheit die sieben Männer zugeteilt, die ich in meinem Bekehrungseifer in den Schoß der Verschwörung geführt hatte, wodurch ich in die höhere Rangstufe einer Sonne aufsteigen konnte. Unter meinen Schützlingen befanden sich die alten Bekannten Juan und Pablo Aranguren sowie ihr Schwager Antonio Betancourt, der sich bei der Handhabung der militärischen Werkzeuge bald als der Geschickteste von uns allen erwies.

Schwer, um nicht zu sagen unmöglich war es mir, das Geheimnis meiner neuen und gefährlichen Mission zu wahren. Der Stolz darüber, beim ersten großen Befreiungskampf der Insel dabei zu sein, mit dem ich als Dichter sympathisierte und an dem ich bald schon als Soldat teilnehmen sollte, machte es mir unmöglich, Stillschweigen zu bewahren über jene Zugehörigkeit, die mich auf den Olymp der Soldatendichter bringen konnte, an dessen Existenz ich damals glaubte. Meine erste Vertraute war logischerweise meine geliebte Lola. Es geschah an einem unvergesslichen Sonntagnachmittag, als wir mit einem kleinen Boot den friedlichen Yumurí bis zu einer noch nie von uns erforschten Stelle hinauffuhren.

Ich erinnere mich – wie könnte ich es vergessen! –, dass der Dezember bereits fortgeschritten, aber noch recht warm war und die Sonne auf dem Fluss glitzerte. Einige Tage zuvor war ich zusammen mit Tanco nach Havanna gereist, um der Gründung des *Freien Amerikaners* beizuwohnen, der neuen Zeitschrift, die von Domingo und Cintra herausgegeben wurde. Bei der Gelegenheit wollten wir uns auch einige Exemplare des explosiven Buches *Eindrücke von der Mexikanischen Revolution, vom Schrei von Iguala bis zur Ernennung Iturbides zum Kaiser* beschaffen, dessen Autor mit »Ein wahrer Amerikaner« bezeichnet wurde und auf dessen letzten Seiten, ebenfalls anonym, meine *Ode an die Einwohner von Anáhuac* abgedruckt war, die Domingo glücklicherweise Vicente Rocafuerte, einem der Herausgeber des Buches, hatte zukommen lassen.

Aus irgendeinem unerfindlichen Grunde wussten alle, die mich in der Hauptstadt kannten, dass ich der Autor jener patriotischen Verse war, welche die Mexikaner dazu aufriefen, die kaiserliche Diktatur zu stürzen. Blind vor Eitelkeit glaubte ich, dies sei wohl der Preis für meine Berühmtheit, denn ich war der Überzeugung, dass man mich bereits an meiner besonderen Art zu schreiben und auch daran, dass ich für die Unabhängigkeit eintrat, erkannte. Dennoch traute ich mich damals noch nicht, meinen Freunden, nicht einmal Domingo und Silvestre, von meiner Zugehörigkeit zu der Loge Rationale Ritter zu erzählen, obwohl ich mit ihnen über die Wahrscheinlichkeit der Existenz einer Verschwörung sprach und ich sie, in meiner Funktion als Sonne der Bewegung, fragte, ob einer von ihnen eventuell bereit sei, an dem Aufstand teilzunehmen. Um ihr Vertrauen zu gewinnen, sagte ich ihnen, dass einige gut informierte Personen mir von Bolívars Interesse an einer Unabhängigkeit Kubas und von der immer verwundbareren spanischen Armee erzählt hätten. Ich jedenfalls, versicherte ich ihnen erneut, sei zu diesem notwendigen Schritt bereit. Doch alle, einschließlich Tanco – der von sich behauptete, ein Freund der Gerechtigkeit und ein Feind der Sklaverei zu sein –, lehnten es ab, an dem Aufstand teilzunehmen, und aus ihren Ausflüchten hörte ich einen gefährlichen, sattsam bekannten Unterton heraus: Und wenn die Neger sich erheben?, gaben sie zu bedenken. Einzig Domingo kam einmal – beim Verlassen einer Spielhölle, wo er um Geld gewürfelt hatte – ganz nebenbei auf das Thema zurück und bat mich, ihm Bescheid zu sagen, wenn irgendwo ein Aufstand geplant sei, denn er fange an zu glauben, dass es nur auf diesem Wege möglich sein werde, den Lauf des Schicksals unseres Landes zu verändern.

Am Tag nach meiner Rückkehr nach Matanzas begab ich mich mit jener Eile, zu der die Liebe uns drängt, zu unserem Anlegeplatz, um mich mit Lola zu treffen. Göttlicher noch als sonst erschien mir an jenem Nachmittag meine Geliebte, als sie einwilligte, das Boot zu besteigen, in dem wir unsere erste Fahrt ins Paradies unternehmen sollten, in Begleitung von Teté, der schönen und verschwiegenen Sklavin, die Lola diente, seit sie beide Kinder gewesen waren.

Eine ganze Weile ruderte ich flussaufwärts, bis zu der atemberaubenden Schlucht des Yumurí, der Stelle, wo der Berg sich teilt, um Platz für das Flussbett zu schaffen. Ich ruderte und sprach über allgemeine Dinge: meine Reise nach Havanna, die Grüße, die meine Freunde ihr ausrichten ließen, insbesondere Silvestre, den eine alte Freundschaft mit Lola verband, die neue Mode, vorn geknöpfte Röcke aus feinem englischem Stoff zu tragen, der gerade erst auf der Insel eingetroffen war. Erst als wir die Schlucht durchfuhren und in vom Anstand verbotene Gefilde gelangten, schlug ich ihr vor, an einer ruhigen Stelle festzumachen, um unter vier Augen über etwas höchst Wichtiges zu sprechen.

»So wichtig, dass Teté es nicht hören darf? Hast du vergessen, wie viele Briefe sie mir von dir überbracht hat …?«

»Höchst wichtig, Lola«, wiederholte ich und sah ihr dabei tief in die Augen, bis sie sich schließlich einverstanden erklärte.

Wir ließen die verschwiegene Teté unter einem dicht belaubten Mangobaum zurück, der bereits die ersten Blüten der neuen Jahreszeit trug, und gingen ein Stück weit ins Tal hinein. Und wieder begannen mir die Knie zu zittern, nicht wegen des geplanten Geständnisses, sondern weil ich mir ausgerechnet hatte, damit endlich eine Mauer niederreißen und den unerträglichen Zustand der Kusshände und zufällig gestreiften Arme überwinden zu können. Wir ließen uns unter einem majestätischen, bestimmt hundertjährigen Jucaro nieder, und ich begann ihr von meiner Beteiligung an der Verschwörung zu erzählen, zu erklären, warum ich den Milizen beigetreten war, und sogar in allen Einzelheiten das Initiationsritual zu schildern, dem ich beigewohnt hatte. Ich zeigte ihr auch die kleine Narbe in Höhe der rechten Schulter, Folge des Schnittes, der mir im Augenblick des Treueschwurs beigebracht worden war. Während ich sprach, spiegelte sich im Gesicht des Mädchens große Sorge wider, und als ich das feuchte Glitzern in ihren Augen sah, ging ich zum Angriff über: Ich erzählte ihr von der bevorstehenden Erhebung, an der ich teilnehmen, und von der Revolution, der ich mich anschließen würde, sodass wir uns für vielleicht lange Zeit nicht würden sehen können.

»Es ist sogar möglich, dass wir uns nie mehr wiedersehen werden ... Der Tod ist eine der Karten, die man im Krieg ausspielt«, schloss ich.

»Das möge Gott verhüten«, flüsterte sie und sah mir in die Augen. »Der Schmerz bringt mich um, José María.«

»Und mich die Liebe.«

Der aufrichtige Kummer dieser jungen Frau, die mir mit ihren von der Sonne geröteten Wangen schöner denn je erschien, und ihre Sorge angesichts meiner gefahrvollen Entscheidungen waren wie ein neuerlicher Hurrikan, der mich ohne Vorwarnung auf ihre vollen, fleischigen Lippen katapultierte. Gibt es ein größeres Glück, als die Unbeholfenheit des ersten Males in der Reaktion auf einen Liebeskuss zu spüren? Gibt es etwas, das wir Männer höher schätzen, als zu wissen, dass unsere Hand die erste ist, die, durch die Liebe legitimiert, die seidige Haut des erhitzten Gesichtes eines Mädchens streichelt? Kann man sich ein schöneres Geschenk vorstellen, als zu spüren, wie ein Herz durch die Kraft einer endlich aufbrechenden Leidenschaft an unserer Brust explodiert? Ich genoss diese unwiederholbaren Empfindungen, wobei ich mich gleichzeitig fragte, ob ich nur darum in die Welt der Gefahren und des Todes eingetreten war, um diese Frau, die mich um den Verstand brachte und mit der ich alle Grenzen überschreiten wollte, zu beeindrucken ... Mit der Kunstfertigkeit, die ich von der guten Betinha erlernt und letzthin in

Luisa Montes' Bett perfektioniert hatte, streifte ich mit meinen Lippen die des Mädchens, überwand anfängliche Abwehr, schamhafte Scheu und lenkte dann ihre unerfahrenen Impulse, als eine innere Hitze sie zu ersticken drohte. Behutsam bereitete ich den Boden für größere Genüsse und schickte meine Zunge vor, die in die wunderbare Schatulle ihres Mundes eindrang, um ihre Zunge zu liebkosen, sie zum Leben zu erwecken und in ein Liebesspiel zu verwickeln, das Spannungen löste, Hände lockerte, die nicht mehr zum Stillstand kommen sollten, Vorbehalte hinwegfegte, Körper entkleidete, um in einem Anfall von Kühnheit weiße, warme, von flammend roten Blüten gekrönte Brüste zu küssen, weichen dunklen Flaum zu streicheln, dem ein süßlich säuerlicher Duft entströmte, wie das Leben selbst, und endlich, mit nicht mehr aufzuhaltender Liebesglut, das göttliche Schloss von Lola Junco zu knacken und wie ein übergroßer Stahlnagel, der ein Seidentuch durchsticht, in sie einzudringen …

In dieser Sekunde geschah etwas, das jemand, der sich als Experte in Liebesdingen betrachtete und sich damit brüstete, nicht kannte: Mit aller Deutlichkeit wurde mir bewusst, dass ich erst jetzt, in diesem Moment, entdeckt hatte, was die Liebe in ihrem höchsten und befriedigendsten Grade ist. Bald sollte ich dank dieser jungen Frau und der Gefühle, die sie in mir weckte, erfahren, was es bedeutet, aus Liebe zu sterben und gleichzeitig unfähig zu sein, es in einem Gedicht auszudrücken.

Auf einer Wolke aus Liebe und Poesie schwebend trat ich in mein neunzehntes Lebensjahr ein und gelangte vom glücklichen 1822 ins schreckliche 1823, immer in dem Gefühl, der Herr der Welt und der glücklichste Mensch auf Erden zu sein, der ich in Wirklichkeit auch war. Denn jenes Liebestreffen war nur das erste, wenn auch denkwürdigste von vielen weiteren, die Lola Junco und ich in den darauffolgenden Monaten haben sollten.

Während ich den vielleicht höchsten Punkt meines Ruhmes als Dichter in Kuba erlangte, veröffentlichte Domingo in seiner Zeitschrift, für die auch ich jetzt arbeitete, eine ebenso explosive wie falsche Meldung über eine bevorstehende neue Ausgabe meiner Gedichte. Es war Anfang März – *Der Freie Amerikaner* war inzwischen ebenfalls eingestellt worden –, als Domingo anfing, in *Der Politische und Literarische Revisor* zu schreiben, einer Zeitschrift, deren Name Programm war, was durch Namen wie dem von Sanfeliú, José Antonio Saco, Anacleto Bermúdez, Cintra und eben Domingo noch unterstrichen wurde. Doch bereits kurz zuvor machte Domingo in den literarischen und gesellschaftlichen Zirkeln von sich reden, als er mit einem kleinen Artikel über das jugendliche Ambiente an der Alameda de Paula wütende Proteste ausgelöst hatte. Der Zufall wollte es, dass er in Matanzas zu Besuch war, als der Text veröffentlicht wurde, und kaum hatte ich ihn gelesen, fragte ich ihn, was ihn veranlasst hatte, diese Kolumne zu schreiben, in der er die Gewohnheiten der jungen Leute anprangerte, die seiner Meinung nach gegen Moral und Anstand verstießen. Zum ersten Mal entfaltete er hier öffentlich sein Talent als Orakel und Moralist, indem er jene jungen Menschen attackierte, die Moden aus dem Ausland kopierten, und vor allem diejenigen, die, wie er sagte, Lastern und billigen Vergnügungen verfielen.

»Du sprichst über dich und über mich, nicht wahr, Domingo?«, fragte ich ihn, eher verwirrt als verärgert.

»Ich versuche, mich ins Gespräch zu bringen, José María«, antwortete er, aufrichtig, wie ich glaube. »Jeder tut, was er kann: Du weckst Bewunderung mit deinen Gedichten und erregst Anstoß mit deinen Theaterstücken. Ich versuche es mit dem Journalismus, das ist das, was mir offensteht. Vergiss, was ich schreibe, wichtig ist nur, die Glocken zu läuten, um Aufmerksamkeit zu erregen … Und sei nicht so überheblich: Weder bist du der Einzige, der zu den Huren geht, noch bin ich der Einzige, der sein letztes Hemd verspielt. Verstehst du mich?«

»Langsam beginne ich dich zu verstehen«, sagte ich zu ihm, und erhitzt vom Wein ließ ich mich dazu hinreißen, ihm zu erzählen, dass ich nun so weit sei, meine Gedichte in einem Band zu sammeln und zu veröffentlichen. Dann vertraute ich ihm an, der Beweggrund für dieses Vorhaben sei der, dass sich mein Leben von einem Augenblick auf den anderen grundlegend verändern könne … Und drei Gläser später berichtete ich ihm von meinen Abenteuern als Verschwörer.

Sichtlich überrascht fing er an, mir tausend Fragen zu stellen, die ich ihm offen und ehrlich beantwortete. Nachdem wir lange geredet und getrunken hatten, hörte ich ihn etwas sagen, das ich für das Geschwätz eines Betrunkenen hielt:

»Weißt du was, José María? Du wirst mein Verderben sein. Du tust all das, was ich gern tun würde, und du bist all das, was ich gern sein würde. Du schreibst die Gedichte, dich ich gern schreiben würde, liebst die Frauen, die ich gern lieben würde, und glaubst an die Dinge, an die ich gern glauben würde. Manchmal würde ich dich am liebsten dafür hassen, aber ich kann nicht: Ich liebe dich zu sehr …«

Und ohne Vorwarnung tat er etwas, das mich erschauern ließ: Er beugte sich zu mir vor, packte mich an den Revers und drückte mir, bevor ich mich dagegen wehren konnte, einen Kuss auf den Mund.

Ich schrieb diesen Gefühlsausbruch, der Domingo dazu brachte, sein Innerstes vor meinen erstaunten Augen zu offenbaren, der Wirkung des Weines zu, und ich verbot ihm, weiterzutrinken. Ich glaube, niemals zuvor oder danach haben mir die Knie so sehr gezittert wie an jenem kühlen Januarabend.

Zwei Monate später – ich genoss meine unbändige Liebe zu Lola, vergaß den ungeduldig erwarteten Beginn des Aufstandes und stürzte mich in die mühselige Niederschrift einer Tragödie, in deren Mittelpunkt der mexikanische Freiheitsheld Xicoténcatl stand – wurde mir zugetragen, dass Domingo im *Revisor* die Veröffentlichung eines Bandes mit neuen Gedichten von mir angekündigt hatte. Der nicht unterzeichnete Artikel begann damit, dass er mich als bedeutendsten Dichter der Insel würdigte, der »der kubanischen Lyra zarte und edle Töne entlockt« habe, und verglich mich dann unnötigerweise mit anderen zeitgenössischen Dichtern, die er abqualifizierte und herabsetzte, ganz so, als hätte das eigentliche Ziel des Artikels darin bestanden, die anderen anzugreifen, und nicht, einen möglichen neuen Gedichtband von mir anzukündigen. Die Reaktion darauf war vorhersehbar und ließ nicht lange auf sich warten: Die bekanntesten Versemacher gingen zum Angriff über, indem sie die Frage nach den Verdiensten und Lorbeeren stellten, die meine angebliche

Vorrangstellung rechtfertigten. Der Skandal machte mich schlagartig zu einer Berühmtheit, von den einen verteidigt, von den anderen verunglimpft; doch er führte auch dazu, dass »Der Autor der Ankündigung«, wie Domingo seine Entgegnung auf die Angriffe der Beleidigten unterzeichnete, zu einer anerkannten und sogar als mutig angesehenen Stimme in der kleinen literarischen Welt der Insel wurde. Mithilfe meines Namens und meiner Berühmtheit hatte Domingo den ersten Schritt auf dem Weg zu seiner eigenen Berühmtheit, zu seinem Nimbus als Prophet und schließlich zu seinem märchenhaften materiellen Reichtum gemacht … Erst viele Jahre später, als ich einmal mehr das Meer überquerte, um Kuba für immer den Rücken zu kehren, sollte ich in der Lage sein, die Schlacke vom Edelmetall zu trennen und das wahre Ausmaß des für mich damals unverständlichen Jugendstreiches zu erkennen, der des düsteren Genies eines Machiavelli würdig gewesen wäre.

Wie sehr mochte sich dieser unscheinbare, friedliche Fluss in hundert Jahren verändert haben? Bestimmt war sein Wasser jetzt trüber, so wie sich nach und nach alles eintrübte; doch sein grundsätzliches Aussehen, seine wesentliche Gestalt hatte sich wohl kaum verändert. Wie wenig sind hundert Jahre für einen Fluss, wie viel dagegen für das Leben eines Menschen. Von dem, was sein Vater von dem alten Anlegeplatz des Yumurí aus gesehen hatte, waren nur der Fluss und das nahe Meer, in das er mündete, geblieben. Des von Menschenhand Geschaffenen, das den farbenfrohen, von dem verliebten Dichter häufig aufgesuchten glücklichen Ort einst verschönt hatte, hatten sich hingegen Verwahrlosung und Elend bemächtigt. Von der kleinen Anlegestelle waren nur noch die verfaulten Holzplanken und die Pfosten des Pavillons übrig, in dem die jungen Leute aus Matanzas vor der Sonne Schutz gesucht hatten, während sie mit der unbefangenen Unschuld der Jugend auf die Fähre warteten, die sie flussaufwärts bringen sollte. Auch von den Protagonisten der heiteren und turbulenten Tage war nichts geblieben: In Wirklichkeit war fast nicht einmal mehr die Erinnerung an sie geblieben. Das Zusammenfließen des Ewigen, Werk des Großen Baumeisters des Universums, und des Vergänglichen, erschaffen von Menschenhand, machte José de Jesús Heredia das Absurde seiner eigenen Absichten bewusst. Würde es wirklich irgendjemanden interessieren, wie sehr und wen ein armer, vergessener Poet geliebt hatte? Wie sehr und wen ein zerbrechlicher, unglücklicher Mensch gehasst hatte, der seine Fähigkeit, Schmerz auszuhalten, und seine Kräfte, Widrigkeiten zu begegnen, überschätzt hatte?

Alles wäre leichter, wenn er eine einfache Antwort hätte anstatt so vieler unangenehmer Fragen, dachte er. Auf der Suche nach ebendieser einen Antwort und der Befreiung, die sie ihm bringen würde, hatte er sich am Morgen zu dem verfallenen Anlegeplatz begeben, dem sich wie verabredet das einberufene Orakel näherte, das ihm eine Flucht oder ein Schweigen unmöglich machte. Sein Vater hatte wirklich keinerlei Recht, dachte er, ihn in diese Situation mit unvorhersehbaren Folgen zu bringen. Ausgerechnet jemand wie Heredia, der in seinem Leben so oft geflüchtet war …

José de Jesús sah Ramiro herankommen, und so wie immer, seit er seine Abstammung kannte, suchte er nach irgendeiner physischen Ähnlichkeit, die die Behauptungen seines Vaters bestätigen konnte. Denn wenn Esteban Junco der Sohn von José María Heredia und Lola Junco war, wie der Dichter versicherte, dann war Ramiro ihr Enkel und gleichzeitig der Neffe von José de Jesús. Vor allem jedoch war Ramiro Junco der Alleinerbe jener Memoiren, die Heredia geschrieben hatte, damit sein Sohn Esteban, den er nie kennengelernt hatte, sie lesen würde. Deswegen hing das endgültige Schicksal des Manuskripts, das er in der Nacht zuvor der Loge Söhne Kubas zur Aufbewahrung übergeben hatte, von der Unterhaltung ab, die er mit diesem Mann, der ihn jetzt mit ausgestreckter Hand und der Losung der Bruderschaft begrüßte, führen würde.

Ramiro war etwa zwanzig Jahre jünger als José de Jesús, obwohl sie fast gleichaltrig aussahen. Die Intensität, mit der er sich der Arbeit gewidmet hatte, hatte tiefe Spuren in seinem Äußeren hinterlassen. Denn als wäre es für ihn eine Frage der Ehre, hatte er das Familienvermögen zurückzugewinnen getrachtet, das durch die Verheerungen des letzten Krieges und die Betrügereien während der nordamerikanischen Besatzung vernichtet worden war.

Mit einem Seufzer der Erleichterung setzte er sich neben José de Jesús und wartete einen Moment, bis seine Knochen und Muskeln es sich so bequem wie möglich gemacht hatten.

»Was ist das für eine Geschichte mit dem Manuskript deines Vaters? Warum muss ausgerechnet ich gefragt werden?«, begann Ramiro und zündete sich eine seiner langen Zigaretten an.

José de Jesús hielt es für besser, sich nicht mit Nebensächlichkeiten aufzuhalten und direkt zur Sache zu kommen. Er betrachtete den Fluss, die Überreste der Anlegestelle, die Pfosten des Pavillons, wo jene unglückselige Romanze ihren Anfang genommen hatte, und erwiderte:

»Bei dem Manuskript meines Vaters handelt es sich um die Geschichte seines Lebens«, sagte er. »Oder, wie er es nannte, um den Roman seines Lebens. Doch dieser Roman hat auch viel mit dir zu tun, und darum wollte ich, dass du davon erfährst …« Und er fing an, Ramiro Einzelheiten über den Inhalt der Niederschrift zu erzählen. »Laut meinem Vater war Esteban Junco nicht der Sohn von Don Rubén, wie immer behauptet wurde, sondern der von Lola Junco … Sie bekam das Kind, bevor sie Felipe Gómez heiratete, und du kannst dir ja vorstellen, was das hier in Matanzas bedeutete … In Wirklichkeit war dein Vater Esteban also der Sohn von Lola und Heredia.« Er holte tief Luft, um zum Schluss zu kommen: »Demnach ist Lola Junco deine Großmutter … und du bist Ramiro Heredia.«

In diesem Augenblick empfand José de Jesús eine unendliche Scham wegen der Handlungen eines anderen, für die er nicht verantwortlich war, nicht sein konnte. Mit einem Schlag war das Leben eines anderen aus den Fugen geraten. Er hatte die Fundamente einer schlüssigen, wie selbstverständlich angenommenen Existenz zerstört, um sie in die Leere der Ungewissheit zu stoßen. Und wieder einmal fragte er sich, ob er das Richtige getan hatte. Neben ihm saß jetzt ein blasser, bestürzter Mann, dem vermutlich die Bilder eines sechzigjährigen Lebens durch den Kopf gingen, das seines war und es auch wieder nicht war, Bilder einer langen Vergangenheit, die ihm gehörte, gleichzeitig aber auf einer gigantischen Lüge aufgebaut war, die sie zunichtemachen konnte. Ramiro Junco, Ramiro Heredia: Es musste schwer sein, am Ende des Lebens zu entdecken, dass man nicht der ist, für den man sich immer gehalten hat, sondern ein anderer …

»Du kennst mich seit Langem und weißt, wie ich lebe. Diese Papiere sind viel Geld wert, und auch wenn mein Vater darin Dinge sagt, die ihn in keinem günstigen Licht erscheinen lassen, habe ich sie auch wegen dir bisher nicht verkauft. Und weil du der eigentliche Besitzer bist. Er hat diese Erinnerungen geschrieben, damit Lola sie seinem Sohn Esteban zu lesen gibt. Meine Mutter hat sie aus Mexiko mitgebracht, um sie ihm auszuhändigen, aber als sie starb, hat meine Großmutter beschlossen, sie niemandem zu übergeben. Wenn die Juncos die Dokumente in die Hand bekommen, hat sie gesagt, wird nie jemand erfahren, wie Heredias Leben wirklich war … Ich habe Jahre damit zugebracht, darüber nachzudenken, und ich glaube, es ist richtig, dass du das weißt. Jetzt entscheidest du, was mit dem Dokument geschehen soll. Du kannst verlangen, dass die Loge es herausgibt, und mit ihm machen, was du willst. Denn wie gesagt, das Manuskript war für deinen Vater bestimmt, und jetzt gehört es dir. Ich bitte dich nur um eins: Wenn du es an dich nimmst, veröffentliche es nicht vor 1939, das war die Bedingung, die meine Großmutter gestellt hat …«

Ramiro sah auf den Fluss, der so friedlich dalag, als würde er stillstehen, als würde sein Wasser nicht durch sein Bett fließen. So musste er wohl sein Leben empfinden. Sollte er dem bekannten Lauf folgen, der ins Meer mündete? Oder sollte er zurück zur Quelle, dorthin, wo alles seinen Ursprung hatte, wie es die plötzliche und absurde Enthüllung von ihm forderte?

»Wenn dieses Manuskript veröffentlicht wird, werde ich tot sein«, sagte er schließlich, ohne José de Jesús anzusehen. »Wie viele Jahre sind es noch? Fast zwanzig? Nein, so lange mach ichs nicht. Also wird die Schande mich nicht treffen, falls ich mich denn wegen etwas schämen müsste. Vielleicht meine Kinder, meine Enkel, das Andenken meines Großvaters Rubén und das meiner Tante Lola … Ich weiß es nicht.«

»Ich kann mir vorstellen, wie du dich fühlst. Ich selbst habe das Manuskript erst vor zehn Jahren zu Gesicht bekommen. Mein ganzes Leben lang hatte ich ein Bild von meinem Vater vor Augen, das mir half, das Bild zu formen, das ich von mir selbst hatte. Beim Lesen der Texte wurde mir klar, dass er nicht der Mensch war, den die Kinder in den Schulen heute kennenlernen. Er war ein armer Kerl, der in Dinge verwickelt war, die ihn überforderten, und dem fast alles Gute und alles Schlechte des Lebens widerfuhr, wobei das Schlechte überwog.«

»Willst du etwas rechtfertigen, oder willst du mich trösten?«

»Ich will dir sagen, was ich fühle, Ramiro.«

»Nun, was ich fühle, kann sich niemand vorstellen. Weder du noch sonst jemand«, sagte er und erhob sich mit erstaunlicher Energie. »In Matanzas wurde immer über Lola und Heredia geredet. Dann sind da die Gedichte deines Vaters … Aber ich bin Ramiro Junco, und daran kann kein Dokument etwas ändern. Heredias Wahrheit ist seine Wahrheit, und meine ist meine. Ich will nichts davon lesen. Nicht mal sehen will ich die Papiere. Mach damit, was du willst, was dein Gewissen dir vorschreibt, was dir am richtigsten erscheint, aber halte mich da raus! Ich werde mich nicht einmischen, und ich werde Heredia nicht den Mund verbieten. Ich habe kein Recht dazu, das Leben eines anderen in Ordnung zu bringen, weder das meines Vaters noch das von irgendwem sonst, denn meins ist jetzt nicht mehr in Ordnung zu bringen. Entschuldige, aber ich kann dir nicht dafür danken, dass du mir das alles erzählt hast …«

Langsamen Schrittes machte sich Ramiro Junco auf den Weg zurück in die Stadt. Vielleicht sah er noch gebeugter aus, aber vielleicht bildete José de Jesús es sich nur ein. Als Ramiro außer Sichtweite war, schaute er wieder auf den Fluss. Wenn ich tot bin, dachte er, und wenn Ramiro tot ist, wird der Fluss noch da sein, und er wird noch viele Jahrhunderte da sein, wenn es der Große Baumeister des Universums, der nicht nur Berge und Flüsse erschaffen hat, sondern sie auch zerstören kann, so will. Was wird er dann mit etwas so Geringem wie dem Schicksal eines Menschen nicht alles machen können!

Die Namen klangen nach einer beständigen, vielversprechenden Vergangenheit: Anselmo de la Caridad Junco y Ponce de León, Sohn von Ramiro und Alfonsina, geboren 1894 in Matanzas, gestorben 1982 in Havanna, bis zum heutigen Tag Eigentümer des Hauses Nr. 120 in der Calle D, Vedado. Dort wohnten nun, zusammen mit einer zahlreichen Verwandtschaft, deren Namen aufzuführen Conrados Kontaktpersonen in der Verwaltung sich nicht die Mühe gemacht hatten, seine Töchter und legitimen Erbinnen, Hortensia Agraciada und Carmen Alodia Junco y Vélez de la Riva.

Statt des alten Kastens, den Fernando und Álvaro erwartet hatten, erblickten sie ein modernes zweistöckiges Gebäude mit vielen blitzenden Fenstern. Erst kürzlich war um das Haus eine Mauer mit Eisengittern errichtet worden, auf der ein Schild, ohne jeden Zweifel jüngeren Datums, verkündete: »Paladar Palmenhain, Öffnungszeiten: 12–2 Uhr«.

»Die kubanische Bourgeoisie kehrt zurück«, sagte Álvaro und drückte auf die Klingel.

»Hier gab es wirklich Kohle«, bemerkte Fernando, während er versuchte, durch die Eisenstäbe einen Blick auf das Haus von Anselmo Junco zu erhaschen.

»Guten Tag. Möchten Sie etwas essen?« Die etwa zwanzigjährige blonde junge Frau, die ihnen das Gittertor öffnete, überraschte sie mit einem bezaubernden Lächeln.

»Nein, eigentlich nicht … Wir möchten zu Hortensia oder Carmen Alodia.«

»Kommen Sie«, sagte sie ein wenig beunruhigt. »Sind Sie vom Ordnungsamt?«

Fernando und Álvaro sahen sich an. »Sagen Sie den Damen, wir sind Journalisten. Wir recherchieren über die Familie Junco aus Matanzas«, erklärte Álvaro.

»Ach so … Warten Sie bitte hier.«

Die junge Frau ließ sie am Fuß einer kurzen Marmortreppe stehen, die auf einem Absatz mit zwei Eingangstüren endete. Zwischen Mauer und Freitreppe sowie auf der gesamten linken Seite des Gebäudes erstreckte sich ein üppiger Garten, durch den sich ein aus sechseckigen Platten bestehender Weg zu einer Pergola schlängelte. Darunter saßen mehrere Gäste des kleinen Privatrestaurants an schmiedeeisernen Tischen im Kolonialstil, auf denen braune Tischdecken lagen. In einer dezenten Lautstärke, die dem geschmackvollen Ambiente angemessen war, drang Klaviermusik von Ernesto Lecuona zu den Neuankömmlingen.

Die junge Frau trat durch eine der beiden Türen auf den Treppenabsatz heraus. »Kommen Sie«, sagte sie. »Meine Großmutter Carmencita erwartet Sie.«

Kaum hatten sie die Schwelle zu dem weitläufigen, dank der zahlreichen Fenster lichtdurchfluteten Salon überschritten, gerieten sie in den Strudel dessen, was Álvaro später »die letzte Festung der dahingeschiedenen Oligarchie Kubas« nannte. Fernando sah sich verwundert um. Die Ausstattung dieses Raumes hätte hervorragend in einen Katalog für surrealistische Installationen gepasst: Eine Mikrowelle mit fehlender Türklappe, eine chinesische Porzellanvase, eine Fernsehantenne, ein Stapel Zeitschriften und das Lenkrad eines Autos machten sich den Platz auf einem Konzertflügel streitig, während der Schemel des Pianisten von zwei vollen Tomatenkisten belegt wurde.

Fernando und Álvaro setzten sich auf ein Sofa, das sie sich mit so etwas Ähnlichem wie einem Morgenrock und dem, was zweifelsohne zwei Kohlköpfe in einer Plastiktüte waren, teilen mussten. Als die junge Frau wieder verschwunden war, widmeten sie sich mit fast intellektueller Begeisterung dieser Ansammlung bizarrer Objekte, die sich aus Nachlässigkeit hier angesammelt hatten. Nichts schien unmöglich im Salon der Familie Junco: Außer dem vermutlich wertvollen Flügel zogen zwei nebeneinanderstehende Marmorbüsten die Aufmerksamkeit der Besucher auf sich, zwei Männerköpfe, die sie, dank des Unterrichts von Doktor Mendoza, als Cäsar und Cicero identifizieren konnten. Bemerkenswert waren auch zwei hohe Lehnsessel aus Leder und mit Perlmutter eingelegtem Holz, zweifellos aus dem 19. Jahrhundert. An einer der Wände hing, von einem unbekannten Meister signiert, ein Ölgemälde von einer Gruppe junger Leute, zweier Frauen und zweier Männer, jung und schön, ganz in

Weiß gekleidet, in einem Garten sitzend, mit einer Pergola im Hintergrund.

»Sieht aus wie der Garten da draußen, oder?«, bemerkte Fernando.

»Das *ist* der Garten«, sagte eine Stimme.

Die beiden fuhren herum und erblickten eine Frau von etwas über sechzig Jahren, die einem der Mädchen auf dem Gemälde verdammt ähnlich sah. »Ich bin Carmencita Junco. Sehr erfreut.« Álvaro und Fernando standen auf und stellten sich ihrerseits vor. Dann nahmen sie wieder auf dem Sofa Platz.

»Das Gemälde ist rund fünfzig Jahre alt. Es wurde 1937 gemalt, als ich sechsundzwanzig war. Die junge Frau da rechts, das bin ich.«

Fernando sah sich wieder das Bild an. Irgendetwas passte hier nicht. Wenn die Zeitangabe der Frau der Wahrheit entsprach, dann war Carmen Junco den Achtzigern näher als den Sechzigern, dem Alter, nach dem sie aussah.

»Die beiden jungen Männer sind meine Brüder Cuco und Pepito. Cuco starb vor vier Jahren, Pepito lebt seit 1960 in Miami. Das andere Mädchen ist Hortensia, meine Schwester.«

»Aber dieses Haus stammt doch nicht aus dem Jahr 1937?«

»Nein, Cuco hat es 1956 bauen lassen, nur die Pergola im Garten haben wir stehen lassen. Und sehen Sie, wozu sie nun dient, nach so vielen Jahren … Als Papa noch lebte, wurden dort Feste gefeiert, und mit Ausnahme von Batista, diesem Mörder, haben alle wichtigen Persönlichkeiten dieses Landes von 1934, als wir das alte Haus gekauft haben, bis 59 dort gegessen … Grau, Prío, Eddy Chivás, Jorge Mañach, Tony Guiteras … Und, immer wenn sie nach Kuba kamen, auch Gabriela Mistral, Josephine Baker und Pedro Infante. Caruso nicht, er hat in unserem Haus in Matanzas gegessen, genauso wie Sarah Bernhardt und Ignaz Paderewski. Damals wohnten wir nämlich noch in Matanzas.«

Während Carmen Junco den alten soziokulturellen Glanz der Familie heraufbeschwor, schwante es Fernando, dass er sich endlich auf dem Weg befand, der ihn zu einer Antwort auf seine Fragen führen konnte. Wenn Heredias Manuskript von der mutmaßlichen Liebesgeschichte zwischen Lola Junco und dem Dichter berichtete, musste

Ramiro Junco, der in den zwanziger Jahren Zugang zu dem Dokument gehabt hatte, sehr daran interessiert gewesen sein, seine Veröffentlichung zu verhindern.

»Und warum sind Sie nach Havanna gezogen, wo Ihre Familie doch eine der ältesten von Matanzas war?«

Carmencita lächelte vornehm elegant. »Wegen des Geldes«, antwortete sie, »weswegen sonst? Als mein Großvater Ramiro starb, gab es zwischen meinem Vater Anselmo, Gott hab ihn selig, und seinem Bruder Ricardito Probleme wegen der Erbschaft. Onkel Ricardito war das, was man gemeinhin als einen Finanzhai bezeichnen würde. Zu Machados Zeiten wurde er zum Gouverneur der Provinz Matanzas ernannt, seine Geschäfte florierten, und es gelang ihm, sein Vermögen zu verzehnfachen. Allein die Carretera Central hat ihm ich weiß nicht wie viel Geld eingebracht. Schließlich hatte mein Vater genug von den Problemen mit seinem Bruder, und um Abstand zu gewinnen, kaufte er von irgendwelchen Cousins der Familie Ponce de León dieses Haus, und 1934 sind wir dann umgezogen.«

»Aber die Familie Ihres Onkels Ricardo lebt nicht mehr in Matanzas, nicht wahr?«, fragte Álvaro, der befürchtete, den falschen Weg eingeschlagen zu haben.

»Nein, von meiner Familie leben nur noch ein paar ferne Verwandte in Matanzas. Die Familie von Onkel Ricardito ging 59 nach Miami. Sie konnten nicht alles mitnehmen, aber es war eine ganze Menge, glauben Sie mir. Sie leben dort wie Könige, und schauen Sie uns an, mit unserem Paladar! Zum Glück schickt uns mein Bruder Pepito hin und wieder etwas Geld, aber er tut es nur widerwillig, denn er sagt, wir seien Kommunisten. Für ihn sind alle, die in Kuba geblieben sind, Kommunisten, und er verzeiht es uns nicht, dass wir die wertvollen Bilder, die hier im Haus hingen, verkauft haben … Aber Sie sind kaum deswegen hergekommen, nicht wahr?«

Fernando und Álvaro lächelten verlegen. In diesem Moment kam eine schwarze Hausangestellte, etwa so alt wie Carmen Junco, in den Salon, in der Hand ein Tablett mit drei Tässchen Kaffee.

»Danke, Pepa«, sagte die Hausherrin zu der Frau, und dann zu den Besuchern: »Ich nehme an, Sie trinken Kaffee …« Álvaro nahm eine

Tasse von dem Tablett, dann ging Pepa zu Fernando und schließlich zu Carmen.

»Wenn in diesem Haus, das einem Irrenhaus gleicht, etwas nicht verloren gegangen ist, dann der Brauch, unseren Besuchern Kaffee anzubieten, und wenn wir ihn aus der Erde buddeln müssen …«

»Er ist sehr lecker«, lobte Fernando.

»Es ist Kaffee ›Pilón‹, aus Miami. Dort trinkt man den besten kubanischen Kaffee.«

»Stört es Sie, wenn wir rauchen?«, fragte Álvaro.

»Nein, natürlich nicht. Mein Vater war immer ein starker Raucher, und auch ich rauche hin und wieder … Danke, Pepa«, sagte Carmen und stellte ihre Tasse auf das Tablett zurück. Fernando und Álvaro taten es ihr gleich, und die schwarze Hausangestellte ging mit dem Tablett hinaus.

»Nun, Doña Carmen …«

»Carmencita …«

»Doña Carmencita …«

»Ohne das Doña …«

Fernando lachte, jetzt etwas gelöster, und machte es sich auf dem Sofa bequem.

»Carmencita … Wie gesagt, wir interessieren uns für die Familie Junco. Was wir nämlich suchen, hat vielleicht etwas mit Ihnen zu tun, genauer gesagt, mit Ihrem Großvater …«

»Mit Großvater Ramiro?«

Fernando berichtete von seiner Suche nach Heredias verloren gegangenem Manuskript, bis hin zu seiner Begegnung mit dem alten Aquino, und auch wenn er es vorzog, das angebliche Liebesverhältnis zwischen Lola und Heredia unerwähnt zu lassen, erwähnte er Ramiro Junco als einen der wenigen Menschen, die Zugang zu den Papieren des Dichters gehabt hatte. Mit fortlaufender Geschichte bekundete Carmencita ein immer größeres Interesse. Ihre Augen, die dasselbe Tiefschwarz aufwiesen wie das der Augen von Lola Junco, das Heredia in seinen Versen besungen hatte, blitzten lebhaft auf, und Fernando ahnte, dass ebendiese Augen das Geheimnis ihrer Jugendlichkeit bargen.

»Worum ging es in dem Manuskript?«, fragte sie. »Ich meine, falls Sie es wissen …«

»Wir glauben, dass es sich um Heredias Erinnerungen handelt oder um eine Art Roman«, antwortete Fernando. »Wir sind nicht sicher, denn anscheinend hat es niemand gelesen.«

Carmen Junco atmete tief durch und schaute zum Flügel hin, dessen Tasten in den ruhmreichen Zeiten der Familie in Matanzas möglicherweise von den zärtlichen Fingern eines Ignaz Paderewski gestreichelt worden waren.

»Es gibt da etwas, das Sie wissen und mir aus Höflichkeit verschweigen. Ich nehme an, dass das der Grund ist, warum Sie annehmen, dass Großvater Ramiro das Manuskript an sich genommen haben könnte, stimmts?«

»Na ja … Ja.« Fernando sah zu Álvaro hinüber und entschied sich für den einzig möglichen Weg: »Sie werden bestimmt wissen, was man sich vor vielen Jahren über Heredia und Lola Junco erzählt hat …«

»Dass Esteban Junco nicht Rubéns Sohn war, sondern der von Tante Lola und Heredia.«

»So hat man es uns berichtet … Aber wir wissen nicht, was in der Familie gesprochen wurde.«

»In der Familie? Da wurde nicht darüber gesprochen, aber wenn irgendein Gerücht aufkam, wurde es natürlich abgestritten. Eine Junco mit einem unehelichen Kind, stellen Sie sich das mal vor! Aber ich glaube, im Grunde war es der Familie gar nicht so unrecht, denn ein Sohn von Heredia zu sein, das war schon was. Schlimm wäre es gewesen, wenn sie das Kind von einem farbigen Musiker bekommen hätte, aber von Heredia, dem Dichter … Interessant, wie das Leben sich rächt: Heutzutage will niemand mehr ein armer Poet sein, aber alle hätten gerne einen schwarzen Musiker als Kind, einen, der ins Ausland reisen kann, ein neues Auto besitzt und viele Dollars verdient.«

»Wie wahr«, stimmte Álvaro zu und zündete sich eine weitere Zigarette an.

»Darum sind die Leute so neidisch auf meine Enkelin Maricela, die blonde junge Frau, die Ihnen die Tür geöffnet hat. Ihr Mann ist Musiker. Mein Bruder Pepito sagt, das sei eine große Schande für die Familie, aber der hat noch nie begriffen, worum es im Leben geht.«

»So was soll vorkommen«, bemerkte Fernando, bemüht, sich nicht entmutigen zu lassen. »Aber um auf die Dokumente zurückzukommen ...«

»Wenn ich Sie richtig verstehe, nehmen Sie also an, dass mein Großvater Heredias Memoiren versteckt haben könnte, um zu verhindern, dass die Öffentlichkeit erfährt, wie weit die Beziehung des Dichters zu Lola gegangen war, und man entdecken könnte, dass er in Wirklichkeit Heredias Enkel war.«

»Das wäre eine Möglichkeit ...«

»Nein. So wie ich meinen Großvater kannte, halte ich das nicht für möglich. Wenn es jemanden gab, den es nicht interessierte, was die Leute über ihn dachten, dann er. Nach dem Unabhängigkeitskrieg von 1895 stand meine Familie fast ohne einen Centavo da. Durch das, was mein Urgroßvater Esteban den Widerstandskämpfern gegeben und was die Spanier uns weggenommen hatten, was verbrannt und im Krieg verloren ging, war sie sozusagen ruiniert. Und das wenige, das uns geblieben war, löste sich danach durch den Ankauf gefälschter Staatsanleihen, die die Amerikaner in Kuba in Umlauf gebracht hatten, in Luft auf. Und es war Großvater Ramiro, der die Familie über Wasser hielt, indem er wie ein Tier schuftete. Als ich geboren wurde, besaßen die Juncos wieder etwas Geld, natürlich nicht so viel wie vorher, zu Tante Lolas Zeiten. Mein Vater hat dann angefangen, sein Vermögen zu vermehren, er war nämlich der beste Anwalt in Matanzas, aber er gab alles, was er hatte, und auch, was er nicht hatte, für Partys aus. Alle wichtigen Leute, die, die in Kuba lebten, und die, die zu Besuch nach Kuba kamen, waren bei uns zu Gast. Habe ich Caruso erwähnt? Ja, aber nicht Nat King Cole und Anna Pawlowa ... Onkel Ricardito seinerseits machte viel Geld während der Machado-Ära, aber mehr durch die Politik als durch Arbeit oder Geschäfte. Deswegen glaube ich nicht, dass Ramiro Junco Angst hatte, die Wahrheit könnte ans Licht kommen, denn zwischen den alten Juncos und ihm lagen fast hundert Jahre, der Krieg und ein Vermögen, das es nicht mehr gab.«

»Aber damals …«, wollte Fernando einwerfen.

»Mit Geld konnte man alles erreichen, wie zu allen Zeiten, und die Familie war wieder zu Geld gekommen.«

Nervös drückte Álvaro seine Zigarette in einem blauen Glasaschenbecher aus.

»Der ist aus venezianischem Kristall«, sagte Carmencita. »Der Aschenbecher, meine ich. Ich habe fünf davon gekauft, als ich 1952 in Venedig war … Der hier ist das einzig überlebende Exemplar.«

»Er ist sehr hübsch«, bemerkte Álvaro.

»Dann haben Sie also nie von dem Manuskript gehört?«, fragte Fernando, der sich im Moment nicht für venezianische Aschenbecher interessierte. »Und Ihre Schwester? Ihre Brüder?«

»Über Heredia wurde in der Familie ständig geredet, aber über dieses Dokument, von dem Sie sprechen …«

Carmen Junco schüttelte den Kopf, und Fernando Terry spürte, wie sein Mut sank. Wieder eine Spur, die im Sande verlief, und kein Licht am Horizont.

»Und Ihre Verwandten in Miami?«, fragte er, um seinen daniederliegenden Hoffnungen wieder auf die Beine zu helfen.

»Ich bin sicher, dass mein Bruder Pepito nichts weiß. Aber für die Cousins von Ricardos Seite kann ich natürlich nicht sprechen. Von denen haben wir nichts mehr gehört, seit sie Kuba verlassen haben.«

Álvaro, den Blick starr auf den Flügel gerichtet, stellte die Frage, die ihm und Fernando von Anfang an im Kopf herumging:

»Und Sie, Carmencita? Warum sind Sie nicht aus Kuba fortgegangen?«

»Fortgehen? Wir? Warum? Vergessen Sie nicht, dass die Juncos, die Ponces de León und die Vélez de la Riva seit drei Jahrhunderten Kubaner sind und dass wir nicht immer Geld hatten. Aber überlebt haben wir immer. Wer gehen will, der soll gehen, mich jedenfalls, eine Kubanerin durch und durch, müsste man schon hinauswerfen. Ich werde nirgendwohin gehen. Und wenn ich keine Junco wäre, sondern eine Heredia, dann erst recht nicht.« Álvaro und Fernando sahen sich an, beeindruckt von der glühenden Liebeserklärung der alten Dame an ihr Land, aber auch überzeugt davon, dass das Manuskript von José María Heredia eine Chimäre war wie der Stolz und der verblichene Glanz der Familie Junco.

*I*CH ERINNERE MICH AN DEN MONAT April als den Moment der Ruhe vor dem schrecklichen Hurrikan. Mein Ruf als Dichter verbreitete sich wie ein intensives Parfüm, und meine Gedichte wurden gleichermaßen von jungen Verliebten und von politisch Engagierten rezitiert. Der eitle Glaube an meine Bedeutung war für mich so wichtig wie das tägliche Brot oder vielleicht noch wichtiger. Lola Junco und ich liebten uns wie zwei immerzu brünstige Tiere, die allein im Liebesakt ihre Erregung stillen und ihre Energien freisetzen. Die Monate des Übens und Praktizierens hatten uns zu perfekten Liebenden gemacht, die sich ergänzten und sich gleichviel durch eigene Lust wie durch Hingabe Befriedigung verschafften. Die Minuten der Trennung erschienen uns wie Jahre und die Stunden der Gemeinsamkeit und der Liebe wie flüchtige Sekunden. Wir hielten unsere Beziehung absolut geheim – sogar meinen besten Freunden gegenüber – und warteten voller Ungeduld auf den Moment, da ich meine Unterlagen vorlegen und meine Zulassung bekommen würde und den Anwaltsberuf ausüben konnte, um unser Liebesverhältnis öffentlich zu machen und so schnell wie möglich das Datum der Hochzeit festzulegen. Deswegen beschlich mich der nagende, immer drängender werdende Gedanke, mit Doktor Hernández zu sprechen und ihm meine Entscheidung anzuvertrauen, mich von einer Verschwörung zurückziehen zu wollen, die nicht in die Tat umgesetzt wurde, wo doch nicht einmal die erforderlichen Glieder für die vom Obersten Befehlshaber Lemus geforderte Kette aneinandergereiht werden konnten, um den angestrebten Erfolg zu garantieren; denn praktisch keiner der über Einfluss und Macht verfügenden Kubaner hatte sich der Bewegung angeschlossen, um sich, unter Ausflüchten wie denen meiner Freunde, nicht in ein Abenteuer zu stürzen, wobei immer dieselbe unbeantwortete Frage im Raum stand: Und die Neger? Wäre das alles nicht so traurig gewesen, hätte man über die Vorstellung lachen können, die Neger, die man aus Afrika auf die Insel geholt und versklavt hatte, könnten nun ihrerseits ihre Herren versklaven, sie in Ketten legen und ihrer Freiheit berauben.

Doch mein Stolz hielt mich davon ab, einen so beschämenden Rückzieher zu machen, und auch die Tatsache, dass sowohl Lola als auch meine Freunde mich als Helden betrachteten, versperrten mir diesen Weg. Dabei hatte ich nur den einen Wunsch, bei meiner Geliebten in Matanzas zu bleiben, Gedichte und Tragödien zu schreiben und mit meiner Arbeit das nötige Geld für ein friedliches Leben zu verdienen. Mit diesem Ziel vor Augen, entschlossen, so schnell wie möglich meine Zulassung als Anwalt zu bekommen, fuhr ich nach Havanna, um von dort einen Schoner nach Santa María del Puerto Príncipe zu nehmen, dem Sitz des zuständigen Gerichtshofes, überzeugt davon, dass sich bei meiner Rückkehr alles regeln würde. Denn wenn ich eines nicht wollte, dann, Lola in ein zum Scheitern verurteiltes, leidvolles Abenteuer hineinzuziehen, und wenn mein politisches Schicksal besiegelt sein sollte, dann war ich bereit, mir das Herz aus dem Leibe zu reißen, so wie Ödipus sich die Augen herausgerissen hatte, und Lola ein Leben zu ersparen, in dem ich ihr außer Gefahr und Elend nichts bieten konnte.

Das Havanna, in das ich diesmal kam, war eine Stadt am Rande des Chaos. Es gab immer mehr Gewalt, mehr Spieltische und Stundenhotels, die Sklaven wurden in erniedrigender Weise öffentlich versteigert, als hätte die neue Regierung unter Generalkapitän Dionisio Vives beschlossen, das Blut einer bereits kranken Gesellschaft mit einer noch größeren Dosis an Niedertracht und Gleichgültigkeit zu vergiften. Gleichzeitig erhitzten die Nachrichten aus Spanien und die Reaktionen in Kuba die politische Atmosphäre in nicht gekannter Weise, und meine Freunde heizten das offenbar unkontrollierbare Feuer mit an. Der erste Kanonendonner jenes geräuschlosen Krieges erfolgte, als bekannt wurde, dass sich die Truppen der Heiligen Allianz unter dem Kommando des französischen Monarchen anschickten, die Pyrenäen zu überqueren, um die Iberische Halbinsel zu überrennen und das schlechte Beispiel des Konstitutionalismus hinwegzufegen. Am selben Tage hatte ein Ereignis stattgefunden, das zu einem anderen Zeitpunkt ein Anlass zur Hoffnung gewesen wäre: Varela, bereit, die Grenzen des Möglichen zu überschreiten, hatte seine Krallen gezeigt und einen kühnen Plan für die Abschaffung der Sklaverei und die politische Unabhängigkeit Kubas vorgelegt.

Der Ernst der Situation veranlasste meine Freunde, allesamt Studenten am Seminar von San Carlos, ein Manifest zur Unterstützung des Konstitutionalismus im *Politischen und Literarischen Revisor* zu veröffentlichen. Domingo, der für das Verfassen derartiger Schriften besonders begabt war, verbarg seine Autorenschaft, zählte aber zu den vielen Unterzeichnern des Dokumentes, in dem offen von Freiheit und Souveränität die Rede war und die Verräter an der Verfassung angegriffen wurden. Was meine Freunde jedoch nicht wussten, war, dass eine Woche vor der Veröffentlichung ihres flammenden Aufrufes die Invasion eines verteidigungsunfähigen und kopflosen, von seinen Militärs und seinem eigenen König im Stich gelassenen Spaniens bereits begonnen hatte. Und genau in diesem Moment setzten Varela, Gener und Santos Suárez, zusammen mit vielen weiteren Abgeordneten, alles auf eine Karte: Sie erklärten Fernando VII. für unfähig, das Land und seine Kolonien zu regieren, und verlegten das Parlament zuerst nach Sevilla und dann nach Cádiz, womit sie nichts anderes erreichten, als die Agonie eines todgeweihten politischen Systems zu verlängern.

Wenn mich mein Stolz, meine Eitelkeit und eine gewisse Portion Überheblichkeit bisher davon abgehalten hatten, zum guten Doktor Hernández zu gehen und ihn zu bitten, mich von der Liste der Unabhängigkeitskämpfer zu streichen, so waren es jetzt das Verhalten meiner Freunde und das Beispiel von Varela und den anderen Abgeordneten, die mir den Weg zum Rückzug versperrten, falls ein solcher Rückzug überhaupt noch möglich war.

In dieser aufgeheizten Atmosphäre beschloss ich eines Abends, als wir mehr Wein getrunken, als uns guttat, und stundenlang über einen möglichen Ausweg aus der momentanen Krise geredet hatten, aufs Ganze zu gehen und meinen Freunden endlich anzuvertrauen, dass ich der Bewegung Die Strahlen und Sonnen Bolívars angehörte. Ich erinnere mich, dass außer den üblichen Teilnehmern unserer Tertulias auch Saco anwesend war, der in der Hitze der neuen Ereignisse zu unserer Gruppe gestoßen war, wo seine Ideen und Einstellungen Widerhall fanden.

Während Domingo seine kurzsichtigen, durchdringenden Augen auf mich richtete und den Rauch seiner Zigarre ausstieß, drückten die Gesichter von Silvestre, Cintra, Sanfeliú und eben Saco nacktes Entsetzen aus, als sie vernahmen, dass ich der Unabhängigkeitsbewegung beigetreten war. Der beredteste Kommentar jedoch kam, wie zu erwarten, von Domingo, der mir, ohne die Zigarre aus dem Mund zu nehmen, zuraunte: »Du bist verrückt geworden! Verstehst du mich?« Und dann fügte er, ehrlichen und schweren Herzens, wie mir schien, hinzu: »Du bist immer einen Schritt voraus, aber diesmal bist du zu weit gegangen.«

Redselig und unbedacht wie immer, wenn ich getrunken hatte, erzählte ich ihnen von der Unterstützung Bolívars, den Logen, der Kette, von der Anwesenheit Lemus' und weiterer Militärs aus Südamerika in Kuba, bis Saco wieder einmal den Finger in die ewig blutende Wunde legte:

»Und die Neger, Poet? Was wird passieren, wenn sie sich erheben? Was du gesagt hast, klingt alles sehr gut, aber solange du keine Antwort auf diese Frage weißt, kannst du mit den Leuten, die in Kuba das Sagen haben, nicht rechnen.«

»Über die Unabhängigkeit …«, widersprach ich.

»Die ist im Moment nichts als ein Hirngespinst. Schau dir deine Freunde an«, er zeigte in die Runde, »heute beneiden sie dich noch um deinen Mut, aber morgen, wenn sie reich geworden sind, und das werden sie alle, werden sie sagen, dass du ein Schwärmer warst. Gib der Zeit etwas Zeit, Poet, und du wirst sehen.«

Zwei Tage später bestieg ich mit all meinen Zweifeln und einer großen Traurigkeit im Gepäck den Schoner, der mich nach San Fernando de Nuevitas bringen sollte, einem kleinen Hafen nahe Santa María del Puerto Príncipe. Doch als ich den Fuß in diese Stadt setzte, stellte ich fest, dass weder der wirtschaftliche Aufschwung und die

Vitalität von Matanzas noch das Chaos und das ausschweifende Leben von Havanna diese furchtbar provinzielle, wie in der Zeit stehen gebliebene Bevölkerung erreicht hatten. Am Tage waren die ungepflasterten und schlecht beleuchteten Straßen einigermaßen belebt, doch um acht Uhr abends erstarb, wie auf königlichen Befehl hin, jedes Leben. Dann wurden die Haustüren verschlossen, die Geschäfte ließen ihre Rollläden herunter, und Stille bemächtigte sich der alten Stadt, die bis vor Kurzem noch, dank einer schwunghaften Schmugglertätigkeit, eine glorreiche Zeit des Wohlstandes erlebt hatte. Langeweile lag in der Luft, dicht und schwer, man hätte sie mit dem Messer schneiden können, und kaum war ich angekommen, wäre ich am liebsten gleich wieder umgekehrt.

Meine angespannte finanzielle Situation zwang mich dazu, die Gastfreundschaft des Oberrichters José Eugenio Bernal in Anspruch zu nehmen, eines alten Freundes meines Vaters, mit dem ich an manchen Abenden seinen Verwandten und Freunden einen Besuch abstattete. Wir saßen in den herrlichen Patios der Häuser und redeten über belangloses Zeug, und manchmal wurde ich gebeten, einige meiner für den prüden Geschmack meines Publikums höchst gewagten Gedichte zu rezitieren.

Schier endlos kamen mir die vier Wochen vor, die ich mit dem für die Erlangung meines Titels unumgänglichen Papierkram zubrachte. Als man jedoch entdeckte, dass ich die geforderten zwei Jahre Praktikum zwischen Examen und Zulassung als Anwalt noch nicht vollständig abgeleistet hatte, drohte mein Plan zu scheitern. Doch glücklicherweise gibt es in Kuba immer eine Lösung, auch wenn erst einmal alles unmöglich scheint. Dank des Einflusses Bernals und seines Freundes, des Direktors Campuzano, sowie der Summe von einhundertdreißig Pesos, die mir der Richter lieh, um sie den entsprechenden Leuten zukommen zu lassen, wurde mein Praktikum als abgeschlossen anerkannt, und am 18. Juni 1823 war ich ein junger Anwalt und konnte dieser unerträglichen Stadt entfliehen …

Kaum in Matanzas zurück, es war inzwischen Anfang Juli, eilte ich, fast ohne die Nachricht von meiner Mutter, dass sich Silvestre in der Stadt aufhielt, zur Kenntnis genommen zu haben, zur Plaza de la Vigía, um mich in der Nähe des Hauses meiner Geliebten zu postieren. Wenn ich früher mit Lola Kontakt aufnehmen wollte oder musste, schrieb ich eine kurze Botschaft und wartete vor dem Haus, bis Teté oder eine der anderen Sklavinnen – allesamt unsere Verbündeten – irgendwann herauskam und ich ihr einen Zettel zustecken konnte. Doch an jenem Nachmittag kam niemand aus dem fest verschlossenen Haus, während die Stunden vergingen, die Nacht hereinbrach und ich von Müdigkeit, Durst, Hunger und dem Bedürfnis zu urinieren geplagt wurde.

Zu Hause aß ich ein paar Bissen von dem inzwischen kalten Quimbombó, den meine Mutter gekocht hatte, um meine Zulassung zu feiern, und schloss mich in meinem Zimmer ein. Irgendetwas Seltsames war passiert, und ich ahnte, dass es nichts Gutes war. Schließlich übermannte mich der Schlaf, und ich wachte erst wieder auf, als ich spürte, dass jemand mein Bein berührte. Als ich die Augen öffnete, blendete mich die Sonne.

»Es ist zehn Uhr morgens, verdammt«, sagte eine Stimme, die ich sogleich als die von Silvestre Alfonso erkannte. »Los, komm, wasch dich und trink einen Kaffee. Wir müssen reden.«

»Was ist denn passiert?«

»Werd erst mal wach, ich warte nebenan auf dich. Aber wasch dich ordentlich, du stinkst wie ein Ziegenbock.«

Als ich ins Esszimmer kam, trank Silvestre Kaffee und goss mir ebenfalls eine Tasse ein. Wortlos reichte er mir ein rosa Blatt Papier. Ich trank einen Schluck und las die Nachricht, deren Absenderin ich bereits kannte: »Wir müssen die Stadt verlassen. Ich schreibe Dir bald. Es liebt Dich, mehr denn je, Deine Lola.«

»Sie sind Hals über Kopf abgehauen«, sagte Silvestre, als er meine Verblüffung sah. »Teté hat mir die Nachricht übergegeben ... Und ich hab dir geglaubt, als du mir gesagt hast, du wolltest Lola aus deinem Märtyrerleben heraushalten ...«

Silvestre, der stundenlang reden konnte, ohne Luft zu holen, zog es diesmal vor, nicht weiter auf mir herumzuhacken, vielleicht wegen der Ratlosigkeit, die sich angesichts dieser unerwarteten Situation auf meinem Gesicht widerspiegeln musste.

Schlagartig verloren die Stadt und mein Leben jeden Reiz für mich. In jenen Tagen erkannte ich das wahre Ausmaß meiner Liebe, ohne zu ahnen, dass das Schlimmste noch bevorstand.

Mir blieb nur wenig Zeit, Trübsal zu blasen, denn ein zweites und noch schrecklicheres Ereignis kündigte den entscheidenden, unumkehrbaren Sturm an. Es war der erste August, früh am Morgen, als Doktor Hernández bei mir erschien. Ich dachte, es könne dafür keinen anderen Grund geben als den, dass nun endlich der Aufstand beginnen würde, und das in einem Moment, da ich mir nichts sehnlicher wünschte, als meinen Kopf in Lolas lieblichen Schoß zu legen. Doch die Nachricht, die der Doktor brachte, war eine andere, und sie war niederschmetternd.

»Sie haben alles aufgedeckt«, sagte er, und ich spürte, dass dieser edle, tapfere Mann den Tränen nahe war.

Die Zelle in Havanna war von der Geheimpolizei des Generalkapitäns unterwandert worden, nachdem ein Sklave sie denunziert hatte, ein Mitarbeiter der Druckerei, in der die Aufrufe gedruckt worden waren, die Lemus zu Beginn der Erhebung verteilen lassen wollte. Und die ersten Verhafteten hatten alles preisgegeben, was sie wussten.

»Ist das nicht der beste Moment, um den Aufstand zu beginnen?«, fragte ich, denn ich wusste, dass, hatten sie erst einmal den Faden gefunden, sie bald zum Knäuel vordringen würden. Und es war anzunehmen, dass die Vorbereitungen der Verschwörung nach zwei Jahren Arbeit so gut wie abgeschlossen waren.

»Was ich dir jetzt sage, ist sehr traurig, José María. Seit Dezember ist alles bereit, nur eine Frage ist noch unbeantwortet …«

»Die Neger«, stieß ich hervor, und der Doktor nickte.

»Solange es die Sklaverei gibt, gibt es keine Lösung. Niemand will uns unterstützen … Kuba steckt in der Falle.«

»Und was machen wir jetzt?«

»Im Moment können wir nur warten. Vielleicht dringen sie nicht zu uns vor. Aber wenn doch, rate ich dir, Kuba zu verlassen.«

»Das kann ich nicht!«, schrie ich beinahe.

»Weißt du, was das Schlimmste ist? Ich schäme mich, Leuten wie dir so etwas zu sagen. Ich fühle mich verantwortlich, dich in diesen

Wahnsinn hineingezogen zu haben … Es war naiv von mir zu glauben, dass dieses Land in der Lage ist, sein Schicksal zu wenden. Ist es aber nicht und wird es für lange Zeit nicht sein, vielleicht nie. Ein Land, das lieber eine Tyrannei erträgt, als irgendein Risiko auf sich zu nehmen, verdient nichts anderes als die Tyrannei.«

Fünfzehn Jahre ist es nun her, dass ich diese Worte vernahm, und noch immer gehen sie mir nicht aus dem Kopf. Genauso wie das letzte Bild des Mannes, in den ich so viele Hoffnungen gesetzt hatte: Ich sah ihn mein Haus verlassen, besiegt und beschämt, ohne sich von mir verabschiedet zu haben …

Mehrere Tage lang war ich wie benommen, mich vor Sehnsucht und Eifersucht verzehrend und alarmiert durch die sich überschlagenden Ereignisse in Havanna, wo den Verschwörern der Prozess gemacht wurde, während die Denunzierungen täglich zu weiteren Verhaftungen führten. Auch der Oberste Befehlshaber Lemus wurde festgenommen, mitsamt seinen Uniformen, Rangabzeichen und Aufrufen, aber ohne von seinem Schwert Gebrauch zu machen. Nach Lemus fiel auch der gute Doktor Hernández in die Hände der Geheimpolizei, und die Tatsache, dass er denunziert worden war, ließ die restlichen Verschwörer zittern. Ich für meinen Teil tat so, als verliefe mein Leben in den vorhergesehenen Bahnen, und ließ mir meine Zulassung als Anwalt amtlich bestätigen, obwohl ich nicht vorhatte, diesen Beruf auszuüben. Auch war es mir ziemlich egal, dass *Der Revisor* mein Gedicht über die Erhebung der Griechen mit seinem Ruf nach Freiheit veröffentlichte … Inmitten der infernalischen Hitze jenes Augusts, als mein Leben an dem unwahrscheinlichen Faden des Schweigens meiner Brüder, der Rationalen Ritter, hing, plante ich mit Silvestres Hilfe einen Besuch auf der Zuckerrohrplantage Miraflores, wo die Juncos nach wie vor ausharrten. Ich wollte Lola um eine Erklärung für ihr Schweigen bitten und, nachdem wir uns ausgesprochen hätten, um ihre Hand anhalten. Denn es gab nur zwei Möglichkeiten, und keine war schlimmer als die Ungewissheit: dass man mich entweder akzeptieren oder ablehnen würde. Danach würde ich entweder glücklich werden oder mich in den Kampf stürzen.

Gerade wollte ich die Reise antreten, als ich eine Nachricht von

Doktor Hernández aus dem Gefängnis erhielt. Der knappe Wortlaut war ein Befehl: »Hau ab!« Und anstelle einer Unterschrift die Strahlen einer Sonne. Aber ich konnte nicht einfach fortgehen, ohne mit Lola gesprochen zu haben, und gleichzeitig wurde mir klar, wie unsinnig mein Vorhaben war, auf die Plantage der Juncos zu fahren; denn damit hätte ich nur erreicht, dass Lola und ihre Familie in meine politischen Abenteuer verwickelt worden wären. Aber ich musste sie sehen … Auf Silvestres Drängen hin beschlossen wir, dass der beste Ort, um mich zu verstecken, bis ich Ordnung in meine Gedanken gebracht hätte und mir über meine nächsten Schritte im Klaren wäre, Havanna war.

Ende August verließen wir Matanzas, während in der Stadt immer neue Verhaftungen vorgenommen wurden und man Francisco Hernández Mordejón, den als grausam bekannten Bürgermeister, zum Untersuchungsrichter für die anstehenden Prozesse bestimmte. Um meine scheinbare Routine zu wahren, wohnte ich in Havanna bei Silvestre, ließ meinen Anwaltstitel von der zuständigen Stelle amtlich beglaubigen und nahm meine Arbeit in der Kanzlei von José Franco auf, einem weiteren alten Freund meines Vaters, der als Rechtsberater des Königlichen Konsulats fungierte.

Etwas überraschend für mich war, dass Domingo sich nicht mehr bei unseren Tertulias und in der Runde der Freunde blicken ließ. Laut Cintra, der inzwischen so etwas wie Domingos Page war, lag der Grund dafür darin, dass unser Freund, den der endgültige Bruch seiner Beziehung zu Isabel sehr mitgenommen hatte, ausgerechnet in dem Moment nach Matanzas aufgebrochen war, als ich mich auf dem Weg nach Havanna befunden hatte. Wie Cintra uns weiter berichtete, hatte sich Isabel zum zweiten Mal mit dem Sklavenhändler Pedro Blanco verlobt. In seiner Verzweiflung habe Domingo seine literarischen Pläne aufgegeben und die Arbeit als juristischer Berater angenommen, die ihm der Bürgermeister von Guane, einem kleinen Dorf im dünn besiedelten äußersten Westen der Insel, angeboten habe. Doch bevor er dorthin gegangen sei, habe er sich von seiner Mutter und seinen Geschwistern in Matanzas verabschieden wollen.

Erst Mitte September kehrte Domingo nach Havanna zurück,

suchte mich jedoch aus irgendwelchen Gründen vor seiner Übersiedlung nach Guane nicht auf. Sein unerklärliches Verhalten ließ bei mir einen schalen Nachgeschmack zurück, zumal mich die Nachrichten aus Matanzas immer ernsthafter über den schmerzlichen Rat von Doktor Hernández nachdenken ließ … Doch erst viele Jahre später, im Lichte weiterer Erkenntnisse, gelang es mir, alle Fäden zu verknüpfen und die wahren Gründe für Domingos seltsame Verhaltensweise nicht mehr nur zu erahnen, sondern auch vollständig zu begreifen.

In der Absicht, mich an einem sicheren Ort zu verstecken, verabschiedete ich mich von meinen Freunden. Noch ahnte ich nicht, dass ich Sanfeliú zum letzten Male sehen sollte, dass Saco mich eine Zeit lang während des Exils begleiten und der leidenschaftlichste Verteidiger werden würde, den meine Gedichte je hatten, dass ich Silvestre erst im kalten New York wiedersehen würde und dass Tanco, Cintra und Bermúdez mir den Gruß verweigern würden, als wir uns wieder begegneten. An jenem Abend, als wir in einer traurigen Runde beisammensaßen, Wein tranken und über das tragische Schicksal der Insel sprachen, endete meine Zugehörigkeit zu einer Gruppe von Freunden, was auf immer eine nicht zu füllende Leere in meinem Herzen hinterlassen sollte.

Wieder in Matanzas angekommen, schlich ich mich heimlich in das Haus meines Onkels Ignacio, und nachdem ich mich vergewissert hatte, dass es keine Neuigkeiten von den Juncos gab, erfuhr ich von der Verhaftung der Freunde, die ich selbst der Bewegung zugeführt hatte. Die Brüder Aranguren und ihr Schwager Antonio Betancourt saßen seit drei Tagen im Gefängnis, zusammen mit mehreren Teilnehmern der Tertulia und Mitgliedern der Rationalen Ritter. Wer hatte sie verraten? Wie war es möglich, dass man noch nicht nach mir suchte? Bisher hatte ich es wohl ausschließlich der Standhaftigkeit von Doktor Hernández zu verdanken, dass ich noch in Freiheit war, doch von nun an hing mein Schicksal auch von den übrigen Verhafteten ab.

Auf Drängen meines Onkels, der alles Nötige veranlasst hatte, begab ich mich auf die Zuckerrohrplantage Los Molinos, von dessen

Anhöhe aus ich Matanzas zum ersten Mal erblickt hatte. Dort wurde ich von der Marquesa Reina María, der Witwe von Prado Ameno, einem großen Bewunderer meiner Poesie, herzlich empfangen. An jenem von der Natur verwöhnten Ort an den Ufern des San Juan, wo ich indes jeden Morgen das traurige Schauspiel mit ansehen musste, wie die Sklaven auf die Zuckerrohrfelder getrieben wurden, lebte ich im herrlichen Schatten eines der größten Besitztümer Kubas und begriff ein für alle Mal, dass man nicht auf die Grundbesitzer zählen konnte, wenn man eine Revolution beginne wollte. Zu viel Luxus, zu viel Macht und Geld standen auf dem Spiel bei einem politischen Wechsel, der ihnen letztlich keine größeren Vorteile bringen würde, und schon gar nicht jetzt, da sie wieder einen Marionettenkönig auf dem Thron sitzen hatten, der vollkommen von kubanischen Geldern abhängig war. Für die reichen Kreolen war die Versklavung anderer Menschen so natürlich, dass eine gebildete und weltläufige Frau wie die, die mir jetzt Schutz bot, dieselbe Person sein konnte, die einige Jahre zuvor das angeborene Talent des auf ihrem Besitztum geborenen Sklaven Juan Francisco Manzano mit beispielloser Grausamkeit erstickt hatte. Sie ließ den Jungen fast zu Tode foltern, weil er es gewagt hatte, Gedichte zu schreiben und veröffentlichen zu wollen. Für die Marquesa, wie für alle Mitglieder ihrer Schicht, war ein Neger weniger wert als ein Hund, und deswegen war es für sie unbegreiflich, dass er lesen oder schreiben konnte.

Fast fiel ich in Ohnmacht, als die Marquesa eines Morgens verkündete, sie werde für ein paar Tage verreisen, sie wolle ihre Freunde, die Juncos, auf der Plantage Miraflores besuchen. Ich war nahe daran, sie auf den Knien anzuflehen, mich mitzunehmen, als mir das Absurde meiner Bitte bewusst wurde; doch immerhin bat ich sie um den Gefallen, meiner Freundin Lola eine Nachricht von mir zu überbringen.

»Deiner Freundin, ja?«, entgegnete die Marquesa lächelnd. »In Matanzas erzählt man sich, dass ihr mehr als Freunde seid ... Aber gib her, ich werde ihr den Brief bringen.«

Fünfzehn-, zwanzig-, tausendmal begann ich das Schreiben, und ebenso oft zerriss ich es. Die Ungewissheit hinderte mich daran, den richtigen Ton zu treffen für einen Brief, der voller Zorn, voller Liebe oder Eifersucht sein konnte … Am Ende entschloss ich mich, Lola zu bitten, mir eine Nachricht zukommen und mich den Grund ihres Schweigens wissen zu lassen. Die Tage, in denen die Marquesa außer Hauses weilte, verbrachte ich im Ungewissen. Ich schlief kaum, aß nicht, dachte nicht über meine Situation nach. Und als ich ihre Kalesche ankommen sah, rannte ich ihr ohne jede Zurückhaltung entgegen und bat sie, mir von Lola zu erzählen.

Die Marquesa übergab mir einen rosafarbenen Umschlag. Mit wild klopfendem Herzen begab ich mich in den Schatten eines Mandelbaumes, während meine Hände, unbeholfen wie nie, sich abmühten, den Brief zu öffnen. Doch mehr als Herzklopfen überkam mich, als ich die wenigen Zeilen zu lesen begann, die mir jetzt wieder deutlich vor Augen stehen, Worte, dazu bestimmt, mich von jenem Tag an die größte Tragödie meines Lebens erleben zu lassen: »Mein über alles geliebter José María«, schrieb Lola, »Gott hat meine Bitten erhört, endlich erhalte ich ein Lebenszeichen von Dir, und so weiß ich, dass Du frei und in Sicherheit bist. Ich vertraue darauf, dass Dir nichts zustößt, zu Deinem Wohl und dem unseres Sohnes. Ja, mein Liebster, ich bin im fünften Monat schwanger, und das ist auch der Grund, warum mich meine Eltern nach Miraflores gebracht haben, denn sie wünschen meinen Zustand vor der Öffentlichkeit zu verbergen. Ich beschwöre sie, dass es das Beste ist, wenn sie mir erlauben, dich zu heiraten, doch sie stellen sich dem entgegen, vor allem, seit sie um Deine Situation wissen. Ich bitte Gott, dass bald alles vorbei ist, dass Du in Freiheit bleibst und wir, mit San Estebans Hilfe, endlich heiraten und in Frieden unser Kind bekommen können. Die Marquesa wird Dir mehr berichten, denn jetzt muss ich schließen. Vergiss nicht, dass meine Liebe für Dich unerschöpflich ist wie die Quelle hoch oben auf dem Berg, wo der Yumurí entspringt, an dessen Ufer wir das Größte und Wunderbarste des Lebens empfangen haben. Es küsst Dich viele, viele Male, Deine Lola.«

Wie viele Flaschen sind es denn nun?«

»Ich hab eine mitgebracht«, sagte Miguel Ángel.

»Ich auch«, sagte Conrado.

»Ich eine halbe … nein, etwas mehr«, verbesserte sich Fernando.

Álvaro hielt eine Hand hoch und zählte mit. Bei zwei ausgestreckten Fingern, der Zeigefinger der anderen Hand quer darüber, war Schluss. »Zweieinhalb«, stellte er enttäuscht fest.

»Ich bin völlig blank«, sagte Víctor.

»Mich könnt ihr auch vergessen«, sagte Tomás.

»Ich hab euch ja schon vorher gesagt, dass ich keinen Rum mitbringe«, sagte Enrique.

»Ich bin auch pleite«, sagte Arcadio. »War gestern mit ner Mieze unterwegs und …«

»Erspar uns die Einzelheiten«, unterbrach ihn Álvaro genervt. »Mit meiner halben Flasche sinds dann drei Liter. Nicht schlecht, was? Enriquillo trinkt ja im Moment nicht …«

Die Flaschen wurden auf einem kleinen Holzbänkchen aufgereiht. Dort befand sich bereits das Tablett mit den Gläsern, einem Krug mit Eiswürfeln und mehreren aufgeschnittenen Zitronen. Als Tischdecke diente die Zeitung des Tages: 23. Oktober 1974.

»Die Schwarze Leber der kubanischen Literatur, so wird man dich nennen.« Enrique sah Álvaro dabei zu, wie er die Gläser mit Rum füllte und sie den anderen reichte. Die einen taten sich Eis hinein, andere Zitrone. »Schön macht ihr das!«

»Du kannst uns mal, Sor Juana«, entgegnete Álvaro, und alle lachten, einschließlich Enrique. »Also, was ist, liest du uns aus deiner *Tragikomödie* vor?«

»Nein, noch nicht.« Enrique rutschte verlegen auf seinem Sessel hin und her. »Nicht bevor ich sie fertig geschrieben habe. Hab ich euch doch schon gesagt!«

»Hör mal, Enrique, sieh zu, dass was Gescheites dabei rauskommt, schließlich nervst du uns jetzt schon fast ein ganzes Jahr mit dieser komischen Geschichte, aber fertig wirst du wohl nie …« Miguel Ángel steckte sich die Zigarette wieder zwischen die Lippen, nachdem er einen großen Schluck getrunken hatte.

»Ich weiß nicht, vielleicht ist es ja Müll«, erwiderte Enrique, der immer noch nervös herumzappelte.

»Weißt du, was ich glaube, Enrique?«, fragte Arcadio. »Du solltest die *Tragikomödie* vergessen und was anderes schreiben. Wenn es so lange dauert, wird es seinen Grund haben …«

»Es dauert so lange, weil ich viele Dinge sagen will. Aber bei den einen weiß ich nicht, wie ich sie sagen soll, und bei den anderen, ob ich sie sagen darf.«

»Die, von denen man nicht weiß, wie man sie sagen soll, sind die fiesesten«, mischte sich Víctor ein, der seinen Rum noch nicht probiert hatte. Die anderen tranken wie besessen, er jedoch saß den ganzen Abend an einem oder zwei Glas und genoss jeden Schluck. »Was die anderen Dinge angeht, sag sie. Für die Schere ist später immer noch Zeit, also fang nicht an, dich im Voraus selbst zu zensieren.«

»Ich weiß nicht, warum ihr unbedingt mit dem Feuer spielen müsst«, bemerkte Conrado und warf ein paar Eiswürfel in seinen Rum.

»Ich glaube, das schlaue Bäuerlein hat recht.« Tomás hatte sein Glas schon ausgetrunken und hielt es verkehrt herum nach unten. »Ich schreib nicht gern für die Schublade. Und wenn mir was einfällt, das gefährlich werden könnte, mach ich mir irgendwo Notizen, aber ich schreib es nicht gleich nieder. Was solls …«

»Prima Idee!«, rief Álvaro. »Dann kriegst du keine Probleme, nicht mal mit dir selbst.«

»Weißt du, was ich in meinem nächsten Roman machen werde?«, sagte Tomás. »Ich werd mich aus der Politik heraushalten, alles vergessen, was irgendwie nach Politik riecht. Das ist es nämlich, was die kubanische Literatur versaut: die Obsession, alles auf Politik zu beziehen.«

»Red keinen Scheiß, Alter«, widersprach Miguel Ángel mit der Zigarette im Mund. »Alles hat mit Politik zu tun, und natürlich kann man über Politik schreiben. Aber man darf nicht zulassen, dass die Politik zum Wichtigsten wird.«

»Mir ist die Politik scheißegal«, sagte Fernando. »Ich schreib Gedichte. Mich interessieren die Menschen, ob sie leiden oder sich verlieben, ob sie Angst vor dem Tod haben oder das Meer lieben.«

»Und das ist keine politische Haltung?«, fragte Miguel Ángel.

»Schau mal, Negro«, Tomás goss sich Rum nach, »dein Problem ist es, dass du zum Frühstück rotes Acetyl trinkst und abends rote Beete mit Quecksilber isst. Deswegen wirst du mit jedem Tag roter.«

»Red keinen Stuss, Tomás, du weißt sehr wohl, dass ich recht habe. Klar, manche Schriftsteller nutzen die Politik, um Karriere zu machen, aber das ist ein anderes Thema.«

»Nein, genau das ist das Thema, genau das!«, ereiferte sich Álvaro und stellte sein Glas auf den Boden. »Es gibt jede Menge Opportunisten, die mit dem, was sie schreiben, ihren Arsch verkaufen!«

»Hör mal, Varo, hast du schon vergessen, wie viele Leute man aus dem Verkehr gezogen hat wegen dem, was sie geschrieben haben, und sogar wegen dem, was sie nicht geschrieben haben?«, hielt Conrado ihm entgegen.

»Nein, das habe ich nicht vergessen, natürlich nicht.«

»Du machst es dir sehr einfach«, bemerkte Arcadio. »Aber wenn man dir plötzlich die Möglichkeit nimmt zu arbeiten, wenn man dich nicht mehr veröffentlicht, wenn du nicht mehr reisen kannst …«

»Wenn es wegen dem ist, was ich geschrieben habe, und wenn ich an das glaube, was ich geschrieben habe, und wenn ich beim Schreiben aufrichtig war, nun, dann zieh ich eben den Schwanz ein und halte die Schnauze«, verkündete Álvaro. »Aber ich sage nicht zu allem Ja und Amen, um wieder reisen zu können, um veröffentlicht zu werden, um Karriere zu machen …«

»Spiel du nur den wilden Mann«, murmelte Tomás.

»Und wenn du tatsächlich deine Meinung änderst? Wenn du tatsächlich davon überzeugt bist, dass das, was du geschrieben hast, der Sache schadet und besser nie geschrieben worden wäre?«, legte Arcadio nach.

»Nun, dann warst du eben ein Blödmann und wirst es immer bleiben«, entgegnete Álvaro.

»Fazit: Am besten geht man solchen Problemen aus dem Weg, wie mein Großvater immer gesagt hat«, schlug Tomás vor.

»Aber wenn wir erst mal aufhören, uns den Problemen zu stellen, dann sind wir wirklich im Arsch«, entgegnete Enrique. »Literatur hat mit Realität zu tun, und die Realität ist eben nun mal nicht das Paradies. Die Literatur ist auch das Gedächtnis eines Landes, und ohne Gedächtnis …«

»Du glaubst also, ein Schriftsteller ist das kritische Gewissen der Gesellschaft?«, fragte Miguel Ángel, jetzt sehr ernst.

»Schieb dir das Handbuch des Marxismus in den Arsch!«, schrie Enrique. »Der Schriftsteller ist ein von Ängsten getriebenes armes Schwein, er lebt in einem bestimmten Land und schreibt auf, was in dem Land passiert oder eben nicht passiert. Und wenn er ein wirklicher Schriftsteller ist, versucht er, aufrichtig zu sich selbst zu sein, auch wenn er über die Marsbewohner schreibt.«

»Aber wenn alle nur noch darüber schreiben, wie schön alles ist, und wenn keiner mehr den Finger in die Wunde legt …«, wandte Víctor ein.

»Literatur ist Scheiße«, unterbrach ihn Arcadio.

»Und worüber muss man schreiben, damit es gut ist?«, nahm Conrado den Fehdehandschuh auf. »Also, ihr seid doch so schlau: Worüber muss man schreiben?«

»Das weiß ich nicht. Ich weiß nur, worüber ich persönlich schreiben will«, antwortete Fernando. »Über die Menschen, über ihre Hoffnungen und ihre Verzweiflung …«

»Das nennt man Intimismus … oder war es Individualismus?« Tomás war sich nicht sicher.

»Ist doch ganz einfach, Fernando«, sagte Miguel Ángel. »Ich glaube, man muss über das schreiben, was man fühlt und an was man glaubt.«

»Und wenn jemand an Milizionäre und Zuckerrohrarbeiter und an die Alphabetisierung glaubt?«, warf Conrado ein.

»Dann schreibt er eben darüber«, sagte Enrique. »Aber nicht aus Opportunismus, sondern weil er daran glaubt. Seltsam nur, dass keiner über einen schwulen Zuckerrohrarbeiter oder einen schwulen

Milizionär schreibt. Denn es muss doch schwule Milizionäre geben, oder? Ich jedenfalls kenne ein paar ...«

»Ich wusste, dass du davon anfängst«, konterte Arcadio. »Wenn man nicht über Schwule schreibt, ist man kein Schriftsteller. Sag mal, deine *Tragikomödie* handelt nicht zufällig vom Schwulsein?«

»Schon möglich«, sagte Enrique. »Ist doch kein schlechtes Thema, oder? Schwul zu sein war nie leicht in diesem Land.«

»Und was traust du dich nicht zu sagen?«, fragte Víctor.

»Hör auf, mich zu löchern, Mulatte, ich verrate sowieso nichts«, antwortete Enrique lächelnd.

»Leck mich am Arsch, die zweite Flasche ist schon leer!«, rief Tomás. »Ihr sauft schneller als ...«

»Ich würde gern mal einen Roman über das 19. Jahrhundert schreiben«, sagte Miguel Ángel. »Ich glaube nämlich, dass ein Schriftsteller mehr Freiheiten hat, wenn er über etwas schreibt, das schon eine gewisse Zeit vergangen ist. Ich weiß nicht, es gibt weniger Konflikte mit der Realität, und er kann ...«

»Vom Intimismus zum Eskapismus«, stellte Enrique fest.

»Nein, und das weißt du«, verteidigte sich Miguel Ángel. »Es hätte allerdings keinen Sinn, über das 19. Jahrhundert wie ein Schriftsteller aus dem 19. Jahrhundert zu schreiben. Man muss die Geschichte von heute aus betrachten.«

»Und auf diese Weise zensierst du dich nicht selbst?«, fragte Víctor.

»Immer wieder die Zensur«, fauchte Conrado.

»Sie hat ihre Ohren überall«, stimmte Álvaro zu und streichelte einen imaginären Totenschädel. »Zensiere ich mich selbst, oder werde ich zensiert, das ist hier die Frage.«

»Aber ich will doch nicht wegen der Zensur über das 19. Jahrhundert schreiben, ganz im Gegenteil. Habt ihr eine Vorstellung davon, wie viele Themen sich die Schriftsteller des 19. Jahrhunderts verkniffen haben? Politik, Sexualität, Religion, Rassismus ...«

»Verdammt, Negro, natürlich ist das Eskapismus«, mischte sich Fernando ein. »Frag dich doch mal, wie oft sich die Schriftsteller von heute selbst zensieren, wenn sie über Politik, Sex, Religion oder Rassismus schreiben!«

»Ist ja toll!«, rief Álvaro. »Wir schreiben über das 19. Jahrhundert und überlassen das, was heute passiert, den Spöttern von 2074. Und die überlassen ihre Probleme denen von 2174, und so weiter. Auf diese Weise können alle in Frieden leben und ihre Romane schreiben, ohne an Selbstzensur zu denken … Wir von heute reisen ins Ausland, die von 2074 zum Mond und die Nächsten zum Pluto.«

»Apropos, die Buchmesse auf dem Pluto soll die beste der Galaxie sein«, sagte Arcadio, und alle, außer Álvaro, lachten.

»So gesehen, habt ihr recht«, gab Miguel Ángel zu, »aber mich interessiert das 19. Jahrhundert, weil mir die Epoche gefällt … Schwarz zu sein war damals in Kuba noch schwieriger, als schwul zu sein.«

»Du wärst ein Sklave gewesen, wie Manzano, und Del Monte hätte dich nicht befreit. Sei also froh, dass du hier und heute lebst«, entgegnete Conrado.

»Wir haben nur noch weniger als eine Flasche«, stellte Tomás entsetzt fest.

»Dann gieß mir noch was ein, bevor die auch noch leer ist«, bat Víctor.

»Und was schreibst du gerade, Negro?«, wollte Fernando wissen.

»Eine Erzählung. Über einen Schwarzen, der sich diskriminiert fühlt.«

»Großer Gott!«, rief Arcadio aus. »Und was hat man sich darunter vorzustellen?«

»Hab erst gestern damit angefangen. Vielleicht lese ich euch nächste Woche was draus vor. Im Moment weiß ich noch nicht, wie ich es anpacken soll, ich weiß nur, was es bedeutet, schwarz zu sein. Na ja, das ist ja nicht zu übersehen.«

»Wie ich dich kenne, kann ich mir vorstellen, wie du es anpacken wirst«, wagte sich Enrique vor. »Der arme Schwarze ist Amerikaner und wird von den rassistischen Hunden der Vereinigten Staaten gefressen.«

»Und der Schwarze ist schwul, stimmts?«, fragte Arcadio und deutete mit dem Kinn in Enriques Richtung.

»Weißt du was, Arcadio?« Enrique schien genervt. »Du bist so sehr fixiert auf Schwule, dass ich mich nicht wundern würde, wenn ich dich eines Tages mit einem Typen rummachen sähe ... mit einem Schwarzen natürlich.«

»Hört auf damit, hört endlich auf«, flehte Víctor sie an. »Sag mal, Fernando, was ist mit dem Gedicht, das du uns heute vorlesen wolltest?«

»Es gefällt mir noch nicht so richtig«, wehrte Fernando ab. »Die ewigen Versammlungen und das Heredia-Seminar, da hatte ich kaum Zeit zum Schreiben ... Der Einzige, der hier schreibt, ist Enrique.«

»Schriftsteller sind da, um zu schreiben«, sagte Enrique.

»Dann bist du also ein Schriftsteller?«, fragte ihn Conrado.

»Ich ja, und du?«

»Ich bin Aspirant ...«

»Ich weiß nicht mehr, ob ich überhaupt schreiben will, und über was, verdammt noch mal«, sagte Álvaro. »Nach dem Studium werde ich Barmann.«

»Oder Batman?«, lachte Tomás.

»Wisst ihr was?«, meldete sich Fernando wieder zu Wort. »Wenn ich über das nachdenke, was wir gerade reden, dann würde ich gerne durch ein kleines Loch in die Zukunft schauen, ich weiß nicht, so in fünfundzwanzig Jahren. Um zu sehen, was jeder Einzelne von uns so macht, was aus jedem von uns geworden ist ...«

»Ich weiß nicht, warum, aber ich kann mir vorstellen, du würdest lauter hässliche Sachen zu sehen bekommen«, murmelte Enrique.

»Vielleicht nicht«, sagte Fernando und sah seine Freunde nacheinander an. »Sei nicht so pessimistisch, Enrique.«

»Ich glaube jedenfalls fest daran, dass wir schreiben müssen, jetzt und in zwanzig Jahren. Und wisst ihr auch, warum?« Miguel Ángel machte eine dramatische Pause.

»Warum, Negro?«, fragte Víctor ungeduldig.

»Weil man nur, wenn man schreibt, herausfinden kann, was man schreiben will, wie weit man kommen kann, ob man mit der Literatur Politik machen will oder nicht, ob man ein guter Schriftsteller ist oder ein Versager, ob man sich selbst zensiert oder hinterher von jemandem zensiert wird. Und man kann seine Zweifel haben, nicht wissen, wie man etwas ausdrücken soll, wie zum Beispiel Enrique im

Moment. Aber weil Enrique Schriftsteller ist, wird er weiterschreiben, und das ist das Beste, was man tun kann.«

»Ich seh das genauso«, sagte Víctor.

»Wenn ich das nur wüsste«, seufzte Conrado.

»Und ich erst«, sagte Tomás. »Scheiße, der Rum ist alle.«

José de Jesús erschrak, als es um ihn herum dunkel wurde, obwohl es noch drei oder vier Stunden bis zum Einbruch der Nacht sein mussten. War das das Ende? Jetzt schon? Ohne Schmerzen, fast ohne Todesangst? Bis zu dem Moment, als er plötzlich kein Licht mehr wahrnahm, hatte er geglaubt, dass ihm noch genug Zeit bleiben würde. Während der Morgenvisite hatte er gesehen, wie der Stationsarzt den Kopf hin und her bewegte, und er war weder erstaunt gewesen, noch hatte er sich erschrocken. Doch er brauchte dieses Kopfschütteln mit dem Gesichtsausdruck eines ›Nichts mehr zu machen‹ nicht, um zu wissen, dass bei ihm nichts mehr zu machen war, außer auf das sichere Kommen eines Todes zu warten, der sich möglicherweise sehr viel Zeit ließ. Vor einer Woche hatten seine Schließmuskeln versagt, und auf Betreiben seiner Freimaurerbrüder war er in die Privatklinik Unserer Heiligsten Jungfrau von Covadonga eingeliefert worden, wo es mithilfe von Einläufen und Kathetern gelungen war, seinen Körper, der nicht einmal mehr diese Funktion erfüllte, von den wenigen Ausscheidungen zu befreien, die er produzierte. Stück für Stück verabschiedete sich sein von so vielen arbeitsreichen Jahren erschöpfter Organismus, und mit jedem partiellen Tod empfand er Erleichterung darüber, dass einer der peinigenden Schmerzen ihn nun nicht mehr quälte.

Gleichzeitig spürte er während dieses Todes auf Raten, wie eine überwältigende Klarheit seinen Geist erhellte. Er hatte immer geglaubt, dass, wenn die Stunde des Todes käme, es das Beste sein würde, wenn alles ganz schnell ging. Er wollte dem Todeskampf entgehen, den er so viele alte Menschen hatte erleiden sehen: Sterbende, die trübsinnig dahinvegetierten wie welkes Gemüse, nicht einmal mehr fähig, die befreiende Ankunft des Todes herbeizusehnen.

Von seinem Zimmer mit der hohen Decke und den auf einen mit

Pappeln, Lorbeerbäumen und sommerlich blühenden Flamboyants bestandenen Garten hinausgehenden Fenstertüren hatte José de Jesús Heredia einen herrlichen Blick auf den Himmel hoch über den Baumkronen genossen. Während seiner letzten Tage beobachtete er die dahinziehenden Wolken, das wechselnde Licht und die sich verändernden Farben am Himmelszelt, ähnlich den hohen Decken der Freimaurerlogen, wo er so viele Abende seines Lebens verbracht hatte. Und während er die Bewegungen am Himmel verfolgte, war sein Geist zu der einzigen Frage gewandert, die ihm noch unbeantwortet schien. Denn seit jenem Abend im Jahre 1921, vor fünf Jahren, als José de Jesús der Loge Söhne Kubas die Memoiren seines Vaters übergeben hatte, quälte ihn der Gedanke, ob das nicht ein Fehler gewesen sei. Auch wenn er davon überzeugt war, dass er den bestmöglichen Ort und die richtigen Personen dafür ausgewählt hatte, ließ ihn Ramiro Juncos entschiedene Weigerung, sich in die Angelegenheit, die ihn doch so viel anging, einzumischen, an der grundsätzlichen Richtigkeit seiner Entscheidung zweifeln. Das Schicksal des Dokuments, das nun unwiderruflich seiner Verbreitung harrte, lag lastend auf seiner Seele und verbrannte ihn wie eine nie erlöschende Flamme, die ihm den Frieden vor dem ersehnten Tod raubte. Nach einem Jahrhundert der Lüge – so dachte der Greis, während er die grauen Wolkenfetzen betrachtete, die vor dem Mond dahinzogen –, war es da nicht besser, das freundliche Antlitz der Unwahrheit zu bewahren, als der eitrigen Fratze der schrecklichen Realität die Maske herunterzureißen? Sein Vater, ein Mann aus einer anderen Epoche und mit einem anderen Charakter, hatte stets an die Wahrheit geglaubt, auch wenn er sie nicht immer gesagt hatte. José de Jesús aber war ein armer Schlucker, der am Ende seines Lebens auf die Barmherzigkeit seiner Logenbrüder angewiesen war und auf die Großzügigkeit von Ramiro Junco, der ihm seit der Enthüllung seiner wahren Identität jeden Monat etwas Geld schickte. Außerdem hinterließ er nach den neunzig Jahren seines Erdendaseins – beinahe dreimal so viel wie das Lebensalter seines Vaters – weder Gedichte noch Kinder noch einen berühmten Namen. Doch immerhin hatte er die Möglichkeit gehabt, durch feiges, opportunistisches Schweigen das zu schützen, was die Zeit in ein für alle, auch für Heredia, vielleicht weniger dramatisches Fahrwasser gelenkt hatte. Hartnäckig begleitete der durch den nahen Tod neu entfachte Sturm des Zweifels die zähen letzten Stunden, in denen die einzige angenehme Aussicht die auf einen Himmel war, wo sich seit Anbeginn der Zeiten Licht und Dunkel abwechselten.

Zwei Tage zuvor hatte der Seelsorger der Klinik seine Vorbehalte gegenüber einem ketzerischen Freimaurer aufgegeben, ihm die Beichte abgenommen und die Letzte Ölung gespendet, nachdem er die Sterbegebete mit ihm gesprochen hatte. Wie die meisten kubanischen Freimaurer war José de Jesús ein gläubiger, wenn auch, im Rahmen der Freiheiten seiner Bruderschaft, unauffälliger, nicht sehr aktiver Katholik, der nur selten eine Kirche betreten und seit vielen Jahren nicht mehr gebeichtet hatte. Doch am sechsten Tag seines Klinikaufenthaltes hatte er im Angesicht des Todes nach dem Priester verlangt und ihm seine Sünden gebeichtet. Zu seiner Überraschung hatte der Geistliche ihm die Absolution erteilt, ihn gesegnet und mit ihm die Bußgebete gesprochen, das Glaubensbekenntnis, das Ave-Maria und das Vaterunser, deren Texte der Sterbende vollkommen vergessen hatte. Danach hatte er den Priester gebeten, noch ein paar Minuten bei ihm zu bleiben, und dann mit leiser, aber fester Stimme die Gedichte rezitiert, die ihm zu Chorälen geworden waren: die *Hymne des Verbannten*, die Ode *Niagara* und vor allem *Im Tempel von Cholula*, jene Verse, die dem Sünder José María Heredia zumindest einen Platz im Himmel der Menschen gesichert hatten, dessen von der Zeit gnädig aufgetragene Farben durch die letzte Entscheidung seines Sohnes bewahrt oder mit dunklen, elektrisch aufgeladenen Wolken verdüstert werden konnten.

An jenem Abend hatte ihn, so wie an allen anderen seines Klinikaufenthaltes, eine Delegation von Freimaurern besucht, um sich nach seinem Gesundheitszustand zu erkundigen und sich zu vergewissern, dass er mit allem Nötigen versorgt war. Die Abordnung bestand aus drei Freimaurern, die, nachdem sie ihn gefragt hatten, wie es ihm gehe und ob er irgendeinen Wunsch habe, vor die Tür gingen, um eine Zigarette zu rauchen und auf das Ende der festgelegten Besuchszeit zu warten. Von seinem Bett aus konnte José de Jesús hören, wie die Besucher über den Amtsmissbrauch der Regierung von General Machado sprachen, doch dann nahm die Unterhaltung eine überraschende Wende, und die Männer redeten über die Nachricht vom plötzlichen Tod des Bruders Ramiro Junco, der tags zuvor in Matanzas gestorben war. José de Jesús spürte, wie er am ganzen Körper zu zittern begann. Von dem Augenblick an hörte er nichts mehr. Panik überkam ihn, und als die Brüder sich zum Gehen anschickten, brachte er seine Bitte vor. »Ich brauche eure Hilfe.«

»Was sollen wir tun, Bruder Heredia?«, hatte einer der Freimaurer gefragt und sich über den greisen Körper gebeugt.

»Sagt Cernuda und Aquino Bescheid. Ich muss mit ihnen sprechen.«

»Cernuda und Aquino, aus Matanzas?«, hatte sich der Freimaurer vergewissert und ihn angesehen, als würde er halluzinieren.

»Ja … es ist dringend.«

»Wir schicken ihnen heute noch ein Telegramm.«

»Danke«, hatte José de Jesús gesagt und seinem Körper befohlen, bis zum Eintreffen der beiden durchzuhalten.

Das plötzliche Dunkel, das aus dem tiefsten Innern seines Organismus zu kommen schien, ließ ihn voller Unruhe an das nahende Ende denken, das er nun bis zu dem erbetenen Besuch von Carlos Manuel Cernuda und Cristóbal Aquino hinauszögern musste. Also versuchte er sich zu beruhigen und wartete.

Er mutmaßte, dass die Nacht hereingebrochen war, als er die Anwesenheit von jemandem spürte. Kurz zuvor war die Krankenschwester im Zimmer gewesen, um ihm sein Essen zu bringen und seine Medizin zu verabreichen; doch er hatte nur die Arznei geschluckt und ein Glas warme Milch getrunken, die man auf seine Bitte hin mit zwei Löffeln Zucker gesüßt hatte. Doch jetzt ließ ihn ein Geräusch, das sich von dem energischen Schritt der Krankenschwester unterschied, die Augen weit aufreißen, obwohl es um ihn herum nach wie vor dunkel war.

»Seid ihr es?«, fragte er und bewegte sich ein wenig, wie um zu zeigen, dass er noch lebte.

»Ja, Heredia«, antwortete eine Stimme, die er sogleich als die Cristóbal Aquinos erkannte.

»Ich kann nichts sehen«, sagte er. »Ist Cernuda auch da?«

»Ja, ich bin hier.« Die Stimme von Carlos Manuel Cernuda hörte sich schwach an, fast so erschöpft wie die seine.

»Und sonst niemand?«

»Nein, Heredia. Was ist passiert? Du kannst nichts sehen?«

»Ich habe gehört, dass Ramiro tot ist.«

»Ja … das Herz«, antwortete Aquino.

»Ich habe Angst.«

Cernuda und Aquino sahen sich an. »Wovor, José?«, fragte Cernuda, während er einen Stuhl neben das Bett stellte und sich setzte. Aufmerksam musterte er den Greis: Wovor konnte man Angst haben, wenn man im Begriff war, die letzte Schwelle des Lebens zu überschreiten?

»Wegen des Manuskripts meines Vaters. Ihr müsst es aus der Loge holen.«

»Dort ist es aber sicher, Heredia«, flüsterte Cristóbal Aquino und zuckte mit den Achseln, denn er verstand nicht, was Ramiros Tod daran ändern sollte.

»Ihr wisst nicht, was in dem Manuskript steht.«

»Ist es so furchtbar?«, fragte Aquino.

»Ja, es ist furchtbar«, bestätigte Cernuda, der nicht wagte, den Sterbenden anzuschauen. »Entschuldige, José, aber ich konnte der Versuchung nicht widerstehen und habe es gelesen.«

»Es hätte mich gewundert, wenn du es nicht getan hättest«, sagte José de Jesús, um dann in die Richtung, in der er Aquino vermutete, erklärend hinzuzufügen: »Es sind so eine Art Lebenserinnerungen, die Heredia Ramiros Vater hinterlassen hat, der sein Sohn war.«

»Dann war Heredia also tatsächlich …«, sagte Aquino wie zu sich selbst, doch das Absurde des Gedankens ließ ihn innehalten. Lastendes Schweigen breitete sich im Zimmer aus. José de Jesús hätte gerne die Gesichter seiner Freimaurerbrüder gesehen, besonders das von Cernuda.

»Mein Vater schreibt über Dinge, die besser im Dunkeln bleiben sollten«, sagte José de Jesús schließlich. »Über sich selbst, über Lola Junco, über viele andere Leute … Und er deckt viele Lügen auf. Er behauptet auch, dass Del Monte, der immer schon ein Verräter gewesen sei, ihn im Jahre 1823 denunziert habe.«

»Domingo del Monte? Moment mal … Wollte Heredia denn nicht, dass diese Memoiren veröffentlicht werden?« Aquino fühlte sich unwohl, fehl am Platze, und er fragte sich in diesem Moment, warum José de Jesús ihn zu diesem Treffen bestellt hatte, von dem er nicht wusste, welche Rolle er dabei spielen sollte.

»Das war eine Privatangelegenheit. Esteban Junco sollte sagen, ob sie veröffentlicht werden sollten, aber am Ende war es meine Großmutter, die es entschieden hat … Und jetzt entscheide ich. Holt das Manuskript und vernichtet es.«

»Bist du verrückt geworden?« Carlos Manuel Cernudas Stimme war laut geworden. »Lass mich dabei aus dem Spiel«, sagte er und stand auf. »Dieses Dokument ist zu wichtig … Ja, du musst verrückt geworden sein …«

»Nein, das ist ja das Schlimme daran! Ich war noch nie so klar, und ich glaube, dass es das Beste ist, wenn niemand je erfährt, was mein Vater geschrieben hat.«

»Das ist doch Unsinn! Heredia war nicht nur dein Vater, er war noch viel mehr … Rechne nicht mit mir«, sagte Cernuda und verließ das Zimmer, ohne sich noch einmal umzublicken.

Als Cristóbal Aquino ihn hinausgehen sah, wünschte er sich, die Erde möge ihn verschlingen. Er begriff nicht, was da vor sich ging und warum Cernuda so heftig reagierte wegen der Memoiren eines Mannes, der seit so vielen Jahren tot war.

»Ist er weg?«

»Ja, er ist weg. Was ist denn los, Heredia?«

»Ich werde sterben, Aquino, heute oder morgen …«

»Sag so was nicht.«

»Ich werde sterben, aber vorher musst du mir versprechen, dass du das Manuskript verbrennst.«

»Aber um Himmels willen, Heredia! Warum hast du es nicht selbst getan? Und warum hat Cernuda so heftig reagiert?«

Der Alte im Bett hustete, und Aquino fürchtete, es werde ihm die Brust zerreißen. Es war ein heftiger Husten, hohl und bösartig. Als der Anfall vorüber war, schwammen die toten Augen von José de Jesús in Tränen, deren Ursache Cristóbal Aquino erst mehrere Monate später herausfinden sollte.

»Cernuda hat Angst, weil er weiß, was in dem Manuskript steht … Und ich habe es nicht verbrannt, weil ich immer gehofft habe, ich könnte es irgendwann verkaufen. Als der Hunger unerträglich wurde und ich wusste, dass ich der Versuchung nicht länger widerstanden hätte, habe ich beschlossen, es der Loge zu übergeben. Und dann habe ich Ramiro Junco erzählt, was mein Vater über seine Familie schreibt, und ich habe ihn gebeten, das Dokument an sich zu nehmen, denn er war der eigentliche Besitzer.«

»Und, was hat er gesagt?«

»Er wollte nichts davon wissen … Aber den Monat darauf hat er angefangen, mir Geld zu schicken. Er war mein Neffe, ist dir das klar? Sein Vater war mein Bruder …«

Aquino hatte das Gefühl, es keine Minute länger aushalten zu können, ohne zu rauchen. Er klopfte auf die Zigarren in der Tasche seines Leinenhemdes, beherrschte sich aber. Er versuchte, die Welt im Licht des soeben Vernommenen zu sehen, sie neu zu ordnen, doch er spürte, dass ihm die Welt entglitt.

»Ich hätte dir auch geholfen, was solls, Geld …«

»Sei still, du machst es nur noch schlimmer.«

»Entschuldige.«

»Und jetzt schwöre es mir, bitte. Schwöre, dass du sie verbrennen wirst! Oder fällt es dir leichter, wenn ich dich daran erinnere, dass es mein letzter Wille ist?«

Cristóbal Aquino schaute durchs Fenster nach draußen und sah den hell leuchtenden Vollmond.

»Ich geh mal für einen Moment raus, ich muss rauchen.«

Draußen stellte Aquino fest, dass die Helligkeit des Mondes es unmöglich machte, die Sterne zu sehen. Er biss die Spitze seiner Zigarre ab und steckte sie in Brand, als er wieder den trockenen, lang anhaltenden Husten des Greises vernahm. Gierig zog er den Rauch ein. Das Bild des alten Mannes, der ihm auf dem Sterbebett ein viel-leicht absurdes Versprechen abnahm, das ihn zudem komplett über-forderte, tat ihm in der Seele weh. Warum musste ausgerechnet ihm so etwas passieren? Warum hatte sich Cernuda fluchtartig aus dem Staub gemacht? Das Manuskript musste eine furchtbar herzzerrei-ßende Geschichte verbergen, damit José de Jesús es möglichen Käufern vorenthalten hatte und jetzt, nachdem er es der Loge übergeben hatte, zu vernichten verlangte. Ihm, Aquino, konnte es egal sein, er hatte mit alldem nichts zu tun. Und schließlich war es José de Jesús' letzter Wille. Er betrachtete die Glut seiner Zigarre und sagte sich, dass einem Sterbenden nichts mehr etwas anhaben könne.

»In Ordnung, Heredia«, sagte er, wieder zurück im Zimmer, und sah dann, dass der Kopf des Greises auf die Seite gesunken war, wäh-rend aus seinem Mund ein lang gezogenes, leises Schnarchen drang. Mit zitternder Hand berührte Cristóbal Aquino die Brust des Schla-fenden, um seinen Herzschlag zu ertasten, als seine Finger den Rand einer kleinen Muschel berührten, die an einem dunklen Band hing, zusammen mit einem silbernen kleinen Kreuz. In diesem Moment hörte das Schnarchen auf, und es begann das lange Schweigen.

Noch bevor er aufwachte, spürte er den Blick auf sich ruhen. Es war wie eine warme Decke, die den Luftzug des Ventilators abfing. Zu-erst bewegte er sich, dann schlug er die Augen auf … und sah Miguel Ángel, der, mit einer Tasse Kaffee in der Hand, vor seinem Bett stand und ihn mit seinen rot geäderten Augen anblickte. Seit vielen Jahren erlaubte sich Fernando nur an manchen Sonntagen oder im Ur-laub den Luxus, einen Mittagsschlaf zu halten. Er wusste, dass er da-nach nur allmählich und schlecht gelaunt aufwachte und erst einmal zwei Tassen Kaffee trinken und zwei Zigaretten rauchen musste, um richtig wach zu werden. An diesem Nachmittag aber hatte ihm sein Körper gesagt, dass nach der Maispastete, mit der ihn seine Mutter überrascht und von der er zwei Portionen gegessen hatte, der beste Nachtisch eine Siesta in Consuelos Bett sein würde, so wie in seiner längst vergangenen Schulzeit. Die letzten Tage in Kuba waren lang und erlebnisreich gewesen, und Müdigkeit hatte ihn übermannt;

doch das, was ihm am meisten zu schaffen machte, war die Einsicht, dass sämtliche Wege, die er beschritten hatte, im Nichts endeten. Weder die Suche nach Heredias Manuskript und nach demjenigen seiner Freunde, der ihn damals verraten hatte, noch die angestrebte Beziehung zu Delfina schienen bisher zu einem befriedigenden Ergebnis zu führen. Was ihn allerdings am meisten deprimierte, war die Erkenntnis, in ein Land zurückgekehrt zu sein, das die anderen ihm erklären mussten und in dem seine alten Referenzpunkte hinfällig geworden waren.

»Einen Kaffee für den Jungen«, sagte Miguel Ángel, als er sah, dass Fernando die Lider hob und ihn verwirrt anschaute.

»Verdammt, Negro, ich hab grade so schön geschlafen …«, protestierte er, während er sich mit äußerster Anstrengung im Bett aufsetzte. Langsam hob er den Arm, nahm die angebotene Tasse und spürte, wie sich mit jedem Schluck seine Nervenzellen neu belebten.

»Und was machst du hier?«, fragte er, inzwischen auf den Beinen. »Warte, lass mich erst mal pinkeln und das Gesicht waschen. Geh schon mal auf die Terrasse.«

Auch an den heißesten Sommertagen war es auf der Terrasse kühl dank des Schattens eines Guajavenbaums, eines Mangobaums und zweier dichter Avocadobäume, die sein Vater gepflanzt hatte, als Fernando noch ein Kind gewesen war.

»Jetzt bin ich wach«, verkündete er mit feuchten Haaren und einer zweiten Tasse Kaffee in der Hand. Er betrachtete die Bäume, und es sah aus, als wende er sich an sie, als er sagte: »Negro, ich möchte dir danken, dass du ab und zu mal hier vorbeigeschaut hast. Meine Mutter hat es in ihren Briefen erwähnt.«

»Habs wegen ihr getan und wegen ihrem Kaffee, nicht wegen dir.«

Fernando sah zu ihm hinüber. Miguel Ángel schien sich wohl zu fühlen in dem alten Schaukelstuhl, während er, eine Zigarette im Mund, gelassen schaukelte.

»Gestern hab ich Tomás getroffen. Er sagt, deine Tutorin will dich sehen …«

»Und woher weiß sie, dass ich hier bin?«

»Dr. Santori hat doch immer alles gewusst, oder?«

»Aber ich weiß nicht, ob ich sie sehen will …«, murmelte Fernando, das Bild seiner alten Lehrerin deutlich vor Augen.

»Wie läufts mit Heredias Manuskript?«

»Schlecht.« Fernando setzte sich auf einen Stuhl, Miguel Ángel direkt gegenüber. »Bis jetzt ist nichts aufgetaucht.«

»Na ja, wenn nichts auftaucht, kannst du ja den Roman erfinden. Schließlich haben Del Monte, Echevarría und die anderen den *Spiegel der Geduld* erfunden, also können wir auch die Bücher erfinden, die wir brauchen.«

»Du glaubst also immer noch, dass der *Spiegel* eine Erfindung dieser Gauner ist?«

»Davon bin ich immer mehr überzeugt. Überleg mal: Um die Literatur eines Landes zu begründen, braucht man eine Tradition, und das, was am meisten nach Tradition aussieht, ist ein episches Gedicht. Sie waren es, die die kubanische Literatur begründet und die Bücher geschrieben haben, die das Land brauchte. Ist es da nicht etwas viel Zufall, dass ausgerechnet sie selbst es waren, die ein episches Gedicht gefunden haben, das zwei Jahrhunderte lang verschollen war und von dem niemand etwas wusste, geschrieben von einem Mann, der vom Erdboden wie verschluckt war? Ich jedenfalls glaube das nicht …«

»Aber es gibt keine Beweise. Wie du weißt, habe ich Jahre damit zugebracht, das Leben jedes Einzelnen von ihnen zu durchleuchten, und dabei herausgekommen sind nichts als ein paar Mutmaßungen. Es gibt keinen einzigen Beweis dafür, dass sie den *Spiegel* frei erfunden haben.«

»Aber auch nicht dafür, dass sie es nicht getan haben. Niemand hat je das Originalmanuskript von Silvestre de Balboa zu Gesicht gekriegt, nicht wahr? Nicht mal die Kopie, die sie angeblich gefunden haben … Fernando, der *Spiegel* ist zu perfekt, so perfekt, wie es nötig war. Deswegen glaube ich, dass sie ihn selbst geschrieben haben. Sie haben es clever angestellt, haben weder Spuren noch Hinweise hinterlassen, keiner von ihnen hat geredet … Del Monte war ein Meister der Intrige und der Verschwörung, vergiss das nicht.«

»Und wer von ihnen könnte es deiner Meinung nach geschrieben haben?«, fragte Fernando, und er erinnerte sich daran, dass bei seinen Recherchen über die kubanische Literatur des 19. Jahrhunderts der Zweifel über die Echtheit jenes angeblich um 1608 von einem gewissen Silvestre de Balboa geschriebenen epischen Gedichts immer wieder sein Haupt erhoben hatte wie eine giftige Schlange: Der Text kam so gelegen, war so notwendig, so perfekt (wie Miguel Ángel bemerkt hatte), es gab so viele Geheimnisse um seinen Fund, dass Fernando und viele andere Wissenschaftler gar nicht anders konnten, als auf die ganz und gar nicht abwegige Idee zu verfallen, es handle sich möglicherweise um einen makabren literarischen Betrug. »Meiner Meinung nach war es Echevarría«, sagte Miguel Ángel schließlich. »Vielleicht auch Del Monte selbst. Diese Ansammlung kubanischer Juwelen im *Spiegel* passen besser zu ihm als die Schuhe, die er getragen hat und die von seinem Schwiegervater Aldama stammten.«

»Du hast Del Monte nie gemocht.«

»Nein, das weißt du ja. Er war ein gerissenes Schwein und hat die halbe Menschheit hinters Licht geführt.«

»Aber er hat sich mit den Annexionisten angelegt. Und er hat die Spendensammlung organisiert, um Manzano freizukaufen …«

»Weil es eine gute Reklame für ihn war! Sein Schwiegervater war ja kein Sklavenhändler mehr, im Gegenteil, er hatte kein Interesse daran, dass der Sklavenhandel weiterging, und sie wollten sich als Philanthropen hervortun. Ein dichtender Negersklave kam ihnen da gerade recht. Aber Del Monte hat ihn behandelt wie ein Schoßhündchen, hat sogar seine Gedichte überarbeitet … und den zweiten Teil von Manzanos *Autobiografie* verloren! Warum geht das eine Buch verloren, und ein anderes wird gefunden? Weil das von Silvestre de Balboa ihm nützte und das von Manzano ihm nicht in den Kram passte! Weiß der Himmel, was Manzano darin über seine Zeit als Sklave erzählt hat …«

Fernando lächelte. Miguel Ángel hatte sich nicht verändert. Wenn er von etwas überzeugt war, ließ er keine Zweifel gelten, schon gar nicht, wenn sie von anderen geäußert wurden. Und seine Urteile waren so kategorisch wie die Adjektive, die er verwendete.

»Letztlich hat sich Del Monte geirrt«, fuhr er fort, »und es ist ihn teuer zu stehen gekommen. Wegen der Schwarzen …«

»Was meinst du? Dass er Angst bekommen hat?«

»Ich glaube, er ist übers Ziel hinausgeschossen. Er wollte sich bei den Engländern beliebt machen und päpstlicher sein als der Papst. Aber in diesem Land kommt immer alles raus, und irgendjemand hat ihn denunziert.«

»Aber es konnte ihm nie bewiesen werden, dass er an einer Verschwörung beteiligt war.«

»Eben weil er nie an einer Verschwörung beteiligt war! Bei dem Geld, das er hatte, und bei dem Leben, das er führte, da hat er einen Teufel getan und konspiriert! Warum sollte er, wo er doch alles hatte? Aber er wollte den Helden spielen, und am Ende hat er Schiss gekriegt. Hat alles ausgespuckt, was er wusste und … ab durch die Mitte! Bis nach Frankreich ist er geflüchtet …«

»Und warum ist er nicht zurückgekommen, als keine Anklage gegen ihn erhoben wurde?«

»Mann, Fernando! Das ist doch klar: Wenn er zurückgekommen wäre, hätte alle Welt erfahren, dass er die Pläne der Engländer verraten hatte und dass durch seine Schuld der Sklavenaufstand von 1843 niedergeschlagen wurde. Aber in Paris und in Madrid konnte er erzählen, dass er in Kuba verfolgt wurde. Sogar in den Zeitungen hat er darüber geschrieben! Ausgerechnet in Madrid, Scheiße noch mal!«

»Mir gefällt dieser Mensch auch nicht, Negro, aber es gibt eben keine Beweise dafür, dass er irgendetwas verraten hat.«

»Du solltest besser sagen, *wir* haben keine Beweise. Aber es gibt äußerst kompromittierende Briefe von ihm. Später hat man versucht, die Sache zu vertuschen, erinnerst du dich? Mit dem Geld, das dabei im Spiel war, hätte man sonst was kaufen können.«

»Stimmt.«

»Natürlich stimmt das«, versicherte Miguel Ángel und verfiel in nachdenkliches Schweigen.

»Wie geht es dir eigentlich so?«, fragte Fernando. »Hab mich schon gewundert, dass du noch nicht vorbeigekommen bist.«

»Ich geh so gut wie nie aus dem Haus. Ich schreibe gerade meinen Roman zu Ende, da bleibt für nichts anderes Zeit.«

»Du schreibst deinen Roman zu Ende?«

»Das ist das Schwierigste! Im Moment bin ich davon überzeugt, dass es der größte Scheiß ist. Kanns kaum noch sehen ... In diesen Roman hab ich alles gelegt, was ich habe ... und was ich nicht habe. Aber es war nicht einfach, in den letzten Jahren ist so viel passiert ...«

»Willst du darüber reden?«, fragte Fernando, der das Bedürfnis hatte, in den Sumpf hinabzusteigen, wo er und Miguel Ángel sich die Hand reichen konnten.

»Weiß nicht ...«

»Warte, ich hol Nachschub.«

Kurz darauf kam er mit zwei Tassen Kaffee zurück und warf eine Schachtel Zigaretten auf den Tisch. »Fernando, erinnerst du dich noch daran, wie wir uns einmal nach der Schule geprügelt haben?«

Fernando nickte lachend. »Ist jetzt mehr als vierzig Jahre her ... Du hast mich als Weichei bezeichnet, und ich hab gesagt, du wärst ein schwarzer Kletteraffe aus dem Urwald ...«

Miguel Ángel lachte ebenfalls, als er an die alte Geschichte dachte. »Ich war immer schon ein Dickschädel und hab mich mit aller Welt angelegt, vor allem mit dir. Ich war davon überzeugt, dass ich der Beste war und es allen beweisen musste ... Deswegen hab ich mir eingeredet, ich wär stolz darauf, schwarz zu sein. Hab zweimal am Tag geduscht und eifriger gelernt als ihr alle, ich bin nie zu einem Santeria-Ritual gegangen und hab nie zugegeben, wenn ein weißes Mädchen mir gefiel. Was für ein Chaos in meinem Kopf!«

»Weißt du, woran ich mich nicht mehr erinnern kann? Wie wir Freunde geworden sind, nach unserer Prügelei.«

»Ich schon! Wir waren ein Jahr lang miteinander verkracht. Aber zu Beginn der Sechsten hast du mich als Klassensprecher vorgeschlagen. Ich wollte mich eigentlich revanchieren und dich vorschlagen, hab dann aber nichts gesagt, weil ich Sprecher werden wollte. Von dem Tag an haben wir wieder miteinander gesprochen, und mit meinen elf Jahren wusste ich damals schon, dass du ein besserer Mensch warst als ich.«

»Ach, red keinen Scheiß, Negro. Ich hab dich vorgeschlagen, weil ich nicht vorgeschlagen werden wollte. Ich wollte dir eins auswischen …« Sie sahen sich an und mussten lachen. Aus Rivalen waren Freunde geworden, und diese Freundschaft hatte Fernando als Gegengift gegen seinen Verdacht gedient.

»Von mir gibt es im Moment nicht viel zu erzählen«, sagte Miguel Ángel plötzlich. »Ich hab die Uniform gewechselt, wie Varo sagt.«

»Du hast sogar die Unterhosen gewechselt, würde ich sagen, Negro.«

»Alles kam mir plötzlich sinnlos vor, ich war völlig desillusioniert … Dann wurde ich aus der Partei ausgeschlossen, hab meine Arbeit verloren, und dann bekam ich Probleme mit dem Blutdruck. Vor zwei Jahren bin ich umgekippt und wär beinahe draufgegangen.«

»Und wovon hast du gelebt? Ich weiß, dass zwei Romane von dir in Frankreich veröffentlicht worden sind.«

»In einem Scheißverlag, der Scheißhonorare zahlt. Aber ich bin Arcadio dankbar dafür, dass er mich da untergebracht hat.«

»Das war also Arcadio …«

»Ja, er hat sich mir gegenüber großartig verhalten. Hat mich nur gebeten, es niemandem zu sagen.«

»Morgen hat er eine Lesung. Gehst du hin?«

»Nein, lieber nicht.«

»Leck mich am Arsch, Negro! Der Varo geht nicht hin, weil er Arcadio nicht ausstehen kann, sagt er. Conrado, weil er viel zu tun hat. Tomás, weil ihm die Poesie am Arsch vorbeigeht. Du, weil du nicht willst, dass man dich auf einer öffentlichen Veranstaltung sieht. Enrique und Víctor, weil sie nicht können … sind entschuldigt … Ist das von dem übrig geblieben, was die Spötter einmal sein wollten?«

»Und? Wundert dich das? Mich nicht. Ich finde das ganz normal. Damals, das war ein Jugendtraum, und das hier ist die Mühle, in der die Menschen zermalmt werden. So was nennt man das reale Leben.«

»Ja, muss wohl so sein … Und wie kommst du im realen Leben zurecht?«

»Ich nehme es, wies kommt. Manchmal übersetze ich was aus dem Englischen oder geb denen, die in den Norden gehen wollen, Englischunterricht. Hin und wieder wird in Mexiko oder Spanien eine Erzählung von mir veröffentlicht. Aber ich mach das Spiel nicht mit, und deshalb setzt sich niemand für mich ein. Ich fühl mich wie ein Scheißhaufen im Weltraum.«

»Und warum hast du die Artikel geschrieben, die in Spanien erschienen sind?«

»Weil ich geglaubt habe, ich müsste es tun … Schade, dass ich es nicht so machen konnte wie du. Wenn ich abgehauen wäre wie du, hätte ich mir ne Menge Probleme erspart, glaube ich. Aber vergiss nicht, ich bin schwarz, und egal, wohin ich gehe, ich werde immer schwarz sein. Hier bin ich ein armes Schwein, aber wenn ich durch die Straßen gehe, bin ich immerhin ein Mensch. Außerdem glaube ich, dass man nirgendwo hingehen sollte …«

»Ich bin fortgegangen, weil mir nichts anderes übrig geblieben ist. Ich konnte einfach nicht mehr. Wenn dieser verdammte Brief früher gekommen wäre … Na ja, du kennst die Geschichte …«

»Klar kenne ich die. Oder hast du vergessen, dass ich mein Parteibuch aufs Spiel gesetzt habe, weil ich mit dir zum Hafen gegangen bin, als du abgehauen bist?«

»Nein, das habe ich nicht vergessen. Ich habe viele Dinge nicht vergessen, gute wie schlechte, Negro.«

»Sag mir die Wahrheit, Fernando: Glaubst du immer noch, dass ich dich und Enrique reingerissen habe?«

»Frag mich besser nicht … Ich möchte nicht darüber reden.«

»Warum nicht? Traust du dich nicht, mir zu sagen, dass du das glaubst? Klar, weil ich der Vorzeigekommunist der Gruppe war, bin ich verdächtiger als jeder andere …«

Fernando warf die Zigarettenkippe in den Hof und sah Miguel Ángel direkt in die von roten Äderchen durchzogenen Augen.

»Du weißt, dass es jemand von uns war. So was geschieht nicht aus heiterem Himmel. Der Polizist hatte sogar meine Gedichte gelesen … Aber ich kann und will dich nicht verdächtigen. Du warst immer wie ein Bruder für mich …«

»Ich verstehe dich, Fernando, und ich weiß, was du fühlst. Man wird fast paranoid und vertraut nicht mal mehr seinen Brüdern …«

»Wenn es doch nur Paranoia wäre, Negro! Aber es ist die Realität, und das ist das Beschissene daran. Einer von uns muss …«

»Fernando, Fernando«, seufzte Miguel Ángel und zündete sich die nächste Zigarette an. Er hatte die Angewohnheit, sie nur aus dem Mund zu nehmen, um die Asche abzuschnippen. Daher rührte auch die rötliche Färbung seiner Schnurrbarthaare.

»Weißt du, warum ich nicht nach Kuba kommen wollte, Miguel Ángel? Weil ich mich davor fürchtete, die ganze Geschichte wieder aufzukochen.«

»Ja, aber sosehr du es dir auch wünschst, du kannst sie nicht vergessen … Obwohl es eine Möglichkeit gibt, es herauszufinden.«

»Ja … indem ich dich jetzt frage: Warst du es, Negro?«

Miguel Ángel zog gierig an seiner Zigarette, hielt jedoch dem Blick seines Freundes stand. »Ich antworte dir sofort«, sagte er schließlich, »aber vorher muss ich dir was sagen: Der, der es war, schleppt sein Leben lang Enriques Leiche mit sich herum, und auch alles, was dir passiert ist, hat er an den Eiern. Glaubst du, er sagt es dir, er gibt zu, dass er den einen in den Tod getrieben und das Leben des anderen zerstört hat? Weißt du, unter welcher Bedingung er dir die Wahrheit sagen würde?«

»Nein, unter welcher?«

»Wenn du ihm versprichst, dass du ihm verzeihst.«

»Das kann ich ihm versprechen.«

»Wirklich?«

»Ja.«

»Dann versprich es mir.«

»Ich verspreche es dir.«

»Gut, dann frag mich noch einmal.«

»Scheiße, Negro, du machst mich …«

»Frag es, verdammt noch mal!«, schrie Miguel Ángel, und die Zigarette fiel ihm auf die Knie. Er stand auf, ohne Fernando aus den Augen zu lassen, und schrie noch einmal: »Frag mich!«

Fernando erhob sich ebenfalls. Er sah Miguel Ángel an und spürte, dass seine Hände schwitzten. Warst du es, Negro?, fragte er sich.

»Warst du es?«

Miguel Ángel zögerte die Antwort heraus, die rot unterlaufenen Augen immer noch starr auf die seines Freundes gerichtet. »Nein«, sagte er. »Ich war es nicht. Denn wenn ich es gewesen wäre, hätte ich mich längst umgebracht.« Er steckte sich die nächste Zigarette zwischen die Lippen und zündete sie an. »Aber ich kann dir helfen herauszufinden, wer es war.«

D IEJENIGEN, DIE MICH KENNEN, und auch die, die mich nicht kennen, betrachten mich als einen sprunghaften, unzuverlässigen Menschen und beschuldigen mich, das Leben eines Poeten gelebt zu haben, immer überspannt und risikofreudig, ohne es indes bis zur letzten Konsequenz zu treiben. Um mich als Figur zu erschaffen, pflegt man zu sagen, hätte ich Liebschaften, Trennungen und Eifersuchtsdramen erfunden, die meiner romantischen Fantasie entsprungen seien. Man hat mich sogar der Feigheit bezichtigt, und zum Beweis hat man den Brief herangezogen, den ich in jenem unheilvollen November 1823 an Francisco Hernández Morejón, den Untersuchungsrichter in der Sache »Strahlen und Sonnen Bolívars« in Matanzas, geschrieben habe. In dem Brief habe ich jede Beteiligung an der Verschwörung geleugnet, habe dem Henker meine unblutigen Hände gezeigt und ihm versichert, dass ich niemals die Absicht hatte, für die Unabhängigkeit zu kämpfen, sondern, wenn überhaupt, lediglich ein günstiges Umfeld dafür zu schaffen, natürlich in den Grenzen der Verfassung des Landes, in dem ich geboren wurde … Wie ist es möglich, haben sich meine Richter gefragt, dass aus derselben Feder fast am selben Tag jener Rechtfertigungsbrief und gleichzeitig *Der Stern Kubas* geflossen sind, eines der erschütterndsten patriotischen Gedichte, die jemals auf der Insel geschrieben wurden: »*Wenn ein Volk seine schwere Kette / Nicht zerreißen kann mit eigner Hand, / Mag es ihm leicht sein, den Tyrannen zu wechseln, / Aber frei sein wird es nie.*«

Doch keiner von denen, die mich verurteilen, kann sich den Schmerz im Herzen des Mannes vorstellen, der, kaum hatte er den niederschmetternden Brief der geliebten Frau gelesen, die Nachricht erhielt, dass seine Freunde, die Brüder Aranguren und Antonio Betancourt, ihn beschuldigten, ein Rationaler Ritter zu sein und sogar die Rangstufe einer Sonne erlangt zu haben, weil er sie und andere der Unabhängigkeitsbewegung zugeführt habe. Als die Marquesa Reina María von der Anschuldigung erfuhr, bat sie mich zu einer Unterredung unter vier Augen. Feierlich, wie ich sie bisher noch nie erlebt hatte, sagte sie zu mir, dass es ihr unter den gegebenen Umständen nicht möglich sei, mir weiterhin in ihrem Hause Zuflucht zu gewähren, was nicht heißen solle, dass ich sogleich fortgehen müsse, sondern erst, wenn wir einen anderen sicheren Ort für mich gefunden hätten. Und dann erinnerte sie mich an Lolas Bitte, ich möge, sollte man mich verfolgen, unverzüglich Kuba verlassen, auf welchem Wege auch immer, denn meine Freiheit sei einem unvermeidlichen unabsehbaren Aufenthalt im Gefängnis unter allen Umständen vorzuziehen. Wir wüssten alle, fuhr die Marquesa fort, dass die Repressalien gegen die Verschwörer äußerst drastisch ausfallen könnten, und meine Geliebte flehe mich an, meine Freiheit und mein Leben zu retten und mir die Tür für eine Rückkehr auf jeden Fall offen zu halten. Und so, mit gebundenen Händen und einem Fuß im Gefängnis, bat ich die Marquesa, mit meinem Onkel Kontakt aufzunehmen, dem einzigen Menschen, dem ich vertraute, und ihn zu veranlassen, mich hier abzuholen und eine Möglichkeit zu suchen, mich außer Landes zu bringen.

Lolas Brief vor Augen, ihre Bitte im Ohr, Trauer im Herzen wegen des Verrats der Freunde, Bitterkeit über den Wankelmut der Anführer einer Verschwörung, die nichts als Theater war, und mit der Aussicht, Jahre im Gefängnis zu verbringen oder am Galgen zu enden, setzte ich mich am Abend des 5. November 1823 in das Zimmer, das mir die Marquesa zugewiesen hatte, und schrieb in einem Zuge, ohne Scham oder Zweifel, meinen Brief an den Untersuchungsrichter von Matanzas. Meine Absicht war es nicht, mich zu retten oder reinzuwaschen, sondern einzig und allein, mir die Möglichkeit zu bewahren, nach Kuba zurückkehren zu können, zu der Frau, die ich liebte, und zu der Frucht unserer Liebe, dem Kind, das geboren würde, ohne mich an seiner Seite zu haben. Einzig und allein dieser Wunsch konnte mich dazu bringen, etwas so Niederträchtiges wie einen Rechtfertigungsbrief zu schreiben, in dem ich natürlich niemanden beschuldigte, keinen Namen nannte und keinem der bereits Verhafteten zusätzlichen Schaden zufügte. Das Risiko, von der Nachwelt verurteilt zu werden, war mir egal und ist es bis heute, denn die Hand, die jenen Brief schrieb, wurde geführt vom heiligsten aller Impulse: dem der Liebe.

Am nächsten Morgen kam mein Onkel auf die Plantage. Er händigte mir eine Kopie des Haftbefehls gegen mich aus, ich übergab ihm den Brief an den Untersuchungsrichter und legte damit mein Schicksal in seine Hände. Glücklicherweise hatte Ignacio, effizient wie immer, bereits einen absolut sicheren Unterschlupf für den Übergang organisiert: das Haus von José Arango, einem sehr engen Freund von ihm, einem der vornehmsten und als solcher von den Behörden respektierten Bürger der Stadt.

Die Fahrt nach Matanzas durch das Yumurí-Tal glich diesmal einem Abstieg in die Hölle. Ich stand zwei Monate vor meinem zwanzigsten Geburtstag, und der Mann, den die Umstände aus mir gemacht hatten, schien mehr am Ende als am Anfang seines Lebens zu stehen. Überdruss, Ekel, Verzweiflung, Wut und Schmerz beherrschten mein Denken und vereinigten sich mit der Angst und der Scham, die in mir aufkeimten, nachdem ich meinem Onkel den Brief gegeben hatte … Nur die Liebe hatte sich, geschlagen und misshandelt, tief in meinem Herzen verkrochen, sie hielt mich aufrecht und nährte den Wunsch, diesen ganzen Wahnsinn zu beenden, der sich meiner Existenz bemächtigt hatte in einem Alter, in dem die meisten Menschen sich hauptsächlich um die Farbe ihrer Strümpfe und den Glanz ihres Haares sorgen.

In einem kleinen, von vielen Kerzen erhellten Zimmerchen verbrachte ich mit Wein und Büchern die eine Woche, die ich José Arangos Gast war. Mein Onkel hatte inzwischen meinen Brief an die Behörden übergeben und wartete auf ein hoffnungsvolles Zeichen, was ihn jedoch nicht davon abhielt, gleichzeitig meine Ausreise zu organisieren.

An den Vor- und Nachmittagen kam Pepilla, die junge, liebenswürdige Tochter von Don José, die meine Poesie auf die reine Art, die

Frauen eigen ist, bewunderte, in mein Zimmerchen, um mir Gesellschaft zu leisten und mir die Einsamkeit zu erleichtern. Diesem verständnisvollen und anmutigen Mädchen vertraute ich eines Abends alle meine Geheimnisse an, denn ich brauchte einen Menschen, der sie bewahrte, wie eine unverzichtbare Voraussetzung, um mein Unglück real werden zu lassen. Ich bat sie um den Gefallen, Tanco ausfindig zu machen und ihn zu bitten, zu mir zu kommen, damit ich ihn beauftragen konnte, mir die von mir veröffentlichten Gedichtbände zu bringen. Und Pepilla war es auch, der ich einen Brief an Lola übergab, in dem ich mich (vorübergehend, wie ich glaubte) von meiner Geliebten verabschiedete. Zwischen Schwüren ewiger Liebe gab ich meinem größten Wunsch Ausdruck: weitab von allem friedlich zu leben, mit ihr an meiner Seite, an einem Ort, an dem weder über Politik noch Sklaverei, nicht über Geld noch über Könige geredet würde. Einem Ort außerhalb der Geschichte, unberührt von den Erschütterungen einer Welt, die mich vergessen hätte und in der meine Gedichte unbekannt bleiben würden, da es nur zwei Leser gäbe: eine geliebte Frau und ein geliebtes Kind.

Am Abend des 13. ließ mir mein Onkel die Nachricht zukommen, auf die ich wartete. Wenn alles wie vorgesehen ablief, würde ich in der darauffolgenden Nacht die Brigg »Galaxy« besteigen, die mich nach Boston bringen sollte, in die Vereinigten Staaten. Doch die Botschaft wühlte mich mehr auf, als sie mich beruhigte, und ich erinnerte mich an den stürmischen, aber traurigen Abschied, den wir Pater Varela ein Jahr zuvor bereitet hatten. Die Schlaflosigkeit trieb mich aus meinem Zimmer, also ging ich hinaus und wanderte im Hof auf und ab. Die Enge raubte mir die Luft. Der Gedanke, ohne meine Gedichte fortgehen zu müssen, das Einzige, was mir wirklich gehörte, ließ mich verzweifeln; aber Tanco kam und kam nicht. Da fiel mein Blick auf den majestätischen Mangobaum, der einen Teil des Himmels verdeckte, und ohne nachzudenken kletterte ich den Stamm hinauf, um mich auf das Dach des Hauses fallen zu lassen. Von dort aus konnte ich im hellen Licht des Vollmondes die Bucht mit den vielen, von ihren Laternen erleuchteten Schiffen sehen. Ich betrachtete die dunklen Dächer der umliegenden Häuser. Die menschenleeren Straßen. Die fernen Berge, wie riesige schlafende Tiere. Ich sah den träge dahinfließenden, zum Greifen nahen Yumurí, und ich fragte mich, schon mit Tränen in den Augen, wie lange ich fern von hier würde leben müssen, weitab von meinem Land, ohne das Recht, meine Luft zu atmen, meine Frau zu umarmen. Alle Antworten, die ich meiner Fantasie anbot, waren erbarmungslos, doch in diesem Augenblick war ich unfähig, mir vorzustellen, dass die Wirklichkeit mir Antworten geben sollte, die die furchtbarsten Strafen, die sich ein junger Dichter ausmalen konnte, um ein Vielfaches übertreffen würden. Morgen würde meine Verbannung beginnen, und mit ihr die eigentlichen Lehrjahre der Erkenntnis, wie vergänglich das Glück ist und wie unermesslich der Schmerz sein kann.

ZWEITER TEIL

Die Verbannungen

… nun ist es Zeit, dass der Roman meines Lebens
endet, damit seine Realität beginnen kann.
J. M. H., 20. Mai 1827

Sosehr Fernando Terry sein Gedächtnis auch anstrengte, er konnte
sich nicht daran erinnern, wann er zum letzten Mal auf das Flachdach seines Hauses gestiegen war. Obwohl es doch so nah war, haf-
tete ihm immer der geheimnisvolle Geruch einer exotischen Insel
an, und häufig hatte es ihm als eine Art Refugium gedient, wo er ein
unbezwingbares Gefühl von Freiheit genoss. Von den Fluchten aufs
Dach, bei denen er jeweils am Fenstergitter hochgeklettert war und
sich am Rohr des Wassertanks festgehalten hatte, waren ihm einige
all die Jahre hindurch und über die Entfernungen hinweg im Gedächtnis geblieben; doch am unvergesslichsten war ihm der Abend,
an dem er das Dach als Zufluchtsort ausgewählt hatte, um ganz alleine den Tod seines Vaters zu beweinen. Aber wann war er zum
letzten Mal hier hinaufgestiegen? Fernando konnte sein Gedächtnis einfach nicht dazu bewegen, ihm diese Frage zu beantworten,
möglicherweise weil er sich so deutlich daran erinnerte, wie er auf
ebendiesem Dach gesessen und zum ersten Mal José Maria Heredias
dramatische Frage gelesen hatte, der sich, verzweifelt über die vielen
harten Schicksalsschläge, bewusst wurde, dass er eine Figur in einem
Roman war und gefragt hatte – wen eigentlich? –, wie lange er noch
in jener beklemmenden Fiktion leben würde, der zu entfliehen ihm
nicht gelingen wollte …

Seine Knie knackten, er spürte seinen Rücken nicht mehr, sein Atem ging schneller, und einen Moment lang befürchtete er, das Rohr könne seinem Gewicht nicht standhalten. Doch als er es schließlich geschafft hatte, auf das sonnenerhitzte Flachdach zu klettern, dachte er, dass es schade gewesen wäre, das Abenteuer nicht gewagt zu haben, bevor er wieder aus Kuba verschwinden würde. Er lief über das Dach und genoss die vorzügliche Aussicht. Das Haus stand am höchsten Punkt des Viertels, und in der Ferne konnte er die Kuppel des Kapitols, den grauen, zu Ehren José Martís errichteten Obelisken und die Umrisse einiger Gebäude des Vedado erkennen. Dann ging er ans andere Ende und betrachtete den vertrauten Innenhof mit den Bäumen, die sein Vater gepflanzt hatte und die Fernando so oft hinaufgeklettert war, um Obst zu pflücken. Unter dem dichten Laub im hintersten Winkel des Grundstücks erkannte er die Gräber der Hunde – *Coco*, *Negrito*, *Mocho und Canelo* –, die ihn in seiner Kindheit und Jugend begleitet und zu denen sich zwei weitere Mitbewohner gesellt hatten, Gefährten Carmelas in den langen Jahren der Einsamkeit, von deren Existenz Fernando erst durch die Briefe seiner Mutter erfahren hatte. Die beiden Erdhügel mit den Namensschildern *Rinti* und *Sombra* erinnerten ihn an einen anderen für immer unterbrochenen, unwiederbringlich verlorenen Roman, der in diesem Haus – das sein Zuhause war – ganz ohne ihn seinen friedlichen Verlauf genommen hatte. Und er begriff, dass er nur noch ein einfacher Zeuge war in jener Geschichte, deren Protagonist er früher einmal gewesen war.

Die Sonne verschwand hinter den Bäumen, als Fernando sich neben dem Wassertank niederließ und seinen Pass aus der Brusttasche zog. Der offizielle Stempel, der ihm die Einreise nach Kuba gewährt hatte, prangte über dem handschriftlichen Eintrag, der in schwarzen Buchstaben auf die Frist von dreißig Tagen hinwies, die man ihm zugebilligt hatte. Mehr als die Hälfte der Zeit war bereits abgelaufen, und der Gedanke an die Rückkehr nach Spanien begann ihn nervös zu machen. Alles, was er sich hier vorgenommen hatte, war bisher im Nebel seiner Wunschvorstellungen stecken geblieben, und außer diesem Einreisestempel mit dem rigorosen Eintrag hielt er nichts in

Händen. Wie war der Eintrag gewesen, den Heredia für seinen Besuch in der Heimat bekommen hatte? Hatte auch er die Tage, Stunden und Minuten seines letzten Aufenthalts in Kuba festgelegt?

Fernando spürte, dass sich der Weg zu dem unauffindbaren Manuskript im Hause der Juncos verloren hatte, und die Unterhaltung, die er einige Tage zuvor mit Miguel Ángel geführt hatte, streute noch mehr Salz in die Wunde: Wenn Heredias Weggefährten fähig gewesen waren, einen literarischen Betrug wie den *Spiegel der Geduld* zu begehen, um die Existenz einer bis dahin nicht vorhandenen literarischen Tradition Kubas vorzutäuschen, was alles hatten sie da wohl noch unternommen, um das Geheimnis ihres Betrugs zu bewahren? Die verdächtige Gleichzeitigkeit der Rückkehr des Verbannten nach Kuba mit dem wundersamen Fund des dem Schriftsteller Silvestre de Balboa zugeschriebenen epischen Gedichts war so etwas wie eine brennende Lunte, die zum explosiven Dynamit führte. Auch wenn niemand im Einzelnen wusste, worüber Heredia und Del Monte bei ihrer letzten Begegnung, nach der Ankunft des Dichters im Jahre 1837, gesprochen hatten, vermutete Fernando, dass jene von Spannungen und gegenseitigem Groll geprägte Unterhaltung sicherlich nicht dazu geeignet gewesen war, einen Mann wie Domingo del Monte zu vertraulichen Mitteilungen zu bewegen. Aber was war mit den Gesprächen, die Heredia mit Tanco, mit Echevarría, mit Blas de Osés und vielleicht noch mit anderen alten Freunden geführt hatte? Und wie erklärte sich die Weigerung Del Montes, sich noch einmal mit dem ehemaligen Weggefährten zu treffen, der, angesichts der grausamen Haltung des Mannes, der einmal sein bester Freund gewesen war, mit gebrochenem Herzen ins Exil zurückgekehrt war? Wenn sie wirklich das epische Gedicht erfunden hatten, dann mussten außer Del Monte auch noch andere enge Freunde davon gewusst haben. Und wenn es einen solchen Betrug tatsächlich gegeben und Heredia von einem jener Freunde davon erfahren hatte, welche Macht konnte ihm den Mund verschlossen und ihn daran gehindert haben, in seinen letzten Aufzeichnungen jene schreckliche Lüge zu beichten, die der kubanischen Literatur zu einer notwendigen Tradition verholfen hatte? Die Kränkungen, die er während seines so kurzen wie schmerzlichen letzten Aufenthalts auf der Insel durch ebenjene Urheber einer möglichen Täuschung hatte erfahren müssen, waren ein mehr als ausreichendes Motiv für Rache und Beschuldigungen. Doch das Schweigen des Dichters, der, soweit bekannt, nie ein Wort über jene Machenschaften verloren hatte, lenkte das Augenmerk in eine Richtung, die ebenfalls im Nebel der Zeit und des Schweigens versank.

Fernando betrachtete das verblassende Sonnenlicht und überlegte, dass es möglicherweise die offenkundige Verbindung zu dem Namen Junco gewesen war, die ihn davon abgehalten hatte, auch andere Personen mit Zugang zu dem unerreichbaren Manuskript des Dichters in Betracht zu ziehen. Doch laut dem alten Aquino hatten nur wenige Freimaurer Gelegenheit gehabt, den Text an sich zu nehmen, und nur Ramiro Junco besaß einen handfesten Grund, es auch tatsächlich zu tun. Und Aquinos Vater? Hatte der nicht irgendein Motiv gehabt, das er vor seinem Sohn verborgen hatte? Oder hatte es in der Loge irgendeinen Nachfahren von Del Monte gegeben, einen dieser steinreichen Aldamas oder einen Verwandten von José Antonio Echevarría, den glücklichen Entdecker des wie durch ein Wunder aufgetauchten epischen Gedichts?

Wieder schaute Fernando in seinen Pass, und als er sich bewusst wurde, wie viele und verschlungene Wege er noch gehen musste, überkam ihn eine tiefe Verzagtheit. Er war sich jetzt sicher, dass er niemals zu der verlorenen Wahrheit vordringen würde. Vielleicht war es besser, die Toten und die Intrigen ruhen zu lassen, versiegelt durch die Zeit, und an dem, was ohnehin nicht mehr zu ändern war, nicht zu rütteln. Doch ein ununterdrückbares Gefühl verbot ihm hartnäckig, solchen egoistischen Überlegungen nachzugeben. Letztlich war er überzeugt, dass Heredia etwas geschrieben hatte, was zur Veröffentlichung bestimmt gewesen sein musste, und dass die Nichtbeachtung seines Willens wohl eine höchst infame Wahrheit verstecken sollte.

Während Fernando auf dem Flachdach umherwanderte, versuchte er den bohrenden Gedanken zu vertreiben, hinter seinen eifrigen Nachforschungen könnte auch der Wunsch nach Aufmerksamkeit und Rache stecken, hervorgerufen durch die Wunden der Marginalisierung, des Exils und des Verzichts auf seine existenziellen Bedürfnisse. Der Fund jenes verfluchten Dokuments wäre sein größter Sieg über all die Dämonen, die sein Leben verändert hatten. Und dieser Triumph, den er wie einen goldenen Pokal hochhalten würde, könnte ihn vielleicht sogar für sein unfruchtbares Leben als Poet ohne Poesie, für die Bücher, die er schreiben sollte, aber nicht schreiben konnte, und für die Bitterkeit seines bedeutungslosen und leeren Aufenthalts auf Erden entschädigen. Der Gedanke daran, dass seine Welt am Ende zumindest zum Teil den Sinn wiedererlangen würde, der ihr geraubt worden war, tröstete ihn. Denn alles Übrige hing von der Aufdeckung eines Verrats ab. Und von der Rückkehr zur Poesie. Und von der Wiedererlangung seiner Fähigkeit, Liebe zu geben und zu empfangen. Und all die unwiederbringlich verlorenen Geschichten, von denen er ausgeschlossen gewesen war? … Ließ man all das aufmarschieren, waren das Leid und die Einschränkungen, mit denen er hatte leben müssen, so zahlreich und so offenbar, dass Fernando Terry sich über seine eigene Standhaftigkeit wunderte. Zwanzig Jahre lang hatte sie ihn aufrechterhalten, ohne mehr als ein schwaches Licht am Horizont zu erblicken, wie das, das ihn von seinem Dach aus eine Frau erkennen ließ, die aus der Dunkelheit auftauchte, mit federndem Gang entschlossen um die Straßenecke bog und die nur Delfina sein konnte. Und in diesem Moment erinnerte er sich daran, wann er zum letzten Mal auf das Dach seines Hauses gestiegen war.

Wir schrieben den 4. Dezember 1823, als die »Galaxy« endlich in Boston anlegte. Kaum hatte ich Land betreten, wurde mir schlagartig bewusst, was Winter bedeutete, und ich ahnte, dass diese unerbittliche Kälte mein Verderben sein würde. Der Anblick eines zugefrorenen Flusses und einer Landschaft, die aussah, als wäre sie durch ein Feuer zerstört worden, ohne eine einzige Pflanze, um das Auge über die entsetzliche Kargheit hinwegzutrösten, deprimierte mich.

Die menschenleeren Straßen glichen denen einer verwüsteten Stadt, und die wenigen Menschen, die an die Mole kamen, bewegten sich stumm und traurig in dicken Mänteln, die kaum ihre Gesichter sehen ließen. Alles war weiß oder grau oder schwarz, ohne Nuancen oder Abweichungen. In einer solchen Atmosphäre, das wurde mir schnell klar, würde ich nicht lange überleben können. Die Beklemmung würde mich umbringen.

Einen bitteren Vorgeschmack auf das, was mich erwartete, hatte ich schon während der Überfahrt bekommen. Nicht einmal die liebenswürdige Aufmerksamkeit von Kapitän Harding, dem man mich als einen sehr wichtigen politischen Flüchtling anempfohlen hatte – zusammen mit einigen Reales –, konnte mich vor den Unbilden des Wetters schützen, dessen furchtbares Gesicht den Sturm, der in meiner Seele wütete, noch übertraf. Um unauffällig an Bord der »Galaxy« zu gelangen, hatte mir der Kapitän Kleider geliehen, die meine Schwester Ignacia ins Haus der Arangos gebracht hatte, um mithilfe der unentbehrlichen Pepilla das Wunder zu vollbringen, mich in einen alten, sturmerprobten Seemann zu verwandeln. In der Stille der Nacht hatte mich Don José Arango dann in seiner Kutsche in die Nähe des Hafens begleitet, wo mich Harding bereits erwartete, um mich aufs Schiff zu bringen.

Kaum waren wir an Bord gegangen, ließ der Kapitän die Anker lichten. Drei Tage lang segelten wir auf ruhigem Meer. Mir kam oft der Gedanke, ob es nicht besser gewesen wäre, in Kuba zu bleiben und die harte Gefängnisstrafe auf mich zu nehmen, denn so hätte ich mich Lola und den Meinen näher gefühlt. Dann zeigte die Natur, vielleicht um sich meinem Gemütszustand anzupassen, wie schrecklich ihr Zorn sein konnte, und auf der restlichen Überfahrt wurden wir von Wind und Regen gepeitscht, bis uns auf Höhe des vierzigsten Breitengrades eine Kaltfront erwischte und die Temperaturen so abrupt fielen, dass das Wasser auf Deck gefror, wenn die Wellen es überspülten. Mit viel Geschick gelang es Kapitän Harding, die Insel Nantucket anzulaufen, wo wir einen Lotsen an Bord nahmen, der mit den Gefahren dieser Küste vertraut war. Doch der Lotse betrank sich, und nur Gottes Hilfe hatten wir es zu verdanken, dass wir nicht an den gefährlichen Felsenriffen zerschellten, zwischen denen wir navigierten.

In Boston ging ich direkt ins Büro von Peter Bacon, einem mit meinem Onkel befreundeten Kaufmann, der glücklicherweise die Wechsel, die Ignacio mir für ihn mitgegeben hatte, ohne Weiteres akzeptierte. Bacon war es auch, der mir die Pension von Mistress Mac Condray in der Battler Street Nr. 15 empfahl, nur wenige Häuserblocks von seinem Geschäft entfernt. Dort verkroch ich mich für zwei Tage, um mich von den Strapazen der Schiffsreise zu erholen und mich an den Gedanken zu gewöhnen, in Mantel, Stiefeln, Handschuhen und Fellmütze auf die Straße zu gehen. Auch nutzte ich die Zeit, um ein paar Zeilen zu schreiben, was den Beginn der trostreichen Gewohnheit darstellte, die Gespräche mit den geliebten Menschen durch lange Briefe zu ersetzen, in denen ich ihnen von den Wechselfällen meines neuen Lebens berichtete. Hunderte solcher Briefe sollte ich im Laufe der mehr als fünfzehn Jahre meiner Verbannung schreiben, die damals gerade erst begonnen hatte.

Das Schlimmste in jenen Tagen war die Ungewissheit meiner Zukunft. Mit einem Schlage aus meinem Leben in Kuba herausgerissen, wo ich Liebe, Freunde, Beruf, Haus, Ansehen, Ideale und Wünsche zurückgelassen hatte, war ich in eine Art Grube ohne Boden oder Wände geworfen worden, in der ich wie eine Marionette dahintaumelte, ohne einen bestimmten Ort, auf den ich meinen Blick, meine Schritte und meine Hoffnungen hätte lenken können. Ich war schrecklich einsam in einem Land, das ich nicht kannte, mit einer Sprache, die ich nicht beherrschte, in einem Klima, das mich in Angst und Schrecken versetzte, und mit dem Geld, das mir mein Onkel schickte. War das nun besser oder schlechter als ein Leben im Gefängnis? Hatte das Exil ein so wenig liebenswertes Gesicht?

Am dritten Tag wurde das Wetter besser, und ich ging hinaus auf die Straße, gewillt, der Stadt, in der ich Gott weiß wie lange würde leben müssen, irgendeine positive Seite abzugewinnen. Das Erste, was mir auffiel, waren die Rechtwinkligkeit und die Sauberkeit der breiten, gut gepflasterten Straßen, auf denen es so ganz anders aussah als in den engen und schmutzigen Gassen auf Kuba. Elegante Kutschen fuhren über die dafür vorgesehenen Fahrbahnen, sodass der Fußgänger nicht Gefahr lief, mit Dreck und Kot vollgespritzt zu werden. Ich gaukelte mir Gefallen an den Backsteinhäusern vor, manche davon drei oder gar vier Stockwerke hoch, dessen Fenster von den Bewohnern mit Blumen geschmückt wurden. Das Zentrum der Stadt war um diese Morgenstunde voller Menschen, und erstaunt stellte ich fest, dass dennoch nicht jener Lärm herrschte, der auf den Plätzen und Promenaden von Havanna üblich ist, wo meine Landsleute herumbrüllen, anstatt zu sprechen, sich lautstark von Balkon zu Balkon, von Kutsche zu Kutsche unterhalten und um alles ein großes Geschrei machen. Allerdings gibt es hier keine schwarzen Straßenhändler, die wie in Kuba aus voller Kehle ihre Waren anpreisen, und auch keine dicken Marktweiber, die mit ihrem rhythmischen Singsang die Kunden anlocken. Ruhe und Ordnung atmete diese altertümliche Stadt, eine der ältesten und wichtigsten der mächtigen nordamerikanischen Republik.

Kurz darauf erfuhr ich in Bacons Büro, dass die kubanischen Abgeordneten, die beim spanischen Parlament interveniert hatten, soeben in New York eingetroffen waren. Jetzt waren also auch Varela, Gener und Santos Suárez hier, alle auf der Flucht, von Fernando VII. nach der Auflösung des kubanischen Parlamentes zum Tode verurteilt. Zu wissen, dass sie sich in den Vereinigten Staaten aufhielten, linderte meine Verzweiflung, und nachdem ich meine finanziellen Angelegenheiten mit Bacon geregelt hatte, stieg ich in eine Postkutsche und fuhr zu den kubanischen Helden nach New York, wo ich Ende Dezember, wenige Tage vor meinem Geburtstag, eintraf.

Pater Varela hatte sich in einer bescheidenen Pension am Broadway im Zentrum Manhattans eingemietet und zeigte sich hocherfreut, mich zu sehen. Nachdem er mich umarmt und gesegnet hatte, führte er mich in sein Zimmer mit der kleinen Küchenecke, in der er Kaffee aufbrühen konnte, so wie wir Kubaner es lieben: mit viel Kaffeepulver und wenig Wasser, in kleinen Steingutschälchen serviert, mit der nötigen Menge Zucker, die dem Getränk den bitteren Geschmack, aber nicht das Aroma nimmt. Als ich die belebende Flüssigkeit schlürfte, die so ganz anders war als das geschmacklose dunkle

Wasser, das die Yankees zu trinken pflegen, fühlte ich mich in mein fernes Heimatland versetzt, und schmerzlich wurde ich mir all dessen bewusst, was ich hier vermisste.

Der Pater, dessen Zimmer inzwischen zu einer Art Botschaft geworden war, in die alle Emigranten und Reisenden aus Kuba kamen, versorgte mich mit frischen Nachrichten über die letzten Ereignisse auf der Insel. Mit Freude hörte ich, dass meinem Freund Teurbe Tolón die Flucht gelungen war, doch die Nachricht, dass inzwischen mehr als sechshundert Verschwörer im Gefängnis saßen, betrübte mich. Varela sagte mir, dass der Aufstand von Anfang an zum Scheitern verurteilt gewesen sei, denn die Spitzel von Generalkapitän Vives und die des Leiters der Finanzverwaltung von Havanna, des schaurigen Conde de Villanueva, hätten die Bewegung bis in den Kern unterwandert, und inzwischen wisse man, dass sie schon seit mehreren Monaten Informationen über sämtliche Pläne und Entscheidungen der Führungsebene gehabt hätten. Bespitzelung und Denunziation, ohnehin üblich in Kuba, hatten wie eine gut geölte Maschinerie funktioniert, und das angebliche Geheimnis um die Freimaurerlogen war also nicht mehr gewesen als ein Spiel leichtsinniger Kinder. Dennoch hatte die gescheiterte Verschwörung seiner Meinung nach eine günstige Atmosphäre für den Beginn eines offenen Kampfes für die Unabhängigkeit geschaffen, und darum habe er dem Vorschlag der Exilanten und weiterer, in Kuba lebender Personen zugestimmt, die Führung der Bewegung für die Unabhängigkeit Kubas zu übernehmen. Wie zu erwarten, hatte man ihm eine Bedingung gestellt: das Problem der Sklaverei müsse so lange ausgeklammert bleiben, bis der Sieg errungen sei. Der Pater hatte sich seinerseits ausbedungen, frei seine Meinung äußern zu dürfen, und hatte weder Logen noch andere Bruderschaften als konspirative Zellen akzeptiert. Und noch etwas vertraute mir Varela an, etwas, das mich vollkommen durcheinanderbrachte und mir zeigte, wie groß meine politische Naivität war:

»Das ist alles sehr kompliziert, José María. Die, die das Geld und die Macht hätten, um die Unabhängigkeitsbestrebungen voranzubringen, stellen sich ihr entgegen, mehr noch als die spanische Regierung. Weißt du, wer Generalkapitän Vives ist?«, fragte er und senkte die Stimme, als fürchte er, belauscht zu werden. »Nun, er gehört zum Kreis um meinen Freund und Kollegen Gener. Nein, wundere dich nicht. Es sind die reichen Kubaner, die entscheiden, wer Kuba regiert, denn in Wirklichkeit sind sie es, die das Leben auf der Insel kontrollieren, und sie sind es auch, die die spanische Monarchie finanzieren. Das mit dem Parlament war nichts als Maskerade, und glaub mir, nach einer gewissen Zeit wird die Todesstrafe für Gener vergessen sein. Aber ich werde die günstige Stimmung nutzen und alles tun, was ich kann. Und auch wenn ich die Unabhängigkeit des Landes nicht erreiche, so doch wenigstens, dass die Menschen auf der Insel sie als eine mögliche Alternative erkennen. Mehr ist nicht möglich.«

Bestürzt über diese düsteren Enthüllungen bat ich den Pater, mir die Beichte abzunehmen. Varela erwiderte lächelnd, er könne sich nicht vorstellen, welch schreckliche Sünden ich begangen haben könnte, doch er ging zu seinem Koffer, entnahm ihm die nötigen Utensilien und zeigte mir auch seine alte Violine, von der er sich niemals trennte. Dann setzte er sich auf einen Stuhl und forderte mich auf, mich ebenfalls zu setzen, doch ich zog es vor, mich neben ihn zu knien. Ohne ihn anzuschauen, erzählte ich ihm von meiner Geschichte mit Lola, meinem ausschweifenden Leben, meiner verzweifelten Liebe und dem Brief, den ich meinen Verfolgern in Kuba hatte überbringen lassen. Und zum Schluss gestand ich ihm, dass ich große Angst hätte, nie mehr nach Kuba zurückkehren zu können … Varela hörte mir zu, ohne mich zu unterbrechen, und als ich mich von ihm verabschieden wollte, sagte er, ich solle in die nahe gelegene Kirche San Patricio gehen und dort drei Vaterunser sowie drei Ave-Maria beten und Gott um die Gesundheit der Frau und des Kindes bitten, die ich in Kuba zurückgelassen hatte. Doch dann forderte er mich noch einmal auf, Platz zu nehmen, denn die Vergebung meiner Sünden könne warten, sagte er, jetzt wolle er mir ein wunderschönes andalusisches Lied auf seiner Geige vorspielen.

Fest entschlossen, in New York zu bleiben, und außerdem bereit, an jedem Umsturzversuch teilzunehmen, den Varela plante, mietete ich mich in einem Gästehaus ein, in dem man mir für sechseinhalb

Pesos die Woche ein Zimmer mit Heizung und Verpflegung gab. Da ich nicht in der Stimmung war, zu lesen, und noch weniger, Gedichte zu schreiben, bestand meine einzige Zerstreuung darin, an den Tagen, wenn Schnee und Regen es zuließen, durch die matschigen Straßen der Stadt zu wandern. Meist ging ich fünf oder sechs Meilen, entdeckte die neuen, von Italienern und Iren bewohnten Viertel und probierte das hervorragende Essen Ersterer und den wunderbaren Whisky Letzterer.

Oft aber hatte ich das Gefühl, dass mir die Luft zum Atmen fehlte. Obwohl ich meinen zwanzigsten Geburtstag mit Varela, Gener, Teurbe Tolón und anderen Freunden feierte, nagte die Unzufriedenheit an mir, und ich spielte mit dem Gedanken, in den Süden der Vereinigten Staaten zu gehen, vielleicht nach Pensacola, wo ich einige Jahre meiner Kindheit verbracht hatte, oder nach New Orleans, wo Anne-Marie und Betinha sein mussten, Städte, in denen Spanisch und Französisch gesprochen wurde und nicht das derbe Englisch, das in meinen Ohren so unangenehm klang. Nur dass mir an jenen Orten die für mich so unentbehrliche Wärme der Freundschaft fehlen würde und das so angenehme Gefühl, einer Bruderschaft anzugehören.

Im Januar bekam ich die Antworten auf meine ersten Briefe, doch keiner meiner beiden Vertrauten – Silvestre und mein Onkel Ignacio – schrieben etwas über Lola. Ich zählte die Tage, denn nach meinen Berechnungen musste sie spätestens in diesem ersten Monat des Jahres niederkommen. Deswegen wartete ich jeden Tag voller Ungeduld, vor Kälte halb erfroren, auf den Briefträger.

Erst Anfang März kam der ersehnte Brief. Er war eigenhändig von Lola geschrieben und steckte, in einem verschlossenen Umschlag, in einem Brief von Silvestre, der mich bereits auf das Schlimmste vorbereitete. Wie ein Wahnsinniger riss ich den Umschlag auf, und sogleich erkannte ich die Schrift meiner Geliebten. Doch während ich die heiß ersehnten Worte las, füllten sich meine Augen mit Tränen, und mein Herz wurde wie von wilden Wölfen in Stücke gerissen. In knappen, kühlen Worten schrieb mir Lola, dass unser Kind tot geboren sei und dass dieses Unglück das Ende unserer Beziehung besiegele. Ihre Eltern hätten alles in die Wege geleitet, und im Sommer werde sie Felipe Gómez heiraten, und deswegen bitte sie mich, ihr nicht mehr zu schreiben und sie am besten überhaupt zu vergessen.

Leicht zu verstehen, dass der Frühling für mich statt einem Fest einer Totenfeier glich. Wenn ich bisher kaum ein Gedicht geschrieben hatte – mit Ausnahme des langen Gedichtes, das ich Pepilla Arango gewidmet hatte –, so ließ ich es von jenem Tage an ganz sein, schrieb wochenlang keinen einzigen Brief und nahm an keinem Treffen in Varelas Pension teil. Ich aß kaum etwas, lag nur auf dem Bett und las wieder und wieder die kurze Botschaft von Lola, ohne jedoch den radikalen Wandel in ihrem Verhalten und in ihren Gefühlen zu begreifen. War dies dieselbe Lola, die ich geliebt hatte und die mich jetzt so brutal zurückstieß? Welch fürchterlicher Druck und welche Entscheidungen mussten sie veranlasst haben, mit einem Schlag all unsere gemeinsamen Hoffnungen zu zerstören? Hatte der Tod unseres Kindes sie so sehr verwirrt, dass sie eine radikale Trennung allem anderen vorzog? Niemals, nicht einmal jetzt, habe ich geglaubt, dem Tode so nahe zu sein wie in jenen unglücklichen Tagen, als ich davon überzeugt war, dass es mein größter Fehler gewesen war, die Insel zu verlassen, ohne vorher mit der Frau, die ich über alles liebte, das Gespräch gesucht zu haben. In diesem fernen, ungastlichen New York wurde mir bewusst, wie unerbittlich das Schicksal, das grausamer zu mir war, als ich es verdiente, meine Schuld mit Zins und Zinseszinsen einforderte. Für die erfundenen Liebesdramen, die meinen Ruhm als romantischer, stürmischer Dichter begründet hatten, für meine Leichtfertigkeit in Herzensangelegenheiten und für meine Dreistigkeit, mich über alles hinwegzusetzen, statt das zu tun, was mir beizeiten möglich gewesen wäre.

Als Verschwörer gescheitert, war ich jetzt auch als Liebender besiegt, und gleichzeitig fühlte ich mich verloren in einem Land, in dem ich, wie ich wusste, für immer vollkommen fremd bleiben würde. Ach, warum, wo doch mein Schmerz so riesengroß und so wahrhaftig war, kam mir kein verdammter Vers in den Sinn, der ihn auszudrücken imstande war? … Nach mehreren Wochen lief ich zu Varela und bat ihn erneut, mir die Beichte abzunehmen. Ich musste mit ihm reden, um jemanden zu haben, der um mein Unglück wusste, aber ich wollte mich auch an Gott wenden und ihm sagen, dass es Strafen gibt, die eines Menschen Schuld übersteigen können.

Warum hast du mich hier raufklettern lassen?«

»Trink deinen Kaffee, danach erzähl ichs dir.«

Fernando hatte sie auf der Terrasse stehen lassen und war zu seinen Nachbarn hinübergelaufen. Kurz darauf war er mit einer alten Holzleiter zurückgekommen und hatte sie gegen die Wand des Vordaches gelehnt.

»Steig rauf und warte oben auf mich«, hatte er sie aufgefordert, und sie hatte mit verständnislosem Gesicht gehorcht. Dann hatte er zwei Hocker und einen Krug Kaffee auf das Flachdach gebracht.

»Lass auch noch was für mich übrig«, bat er sie lachend, als er sah, wie gierig sie den Kaffee schlürfte, nur schwach beleuchtet von einer Straßenlampe, die das Dach in ein gelbliches Licht tauchte.

»Warum bist du eigentlich hergekommen?«

»Ich wollte was mit dir bereden. Aber ich konnte nicht ahnen, dass unser Gespräch in so luftiger Höhe stattfinden würde …«

»Gefällt es dir hier nicht?«, fragte er mit einer ausholenden Armbewegung auf die Umgebung, als wäre es ein ländlich grünes Tal.

»Ganz nett.«

»Weißt du, was ich gemacht habe, als ich das letzte Mal hier oben war? … Ich war verzweifelt und bin hier raufgestiegen, um an nichts zu denken. Da kam die Nachbarin von nebenan auf ihr Dach, um Wäsche aufzuhängen. Und plötzlich wurde mir klar, dass ich keine andere Wahl hatte, als von hier fortzugehen, und dass ich das alles hier nie mehr wiedersehen würde … Ich bin immer furchtbar gerne hier oben gewesen.«

»Vieles von dem, was du gerne gemacht hast, tust du nicht mehr. Schreiben, zum Beispiel.«

Fernando besah sich genüsslich ihr Profil, als sie sich der Welt der Wassertanks, der Fernsehantennen, der Bäume, der Taubenschläge und der Wäscheleinen zuwandte, die sich ihr darbot. Fernando wusste, dass diese Aussicht für jemand anderen als ihn selbst weder romantisch war noch besondere Erinnerungen wachrief.

»Wenn du willst, gehen wir wieder runter.«

»Nein, lass nur, hier ist es schön kühl.«

»Als ich nach Madrid kam, hab ich wieder mit dem Schreiben begonnen«, sagte er, während er sich eine Zigarette anzündete. »Nach den vier Jahren USA tat es mir gut, die Leute wieder Spanisch sprechen zu hören, und ich dachte, ich könnte wieder Gedichte schreiben.«

»Hast du was veröffentlicht?«

»Habs gar nicht erst versucht. Der alberne Ehrgeiz, etwas zu veröffentlichen, ist mir unterwegs abhandengekommen … Ich hatte keine Lust, andere Schriftsteller kennenzulernen, und beschloss, an meinem Buch über Heredia nicht weiterzuschreiben. Ich wollte alles, was in mir drin war, alles, was ich in Kuba sein wollte, begraben und vergessen. Ich hab mir eine Arbeit gesucht, um meinen Lebensunterhalt zu verdienen, wie jeder andere auch …«

»Musstest du wirklich von hier fortgehen?«

»Ich glaube, ja. Jedenfalls glaube ich, dass ich nicht hierbleiben konnte.«

»Inzwischen hat sich vieles verändert.«

»Ich bin ja kein Hellseher. Sonst hätte ich auf den Brief gewartet, der dann mit fast zwei Monaten Verspätung gekommen ist. Ich weiß bis heute nicht, ob ich mich richtig entschieden habe. Aber auch hier wäre ich nicht mehr derselbe gewesen.«

»Bist du sicher?«

»Ich bin mir nie sicher, Delfina.«

»Das Problem haben wir alle, die auf die fünfzig zugehen.«

»Abgesehen von dem Bauch und der beginnenden Glatze«, ergänzte er. »Aber du hast mir noch nicht gesagt, warum du gekommen bist.«

Sie sah ihm direkt in die Augen, und Fernando spürte Angst in sich aufsteigen: Er fürchtete sich vor dem Scheitern ebenso wie vor dem Gelingen, denn das eine würde ihn mit leeren Händen zurücklassen, verletzter noch als bei seiner Ankunft, und das andere würde ihn vor ein vielleicht unlösbares Problem stellen, was ihm weiteren Kummer bereiten würde.

»Ich habe über das nachgedacht, was du mir neulich gesagt hast.« Sie machte eine Pause, und als Fernando schwieg, fuhr sie fort: »Und ich bin zu dem Schluss gekommen, dass es Wahnsinn wäre.«

Fernando ließ die Zigarette auf den Boden fallen und drückte sie mit dem Fuß aus. »Ja, es wäre Wahnsinn«, stimmte er zu. »Wir sind fast fünfzig Jahre alt, du lebst hier auf der Insel, warst die Frau von Víctor, Víctor war mein Freund, und außerdem gefalle ich dir nicht.«

Sie lächelte. »Dann bist du dir wenigstens einer Sache sicher.«

»Was soll ich sonst denken?«

»Was mir nicht gefällt, Fernando, ist, dass ich langsam alt werde. Ich lebe alleine, und das gefällt mir noch weniger. Im Moment lebe ich wie eine Jungfrau, und das ist auch nicht lustig. Ich könnte mit dir schlafen, um mich besser zu fühlen, wir könnten eine Beziehung beginnen und daran glauben, dass es möglich ist … Und dann?«

»Dann geht das Leben weiter.«

»Spiel nicht den Philosophen, das passt nicht zu dir.«

»Könntest du dir nicht vorstellen, in Spanien zu leben?«

»Nein«, sagte sie entschieden. »Ich will hierbleiben, selbst wenn ich Dreck fressen muss. Ich habe keine Lust, fortzugehen und …«

»Warum?«

»Weil ich nicht so werden will wie du, weil ich keinen Fehler machen will, weil ich hierbleiben will … Vergiss mich, Fernando, und denk an dich selbst. Angenommen, wir fangen tatsächlich was miteinander an, kannst du dir vorstellen, wie du dich fühlen wirst, wenn du wieder abreisen musst?«

Mechanisch griff Fernando in seine Brusttasche und zog eine weitere Zigarette heraus. Er hatte sich fest vorgenommen, nur eine pro Stunde zu rauchen, aber seine Unsicherheit machte ihm immer wieder einen Strich durch die Rechnung.

»Du hast recht«, murmelte er, »aber ich finde es scheiße, dass ich in meinem Leben nie das machen kann, wozu ich Lust habe. Dass ich nicht mehr lache und dass ich jetzt nicht mal mehr das Recht habe, eine Frau zu lieben.«

»Hört sich wirklich scheiße an.«

»Und es stinkt zum Himmel. Und es ist ungerecht. Alles, was uns passiert ist, ist ungerecht: Enriques und Víctors Tod, Álvaros Alkoholsucht, Tomás' Mittelmäßigkeit ... Weißt du überhaupt, warum Enrique in das Boot gestiegen ist, um Kuba zu verlassen? Er hats mir erzählt, als wir uns das letzte Mal gesehen haben. Er wollte fortgehen, weil er sich verliebt hatte. Der Mann, der das Boot geklaut hatte, war sein Liebhaber, und Enrique hatte beschlossen, mit ihm abzuhauen. Aus Liebe, verstehst du? Großer Gott, was reden wir für einen Stuss«, sagte er und warf die halb aufgerauchte Zigarette auf den Boden.

»Ich glaube, es war richtig, dass du zurückgekommen bist. Du hast deine Mutter wiedergesehen, deine Freunde, bist noch einmal auf das Dach gestiegen, und auch wenn es wehtut, du musstest es tun. Du hast ich weiß nicht wie viele Jahre damit zugebracht, das zu vergessen, was du nicht vergessen konntest, und am Ende hast du es aufgegeben ... Ich glaube nämlich nach wie vor, dass keiner deiner Freunde dich verraten hat. Einige von ihnen haben sich beschissen verhalten, aber keiner hat dich denunziert.«

»Und warum bist du dir da so sicher?«

»Wegen eines Briefes von Víctor. Den letzten, den er mir aus Angola geschrieben hat. Ich hab den Brief tausendmal gelesen, und er hat mich davon überzeugt.«

»Was steht in dem Brief?«

»Er hat ihn zwei Tage vor seinem Tod geschrieben. Darin sagte er mir, dass er nicht sterben wollte.«

Sie schwieg. Fernando erwartete, Tränen in ihren Augen zu sehen, doch ihr Blick, in dem nur das Licht der Straßenlaterne glänzte, zeugte davon, dass sie den Schmerz überwunden hatte. Delfinas Stärke überraschte ihn und machte ihn etwas neidisch. »Möchtest du darüber sprechen?«, fragte er.

»Ja«, antwortete sie. »Ich muss es mir von der Seele reden ... Ich bekam den Brief einen Tag, nachdem ich die Nachricht von Víctors Tod erhalten hatte. Kannst du dir das vorstellen? Es war, als wäre er wieder zum Leben erweckt worden, um ein zweites Mal zu sterben. Es ist ein langer Brief, und er handelt von Dingen, über die er nie mit mir gesprochen hatte. Von dir und Enrique und davon, dass er sich die Schuld daran gab, weil er Enrique nicht genug geholfen hatte. Er wollte dir schreiben und dich um Verzeihung bitten, weil er nicht in deiner Nähe war, als es dir beschissen ging und du nichts so sehr brauchtest wie einen Freund. Jedes Mal, wenn ich den Brief las und daran dachte, dass Víctor mit diesem Stachel im Herzen gestorben war, brach um mich herum die Welt zusammen. Monatelang hab ich mir alles vorgestellt, die Straße, auf der es passiert ist, was er dachte, als die Bombe explodierte, ob er gespürt hat, dass er sterben musste … Immer wieder hab ich mich mit der Frage herumgequält, warum er hatte sterben müssen, ausgerechnet er. Das Schlimmste, das er mir in seinem Brief gestanden hat, war, dass er hier in Kuba oft Angst hatte, etwas Falsches zu tun oder zu sagen, und dass er in Angola, wo er jeden Tag sein Leben riskierte, keine Angst mehr hatte. Da, wo man kein Feigling sein konnte, hat er entdeckt, dass er kein Feigling war.«

Fernando schwieg. Sich auf diese Weise den Tod eines so nahen Menschen in Erinnerung zu rufen, ihn zu durchleben, war schrecklich. Die ganze Sinnlosigkeit von Víctors Tod mit gerade mal dreißig Jahren sprach aus den Worten der Frau, die nach dem Warum suchte. Diese Erinnerung, zu der er sie ermuntert hatte, musste eine kaum zu ertragende Strafe für sie sein, dachte er, und er verspürte ein unwiderstehliches Bedürfnis, sie in den Arm zu nehmen, sie zu beschützen, sie um Verzeihung zu bitten, weil er sie gedrängt hatte, an eine Vergangenheit zu rühren, mit der sie nun schon fast zwanzig Jahre lang hatte leben müssen.

»Vor allem aber war es ein Liebesbrief. Sein letzter Liebesbrief … Ich habe ihn sehr geliebt, Fernando. Víctor war mein Mann, der beste Mann der Welt, aber er war auch mein Freund. Er hatte es nicht verdient, zu sterben, und schon gar nicht mit dem Gedanken, dass ich würde leiden müssen und dass er sich seinen Freunden gegenüber nicht korrekt verhalten hatte.«

»Aber er hat doch nicht …«

»Es geht nicht darum, was du denkst, sondern was er dachte, und er war der Meinung, dass er sich dir und Enrique gegenüber nicht so verhalten hat, wie er sich hätte verhalten müssen. Und du weißt ja am besten, Fernando, dass du all die Jahre an Víctor gezweifelt hast. Aber ich sage dir, und ich irre mich nicht, da bin ich mir ganz sicher: Du kannst ihn von deiner Liste streichen, er hat dich nicht denunziert. Víctor war dein Freund.«

»Danke, Delfina.«

»Scheiße ... Ich mag es gar nicht, wenn ich mich so fühle wie jetzt im Augenblick, aber ich musste die ganze Geschichte einmal loswerden. Weißt du, was wir hier auf dem Dach gerade tun? Wir begraben Víctor. Siebzehn Jahre lang hat er darum gebettelt, endlich begraben zu werden. Und solange du ihn im Verdacht hattest, war das nicht möglich.«

Fernando hatte das Gefühl, dass die Erde bebte. Vielleicht weil der erlöste Geist Víctors zu ihm sprach. Vielleicht weil einer der Gründe, die ihn all die Jahre hindurch am Leben gehalten hatten, Risse bekam. Und er dachte: Wenn es weder Víctor noch Enrique oder Miguel Ángel war, gab es dann überhaupt einen Verräter? Blieben noch Álvaro, Tomás, Arcadio und Conrado, das verschlagene Bäuerlein. Nicht gerade wenig. Doch dass er jetzt Víctor freisprechen konnte, verschaffte ihm eine große Erleichterung. Würde er irgendwann auch die übrigen Spötter von der Liste streichen können?

»Ich danke dir, dass du mir das erzählt hast, Delfina. Du weißt, wie sehr ich Víctor geliebt habe ... Ich würde gern den Brief lesen. Nicht heute, irgendwann einmal.«

»Besser, du liest ihn nie ... Ich hab tausendmal daran gedacht, ihn dir zu schicken, aber ich konnte mich nie dazu durchringen. Ich wusste nicht, dass es dir so viel bedeutet, zu wissen, dass Víctor nicht ...« Ihre Stimme versagte.

»Willst du runtersteigen? Sollen wir irgendwo was trinken gehen?«

»Ein andermal. Im Moment bin ich fix und fertig. Aber keine Sorge, das wird schon wieder. Es ist nur ... Ich fühle mich schon zu lange als Witwe, und irgendwann musste das mal raus.«

»Es muss schrecklich gewesen sein«, sagte Fernando, und sogleich wurde er sich der jämmerlichen Leere seiner Worte bewusst, die nicht im Entferntesten das auszudrücken vermochten, was Delfina erlebt hatte.

»Verstehst du jetzt, warum ich mich nicht mehr verlieben konnte? Warum ich nicht fähig war, wieder neu anzufangen?«

»Du hast dich zu sehr gequält, du hättest vergessen können ...«

»Das musst ausgerechnet du sagen, du Hüter des Gedächtnisses und des Grolls! Warum hast du nicht vergessen, kannst du mir das mal erzählen?«

»Ich habs versucht, aber es ging nicht. Ich nehme an, weil es zu meinem Leben gehört.«

»Und Víctor war ein sehr wichtiger Teil meines Lebens.«

»Auch des meinen ... Im Moment fühle ich mich ziemlich erbärmlich. Ich hätte dich nicht bedrängen dürfen ...«

»Nein, im Gegenteil! Zu wissen, dass ich dir gefalle und dass du an mich gedacht hast, war sehr wichtig für mich. Das gibt mir das Gefühl, dass ich noch lebe. Bei dir weiß ich, dass ich nicht ein Stück Fleisch bin, nur so zum Vergnügen, sondern dass ich wieder eine Frau sein kann.«

»Du machst mich noch wahnsinnig! Jetzt versteh ich überhaupt nichts mehr ...«

»Du musst nicht alles verstehen, Fernando. Und du musst weder dir noch mir das Leben schwer machen. Und verlieben brauchst du dich auch nicht in mich«, fügte sie hinzu und schaute ihm in die Augen. »Wo sollen wirs machen? Gleich da unten oder bei mir?«

UND DANN KAM PLÖTZLICH, WIE EIN TROST für so viel Ungemach, die Poesie zurück. Der Frühling war vorbei, der Sommer gekommen, doch der Frieden weigerte sich, zu mir zurückzukehren, und bis heute weiß ich nicht, aus welch zufälligem Grund ich die Einladung kubanischer Freunde annahm, mit ihnen die berühmten Niagarafälle zu besuchen. Ich kann es mir nicht anders vorstellen, als dass der Herr, müde meines Jammerns und Wehklagens und bekümmert über die exzessiven Strafen, die er mir zugemutet hatte, es sich einfallen ließ, mir eines seiner Meisterwerke zu zeigen, damit ich, für einen Moment vom lähmenden Schmerz befreit, die Ode schrieb, die das berühmteste meiner Gedichte werden sollte.

Kaum waren wir in Goat Island, dem englischen Teil des berühmten Wasserfalls, angekommen, trank ich in Ermangelung von Kaffee eine Tasse sehr starken Tees und trennte mich von meinen Begleitern, um allein zu sein und das zu tun, wonach mir der Sinn stand. Während der letzten Stunden hatten wir viel über die Einzigartigkeit der Landschaft gesprochen, und ich wollte sie ganz für mich genießen, ohne auch nur im Entferntesten eine Vorstellung von den Ausmaßen und der Großartigkeit des Panoramas zu haben, das sich meinen Augen darbieten würde. Ich nahm also den Pfad zu der Brücke, die Goat Island mit dem amerikanischen Flussufer verbindet, wobei mir die Strömung den Weg zu der Sturzhalde wies. Neben mir stürzte der hufeisenförmige Wasserfall »La Herradura« in die Tiefe, und bereits er erschien mir majestätisch und erschreckend zugleich. Doch als ich mich weit genug entfernte, um einen vollständigen Blick zu erhalten, stellte ich fest, dass ich mich am Rande der amerikanischen Kaskade befand, und ich erzitterte, als mir klar wurde, dass ich mich, ohne es bemerkt zu haben, auf wenige Schritte dem ungeheuren Abgrund genähert hatte.

Für einige Minuten verschlug mir das erhabene Panorama die Sprache, und es war mir unmöglich, meine Gefühle zu ordnen. Der reißende Fluss toste vorüber und stürzte sich, fast zu meinen Füßen, von unglaublichen Höhen herab in die Tiefe. Unten stiegen die zu Gischt zerstäubten Wassermassen auf wie Nebelsäulen, breiteten sich über dem Abgrund aus und verschleierten einen Teil der einzigartigen Szene. Das ohrenbetäubende Donnern ließ mich erstarren, während ich den von der Sonne mit einem wunderbaren Pinselstrich über die immerwährende Gischt gezeichneten Regenbogen betrachtete. Bis zu diesem Augenblick hatte ich nichts dergleichen gesehen, und auch für den Rest meines Lebens würde ich nichts sehen, was dem ähnelte. Die Hand des Schöpfers persönlich musste hinter diesem Wunderwerk stecken, das so anders war als all die anderen, die sich aus verschiedenen Gründen meinem Herzen eingeprägt hatten.

Alles hier war entfesselte Kraft, grenzenlose Leidenschaft, sicherer Tod und gleichzeitig die Explosion einer erhabenen Schönheit, die meine Gedanken aus ihrem Grab holten und sie auf das richtete, was meine Pupillen übermittelten.

Unmöglich ist es mir, zu sagen, wie viel Zeit ich vor den Wasserfällen zubrachte, ohne dass meine Augen sich sattsehen konnten. Minutenlang spürte ich, wie mein Körper leer wurde und mein Geist außerhalb seiner physischen Grenzen schwebte, frei und heiter, weit weg von meinem erstarrten Fleisch, das er auf einem feuchten Stein zurückgelassen hatte wie die Reste einer kaputten Puppe. Irgendwann begann ich zu weinen, nicht vor Schmerz, sondern aus Ergriffenheit über so viel Schönheit. Ich glaube, dieses befreiende Weinen und das unerwartete Gefühl, dass es noch etwas für mich zu tun gab, bewahrten mich vor der Tat, die mich seit meiner Ankunft hier zum Abgrund gezogen hatte. Ein Schritt nur, und mein Körper würde Teil des Gischtregens werden, all mein Kummer würde sich von mir lösen und davonfliegen, ohne mich länger zu quälen.

Als ich das in die Tiefe stürzende Wasser und die aufsteigende Gischt betrachtete, war mir, als spiegelten sich in diesem Schauspiel meine Leidenschaften und die Stürme meines Lebens. Mehr denn je spürte ich das ungeheure Gewicht meiner Einsamkeit, die elende Lieblosigkeit, in der ich lebte, die unendliche Absurdität, die die Pfade meines Lebens markierte und über schroffe, schicksalhafte Wege vorantrieb wie die Strömung das Wasser des Niagara. Mit vom Wasser und von den Tränen feuchten Augen fragte ich mich, warum ich nicht endlich aus meinem Traum erwachte. Wann, o Gott, würde der Roman meines Lebens enden, damit seine Realität beginnen konnte?

In diesem Zustand geistiger Erregung, überzeugt davon, dass mein ganzes bisheriges Leben ein Irrtum war, holte ich ein Blatt Papier hervor, und nach vielen langen Monaten totaler poetischer Enthaltsamkeit fühlte ich, dass es aus mir herausfloss wie das Wasser aus der Quelle des Flusses in den Bergen:

Gebt mir meine Leier, gebt sie mir, denn
In meiner bebenden, erregten Seele fühle ich sie
Brennen, die Inspiration. Oh!, wie lange
Bin ich durch die Finsternis geirrt, ohne dass meine Stirn
Ihr Licht entzündet hätte …! Tosender Niagara,
Nur dein erhabenes Antlitz könnte mir noch
Zurückgeben die göttliche Gabe, die mir
Des Schmerzes grausame Hand ergrimmt geraubt.

All die Urteile, die später über diese Verse abgegeben wurden, sind weit davon entfernt, sich das Drama meiner Gefühle vorstellen zu können, das ich auf ein Stück Papier zu übertragen versuchte. Mein Leidensweg als abgewiesener Liebhaber, verhinderter Vater und Exilant ohne Rückkehr führte zu jenem erleuchteten Augenblick, in dem die Poesie zu mir zurückkehrte, um mir einen einzigen guten Grund zu liefern, mit dem Leben weiterzumachen. Und genau in jenem Augenblick, mit meinen gerade mal zwanzig Jahren, die mir wie Jahrhunderte erschienen, begriff ich, dass sich das Weiterleben lohnte, wenn auch nur ein einziges Gedicht zu schreiben blieb … Doch was kann ich jetzt noch tun, jetzt, da es keine Poesie mehr gibt?

Mit meinen Versen im Gepäck nahm ich meinen Weg wieder auf und lief durch die Wälder und Felder von Goat Island, bis ich zum englischen Wasserfall gelangte. Doch es fiel mir schwer, mich von jenem poetischen Ort loszureißen, und bevor ich ging, hörte ich auf meine innere Stimme und kehrte, auch auf die Gefahr hin, meine Reisebegleiter zu beunruhigen, zum amerikanischen Wasserfall zurück. Dort, auf demselben Stein stehend, auf dem ich meine Ode geschrieben hatte, betrachtete ich für lange Minuten das außergewöhnliche Schauspiel. Als ich mich endlich zum Gehen entschloss, sah ich, kaum hatte ich mich erhoben und von dem Stein entfernt, wie er sich löste und in den Abgrund rollte. Auf jenen Stein, auf dem ich mir meinen Tod vorgestellt und meine Auferstehung gespürt hatte, würde kein Mensch je wieder einen Fuß setzen, und mein Herz gefror jählings, als mir wieder einmal klar wurde, wie fragil die Linie zwischen Leben und Tod ist und wie klein der menschliche Wille angesichts Gottes Absichten.

Dank der Poesie fühlte ich mich wieder lebendig, und so beschloss ich, den milden Sommer zu nutzen, mich um gewisse, im Strudel meiner Qualen fast vergessene Dinge zu kümmern. Das Erste, was ich in Angriff zu nehmen versuchte, hing mit Domingo zusammen. Von Silvestre wusste ich, dass er, als der Sturm vorüber war, aus dem fernen Guane zurückgekehrt war und wieder in Havanna wohnte, wo er sein materielles Elend und den Verlust seiner Liebe beklagte. Der Brief, den ich ihm schrieb, war erbittert und hart; vor allem warf ich ihm vor, mich in Havanna nicht besucht und sich danach am Ende der Welt in Guane verkrochen zu haben. Ich sei mehr denn je überzeugt davon, dass er aus Furcht vor Repressalien Reißaus genommen habe, schrieb ich ihm, für mich bestehe kein Zweifel daran, dass er wie so viele Informanten und Verräter mit den Behörden zusammengearbeitet habe, denn er habe mit den Aufständischen sympathisiert und über ihre Pläne Bescheid gewusst, und es erscheine mir merkwürdig, dass er die Monate der Verfolgungen und Repressionen im fernen Guane verbracht habe.

Mit den Tagen erschien mir der Brief unangemessen, denn im Moment konnte ich mir ganz und gar nicht sicher sein, dass meine Beschuldigungen auf etwas anderem basierten als auf meinem Groll und der logischen Vermutung, dass hinter Domingos überraschendem Ortswechsel mehr stecken müsse als eine unglückliche Liebesgeschichte. Als ich den Brief schrieb, war ich unbarmherzig und unversöhnlich, ohne zu ahnen, woran ich mit meinen Vorwürfen rührte. Domingos Antwort jedoch war eher weinerlich als wütend. Er fragte mich, wie es möglich sei, dass ich, sein »sanftmütiger Freund«, an der Lauterkeit seiner politischen Prinzipien habe zweifeln und so schreckliche Dinge von ihm, dem »aufrichtigen, reinen, begeisterten Verfechter der Freiheit«, habe denken können. Er bestritt jede Verbindung zu den Henkern, in einem so gekränkten Ton, dass ich sogleich meine ungerechten Anschuldigungen bereute und ihm wieder einmal verzieh. Und genauso sagte ich es ihm in einem zweiten Brief, in dem ich meine beleidigenden Worte zurücknahm.

Auf der Suche nach einem Sinn für mein Leben reiste ich im Juli nach Philadelphia, wohin Pater Varela gezogen war, um die erste Ausgabe von *El Habanero*, einer Zeitung mit offen unabhängigen Tendenzen, auf den Weg zu bringen. Dort sollte ich erfahren, dass das Blatt von Kubanern finanziert wurde, die sich stets im Hintergrund hielten. Unter der von Spanien auferlegten finanziellen Last ächzend, sprachen sie sich für eine mögliche Loslösung vom Mutterland aus, so wie sie es mit Varela vereinbart hatten, das heißt, ohne das Thema der Sklaverei zu erwähnen und ganz ohne die Einmischung irgendeiner ausländischen Macht. Die aktivste Gruppe der reichen Kubaner, unter ihnen die Eltern von Silvestre und andere Besitzer von Zuckerrohrfabriken und großen Vermögen, fast allesamt ehemalige Sklavenhändler, sahen ihr Vermögen bedroht. Deshalb beschlossen sie, zur Tat zu schreiten und die Übersiedlung von Saco in die Vereinigten Staaten zu finanzieren, in der offenen Absicht, Varela bei seinem neuen Unternehmen zu unterstützen, und mit dem heimlichen Ziel, dem unbeugsamen Pater einen Mann ihres Vertrauens, als der sich Saco erwiesen hatte, an die Seite zu stellen. Die Zeitung war trotz ihrer Beschränkungen und ihrer kurzen Lebensdauer eine der größten Taten des Priesters, und während der Wochen, die ich an seiner Seite verbrachte, half ich ihm bei den verschiedenen Arbeiten, die die Herausgabe einer Zeitung erfordert.

Und dann geschah etwas Seltsames mit mir und meiner Wahrnehmung der Vereinigten Staaten. Während meines Aufenthaltes in Philadelphia merkte ich, wie sehr mich das, was ich an Boston zu schätzen versucht hatte, plötzlich störte. Mich brachte die Uniformität dieser Stadt auf, die Regelmäßigkeit ihrer Straßen und die fast völlige Gleichförmigkeit ihrer Häuser, die wie Taubenschläge dicht an dicht standen. Ich bemerkte, wie sehr mich die ständige Hetzerei und die abgrundtiefe Heuchelei des alles beherrschenden Protestantismus bedrückten, während mir das Fehlen des Geschreis auf den Straßen, der Farben an den Häusern, der lärmenden und duftenden Läden und der vulgären, aber lebendigen Menschen deutlich machte, dass dies nicht mein Platz auf Erden war noch je sein würde.

In dieser niedergedrückten Stimmung erhielt ich die Nachricht, dass mir auf der Insel wegen Verschwörung gegen die Spanische Krone der Prozess gemacht werden sollte. Kurz zuvor hatten die kubanischen Behörden meinen Widerruf veröffentlicht, um meine Person zu verunglimpfen, und ich lüge nicht, wenn ich sage, dass mich das kaum noch etwas anging. Mir machte nur die Tatsache zu schaffen, dass die Gründe, die mich zu jenem Schreiben veranlasst hatten, inzwischen hinfällig waren, was eine schreckliche Narbe in meinem Herzen zurückließ.

Zurück in New York, begann ich ernsthaft damit, meine Umsiedlung in den Süden der Staaten oder auch in irgendein anderes Land mit milderem Klima in Betracht zu ziehen. Ich dachte an Mexiko, an Kolumbien, auch an Santo Domingo, wo zahlreiche Mitglieder der Familie Heredia lebten; aber mein Onkel Ignacio, durch seine finanziellen Zuwendungen Herr über mein Schicksal, verbot mir, fortzugehen, denn zu der Zeit glaubte er noch an die Möglichkeit eines Freispruchs, und wenn ich in eines jener Länder ginge, Brutstätten für den Aufstand in Kuba, könnte das den Ausgang des Prozesses ungünstig beeinflussen. Doch die Aussicht, einen weiteren Winter in New York verbringen zu müssen, nahm mir jeden Mut, so als hätte ich geahnt, welch fatale Folgen das für mein Leben haben sollte. Gegen meinen Willen tat ich das, was mein Onkel von mir verlangte, und bemühte mich um die Stelle eines Spanischlehrers an der Academy Bancel, wo ich fünfhundert Pesos monatlich verdiente, zuzüglich Kost und Logis. Meine Zulassung als Anwalt anerkennen zu lassen, traute ich mich nicht, denn meine Schwierigkeiten mit der englischen Sprache und das komplizierte Rechtssystem der Vereinigten Staaten würden es mir unmöglich machen, den Beruf auszuüben.

Und dann kam der Winter mit seiner beißenden Kälte, seinen Schneestürmen und seinem Eisregen. Auch wenn meine Gemütsverfassung diesmal besser war, litt mein Körper während der schrecklichen Jahreszeit unsäglich. Ich war ständig erkältet, hatte hohes Fieber und zeigte nach Aussagen der Ärzte deutliche Symptome einer Lungenentzündung. Damals wusste ich noch nicht, dass aufgrund meines geschwächten Organismus und meiner angegriffenen Lungen jener schreckliche Bazillus in mir schlummerte, der eine Tuberkulose auslöste, wegen der ich heute den Herrn bitte, er möge sich meiner erbarmen und mir meine vielen Sünden vergeben …

Zum Abschluss jenes trübseligen Jahres erreichte mich die Nachricht, dass ich zu lebenslanger Verbannung verurteilt worden war. Meine Mutter, die mich über den Ausgang des Prozesses informierte, berichtete mir, dass einige Beschuldigte freigesprochen oder zu geringen Strafen verurteilt und sogleich begnadigt worden waren, insbesondere jene, hinter deren Namen sich Millionen von Pesos, Zuckerrohr- und Kaffeeplantagen sowie riesige Lagerhäuser am Hafen verbargen. Alle anderen, mittellosen Angeklagten – zu denen auch ich zählte – waren zu Gefängnis oder Verbannung verurteilt worden. Meine Mutter, die immer noch an politische Wunder glaubte, hatte mit Ignacio gesprochen, und der schlug mir vor, ich als eine Person des öffentlichen Interesses solle mich an den Obersten Gerichtshof wenden, meinen Fall darlegen, um eine Begnadigung bitten und versprechen, an keiner weiteren Verschwörung teilzunehmen.

Voller Kummer beantwortete ich den Brief meiner Mutter. Ich erinnere mich noch, dass ich beim Schreiben zitterte, ich weiß nicht, ob vor Kälte oder wegen des Fiebers, und dass meine steifen, klammen Finger kaum die Feder halten konnten. Ich schrieb ihr, wie sehr ich sie und meine Schwestern liebte und wie sehr ich mich danach sehnte, nach Kuba und in das milde Klima zurückzukehren, wo ich mich bestimmt schnell von meinen Leiden erholen würde. Ich hätte dort alles zurückgelassen, schrieb ich, was mir lieb und teuer sei, kein Tag vergehe, an dem ich nicht an mein Vaterland dächte, wohl wissend, dass ich mich nur schwer daran würde gewöhnen können, an einem anderen Ort zu leben, glücklich zu werden und der zu sein, der ich sein wolle, als auf dem winzigen Stück Land inmitten des karibischen Meeres. Doch ich schrieb ihr auch, dass der geforderte Preis für eine mögliche Rückkehr zu hoch sei und ich nicht den Mut aufbrächte, als Begnadigter auf die Insel zurückzukehren, während ein Mann wie Doktor Hernández im Gefängnis verfaule und zusammen mit ihm weitere Männer, die an die Unabhängigkeit und an eine bessere Zukunft für dieses Land geglaubt hätten. Wenn das der einzige

Weg sei, schrieb ich, zöge ich es vor, als Verbannter fern der Heimat zu leben, bevor ich als Begnadigter nach Kuba zurückkehrte … Während ich schrieb, so erinnere ich mich, tobte draußen der eisige Wind des Januarmonats 1825. Und ich erinnere mich auch noch daran, wie sich tief in meinem Innern, vielleicht für immer, die Türen für die ersehnte Rückkehr auf meine geliebte Insel schlossen, an jenen Ort, an dem ich geboren wurde und an dem ich nur drei Jahre meines erwachsenen Lebens verbracht hatte. Und in diesem Augenblick wurde mir klar, dass ich aufgehört hatte, ein Exilant zu sein, um zu einem Verbannten zu werden.

Cristóbal Aquino öffnete die Tür und nahm beglückt den süßen Dunst der Komplizenschaft in sich auf. Auch wenn er diesen unverwechselbaren Geruch nach Mysterium und Tod im Laufe seines Freimaurerlebens Hunderte von Malen eingeatmet hatte, erinnerte er ihn immer an seine erste Anwesenheit an diesem Ort fünfzig Jahre zuvor. Damals war er beseelt von dem sehnlichsten Wunsch, endlich eine Grenze zu überschreiten. Und obwohl er wusste, dass es die Hand seines Vaters Don Salustiano war, die seinen Arm umklammerte und ihn führte, nachdem ihm die Augen mit einem weißen Tuch verbunden worden waren, konnte der junge Aquino ein Zittern am ganzen Körper nicht vermeiden, als er die präzisen Schläge an der Holztür hörte, die von kodierten Schlägen auf der anderen Seite beantwortet und durch erneutes rhythmisches Klopfen bestätigt wurden. Dann vernahm er das Quietschen von Türangeln, und derweil er mit trockener Kehle schlucken musste, war ihm zum ersten Mal jener allgegenwärtige Geruch in die Nase gestiegen, den er jetzt wieder genüsslich einsog. Der erste Aufenthalt in der Geheimkammer der Freimaurermeister musste für die in die höchste Kategorie der Bruderschaft Erhobenen ein unvergesslicher Augenblick sein. Denn die knapp fünfzig Schritte zu dem drei mal drei Meter großen Raum im hinteren Teil des Tempels bedeuteten – nachdem die Stufen des Lehrlings und des Gesellen erklommen waren – den endgültigen Aufstieg hin zur Enthüllung der Großen Geheimnisse, zu denen nur die Freimaurermeister Zugang haben, Erben eben jener Geheimnisse, die von der Bruderschaft seit ihrer Gründung vor tausend Jahren bewahrt werden. Benommen von jenem Geruch, der von nun an sein Leben durchdringen sollte, war Cristóbal Aquino von der Hand seines Vaters an die eines anderen Mannes weitergereicht worden, der ihn weniger behutsam ein paar Schritte weiterschob und ihn erneut darauf aufmerksam machte, dass Verschwiegenheit das wichtigste der Fundamente sei, auf denen das Freimaurertum ruhe. Als ihm dann die Binde von den Augen genommen wurde, musste er sich erst einmal in dem Raum zurechtfinden, dessen Ausmaße sich in der von vier Kerzen nur kaum durchbrochenen Dunkelheit verloren und dessen Dekoration sich auf Totenschädel und Schwerter beschränkte, die die Neuaufgenommenen an die zwei grundlegenden Prinzipien des Lebens erinnern sollten: dass der Tod uns alle gleich macht und die Freiheit das höchste Gut des Menschen ist, um das es zu kämpfen gilt, wenn der Moment gekommen ist.

Cristóbal Aquino zog an einer Kette und ließ so die nackte Glühbirne aufleuchten, die kaum zwei Handbreit über seinem Kopf von der Decke hing. Sogar bei Licht wirkte der Raum überwältigend. Auf einem kleinen Holztisch warteten Totenschädel, Schwerter und schwarze Tücher auf die nächste Zeremonie, doch er sah sie kaum an und ging geradewegs zu der Nische, die in die Wand neben der Tür eingelassen war. Er suchte nach dem passenden Schlüssel, steckte ihn ins Schloss und öffnete die Tür. Dann trat er zur Seite, damit das Licht in die kleine Grotte fallen konnte, und sah zwischen Büchern und Schriftstücken den gelben Umschlag, den der inzwischen verstorbene José de Jesús Heredia der Loge übergeben hatte. Aquino streckte schon die Hand aus, um ihn an sich zu nehmen, doch etwas hielt ihn zurück. Die Zweifel, die ihn beharrlich quälten, seit er eingewilligt hatte, das Dokument zu vernichten, überfielen ihn erneut wie ein wütender Bienenschwarm. Die wenigen Informationen, die es darüber gab, ließen ihn vermuten, dass dieser Umschlag sehr viel mehr enthalten musste als Familienklatsch und andere persönliche Enthüllungen, über die inzwischen vielleicht Gras gewachsen war.

Das wiederholte Drängen des sterbenden José de Jesús und Cernudas Weigerung, an dieser historischen Aktion teilzunehmen, lösten in Aquino einen Zwiespalt aus: Sollte er das Manuskript zuerst lesen und dann selbst entscheiden, was mit ihm zu tun sei? Er wusste, dass er eigentlich nicht das Recht hatte, José de Jesús' letzten Willen zu missachten, aber gleichzeitig fand er, dass er nur dann dem Andenken eines Mannes wie José María Heredia gerecht werden könne, wenn er den Text kannte. Dann erst würde er entscheiden können, ob es richtig war, die Memoiren zu vernichten oder sie bis zu dem Tag, der für ihre Veröffentlichung bestimmt worden war, aufzubewahren. Warum muss mir so etwas passieren?, fragte er sich wie jeden Tag, seit José de Jesús ihn an sein Sterbebett gerufen hatte.

Vorsichtig nahm er den gelben Umschlag an sich, wobei er den schmierigen Film aus Feuchtigkeit und eigenem Schweiß an seinen Fingern spürte. Er verschloss die Nische und zog, den Umschlag unter den Arm geklemmt, an der Kette, woraufhin wieder undurchdringliche Dunkelheit herrschte. Als er die Tür zur Geheimkammer öffnete, überflutete Sonnenlicht den kleinen Raum. Draußen war es hell und kühl, so als markiere die Holztür die Grenze zwischen zwei sich an entgegengesetzten Polen des Universums befindenden Welten.

Cristóbal Aquino ging wieder ins Hauptgebäude des Freimaurertempels zurück. Das Unbehagen der letzten Tage hatte sich zu einem Gefühl der Beklemmung verstärkt, das von einem stechenden Schmerz in der Brust begleitet wurde. Er betrat das Büro und legte den Umschlag auf den Schreibtisch neben das Fläschchen reinen Alkohols, das er in der Apotheke erstanden hatte, um die erfolgreiche Verbrennung der Papiere, die durch das lange Liegen in der Nische feucht geworden sein mussten, zu beschleunigen. Während er sich eine seiner Zigarren anzündete, dachte er über das nach, was er jetzt vorhatte. Da fiel sein Blick auf die hintere Wand, an der in drei parallelen Reihen, die fast die gesamte Fläche einnahmen, die Bildnisse der berühmtesten Mitglieder der Bruderschaft hingen: José Martí, stehend, mit dem Schurz des Freimaurermeisters und seinem Apostelblick; die kräftige Gestalt von General Antonio Maceo; Carlos Manuel de Céspedes, der Vater Kubas, der einsam und verlassen, auch von seinen Freimaurerbrüdern, gestorben war; Calixto García, der tapferste aller kubanischen Generäle; Ignacio Agramonte mit jener unwiderstehlichen Sanftheit im Blick; und schließlich José María Heredia im vom Porträtisten vortrefflich herausgearbeiteten Profil, mit seinen traurigen Augen und seiner unbestreitbar romantischen Ausstrahlung. Für Cristóbal Aquino war dieser Mann, dessen Bild er seit so vielen Jahren dort hängen sah, aber mit der Zeit zu beachten aufgehört hatte, ein fernes Wesen aus einer längst vergangenen Epoche, ein Mann, von dem nur das Echo seiner in der Schule auswendig gelernten Verse und der Geschichten über seine Teilnahme an der ersten Unabhängigkeitsbewegung Kubas in die Gegenwart herüberklang. Nun aber sahen ihn die Augen des Dichters wie einen Freund an. Diese Augen, noch jung, doch schon von Kummer und Leid gezeichnet, wollten ihm etwas sagen, das zu entschlüsseln ihm unmöglich war. Bin ich dabei, verrückt zu werden?, fragte er sich und wandte den Blick von dem Bildnis ab, um ihn wieder auf den gelben Umschlag zu richten.

Dann legte er seine qualmende Zigarre auf die Schreibtischkante und öffnete den Umschlag. Er entnahm ihm einen abgegriffenen Ordner, der die mit schwarzer Tinte beschriebenen und mit einem Band zusammengehaltenen Seiten enthielt, und betrachtete die flüssige Handschrift auf dem vergilbten, porösen Papier. Ohne das Band von den Seiten zu lösen, begann Aquino zu lesen:

»Auch wenn ich viele Jahre gebraucht habe, um mir klar darüber zu werden, so bin ich mir heute sicher, dass der Zauber Havannas von seinem Geruch herrührt. Wer die Stadt kennt, wird bestätigen, dass sie ein ganz eigenes Licht besitzt, intensiv und mild zugleich, und eine heitere Tönung, was sie von tausend anderen Städten der Welt unterscheidet. Doch erst ihr Geruch haucht ihr diese unverwechselbare Seele ein, die sie der Erinnerung lebendig erhält. Der Geruch von Havanna ist weder besser noch schlechter als anderswo, ist weder Wohlgeruch noch Gestank, und vor allem, er ist nicht rein: Er entsteht aus dem fiebrigen Gemisch, das eine chaotische und faszinierende Stadt ausschwitzt.«

»Weißt du, was du da tust, mein Junge?« Ohne die Augen von ihm abzuwenden, reichte Carmela ihrem Sohn ein Schälchen mit Kokospudding, bedeckt mit zwei Scheiben weißem Käse. Fernando wich dem Blick seiner Mutter aus, doch dann sah er ihr direkt ins Gesicht.

»Ich glaube, ja. Ich bin dabei, Selbstmord zu begehen.«

Obwohl der Gedanke so alt war, dass er gelernt hatte, mit ihm zu leben, kehrte die Gewissheit, dass er daran war, sein Leben aufs Spiel zu setzen, mit bitterer Hartnäckigkeit zurück. Zum ersten Mal hatte er sie 1978 verspürt, als er beschloss, der Zeitschrift *TabaCuba* den Rücken zu kehren. 1980 hatte sie auf ihm gelastet, als er, ohne dass jemand da war, von dem er sich hätte verabschieden können, durch die aufgewiegelte Menge schritt, die ihn zum asozialen Abschaum erklärte, und das Boot bestieg, das ihn in ein Exil ohne Rückkehr brachte, wie er sehr wohl wusste. Und er hatte sie empfunden, als er in Madrid zum kubanischen Konsulat gegangen war und ein Visum beantragt hatte, um auf die Insel zurückzukehren und seine Vergangenheit, mehr als die José María Heredias, auszugraben. Doch jetzt packte ihn die Gewissheit, eine Bombe unter seinen Füßen zu haben, mit derselben Heftigkeit wie das Gefühl, sich in einem glücklichen Traum zu befinden, aus dem zu erwachen er sich fürchtete.

»Um Gottes willen, Fernando, sag nicht so was!«

»Komm, setz dich einen Moment hier hin, ich möchte mit dir reden.«

»Wirklich? Du möchtest reden?« Seit seiner Ankunft in Kuba hatte er das Gespräch mit seiner Mutter immer wieder verschoben, um sie nicht mit seinen Sorgen zu belasten. Fernando wusste, dass Carmela in all den Jahren seinen Kummer mit ihm geteilt hatte, und darum hielt er es für besser, ihr neues Leid zu ersparen. Doch seit dem Abend vor drei Tagen, an dem er und Delfina sich in seinem Zimmer eingeschlossen hatten, um sich, zuerst unsicher und dann ausgiebig, der Liebe hinzugeben, wie Fährtensucher, die sich Schritt für Schritt auf unsicheres Terrain vorwagen, lebte Fernando in einer rosaroten Welt. Sie ließ ihn nicht nur einige seiner Obsessionen vergessen, sondern er war am heutigen Morgen mit dem aufregenden Gefühl, schreiben zu müssen, aufgewacht. Er war mit größter Vorsicht aufgestanden, um Delfina nicht aufzuwecken, die noch geschlafen hatte, die Haare über den Augen, den Mund leicht geöffnet, eine Brust entblößt. Er hatte den Wunsch unterdrückt, die dunkle Brustwarze zu küssen, und sie lange betrachtet, während er versucht hatte, dieses so alltäglich scheinende Bild einer schlafenden Frau in sich aufzunehmen. In der vergangenen Nacht hatten sie wieder miteinander geschlafen, diesmal intensiver, und noch so viele Stunden danach hatte er den zarten Duft der Frau in der Nase und an den Geschmacksnerven. Lautlos suchte er zwischen Delfinas Papierkram nach unbeschriebenen Blättern und einem Stift, setzte sich ins Esszimmer und schrieb ein Gedicht über das Wiederaufblühen der Liebe. Einen Moment lang hatte er an Machado und sein »Frühlingswunder« denken müssen, doch dann, während sich die Verse über das Papier ergossen, hatte er seinen eigenen Weg gefunden.

»Ich war schon immer in sie verliebt. Schon bevor sie Víctors Freundin war.«

»Weißt du, dass du dir damit das Leben noch schwerer machst?«

»Ja, natürlich weiß ich das, aber …«

»Dann mach weiter, aber schau nicht zurück.«

Als das Gedicht fertig war, hatte er einen Blick ins Schlafzimmer geworfen, um sich zu vergewissern, dass Delfina noch schlief. Er hatte ihr eine Nachricht hinterlassen, dass er jetzt nach Hause gehen und am Abend zurückkommen werde. Dann hatte er den Zettel und die Blätter voller Streichungen und Flecken, auf denen er sein Gedicht über eine schlafende Frau niedergeschrieben hatte, mit einem Aschenbecher beschwert.

Während er ziellos durch die Straßen des Vedado gegangen war, hatte er seine neue Situation überdacht. Die unerwartete Rückkehr zur Liebe und zur Poesie war ziemlich aufregend und das physische und psychische Bedürfnis, Delfina nahe zu sein, sehr schmerzhaft, so wie das belebende Gefühl, sich nach und nach umzubringen, wenn er sich eine Zigarette anzündete und sich seine Lungen mit dem gefährlichen, wohltuenden Rauch füllten. Fernando wusste sehr wohl, dass er bald fünfzig wurde und dass dies vielleicht seine letzte Gelegenheit war, die Liebe zu genießen. Jeder Tag seiner ungewissen Zukunft war ein Schritt aufs Alter zu, mit all seinen entsetzlichen Begleiterscheinungen: Impotenz, Schmerzen, Erschöpfung …

»Ich schiebe nun schon mehr als zwanzig Jahre alles vor mir her, Mutter …«

»Das ist doch kein Leben, Fernando.«

»Ich hab es mir nicht ausgesucht.«

»Bist du sicher?«

Seine Schritte hatten ihn in die Nähe des Instituts für Literatur gelenkt, wo eine Gruppe von Studenten auf der kurzen Außentreppe sitzend miteinander diskutierten. Fernando erinnerte sich daran, dass seine ehemalige Tutorin, die alte Santori, ihn sehen wollte. Doch noch hatte er nicht die Kraft, an diesen Ort zurückzukehren, den er vor langer Zeit zum ersten Mal Seite an Seite mit Miguel Ángel und Víctor betreten hatte, in den Händen die Schreiben, die ihnen die Aufnahme in das Institut garantierten, durch das sie in die goldene Welt der erhabenen Literatur vordringen wollten. Und seit Dezember 1976, als er einen ganzen Nachmittag lang vergebens darauf gewartet hatte, mit der Dekanin über seinen Fall reden zu können, war er nicht wieder hier gewesen. In seiner Erinnerung hatte sich dieser Ort in den Eingang zur Hölle verwandelt, von dem er sich während der letzten Jahre in Kuba ferngehalten hatte. Nun aber, als er stehen blieb und das düstere, von der Zeit mitgenommene Gebäude betrachtete, wurde er sich bewusst, dass er drei Tage lang kaum an Heredia und noch viel weniger an den Verrat gedacht hatte, der sein Leben so radikal verändert hatte. Das Bad der Liebe und der Entspannung, in das er eingetaucht war, versetzte ihn wieder in den Zustand, in dem er sich befunden hatte, bevor die Probleme seines Lebens begonnen hatten. Und sein Unterbewusstes, das diese Verschnaufpause so dringend benötigte, blockierte jene schmerzlichen Erinnerungen, um Platz zu schaffen für die Wiederauferstehung der Liebe und vielleicht – wie Delfina von ihm verlangt hatte – für die Wiederbelebung der Freude und des Lachens.

»Das Schlimmste war, weit weg von hier zu sein und zu wissen, dass eine Rückkehr ausgeschlossen war … Man muss es erlebt haben, um zu wissen, was das bedeutet.«

»Ich dachte, du hättest dich daran gewöhnt, mein Junge.«

»Daran konnte ich mich nicht gewöhnen. Ich bin nie mehr derselbe geworden. Die Freunde, die ich dort habe, sind nicht wie die Freunde, die ich hier hatte. Was ich jetzt will, hat nichts mit dem zu tun, was ich hier wollte … Manchmal kam ich mir selbst fremd vor. Ich erkannte mich kaum noch wieder.«

Nur der Nebel der Zukunft trübte sein Wohlbefinden. Es blieben ihm noch zehn Tage in Kuba, und er wollte den Becher Schluck für Schluck leeren, bis zur Neige, um sich später wenigstens mit dieser Entschädigung trösten zu können. Denn ihm war schon jetzt klar, dass er seine Kühnheit mit neuem Leid, gegen das er nicht gewappnet war, würde bezahlen müssen.

»Wenn ich in so einer Stimmung war, habe ich an Heredia gedacht. Zwei Mal, schon im Exil, schrieb er, dass er in einem Traum lebe.«

»In dem Roman seines Lebens.«

»Du erinnerst dich noch daran? ›Wann wird der Roman meines Lebens enden, damit seine Realität beginnen kann?‹«

»Ach, Fernando, du weißt nicht, wie oft ich deine Doktorarbeit gelesen habe! Ich glaube, ich kenne sie auswendig. Du warst das, was ich gerne gewesen wäre. Und dann ist alles zusammengebrochen. Danach war auch mein Leben nie mehr dasselbe.«

Doch er konnte sich nicht ausschließlich dem Vergnügen hingeben, in Delfinas Schatten zu leben, er musste auch das beenden, was er mit seiner Rückkehr begonnen hatte, dachte er. Darauf zu verzichten hätte geheißen, den fremden, verbitterten Menschen zu töten, der ihn in den letzten zwanzig Jahren begleitet hatte, und ihm blieb keine andere Wahl, als seine Rechnung mit der Vergangenheit zu begleichen und ein für alle Mal die Unschuldigen zu entlasten und den Schuldigen zu verurteilen. Der Gedanke, wie ein besiegter Stier mit Banderillas im Rücken nach Madrid zurückzufliegen, erschien ihm ebenso unerträglich wie der, der soeben wiedergeborenen Liebe zu entsagen. Oder sollte es wirklich möglich sein, einen Strich zu ziehen und wieder von Neuem zu beginnen? Würde er endgültig über den Schatten seiner Vergangenheit springen können, um in der Realität der Gegenwart zu landen? Würde er die Fähigkeit und die Möglichkeit besitzen, seinen letzten Lebensjahren eine neue Richtung zu geben? Würde er imstande sein, zu begreifen, dass die Rückkehr nach Kuba sein Leben verändert hatte?

»Sag mal, Mama, warum hast du eigentlich keinen Hund mehr?«

»Willst du das wirklich wissen?«

»Ja, natürlich.«

»Weil ich Angst habe, dass ich irgendwann sterbe und … Wer wird sich dann um den armen Hund kümmern?«

»Um Himmels willen, Mama …«

Er war in den alten Paseo Carlos III eingebogen, um zur Calle Infanta zu gelangen. Diese prachtvolle Avenida war eins der Meisterwerke von Generalkapitän Tacón, demselben, der Heredia mit einem entwürdigenden, zeitlich begrenzten und an zahlreiche Bedingungen geknüpften Aufenthaltsvisum gedemütigt hatte, und Fernando wurde wieder einmal klar, dass es kein Entrinnen gab: Die Vergangenheit sprang ihn an allen Ecken der Stadt an, in jeder Straße, bei jedem Geruch, bei jeder Geste der Menschen, und nur wenn er den Forderungen der Vergangenheit nachkam, würde er seinem Leben eine neue Richtung geben oder zumindest sein Gewissen beruhigen können, um wieder neu anzufangen. Nein, es gab definitiv keinen Raum fürs Vergessen.

»Und was wirst du jetzt tun, Fernando?«

»Das, was ich tun muss: meine Probleme lösen und mich nicht mehr verstecken.«

»Was heißt das?«

»Heute Morgen, gleich nach dem Aufstehen, habe ich ein Gedicht geschrieben. Das habe ich seit zehn Jahren nicht mehr getan.«

»Das freut mich. Aber das ist nicht dein einziges Problem. Nicht mal das schwierigste. Bist du wirklich bereit, bis auf den Grund vorzudringen und dich den Problemen zu stellen, egal was kommt?«

»Habe ich eine Wahl?«

Als er nach zwei Tagen Abwesenheit in sein Viertel gekommen war und sein Haus gesehen hatte, war ihm schlagartig bewusst geworden, dass eine Rückkehr möglich war. Für Heredia nicht. Auch nicht für Varela, Del Monte, Saco und so viele andere Kubaner während fast zwei Jahrhunderten, die dazu verdammt gewesen waren, auf ewig umherzuirren und ihre sterblichen Überreste fern der Heimat zurückzulassen. Martí war es gelungen, den Fluch zu durchbrechen: Er war zurückgekommen. Um zu sterben, ja, aber er war zurückgekommen. War sein Tod der Preis für die Heimkehr gewesen? Würde er, Fernando, sich umbringen, wenn er zurückkehrte? Nur noch zehn Tage – hatte er wieder gezählt – blieben ihm, dann würde er gezwungen sein, sich von der Welt zu entfernen, die zu begraben ihm nicht gelang.

»Ich wollte alles vergessen, aber ich konnte nicht. Jetzt weiß ich, dass es gut war, zurückzukommen. Ja, ich muss mich den Problemen stellen, egal was kommt.«

»Ich freue mich für dich, Fernando. Schau mal, für mich war es wichtig, dich wiederzusehen, aber ich glaube, für dich war es wichtiger, nach Kuba zurückzukommen.«

»Ich musste zurückkommen, Mutter. Wenn auch nur, um Selbstmord zu begehen.«

Viel poesie schrieb ich in jenen kalten, schrecklichen Monaten, während ich spürte, dass der Wall meiner Strafe hochgezogen wurde. Mein Gefängnis war seltsamerweise die weite Welt, denn zu meinem Unglück war mein Lebens- und Freiheitsraum die Insel, auf der ich geboren worden und zu der zurückzukehren mir verwehrt war. Das Heimweh des Verbannten machte sich in mir breit und bestimmte jede meiner Handlungen und meiner Gedanken. Vor allem wurde mir die Grausamkeit einer Strafe bewusst, die von jenen so häufig verhängt wird, die sich als Herren über Länder und Schicksale gebärden und sich das Recht anmaßen, über das Leben derer zu entscheiden, die ihre Ansichten nicht teilen.

Wie als Kompensation für all das LEID sprudelten meine Verse nur so, und entgegen Varelas Ratschlägen legte ich all meinen Hass und meinen Schmerz in sie hinein, schrie gegen den Tyrannen auf, beweinte das Schicksal Kubas und forderte seine Freiheit ein. Ich schrieb so viel, dass ich im Frühling 1825 einen Band mit meinen Gedichten zusammenstellen konnte, um sie einem Verleger vorzulegen.

Wie einige Jahre zuvor ging ich mit meinen Manuskripten unter dem Arm zu Pater Varela, um sein Urteil und, wenn möglich, seine anerkennenden Wort zu hören. Das Schicksal wollte es, dass einer der Freunde, die mich an jenem warmen, fernen Nachmittag in Havanna zum Seminar von San Carlos begleitet hatten, der treueste und edelste von ihnen, diese neuerliche literarische Wallfahrt mit mir zusammen unternahm. Denn zu meiner Freude und meinem geistigen Wohlbefinden war der gute Silvestre zu mir in die Vereinigten Staaten gereist und bereitete mir das unendliche Vergnügen, mich einem alten Freund aus glücklicheren Zeiten nahe fühlen zu können.

Außer einigen meiner verloren geglaubten Gedichte, die für die Vervollständigung meiner Sammlung so wichtig waren, hatte Silvestre jede Menge Neuigkeiten im Gepäck. Es überraschte mich zu hören, dass meine nach Kuba geschmuggelten patriotischen Gedichte – entgegen der Behauptung der Kolonialbehörden, die meinen Brief an den Untersuchungsrichter und die Nachricht von meiner Verurteilung veröffentlicht hatten – sehr populär geworden waren. Unter den jungen Leuten war ich, der Dichter und offene Verfechter der Unabhängigkeit, zu so etwas wie einem Idol geworden. *Der Stern von Kuba*, jenes gequälte Gedicht, das ich kurz vor meiner Abreise geschrieben hatte, war eine Art Hymne für die jungen Liberalen, die inzwischen sogar handgeschriebene Kopien meiner Ode *Niagara* in Umlauf brachten.

Und natürlich sprachen wir über die Hochzeit von Lola Junco und Felipillo Gómez in der glanzvollen Kathedrale von Havanna und die Übersiedlung des Paares auf die Zuckerrohrplantage Miraflores, wo die beiden zu leben beabsichtigten. Wir sprachen über die plötzliche Erkrankung von Sanfeliú, um dessen Leben die Ärzte fürchteten. Wir sprachen über meine Familie, die Silvestre jedes Mal, wenn er nach Matanzas kam, besuchte, denn mit ihr verband ihn nun, wie er mir gestand, zusätzlich das Interesse an meiner Schwester Ignacia. Und wie zu erwarten, sprachen wir viel über den umtriebigen Domingo, den Silvestre als guten Freund in Schutz nahm, obwohl er zugeben musste, dass Domingo sich immer stärker vom gefährlichen Geruch der Macht und des Geldes angezogen fühlte. Silvestre berichtete mir von dem unglücklichen Ende der Romanze mit der jetzt noch hübscheren Isabel, nach deren Abfuhr sich Domingo für viele Monate auf der Plantage seiner Familie verkroch, wo er, ein tropischer Werther, litt und in vielen Briefen sein Liebesleid beweinte, als hätte es sich bei seiner Affäre um Liebe gehandelt. Derweil bedrängten ihn seine ergebensten Freunde – mit Cintra und Tanco an der Spitze –, in die Stadt zurückzukehren.

Nachdem wir in einem ausgezeichneten kubanischen Restaurant auf dem Broadway gespeist hatten – wo allerdings weder der Schweinebraten noch die Yuca in Orangensud diesen gewissen Geschmack erreichten, den sie auf der Insel haben –, gingen wir zu Pater Varela, der uns mit einem wunderbaren Kaffee und einer verstörenden Nachricht empfing: Zwei Tage zuvor hatte ein von der Kolonialregierung gedungener und aus Havanna angereister Mörder versucht, ihn auf offener Straße zu ermorden, was aber dank Sacos beherztem Eingreifen vereitelt werden konnte. Das Positive daran war, laut Varela, dass der Vorfall zeige, wie sehr die Folgen seiner Arbeit auf der Insel inzwischen zu spüren seien, sodass man es darauf abgesehen habe, ihn auszuschalten. Das Traurige an der Sache war jedoch, dass sich diejenigen Personen, die anfänglich bereit gewesen waren, Varela zu unterstützen, allmählich zurückzogen, als sich ihre Beziehungen zur Krone zu verbessern begannen. Bei den Worten des Paters wurde mir bewusst, wie sehr mich die von verborgenen persönlichen Interessen geleiteten politischen Machenschaften anwiderten und mir wieder einmal zeigten, wie naiv ich gewesen war, als ich mich mit romantischem und reinem Herzen der Sache der Unabhängigkeitsbewegung verschrieben hatte.

Während ich mich nach Kräften bemühte, Silvestres Gesellschaft in New York zu genießen und die winterliche Kälte zu vergessen, verschlechterte sich mein Gesundheitszustand weiter. Ich bekam immer wieder Fieber, fühlte mich unwohl und erschöpft und konnte nach endlosen Hustenanfällen nicht einschlafen. Mein Aussehen hatte sich, im Vergleich zu dem des jungen Mannes, der erst zwei Jahre zuvor aus Kuba gekommen war, sehr verändert. Nicht nur dass ich jetzt einen schütteren Bart trug, ich war abgemagert, ja, ausgezehrt und, wegen der fehlenden Sonne, sehr blass. Meine Erscheinung war so jämmerlich, dass ich beschloss, den Gedanken, mich porträtieren zu lassen, für den Moment fallen zu lassen. Meine Schwester Ignacia bat mich nämlich in jedem ihrer Briefe um ein Porträt des geliebten Bruders, und ich hatte mir vorgenommen, es Silvestre mitzugeben und ihr so ein wunderbares Geschenk zu machen. Meine angegriffene Gesundheit und die Ratschläge der Ärzte brachten mich wieder auf den Gedanken, ein milderes, für mich günstigeres Klima aufzusuchen, einen warmen Ort, an dem meine Finger beim Schreiben vor Kälte nicht taub wurden und ich mich dem Leben gewachsen fühlte. Da inzwischen jede Hoffnung auf einen möglichen Freispruch vergeblich war, bat ich meinen Onkel Ignacio, mir zu helfen, dieses Land zu verlassen oder mich wenigstens in den Süden zu begeben, denn die Idee, nach New Orleans zu gehen, verlockte mich nach wie vor, ebenso wie die, mich mit Kurs auf eines der neuen lateinamerikanischen Länder einzuschiffen, wo ich den Anwaltsberuf ausüben und mich selbst ernähren konnte.

Einige Wochen später und mit dem begeisterten Urteil Varelas im Rücken trat ich mit den New Yorker Verlegern Behr und Kahl in Kontakt, zwei deutschen Emigranten, die bereit waren, meine Gedichte für einen annehmbaren Preis drucken zu lassen, wobei sie, als Inhaber der alleinigen Verwertungsrechte, einen Teil der Kosten übernehmen wollten. Dank Silvestres stets aufmerksamer Großzügigkeit und einer Geldanweisung meines Onkels Ignacio war ich in der Lage, meinen Anteil zu bezahlen. In Gedanken an eine eventuelle Verbreitung auf der Insel unterwarf ich mich der beschämendsten aller Zensuren: der Selbstzensur. Ich entfernte alle Gedichte, die mehr oder weniger direkt die Freiheit Kubas zum Gegenstand hatten, aus der Sammlung. Indem ich diese so unvermeidliche wie überaus grausame Kastration akzeptierte, führte ich die traurige Praxis der Zensur in die kubanische Literatur ein – wieder einmal war ich der Erste –, und ich ahnte, dass mein Beispiel im Laufe der Jahre viele Nachahmer finden würde.

Die Übergabe des Manuskriptes an die Verleger fand am Abend des 18. Mai 1825 statt, einen Tag vor Silvestres Abreise nach Kuba, und mein Freund bestand darauf, das Ereignis in einer vornehmen italienischen Trattoria am Broadway Nr. 87 zu feiern, wo wir sündhaft teure, aber unvergessliche Meeresfrüchte aßen und mit viel Weißwein begossen … Was ich mir nicht vorstellen konnte, war, dass ich mich an jenem glücklichen Abend von einem der edelmütigsten und aufrichtigsten Menschen, die ich je kennengelernt habe, für immer verabschiedete. Denn am nächsten Morgen war ich, geplagt von unerträglichen Kopfschmerzen, die mir das Gelage eingebracht hatte, nicht in der Verfassung, ihn zum Hafen zu begleiten. So verpasste ich die Gelegenheit, meinen Freund ein letztes Mal zu umarmen, der drei Jahre später in Havanna sterben und eine auf ewig klaffende Wunde in meinem Herzen zurücklassen sollte.

Anfang Juli wurde die ersehnte Veröffentlichung meiner *Poesías* Wirklichkeit. Als ich in der Druckerei ein Belegexemplar des noch nach Druckerschwärze riechenden Bändchens in Empfang nahm, überkam mich eines der seltsamsten Gefühle, die ich je verspürt hatte. Eine Mischung aus Ungläubigkeit, viel Eitelkeit und auch ein wenig Angst, stellte ich überrascht fest, als ich mit dem Finger über das angenehm glatte Papier strich und das Gewicht des Buches spürte, auf dessen Vorderseite mein Name prangte und das, in kleinen gedruckten Buchstaben, das Beste meines Lebens enthielt. In meinen Händen hielt ich das Ergebnis eines dichterischen Schöpfungsaktes, und es erschien mir jetzt unvorstellbar, dass ich der Urheber dieser Verse sein könne, die auf wundersame Weise aufgehört hatten, mir zu gehören, um sie selbst zu sein, Herren ihrer Bestimmung und ihres eigenen Schicksals.

Groß war das Glück, das mir dieses Buch bescherte. Es ließ mich glauben, dass ich ein bedeutender Dichter war, der das Lob des berühmten spanischen Schriftstellers Alberto Lista und des venezolanischen Lyrikers Andrés Bello verdiente, zweier veritabler Orakel der spanischsprachigen Poesie. In Madrid, London, Caracas, Paris und den Vereinigten Staaten wurde mein Werk begeistert aufgenommen, und in Mexiko bezeichnete man mich schon bald als den »hervorragendsten Dichter des Landes, ja, vielleicht ganz Amerikas«. Einige meiner Texte wurden ins Englische, Französische, Italienische und sogar in das raue Deutsch übertragen. Ich bedauerte es täglich, meine patriotischen Gedichte gestrichen zu haben, doch trotz ihres Fehlens wurde ich fortan zum Bezugspunkt der neuen Poesie in der spanischsprachigen Welt, bekannt als »der Sänger des Niagara«, als »erster großer Interpret der amerikanischen Natur«, als »authentischster Poet spanischer Sprache« und »stürmischster aller spanischsprachigen Romantiker«, und man sprach von mir sogar als dem Begründer einer neuen Empfindsamkeit, die sich von der spanischen unterscheide. Und ich erinnere mich ohne jegliche Scham, wie stolz ich auf die begeisterten Urteile war, denn dank der Poesie hatte ich den Namen und die Seele wiedererlangt, die man mir nehmen wollte, indem man mir die Rückkehr nach Kuba verwehrte und versuchte, meinen Ruhm auf der Insel totzuschweigen. Trotz aller Zensoren, Tyrannen und Neider und dank etwas so Kleinem, aber Unbesiegbarem wie der Poesie war ich wieder José María Heredia, überzeugt davon, dass der Dichter Heredia wichtiger war, als der arme, kranke junge Mann José María glauben konnte. Ich packte hundert Exemplare zusammen und schickte sie nach Kuba, bereit, das Risiko ihrer möglichen Einbehaltung oder gar ihres Verschwindens zu tragen, und bestieg, ohne weiter zu überlegen, ein Schiff nach Mexiko, in der Absicht, mein Leben zu retten und einen Ort zu finden, an dem ich ich selbst sein konnte.

Hart war es für mich, die Freunde zurückzulassen, mit denen ich die Jahre in Nordamerika zusammen verbracht hatte. Auch wenn mein Herz bereits an die Fahrten übers Meer und an die Abschiede, von denen ich nie wusste, wie endgültig sie sein würden, gewöhnt sein musste, schmerzte es mich immer, Zuneigungen und Seelenverwandtschaften zurückzulassen. Doch mein Schicksal war es, umherzuirren, das hatte ich inzwischen gelernt, und das sagte ich auch zu Varela, Gener und Saco, während wir den letzten Kaffee tranken, den der Pater für mich zubereitete, der heiligste und reinste meiner Zeitgenossen, der Mensch mit dem aufrichtigsten Glauben. Schon sehr bald würde auch ihn die Zensur ereilen, sollten ihn die reichen

Kubaner im geeigneten Moment fallen lassen und auf den Müll der Geschichte werfen. Als wir uns – nach einem kurzen Violinkonzert – vor der Tür seiner Pension voneinander verabschiedeten, vertraute mir Varela an, dass Präsident Guadalupe Victoria ihn nach Mexiko eingeladen und ihm sogar einen Sonderausweis zugeschickt habe. Doch obwohl ihn der Gedanke verlocke, sagte er, ziehe er es vor, seine aufständische und religiöse Arbeit in den Vereinigten Staaten fortzusetzen; denn es sei zwar allgemein bekannt, dass Victoria die Absicht habe, Kuba zur Unabhängigkeit zu verhelfen, doch er, Varela, sei der Meinung, dass sie nur dann erreicht werden könne, wenn die Kubaner selbst sie anstrebten.

»Wir werden erreichen, was zu erreichen wir in der Lage sind und was zu haben wir verdienen«, sagte er zu mir. »Wenn wir wollen, dass wir frei sind, müssen wir es aus eigener Kraft schaffen, denn nur so bekommt die Freiheit ihren eigentlichen Wert, und nur so werden wir sie angemessen zu schätzen wissen. Wenn wir aber weiterhin Sklaven sind, dann deshalb, weil wir unfähig sind, selbst das Joch der Tyrannei abzuschütteln. Deswegen ziehe ich es vor, hier zu bleiben, wo mir niemand hilft, mehr noch, wo ich, wie ich weiß, von den Politikern nicht besonders geliebt werde. Solange ich kann, werde ich die Kälte ertragen und die Sprache sprechen, die sich wie das Gebrumm dicker Fliegen anhört. Alles Weitere liegt in Gottes Hand.«

Mit diesen Worten des Paters im Ohr und dem Druck seiner Umarmung auf den Schultern bestieg ich am 22. August 1825 den Schoner »Chasseur« mit Kurs auf den Hafen von Alvarado in Mexiko. Und dann, als wollte er sich das Fest nicht entgehen lassen, kam ein wütender Sturm auf, der unser Schiff beinahe zum Kentern brachte. Kapitän Claudel gelang es mit seinen Manövern zwar, dem Sturm zu trotzen, doch wir kamen um einige Meilen vom vorgesehenen Kurs ab. Diese Routenänderung war der Grund dafür, dass der Kapitän mich eines Morgens bei Tagesanbruch zu wecken befahl und mich an Deck kommen ließ. Aufgeschreckt kam ich seiner Aufforderung nach, denn ich dachte an einen neuerlichen Sturm, obwohl ich das Gefühl hatte, dass wir in ruhigen Gewässern fuhren. Erst als ich neben dem Kapitän stand, wusste ich, warum er mich an Deck hatte kommen lassen: Er wies mit dem Arm nach Backbord, und in der Ferne erkannte ich die Küstenlinie, über der eine leichte Erhebung zu sehen war.

»Das ist Ihre Heimat, Señor Heredia«, sagte er zu mir, »die Nordküste Kubas. Und die Erhebung ist das, was Sie den ›Pan de Matanzas‹ nennen.«

Wortlos trat ich an die Reling und heftete meinen Blick auf das kaum zu erahnende Land, das so verschwommen dalag wie ein Traum. Meine Sehnsucht nach Kuba flammte auf, und in dem Bewusstsein, dass wir uns ganz in der Nähe der Stadt befanden, wo meine Mutter und meine Schwestern und vor allem meine unvergessliche Lola lebten, traf mich die Härte meiner Verbannung wie ein Faustschlag. Was machten wohl gerade meine geliebte Schwester Ignacia, meine Mutter, mein Onkel? Hatten sie schon ihren Morgenkaffee getrunken, dessen Duft ich nicht vergessen konnte? Und das Kokosgebäck, die Milch mit Schokolade? Und Lola? Lag sie gerade mit dem Glückspilz Felipillo im Bett und umarmte ihn? Hatte sie noch den Geruch des in der Nacht vollzogenen Geschlechtsaktes zwischen den Beinen? Streichelte sie ihre Brustwarzen, um sich Lust zu verschaffen, so wie sie es tat, als sie mit mir die Liebe kennengelernt hatte? Nahm sie bereitwillig Felipillos Glied in den Mund, so wie sie es zum Schluss, nach vielem Bitten, Küssen, Streicheln, mit meinem gemacht hatte? Trug sie das Haar offen oder hochgesteckt? Hatte sie mich für immer vergessen, oder würde sie mich eines Tages wieder lieben können?

Unmöglich ist es mir, mich an all die Fragen zu erinnern, die ich mir damals stellte, an die Anfälle von Eifersucht und an die Sehnsucht, die in mir brannte, bis ich die Umrisse der Insel nicht mehr erkennen konnte. Dann stieg ich hinunter in meine Kajüte, mit Hass im Herzen, und setzte mich an den Tisch, um meine »Hymne des Verbannten« zu schreiben, das vielleicht aufrichtigste all meiner Gedichte, in dem ich in die Richtung, wo mein Vaterland liegen musste, schrie:

Aunque viles traidores le sirvan
Del tirano es unútil la saña
Que no en vano entre Cuba y España
Tiende inmenso sus olas el mar.

Auch wenn gemeine Verräter ihm dienen
Vergebens ist des Tyrannen Raserei
Denn nicht umsonst spannt zwischen Kuba und Spanien
Seine Wellen das riesige Meer.

Álvaro sah es als eine persönliche, unübertragbare Mission an. Mit dem Geld, das Fernando ihm gegeben habe, sagte er, könnten sie im Geschäft zwei Flaschen kaufen, aber wenn er in Bacáns illegalen Schnapsladen gehe, reiche das Geld für drei, und es bleibe noch ein Dollar übrig (soll ich Zigaretten mitbringen?). Der Bacán verkaufe denselben Rum in derselben Qualität wie im offiziellen Laden, und das mit der absoluten Garantie, dass es sich nicht um eine Fälschung handele.

»Der Bacán macht dabei ein glänzendes Geschäft: Den Rum fabriziert er bei sich zu Hause, und er hat eine kleine Maschine, um die Flaschen zu versiegeln, genauso wie in der Fabrik. Dann tauscht er über zwei oder drei Mittelsmänner den Selbstgebrannten in den *Shoppings* gegen echten Rum ein. Den verkauft er dann schwarz, natürlich billiger. So kann man denen vom Supermarkt nicht nachweisen, dass sie was geklaut haben, denn es fehlen ja keine Flaschen, und der Bacán hat eine feste Kundschaft … Ach ja, er hat mir erzählt, dass er bald auch Coca-Cola in die Produktion aufnimmt …« Álvaro zog sich sein Hemd über und ging hinaus. Fernando und Conrado sahen sich an.

»Stimmt es, dass Coca-Cola schwarz fabriziert wird?«, fragte Fernando, immer noch perplex.

»Und vakuumverpackter Kaffee und Montecristos und Cohibas mit echter Bauchbinde und sämtliche kubanischen Zigarettensorten«, sagte Conrado. »Der reinste Wahnsinn … Kaum wird eine Lücke geschlossen, tut sich woanders eine neue auf. Selbst ein Polizist pro Einwohner reichte nicht aus … Du kannst hier alles Mögliche kaufen: von der Baugenehmigung über die Aufnahme in eine bestimmte Schule bis hin zum gefälschten Totenschein. Einfach alles.«

Fernando glaubte aus Conrados Worten eine gewisse Traurigkeit herauszuhören, doch er wusste auch, dass sein Freund Bonbons aus seiner Firma gegen Wein, Rucksäcke mit Werbeaufdruck gegen Speiseöl und Kaugummi gegen Benzin eintauschte, während er vom spanischen Firmenchef unter der Hand ein paar Dollar erhielt, und er begriff, dass auch Conrado ein Rädchen im Getriebe dieses Überlebenskampfes und seine vermeintliche Traurigkeit nichts als Heuchelei war.

»Hab gehört, du hast den absoluten Hauptgewinn gezogen, du Arsch«, sagte Conrado, um das Thema zu wechseln und von realen oder vorgetäuschten Traurigkeiten abzulenken. »Wer hätte das gedacht, was?«

»Nicht mal ich selbst«, antwortete Fernando und sah Conrado offen ins Gesicht.

»Stimmt es, was Varo sagt, dass du wieder mit dem Schreiben begonnen hast?«, fragte Conrado.

Fernando zuckte mit den Achseln, um die Sache herunterzuspielen.

»Was hast du denn? Hör mal, Alter, tu dir nicht schon im Voraus selbst leid.«

»Ich hab einfach zu viel einstecken müssen, Conrado. Und wenn man aufs Schlimmste gefasst ist, tuts weniger weh. Das Beschissenste ist, wenn es dich unvorbereitet erwischt.«

Conrado wollte etwas erwidern, verkniff es sich aber. Er sah seinen Freund lange an und senkte dann den Blick.

»Ich weiß, was mit dir los ist«, sagte er schließlich. »Varo meint, du glaubst immer noch, dass dich einer von uns in die Scheiße geritten hat.«

»Hör zu, Conrado, das mit Delfina hat bei mir alles wieder hochkommen lassen. Was ich war, was ich bin, was ich hätte sein können … Und die Angst. All die Jahre, die ich mit der Angst gelebt habe. Weißt du noch, wie wir uns das letzte Mal gesehen haben, bevor ich weggegangen bin?«

Nie hatte er das Treffen mit Conrado ein paar Monate vor seiner Ausreise vergessen. Damals hatte er bereits aufgehört, auf den Brief zu warten, der sein Schicksal hätte wenden können, und verdiente seinen Lebensunterhalt als Gehilfe eines Tischlers, der Holzabsätze herstellte für einen Schuster, der sich wiederum darauf spezialisiert hatte, Schuhe mit Plateausohlen auf dem Schwarzmarkt zu verkaufen. Fernando befürchtete täglich, die Polizei würde die Tischlerei schließen und ihn beschuldigen, illegale Geschäfte zu machen. Und außerdem befürchtete er, der für ihn zuständige Vorsitzende des Komitees zur Verteidigung der Revolution könnte die Meldung weiterleiten, dass er keine feste Arbeitsstelle hatte. Der Gedanke, er könnte nach seinem beschämenden Ausscheiden aus der Zeitschrift *Taba-Cuba* als Herumtreiber oder als asoziales Element registriert werden, erschreckte ihn. Die Angst vor neuen Problemen grenzte fast an paranoiden Verfolgungswahn, sodass Fernando nur noch das Haus verließ, um sich in die Tischlerwerkstatt zu begeben. Er besuchte keine Bibliothek mehr, kein Theater, keinen Vortrag. Auch hatte er aufgehört, seine früheren Freunde zu besuchen, überzeugt, dass einer von ihnen ihn denunziert hatte; nur Álvaro und Miguel Ángel wagten es, Fernandos Verdächtigungen und auch ihre eigenen Ängste zu ignorieren. Sie besuchten ihn zu Hause, tranken Kaffee und ließen ihm Bücher da, die Fernando fast nie las.

Doch an jenem Februarnachmittag 1980 hatte er seine realen und imaginären Befürchtungen beiseitegewischt und das Haus verlassen. Im »La Rampa«, wo ein Zyklus von Alfred Hitchcock auf dem Programm stand, wurden *Vertigo* und *Psycho* gezeigt, zwei seiner Lieblingsfilme. Fernando hatte den Tischler um Erlaubnis gebeten, früher Schluss machen zu dürfen, und war um sechs Uhr ins Kino gegangen. Der Saal, der vor einigen Jahren zum Programmkino umfunktioniert worden war, gehörte zu seinen angenehmen Erinnerungen, denn er, Víctor, Enrique, Álvaro und die übrigen Spötter waren dorthin gepilgert wie die Muslime nach Mekka, immer auf der Suche nach Filmen, die als schwierig und intellektuell galten. Sie hatten den kompletten deutschen Expressionismus in sich aufgesogen, den nordamerikanischen Stummfilm, den tschechischen Film vor 68, die Filme von Orson Welles und Kurosawa sowie so viel italienischen Neorealismus, dass sie eine »neoromanische« Sprache erfanden, in der sie sich unterhielten, während sie in der benachbarten Pizzeria Milán die faden neapolitanischen Pizzas und die angeblichen Spaghetti Bolognese aßen.

Um Viertel vor elf verließ er in Begleitung des nervösen Anthony Perkins das Kino. Die Avenida begann sich zu entvölkern, obwohl die Nachtclubs bestimmt noch rappelvoll waren, in der Coppelia sich die nächste Generation junger Dichter traf und aus dem Pico Blanco, wo sich die Boheme der Stadt versammelte, die rauchige, warme Stimme von José Antonio Méndez – *La gloria eres tú* – ganz leise zu ihm drang. Schwermut überfiel Fernando. Er fühlte sich wie ein Verbannter im eigenen Land: Die Stadt, die einmal seine gewesen war, gehörte ihm nicht mehr, existierte kaum noch in seinen ramponierten Erinnerungen, und die tiefe Einsamkeit, die ihn durch die Calle O in Richtung Infanta begleitete, machte ihm bewusst, was er in den Jahren des Ausgestoßenseins alles verloren hatte.

Eine uralte Gewohnheit hatte seine Schritte unwillkürlich in diese Richtung gelenkt, und den Grund dafür erkannte Fernando erst, als sich die wenigen noch funktionierenden Buchstaben der Leuchtreklame des Las Vegas in seinen Augen widerspiegelten. Da stellte er sich, Zigarette im Mund und zwanzig Centavos in der Hand, an die dunkle Holztheke der Cafeteria und merkte, wie er einen Teil seiner Person wiedererlangte.

»Mach mir einen doppelten Espresso, Bruder«, sagte er, ohne zu ahnen, dass er zum letzten Mal in seinem Leben die Worte aussprach, die ihren unergründlichen Wert nur an diesem Ort bekamen, den er und seine Freunde an so vielen Abenden in so vielen Jahren nach einem Film, einem Theaterstück, einem Treffen auf Álvaros Terrasse oder einem fröhlichen Besäufnis aufgesucht hatten, um den letzten Kaffee des Abends zu trinken oder den ersten des Tages, wenn die Morgendämmerung näher war als die Dunkelheit.

Die Ellbogen auf die Theke des Las Vegas gestützt, trank er den starken süßen Kaffee und sah, Zigarette im Mund, den Kellnern bei der Arbeit zu, von denen einer servierte und der andere die alte Kaffeemaschine Marke »National« bediente, die schon tausend Schlachten geschlagen hatte. Und da hörte er die Stimme neben sich:

»Mach uns zwei doppelte Espresso, Bruder.« Mit angehaltenem Atem drehte er sich zur Seite, um in das Gesicht des Spötters zu blicken, der die magische Formel ausgesprochen hatte. Conrados flinke Augen trafen direkt auf die seinen, und beide erstarrten, als könnten sie nicht glauben, was sie sahen. Fernando meinte sich später zu erinnern, dass er gelächelt hatte, doch dann begannen seine Nerven zu flattern, und eine andere, schmerzhaftere Angst überfiel ihn. Was soll ich machen, fragte er sich, begrüße ich ihn?, wird er mich begrüßen?, bis Conrado ihm schließlich die Hand hinstreckte.

»Wie gehts, Fernando?«

»Gut«, log er frech. »Und dir?«

»Gut, gut«, sagte der andere. »Zurzeit arbeite ich hier gegenüber, weißt du? Ich bin Redakteur vom Dienst bei Radio Habana Cuba.«

»Hat man mir erzählt.«

»Ach ja«, Conrado zappelte nervös hin und her, »das ist Fonseca, ein Kollege ... Er ist Parteisekretär.« Fernando sah Fonseca an. Er wusste, dass Conrado das absichtlich gesagt hatte. »Wir haben zusammen studiert ... Also dann, Fernando, wir müssen gehen, bei uns ist nämlich die Hölle los, ein paar Leute haben sich in die peruanische Botschaft geflüchtet ... Ruf mich doch mal an, ja?« Und er streckte ihm wieder die Hand hin, um ihm direkt danach den Rücken zuzukehren. Erst da sah Fernando, dass Conrado seinen Kaffee auf der dunklen Mahagonitheke nicht angerührt hatte.

Als Fernando drei Monate später beschloss, durch die Tür, die sich in jener Nacht in der peruanischen Botschaft geöffnet hatte, aus Kuba fortzugehen, war die Begegnung mit Conrado einer der Stacheln, die ihn zu seinem Entschluss drängten. Noch jetzt, zwanzig Jahre später, spürte er den bitteren Schmerz über ihre Begegnung, die ihm bewies, dass er nicht den alleinigen Anspruch auf Angst hatte.

»Ich konnte das auch nicht vergessen«, gestand Conrado. »Immer, wenn ich daran denke, würde ich am liebsten im Boden versinken. Aber damals wusste ja keiner ... Ja, ich hatte Angst.«

»Und warum wolltest du mich in Madrid treffen?«

»Danach haben sich die Dinge verändert. Ich selbst habe mich verändert. Nichts ist mehr so wie früher ...«

»Gott sei Dank«, sagte Fernando angriffslustig, »jetzt darfst du sogar *Santero* sein …«

»Ach, hast dus schon gehört?«

»Du warst immer schon ein schlaues Bäuerlein, wie Tomás sagt, aber gleich Hexerei …«

»Ich bin da so reingerutscht. Die im Betrieb wollten mich fertigmachen und mich vor einen Disziplinarausschuss stellen. Und wenn dir das Wasser bis zum Hals steht, klammerst du dich an jeden Strohhalm. Ich hab angefangen, Zauberformeln zu murmeln und Staub zu werfen, und am Ende war ich *Santero … Ochún*«, präzisierte er und holte einen kleinen gelben Stoffbeutel aus der Tasche, aus dem er einen Schwung Halsketten mit bernsteinfarbenen Kugeln zog, die er stolz präsentierte.

»Dann bist du gar nicht richtig gläubig?«

»Doch, doch, ich bin gläubig. Nach allem, was ich gesehen und erlebt habe … Die Priester haben gesagt, ich soll meine Vergangenheit in Ordnung bringen. Darum wollte ich dich in Madrid besuchen.«

»Dann haben uns also die Priester geholfen, halleluja.« Fernando musste lachen. »Sonst würden wir uns noch bis ans Ende unserer Tage hassen, und das wäre nicht gut.«

»Deswegen ist es richtig, dass du gekommen bist.«

»Und du und El Negro?«

»Das ist komplizierter. Miguel Ángel steckt bis zum Hals in der Scheiße, und ich hab Arbeit … na ja, wem erzähl ich das. Die Dinge haben sich verändert, aber so sehr nun auch wieder nicht, und die Priester können dir nicht dein Leben lang die Kastanien aus dem Feuer holen«, sagte er, und er ließ die Halsketten wieder in dem gelben Beutel verschwinden.

»Dann hast du also immer noch Angst?«

Conrado hob den Kopf, und ihre Blicke trafen sich wieder. »El Negro ist verrückt, und ich habe eine Arbeit, die …«, begann er und wandte wieder den Blick ab.

»Ja, das sagtest du schon. Du reist ins Ausland, besitzt ein Auto und hast deiner Frau einen Job in einem Hotel besorgt. Und du tauschst

Dauerlutscher gegen echte Cohibas ... Aber Angst hast du immer noch, oder?«

»Erzähl keinen Scheiß, Fernando. Weißt du nicht, dass ...«

»Was weiß ich nicht, Conrado?«, unterbrach Fernando ihn, lauter geworden, und beugte sich vor. »Ich musste mich zwanzig Jahre außerhalb von Kuba rumtreiben, und ich muss den Rest meines Lebens irgendwo am Arsch der Welt rumkriegen! Was weiß ich da nicht?«

»Ist ja gut, reg dich nicht so auf.«

»Wie soll ich mich da nicht aufregen? Oder hast du schon vergessen, dass mich irgendein Arsch, der behauptet hat, mein Freund zu sein, wie einen Sack Kartoffeln verkauft hat? Und dass einige von euch sich sogar vor mir versteckt haben? Wie soll ich mich da nicht aufregen, kannst du mir das mal sagen?«

Conrado stand langsam auf. Unsicher ging er um den Hocker herum, auf dem er gesessen hatte, und näherte sich dem Mäuerchen der Dachterrasse. »Ich war es nicht, Fernando«, sagte er schließlich. »Ich weiß nicht, wer es war, und deshalb kann ich niemanden beschuldigen, aber ich schwöre dir bei allem, was mir heilig ist: Ich war es nicht. Denk von mir aus, was du willst, dass ich mich wie ein Feigling verhalten und dich im Stich gelassen habe, dass ich ein Opportunist bin, der es vorgezogen hat, ins Ausland zu reisen und ein Auto zu besitzen, dass ich *Santero* geworden bin, weil ich davon profitiert habe ... Denk, was du willst, aber lass dir eins sagen: Ich habe dich nicht verpfiffen, hörst du? Ich war es nicht!«

Fernando schämte sich, als er diesen Mann, der einmal sein Freund gewesen war, zusammenbrechen sah. Conrado stand zitternd gegen das Mäuerchen der Dachterrasse gelehnt, hielt jedoch seinem Blick stand, und in seinen Augen erkannte Fernando das gefährliche Blitzen wieder, mit dem der hochintelligente Bauernsohn, der aus einem kleinen Dorf in Las Villas direkt nach Havanna gekommen war, die Welt betrachtete, deren Gipfel zu erklimmen er sich vorgenommen hatte.

»Ich glaube dir, Conrado. Verzeih mir, was ich zu dir gesagt habe«, und er stand auf, um den anderen zu umarmen. In diesem Moment öffnete sich die Tür zur Dachterrasse, und heraus trat Álvaro, den Arm voller Flaschen.

»Was habt ihr denn? Ist euch die Abenddämmerung aufs Gemüt geschlagen?«

G̲ERETTET UND GLÜCKLICH FÜHLTE ICH MICH, als ich am 15. September 1825 meinen Fuß auf Mexikos Boden setzte. Fern war mir der Gedanke, dass ich fast mein gesamtes erwachsenes Leben hier verbringen sollte, und noch weniger konnte ich mir vorstellen, dass ich meine Haut zu Markte tragen würde, gleich einem der vom Fanatismus zum Tode Verurteilten und auf dem Feuerstein am Fuße des Teocalli von Cholula Geopferten. Die Aussicht, in eine bekannte Gegend zurückzukehren, wo meine Sprache gesprochen wurde, wo die Kälte mich nicht umbrachte, eine Gegend, an der ich Freundschaften und altbekannte Orte vorfinden würde, gab mir ein Gefühl von Zugehörigkeit, die ich in den Vereinigten Staaten nie verspürt hatte.

Und so begab ich mich, ohne MICH von den Strapazen der Reise auszuruhen, in das hoch gelegene Jalapa, wo mein Landsmann und Namensvetter José María Pérez mich erwartete und wie einen alten Freund begrüßte. Die großzügige Einladung dieses Freundes von Freunden, ein paar Tage bei ihm zu verbringen, nahm ich gerne an, und dort erfuhr ich zu meinem Erstaunen, dass Präsident Victoria mir, wie Pater Varela, eine Einladung samt Sonderausweis nach New York geschickt hatte, die mich zum Ehrengast des Landes gemacht hätte; doch aus irgendeinem dummen Zufall hatte mich die Einladung nicht erreicht.

Die Tage in Jalapa waren ausgefüllt und angenehm, und nur eine Nachricht bereitete mir ein wenig Sorge, dass nämlich eine Gruppe allzu begeisterter Landsleute mich zuerst zum Mitglied der Patriotischen Vereinigung Kubas in Mexiko ernannt und dann auch noch zum Unterzeichner einer Unabhängigkeitserklärung erklärt hatte, wodurch ich möglicherweise eine weitere kubanische Gewohnheit begründete: die, dass jemand als Unterzeichner einer Erklärung fungiert, die er nie zu Gesicht bekommen hat. Doch maß ich dem Vorfall keine große Bedeutung bei und erfreute mich lieber an der kubanischen Lebensart, wenn ich in einem der Cafés der Stadt einem ganzen Orchester von Landsleuten unter der Leitung des Meisters Marino Cuevas lauschte, das die Tänze spielte, die ich so oft auf der Insel gehört hatte, melancholische Melodien, die die Seele meines Heimatlandes ebenso treffend zum Ausdruck bringen können wie die schönste Poesie.

Ende des Monats konnte ich mich endlich von der anstrengenden Gastfreundschaft meines Namensvetters befreien und eine Kutsche in die Hauptstadt nehmen. Doch schon während der Fahrt begann ich mich schwach zu fühlen, und als ich feststellte, dass mein glühender Körper von Kopf bis Fuß von kleinen dunklen Flecken bedeckt war, wusste ich, dass ich mir die Masern eingefangen hatte. Ich übertreibe nicht, wenn ich sage, dass ich niemals in meinem Leben so sehr davon überzeugt war, das Ende meiner Tage sei gekommen. Fieber, Schmerzen und Schwindelanfälle setzten mir eine Woche lang zu. Ich aß nicht und schlief kaum, und wenn doch, wurde ich von furchtbaren Albträumen heimgesucht, aus denen ich immer wieder aufschreckte. Ich habe keine klare Erinnerung daran, wie man mich in dem Gasthaus von Puebla, wo ich schließlich landete, gesund pflegte, und ich glaube, dass ich nur aufgrund meiner Jugend und dank der wenigen Dollars, die mir geblieben waren, diese Krise überlebt habe.

Am 14. Oktober erreichte ich, noch immer schwach und abgemagert, Mexiko-Stadt. Aus der Pension, in der ich mich einmietete, schickte ich dem Präsidenten eine Nachricht, und er bat mich, ihn so bald wie möglich zu besuchen. Als ich im Regierungspalast Guadalupe Victoria gegenüberstand, sah dieser mich an, als zweifle er einen Moment daran, ob ich die Person sei, die er erwartet hatte. Er fragte mich sogar zwei Mal, ob ich Rechtsanwalt Heredia sei, und als ich ihn schließlich davon überzeugen konnte, schloss er mich in die Arme … Nicht von ungefähr forderte mich der legendäre Held der mexikanischen Unabhängigkeitsbewegung auf, mich erst einmal auszuruhen und zu erholen, und befahl seinen Leuten, mich im

Palast unterzubringen. Trotz meiner zweiundzwanzig Jahre und des spärlichen Bartwuchses ließ ihn mein von Krankheit und Erschöpfung gezeichnetes Gesicht mit den dunklen Augenringen, die ich nie mehr loswerden sollte, wohl vermuten, dass dieses menschliche Wrack unmöglich der Mann sein konnte, dessen Ruf als Verschwörer und Dichter ihn dazu bewegt hatte, ihn in sein Land einzuladen.

Abgesehen von den verfluchten Masern begann mein Leben in Mexiko unter den besten Vorzeichen. Victoria bot mir an, im Palast zu wohnen und mir ein ordentliches Salär zu zahlen, bis er für mich eine meinen Fähigkeiten und meinem Rang angemessene Stellung gefunden hätte; und schließlich redete er davon, wie viel er sich von mir erhoffe, wenn Mexiko sich endlich entschließen könne, die Unabhängigkeit Kubas zu unterstützen.

Endlich frei nun von dem Druck, mich von meinem Onkel unterhalten zu wissen, widmete ich meine freien Stunden der Durchsicht und Fertigstellung meiner Version der Tragödie *Abufar oder Die arabische Familie* von Jean-François Ducis, deren Übersetzung ich auf der Reise von New York angefertigt hatte, und des Stückes *Sila* des Franzosen de Jouy, das ich zu einer Hommage an Präsident Victoria umarbeitete, ohne es ihm jedoch zu widmen. Denn auch wenn er mein Freund war, so hätte ich mir eine solche Geste der Unterwürfigkeit – in Kuba Arschkriecherei genannt – gegenüber einem Mann, der im Lichte der Macht stand, nicht gestattet. Beide Werke, die sogleich begeisterte Gönner fanden, wurden im Dezember auf die Bühne gebracht und vom Publikum und von der Kritik gleichermaßen enthusiastisch gefeiert, was zu meinem Ansehen im Lande beitrug.

Alles im Mexiko des Jahres 1825, im milden Winter jener Region, schien es darauf abgesehen zu haben, die Wunden meines Körpers und meiner Seele zu heilen. Besonders erfreut war ich darüber, wie die Nation es nach dem Putsch von Iturbide, der sich zum Kaiser hatte krönen lassen, in nur wenigen Jahren geschafft hatte, ihre Unabhängigkeit und ihr republikanisches föderatives System zu festigen. Die Menschen lebten jetzt im Wohlstand, mit einer vom Volk frei gewählten Regierung und einer demokratischen Verfassung, sodass man denken konnte, es seien fünf Jahrhunderte und nicht nur fünf Jahre seit meinem letzten Aufenthalt hier im Lande vergangen.

Nachdem ich die Beziehung zu meinen alten Freunden Anastasio Zerecero und Blas de Osés – der zu der Zeit auf halbem Wege zwischen Kuba und Mexiko lebte – wieder aufgenommen hatte, knüpfte ich weitere Freundschaften zu vielen Persönlichkeiten aus Politik und Kultur in der Hauptstadt. Als ich schließlich zum fünften Offizier des Staatssekretariats und des Büros für Innere und Äußere Angelegenheiten ernannt wurde, wobei ich weiterhin im Palast wohnte, erlaubte es mir meine finanziell und gesellschaftlich privilegierte Situation, mich den unterschiedlichsten Projekten zu widmen. Ich beteiligte mich an der Gründung der literarischen Zeitung *El Iris*, schrieb die Rede für die Einweihung des neu geschaffenen Instituts für Wissenschaft, Kunst und Literatur, das mich kurz darauf zum Ehrenmitglied ernannte, veröffentlichte Gedichte in einigen der angesehensten Zeitschriften des Landes und erhielt Unterstützung beim Vorbereiten und Verfassen eines anspruchsvollen philosophischen Essays über die Allgemeine Weltgeschichte. Gleichzeitig tauchte ich in das politische Leben des Landes ein, nahm an Treffen mit Präsident Victoria teil (für den ich einige Reden schrieb), pflegte Freundschaften zu Militärs wie General Santa Anna und Politikern wie Andrés Quintana Roo und trat der Loge der Yorker bei, einem liberalen Zweig der Freimaurer, deren Großmeister Präsident Victoria persönlich war … Ganz zu schweigen davon, dass ich aufgrund meiner Jugend und meiner sozialen Stellung den begehrtesten Schönheiten Mexikos im Bett Gesellschaft leisten durfte. Jene Monate waren von einer Fülle und Intensität, die mich sehr an meine besten Zeiten in Kuba erinnerten, sodass ich mich beinahe von der ewigen Sehnsucht nach meiner Heimat geheilt zu fühlen begann. Doch wusste ich sehr wohl, dass ich mir etwas vormachte, da ich mich damit nur über meine wahren Ängste hinwegtäuschte. Die Trennung von meiner Familie und meinen alten Freunden, dazu der ferne, doch noch immer nagende Schmerz über eine verlorene Liebe verursachten in mir eine Leere, die nicht einmal die endlosen Elogen, die an mein Ohr drangen, ausfüllen konnten. Der eindeutigste und dramatischste Beweis dafür war vielleicht die geringe Anzahl der Gedichte, die ich in diesen scheinbar glücklichen Tagen schrieb. Es war, als weigerten sich die Verse, das Glück eines Mannes zu teilen, der in den Salons der politischen und literarischen Elite begeistert gefeiert wurde.

Zu jener Zeit erhielt ich auch, und zwar unentgeltlich, ein erstes Porträt von mir, das ich meiner Mutter und meinen Schwestern schickte. Wenn ich nun zu posieren einwilligte, dann auf Drängen des Künstlers, der unbedingt den gefeierten Dichter, der ich inzwischen war, porträtieren wollte, und weil sich mein Äußeres in den wenigen Monaten deutlich verändert hatte. Noch vorteilhafter gestaltet wurde es durch eine Pinselführung, die ein wenig Poesie hineinlegte, sodass ich nicht nur gesund, unbeugsam und stark wirkte, sondern auch mit einer romantischen Ausstrahlung ausgestattet, wie sie der junge Simón Bolívar auf gewissen Bildern besitzt.

Doch inmitten all der Anerkennung lösten die Ereignisse in Kuba Bitterkeit in mir aus. Silvestre, Domingo und meine Verwandten berichteten mir in ihren Briefen regelmäßig von dem Zustand der Demoralisierung, in dem sich die Insel befand. Die Kolonialbehörden hatten sämtlichen Übeln und Lastern – insbesondere dem verbotenen Sklavenhandel – Tür und Tor geöffnet, eine Strategie, mit der sie beabsichtigten, die Bevölkerung mit Geld und Mittäterschaft zu korrumpieren und an die Kette zu legen. Gleichzeitig erhielt ich die Nachricht, dass Varela die Zeitung *El Habanero* wegen ausbleibender finanzieller Unterstützung einstellen musste. Ein letzter Beweis dafür, dass der Gedanke an Unabhängigkeit vor den Augen derer, die einstmals von ihr geträumt hatten, im Sande verlief. Deswegen begann ich mich zu fragen, ob der Feuereifer der Menschen, die sich der gerechten Sache verschrieben hatten, nichts als ein leerer Traum gewesen war. Ich schwor mir, jeden Gedanken an einen Kampf um die Unabhängigkeit eines Landes aufzugeben, das in seinem unabwendbaren Schicksal gefangen war, welches es verdiente. Armes Kuba!

Immer wenn mich derart desillusionierende Gedanken befielen, suchte ich Trost und Ablenkung in der Arbeit. Im Laufe mehrerer Monate fertigte ich die Übersetzung des *Tiberius* von Chénier an, obwohl Domingo mir – mit einigem Recht – vorwarf, mein Talent mit

Übersetzungen und Bearbeitungen fremder Werke zu vergeuden, anstatt es in mein eigenes zu investieren. Also bemühte ich mich, an langen Arbeitstagen den Roman *Jicoténcal* zu vollenden, über dessen Urheberschaft ich stets strengstes Stillschweigen bewahrte, da ich von seinem literarischen Wert nie ganz überzeugt war. Nur Varela, mit dem ich in New York über das Projekt geredet hatte, wusste von meiner Absicht, einen dokumentarischen Roman über das Leben des eingeborenen Helden zu schreiben, dessen Geschichte ich bei meinem ersten Aufenthalt in Mexiko kennengelernt und bereits einige Zeit zuvor in ein Drama zu verwandeln versucht hatte. Nachdem ich das Werk mehrere Male begonnen und wieder ruhen lassen hatte, beschloss ich, es erneut in Angriff zu nehmen, und Ende 1826 wurde es in Philadelphia gedruckt. Ein unvollkommenes Werk, ich weiß, aber mit dem Verdienst, der erste historische Roman in spanischer Sprache zu sein.

Inzwischen hatte meine Version des *Tiberius*, der ich den Titel *Gaius Gracchus* gab, in ganz Mexiko großen Erfolg. Die Interpretation des wunderbaren Andrés Prieto in der Hauptrolle war eine der denkwürdigsten in der märchenhaften Karriere des Schauspielers, und meine Idee, das Werk Fernando VII., dem abscheulichen spanischen Tyrannen, zu widmen, erwies sich als Glückstreffer. »Dies ist meine erste und letzte Widmung an einen Monarchen«, schrieb ich. »Ich glaube nicht, dass man mich der Liebedienerei bezichtigen wird, weil ich die Tragödie *Tiberius* dem Tyrannen von Spanien zueigne, einem König, dessen Feind ich bin. Und in der Tat, niemandem gebührt dieses Geschenk mehr denn Euch, wegen der großen Ähnlichkeiten, die zwischen Eurem Charakter und dem jenes Scheusals bestehen, der der Schrecken und die Schande Roms war!«

Am Tag der Uraufführung, als ich Glückwünsche und Umarmungen entgegennahm, geschah etwas, das mir jene Zeit als außergewöhnlich in Erinnerung bleiben lässt. Ich stand bei meinen Freunden Blas de Osés und Quintana Roo, als aus der Menge der Bewunderer ein Mann von etwas über fünfzig Jahren hervortrat, der mir irgendwie bekannt vorkam und an den ich mich schließlich erinnern konnte, als er mir seinen Namen nannte: Isidro Yáñez oder Richter

Yáñez, wie ihn mein Vater nannte, der in seiner Zeit als Polizeipräfekt in Mexiko einer seiner engsten Freunde gewesen war. Stolz auf die langjährige Beziehung zu meiner Familie schloss der Richter sich den Gratulanten an und bat mich, ja, flehte mich beinahe an, doch bitte seine Gattin und seine Töchter, große Bewunderinnen meiner Poesie, begrüßen zu wollen. Wenig begeistert bat ich meine Freunde, auf mich zu warten, und kam der unvermeidlichen Pflicht nach. Ich näherte mich also, zusammen mit dem Richter, einer korpulenten Matrone, die mir entgegenlächelte, während zwei offenbar junge Frauen mit dem Rücken zu uns standen. Als wir das Grüppchen erreicht hatten, rief Yáñez fröhlich:

»Graciela! Jacoba!«

In dem Moment, als Jacoba, die jüngere der beiden Töchter des Richters, sich umdrehte und ihre pechschwarzen Augen auf mich heftete, wusste ich, dass dieser Blick nicht auf mein Gesicht, sondern auf mein Herz gerichtet war. Die makellose Haut des siebzehnjährigen Mädchens schimmerte im Schein der Theaterbeleuchtung, und gleichzeitig ließen ihr Lächeln und ihre roten Lippen die Welt in hellerem Lichte erscheinen. Während ich mit den Damen über belanglose Themen plauderte, spürte ich, wie eine Tür, die ich für immer geschlossen geglaubt hatte, sich öffnete und möglicherweise die Liebe in mein Leben lassen würde, vielleicht ohne die stürmische Intensität früherer Tage, aber mit der Sicherheit unausweichlicher Schicksale.

Wenige Tage später ließ Präsident Victoria mir mitteilen, dass mir das Richteramt im Regierungsbezirk Veracruz übertragen werden sollte, was ein stattliches Gehalt bedeutete und dazu die wunderbare Aussicht, wieder nah am Meer und im hervorragenden Klima der Tropen leben zu dürfen. So nah würde Kuba sein, dass ich sogleich Pläne für eine Reise meiner Mutter und meiner Schwestern nach Veracruz zu schmieden begann, wo ich sie endlich wieder in die Arme würde schließen können … Der Himmel – man verzeihe mir die schlechte Metapher – war zum Greifen nahe.

Die Freude darüber überwältigte mich, und noch am selben Abend lief ich zum Hause der Yáñez, dessen ständiger Gast ich inzwischen geworden war. Dieses Mal jedoch war ich, bedingt durch meine bevorstehende Abreise aus der Hauptstadt, entschlossen, nicht ohne die zwar zu erwartende, aber noch nicht erhaltene Antwort von dort fortzugehen. Sobald man mir die Gelegenheit gab, einen Moment mit Jacoba allein zu sein, gestand ich ihr meine Liebe und bat sie, meine Frau zu werden. Mit ganzem Herzen spürte ich die Wärme einer Wahrheit, an die ich schon nicht mehr zu glauben gewagt hatte: Diese Frau liebte mich nicht nur, sie betete mich an und betrachtete es als ein Geschenk des Himmels, dass der große Dichter sie überhaupt bemerkt hatte. Ihre Schönheit und ihre Unschuld machten es mir leicht, sie ebenfalls zu lieben, und offenbarten mir, dass Lola Juncos beharrlicher Geist zu einem Gespenst aus der Vergangenheit geworden war, zum Tode verurteilt an dem Tag, an dem ich die ersehnte Unterhaltung mit Jacoba hatte. Ein Kuss, sanft und warm, beschloss den Liebespakt mit der liebreizenden Jacoba, und der Gedanke, erneut Lehrer einer in der Liebeskunst unerfahrenen Schülerin zu werden, machte mich glücklich.

Noch am selben Abend informierten wir die gesamte Familie Yáñez über unsere Beziehung und setzten das Datum für unsere Hochzeit fest. Wenig später, in meinem luxuriösen Zimmer im Regierungspalast, schrieb ich einen Brief an Silvestre, in dem ich ihm die Neuigkeit mitteilte: »Im Oktober werde ich heiraten«, schrieb ich, »denn nun ist es Zeit, dass der Roman meines Lebens endet, damit seine Realität beginnen kann.«

… wohin werde ich gehen, wenn mein Herz stehen bleibt
und meine Hände herabfallen auf der Suche nach ein
wenig Stille.
Eugenio Florit

Der späte Nachmittag war schon immer seine bevorzugte Tageszeit
gewesen, um im Meer zu baden. Das warme Wasser, die von der mit-
täglichen Raserei ausgelaugte Sonne, der endlich von den Menschen,
die sich dort an den langen Sommertagen tummelten, verlassene
Strand, all das schuf eine friedliche Atmosphäre. Fernando genoss
diesen angenehmen Schwebezustand zwischen Tag und Nacht, und
er spürte, wie die Wellen seinen Körper streichelten und die Wirkung
des Alkohols abzuschwächen begannen.

Der Ausflug war von Delfina und Miguel Ángel organisiert worden. Er könne den Wagen seines Bruders haben, sagte El Negro, allerdings erst nach drei Uhr, und Delfina komme für das Benzin auf.
Fernando sollte das Bier besorgen, während Ana Julia, Miguel Ángels
Frau, Toastbrote und Fischkroketten zubereitete. Und Álvaro – der
auf Varadero bestand – beehrte sie mit seiner Anwesenheit und dem
Versprechen, sich nicht zu betrinken.

Sobald Fernando den Strand von Santa María betrat und sein
nackter Fuß in dem feinen Sand versank, kamen in ihm wieder Gefühle auf, die er verloren oder zumindest vergessen geglaubt hatte. Er
nahm Delfina bei der Hand, ging mit ihr zum Meer und tat, ohne
sich die Hose auszuziehen, ein paar Schritte, bis das Wasser seine
Knie umspülte. Die sinkende Sonne vor Augen, genoss er die Lieb-

kosung des Meeres, das so ganz anders war als das stets kalte Wasser an den europäischen Stränden, in das er in den letzten Jahren eingetaucht war. Unfähig, ein Wort hervorzubringen, hielt er eine Hand ins Wasser, das ihm dickflüssig und griffig erschien, und befeuchtete sich das Gesicht.

»Was hast du, Fernando?«

»Nichts«, sagte er, entschloss sich aber sogleich, nicht zu lügen. »Nur dass ich jetzt gerade glücklich bin. Und dass ich Angst habe.« Er drehte sich zu Delfina um und küsste sie mit stürmischer Heftigkeit. Sie drückte Fernandos Hand noch fester und lehnte den Kopf an seine Schulter.

Álvaro, ein Bier in der Hand, holte sie mit seinem Geschrei aus ihrer Verzückung, und nach einem weiteren, sanften Kuss gingen sie über den Sand zu den anderen zurück.

In besseren Zeiten waren die Spötter häufig nach Santa María gefahren, bewaffnet mit einigen Pizzas und mehreren Flaschen Rum und sogar mit Squash-Schlägern, um auf den inzwischen verschwundenen Sportplätzen des Hotels Atlántico zu spielen. Er erinnerte sich daran, dass er und Tomás die Ausflüge mit dem allergrößten Enthusiasmus organisiert hatten, und fast peinlich berührt dachte er an die taxierenden Blicke, mit denen er Delfina gemustert hatte, die damals immer sehr gewagte, äußerst provozierende Bikinis trug, die die gesamte Dichtergruppe in Verwirrung stürzte.

Es wurde bereits dunkel, als Álvaro sich angesichts der entschlafenen Bierkiste, wie er es mit seinem Lieblingswort ausdrückte, doch noch dazu entschloss, ins Wasser zu gehen. Miguel Ángel und Ana Julia folgten seinem Beispiel, und Fernando gelang es, Delfina dazu zu bewegen, es ihnen gleichzutun, obwohl sie am liebsten im Meer badete, wenn die Sonne noch am Himmel stand. Bis zur Brust im Wasser bildeten sie einen Kreis und unterhielten sich, während sie von dem fernen Licht der Laternen aus dem Innenhof des Hotels beschienen wurden.

Sie sprachen über die beiden Söhne von Miguel Ángel und Ana Julia, die sich darauf versteift hatten, Medizin zu studieren, und über die drei, die Álvaro im Kielwasser seiner entschlafenen Ehen wie geleerte Rumflaschen hinter sich gelassen hatte. Und ohne zu wissen, wie und warum, begann Fernando von seinen Erlebnissen in den langen Jahren des Exils zu erzählen, von den Tagen der Ungewissheit in Miami, als er drei Monate in den Parks des Orange Bowl hatte campieren müssen, bis eine protestantische Kirche in Fort Lauderdale die Kosten für seinen Unterhalt übernahm und er endlich durch die ihm bisher unbekannten Straßen einer Stadt gehen konnte, die er sich immer wie die Kopie einer kubanischen Stadt vorgestellt hatte, in Wirklichkeit jedoch nicht zu seinen Erinnerungen passen wollte. Im ersten Jahr, als er als Maurer auf verschiedenen Baustellen in Downtown von Miami arbeitete, spürte Fernando die Verachtung der älteren kubanischen Emigranten, die ihn ebenfalls als Abschaum betrachteten, denn zu seinem neuen gesetzlichen und rassischen Status als *hispanic* mit Arbeitserlaubnis, aber ohne unbefristete Aufenthaltsgenehmigung kam jetzt noch die entwürdigende gesellschaftliche Kategorie eines *marielito* hinzu, eines Emigranten also, der Kuba über den Hafen von Mariel verlassen hatte. Später dann, getrieben von dem Wunsch nach Luftveränderung und von dem Bedürfnis, sich selbst zu finden, fuhr er nach Norden. Es begannen die drei Jahre in Union City, New Jersey, wo er weiterhin ein *hispanic* und *marielito* blieb und darüber hinaus die Kälte ertragen musste, die ihm in dem langen Winter jeden Morgen entgegenschlug, wenn er sein kleines Apartment verließ, um in den Omnibus zu steigen, der ihn nach Manhattan brachte, wo er eine Arbeit als Wärter im Guggenheim-Museum bekommen hatte. Vier Jahre lang wartete er auf seine offizielle, unbefristete Aufenthaltsgenehmigung in den Vereinigten Staaten, die ihm, kaum hatte er sie erhalten, lediglich dazu diente, eine weitere Reise zu unternehmen, diesmal nach Spanien, auf der Suche nach seinem verlorenen Ich oder wenigstens nach einer anderen Umgebung, anderen Bräuchen und dem heiß geliebten Klang seiner Muttersprache.

Von da an wohnte er in einer Dachwohnung im Zentrum von Madrid, die er vor Jahren für wenig Geld angemietet hatte. Zuerst arbeitete er als Aushilfe in einer Bibliothek und nach einem Jahr dann als Lehrer in einem Gymnasium, wo er spanische Sprache und Literatur unterrichtete. Allerdings waren seine Schüler mehr an Rockmusik, Partys und Alkohol interessiert als an den Abenteuern Don Quijotes, der Lyrik Lorcas und dem korrekten Gebrauch des Gerundiums. Immerhin gelang es Fernando, sein Leben in den Griff zu bekommen. Er hatte einige mehr oder weniger glückliche Liebesbeziehungen, gewann wenige, aber gute Freunde, mit denen er Bücher austauschte, ins Kino und ins Café ging, und er schrieb sogar ein paar Gedichte. In den ersten Jahren nutzte er seine freie Zeit, um Bücher über Kuba, seine Geschichte und seine Literatur zu lesen, wobei er sich fest vornahm, weder seine Ausdrucksweise zu ändern noch seinen kubanischen Akzent zu verlieren, auch wenn es ihn Überwindung kostete, sich statt nach der *Guagua* nach dem Bus zu erkundigen oder Socken anstatt Strümpfe zu kaufen. Es verging kein Tag, an dem er nicht an Kuba dachte, obwohl er wusste, dass eine Rückkehr ausgeschlossen war aufgrund seines Status als »definitiver Emigrant«, eine Art unbefristetes Exil, das nur in ganz speziellen Fällen und nur mittels höchst komplizierter Formalitäten rückgängig gemacht werden konnte. Und so erlebte er die Gegenwart als eine beklemmende Verlängerung der Vergangenheit, bis zu dem Morgen, an dem er beim Aufwachen den Wunsch verspürte, Musik zu hören. Er legte eine Platte mit kubanischen Liedern, die er am Vortag in einem Secondhand-Plattenladen gekauft hatte, auf seinen prähistorischen Plattenspieler, und als er *Linda Cubana* von Eduardo Sánchez de Fuentes hörte, überfiel ihn die schmerzvolle Gewissheit, dass es für seine psychische Gesundheit das Beste wäre, Kuba und, vor allem, seine eigene Vergangenheit zu vergessen. Fernando erinnerte sich noch daran, wie er die Platte vom Plattenteller genommen, in den Spiegel geschaut und sich fest vorgenommen hatte, seine Erinnerungen abzutöten, der Versuchung, mit seinen Nachforschungen über das 19. Jahrhundert Kubas fortzufahren, zu widerstehen und auf eine hartnäckig verfolgte Zugehörigkeit zu verzichten, die ihn nur schwermütig und rachsüchtig werden ließ.

Fernando griff nach Delfinas Hand und umschloss sie so fest, als fürchte er, im Sand zu versinken. Noch immer schnürte es ihm die Kehle zu, wenn er den Deckel seiner Erinnerungen lüftete, und zum ersten Mal erzählte er, wie es ihm bei der notwendigen Amputation der Vergangenheit am meisten geholfen hatte, sich an die Unterhaltung zu erinnern, die er in Miami mit dem alten Eugenio Florit geführt hatte, der seit den Fünfzigerjahren freiwillig im Exil in den Vereinigten Staaten lebte. Jener in Spanien geborene Dichter hatte sich dafür entschieden, Kubaner zu werden. Bereits zu Lebzeiten ein Mythos, gleichzeitig aber in seinem Geburtsland vergessen und aus seiner selbstgewählten Heimat verbannt, war er ein Zeitzeuge einer so fernen Vergangenheit wie den Zwanzigerjahren, in denen er durch seine avantgardistischen Gedichte, erneuernde und reine Poesie mit ursprünglichen, klangvollen Adjektiven, bekannt geworden war. Seine Verse, die Fernando in zerlesenen, in Antiquariaten aufgestöberten Exemplaren entdeckt hatte, waren eine Offenbarung von urwüchsiger Kraft für den Dichterlehrling, der auf Umwegen mit einer der bedeutendsten Stimmen seines Landes bekannt geworden war. Einem Dichter, der in Universitätsseminaren nur selten erwähnt wurde, jedoch wunderschöne Zehnzeiler über das Meer, die Luft und das Licht der Tropen verfasst hatte, die geprägt waren von der sonderbaren Ahnung einer Sehnsucht nach einer Welt, die er irgendwann verlieren sollte.

Eines Sonntagmorgens war Fernando zu dem kleinen Haus in South West gepilgert, in dem Florit mit seinem nur wenige Jahre jüngeren Bruder Gerardo wohnte. Er hatte ihn zwei Tage zuvor angerufen, und nachdem er ihm fast schreiend erklärt hatte, er habe mit einer Arbeit über Heredia sein Universitätsstudium abgeschlossen und kenne seine Gedichte, hatte der alte Florit gesagt, es würde ihn freuen, ihn kennenzulernen, und ihn zu einem Frühstück eingeladen, um zehn, nach der Sonntagsmesse.

Um zwei Minuten nach zehn drückte Fernando auf die Klingel, die hohl im leeren Haus widerhallte. Er versuchte es noch ein paar Mal, und als er schon daran dachte, ums Haus herum in den Garten zu gehen, sah er einen giftgrünen alten Ford aus den Sechzigern herankommen, aus dem ihm eine Hand zuwinkte. Nach seinen Berechnungen musste Florit dreiundachtzig sein, doch der schlanke Mann im blütenweißen kubanischen Leinenhemd, der *Guayabera*, der dem Wagen auf der Beifahrerseite entstieg, wirkte sehr viel jünger.

»Gerardo fährt nicht über dreißig Meilen«, sagte er entschuldigend und zeigte auf den anderen alten Mann, der gerade den Wagen abschloss und ihm zulächelte. »Komm, Gerardo wird uns Frühstück machen.«

Statt zum Haupteingang zu gehen, steckte der Dichter den Schlüssel in eine Tür, hinter der Fernando die Garage vermutete.

»Komm rein«, forderte der Alte ihn auf, und sogleich hatte Fernando das Gefühl, wie Alice durch den Spiegel das Wunderland zu betreten. Die Wände des etwa vier mal sechs Meter großen Zimmers waren bis zur Decke mit Büchern vollgestopft, und den wenigen freien Raum an den Wänden nahmen die Werke kubanischer Maler ein: ein Kirchenfenster von Amelia Peláez, eine Stadtansicht von Portocarrero, eine Landschaft von Romañach, eine Mulattin von Carlos Enríquez, Bauern von Abela, ein Aquarell von Mijares. Auf dem Notenständer eines schwarzen Klaviers stand eine abgegriffene Partitur von Sánchez de Fuentes, und von einem der Regale hing eine ausgeblichene kubanische Fahne herab. Während der Alte sich an der Klimaanlage zu schaffen machte, ging Fernando zu den Bücherregalen, um sich die Titel und, vor allem, die Autorennamen anzusehen: Mañach, Ichaso, Lezama, Baquero, Villaverde, jede Menge José Martí, Casal, Mariano Brull, Eliseo Diego, Regino Boti, Heredia ... Gab es hier nur kubanische Autoren, nur kubanische Maler, nur kubanische Musiker, nur die kubanische Fahne?

Als Fernando sich umwandte, saß Florit bereits in einem der beiden Schaukelstühle, die mitten im Raum standen. Er wirkte kleiner als vorher, als ob die *Guayabera* größer geworden wäre und sich in ein Leichentuch verwandelt hätte.

»Sind das alles Bücher von kubanischen Autoren?«, fragte Fernando und setzte sich in den anderen Schaukelstuhl.

»Was? Ach ja, entschuldige«, sagte der Hausherr, holte ein Hörgerät aus einer der Taschen seiner *Guayabera* und steckte es sich ins Ohr. »Ich bin nämlich stocktaub. Was hast du gesagt?«

»Ob alle Bücher von Kubanern sind.«

»Aber nein, nicht alle. Da drüben stehen die Spanier, dort die Engländer und Amerikaner. Aber die meisten sind Kubaner, ja. Viele davon habe ich aus Kuba mitgebracht, die anderen hab ich nach und nach hier gekauft. Meine Bibliothek ist siebzig Jahre alt.«

Die Klimaanlage war voll aufgedreht, und im Zimmer wurde es kühl. Fernando begann zu zittern, doch er schrieb das der Kälte zu und nicht der schmerzhaften Erkenntnis, dass der alte Mann, der Kuba vor mehr als dreißig Jahren verlassen hatte, nie von der Insel fortgegangen war. Da erst entdeckte er, dass es in dem Raum weder Fenster noch Oberlichter gab. Nur das kalte Licht zweier Lampen erhellte die irreale Szene, in der die erstickende Außenwelt, der der Dichter entsagt hatte, komplett ausgeblendet war.

»Sie sind niemals nach Kuba zurückgekehrt, nicht wahr?«

»Nein, ich habe das Land für immer verlassen. Früher habe ich manchmal daran gedacht, zurückzukehren, Freunde wiederzusehen, aber jetzt nicht mehr. Niemand kennt mich dort mehr, man erinnert sich nicht mehr an mich. Alle meine Bekannten sind tot. Nur ich bin noch übrig.«

»Und Sie haben seither nichts mehr geschrieben?«

»Ich verbringe meine Tage hier in der Bibliothek, lese viel, spiele Klavier, was mir großen Spaß macht, höre Opern und Zarzuelas, aber schreiben, nein, schreiben tue ich fast nichts mehr. Ich fühle mich leer, wie ausgetrocknet.«

Gerardo klopfte an die Tür und kam mit einem Tablett in Händen herein: zwei weiße Tassen Milchkaffee, mit Butter bestrichene Toastbrote und zwei dickwandige weiße, mit grünem Rand verzierte Espressotässchen. Während er seinen Bruder Eugenio ermahnte, seine Vitamintabletten zu nehmen und sich die *Guayabera* nicht zu bekleckern, stellte er das Tablett auf den Klavierhocker und schob diesen zwischen die beiden Schaukelstühle. Er tat das mit sicheren, bestimmten Bewegungen, was vermuten ließ, dass er dieses Ritual jeden Tag wiederholte.

»Lasst es euch schmecken«, sagte er, wobei er Fernando anblickte, und ging hinaus.

»Danke, Gerardo … Bedien dich, Fernando«, forderte Florit seinen Gast auf, während er das Toastbrot in den Milchkaffee tunkte. »Das ist mein tägliches Frühstück.«

Fernando beobachtete den Alten, der langsam seinen Toast kaute und sich weit vorgebeugt hatte, um die makellos weiße *Guayabera* nicht zu beschmutzen. Der Dichter erinnerte ihn an einen schutzlosen, hässlichen kleinen Vogel in winterlicher Kälte.

»Siehst du die Espressotassen? Ich hab zwölf aus Kuba mitgebracht, und nur vier sind übrig geblieben. Ich liebe diese Tassen … Hab sie alle im Café Vista Alegre geklaut, Stück für Stück«, fügte er mit einem verschmitzten Lächeln hinzu, das er über die Zeit hinweggerettet hatte.

»Wie ist es Ihnen in all diesen Jahren außerhalb von Kuba ergangen?«, traute sich Fernando zu fragen, ohne genau zu wissen, was er von dem Alten hören wollte.

»Ziemlich beschissen, wie allen Exilanten. Ich bin seit vielen Jahren nicht mehr am Meer gewesen, was ich in Kuba am liebsten gemacht habe. Ich verlasse nur noch das Haus, um zur Kirche oder in die Oper zu gehen, und es interessiert mich nicht mal mehr, ob die Saison gut ist. In der Kirche und in der Oper wird immer dasselbe gespielt, nicht wahr? Ich schreibe so gut wie nichts mehr und werde von fast keinem gelesen. Hier weiß niemand, wer ich bin, und es will auch niemand wissen. Das Gleiche gilt für Kuba. Die meisten glauben, ich wär seit Jahren tot. Das Dumme ist nur, dass ich selbst nicht weiß, wann ich sterben werde. Meine Strafe besteht darin, immer der Älteste zu sein. Ich habe alle überlebt: Brull, Ballagas, Lezama, Eliseo, der fast noch ein Kind war … Frühstückst du nicht?«

»Nein, danke … Na gut, einen Kaffee«, sagte Fernando und versuchte einen Schluck zu trinken. Seine Kehle war wie zugeschnürt, und er verspürte nicht mal das Bedürfnis, eine Zigarette zu rauchen. Die abgrundtiefe Einsamkeit des Dichters war wie ein vielschneidiges Schwert, das jede Hoffnung zerschnitt.

»Weißt du, warum ich mich immer hier in diesem Raum aufhalte? Der Rest des Hauses ist wie ein Gehege. Gerardos Tochter ist von Geburt an verrückt, ihre Mutter starb bei der Geburt, und er wollte das Mädchen nie in ein Heim geben. Das Haus ist praktisch nur für sie da. Gerardo bindet sie mit einer langen Leine fest, so kann sie sich frei bewegen, kommt aber nicht bis zur Tür. Wenn sie einen Anfall hat, schreit sie wie der Satan persönlich. Dann schließe ich mich hier ein, dreh die Klimaanlage voll auf, leg eine Oper auf und nehm das Hörgerät raus. Sie ist jetzt fünfundvierzig, und wenn sie auf die Florits rauskommt, stirbt sie nie.«

Als Fernando die Geschichte von der Nichte hörte, die wie ein Hund angekettet war, spürte er, wie seine Beklemmung wuchs. Er hatte das Gefühl zu ersticken. Irgendwie lebt auch der Dichter ein Leben an der Kette, dachte er: angekettet an die Bücher, die Gemälde, die Musik, die Fahne, die Kaffeetassen aus dem Land, in dem er so viele Jahre gelebt und geschrieben hatte. Angekettet an ein Leben, das es seit vielen Jahren nicht mehr gab. Florits Exil war ein Gefängnis, und sein einziger Trost bestand darin, Kuba auf einer anderen Insel von vier mal sechs Metern neu errichtet zu haben.

»Ich habe mich daran gewöhnt, die Welt aus diesem sonderbaren Winkel heraus zu betrachten, fern von allem. Aber meine Vergangenheit konnte ich nicht abtöten … Ich glaube, das kann niemand … Was solls … Ich möchte dir etwas vorspielen«, sagte der Greis. Er stellte das Tablett auf den Schreibtisch und schob den Hocker zum Klavier. »Von Onkel Eduardo.«

»Onkel Eduardo?«

»Sánchez de Fuentes«, erklärte Florit. »Wusstest du nicht, dass er mein Onkel war?«

Fernando schüttelte den Kopf, doch der Alte saß bereits am Klavier. Er hatte kurze, knochige Finger. Die Finger eines Toten. Mit diesen Fingern nahm er nun das Hörgerät heraus und fing an, die richtigen Tasten zu suchen. Und Fernando lauschte der Melodie von *Linda Cubana*.

Er spürte, wie die Angst ihm die Kehle zuschnürte, während er einen ganz neuen Blick auf die streng ausgerichteten, hundert Jahre alten Kasuarinen warf, deren runzlige Borken mit tausend Initialen, Herzen und weniger romantischen Schnitzereien tätowiert waren; auf den gepflasterten Weg, der sich, dunkel und schmutzig, in der Ferne verlor, bevor er das Meer erreichte; auf den Marmorsockel mit der schlichten Martí-Büste, die an die Stelle der riesigen Statue von

Fernando VII. getreten war, jener Statue, die junge Leute, darunter auch er selbst, im Jahre 1900 vom Sockel gestoßen hatten, glücklich darüber, ihre aufgestaute Wut an ihr auslassen zu können und die Symbole der Kolonialmacht zu zerstören, die sich mit unerbittlicher Grausamkeit an den letzten, bereits unkontrollierbaren Zipfel ihres verlorenen Reiches geklammert hatte. Doch José María Heredias Blick, der den von Cristóbal Aquino nach Belieben manipulieren konnte, schärfte seine Sinne und ließ ihn einen Ort neu entdecken, der ihm bis vor wenigen Tagen noch banal und vertraut vorgekommen war wie so viele andere Orte jener Stadt, die er seit seiner längst vergangenen Kindheit gekannt hatte und die nun ganz neue, aufschlussreiche Bedeutungen erlangten.

Cristóbal Aquino ging bis zum Ende der Allee. Er wusste, dass er zu früh dran war, doch er hatte das Bedürfnis, möglichst viele der Eindrücke, die er in seinem langen Leben gesammelt hatte, neu zu ordnen. José María Heredias schonungsloses Geständnis ging ihm, und das würde vielleicht bis zum Ende seiner Tage so sein, nicht mehr aus dem Sinn. Mit angehaltenem Atem hatte er die Lebensbeichte gelesen, die ihm die tiefe Menschlichkeit jenes Mannes offenbart hatte, den er immer für entschlossen, genial, unerreichbar gehalten hatte und für den er nun so etwas wie ein verschämtes Mitgefühl empfand. Doch besonders hartnäckig verfolgte ihn die Erinnerung an die Gefühle, die der Verbannte beschrieb, als er sich auf dem Totenbett jenen Tag im Jahre 1836 ins Gedächtnis rief: Kurz nach der Einweihung der prachtvollen Allee, des Paseo Nuevo, Ausdruck des schändlichen, durch Zuckerrohr und Sklavenhaltung erlangten Glanzes von Matanzas, war er zwischen ebendiesen, noch jungen Kasuarinen mit damals noch makelloser Rinde über das glänzende Pflaster geschritten, bis er vor der Statue des spanischen Königs stand, der seine Existenz als Mensch und Dichter beeinflusst hatte, so wie man eine willenlose Marionette manipuliert. Und dort hatte sich Heredia gefragt, welches der wahre Sinn seines Lebens sei, eines von Verrat, Entwurzelung und Vergessen zerstörten und immer von den Zielen der Politik und der Tyranneien abhängigen Lebens. Ebenso wenig konnte sich Cristóbal Aquino von der Erinnerung an das letzte Gespräch Heredias mit Lola Junco in derselben Stadt am Morgen des 26. Dezember 1836 befreien, denn es erschien ihm wie der Schlusspunkt und Gipfel einer unverhältnismäßigen Strafe, die imstande gewesen wäre, auch den unempfindlichsten aller Männer zu vernichten, und die das engelhaft reine und zweifelnde Wesen getötet hatte, das der gefeierte »Sänger des Niagara« immer gewesen war.

Nach dem Öffnen des Umschlags, in dem das alte Dokument schlummerte, das zu vernichten er geschworen hatte, machte Cristóbal Aquino eine der ungewöhnlichsten Erfahrungen seines langen Erdenlebens: Sechzehn Stunden lang tat er nichts anderes, als zu rauchen und jene einzigartigen Erinnerungen zu lesen, völlig in Anspruch genommen von den ausgeblichenen, doch trotz der fast hundert Jahre, die seit ihrer Niederschrift vergangenen waren, lebendigen Seiten. Die Gewissheit, Zeuge eines unwiederholbaren Aktes zu sein, schonungslos konfrontiert mit einer privaten Tragödie, die ihre Tentakel in alle vier Himmelsrichtungen der Nachwelt ausstreckte, hatte seine ohnehin geringe Überzeugung in Bezug auf das einem mehr Toten als Sterbenden gegebene Versprechen ins Wanken gebracht.

An den darauffolgenden Tagen, an denen sich das Gefühl einer Verantwortung, die ihn überforderte, keineswegs legte, hatten sich seine Zweifel noch vermehrt und ihm den Schlaf und die gewohnte Ruhe seines täglichen Lebens geraubt. Aus diesem Grund hatte er sich mit Carlos Manuel Cernuda verabredet und dafür in voller Absicht diesen in Heredias Erinnerung unglückseligen Ort gewählt, wo die Kasuarinen, das Meer und die Geschichte ihm vielleicht helfen würden, die einzig richtige Entscheidung zu treffen.

Punkt zehn bog Cernuda, wie vereinbart, von der Stadt kommend in die Allee ein, und Aquino ging vom anderen Ende her auf ihn zu. Wenige Meter von dem Sockel entfernt, auf dem die Büste Martís stand, zu dessen Ehren die Allee direkt nach der Gründung der Republik umgetauft worden war, gaben sich die beiden Männer die Hand, wobei sie dem Händedruck das geheime Erkennungszeichen der Freimaurer hinzufügten, und setzten sich auf eine der Granitbänke, mit dem Rücken zur Stadt, das Gesicht dem grünlichen Meer der Bucht zugewandt.

»Ich kann es nicht, Carlos Manuel.«

Aquino holte eine seiner Havannas heraus und schob sie sich zwischen die Lippen. »Hast du es gelesen?«

»Ich musste es tun.«

»Verstehst du mich jetzt? Weißt du jetzt, warum ich mich geweigert habe? José de Jesús hat sich nicht getraut, und Ramiro Junco auch nicht … Es ist Heredia gegenüber nicht recht«, fügte Cernuda hinzu und unterstrich seine Worte mit einem energischen Kopfschütteln, immer und immer wieder.

»Die Juncos sind nicht die Einzigen, die sich schwarzärgern werden. Da sind auch noch die Nachfahren von Del Monte, von Echevarría, von den Aldamas … Einige von ihnen sind Freimaurer, weißt du das?«

»Natürlich weiß ich das.«

»Und der Cernuda, von dem Heredia spricht?«

»Das war mein Großvater«, erklärte der andere.

»Was machen wir jetzt?«

»Ich werde gar nichts machen. Das habe ich José de Jesús bereits gesagt …«

»Hör auf damit, Cernuda, du musst mir helfen.«

Aquino hatte den Auftrag José de Jesús' und die in dem Manuskript verborgene Wahrheit auf die Waagschalen gelegt, und das Zünglein an der Waage hatte angezeigt, dass die grundsätzliche Treue zu dem Dichter und seinem Andenken es verlangte, das Dokument zu retten und zu veröffentlichen.

»Willst du wirklich, dass ich dir helfe?«, fragte Cernuda, ohne seinen Freund anzusehen.

»Deswegen habe ich dich angerufen.«

»Gut, du tust gar nichts. Du suchst dir höchstens jemand anderen, der entscheiden soll.«

»An wen denkst du?«

»An Ricardito Junco …«

Aquino konnte ein Lächeln nicht unterdrücken. Er hatte bereits an die Möglichkeit gedacht, dass die Erben von Ramiro Junco und somit von José María Heredia bei der Entscheidung über das Schicksal der Memoiren des Dichters das letzte Wort haben sollten; aber allein der Gedanke daran, dass ein Mann wie Ricardo Junco über die Zukunft des Manuskripts entscheiden würde, bereitete ihm tiefstes Unbehagen.

»Ricardito ist nicht Ramiro«, sagte er und steckte endlich die Havanna in Brand.

»Das weiß ich auch. Er ist Politiker …«

»Sag besser, er ist ein Gauner. Wie alle, die in Machados Schatten leben.«

»Aber er hat ein Anrecht darauf, das ihm keiner streitig machen kann. Heredias Manuskript gehört ihm, weil er Ramiros ältester Sohn ist. Und weil es ihm außerdem schaden kann.«

»Der scheißt doch auf alles, Cernuda. Er ist ein Finanzhai und wird mit jedem Tag reicher. Diese Allee hier war das Geschäft seines Lebens.«

»Das geht dich nichts an. Es hat nichts zu tun mit …«

»Doch, hat es, und das weißt du ganz genau.«

»Dann gib ihm das Manuskript eben nicht und entscheide selbst. Verbrenn es, bewahre es auf, veröffentliche es, mach mit ihm, was du für richtig hältst …« Cernuda stand auf, offenbar entschlossen, sich zu entfernen.

»Aber was …«, begann Aquino und stand nun ebenfalls auf, »was hast du nur mit diesen Papieren? Ist es wegen deines Großvaters?«

Cernuda ging zwei Schritte, dann drehte er sich um. »Gar nichts. Oder sehr viel … Ich hab mit dieser Geschichte nichts zu tun. Ich bin weder ein Junco noch ein Del Monte noch sonst wer. Und mein Großvater hat sein Leben gelebt, ohne mich zu fragen, wie ich darüber denke. Das Einzige, was ich glaube, ist, dass das Manuskript veröffentlicht werden muss. Soll sich doch ärgern, wer will. Aber ich will mit der ganzen Sache nichts zu tun haben. Es ist nicht mein Problem.«

»Sei nicht egoistisch! Es ist sehr wohl auch dein Problem. Die Geschichte dieses Landes ist dein Problem, was Heredia über die Tyrannen sagt, ist dein Problem … Verstehst du, was ich meine?«

»Du redest wie Del Monte. Fragst einen, ob man versteht, was man gar nicht missverstehen kann … Aber ich will mich nicht darauf einlassen. Die Geschichte dieses Landes, von der du redest, lehrt mich, dass es das Beste ist, sich nicht einzumischen und sein Leben zu leben. Und wenn man das Glück hat, es unauffällig tun zu können, seine Haltung zu verteidigen. Mir sind die Juncos und Del Montes und mein Großvater, was immer er auch war, scheißegal, hörst du? Heredias Manuskript hat nämlich nichts mit den Juncos, den Del Montes oder den Cernudas zu tun, sondern mit etwas sehr viel Größerem, und das nennt sich Wahrheit. Aber in diesem Land war das fast nie zu irgendetwas nütze.«

Während Carlos Manuel Cernuda sich entfernte, spürte Cristóbal Aquino wieder, wie die Angst ihm wie mit Zangen die Kehle zuschnürte. Sein Freimaurerbruder, der einzige Mensch auf Erden, der von der Existenz des Manuskripts wusste, interessierte sich nicht dafür, was mit ihm geschehen sollte, und ließ ihn mit der unangenehmen Entscheidung allein. Die Unterhaltung mit ihm hatte seine Zweifel nicht zerstreut, sondern noch vergrößert, ihm jedoch auch einen gefährlichen Weg zur Lösung des Problems gewiesen: Der Name Ricardo Junco, Gouverneur der Provinz Matanzas, war ein mögliches Steinchen in diesem Dominospiel, das mit der nächsten Partie entschieden zu werden drohte.

Vollkommen erschöpft ging Aquino Richtung Meer zum äußersten Punkt des Paseo Martí. Er verließ den gepflasterten Abschnitt und ging über die vom Wasser der ausladenden Bucht beleckten Felsen. Zu seiner Rechten sah er die Mündung des Yumurí und, nur zweihundert Meter entfernt, die des San Juan, wo gerade eine spiegelblanke Luxusjacht mit geblähten Segeln ins Meer glitt, am Heck eine kleine kubanische Flagge, die im Wind flatterte. Aquino wusste nicht, wer die Besitzer der Jacht waren, und es interessierte ihn auch nicht; doch er stellte sie sich elegant vor, gepflegt, glücklich, mit sauberen Händen und ruhigem Gewissen. Bestimmt hatten sie vergessen, dass all diese Schönheit vor erst rund hundert Jahren entstanden war, als nämlich die Sklaven, auf deren Arbeit und Schweiß der Reichtum der Stadt gründete, auf ebendiesem Fluss zu den Zuckerrohrplantagen des Tales gebracht worden waren. Und dass deren Eigentümer jahrelang dafür gesorgt hatten, das Ende der Sklaverei und der Abhängigkeit Kubas noch lange hinauszuzögern. Aquino wurde sich bewusst, dass er den Prunk und den Reichtum von Matanzas bisher noch nie mit diesen Augen betrachtet hatte, klarsichtig und voller Groll, und er glaubte, dass es auch nie dazu gekommen wäre, hätte er nicht mit Heredia den Roman seines Lebens geteilt.

$\mathcal{P}$LÖTZLICH VERÄNDERTE SICH ALLES. Deutlich spürte ich den hinterlistigen Dolchstoß in meinem Rücken, und in diesem Moment wurde mir klar, dass die Illusion, in Mexiko eine neue Heimat gefunden zu haben, genau das bleiben würde: eine Illusion, die sich vor meinen Augen in Luft auflöste.

Alles begann, als Präsident Victoria beschloss, dass es nicht reiche, mich zum Bezirksrichter von Veracruz gemacht zu haben, und mich bat, in Mexiko-Stadt zu bleiben, da er noch Größeres mit mir vorhabe. Diese Wartezeit nun nutzte der Senator und Priester José María Alpuche, Sprecher der konservativen schottischen Freimaurerloge und erbitterter Gegner Victorias, und reichte beim Senat eine Klage ein mit dem Ziel, mich als fürs Richteramt unfähig erklären zu lassen. Ich sei kein Mexikaner, wie es das Gesetz vorschreibe, nicht einmal fünfundzwanzig Jahre alt, und könne deshalb das Amt nicht bekleiden.

Als Reaktion auf diese Attacke bat ich den Präsidenten, mir die mexikanische Staatsbürgerschaft zu verleihen, und korrigierte meinen Lebenslauf, indem ich aus meinen, wie es der Wahrheit entsprach, dreiundzwanzig Jahren deren fünfundzwanzig machte. Ich suchte sogar nach Zeugen, die das bestätigten, und versicherte, mein Universitätsstudium 1812 in Santo Domingo begonnen zu haben. Doch mir war klar, dass nichts von dem, was ich unternahm, einen Sinn hatte, und nachdem der Senat seinen Richterspruch getroffen und Alpuches Einspruch gegen die Entscheidung des Präsidenten abgewiesen hatte, beschloss ich, auf den Posten zu verzichten und bei meiner geliebten Jacoba in Mexiko-Stadt zu bleiben.

Zur Entschädigung bot mir der Präsident das Richteramt im nahe gelegenen Cuernavaca an und sicherte mir ein angemessenes Gehalt von fünftausend Pesos zu. Erfreut nahm ich an und widmete mich fortan an den Wochentagen meiner Arbeit, während ich die Wochenenden in Mexiko-Stadt verbrachte, bei meiner Verlobten, die ich nach unserer baldigen Hochzeit zu mir nach Cuernavaca kommen lassen wollte. Doch inmitten der wiedergewonnenen Ruhe ahnte ich, dass neue Stürme bevorstanden, und vielleicht deswegen kehrte die so lange abwesende Poesie wieder zu mir zurück. In jenen Monaten schrieb ich mehrere Gedichte, die ich Jacoba widmete, und zudem einige meiner letzten patriotischen Werke.

Während dieser friedvollen Ruhepause voller Poesie kam der September 1827. Ich ehelichte Jacoba, um meinem Leben jene Realität zu verleihen, die ihm, wie ich meinte, bisher gefehlt hatte, diesem Leben voller unvorhergesehener Ereignisse, die weniger von mir gewollt oder gesucht als vom Schicksal auferlegt waren. Endgültig real begann alles zu werden, als meine Frau mir Ende des Jahres mitteilte, dass sie schwanger war. Natürlich dachte ich in jenen Tagen an Lola, doch nun schaute ich mehr in die Zukunft als in die Vergangenheit, denn ich spürte, dass mein Leben Kurs auf die herbeigesehnte Normalität nahm. Ich kümmerte mich um die Veröffentlichung meiner Gedichte und darum, meine schöne junge Gattin glücklich zu machen, die reale, die mich jeden Tag mit ihrer körperlichen und geistigen Liebe belohnte. An schönen Tagen gingen wir in Cuernavaca spazieren, begleitet von dem Hund, den Jacoba unbedingt hatte haben wollen und den wir *Hatuey* tauften, nach dem von den spanischen Konquistadoren ermordeten Indianerhäuptling.

Regelmäßig erhielt ich Briefe aus Kuba, und so erreichten mich die Nachrichten von meinem wachsenden Ruhm in der Heimat. Mit Domingo hingegen korrespondierte ich wenig, denn obwohl ich ihm ausdrücklich verziehen hatte, war unsere Freundschaft nicht mehr dieselbe. Um meine Gleichgültigkeit zu rechtfertigen, ging ich sogar so weit, ihn wissen zu lassen, dass ich ihm nicht häufiger schriebe, weil ich ihm mögliche Nachteile ersparen wolle, die es für einen jungen, brillanten, obendrein in Spanien promovierten Rechtsanwalt mit sich bringen könne, wenn er Briefe von einem Verbannten erhalte. Seltsamerweise steckte er den Schlag elegant weg und machte mir deswegen kaum Vorwürfe, beschwerte sich lediglich, dass ich ihm, dem alten Freund, nicht häufiger schrieb. Mehr auf literarische Ratschläge und künstlerische Projekte als auf persönliche Mitteilungen gerichtet, kochte unsere Korrespondenz eine Zeit lang auf der Sparflamme unserer Beziehung, auch wenn ich ihn nach wie vor liebte und davon ausging, dass all das an dem glücklichen Tag vorbei wäre, an dem wir uns Auge in Auge gegenübersitzen und miteinander reden würden, so wie es bisher immer gewesen war.

Traurig, um nicht zu sagen verheerend war es für mich, den Brief meiner Schwester Ignacia zu erhalten, in dem sie mir von der schrecklichen Krankheit des wunderbaren Silvestre berichtete und mir seinen unfassbaren Tod mitteilte. Ich wollte es nicht glauben und war mehrere Tage wie von Sinnen vor Schmerz. Ich weigerte mich, das Unabänderliche zu akzeptieren, sagte mir immer wieder, Gott könne nicht so grausam sein, so viele verachtenswerte, gemeine, abstoßende Menschen am Leben zu erhalten und diesen jungen Menschen, den niemals hinterlistige Gedanken, weder Hass noch Groll beschlichen hatten, aus unserer Mitte zu reißen. Der ehrbarste aller Menschen, die kennenzulernen mir vergönnt war, hatte sich nun mit dem anderen engelsgleichen Wesen unserer Generation vereint, dem intelligenten und großzügigen Cayetano Sanfeliú, der zwei Jahre zuvor gestorben war …

Aus dieser Depression befreite mich glücklicherweise die Geburt unserer ersten Tochter, die ich nach meiner Mutter María de la Merced nannte. Winzig und lebhaft, wie es meine Schwester Ignacia gewesen war, stand die Kleine von nun an im Mittelpunkt meines Lebens, wurde der Stolz ihrer Mutter und die Leidenschaft ihrer mexikanischen Großeltern, und ich wünschte mir sehr, dass meine Familie das Glück hätte, sie kennenlernen zu dürfen.

Zur selben Zeit begann ich damit, eine neue Ausgabe meiner Gedichte vorzubereiten, da die erste bereits vergriffen war. Ich hatte vor, die Sammlung aus dem Jahre 1825 zu aktualisieren und meine patriotischen und politischen Verse in einem eigenen Band unter dem Titel *Amerikanische Gedichte* herauszubringen. Aber der jämmerliche

Zustand der mexikanischen Druckereien und der hohe Preis, den die in New York verlangten, zwangen mich, das Projekt zurückzustellen. Denn auch wenn mir mein Gehalt ein ordentliches Auskommen sicherte, so reichte es doch nicht für einen solchen poetischen Luxus, nicht einmal dafür, meiner Mutter regelmäßig eine Unterstützung zukommen zu lassen, die wohl auf ewig im Hause ihres Bruders Ignacio wohnen würde.

Während ich mich in meinem Leben einzurichten versuchte, begann der fast totale Friede, den Mexiko in den letzten Jahren erlebt hatte, angesichts der bevorstehenden Wahlen Risse zu bekommen. Und unversehens geriet ich mitten in die nun aufbrechenden politischen Kämpfe, denn Präsident Victoria hatte beschlossen, mich zum Abgeordneten der nächsten Legislaturperiode zu machen. Entsetzt entdeckte ich, bis zu welchem Punkt die große Politik des Landes in den Geheimzellen der Freimaurerlogen entschieden wurde, welche sich in zwei Lager aufteilten: zum einen die liberalen und republikanischen Yorker, zum anderen die konservativen und monarchistischen Schotten. Letztere, Gegner von Präsident Victoria, hatten Manuel Gómez Pedraza zum Spitzenkandidaten ernannt, einen gewandten Redner ohne weitere politische Verdienste als seine rhetorischen Fähigkeiten. In dieser aufgeheizten Atmosphäre, in der man wie gewöhnlich die »Ausländer« beschimpfte und beschuldigte, das wirtschaftliche und politische Leben des Landes zu dominieren, beschlossen die Abgeordneten der einzelnen Bundesstaaten in einer Vollversammlung, Gómez Pedraza die Präsidentenschärpe umzulegen. Dies sollte nur das Vorspiel für einen langen und blutigen Bürgerkrieg sein, der in den darauffolgenden zehn Jahren zu endloser Anarchie führte, dreizehn Präsidenten an die Macht brachte und das Ende von Frieden und Wohlstand bedeutete. Es war der Anfang einer nutzlosen Schlacht, die das Land erneut in ein Chaos von Raub und Mord stürzte, aus dem es allem Anschein nach wohl kein Entrinnen gibt.

Am 16. September 1828 stieg ich auf der Plaza Mayor von Cuernavaca aufs Podium und hielt eine feierliche Rede zum Jahrestag des *Grito de Iguala*, des Schreis nach der Unabhängigkeit Mexikos. Ich sagte – und so stand es in mehreren Zeitungen der Republik: »Lasst uns nie vergessen, dass Gerechtigkeit die Basis der Freiheit ist, dass es ohne Gerechtigkeit keinen Frieden und ohne Frieden weder Vertrauen noch Wohlstand und Glück geben kann.« Und ich verlangte, die Verfassung zu respektieren und die politischen Exzesse zu verhindern, die uns drohten, seit am selben Morgen bekannt geworden war, dass sich in Jalapa General Santa Anna gegen den Senat erhoben hatte … Von diesem Augenblick an überschlugen sich die Ereignisse. Auch ich geriet in diesen Strudel, als ich mich in meiner neuen Position als Bundesanwalt des Staates Mexiko gezwungen sah, mit dem Schwert in der Hand die Gerechtigkeit zu verteidigen, als unmittelbar nach dem Militäraufstand eine Gruppe von Verbrechern, die sich »das Volk« nannte, die Geschäfte der Hauptstadt stürmte und plünderte. Dort musste ich mich zu meinem Kummer an der gewaltsamen Niederschlagung des Aufstandes beteiligen, und ich wurde Augenzeuge schrecklicher Szenen von Verstümmelungen und Morden.

Die Vorahnung, dass Mexiko nur die Wahl zwischen Despotismus und Anarchie hatte, schmerzte mich. Ganz offensichtlich verwirrte ein furchtbarer Dämon den Verstand der mittelamerikanischen Republikaner und ließ sie sich bis aufs Blut bekämpfen, um die Macht zu erringen, die verwerflichste Frucht der Hölle. Das hatte bereits Bolívars Großkolumbien erfahren, jetzt war es an Mexiko, es in die Praxis umzusetzen.

Ich begann mich mit dem Gedanken zu beschäftigen, aus Mexiko fortzugehen, wo ich jetzt häufig als Ausländer gebrandmarkt wurde. Aber wo sollte ich hin? Meine endlose Verbannung betrübte mich immer mehr, zumal ich wusste, dass ich in Kuba, selbst im Despotismus, zumindest in einer Atmosphäre hätte leben können, in der ich als ein bedeutender Dichter, ja, sogar als Begründer der kubanischen Lyrik galt. Wieder einmal stießen meine Überzeugungen auf eine bittere Realität, und die Enttäuschung begann meine revolutionäre Gesinnung zu untergraben. Um meine Lage noch verzweifelter zu machen und mich daran zu erinnern, dass sich das Unglück zwar verbergen kann, aber stets zurückkehrt, sah ich am 22. Juni 1829 meine Tochter María de la Merced an der schrecklichen Ruhr sterben. Gott ließ mich das erlebte Glück bezahlen, und das mit immer größerer Grausamkeit.

Ende des Jahres musste ich wieder zu den Waffen greifen, um eine Regierung zu verteidigen, die in gewissem Sinne legitimiert zu sein schien. Nachdem diesmal die Liberalen besiegt worden waren, kam im Januar 1830 eine konservative Regierung an die Macht, und es begann eine Zeit des Schreckens und der Verfolgung, der auch ich zum Opfer fiel: Ich verlor mein Amt als Bundesanwalt und musste in meinen kleinen Gerichtsbezirk nach Cuernavaca zurückkehren, wo ich ein dürftiges Gehalt bezog.

Währenddessen spendete mir ein anderes Ereignis etwas Trost und brachte einen Hoffnungsschimmer in unser Leben: Am 27. November 1829 wurde unsere Tochter Loreto geboren, so genannt aufgrund eines Gelübdes ihrer Mutter, die den Tod unserer Erstgeborenen immer noch nicht verwunden hatte. Zu meinem Glück sollte ich in den wenigen Jahren, die mir das Leben noch vergönnte, die aufgeweckte und hübsche Loreto an unserer Seite heranwachsen sehen. Sie war einer der wenigen Gründe, die mich die schwierigsten Tage durchstehen ließen.

Unangenehm hingegen war, dass mich die kubanischen Exilanten der Patriotischen Vereinigung um Unterstützung für eine neue Unabhängigkeitsbewegung baten, die sie »Schwarzer Adler« nannten. Obwohl meine Landsleute sich den denkbar ungeeignetsten Moment ausgesucht hatten, um die mexikanische Regierung um Hilfe zu bitten, waren sie davon überzeugt, dass die Zeit zum Handeln gekommen sei. Doch als ich mehr über die Strukturen der Bewegung erfuhr und herausfand, dass ihre Kontakte über die geheimen Freimaurerlogen liefen, erinnerte ich mich an meine Erfahrungen und die Gespräche mit Varela und warnte die Verschwörer vor einem sicheren Scheitern. Ich würde mich, sagte ich zu ihnen, ganz bestimmt nicht an der Verschwörung beteiligen, doch wenn nötig, könnten sie gegenüber den mexikanischen Behörden von meinem Namen Gebrauch machen.

Diese ehrliche und harmlose Antwort sollte mir weitere Unannehmlichkeiten einbringen. Zunächst, weil die Verschwörer mich wegen meiner ablehnenden Haltung kritisierten und als politischen Verräter bezeichneten, und dann, weil die Bewegung, so wie ich vorausgesagt hatte, zum Tode verurteilt war, noch bevor sie geboren wurde, denn der Geheimdienst der Regierung funktionierte wieder einmal hervorragend. Das Schlimmste jedoch war, dass die Verschwörer trotz ihrer Vorwürfe meinen Namen nach Belieben benutzten und ich in verschiedenen Dokumenten als einer ihrer Anführer auftauchte. Als Folge davon wurde ich zum zweiten Mal verurteilt, diesmal zum Tode, ohne dass ich jemals auf eine Amnestie hoffen durfte. Mein Verbrechen lautete nun auf »Verbindung zu Kriminellen«. Armer Heredia!, dachte ich.

Aus Havanna erreichten mich währenddessen unterschiedliche Nachrichten, einige davon erfreulich, andere beunruhigend. Besonders freute es mich, dass einige von Domingos Gedichten endlich in verschiedenen Zeitschriften abgedruckt worden waren, eine Sammlung von Romanzen, in denen er seine Fähigkeiten als Versemacher, seine Intelligenz und seine Bildung unter Beweis stellte, aber – und das bedauerte ich sehr – nur selten zeigte, dass er ein Poet war. Seltsamerweise, und meiner Meinung nach ungerechtfertigt, behauptete mein Freund, die Romanzen seien nicht von ihm, sondern Abschriften der Gedichte von Toribio Sánchez de Almodóvar, einem Dichter Havannas aus dem 18. Jahrhundert. Warum versteckte er sich wieder einmal? Brauchte er immer eine Maske, um ins Rampenlicht zu treten? … Beunruhigend hingegen war für mich etwas anderes. Domingo wagte es, in seiner neuen, eleganten Zeitschrift *Die Mode – Das Wochenendvergnügen für das Schöne Geschlecht* einige meiner Gedichte und sogar einen Teil meiner nordamerikanischen Korrespondenz zu veröffentlichen. Daraufhin ritt der Spanier Ramón de la Sagra, ein selbsternannter Wissenschaftler (derselbe, den Sanfeliú einige Jahre zuvor überführt hatte, Kant zu plagiieren), in seinen *Annalen für Wissenschaft, Landwirtschaft, Handel und Kunst* – ein offenbar umfassend gebildeter Mann! –, wütende Attacken gegen meine Poesie, die vor allem dazu dienen sollten, meine wachsende Popularität zu untergraben. Die Antwort auf diese Angriffe kam, wie zu erwarten gewesen war, auch diesmal nicht von Domingo – der wieder einmal Öl ins Feuer gegossen hatte und mir in einem Brief schwor, er werde »Hackfleisch« aus dem dreisten Spanier machen –, sondern von Saco, der in den Vereinigten Staaten jetzt *El Mensajero Semanal* veröffentlichte, eine abgeschwächte Version von *El Habanero*, die er zuvor mit Varela herausgebracht hatte. Sein mehr politischer als literarischer, in aggressivem Ton gehaltener Artikel war nicht eigentlich eine Verteidigung meines Werkes, sondern mehr eine geschickte Argumentation zugunsten der Existenz einer eigenen, unabhängigen kubanischen Literatur, deren bedeutendster Vertreter ich sei. Durch sein beherztes Eintreten für die künstlerische Unabhängigkeit Kubas wollte er deutlich machen, dass es auf der Insel zwei verschiedene Gruppen von Menschen gab: Bewohner der Iberischen Halbinsel und Bewohner der karibischen Insel, Spanier und Kubaner. So waren mein Name und meine Poesie nur ein willkommener Vorwand für den Polemiker, der mich zu seinem Vorteil benutzte. Auch wenn ich Saquete für seinen Artikel dankbar war, wurde mir in diesem – scheinbar ruhmreichen – Moment klar, dass meine Tage als bedeutender kubanischer Dichter und Repräsentant der nationalen Ideale gezählt waren. Mein Engagement für die Unabhängigkeitsbewegung, meine Attacken gegen den Despotismus, meine ablehnende Haltung gegenüber dem dekadenten Geschmack, all das würde schon bald nicht mehr nützlich sein für gewisse Leute, die Literatur als ein nationales Projekt aus der Taufe heben wollten, bei dem meine Person, wie sich später noch bestätigen sollte, unpassend, ja störend wäre.

Mitten in diesen Grübeleien, die mir jede Hoffnung auf die Zukunft eines Kuba raubten, wo Sklaverei und Entwürdigung immer mehr zunahmen, und die mich voller Entsetzen auf das gegenwärtige, in einem endlosen Bürgerkrieg ausblutende Mexiko schauen ließen, verfasste ich mein Testament als volksnaher und patriotischer Bürgerdichter. Ich nannte es *Enttäuschungen* und nahm mit meinen sechsundzwanzig Jahren Abschied (*Ich habe meine Bücher geschlossen, meine Leier zerbrochen*) von den romantischen Ideen, die mich zu der Unabhängigkeitsbewegung geführt hatten, an die sich niemand in meinem Vaterland mehr erinnerte. Ich verzichtete in meinen Versen auf den Kampf für Menschen, die »in schändlicher Knechtschaft, in tiefster Verblendung versanken«, während sie im Schatten der Tyrannei reich und mächtig wurden. *»Für immer schwöre ich ab / Dem teuren Tand des Ruhmes, / Und ziehe es vor, schlicht zu leben, vergessen / Von Ruhm und Verbrechen und sichrer Raserei …«*, schrieb ich und weinte über meiner zerbrochenen Leier.

Von der Bougainvillea zur Betelnusspalme und von der Betelnusspalme zum Rosenstrauch flog die Spottdrossel auf der Suche nach der blühendsten Stelle, an der sie ihr Lied anstimmen konnte. Der Flug des weiß-grauen Vogels riss Fernando aus der Verzückung, in die er beim Anblick des Palastes gefallen war. Das protzige Zusammenspiel von Holz und Marmor – weißer aus Carrara, roter aus der Levante, grüner aus Venedig, gelber aus Neapel und schwarzer aus Belgien –, von dekorativ ausladenden Fenstergittern, die eher mit femininer Zartheit verflochten schienen als mit glühenden Eisen geschmiedet, von endlos hohen, mit klassischen Stuckaturen verzierten Decken, von Treppen so breit wie Chausseen, und Kronleuchtern wie herabhängende Spinnen, einst dazu bestimmt, tausend Lichter auf geplante und nie stattgefundene, imaginäre Abendgesellschaften zu werfen – all das verlieh dem seit mehr als hundert Jahren jedes verschwenderischen Gepränges beraubten Ort eine verwirrende Pracht. Sie war dazu angetan, seine ohnehin majestätische Herrlichkeit zu vergrößern: persische Wandteppiche, flämische, toskanische und spanische Malerei, englische Spiegel, französische Bronzen, russische Teppiche, mexikanisches Silber, italienisches Glas, deutsches und orientalisches Porzellan und gotische Kandelaber aus Prag. Gegenstände, die früher einmal dem Hause Glanz verliehen hatten, einem Hause, das sich, überzeugt von seiner absoluten Überlegenheit auf der Insel, angemaßt hatte, in Prunk, Annehmlichkeit, Licht und Opulenz mit den großbürgerlichen Palästen in London und Paris zu konkurrieren.

Nur der wunderbaren Verbindung von Aldamas unerhörtem Reichtum, eines Mannes, der Anfang des 19. Jahrhunderts mit kaum mehr als dem, was er auf der Haut trug, aus der Biskaya hierher auf die Insel gekommen war, und der Vorliebe seines Schwiegersohns Del Monte – eines Möchtegern-Anwalts, der nie einen Gerichtssaal betreten hatte – für Schönheit und Luxus konnte dieses einzigartige Anwesen Entstehung und Form zu verdanken haben. Es war eine Hymne an die tragische Ironie des Schicksals: Der alte, steinreiche Domingo Aldama genoss die Pracht nur wenige Jahre und starb fern von ihr in der Verbannung, verbittert und ausgestoßen, zitternd vor Kälte in einem fremden Bett, während sein Schwiegersohn, der den Wohnsitz nach seinem Geschmack und seinen Launen geformt hatte, nie in den Genuss kam, ihn nach seiner Fertigstellung zu sehen. Er brachte die letzten zehn Jahre seines Lebens damit zu, im fernen Exil zu grollen und davon zu träumen, wie es gewesen wäre, in jenem prächtigen Palast, der den Erfolg seiner weltlichen Existenz krönen sollte, zu leben, zu essen, zu schlafen und Empfänge zu geben.

Wenn es nach Fernando gegangen wäre, hätte er den Aldama-Palast nie wieder betreten, der ihn ebenso sehr in Bewunderung wie in Empörung versetzte; aber Arcadio hatte ihre Schritte geschickt in die Nähe des Gebäudes gelenkt, wohl wissend, dass jener steinerne Magnet mit der Vollkommenheit seiner Säulen und dem Geruch nach Tragödie sie schließlich in seinen Bann ziehen würde. Doch fast verhinderte das der Anblick des angrenzenden, zur Müllhalde verkommenen Grundstücks und der Menschen, die sich im Schatten des Palastes herumtrieben: Verkäufer von Wachskerzen, Scheuerschwämmen, Heiligenbildchen und Plastiktüten; arme Schlucker und Bettler, die einen mit Hunden, die anderen mit dem Bild des Heiligen Lazarus bewaffnet, um das Mitleid der Passanten zu erwecken; illegale Taxifahrer, die bereit waren, in jeden Winkel von Havanna zu fahren; Schwarzhändler mit Zigarren und Rum auf der Jagd nach Touristen und sogar eine Wahrsagerin bei der Arbeit, mit einem Glas Wasser zum Beweis für die Reinheit und Lauterkeit ihrer Wahrsagungen.

»Seit wann sieht das hier so aus?«, hatte Fernando gefragt, verblüfft über das chaotische Schauspiel.

»Seit fünf, sechs Jahren, als es anfing, schwierig zu werden. Plötzlich ist das da alles aus der Erde geschossen, wie Pilze«, hatte Arcadio geantwortet. »Kaum zu glauben, was?«

»Wenn Aldama und Del Monte gesehen hätten, wozu die Arkaden und Treppen ihres Palastes jetzt dienen!«

»Sie haben gut daran getan, vor einem Jahrhundert zu sterben. Wo sie sich doch so vor den Negern und dem Elend geekelt haben ... Komm, gehen wir rein.«

Die jüngsten Ereignisse hatten den Aldama-Palast in ein vom Militär verwaltetes Historisches Institut verwandelt, doch der Name des bekannten Dichters Arcadio Ferret öffnete ihnen nach einem kurzen Telefonanruf die Türen der Festung. Voller Bewunderung und Abscheu für dieses mit dem Blut und dem Schweiß tausender Sklaven errichtete Gebäude folgte Fernando Arcadio in den Innenhof, und erst das nervöse Flattern der Spottdrossel holte ihn wieder in die Wirklichkeit zurück.

»Was wollen wir eigentlich hier?«, fragte er, während er sich eine seiner Zigaretten anzündete.

»Ich wollte mit dir unter vier Augen sprechen, und mir scheint, dies ist der richtige Ort dafür.«

»Da bin ich mir nicht so sicher.«

»Fernando, das sind tote Steine, frei von jeder Poesie.«

»Ich weiß nicht ... Immer, wenn ich vor diesem Gebäude stand, musste ich an Heredia denken ...«

»Genau deswegen hab ich dich hierhergeschleppt.«

»Zu dem Zeitpunkt, als Del Monte den Palast bauen ließ, ist Heredia fast verhungert. Weißt du, dass das Ganze hier mehr als siebenhunderttausend Goldpesos in damaliger Währung gekostet hat?«

»Ein Schnäppchen«, lachte Arcadio und zeigte auf eine Bank aus grauem Marmor.

Fernando beobachtete, wie die Spottdrossel wieder zu der Bougainvillea flog und dort mit einer Kraft, die ihre kleinen Lungen zu sprengen drohte, zu trillern anfing. Wie war der Vogel vom Land in diesen Hofgarten gelangt, mitten ins Zentrum der Stadt? Wie würde er zurückfinden können, falls er es denn wollte?

»Unvorstellbar, dass das alles ein Mann bezahlt hat, der dreißig Jahre zuvor noch ein armer Schlucker gewesen war und als Maurer gearbeitet hatte«, sagte er.

»Ich wusste gar nicht, dass Aldama Maurer war«, sagte Arcadio und nahm seine Sonnenbrille ab.

»Vom Maurer zum Ladenverkäufer, und dann die gute Partie. Und danach Sklavenhändler. Der Scheißkerl hat so viele Afrikaner nach Kuba bringen lassen, dass er am Ende vier Zuckerrohrplantagen in Matanzas besaß, dazu Lagerhäuser am Hafen, Aktien der Eisenbahngesellschaft, eine Reederei, ein Versicherungsunternehmen …«

»Innerhalb wie vieler Jahre?«

»Innerhalb von zwanzig Jahren … Er hatte so viel Geld, dass er den Fußboden seines Büros mit Goldmünzen auslegen lassen wollte, was ihm der König von Spanien jedoch untersagte, weil niemand sein Antlitz mit Füßen treten dürfe. Wenn er wolle, könne er seinen Fußboden mit Goldmünzen pflastern, aber nur hochkant.«

»Woher zum Teufel weißt du das alles? Du bist ja ganz besessen von diesen Leuten.«

»Dreißig Jahre später haben die Freiwilligen der spanischen Armee den Palast gestürmt und alles bis zum letzten Nagel weggeschleppt. Die Regierung beschuldigte Aldamas Sohn Leonardo der Verschwörung und konfiszierte das gesamte Vermögen der Familie. Als der Palast den Aldamas zurückgegeben wurde, mussten sie ihn verkaufen, denn sie waren so gut wie pleite … Stell dir vor, Del Montes Enkel mussten sogar die Bibliothek verscherbeln, die wertvollste in ganz Kuba, mit Inkunabeln und Originalhandschriften. Sein Leben lang schwimmen, um dann am Ufer zu sterben! Und wusstest du, dass es im oberen Stockwerk einen Salon gibt, der nie benutzt wurde? Den hatte Del Monte extra für seine Gesellschaften einrichten lassen, die dann nie stattfanden.«

»Aber er selbst hat nie hier gewohnt, oder?«

»Nein, er musste 1843 fliehen, und der Bau des Palastes wurde erst 44 beendet. Er hat seine Fertigstellung nie erlebt.«

»Glaubst du wirklich, dass er es war, der den Sklavenaufstand verraten hat? Plácido beschuldigte ihn, darin verwickelt zu sein …«

»Miguel Ángel sagt, Del Monte hat mit den Engländern gemeinsame Sache gemacht, aber als es ernst wurde, hat er Schiss gekriegt und alles ausgeplaudert«, sagte Fernando und sah Arcadio an.

»Hatte er auch bei Heredias Verbannung seine Hände im Spiel?«

»Das weiß niemand ganz genau, aber ich glaube, dass er etwas damit zu tun hatte. Heredia jedenfalls hat so etwas vermutet …«

Arcadio blickte zu den oberen Stockwerken des Palastes hinauf, als würde er dort nach etwas Bestimmtem suchen. Dann sah er Fernando direkt an. »Ich weiß nicht, was Álvaro dir über mich erzählt hat, aber ich habe dich nicht denunziert«, sagte er, ganz so, als wollte er sich den Dolch der Schuld aus der Seite ziehen. »Gestern hab ich mit Miguel Ángel gesprochen und …«

»Ich weiß weder, was Varo mir gesagt haben soll, noch, was El Negro dir erzählt hat, ich jedenfalls habe dich nicht beschuldigt«, versuchte sich Fernando zu rechtfertigen, überrascht über Arcadios Beteuerung.

»Das war auch gar nicht nötig. Du hast immer geglaubt, dass ich es war.«

»Woher weißt du das?«

»Sieh mal, Fernando, vielleicht habe ich in meinem Leben Dinge getan, derer ich mich schämen müsste, wie jeder von uns. Aber ich habe nie jemanden in die Scheiße geritten … Ich weiß, dass Álvaro mich für einen mittelmäßigen Dichter und Opportunisten hält, der sich die Probleme vom Hals hält; dass Conrado glaubt, ich sei eingebildet; dass Tomás mich nicht leiden kann, weil ich ins Ausland reise und er nicht mal nach Guanabacoa kommt … Ich versuche nur, meine Gedichte so gut zu schreiben, wie ich kann, so wie ich es immer getan habe. Aber wenn du glaubst, dass ich ein Spitzel bin und dass ich dich und Enrique ans Messer geliefert habe, dann irrst du dich gewaltig. Und weißt du, warum ich es nicht getan habe? Nicht weil ich mutiger oder abgebrühter bin als andere, nein, ich habe es nicht getan, weil mich niemand gefragt hat … und weil ich nichts wusste.«

Die schmerzhafte Aufrichtigkeit, die aus Arcadios Worten sprach, klang in Fernandos Ohren wie die Beichte eines Sterbenden, und er schämte sich dafür, ein solches Geständnis provoziert zu haben.

»Miguel Ángel und Conrado schwören, dass sie es nicht waren. Enrique war es auch nicht. Und Víctor hat Delfina in seinem letzten Brief geschrieben, dass er mich nicht denunziert hat ...«

»Ich weiß weder, wer es war, noch ob es überhaupt jemand von uns war. Aber ich schwöre dir, ich war es nicht!«

»Und warum sollte ich dir glauben, Arcadio?«

Der schöne Arcadio lächelte, aber es war ein tieftrauriges Lächeln. »Weil wir einmal sehr gute Freunde waren, Fernando, und weil du weißt, dass ich so etwas nie tun würde«, sagte er und stand auf. »Glaubst du, ich könnte dir in die Augen sehen, wenn ich dich verpfiffen hätte? Verflucht, Fernando ... Los, komm, lass uns von hier fortgehen, ich fühle mich hier nicht mehr wohl.«

Die Spottdrossel tirilierte ihr Liedchen und schaute in das Stück blauen Himmel, das man vom Innenhof aus erhaschen konnte. Vielleicht vermisste sie die Weite des Himmels, den man dort, wo sie geboren war, von der Spitze einer Palme aus sehen konnte. Fernando hatte Mitleid mit dem Vogel und auch mit seinem Freund.

»Du musst mir verzeihen, Arcadio ...«

»Da gibt es nichts zu verzeihen, höchstens gilt es die Freundschaft zu retten, die wir einmal füreinander empfunden haben. Wir haben schon so viel verloren, einen weiteren Verlust verkrafte ich nicht.«

»Ja ... Ich habe mir gerade überlegt, dass ich diesen Ort in meinem Leben vielleicht nie mehr wiedersehen werde. Oder dieses Stückchen Himmel ...«

»Wann fliegst du?«

»Mir bleibt noch eine Woche.«

»Und Delfina ...?«

»Ich bin bis über beide Ohren in sie verliebt.«

»Du wirst wiederkommen, Fernando«, sagte Arcadio und setzte sich seine Sonnenbrille auf. »Du musst wiederkommen ... Und Heredias Roman?«

»Manchmal erinnere ich mich nicht mal mehr daran. Aber jedes Mal, wenn ich daran denke, dass es ihn gibt oder gegeben hat und ich nicht die geringste Scheißidee habe, was tatsächlich passiert ist ...«

»Und was ist deiner Meinung nach passiert?«

»Dass mich einer von denen angelogen hat. Oder mehr als einer. Ich glaube, dass Aquino mehr weiß, als er sagt, dass Carmen Junco etwas verheimlicht, dass Cernudas Frau sich dumm gestellt hat …«

»Sag mal, warum glaubst du eigentlich immer, dass alle Welt gegen dich ist?«

»Darum geht es nicht, Arcadio. Tatsache ist, dass jemand mehr weiß, als er zugibt. Ich bin mir da ganz sicher.«

»Und was hast du jetzt vor?«

»Den anderen weiter auf die Nerven zu gehen«, antwortete er und starrte wieder auf die alten Mauern des unseligen Gebäudes. »Ich glaube, das bin ich Heredia schuldig.«

SOSEHR ICH MIR AUCH VORNAHM, mich von der Politik fernzuhalten, Taue zu kappen, das Gesicht abzuwenden, klopfte sie dennoch immer wieder an meine Tür, drängte sich ins Zentrum meines Lebens, als hätte sie es darauf abgesehen, mich in den Strudel ihrer verhängnisvollen Konsequenzen hineinzuziehen. Ich glaube, das war das tragische Schicksal der Dichter meiner Zeit, einer turbulenten Epoche, die es uns unmöglich machte, uns herauszuhalten. Überall auf dem Planeten, in unterschiedlichen Sprachen und unter verschiedenen Umständen, hatten wir allesamt den Entschluss gefasst, für dasselbe zu kämpfen: eine neue, freiere Welt zu schaffen, eine Sensibilität und eine neue, mit den nötigen Freiheiten ausgestattete Poesie, um Ländern mit neuem Bewusstsein ein Gesicht und eine Sprache zu geben. Und dieser kleine Krieg wurde in dramatischer Weise von einem größeren Krieg absorbiert, dem wir nicht ausweichen konnten oder wollten. So war es dem Meister Andrés Bello ergangen, dem auf ewig Verbannten, oder dem großen Byron, der auf dem Schlachtfeld starb, als er für die Freiheit eines Landes kämpfte, das nicht seines war, oder Puschkin, dem feinsinnigen Russen. Der Verfasser der *Ode an die Freiheit*, ein Verschwörer wie ich, hatte, ebenfalls wie ich, die Härten der Verbannung erlitten, auch wenn die Götter ihn mit einem glücklicheren Ende als dem meinen entschädigten, da er nicht auf dem Schlachtfeld starb, sondern auf dem der Ehre, mit der Waffe in der Hand.

Wenig vermochte ich mit der Waffe zu erreichen für die Freiheit Kubas. Und wenig nur, auch wenn ich mehr als einmal das Schwert in die Hand nahm, für die demokratische Freiheit Mexikos, die durch von der Droge der Macht geblendete Caudillos geschändet wurde. Auf meinem Rücken trug ich immerhin die Last einer Verurteilung zu lebenslanger Verbannung und zudem die einer Todesstrafe, während mich die neuen Diktatoren Mexikos, wo ich immer häufiger als Ausländer gebrandmarkt wurde, auf die schwarze Liste setzten, weil ich das zu verteidigen versucht hatte, was zu verteidigen ich für notwendig und ehrenwert erachtete: eine vom Volk gewählte Regierung und eine von der Mehrheit gebilligte Verfassung.

Mein politisches Ungemach schritt seit dem 14. Januar 1830 langsam, aber unaufhaltsam voran, als General Bustamante die Macht an sich riss und in dem armen Land etwas noch Schlimmeres als den spanischen Despotismus errichtete. Um Angst und Schrecken zu verbreiten und ihren Willen durchzusetzen, stützte die von allen verhasste neue Regierung ihre Macht auf eine entfesselte, allgegenwärtige Soldateska und den Klerus, der wieder in seine alten Rechte eingesetzt wurde. Regierungskammern und Ministerien füllten sich mit Spitzbuben, die sich auf ihren Posten bereicherten und zu den unerhörtesten Übergriffen schwiegen. Wie Feudalherren übten die militärischen Befehlshaber ihre lokale Macht auf eine so absolute Weise aus, als wäre jeder Einzelne von ihnen eine groteske Kopie von Fernando VII. Rache, Denunziation und politische Vergeltung wurden zum Lebensmotto in einem Land, das unter den gierigen Augen der imperialen Mächte vor die Hunde ging.

Der Höhepunkt der Schrecken jener Tage wurde erreicht, als man auf Betreiben der Priester damit begann, Druckereien zu zerstören, als aufrührerisch und unmoralisch betrachtete Bücher zu verbrennen und Drucker und Verleger zu erschießen. Dafür also waren mehr als fünfzehntausend Mexikaner im Unabhängigkeitskrieg gegen Spanien gestorben? Führte der Weg der Freiheit zu diesem Abgrund aus Repression, Intoleranz, Rachsucht und Tyrannei? Sollte auch die Zukunft des freien Kuba, von der ich träumte, den von Hass und Macht trunkenen Fanatikern zum Fraße vorgeworfen werden?

Desillusioniert wollte ich mich von jeder politischen Aktivität fern-halten, doch so viel Niedertracht ließ mich vor Scham brennen. Und ich kam zu dem Schluss, dass es, wo ich doch bereits alles verloren hatte, egal war, wenn ich auch noch das Leben verlor. Ich wurde zu einer Geißel der Regierung und begann in der Zeitung *El Conserva-dor* einen Feldzug gegen Gewaltmissbrauch und jegliche Gräuel. Ich erinnere mich noch, wie mir jedes Mal, nachdem ich einen meiner Artikel abgeliefert hatte, auf dem Nachhauseweg die Knie zitterten, denn jede Zeile konnte Inhaftierung oder Tod durch die Hände ir-gendeiner Bande uniformierter Strolche bedeuten. So war es meinem Wohltäter, dem ehemaligen Präsidenten Victoria, widerfahren, »ab-geurteilt und erschossen« am 14. Februar 1831, ohne dass seine lang-jährigen Verdienste um das Land in Betracht gezogen worden wären. Armes Mexiko!

Obwohl sich meine alten Gebrechen wieder bemerkbar machten und obwohl meine Skepsis immer größer wurde, zwang mich eine seltsame Kraft, meine Ängste zu überwinden und weiterzumachen, und deswegen kämpfte ich in meiner neuen Eigenschaft als Mitglied der Staatlichen Gesetzeskommission für etwas so Vergebliches wie Gesetzlichkeit und stellte mich mit meinen bescheidenen Mitteln jedem Akt der Ungerechtigkeit entgegen. Noch mehr Gewicht er-hielten meine Aktivitäten, als ich zum Beisitzer besagter Kommission ernannt wurde, mit Sitz in der hoch gelegenen Stadt Toluca, in der ich seit einiger Zeit ansässig war.

In jenen stürmischen Zeiten kam, am 21. Juli 1831, meine dritte Tochter zur Welt, und wir nannten sie Jacoba Julia Francisca de Paula. Im Gegensatz zu der unermüdlichen Loreto war sie ein fried-liches, ruhiges, ja, zu ruhiges Kind, das für Krankheiten anfällig war, was uns das Schlimmste befürchten ließ. Ebenfalls in jenen Monaten konnte ich, sozusagen als Krönung meiner hartnäckigen Bemühun-gen, mit der Veröffentlichung meines vierbändigen Werkes *Lektionen der Allgemeinen Weltgeschichte* beginnen, das, weit davon entfernt, meinen ehrgeizigen Ansprüchen zu genügen, lediglich eine Bearbeitung der *Elements of General History* des Engländers Tytler aus amerikanischer Perspektive war.

Doch weder jene Geburten noch die Kämpfe und die in all den Jahren erlittenen Enttäuschungen schafften es, den Dichter in mir zu wecken, der sich allem Anschein nach in Luft aufgelöst hatte. Von all den bisweilen beschämenden Sätzen, die ich hier niederschreibe, ist keiner so schmerzlich und schrecklich wie dieser. Denn längst bevor der Mann starb, der ich bin, starb in mir, das wusste ich, der Dichter, der ich einst gewesen. Der Tod kam langsam und still, doch mir wurde immer deutlicher bewusst, dass sich jenes Ungestüm und jene Fähigkeit, die Gott mir verliehen hatte und die es mir erlaubten, meine realen oder vorgeblichen Gefühle in Poesie umzuwandeln, ohne Hoffnung auf Erneuerung zu erschöpfen begannen. Ich bemühte mich jedoch, mich nicht zu ergeben, denn wenn ich aufhörte, ein Dichter zu sein, was konnte ich dann noch sein? Es war niederschmetternd, mir die Wahrheit einzugestehen. Was hatte jenen Quell, den ich für unerschöpflich gehalten, versiegen lassen? Wie kam es, dass meine Augen nicht länger in jeder Handlung, in jedem Gefühl den Ursprung, ja, die Notwendigkeit eines Gedichtes sahen? Wo war jener Geisteszustand geblieben, der mir seit meiner Kindheit hartnäckig treu geblieben war? Das frage ich mich heute, ohne die Antwort zu kennen, doch damals wollte ich unbedingt das sein, was ich immer gewesen, und die wenigen Gedichte, die zu schreiben mir gelang, waren grobschlächtig und leidenschaftslos, ohne einen Tropfen warmen Blutes, das durch jeden meiner jugendlichen Verse geflossen war.

Immerhin kehrte ich zu dem aufgeschobenen Projekt zurück, eine zweite und endgültige Ausgabe meiner Gedichte herauszubringen. Mit der Hilfe meiner Familie und der Unterstützung Domingos, der sich gern dazu bereit erklärte, starteten wir in Kuba eine Subskriptionskampagne, während sich Gener in New York um die Veröffentlichung kümmerte. Der politische Wahnsinn, in den ich 1831 verwickelt war, und meine immer größer werdenden Gesundheitsprobleme verzögerten die notwendige Überarbeitung, die ich erst 1832 als abgeschlossen betrachten konnte. Domingo kündigte das Erscheinen der Gedichtesammlung in seiner neuen Zeitschrift *Bimestre Cubana* (Kubanische Zweimonatszeitschrift) an und bezeichnete mich als »glückliches Genie, das Kuba stolz zu seinen Söhnen zählen darf«. Dennoch blieben die Subskriptionszahlen niedrig, und die hohen Kosten der New Yorker Herausgeber zwangen mich, mich in Mexiko nach einer Druckerei umzusehen. Schließlich entschied ich mich für ein Unternehmen in Toluca und übernahm, um die Kosten weiter zu senken, mithilfe meiner guten Jacoba selbst die typografische Gestaltung, während wir gemeinsam die Fahnen korrigierten. Mit aller Sorgfalt versuchten wir die störenden Errata zu vermeiden, die sich stets in den Texten zu verstecken pflegen wie Würmer in einem appetitlichen Apfel.

Im Juni 1832 konnte ich endlich die beiden Bände, die mein gesamtes Ich enthielten, in Händen halten. Den ersten widmete ich Jacoba, den zweiten, wem sonst, Domingo, dem einzigen meiner alten Freunde aus längst vergangenen Tagen, der noch an meine Poesie zu glauben schien. Als Zugeständnis an die Tyrannei musste ich meine sämtlichen patriotischen Gedichte dem zweiten Band als losen Bogen beilegen, ohne den ich die Bücher nach Kuba zu schicken gedachte.

Da in Mexiko gerade keine literaturfreundliche Atmosphäre herrschte, bekam meine zweibändige Gedichtesammlung nicht die Aufmerksamkeit, die der ersten Ausgabe zuteilgeworden war. Außerhalb des Landes jedoch wurde sie mit Begeisterung aufgenommen, und an mein eitles Ohr drangen Beifall und Glückwünsche, auch von bedeutenden Persönlichkeiten aus Politik und Kunst … Aber ich war nicht mehr im Entferntesten jener junge Mann, der mit dem romantischen Nimbus des Dichters und Verschwörers nach Mexiko gekommen war. Kummer und Schmerz hatten mich zu einem vorzeitig gealterten, enttäuschten Mann gemacht, der in dem Land, in dem er die längste Zeit seines Lebens verbracht hatte, verfolgt wurde.

Denn wieder einmal klebten die politischen Ereignisse wie ein Magnet an mir. Das Jahr 1832 begann mit einem erneuten Putschversuch meines alten Freundes General Santa Anna, der sein Kriegsgeheul jetzt gegen den Diktator Bustamante richtete. Da der General meine Aversion gegen die Regierung kannte, machte er mich zu seinem persönlichen Sekretär, und so sah ich mich in seinen Aufstand eingebunden, was dazu führte, dass ich mit meiner Familie aus Toluca flüchten musste, als die Regierungstruppen in die Stadt einfielen und neben weiteren ausgewählten Wohnsitzen auch mein Haus plünderten und zerstörten. Doch noch vor Jahresende besiegte General Santa Anna den Diktator und tat gleich darauf einen seiner üblichen Schachzüge: Er stellte Gómez Pedraza als Marionette an die Spitze der Regierung und begnügte sich mit dem Amt des Vizepräsidenten, sodass er die Geschicke des Landes lenken konnte und gleichzeitig die größtmögliche Freiheit genoss, um seinen beiden großen Leidenschaften zu frönen: dem Hahnenkampf und der Bereicherung.

Mit der Einsetzung der neuen Regierung wurde ich schließlich zum Abgeordneten gewählt. Wie zu erwarten, erhoben sich einige Stimmen, um daran zu erinnern, dass ich kein gebürtiger Mexikaner war, aber Santa Anna setzte, wie ebenfalls zu erwarten gewesen war, seinen Willen durch. Doch trotz unserer Freundschaft und der politischen Ausrichtung, die uns verband, gelang es dem General nicht, meinen aufsässigen Mund zum Schweigen zu bringen, und so widersetzte ich mich in meiner Funktion als Abgeordneter dem Antrag, mehrere noch lebende und aktive Honoratioren der Stadt – allen voran Santa Anna – wegen besonderer Verdienste um das Vaterland zu »Wohltätern Mexikos« erklären zu lassen. Und ich sperrte mich auch gegen die nicht weniger gefährlichen Bestrebungen, politische Gegner zu ächten und ihnen die verfassungsmäßigen Rechte abzuerkennen. Nur der Nachwelt, so argumentierte ich, stehe das Recht zu, die Menschen zu glorifizieren und zu Wohltätern zu erklären, denn viele Helden und Wohltäter von heute könnten sich – wie sich ja wiederholt gezeigt habe und weiterhin zeigen werde – als Gauner und Bösewichter von morgen herausstellen. Ebenso kritisierte ich das Gesetz zur Ächtung Andersdenkender, indem ich zu bedenken gab, dass es absurd und grausam sei, einem Bürger den gesetzlichen Schutz zu entziehen … Überflüssig zu sagen, dass beide Gesetzesanträge angenommen wurden. Wenige Tage später verzichtete ich – in vollem Bewusstsein, dass ich politischen Selbstmord beging, doch überzeugt davon, dass dieses Opfer der Schande, sich zum Komplizen der Niedertracht zu machen, vorzuziehen sei – auf meinen Posten als Abgeordneter, ohne auch nur einmal das Gehalt kassiert zu haben, das mir die Regierung schuldig war.

Mit jedem Tag wuchs in mir die Überzeugung, dass Mexiko sich auf einen Abgrund zubewegte. Wie alle Diktaturen, gegen die zu kämpfen ich geschworen hatte, bemächtigte sich auch diese ohne jeden Skrupel der Gesetze, um den Willen der Bürger zu unterdrücken. Abweichende Meinungen, der Gebrauch des Verstandes und persönlicher Einsatz wurden zu Delikten, und die Widersacher von der herrschenden Macht wurden erbarmungslos vernichtet. Trotz alledem machte ich, ausgestattet mit einem Mut, der mich selbst überraschte, weiter und verteidigte in meiner neuen Zeitung *El Fanal* das, was ich für richtig und rechtens hielt, auch dann noch, als mir Santa Anna die finanzielle Unterstützung entzog, die er mir zuvor für die Gründung der Zeitung angeboten hatte. Doch ich ließ mich nicht kaufen und führte sie fort, jetzt frei und ohne Ketten, wobei ich mehr als einmal gezwungen war, auf meine spärlichen finanziellen Reserven zurückzugreifen, um die nächste Ausgabe sicherzustellen. Diese Haltung brachte mir alle möglichen Schwierigkeiten ein, bis hin zu Drohungen wie in dem Artikel, den die offizielle Zeitung von Toluca veröffentlichte. Ich wurde beschuldigt, ein Feind des Volkes zu sein, ein Söldner im Dienste ausländischer Mächte, der den Auftrag habe, das Vorgehen der Regierung zu kritisieren und die Behörden eines Landes zu diskreditieren, das ihm Ruhm und Ehre, Heimat und Überleben geboten habe. Der Artikel schloss mit einer deutlichen Warnung: »Seien Sie vorsichtig, Señor Heredia! Sehr vorsichtig!« Jetzt gab sich auch schon die Presse zu Drohungen her …

Doch der Frieden kam nicht zurück, und Santa Anna – im ganzen Lande inzwischen als »Fünfzehn Nägel« bekannt, da er in der Schlacht ein Bein verloren hatte und man sich erzählte, er raube nur deshalb nicht noch mehr, weil er nur noch mit seinen zehn Finger- und fünf Fußnägeln zugreifen könne – Santa Anna also ließ sich »angesichts der immensen Gefahr, die das Land bedroht«, zum Präsidenten ausrufen, während die Repressionen immer härter wurden. Wo, um Himmels willen, war ich gelandet?

Obendrein waren die Nachrichten, die ich in jenem unheilvollen Jahr 1833 aus Kuba erhielt, nicht besser. Die Briefe berichteten von der Ankunft eines neuen Generalkapitäns namens Miguel Tacón, ebenfalls mit allumfassenden Machtbefugnissen ausgestattet und bekannt für seine tiefe Abneigung gegen die in diesem Teil der Welt Geborenen. Kaum war der ehemalige Offizier der königlichen Truppen eingetroffen, hatte er verlauten lassen, dass sich die Geschichte der Insel in ein »vor ihm« und ein »nach ihm« aufteilen werde und er, um das zu erreichen, zu allem bereit sei. Ein weiterer Tyrann, noch einer. Ich fühlte mich so müde …

Fernando Terry konnte nicht ahnen, dass er Doktor Mendoza zum letzten Mal sah; aber für den Rest seines Lebens sollte er in liebevoller Erinnerung behalten, wie der alte Lehrer übers ganze Gesicht strahlte, als er Delfina begrüßte. Sie sei seine beste Schülerin gewesen, sagte er, die einzige, die gewusst habe, wer der Autor von *Der Goldene Esel* war, und die mühelos die lateinischen Deklinationen beherrscht habe, erinnerte sich der Alte, so als wollte er Fernando tadeln. Sie jetzt zu treffen, fünfundzwanzig Jahre danach, zu sehen, dass sie glücklich war und immer noch so hübsch, war für Mendoza wie ein unverhofftes Geschenk, das er zu genießen gedachte. Und nachdem er Fernando eine Liste mit den Namen der Freimaurer übergeben hatte, die am 11. April 1921 an der Sitzung der Loge Söhne Kubas teilgenommen hatten, nahm er die Frau bei der Hand und führte sie zu einer der Bänke unter den langen Fenstern der Bibliothek, die auf den Paseo Carlos III. gingen. Doktor Mendoza schien entschlossen, alte Zeiten heraufzubeschwören.

Fernando setzte sich mit der Namensliste an einen der Tische. Er hätte gerne Delfinas Hilfe gehabt, doch der alte Lehrer nahm sie voll in Beschlag. In einem ersten Schritt markierte Fernando die Namen der alten Bekannten Cristóbal Aquino, Carlos Manuel Cernuda, Ramiro Junco und José de Jesús Heredia und versah dann weitere drei Namen mit einem Fragezeichen: Ricardo Ramiro Junco, Serafín del Monte und Cándido Alfonso. Ersterer musste jener Onkel Ricardito sein, von dem Carmen Junco gesprochen hatte, während die beiden anderen, die ihm völlig unbekannt waren, Familiennamen hatten, die eine wichtige Rolle in der Geschichte gespielt hatten: Alfonso und Del Monte. Konnte es sein, dass ein entfernter Verwandter von Domingo del Monte oder der Familie Alfonso, die zu den Aldamas in einer ebenso engen Beziehung gestanden hatte wie zu Del Monte selbst, die Absicht gehabt hatte, die unangenehmen Enthüllungen des Dichters zu unterschlagen? Der Gedanke war nicht unwahrscheinlich, ja, er passte ihm bestens in den Kram, voreingenommen wie er es war gegen den Mann, den Heredia jahrelang als seinen besten Freund betrachtet hatte und der ihn in so demütigender Weise als »gefallenen Engel« und verächtlich als »Renegat« bezeichnen sollte. Fernando schloss die Augen, bereit, sich von seinen Vorurteilen frei zu machen, und fuhr dann fort, mit dem Stift in der Hand die Liste durchzugehen, wobei er versuchte, irgendeine weniger offensichtliche Beziehung bei den achtzig Namen, die er vor sich sah, herzustellen. Und plötzlich, fast ganz am Ende der Liste, leuchtete in seinem Kopf eine rote Lampe auf: Rafael Figarola. Wie war es möglich, dass ihm dieser Name entgangen war, der ihn direkt zu Doktor Domingo Figarola Caneda führte, Leiter der Nationalbibliothek von 1901 bis 1920 und Autor eines Essays mit dem Titel *Der große Dichter José María Heredia*? Ohne sein Gedächtnis übermäßig strapazieren zu müssen, erinnerte sich Fernando an die Episode, die Figarola Caneda selbst erzählt hatte: Als er einmal Dokumente Heredias von José de Jesús gekauft hatte, hatte dieser ihm anvertraut, er habe den peinlichen Brief von 1823 vernichtet, in dem der Dichter seine Beteiligung an der Verschwörung von Bolívars Strahlen und Sonnen abstritt. An das genaue Datum konnte Fernando sich nicht erinnern, doch er war sich sicher, dass die von Figarola Caneda berichtete Episode vor 1921 stattgefunden hatte, und er erinnerte sich auch ganz deutlich daran, dass der Bibliothekar erwähnt hatte, er sei auf der Suche nach irgendwelchen unveröffentlichten Schriften Heredias, möglicherweise einem Roman, von dem der Sohn behauptet habe, keinerlei Kenntnis zu besitzen. Diese Erwähnung war Jahre hindurch eine der wenigen Spuren zu der möglichen Existenz eines verschollenen Romans Heredias gewesen, und einen Figarola unter den Freimaurern zu finden, die von der Übergabe des unveröffentlichten Manuskriptes des Dichters gewusst hatten, ein Manuskript, das obendrein pikanterweise mit einem geheimnisvollen, zeitlich befristeten Publikationsverbot belegt war, konnte nur auf den leidenschaftlichen Bücherfreund und unermüdlichen Sucher historischer Dokumente verweisen. Darüber hinaus hatte dieser eine Ausgabe mit Schriften von José Antonio Saco vorbereitet und, damit noch nicht genug, auch die ersten Bände der *Gesammelten Briefe* von Domingo Del Monte herausgegeben. In diesen hatte der Patriarch des damaligen intellektuellen Lebens auf der Insel seine gesamte Korrespondenz aufgenommen, aus irgendeinem Grund jedoch diverse Briefe von José María Heredia unberücksichtigt gelassen. Figarola Caneda? Aber wenn das Manuskript des Dichters in seinen Besitz gelangt war, warum hatte er es dann nicht veröffentlicht?

Fernando dachte einen Moment lang nach und überlegte sich die nächsten Schritte. Diese Liste mit den vergessenen Namen, die durchzusehen ihm erst jetzt, sechs Tage vor seiner Abreise aus Kuba, in den Sinn gekommen war, eröffnete ihm zahlreiche Möglichkeiten. Er hatte das Gefühl, am Anfang von etwas zu stehen. Von seinem Tisch aus fragte er Doktor Mendoza, wo die Enzyklopädien standen. Der Alte zeigte auf ein Regal neben dem Karteischrank, und Fernando sah, wie Delfina lächelte. Er schlug die *Enzyklopädie der kubanischen Literatur* auf, in der Hoffnung, einen Eintrag über Figarola Caneda zu finden, und atmete erleichtert auf, als er auf ihn stieß. Er überflog den Artikel, denn er suchte nur ein Datum, das er auch gleich fand: Figarola Caneda war 1925 verstorben, das hieß, vier Jahre, nachdem José de Jesús das Dokument der Loge übergeben hatte. Das klang vielversprechend. Demnach hatte der Bibliothekar vier Jahre Zeit gehabt, um das Manuskript an sich zu nehmen, falls er denn wusste, wo genau es sich befand. Wenn das alles stimmte und Rafael Figarola das Geheimnis seinem mutmaßlichen Verwandten Domingo Figarola anvertraut hatte, dann konnte der einzige Grund, warum der Bibliothekar es nicht herausgebracht hatte, nur der sein, dass er den ausdrücklichen Wunsch von José de Jesús und möglicherweise den von Heredia selbst, es bis 1939 nicht zu veröffentlichen, respektiert hatte. Und danach? Wenn sich das Dokument nicht in der Nationalbibliothek befand, so wie alle, die Figarola erworben hatte, wo war es dann? Wer konnte es an sich genommen und seine Veröffentlichung verhindert haben? Oder war es am Ende Figarola selbst gewesen, der angeordnet hatte, das Manuskript mit den unangenehmen und höchst peinlichen Enthüllungen verschwinden zu lassen?

Diese abenteuerlichen und komplizierten Überlegungen waren ein gefundenes Fressen für Fernandos Intellekt, der mit frischer Begeisterung an die Möglichkeit dachte, den Weg zu dem verdammten Dokument doch noch zu finden. Er steckte die Namensliste ein, ging zu Delfina und Doktor Mendoza und berichtete ihnen von seiner Entdeckung. Delfina lächelte, sie teilte seine Freude über den Erfolg; Mendoza aber versuchte ihn auf den Boden der Realität zurückzuholen.

»Das ist ja alles sehr interessant, Fernando, aber ich bin mehr denn je davon überzeugt, dass das Manuskript nicht mehr existiert.«

»Aber …«

»Ich will dich nicht entmutigen, und ich will dich auch nicht davon abhalten, weiterzusuchen. Aber ich bin mir sicher, dass derjenige, der das Dokument an sich genommen hat, eben nicht wollte, dass es der Öffentlichkeit bekannt wurde … Wenn es in Figarola Canedas Besitz gelangt wäre, hätte er es veröffentlicht, egal, was andere dazu gesagt hätten. Bei Ricardo Junco aber oder bei einem der Del Montes oder bei jemandem, der der Familie nahestand, da sieht die Sache anders aus. Heredia starb vor nunmehr hundertsechzig Jahren, und niemanden interessiert es heute noch, ob er mit den Del Montes oder den Juncos irgendwie verwandt war. Das wäre kein Grund mehr, das Manuskript unter Verschluss zu halten … Meinst du nicht auch? Der, der es gestohlen oder gekauft hat, hat das getan, um sicherzustellen, dass es niemals bekannt würde. Entschuldige, Fernando, aber ich neige zu der Annahme, dass es die Unterlagen nicht mehr gibt. Und dafür habe ich dich kommen lassen …«

Doch Fernando ließ sich nicht überzeugen. Er war von einem neu erwachten Optimismus befeuert, der seinen Ursprung vielleicht im Wiederaufblühen seiner Liebe zu Delfina hatte. Eine innere Stimme sagte ihm, dass es für ihn kein Zurück mehr gab, dass Heredias Andenken eine solche Beharrlichkeit verdiente, dass Wahrheit und Gerechtigkeit keine leeren Worte waren, und er spürte, dass er, sollte es ihm gelingen, das verlorene Leben des Dichters zu retten, in vielerlei Hinsicht auch sein eigenes retten würde. Und genau so sagte er es Delfina, während sie zum Haus der Junco-Schwestern gingen, und sie gab ihm den Rat, den er jetzt am meisten brauchte: »Dann hör nicht auf, Fernando. Mach weiter, so lange du kannst.«

Zu dieser Nachmittagsstunde zwischen Mittag- und Abendessen nahm der Paladar Palmenhain eine Auszeit. Fernando drückte auf die Klingel am Gartentor, und anstelle von Carmencitas Enkelin öffnete ihnen die schwarze Hausangestellte, die ihnen beim ersten Besuch den Kaffee serviert hatte.

Im Salon bemerkte Fernando, dass die surrealistische Installation um ein Objekt ergänzt worden war: Auf dem Flügel befand sich jetzt auch noch ein Hund, dem Delfina einen erstaunten Blick zuwarf, denn er lag so reglos da, dass er wie ausgestopft wirkte.

»Der lebt doch, oder?«, fragte sie.

»Schau auf den Bauch, er atmet«, antwortete Fernando.

In einem Seidenkimono mit chinesischen Motiven betrat Carmencita Junco den Salon. »Das ist Rosita«, erklärte sie, nachdem sie ihre Gäste begrüßt hatte, und zeigte auf den Hund. »Wir haben sie gerade gebadet, und damit sie sich nicht im Dreck wälzt, legen wir sie auf den Flügel, bis sie trocken ist. Sie hat ein solche Angst, runterzufallen, dass sie sich nicht rührt, bevor wir sie nicht erlösen.«

»Können Sie sie vielleicht jetzt schon erlösen?«, fragte Delfina voller Mitleid mit dem Tier.

»Mal sehen.« Die alte Frau fasste der Hündin ins Fell, um die Möglichkeit zu prüfen. »Ja«, entschied sie, griff Rosita unter den Bauch und stellte sie auf den Boden. Wie von der Tarantel gestochen, rannte das Tier aus dem Salon. »Die Ärmste spinnt ein bisschen und leidet unter Höhenangst«, fügte sie erklärend hinzu.

Die Hausherrin ließ die Besucher auf dem Sofa Platz nehmen, während sie sich in ihren Lieblingssessel setzte. »Haben Sie etwas Neues herausgefunden?«

Seine Worte vorsichtig abwägend, berichtete Fernando von seinen Nachforschungen, wobei er besonderen Nachdruck auf die Vermutung legte, dass Ricardo Junco ebenfalls von der Existenz des verschollenen Dokuments gewusst haben musste.

»Klar, Onkel Ricardito war Freimaurer. Papa nicht, er mochte das nicht.«

»Und könnte Ricardo nicht …?«, deutete Fernando an.

»Das Manuskript gestohlen haben?«, unterbrach ihn die Alte. »Aber selbstverständlich! Als Geschäftsmann war Onkel Ricardito eine Katastrophe, und politisch hat er Selbstmord begangen, als er anfing, für Machado zu arbeiten. Zwar hat er einen Haufen Geld verdient, aber er hat es auch mit vollen Händen wieder ausgegeben, sodass er so manches Mal vor dem Ruin stand. Er hat immer wieder betont, er sei der älteste Sohn und damit Erbe von Großvater Ramiro. Er war wie besessen von der Geschichte der Juncos, von ihrem Reichtum … und von dem Palast der Familie. Ich glaube nicht, dass er von der Möglichkeit, wir könnten keine Juncos, sondern Heredias sein, begeistert gewesen wäre. Und wenn das Manuskript das enthüllte …«

»Kann es sein, dass er es vernichtet hat?«, fragte Fernando, dessen Nerven aufs Äußerste angespannt waren.

»Moment, junger Mann, Moment. Wir stellen hier nur Vermutungen an, denn ehrlich gesagt, ich habe keine Ahnung. Ich rede nur davon, wie Onkel Ricardito war.«

»Aber was Sie mir da erzählen, macht mich nachdenklich.«

»Na ja, das wollten Sie doch, nachdenken, oder?«

»Ja, und mir kommen dabei schreckliche Dinge in den Sinn. Sehen Sie, Carmencita, niemand weiß, worüber Heredia in seinem Manuskript geschrieben hat. Aber es muss etwas sehr viel Brisanteres gewesen sein als seine Liebesgeschichte mit Lola Junco, denn ganz Matanzas wusste, dass sie ein Verhältnis hatten. Heredia hat ihr mehrere Gedichte gewidmet, und anscheinend haben mehrere Personen herumerzählt, dass Esteban der Sohn von Lola und Heredia war. Doch die Entscheidung, hundert Jahre zu warten, hat bestimmt etwas zu bedeuten. Heredia muss von vielen Dingen Kenntnis gehabt haben, die nach und nach vergessen oder, schlimmer noch, vertuscht wurden. Geheimnisse, die das Leben von mehr als einem Menschen oder vielleicht sogar die Geschichte dieses Landes hätten verändern können ... Wenn er seine Version der Dinge geschildert hat, war das Manuskript für andere Leute bestimmt wichtiger als für die Familie Junco.«

Carmencita hörte sich Fernandos Überlegungen aufmerksam an. Ihre Augen, denen die Zeit nichts hatte anhaben können, funkelten mit einer Intensität, die sie jünger erscheinen ließ. Langsam, als wäre sie mit ihren Gedanken woanders, holte sie aus einer der Taschen ihres Kimonos eine Schachtel Zigaretten, ein silbernes Feuerzeug und eine glänzend schwarze, von einem goldenen Ring verzierte Zigarettenspitze hervor. Behutsam steckte sie die Zigarette in die Spitze und zündete sie an. Fernando beobachtete sie, wie sie mit dem Genuss einer Gelegenheitsraucherin und der verruchten Eleganz eines Vamps rauchte.

»Sie haben sich viele Gedanken über dieses Dokument gemacht«, sagte sie schließlich, wobei sie die eingravierten Buchstaben auf dem silbernen Feuerzeug betrachtete, »und jetzt werde ich Ihnen noch mehr Stoff zum Nachdenken geben. Schauen Sie, 1937, als wir bereits hier in Havanna gelebt haben, machte Onkel Ricardito ein paar riskante Geschäfte, nach denen er fast ohne einen Centavo dastand. Ich erinnere mich noch genau an den Tag, als er zu meinem Vater kam, um ihm zu sagen, dass er den Palast der Juncos verkaufen müsse, wenn er nicht von seinen Schulden runterkäme. Es kam zu einem heftigen Streit. Aber nach ein paar Monaten war Onkel Ricardito wieder zu Geld gekommen, zu viel Geld. Und wenn ich sage, viel Geld, dann meine ich viel Geld. Mein Vater hat nie erfahren, woher er das hatte. Es war und blieb ein Geheimnis. Und jetzt frage ich Sie: Konnte Heredias Manuskript so viel wert sein? Antworten Sie jetzt nicht gleich. Denken Sie in Ruhe darüber nach, und wenn Ihnen etwas dazu einfällt, lassen Sie es mich bitte wissen. Ich jedenfalls bin immer mehr davon überzeugt, dass mein Name Carmen Heredia ist.«

Noch zwölf Stunden, rechnete Cristóbal Aquino, während er sich seine Havanna anzündete. Wenn der Hinweis, den er bekommen hatte, richtig war, dann würde die Geheimpolizei von General Machado morgen früh um acht die Loge Söhne Kubas durchsuchen. Und auch wenn die Schergen des Tyrannen wussten, dass sich in dem Tempel keine Beweise für eine Verschwörung finden ließen, hatte der informierte Freimaurerbruder davor gewarnt, dass sie ihre Macht demonstrieren und ein Exempel statuieren wollten. Es würde eine gründliche Durchsuchung stattfinden, denn sie hatten sogar Kenntnis von der Existenz der Nische in der Geheimkammer der Meister. Der Verräter, der schon vor einiger Zeit in die Bruderschaft eingeschleust worden sein musste, hatte präzise Angaben gemacht, damit die Sonderabteilung der Polizei durch eine ihrer gefürchteten Aktionen demonstrieren konnte, wie gut sie über die Pläne ihrer Gegner, ja, sogar über das Privatleben der Personen mit abweichender politischer Meinung informiert war. In ihren Karteien waren die Namen der Freimaurer registriert, die den Rücktritt des Diktators und später seinen Ausschluss aus der Bruderschaft gefordert hatten. Cristóbal Aquino musste daran denken, wie zu Heredias Zeiten eine andere Geheimpolizei eines anderen Despoten die Geheimnisse der Bruderschaft ausgeforscht hatte, um die im Entstehen begriffene Freimaurerei Kubas im Keim zu ersticken. Nichts und niemand war vor Verrat sicher, schon gar nicht in Diktaturen. Stand sein Name auch auf der schwarzen Liste der Schergen? Cristóbal Aquino hatte keinen Grund, daran zu zweifeln, denn während seiner letzten Amtszeit als Ehrwürdiger Meister war die Loge, ohne dass es irgendjemand hätte verhindern können, zum Forum politischer Debatten geworden, und man hatte für den unehrenhaften Ausschluss von Gerardo Machado gestimmt, der des Verrats an den Prinzipien der Freimaurer beschuldigt worden war.

Die vielen Jahre, die er der Arbeit im Sekretariat der Loge gewidmet hatte, halfen ihm nun dabei, die Örtlichkeiten zu präparieren. Obwohl sein Sohn Salvador in den letzten zwei Jahren seine Stelle eingenommen hatte, war Cristóbal Aquino immer noch imstande, auch mit verbundenen Augen mehr oder weniger wertvolle Dokumente herauszusuchen, zu sortieren, um sie wegzuwerfen oder, wenn er sie für unschätzbar erachtete, aus der Loge fortzuschaffen und irgendwelche Nebensächlichkeiten dazulassen, um sie den hungrigen Tieren zum Fraß vorzuwerfen. In Absprache mit dem für die Bibliothek Gener und Del Monte zuständigen Bruder hatte Aquino entschieden, die wichtigsten Dokumente in deren Keller zu schaffen, obwohl er vermutete, dass die Schergen genauso, wie sie die Geheimnisse der Loge kannten, über das provisorische Versteck der Papiere informiert waren.

Das Eintreffen seines Sohnes Salvador holte ihn in die Wirklichkeit zurück. Er erklärte ihm genauestens, welche Dokumente fortgeschafft werden und welche hier im Tempel bleiben sollten, was zuerst gerettet werden musste und was warten konnte. Und er fügte hinzu, dass Salvador sowohl die Auswahl der Papiere als auch ihren Transport in die Bibliothek allein bewerkstelligen müsse, da er in diesen Zeiten niemandem vertraue. Währenddessen müsse er zwei Dinge erledigen, die nur er erledigen könne.

Er dachte an seinen alten Freund Carlos Manuel Cernuda. Sein Tod vor drei Jahren hatte ihm solch heikle Situationen erspart, und seitdem wusste nur noch er, Cristóbal Aquino, um das Geheimnis des wirklichen Lebens von José María Heredia. Er ganz allein trug die Last einer Verantwortung, derer er sich nun endlich zu entledigen gedachte. Wenn die Loge kein sicherer Ort für die Dokumente des Dichters mehr war, wenn sogar die Bibliothek ungestraft durchsucht werden konnte und selbst sein eigenes Haus zu den möglichen Zielen der unersättlichen Geheimpolizei gehörte, wo konnte man dann Heredias Manuskript verstecken und es seinem Schicksal zuführen? Die so oft von ihm erwogene und schließlich zugelassene Antwort war wie Balsam für seine geplagte Seele.

Doch vorher musste er sichtbare Spuren seines Vorgehens hinterlassen. Während sein Sohn Dokumente in verschiedenen Kartons verstaute, suchte Cristóbal Aquino das Buch mit den Protokollen des Jahres 1921 heraus und entnahm ihm das der Sitzung vom 11. April. Dort stand in schwarzer Tinte die Zusammenfassung dessen, was an jenem Abend geschehen war, als José de Jesús Heredia geehrt und mit dem ehrenvollen Grad eines Ehrwürdigen Meisters *ad vitam* ausgezeichnet wurde und dieser daraufhin seiner Mutterloge das Manuskript mit den Enthüllungen seines Vaters übergeben hatte.

»Beeil dich, aber sei vorsichtig«, mahnte Cristóbal Aquino seinen Sohn und ging hinüber in den angrenzenden Raum, in dem die Schreibmaschine stand. Geschickt legte er ein Blatt ein und begann zu tippen. Er schrieb das Protokoll wortwörtlich ab, doch dann begann er Einzelheiten hinzuzufügen, die den Bericht jenes Abends abrundeten und ihn lebendiger erscheinen ließen. Er legte Pathos in den von Carlos Manuel Cernuda geforderten Schwur und formulierte die Bitte von José de Jesús deutlicher, dass nämlich das Dokument den Tempel nicht vor 1939 verlassen dürfe, und dann ausschließlich mit dem Ziel der Veröffentlichung. Er zögerte einen Moment, ob er José de Jesús' Forderung, dass Ramiro Junco vor einer Veröffentlichung konsultiert werden müsse, mit aufnehmen sollte oder nicht, entschloss sich dann aber, Ramiros Willen zu respektieren und ihn aus dieser Geschichte herauszuhalten. Als Cristóbal Aquino die korrigierte und durch einige Ergänzungen erweiterte Abschrift fertiggestellt hatte, ging er ins Sekretariat zurück, wo sein Sohn immer noch damit beschäftigt war, Dokumente in Kartons zu packen.

»Frag mich jetzt nichts, später erkläre ich dir alles. Leg das Protokollbuch zu den Dokumenten, die in die Bibliothek gehen, und dieses Papier legst du zu denen, die die Polizei finden soll. Ich gehe jetzt in die Kammer der Meister.«

Behutsam legte Cristóbal Aquino seine qualmende Zigarre in einen gläsernen Aschenbecher und trat auf den Gang hinaus, der zur Geheimkammer führte. Als er die Tür öffnete, empfand er den wie immer geheimnisvollen Geruch als ganz besonders bedeutungsvoll. Er tat zwei Schritte in die Dunkelheit hinein und nahm den Duft in vollen Zügen in sich auf. Es erfüllte ihn ein unbändiger Stolz darauf, einer Bruderschaft anzugehören, die so viel für die Freiheit und Gleichheit der Menschen im Allgemeinen und für die Freiheit seines eigenen Landes getan hatte, dessen Unabhängigkeitskrieg in einer kleinen Loge seinen Anfang genommen hatte. In diesem Moment blitzte in Cristóbal Aquino die Vorahnung auf, dass er diesen Raum zum letzten Mal betrat, doch sogleich vergaß er den Gedanken wieder, denn nichts an jenem Abend des 25. Oktober 1932 deutete darauf hin, dass er den nächsten Morgen nicht mehr erleben sollte. Er zog an der kleinen Kette, die von der Decke herabhing, und im schummrigen Licht der schwachen Birne in seinem Rücken gelang es ihm, den Schlüssel in das Schloss der Nische zu stecken und ihr die dort ruhenden Dokumente zu entnehmen: einen mit einem malvenfarbenen Band zusammengehaltenen gelblichen Umschlag und eine kleine Holzkiste, die ihrerseits durch ein Schloss gesichert war und in der Rechnungsbücher aufbewahrt wurden, sowie die Eigentumsurkunde des Grundstücks, auf dem der Tempel stand, die Liste mit den seit 1863 verwendeten Geheimzeichen und die Gründungsurkunde der Loge Söhne Kubas nach schottischem Ritus, Ableger des Großen Ostens Kubas und der Antillen. Um der Polizei die Arbeit zu erleichtern, schloss er das Türchen der Nische, ohne den Schlüssel herumzudrehen. Im Grunde, dachte er, tu ich das nur, um den Bluthunden zu zeigen, dass auch wir Freimaurer in puncto Spionage viel Erfahrung haben.

Als er ins Sekretariat zurückkehrte, sortierte sein Sohn Salvador gerade die restlichen Aktenordner aus, die fortgeschafft werden sollten. Cristóbal Aquino nahm seine Zigarre wieder auf, zündete sie mit seinem goldenen Feuerzeug an und stieß eine dicke Rauchwolke in die Luft.

»Bring die Kartons einzeln fort, aber fass sie am Boden. In der Bibliothek wartet Cándido Alfonso auf dich … Das hier nehme ich«, fügte er hinzu und zeigte auf die kleine Holzkiste und den gelben Umschlag. »Wenn du fertig bist, schließt du alles ab und gehst nach Hause, deine Frau ist allein. Ich hab noch zu tun.«

»Und der Umschlag da?«, fragte sein Sohn.

»Ein alter Auftrag, den ich endlich erledigen muss«, antwortete er lächelnd.

Wehmütig blickte sich Cristóbal Aquino im Sekretariat um, wo in wenigen Stunden die Hunde von der Geheimpolizei mit ihren Dreckspfoten herumwühlen würden. Auch wenn es ihm gelang, alle wertvollen Dokumente in Sicherheit zu bringen, erschien ihm die anstehende Durchsuchung wie eine Entweihung, mehr noch, wie eine entwürdigende, erniedrigende Vergewaltigung. Martí, Céspedes, Heredia, Maceo, Agramonte und Calixto García würden von der Wand herab, aus ihren Rahmen heraus, miterleben, zu welcher Raserei sich ein abtrünniger Freimaurer hinreißen lassen konnte.

Mit seiner Havanna im Mund verließ er den Tempel durch die Hintertür und kletterte mühsam über die Mauer, die das Grundstück von der Bodega des Spaniers Terencio trennte. Durch einen dunklen, feuchten Gang tastete er sich zwischen Bierkisten und Säcken mit Lebensmitteln auf die Straße vor, und nachdem er sich nach allen Seiten umgeschaut hatte, trat er auf den Bürgersteig hinaus und ging in Richtung Stadtzentrum. Immer wieder fragte er sich, ob er bezüglich Heredias Erinnerungen richtig entschieden hatte. Doch eine Alternative gab es für ihn nicht. Wichtig war erst einmal, dass das Manuskript nicht der Polizei in die Hände fiel, die es womöglich vernichten würde; und gleichzeitig war es der korrekteste Weg, sich der Verantwortung, die er in den letzten Jahren mit sich herumgeschleppt hatte, zu entledigen.

Obwohl es gerade mal neun Uhr vorbei war, lag die Stadt seltsam verlassen da, wie vor einem Hurrikan. Die Polizeiaktionen hatten die Einwohner von Matanzas eingeschüchtert, und sogar die üblichen Säufer waren aus den Kneipen des Zentrums geflohen. Leichten Schrittes überquerte Aquino die Plaza de Armas, ließ das Casino Español hinter sich und ging die Calle Contreras hinunter zum Haus Nr. 96, in dem Cernudas Witwe und die Kinder wohnten. Nachdem er sich vergewissert hatte, dass ihm niemand gefolgt war, klopfte er an die Tür und entschuldigte sich bei Milagros, der Frau von Carlos Manuel, für die späte Störung. Sie bat ihn herein, doch er sagte, dass er sehr in Eile sei. Dann bat er sie, die Holzkiste an einem sicheren Ort aufzubewahren, es stehe nämlich eine Durchsuchung der Loge bevor. Die Kiste enthalte wichtige Dokumente, erklärte er ihr, wenn auch ohne jede politische Brisanz. Milagros, die Kiste gegen ihre Brust gepresst, antwortete, er solle ganz unbesorgt sein, und Aquino verabschiedete sich von ihr, ohne ihr zu sagen, welche Richtung er als Nächstes einschlagen wollte.

Cristóbal Aquino ging die Calle Contreras zurück, wieder vorbei am Casino Español, durchquerte den Park und schlenderte auf der Seite der Kathedrale die Calle Milanés hinauf in Richtung Plaza de la Vigía. In diesem Augenblick sah Salvador, der einige Minuten zuvor mit dem ersten Karton, den er in der Bibliothek Gener und Del Monte abliefern sollte, die Loge Söhne Kubas verlassen hatte, wie sich sein Vater auf der menschenleeren Straße im Dunkeln verlor. Salvador musste lächeln: Sein Vater, sein Leben lang in jeder seiner Handlungen ein Freimaurer durch und durch, musste sich in seinem Element fühlen, aktiv und konspirativ, während er mit dem gelblichen Umschlag unter dem Arm durch die Straßen schlich. Was Salvador Aquino in diesem Moment nicht wissen konnte, war, dass er jenen gutherzigen und ehrenhaften Mann, der ihn in die Geheimnisse des Lebens und der Freimaurerei eingeführt hatte, zum letzten Mal sah.

Wie viel Lebensraum, in Metern, Klaftern, Ellen oder Zoll, benötigt ein Mensch? Der Dichter Eugenio Florit hatte seine komplette Existenz in einen Raum von sechs mal vier Metern gepackt. Hemingway dagegen brauchte die gesamte Fläche seiner Finca Vigía, mit ihren vielen Wohnräumen, Büros, Arbeitszimmern, Balkonen und Bäumen. Ganz anders Heredia: Er hatte nicht einmal ein Grab hinterlassen, nur eine Handvoll Gedichte, mehrere Hundert Briefe und ein verschollenes Manuskript waren von ihm übrig geblieben. Und als Fernando Terry die Tür seines Zimmers schloss, sich aufs Bett setzte und lange die mit den inzwischen verblassten Zahlen 2 und 3 gekennzeichneten Kartons auf dem Boden des Wandschranks betrachtete, dachte er, dass sich dort der größte Teil seines Lebens und, vielleicht, das gesamte Leben von Enrique befanden.

Mit schmerzlicher Deutlichkeit erinnerte er sich daran, wie er mehrere Tage damit zugebracht hatte, diese zwei Kartons und noch einen dritten, inzwischen verschwundenen zusammenzupacken, in denen er mit dem für ihn typischen Perfektionismus jene Unterlagen verstaut hatte, die er für aufbewahrenswert hielt. Eine ähnliche Menge an Schriften, Zeitungsausschnitten, Zeitschriften und Akten, die er früher einmal für wichtig erachtet hatte, waren auf dem Scheiterhaufen im Hof geendet, zu Rauch und Asche geworden wie ein Teil seiner eigenen Vergangenheit.

Der erste Karton hatte die Unterlagen enthalten, die etwas mit Heredia zu tun hatten: Karteikarten, eine Kopie seiner Examensarbeit, die bereits fertiggestellten Kapitel seiner Doktorarbeit, Ordner mit Artikeln und Essays über den Dichter, fotokopiert oder aus Zeitungen herausgerissen. Das waren die einzigen Dokumente, die Carmela ihm, streng nach Reihenfolge geordnet, seit seiner Abreise aus Kuba nach und nach zugeschickt hatte. Im zweiten Karton lag das, was er über die Schriftsteller und die kulturelle und politische Situation in der ersten Hälfte des 19. Jahrhunderts zusammengetragen hatte. Alles war vollständig, so wie er es achtzehn Jahre zuvor hier zurückgelassen hatte, genauso wie Karton Nr. 3 mit seinen eigenen Texten, den Gedichten, den Erzählungen aus verschiedenen Phasen seines Lebens und der Kopie der *Kubanischen Tragikomödie*. Enriques Eltern hatten sie ihm nach dessen Tod übergeben, mit einer kurzen Notiz, die seine schlimmsten Vermutungen bestätigte: »Für Fernando«, ohne weitere Anweisungen oder Wünsche, lediglich mit einem sehr runden E unterschrieben, fast so rund wie das Rad des Lastwagens, der das Leben seines Freundes ausgelöscht hatte … An jenem immer ferneren Mittag, in dem Augenblick, als er den Schriftsteller und Menschen, der er gewesen war, endgültig begrub, hatte Fernando Miguel Ángel angerufen und ihn gebeten, zu ihm zu kommen. Wie verabredet, hatte El Negro ihn dann am nächsten Tag im Auto seiner Eltern zur ehemaligen Bar *Cuatro Ruedas* gebracht, wo sich nun die Anlaufstelle für all jene befand, die als asozialer Abschaum bezeichnet wurden und den endgültigen Schritt ins Exil tun wollten.

Seit seiner Rückkehr nach Kuba hatte Fernando gegen den Wunsch angekämpft, die Kisten zu öffnen, denn er wusste, dass sie wie eine Büchse der Pandora wirken konnten: Wenn man sie öffnete, würden sie zu einem unkontrollierbaren Anfall von Schwermut und anderen, aggressiveren Ausbrüchen führen. Doch seine immer näher rückende Abreise und das Gefühl, dem verloren geglaubten Manuskript Heredias so nah wie nie zu sein, trieben ihn zu dieser verspäteten Exhumierung.

Fernando zündete sich eine Zigarette an und holte Karton Nr. 3 hervor. Er stellte ihn aufs Bett und lüftete vorsichtig den Pappdeckel. Sogleich stellte er fest, dass er sich all die Jahre hindurch in der Anordnung der Papiere geirrt hatte. Immer hatte er ganz zuoberst den Umschlag mit seinem nie fertiggggestellten Gedichtband gesehen, dem er den so provisorischen wie ihm immer endgültiger erscheinenden Titel *Der Tag meines Todes* gegeben hatte. Dies war auch der Titel des Gedichts, das den Band eröffnen sollte und in dem er einen leidenschaftlichen Vatermord an César Vallejo verübte: *Ich werde nicht in Paris sterben, / kein Regen wird niedergehn, / den Tag meines Todes erinnere ich nicht. / Ich werd weder in Paris sterben noch an einem andren fernen Ort, / schon gar nicht heute, einem Donnerstag, an dem der Winter endet ...* Warum glaubte er die Umstände des undenkbaren Tages seines Todes vorausahnen zu können? Warum hatte das Leben ihn gezwungen, jeden einzelnen der von Optimismus durchdrungenen Verse zu verleugnen, Verse, die ihm jetzt von einer anderen, so gut wie unbekannten Person geschrieben zu sein schienen? Wie hatte er, der sich stets als Dichter gefühlt hatte, es fertiggebracht, ein Leben ohne diese Berufung zu führen? Hatte er wirklich Grund gehabt, zu lachen? Jetzt musste Fernando feststellen, dass auf seinen Gedichten ein Ordner mit der Aufschrift *Kubanische Tragikomödie (Theaterroman)* ENDGÜLTIGE FASSUNG lag. Und er spürte, dass er für den Akt der Entweihung noch nicht bereit war. Doch eine äußere Kraft schaffte es, seinen Willen zu brechen, und nötigte ihn dazu, den Ordner in die Hand zu nehmen. Auf dem Vorblatt wiederholte Enrique den Titel seines Textes, ohne seinen Namen hinzuzufügen. Fast gegen seinen Willen wandte Fernando das Blatt um und erblickte die maschinengeschriebenen, mit den Jahren verblassten Buchstaben, und er drang in eine unergründliche Welt vor, in die er sich ohne jeden Halt hineinfallen ließ ...

»Zu hören sind eine Gitarre, eine Laute, eine Bongotrommel und Rumbarasseln. Eine sinnliche Mulattenmusik, mit dem Geruch nach Wald und dem Geschmack nach Rum, eine Musik, die verführerisch an feurige Wonnen denken lässt, so lange, bis man sie nicht mehr bewusst wahrnimmt. Die Sonne geht auf, tropisch und heiter, während sich der schwarze Himmel langsam grau färbt und nach und nach einem leuchtenden Blau Platz macht. Mit fortschreitender Helligkeit beginnen sich die Umrisse der Verlorenen Insel abzuzeichnen: im Hintergrund Berge, zwischen denen sich grüne, von herrlichen Palmen, Kapokbäumen, Yucasträuchern, Mahagonibäumen und *Majáguas* bewachsene Täler ausbreiten. Mango- und Pflaumenbäume stehen in voller Blüte, zwischen ihren Ästen fliegen Spottdrosseln, Kubafinken und unauffällige Zeisige umher, unbekümmert und allem Anschein nach glücklich, so wie es wohl war an den Tagen, die der endgültigen Vertreibung vorangingen.

Im Vordergrund des Bühnenraums sind Häuser von unterschiedlicher Architektur und unterschiedlichem Alter zu sehen, dazwischen enge, bedrückende Straßen. Alles wirkt verlassen, wie eine Geisterstadt, ein Ort ohne jedes Anzeichen menschlichen Lebens, obwohl überall Plakate hängen, auf denen das Wort VERBOTEN zu lesen ist.

Die Vorbühne ist überflutet von tiefblauem, glitzerndem Wasser: das stets stürmische Meer, das den winzigen Raum der Verlorenen Insel begrenzt, sie vollständig umgibt, sie einschnürt, sie in sich selbst einschließt. Dieses Meer ist ein wichtiges Element, es wird sich wie ein Leitmotiv durch die Handlung ziehen, denn es wird das Schicksal der Personen prägen und ihr historisches Sein bestimmen, das durch die unveränderliche Insellage festgelegt ist.«

Fernando schreckte auf, als er das Klopfen an der Tür und die Stimme seiner Mutter hörte. »Tomás und Miguel Ángel sind gekommen.«

»Sag ihnen, sie sollen auf der Terrasse auf mich warten«, brachte er mühsam hervor und atmete erleichtert auf, seinen Atem bewusst wahrnehmend. Die Unterbrechung brachte ihm die Klarheit zurück, die nötig war, um sich von dem Text loszureißen, der sich ihm wie eine schleichende, verheerende Krankheit ins Knochenmark zu fressen drohte. Etwas höchst Aufschlussreiches, entschieden Dämonisches hatte während der letzten zwanzig Jahre in diesen Seiten geschlummert, die zu lesen, das wusste er nun, er nicht umhinkonnte. Behutsam legte er den Ordner mit Enriques Theaterstück in den

Karton, verschloss ihn und stellte ihn in den Schrank zurück, wo er besser noch weitere zwanzig Jahre oder vielleicht ein Leben lang hätte warten sollen.

Im Korridor empfing ihn der Duft des Kaffees, den seine Mutter aufgesetzt hatte. Er ging auf die Terrasse hinaus, und in demselben Schaukelstuhl, in dem Enrique bei seinem letzten Besuch gesessen hatte, sah er nun Tomás sitzen, der sich mit einer Zeitung Luft zufächelte, während Miguel Ángel hinten im Hof irgendetwas in den Bäumen beobachtete.

»Was für eine Hitze, Alter«, sagte Tomás.

»Die reinste Hölle«, antwortete Fernando ohne jede Ironie. »Was gibts da oben zu sehen, Negro?«

»Eine Spottdrossel«, sagte Miguel Ángel und kam zu ihnen auf die Terrasse, um Fernando zu begrüßen. »Ist schon lange her, dass ich eine gesehen habe …«

»Wie läufts bei dir, Fernando?«, fragte Tomás, der sich weiter Luft zufächelte.

»Geht so. Keine Ahnung … In fünf Tagen muss ich hier weg.«

Carmelas Kaffee markierte eine Pause. Sie tranken ihn schweigend, und Fernando überlegte sich, ob er Tomás und Miguel Ángel erzählen sollte, was er gerade getan hatte; aber er sagte es ihnen nicht. Dagegen hätte er gerne gewusst, wieso Tomás den Negro benutzt hatte, um ihn zum ersten Mal nach zwanzig Jahren wieder zu besuchen. Je mehr Verdächtige Fernando einen nach dem anderen ausschloss, desto eher kam Tomás als Denunziant infrage. Und sein widersprüchliches Verhalten konnte darin begründet sein, dass er entweder Täter oder Opfer, gemeiner Denunziant oder schuldlos Denunzierter, Wissender oder ahnungsloser Unschuldiger war. Der Abstand zwischen den beiden Extremen war so riesig wie der endlose Ozean, der sich nach der Lektüre einiger weniger Zeilen aus dem Werk Enriques noch ausgeweitet hatte.

»Was führt dich her?«, fragte Fernando förmlich.

»Deine Doktormutter. Hab sie gestern in der Uni gesehen, und sie hat mir wieder eingeschärft, dir zu sagen, dass du nicht abreisen darfst, ohne sie zu besuchen.«

»Ist die Santori nicht in Rente gegangen?«

»Eigentlich schon, aber sie nervt weiter. Leitet jede Kommission, die eingesetzt wird, und gibt sogar noch einen Vorbereitungskurs. Na ja, du weißt ja, wie die Alte ist.«

Fernando dachte einen Moment nach. »Nein, ich weiß nicht, wie sie ist. Ich hab immer gedacht, ich würde sie kennen, aber jetzt glaube ich, sie ist ganz anders.«

»Versteh ich nicht.«

»Ich glaube, sie hat ihre Hände in Unschuld gewaschen und zugelassen, dass ich abgeschossen wurde. Wenn sie sich für mich eingesetzt hätte, wäre ich nicht rausgeschmissen worden.«

»Hör mal, Fernando …«, unterbrach ihn Miguel Ángel.

»Ihr wisst ganz genau, wie groß der Einfluss der Santori an der Uni war. Und nicht nur an der Uni. Wenn sie etwas wollte, musste es getan werden.«

»In der damaligen Zeit …«, gab Tomás zu bedenken.

»Alle reden sich mit der ›damaligen Zeit‹ raus … Kannst du dir vorstellen, was passiert wäre, wenn sie erfahren hätten, dass du den ausländischen Lehrern an der Uni dein Auto geliehen hast? Oder schlimmer noch: dass du Miguel Ángels Freund warst? Dass du zu mir nach Hause gekommen bist und mit mir geredet hast?«

»Ich wäre in hohem Bogen rausgeflogen«, bestätigte Tomás und blickte zu den Bäumen. Er schwitzte, und Fernando wusste nicht, ob wegen der Hitze oder wegen der Wendung, die das Gespräch genommen hatte. Tomás wischte sich mit einem Finger den Schweiß von der Stirn und verspritzte ihn auf dem Boden. »Du warst erledigt, Fernando, und ich bin nicht lebensmüde. Wenn sie erfahren hätten, dass ich dich besucht habe, wäre ich keinen Tag länger am Institut geblieben … Jetzt ist das anders, und du weißt das. Aber damals war es eine einzige Scheiße. Die haben jeden fertiggemacht … Mir hat keiner was erzählt, keiner hat mich gewarnt, aber alle Welt an der Uni wusste, dass Enrique, du und ich dicke Freunde waren, und wenn ich auch nur den Fuß vorgestreckt hätte, hätten sie ihn mir garantiert abgehackt … Aber sag mal, müssen wir darüber reden?«

Fernando glaubte in Miguel Ángels wie immer rötlichen Augen

Zustimmung zu erkennen. »Ich glaube, ja … Ich weiß nämlich immer noch nicht, wer mich damals verpfiffen hat.«

Tomás lachte. Es hörte sich aufrichtig an, wenn auch ein wenig nervös.

»Hast du gehört, Negro?« Er drehte sich Unterstützung heischend zu ihm um, doch Miguel Ángel schwieg. Dann wandte er sich wieder Fernando zu. »Und du glaubst, dass ich …?«

»Ich weiß es nicht, Tomás. Der Einzige, der das weiß, bist du.«

»Du musst ja völlig bescheuert sein, ehrlich, Fernando. Was hätte ich davon gehabt? Und was, verdammt noch mal, hätte ich über dich erzählen sollen, und wem?«

»Das Gleiche sagen Miguel Ángel und die anderen.«

»Also, ich war es nicht, und hör auf, mich damit zu nerven. Wofür hältst du mich, verdammte Scheiße?«

»Im Augenblick weiß ich es nicht …«

Tomás lächelte. Er schien seine Selbstsicherheit zurückgewonnen zu haben. »Weißt du, was mit dir los ist? Du nimmst alles furchtbar tragisch, und du tust dir selbst leid. Es macht dir Spaß, in der Scheiße der anderen zu wühlen, aber den Gestank deiner eigenen Scheiße, den riechst du nicht … Ich habs dir nie gesagt, aber ich hab mit Enrique über dich gesprochen, und der hat mir erzählt, dass du ihm vorgeworfen hast, schwul zu sein. Oder hast du das vergessen? Ja, ja, ich weiß, dein Leben ist im Arsch und so weiter und so fort, aber wenn du ein wenig intelligenter und weniger theatralisch gewesen wärst, hättest du dir vieles erspart. Was hab ich gemacht, von Anfang an? Ich hab immer alles so genommen, wie es kam, und mir das Leben nicht unnötig schwer gemacht. Wir sind inzwischen zu alt, um zu glauben, dass die Toten wiederauferstehen, dass die Poesie zu irgendetwas nütze ist, dass Heredia kein Blödmann war, der sich was vorgenommen hatte, das ein paar Nummern zu groß für ihn war, und sich dann sein Leben lang selbst bemitleidet hat, genauso wie du. Und was hast du aus all dem gelernt? Einen Scheiß hast du gelernt, Fernando, einen dreckigen Scheiß. Du bist verbittert, dein Leben ist im Arsch, und jetzt tröstest du dich damit, das zu sehen und zu glauben, was du sehen und glauben willst …«

»Wovon redest du, verdammt noch mal? Was weißt du von mir und meinem Leben?«

»Genau das frage ich dich!«, schrie Tomás aufgebracht. »Was weißt *du* von *meinem* Leben? Jetzt hör mir mal gut zu, mein Lieber! Wo wir schon mal dabei sind, in der Scheiße rumzuwühlen, wollen wir uns auch so richtig darin herumwälzen: Weißt du, was es heißt, Professor an der zweihundert Jahre alten, ruhmreichen Universität von Havanna zu sein und zum Frühstück ein Gebräu aus Orangenblättern zu trinken? Hast du schon mal Gehacktes aus Bananenschalen gegessen? Bist du jeden Tag mit dem Fahrrad zur Arbeit gefahren, vier Jahre lang? Hast du mitangesehen, wie deine Mutter an Neuritis oder an was weiß ich welchem Scheiß erkrankt und innerhalb von zwei Wochen erblindet? Und hast du Angst gehabt, dass deine Tochter auf dem Straßenstrich landet? Weißt du, was es bedeutet, für einen Scheißausländer, der genau dasselbe macht wie du, aber hundertmal mehr verdient, den Fahrer zu spielen und über seine doofen Scherze zu lachen? All das hab ich ertragen, Fernando, und ich besitze nichts: ein altes Auto, aber kein Benzin, eine Wohnung, von deren Wänden die Farbe abbröckelt, ein paar wenige Bücher, weil ich die, die ich verkaufen konnte, an besagte ausländische Professoren verkauft habe, um Öl und Milch und etwas Fleisch für meine Kinder und meine Mutter zu kaufen. In den letzten vierzig Jahren hab ich bestimmt eine Schiffsladung Kichererbsen gegessen und an mehr Versammlungen teilgenommen als der Präsident der UNO. Aber ich sitze nicht den ganzen Tag in der Ecke rum und heul mir selbst was vor und überleg mir, wie mein Leben hätte aussehen können … Und jetzt kommst du daher und erzählst mir was von der Tragödie deines Lebens?!«

»Aber ich musste aus Kuba fortgehen …«

»Und, hab ich Schuld daran? Oder der Negro oder der Varo oder sonst irgendwer?«

»Du willst mich nicht verstehen.« Fernando versuchte, der Frage auszuweichen, doch er wusste, dass Tomás' Pfeile ins Schwarze getroffen hatten: Sein Selbstmitleid war zu einer Art Panzer geworden und seine Manie, jemanden für sein Unglück verantwortlich zu machen, zu einem Trost für seine Enttäuschungen. Doch Tomás ließ nicht locker:

»Vielleicht. Oder vielleicht bist du es, der nicht verstehen will, weil du nämlich nicht in der Lage bist, die Dinge aus einer anderen Perspektive zu sehen. Und um diese Geschichte ein für alle Mal zu beenden: Ich habe dich nicht denunziert, weder dich noch sonst irgendjemanden. Ist das klar? Und das nächste Mal, wenn du mir noch einmal damit kommst, trete ich dich in den Arsch, bis meine Schuhe kaputt sind. Und jetzt verpiss ich mich. Die Santori erwartet dich morgen um zehn, nach ihrem Seminar. Geh hin, wenn du Lust hast ... Kommst du, Negro?«

Tomás stand auf, und Fernando brachte kein Wort hervor, um ihn zurückzuhalten. »Willst du, dass ich bleibe?«, fragte ihn Miguel Ángel, eine Zigarette im Mund.

»Nein, ich möchte allein sein ...«

»Ich komm morgen wieder vorbei«, sagte Miguel Ángel im Hinausgehen. »Im Moment fühlst du dich scheiße, Fernando, aber ich glaube, das ist besser so, oder?«

»Meinst du, Negro?«

Das Gefühl, so viele Jahre gegenüber so vielen Menschen ungerecht gewesen zu sein, sich für den Einzigen gehalten zu haben, dessen Probleme wichtig waren, machte Fernando klar, wie egoistisch sein Denken und wie schäbig seine Beschuldigungen gewesen waren. Vielleicht hatte Tomás recht, und seine persönliche Enttäuschung hatte ihn unfähig gemacht, die anderen zu verstehen. Dennoch konnte er den Gedanken nicht verdrängen, dass jemand ihn verraten hatte und dass, wenn er nun auch Tomás ausschloss, als einzig möglicher Verräter Álvaro übrig blieb. Nein, das ist unmöglich, sagte er sich, und er verspürte das bisher unbekannte Bedürfnis, eine Beichte abzulegen und sich durch ein paar Worte der Absolution trösten zu lassen.

*I*N DIESER ZEIT WURDE DER GEDANKE, aus Mexiko fortzugehen, zu einer Obsession. Er weckte mich in der Nacht, überraschte mich beim Essen, nahm mir manchmal fast den Atem. Sosehr ich das Land im Laufe der Jahre auch zu dem meinen zu machen versuchte, immer hatte mich der Wunsch, nach Kuba zurückzukehren – ausgerechnet nach Kuba, dem einzigen Ort auf der Welt, an den ich nicht zurückkehren konnte –, wie ein perverses Laster verfolgt. Mit den Jahren gewöhnte sich Jacoba an diese chronische Manie, und bisweilen hörte ich sie sagen »Wenn wir nach Kuba zurückgehen …«, ganz so, als hätte sie jemals auf der Insel gelebt. Meine Tochter Loreto, die ihrem Namen alle Ehre machte und von klein auf wie ein Papagei, ein *Loro*, plapperte, gewöhnte sich schon bald an, zu sagen, sie sei Kubanerin, und manchmal fügte sie hinzu: »aus Matanzas«. Der Hund des Hauses trug den Namen eines kubanischen Indianerhäuptlings, und auf dem Tisch standen, unseren jeweiligen finanziellen Möglichkeiten entsprechend, kubanische Speisen, insbesondere Yuca und Maispasteten, so wie die Negerinnen sie in Havanna und Matanzas zubereiteten, im Topf geschmort, mit viel Schweinefleisch, Tomaten, Knoblauch und Zwiebeln. Ich weiß, dass es eine krankhafte Angewohnheit ist, auf eine solche Weise sein Heimweh zu pflegen, doch einzig und allein diese Reminiszenzen erlaubten es mir, mich zu etwas zugehörig zu fühlen, auf das ich nicht verzichten wollte. Vielleicht war das der größte Irrtum meines Lebens, oder vielleicht war ich unfähig, ein anderer zu sein, dazu prädestiniert, die Verbannung aus Kuba, das Heimweh nach Kuba, den Traum von der Freiheit Kubas neu zu erfinden. Wie dem auch sei, heute sehe ich diese Lebensform als die hauptsächliche Motivation dafür an, dass ich meinen Weg zu Ende gegangen bin und zu dem Menschen wurde, der ich bin, und nicht zu einem anderen, grundverschiedenen.

Fest steht, dass meine Hoffnungen auf Rückkehr von den Gerüchten genährt wurden, es werde möglicherweise eine Generalamnestie für all jene geben, die aus politischen Gründen unter der früheren spanischen Herrschaft verurteilt worden waren. Doch gleichzeitig hatte ich das, was in dem armen, durch Machtkämpfe zerriebenen Mexiko geschah, dermaßen satt, dass ich sogar in Erwägung zu ziehen begann, in ein so ungastliches Land wie die Vereinigten Staaten oder in das ferne und nicht weniger kalte Europa zu gehen, um dem Chaos und den politischen Exzessen zu entfliehen. Mit jedem Tag wuchs in mir die Überzeugung, dass Mexiko, dieses großzügige Land, das mir Heimat, Ruhm und Überleben geboten hatte, wie meine Gegner zu Recht sagten, nach und nach zerfiel. Man schrie mir ins Gesicht, dass ich kein wirklicher Mexikaner sei, erkannte mir die verliehenen Ehrentitel ab und machte mir das Überleben immer schwerer, indem die Regierung mir monatelang mein Gehalt schuldig blieb, sodass ich häufig auf die Unterstützung durch Jacobas Familie angewiesen war.

Nur meine verzweifelte finanzielle Situation hielt mich noch in Mexiko fest, denn es war mir unmöglich, das nötige Geld für die Schiffspassage, den Kauf der für ein anderes Klima angebrachten Kleidung und ein finanzielles Polster für den Neustart aufzutreiben. Außerdem, in welchem Bergwerk, auf welchem Feld oder auf welcher Baustelle hätte ich arbeiten können, krank wie ich war? Konnte ich mit der Möglichkeit rechnen, in einem anderen Land, mit seinen eigenen Gesetzen und vielleicht sogar mit einer anderen Sprache, als Rechtsanwalt meinen Lebensunterhalt zu verdienen? Am Horizont meines Lebens sah es dunkel aus, und es wurde noch dunkler, als ich erfuhr, dass mit Generalkapitän Tacón ein neuer Wind in Havanna wehte. So wurde Saco des Landes verwiesen, weil er einen Artikel veröffentlicht hatte, in dem er sich für die inzwischen aufgelöste Kubanische Akademie für Literatur einsetzte – jene Akademie, an deren Gründung Domingo maßgeblich beteiligt gewesen war, auch wenn er Saquete wieder einmal die Rolle des vehementen Verteidigers überlassen hatte … Der eigentliche Grund für den Landesverweis war jedoch, wie ich bald erfahren sollte, dass Saco in seinem Pamphlet irgendwelche engen Freunde des Conde de Villanueva kritisiert hatte, des schaurigen Leiters der Finanzverwaltung von Havanna, der den Generalkapitän nötigte, diese repressive Maßnahme gegen den Schriftsteller zu ergreifen – kraft der Autorität, die ihm die Aufgabe verlieh, dem verarmten Spanien jene Geldmittel vom reichen Kuba zukommen zu lassen, mit denen dort Minister und Hofschranzen ausgehalten wurden. In einer spektakulären Aktion wurde Saco während einer Unterrichtsstunde im Seminar San Carlos wegen Verbreitung aufrührerischer Propaganda verhaftet und später zu lebenslanger Verbannung verurteilt, gerade in dem Moment, als die von der spanischen Regentin erlassene Generalamnestie verkündet wurde. Da Domingo sich vor der Herausforderung drückte und wieder einmal schwieg, war es einer der brillantesten Männer des Landes, José de la Luz y Caballero, der die Verteidigung des soeben Verbannten übernahm. Niemand, der bei klarem Verstande sei, so argumentierte er, könne separatistische Ideen verbreiten, denn »selbst unter den größten Träumern« sei der Gedanke an Unabhängigkeit obsolet geworden. Die »Träumer« waren natürlich der in New York so gut wie vergessene Pater Varela und ich. Nach der Bekanntgabe des neuen Amnestiegesetzes ließ der Tyrann Tacón verlauten, dass uns beide das Gesetz nicht betreffe, da wir während der vergangenen Jahre weiterhin für die Unabhängigkeit Kubas gekämpft hätten.

Ich weiß nicht, ob in Zukunft weitere Menschen eine so harte Strafe wie die meine werden erdulden und jahrelang als Verbannte leben müssen, sich nach dem Vaterland verzehrend, auf immer und ewig ein Ausländer, fern von Freunden und Familie, mit tausend halb fertigen und verlorenen Geschichten im Gepäck, eine fremde Sprache sprechend und vor Sehnsucht nach Rückkehr sterbend. Wenn ja, bedaure ich sie von meinem Sterbebett aus, denn sie werden die schlimmste aller Strafen erleiden, die diejenigen, die als Herren über die Länder und über das Schicksal ihrer Bürger herrschen, verhängen können.

Doch während ich von der Möglichkeit träumte, in ein anderes Land zu gehen, hörte ich nicht auf zu arbeiten, um meinen Lebensunterhalt zu verdienen, und zu schreiben, um zu leben. Da der mexikanische Staat mir immer weniger zahlte, nahm ich Ende 1833 den Lehrstuhl für Allgemeine Literaturwissenschaften am Literarischen

Institut an und unterrichtete darüber hinaus Alte und Neue Geschichte. Wenig später wurde ich zum stellvertretenden Justizminister von Mexiko ernannt und verfolgte nun meine literarischen Interessen in einer der besten Zeitschriften, die ich in meinem Leben je herausgebracht habe, *Minerva*, von der ich siebenundzwanzig Nummern veröffentlichen konnte. Zur selben Zeit beendete ich meine Übersetzung des Romans *Waverley oder Vor sechzig Jahren* von Walter Scott, einem schottischen Schriftsteller, mit dem ich die Leidenschaft für Geschichte teilte.

Aus Kuba erreichten mich nur wenige und dazu traurige Nachrichten, größtenteils via Tomás Gener aus den Vereinigten Staaten, denn wie immer in Zeiten des Schreckens befürchteten die kubanischen Freunde, ihre an mich adressierten Briefe könnten abgefangen werden. Weil ich den Kontakt mit Domingo und den anderen Freunden nicht vollständig verlieren und andererseits verhindern wollte, dass meine Briefe den emsigen, zahlreichen und anscheinend effizienten Spitzeln der Regierung in die Hände gerieten, schickte ich ihnen meine Grüße ebenfalls über diesen Umweg.

Hart war es für mich zu wissen, dass ich diese Verbindung nach Kuba verlieren würde, als Gener mir Mitte 1834 mitteilte, er nehme das Amnestiegesetz in Anspruch und werde zurückkehren. Sogleich kamen mir die Worte von Pater Varela in den Sinn, der mich zehn Jahre zuvor darüber aufgeklärt hatte, wer Gener in Wirklichkeit war und welchen Einfluss er in Kuba hatte. Und diesen Einfluss wusste der Katalane zu nutzen, dabei war er es gewesen, der 1823 in seiner Funktion als Parlamentspräsident jenen Antrag angenommen hatte, der Fernando VII. für verrückt und unfähig erklärte und ihn von jeder Entscheidung der Regierung ausschloss. Doch nun kehrte der reiche Gener nach Kuba zurück, während der arme Heredia nicht amnestiert wurde, weil seine Anwesenheit auf der Insel Unruhen hätte auslösen können … Was für eine Moral ist das, die sich herausnimmt, mich zu kritisieren? Konnte auch nur einer der vielen, die sich in all den Jahren durch Korruption und andere Machenschaften bereichert hatten, die Stimme gegen meine Schwächen erheben? … Gener kehrte also zurück, und in Matanzas bereitete man ihm den spektakulärsten Empfang, an den sich die Stadt erinnern konnte, einschließlich Salutschüssen und Umarmungen des Garnisonskommandanten. In Havanna dann rollte man für ihn den roten Teppich aus und veranstaltete ihm zu Ehren Bankette. Als Gipfel der Schmierenkomödie wurde der Katalane von Tacón persönlich im Regierungspalast willkommen geheißen, und zum Abschied umarmten sich die beiden wie alte Freunde vor der luxuriösen Kalesche des »Nationalhelden«, zu dem Tomás Gener geworden war …

Zur selben Zeit erhielt ich einen Brief von meiner Schwester Ignacia, in dem sie schrieb, dass Domingo nach einer kurzen und turbulenten Verlobungszeit schließlich geheiratet habe. Mit ihrem üblichen erzählerischen Talent teilte mir meine Schwester interessante Einzelheiten mit. Die Glückliche hörte auf den Namen Rosita Aldama, war jung, schön und, wie nicht anders zu erwarten, stinkreich, denn ihr Vater war kein Geringerer als der berühmte Domingo Aldama, Besitzer eines der größten Vermögen Kubas. Zudem bildete er, zusammen mit den Familien Mádam und Alfonso – Verwandten des so früh verstorbenen Silvestre – den mächtigen Clan der Zuckerbarone der Insel, die (wie ich von Varela wusste) die Politik Kubas manipulierten … Und mit dem schönsten Sprössling jenes Gartens hatte sich der große Domingo nun vermählt, ohne es mir, seinem »Herzensfreund«, anzukündigen. So fand er Einlass in die Oberschicht der kubanischen Gesellschaft, jener Schicht, die durch die schändliche Sklaverei reich geworden war, die Domingo sich früher einmal zu kritisieren erlaubt hatte. Sein Zynismus ging so weit, dass er die Mitgift von dreißigtausend Pesos ausschlug, weil er angeblich keinen Centavo von seinem Schwiegervater annehmen wollte, ihn gleichzeitig aber aufforderte, die Summe in ein einträgliches Geschäft zu investieren und seiner Tochter den Kapitalertrag zukommen zu lassen, denn er, Domingo del Monte, gedenke von seinem Beruf als Anwalt (den er nie ausübte) zu leben. Allerdings wehrte er sich nicht dagegen, gewisse Geschenke anzunehmen, wie zum Beispiel den Palast in der Calle Gelabert in Matanzas oder das Haus in der Hauptstadt, in der zentral gelegenen Calle Habana. Domingo war nun endgültig ein vermögender Mann und hatte weit mehr erreicht als die luxuriöse

Kutsche und die schöne Bibliothek, die er sich als wichtigste Ziele in seinem Leben vorgenommen hatte …

Nach einigen Monaten relativer Ruhe wurde Mexiko erneut auf den Kopf gestellt, als Santa Anna dem Land ein zentralistisches System aufzwang, um die gesamte Macht der Nation in seiner Hand zu vereinen. Würden wir in Kürze ein zweites Kaiserreich haben, vergleichbar mit dem des verrückten Iturbide? Als die Pläne, die die diktatorischen Absichten des »Fünfzehn Nägel« enthüllten, bekannt wurden, verfasste ich ein Manifest gegen den Zentralismus und sammelte Unterschriften der Bürger von Toluca, während ich den Hass des Diktators zu spüren bekam. Doch ich nahm die Folgen meiner Haltung in Kauf und vertrat stets meine Ansichten, sobald sich mir eine Plattform bot. Anscheinend beschloss Santa Anna mit der Selbstherrlichkeit aller Tyrannen, dass ich ein notwendiges Übel sei, eine alte, nicht zu tilgende Narbe, und auch wenn er mir nicht gerade Flügel verlieh, so beschnitt er sie mir doch nicht gänzlich und beließ mich, damit ich nicht verhungerte, auf meinem dubiosen Posten als Beamter der Justizbehörde eines Bundesstaates.

Dank Jacobas unerschöpflicher Fruchtbarkeit wurde am 5. September 1834 das vierte meiner Kinder geboren, ein Sohn, den wir zum Gedenken an meinen Vater José Francisco nannten. Jetzt waren wir zu fünft im Hause, und während Loreto uns viel Freude bereitete, machte Julia kaum Fortschritte und kränkelte ständig. Mit einer solchen Verantwortung auf den Schultern entschloss ich mich, den Posten des Direktors des Literaturwissenschaftlichen Instituts Mexikos anzunehmen, wurde jedoch schon bald zu dessen Rektor befördert, wobei das Gehalt eher dem eines Pedells entsprach.

Mein Wunsch aber war es nach wie vor, Mexiko zu verlassen. Meine Mutter hatte inzwischen entsprechende Schritte für meine Rückkehr auf die Insel unternommen, lediglich unterstützt von meinem Onkel Ignacio, denn die alten Freunde reagierten entweder nicht auf ihre Bitten (wie zum Beispiel Domingo, wie ich später erfahren sollte), oder sie weigerten sich ausdrücklich, ihr ohnehin problematisches Verhältnis zur Regierung noch mehr zu belasten, indem sie sich für meine Rückkehr einsetzten. Tacón aber zeigte sich unerbittlich, und ich meinerseits forderte meine Mutter auf, ihre Bemühungen zu beenden. Meine eventuelle Rückkehr sollte nicht aussehen wie eine großmütige Geste, eine Art persönliche Gefälligkeit des Generalkapitäns, der Zensur ausübte, Kulturzentren schließen ließ und immer neue Verbannungen aussprach. Meine einzige Möglichkeit bestand, wenn überhaupt, darin, um Erlaubnis zu bitten, die Insel für einige Tage besuchen zu dürfen, wobei ich mich auf alte spanische Gesetze berufen konnte, die Tacón allerdings nach Belieben auslegte. Für den Moment konzentrierten sich jedoch meine Hoffnungen darauf, dass der Staat mir die ausstehenden Gehälter bezahlte und ich mit diesem Geld in die Vereinigten Staaten würde ausreisen können, um endlich dem Albtraum zu entfliehen, zu dem mein Leben in Mexiko geworden war.

Reichen die bis hierhin beschriebenen Schicksalsschläge meines Lebens aus? Sind es zu viele oder zu wenige für einen einzelnen Menschen? Denn ein allfälliges Urteil müsste die unheilvollen Schläge berücksichtigen, die Gott mir vom Himmel herab in nur zwei Monaten versetzte: Am 17. Mai 1835 starb nach einem Todeskampf, der mich und ihre Mutter – die inzwischen ebenfalls an der Schwindsucht erkrankt war – beinahe umgebracht hätte, die kleine Julia, möge sie endlich in Frieden ruhen. Am 12. Juli dann war es José Francisco, der einer plötzlich aufgetretenen Krankheit erlag, damit sich Dunkelheit wie ein schwerer Mantel über mein Leben breite.

Zu diesen Toden muss ich den meines Schwiegervaters, des alten Magistratsbeamten Yáñez, hinzufügen, und der meine schien ebenfalls kurz bevorzustehen. Meine Tuberkulose verschlimmerte sich, ich bekam hohes Fieber und machte eine Krise durch, wie ich sie noch nie erlebt hatte. In wenigen Wochen magerte ich ab, ich verlor mein Haar, und meine Augenringe wurden noch dunkler, sodass ich mit meinen zweiunddreißig Jahren aussah wie ein Fünfzigjähriger. Wenn ich damals nicht starb, dann, so glaube ich, verdanke ich das allein der Kraft meiner Obsession, Kuba noch einmal zu sehen, bevor ich aus der Welt schied.

Zu meinem zweiunddreißigsten Geburtstag bekam ich endlich das Geschenk, auf das ich schon so lange sehnsüchtig gewartet hatte: ein

Bild meiner Mutter, in Öl gemalt. Es war wunderschön und zeigte eine Frau, die sich auch im fortgeschrittenen Alter ihren kraftvollen, ausdrucksstarken Blick bewahrt hatte. Ich weinte, als ich nach zwölf langen und schrecklichen Jahren das Bildnis von María de la Merced Heredia sah. Sollte ich sterben, ohne noch einmal die Frau zu umarmen, die mir das Leben und die Sprache geschenkt, die mir den ersten Kuss gegeben hatte und mit mir, dem Vierjährigen, an einem heißen Sommertag 1807 in das einzige anständige Geschäft von Pensacola gegangen war, um mir den wunderbaren Band mit den Fabeln Äsops zu kaufen, das erste der Bücher, die ich in meinem Leben besaß? Würde ich nie mehr meine geliebte Ignacia umarmen, die Neffen nicht kennenlernen, die sie und meine anderen Schwestern mir geschenkt hatten? Würde ich sterben, ohne noch einmal eine Königspalme zu betrachten?

Tage, Wochen, Monate verbrachte ich mit der Feder in der Hand und dem weißen, leeren Blatt Papier vor mir. Ganze Vormittage, Nachmittage, Abende und Nächte überlegte ich mir jenen Schritt, dachte an seine Unumkehrbarkeit, daran, wie schmerzhaft es war, ihn auch nur in Betracht zu ziehen. Doch ich wusste, dass alles auf die teuflische Alternative »jetzt oder nie« hinauslief, denn mein Leben verlosch, und Gott, der so strenge Richter, würde mir meine Schwäche verzeihen müssen. Und an jenem traurigen Morgen des 1. April 1836 verließ ich das Haus, in der Hand einen verschlossenen Umschlag, der meinen letzten Verzicht auf alles oder fast alles enthielt, an das ich geglaubt und für das ich gekämpft und gelitten hatte.

Der Inhalt meines Briefes an Generalkapitän Tacón ist hinlänglich bekannt. Wie zu erwarten war, meinte der Diktator bei Erhalt, mich besiegt zu haben, und meine alten Freunde betrachteten mich als Verräter. In jenem Brief, dessen ich mich nicht schäme, weil ich darin nur die Wahrheit sage, bat ich den General um die Erlaubnis, für eine kurze Zeit nach Kuba zurückkehren zu dürfen, um, vielleicht zum letzten Mal, meine alte Mutter zu sehen. Um ihm zu zeigen, dass ich nicht mehr der, wie man ihm gesagt hatte, »gefährliche Heredia« war, schrieb ich ihm, wovon ich inzwischen mehr als überzeugt war: »Wie mir berichtet wurde, glauben Eure Exzellenz zu wissen, dass ich mit meiner Reise revolutionäre Ziele verfolge. Darum zweifle ich nicht daran, dass Eure Informanten mich auf grausame Weise verleumdet haben. Es stimmt, dass vor zwölf Jahren Kubas Unabhängigkeit mein leidenschaftlichster Wunsch war und ich freudig mein Leben gegeben hätte, um sie zu erreichen. Doch das, was ich an Not und Elend in den neuen amerikanischen Ländern gesehen habe, haben meine Ansichten grundlegend verändert, und heute sähe ich es als ein Verbrechen an, würde man das reiche und glückliche Kuba mit den Übeln infizieren, die den amerikanischen Kontinent heimsuchen.«

Fast wie ein Wunder mutet es an, wie sehr dieser Brief mein Leben veränderte. Schlagartig besserte sich meine Gesundheit, und auch mein Gemütszustand veränderte sich. Hoffnung keimte wieder auf. Außerdem wurde, gesund und kräftig, das fünfte meiner Kinder geboren, José de Jesús, der zur Freude seiner Mutter und seines Vaters zu einem prächtigen Jungen heranwuchs. Und ich leugne nicht, dass ich glücklich war, als ich das Schreiben Tacóns erhielt, in dem er mir mitteilte, dass ich für zwei Monate auf die »stets treue Insel Kuba« reisen dürfe. An jenem Tag hatte ich das Gefühl, die Pforten des Himmels würden sich mir öffnen, auch wenn ich sehr wohl wusste, dass sich mein endgültiger Sturz in die Hölle damit lediglich verzögerte.

Die Reisevorbereitungen gestalteten sich vor allem in finanzieller Hinsicht schwierig. Ich musste irgendwie zusehen, dass für Jacobas Lebensunterhalt und den der Kinder gesorgt war, musste das Geld für Schiffspassagen und Unterkunft beschaffen und mir darüber hinaus neue Kleidung kaufen, die für das kubanische Klima geeignet war und natürlich angemessener sein sollte als die groben Jacken und die Cordhosen mit den zerschlissenen Hosenböden, die ich in Toluca trug. Einige gute Freunde, darunter Rechtsanwalt Quintana Roo und Anastasio Zerecero, boten mir ihre Hilfe an, doch ich zog es vor, mir das Geld zu leihen, anstatt einmal mehr von der Barmherzigkeit derer abzuhängen, die mich liebten.

Jede Nacht träumte ich von der Stunde der Abreise, und mein Gefühl sagte mir, dass ich viele glückliche Augenblicke erleben würde. Meine Mutter und meine Schwestern prophezeiten mir einen wunderschönen Aufenthalt, auch mein Onkel Ignacio würde sich freuen, mich wieder an seiner Seite zu haben. Außerdem war ich überzeugt, dass meine alten Freunde mich mit Fragen und, nachdem sie meine Gründe für die Rückkehr erfahren hätten, mit Umarmungen und Liebesbezeigungen überhäufen würden. Ich dachte sogar an die Möglichkeit, mich endlich mit Lola Junco aussprechen zu können, um aus ihrem Munde die Schilderung der schwierigen Tage unserer Trennung und die Gründe für ihren letzten, niederschmetternden Brief zu hören. Obendrein plante ich, mich mit Domingo zusammenzusetzen, um mit ihm eine neue und endgültige Ausgabe meiner Gedichte vorzubereiten.

Während ich mich ganz meiner Vorfreude hingab, ereignete sich etwas, das mir offenbarte, wie sehr sich mein Leben verändert hatte. Es geschah am 2. Oktober 1836, das Datum meiner Abreise war bereits auf Ende des Monats festgelegt. Auf Einladung des großen englischen Malers Sonkins, der auf Besuch in Mexiko weilte, bestieg ich, gemeinsam mit ihm und anderen Freunden, den Monte Nevado, einen Berg in der Nähe von Toluca. Mehrmals schon hatte ich mir vorgenommen, ein solches Abenteuer zu wagen, doch die Wechselfälle des Lebens hatten mich immer wieder davon abgehalten. Jetzt aber ging es mir gut, und ich wollte mir diese Gelegenheiten nicht entgehen lassen. Der Aufstieg zum Gipfel war erfolgreich, meine schwachen Kräfte hatten den Anstrengungen tapfer standgehalten. Vom Gipfel aus konnte ich die riesigen Ausmaße der Hochebene bewundern, wo noch vor vier Jahrhunderten die mächtigen Azteken geherrscht hatten. Rührung überkam mich wie jedes Mal angesichts der Großartigkeit der Natur und der Zeit, und mir wurde bewusst, dass ich einen weiteren unvergesslichen Tag erlebte, wie jenen, an dem ich das Wunder der Niagarafälle bestaunt hatte.

Kurz darauf machten wir uns an den Abstieg, und abends waren wir wieder in Toluca. Nachdem wir in einer Taverne im Zentrum ein paar Schnäpse getrunken hatten, ging ich schließlich nach Hause, wo ich von Jacoba erwartet wurde. Die Kinder schliefen wie Engelchen, und der Hund Hatuey leckte mir die Hände. Ich badete ausgiebig, während ich mich mit meiner Gattin unterhielt. Dann verschlang ich gierig das Essen, trank Wein dazu, gab Jacoba einen Kuss, und wir gingen zu Bett. Von den Strapazen des Tages erschöpft, schlief ich tief und selig … Doch meinem Hirn, dem ausgetrockneten Brunnen meiner Empfindsamkeit, entstieg nicht ein einziger trauriger, schlichter Vers, der das Erlebte hätte ausdrücken können. Wenn ich vorher schon gewusst hatte, dass ich ein toter Dichter war, so wusste ich beim Aufwachen am nächsten Morgen, dass der Dichter bereits begraben war.

Und die Kothurne? Dort waren die Friese, die nie einen Tempel geschmückt hatten, bedeckt von ewigem Staub, während sie epische Geschichten von siegreichen Imperatoren und ihren tapferen Zenturien zu verewigen vorgaben. Und auch die Karyatiden, die nie ein Dach gestützt hatten, rundbusig und steinern, wie transsexuelle Bodybuilder. Doch Friese und Karyatiden besitzen keinen eigenen Glanz, ihre Aufgabe war es lediglich, an das Werk und das Leben historischer Persönlichkeiten, die ebenfalls dort versammelt waren, zu erinnern und sie zu verherrlichen: Julius Cäsar, Augustus, Hadrian, Marcus Aurelius. Starre Köpfe aus Gips, Abgüsse der marmornen Originale, die in irgendeinem Museum der Welt bewundert werden konnten. Und die Kothurne? Auch die berühmten Werke hatten hier ihren Platz gefunden: die für alle Zeiten enthauptete Nike von Samothrake; die verstümmelte und vielleicht deswegen noch sinnlichere Venus von Milo; der Diskuswerfer in erstarrter Aktion; der kriegerische Apoll und die geheimnisvolle Aphrodite, verteilt auf ein Miniatur-Parthenon, ein intaktes Kolosseum und angeblich prähellenische, hellenische und posthellenische Amphoren, in deren leeren Bäuchen sich nie die weiblichen Öle Persiens oder die männlichen Weine Mazedoniens befunden hatten. Und die Kothurne? Ein Zerberus aus winzigen Keramiksplittern zeigte seine Zähne von dem Mosaik herab, das am Eingang dieses Museums der Fälschungen hing, wo Fernando Terry vergeblich nach einem schlichten Paar Kothurne Ausschau hielt.

Denn nie würde Fernando den Tag vergessen, an dem Frau Doktor Calderón jene Bühnenschuhe mitgebracht hatte, um der Klasse die griechische Tragödie näherzubringen, und er intelligenter und skeptischer als seine Klassenkameraden sein wollte und gefragt hatte: »Frau Doktor, sind das echte Kothurne?«

Der vernichtende Blick der Lehrerin verriet ihm, wie tief er ins Fettnäpfchen getreten war, so als hätte er Kothurne aus Blei an den Füßen. »Mein lieber kleiner Genosse«, sagte Doktor Calderón und hob einen der Schuhe in die Höhe, »ich frage mich, sind Sie sehr naiv oder sehr spöttisch?«

Und mit seinem schönsten Spöttergesicht hatte Fernando das naive Unschuldslamm gespielt und dafür das beifällige Grinsen seiner Freunde geerntet.

Gleich nachdem er das Institut betreten hatte, begann er, seine Erinnerung mit der Realität zu konfrontieren. Ein unvermeidlicher Prozess. Obwohl sich an dem Gebäude so gut wie nichts verändert hatte, kam ihm alles öde und kühl vor, durchdrungen von einem unangenehmen, die Sinne beleidigenden Gestank, ohne den Stempel der Vitalität, den er und seine Freunde der damaligen Zeit aufgedrückt hatten, die unbedingt verklärt werden wollte, als wäre sie tatsächlich idyllisch gewesen. Im dritten Stockwerk angekommen, betrachtete Fernando die 19 auf der Tür des Hörsaals, und es kam ihm wie eine Laune des Schicksals vor, dass Frau Doktor Santori ihre Seminare ausgerechnet in dem Raum abhielt, in dem er seine letzte Vorlesung am Literaturwissenschaftlichen Institut gehalten hatte. Fest entschlossen, den Schierlingsbecher bis zur Neige zu leeren, gönnte er sich eine letzte Ruhepause, bevor er den Saal betrat. Eine Zigarette im Mundwinkel, stützte er sich mit den Ellbogen auf die Balkonbrüstung, wie er es so oft getan hatte an den Tagen und Abenden, die er in diesem Gebäude verbracht hatte. Neben ihm, so dachte er, könnte jetzt Enrique stehen, bissig und gut gelaunt, bereit, den neusten Witz zu erzählen oder von seinem Entzücken zu sprechen, das er bei der Lektüre der hervorragenden Romane von Marguerite Yourcenar empfunden hatte; oder der schöne Arcadio, immer darauf aus, ein Dichter zu sein und zu scheinen, und stets damit beschäftigt, abwechselnd, öffentlich und demonstrativ Roque Dalton und Juan Gelman, Eliot und Pound zu lesen; oder Tomás, der ihnen unbedingt vom Hintern der Neuen, die sie damals »den schönsten Po der Erstsemester« genannt hatten, erzählen musste; oder Miguel Ángel, der von seiner Arbeit im Basiskomitee der Kommunistischen Jugend und von den Essays von Frantz Fanon berichtete; oder Conrado mit einem nie gelesenen Exemplar des *Ulysses* gut sichtbar unter dem Arm; oder Álvaro, spöttisch, unbekümmert und immer bereit, sich über den Erstbesten, der vorbeikam, lustig zu machen, als gäbe es nichts Wichtigeres im Leben. Ganz am Ende des Balkons könnten Víctor und Delfina stehen, Hand in Hand, ins Gespräch vertieft, wahrscheinlich darüber, wie ihr Leben aussehen würde: Kinder, Filme, Bücher, geteilte Freuden … Eine von Fernandos damaligen Freundinnen könnte vorbeischlendern, frischen Blütenduft hinterlassend. Er und seine Freunde könnten über die vielen, so vielen Dinge reden, über die sie in jenen Jahren immer geredet hatten: über die Vorlesung von Cortázar, zu der sie gepilgert waren wie eifrige Cronopien; über Lezama Lima, der einsam und verlassen gestorben war und dessen Tod in den kubanischen Zeitungen nur am Rande erwähnt wurde; über die vorzügliche Prosa von Carpentier in dem kürzlich veröffentlichten *Barockkonzert*; über eine alte Ausgabe von *Der Sklavenhändler*, jenem unglaublichen Roman von Lino Novás Calvo, den man vom Kanon der Pflichtlektüre gestrichen hatte, als der Autor ins Exil gegangen war; über den beeindruckenden Scharfsinn von Vargas Llosa und seiner *Geschichte eines Gottesmordes*; über den traurigen Sinn des Lebens in dem soeben erschienenen Büchlein von Eliseo Diego oder die heimliche Entdeckung der brillanten Gedichte von Eugenio Florit …

Fernando warf die Kippe in den metallenen Aschenbecher und stieß die Tür zum Hörsaal 19 auf. Vor der Tafel stand, zierlich und zerbrechlich, Frau Doktor Santori. Die Jahrzehnte hatten sie kaum verändert, und sie konnte noch problemlos ohne Brille vor die Studenten treten. Ihre kleinen Schlangenaugen blitzten auf, als sie denen Fernandos begegneten, doch ihre feste Stimme veränderte sich nicht, während sie über das furchtbare Schicksal von Juan Clemente Zenea sprach, einem der vielen ins Exil getriebenen Dichter, der versucht hatte, nach Kuba zurückzukehren und am Ende von den spanischen Kolonialisten als Spion und von den kubanischen Patrioten als Verräter angeklagt worden war. Wie oft in ihrem Leben hatte die Professorin diese düstere Geschichte eines von den politischen Turbulenzen seiner Epoche erfassten Dichters erzählt?

Während Doktor Santori ihre Ausführungen mit Zeneas Erschießung beendete, begriff Fernando, warum er Angst davor gehabt hatte, das Institut noch einmal zu betreten: Mehr als vor der Erinnerung an das vom Polizisten Ramón durchgeführte Schnellgerichtsverfahren oder an die darauf erfolgten diversen Ausschlüsse fürchtete er sich davor, wieder an das Leben vor der Katastrophe erinnert zu werden. Ein Leben, in dem es viel Lächeln, Lachen und Gelächter gegeben hatte, denn trotz des Mangels, des Schweigens und der Einschränkungen war das Glück möglich gewesen, da so viele aufrichtige Hoffnungen und mitreißende Zukunftspläne und ein Zustand der Unschuld ihn an die Macht der Poesie und an die Echtheit von Kothurnen hatten glauben lassen.

»Und die Kothurne, Frau Doktor?«, fragte er die Santori, die, nachdem ihr Seminar beendet war, das verstaubte Museum der Fälschungen für das Gespräch mit ihrem ehemaligen Studenten ausgewählt hatte.

»Die Kothurne? Die wurden geklaut … Jemand muss geglaubt haben, sie seien echt, oder?«

»Kaum zu glauben«, sagte Fernando, woraufhin die alte Lehrerin ihn verständnislos ansah.

Vor dem bodenlangen Fenster stand eine Holzbank, auf die sich Doktor Santori langsam fallen ließ, wobei sie sich mit den Händen auf die Lehne stützte. Lächelnd holte sie eine Schachtel Zigaretten und ein Benzinfeuerzeug aus der Tasche ihres Kleides hervor.

»Sie rauchen also immer noch?«, wunderte sich Fernando.

»Warum jetzt noch damit aufhören?«

»Ich nehms mir jeden Tag vor … aber ich versuchs nicht mal«, gestand Fernando.

»Schön, dass du gekommen bist, Fernando«, sagte die Professorin.

»Ich hab schon gedacht, ich würde sterben, ohne dich wiedergesehen zu haben … Los, erzähl, wie ist es dir ergangen?«

Fernando beobachtete, wie sie die Zigarette zum Mund führte und den Rauch ausstieß. Rauchen schien ein Akt höchster Lust zu sein für diese eingefleischte Junggesellin, über deren sexuelle Vorlieben ihre Schüler immer gemutmaßt hatten. Doch gefesselt von der faszinierenden Lektüre der kubanischen Autoren, die die Santori ihnen empfahl, vergaßen sie, je weiter der Kurs fortschritt, ihre Spekulationen und ließen sich von einem auf einer stets wachsamen Sensibilität und jahrelanger Forschung und Lehre basierenden Wissen gefangen nehmen.

»Ich habe viel erlebt, und ich habe nichts erlebt«, sagte er und versuchte sich dann an einer Zusammenfassung der Ereignisse der letzten zwanzig Jahre.

»Dann bist du also zurückgekommen, um Heredias Manuskript zu suchen?«

»Ja, vor allem …«

»Freut mich zu hören. Das heißt, du hast dich nicht unterkriegen lassen. Weißt du was? Ich hatte nie wieder so einen Schüler wie dich. Nicht mal Enrique war so gut …«

»Ach was, bei so vielen Schülern …«, versuchte Fernando das peinliche Lob herunterzuspielen.

»Im Ernst! Weder vorher noch nachher. Deswegen hätte ich es gerne gesehen, wenn du als Professor hier am Institut geblieben wärst. Ich dachte, du könntest ein würdiger Nachfolger für mich sein.«

»Aber wie Sie sehen, bin ich gegangen, und Sie sind immer noch hier.«

»Und das verzeihe ich mir nie!«, rief die alte Lehrerin, und es klang ganz so, als schmerze sie diese Feststellung. Sie starrte eine Weile auf ihre Zigarette, zog ein letztes Mal daran und warf sie aus dem Fenster. Fernando zog es vor zu schweigen. Das Geständnis überraschte ihn, aber was er dann hören sollte, konnte er kaum glauben: »Ich hätte dich retten können!«

»Aber Prof, Sie …«

»Es war ganz einfach, Fernando: Entweder man hätte dich wieder zurückgeholt, oder ich wäre auch gegangen.«

»Das wäre nicht gelaufen, Prof.«

»Doch, natürlich wär das gelaufen, und das weißt du ganz genau. Zumindest wäre ich in all den Jahren ruhiger gewesen und stolz auf mich selbst. Aber ich habe es nicht mal zu denken gewagt. Ich habe Widerspruch eingelegt, an den Rektor geschrieben, an den Minister, an den Chefideologen der Partei, aber ich habe nicht mit meinem Rücktritt gedroht …«

»Das wusste ich nicht. Und was hat man Ihnen geantwortet?«

»Man hat mich hingehalten. Du habest einen Fehler gemacht, sagten sie, der verantwortliche Genosse des Innenministeriums habe einen Bericht verfasst, danach sei dein Verhalten nicht korrekt gewesen, wir müssten eine gewisse Zeit verstreichen lassen … Bis ich wütend wurde und damit gedroht habe, wenn das nicht wieder in Ordnung gebracht würde, würde ich mich an die entsprechende Stellen wenden. Und am Ende haben sie dir dann diesen Brief geschickt, aber da war es schon zu spät …«

»Und das wegen einer Lappalie! Jemand hat der Polizei gesagt, ich hätte gewusst, dass Enrique fortgehen wollte.«

»Weißt du was? Ich bin mir da gar nicht so sicher. Meiner Meinung nach hat man dir eine Falle gestellt. Ich bin damals zu den Leuten vom Staatsschutz gegangen, die für die Universität zuständig waren, und die haben mir gesagt, du hättest dich selbst beschuldigt …«

»Aber wie das denn?«

»Genau das hab ich auch gesagt. Da haben sie mir ein Tonband vorgespielt, auf dem du aussagst, Enrique habe dir anvertraut, irgendwann werde er in ein Boot steigen … Ich hab ihnen gesagt, es wäre doch absurd, dir wegen so einem Unsinn die Karriere zu versauen … und da haben sie mir einen Bericht über dich gezeigt, von der Zeitschrift *TabaCuba*. Darin wirst du beschuldigt, individualistisch und selbstgerecht zu sein, ein ideologischer Abweichler mit der falschen Einstellung zur Arbeit und zu politischen Aufgaben, all das, was man jedem intelligenten Menschen vorwerfen kann. Sie selbst sagten mir, dass nichts davon schwerwiegend sei und dass du in ein, zwei Jahren, vielleicht weniger, ans Institut zurückkehren könntest. Und in diesem Moment habe ich nicht das gemacht, was ich hätte tun müssen: meinen Rücktritt für deine Rückkehr in die Waagschale werfen … Als Tomás mir erzählt hat, dass du über Mariel fortgegangen bist, habe ich mich so schuldig gefühlt, dass ich fast krank geworden bin. Mir wurde bewusst, dass wir alle, die etwas für dich hätten tun können – aber vor allem ich –, Schuld daran waren, dass wir dich verloren hatten.«

Fernando spürte einen Kloß im Hals. Die Möglichkeit, von der er in den Tagen seiner Ausgrenzung so oft geträumt hatte, dass man ihn anrufen und ihn bitten würde, ans Institut zurückzukehren, war greifbarer gewesen, als er geahnt hatte, und hätte sich sehr viel früher realisieren können als im Mai 1980, als er ins Exil gegangen war. Sein Leben wäre dann wieder in Ordnung gekommen, und alles wäre anders geworden. Doch dann hatten ein dummes Eingeständnis, die Unerbittlichkeit einiger Personen und die fehlende Entschiedenheit anderer die Schlacht gewonnen, ohne dass ihn irgendjemand hatte denunzieren müssen. Die Absurdität seines Schicksals kam ihm jetzt ganz einfach nur noch lächerlich vor.

»Nein, Doktor Santori, ich glaube nach wie vor, dass mich jemand verraten hat.«

»Als du aus Kuba fortgingst, bin ich zum Rektor marschiert und hab zu ihm gesagt, dass wir dich aus dem Land vertrieben hätten. Nein, hat er geantwortet, du selbst seist es gewesen, der denjenigen, die dich beschuldigten, den Grund dafür geliefert hättest.«

»Ich konnte einfach nicht mehr, Prof.«

»Das hab ich ihm auch gesagt. Wie weit sie dich noch in die Enge hätten treiben wollen, ohne dass du reagiert hättest, habe ich ihn gefragt. Eine unglaubliche Dummheit … Deswegen wollte ich dich um Verzeihung bitten, Fernando, und ich wollte es hier tun, im Institut …«

»Ich habe Ihnen nichts zu verzeihen, Prof. Im Gegenteil, ich möchte Ihnen danken, dass Sie sich Sorgen um mich gemacht haben.«

»Doch, du musst mir verzeihen, denn ich habe nicht das getan, was ich hätte tun müssen. Und weißt du, was das Schlimmste ist? Ich habe es nicht aus Angst nicht getan, denn ich wusste, dass sie mich deswegen nicht rausgeworfen hätten. Wenn ich Angst gehabt hätte, wäre mein Verhalten eher zu entschuldigen gewesen … Nein, ich habe es nicht getan, weil ich glaubte, es müsse doch jemandem auffallen, wie brutal das Ganze war.«

Doktor Santori ließ ihren Blick über die didaktische Archäologie des Museums wandern. In ihren fünfzig Jahren als Professorin hatte sie wohl nie eine so schmerzliche Unterhaltung geführt wie diese. Fernando wurde bewusst, wie groß das Schuldgefühl sein musste, das diese so selbstsichere und korrekte Frau dazu veranlasst hatte, ihren furchtbaren Fehler einzugestehen. »Und wann fliegst du?«

»In vier Tagen.«

»Und was ist, wenn du Heredias Manuskript nicht findest?«

»Ich muss auf jeden Fall abreisen. Obwohl … Ich bin immer mehr davon überzeugt, dass dieses Manuskript nicht mehr existiert.«

»Es wäre schade, wenn du es nicht fändest. Kann man nicht herausfinden, was mit ihm passiert ist? Das wäre doch das Mindeste, oder?«

»Ich bin mir nicht sicher, Prof«, gab Fernando zu, und er erzählte ihr von seinen Nachforschungen im Archiv der Großen Loge und von Carmencita Juncos Vermutungen über den regelmäßig wiederkehrenden Reichtum ihres Onkels Ricardo.

Doktor Santori zündete sich eine weitere Zigarette an und hörte ihm zu, wobei sie ihre kleinen Schlangenäuglein wegen des aufsteigenden Rauches zukniff.

»Wenn dieser Ricardo Junco die Dokumente verkauft hat, und das für viel Geld, dann führt die Spur zu einem Del Monte oder einem Aldama oder sonst jemanden aus der Sippe. Die anderen Freimaurer kann man ausschließen, auch Figarola. Was in Heredias Manuskript stand, muss sehr wichtig gewesen sein, sonst hätte sein Sohn es verkauft und kein so großes Geheimnis darum gemacht … Die Vorstellung, es könnte doch noch existieren, macht mich ganz nervös«, fügte sie hinzu und ergriff Fernandos Hand. »Hör mal, Fernando, du darfst jetzt nicht aufgeben. Weißt du was? Es wäre eine herrliche Rache an allen, die dich beschuldigt haben, und an uns, die wir nicht zu dir gestanden haben. Hör jetzt nicht auf zu suchen, vier Tage sind eine lange Zeit!«

Von der Dachterrasse des Palastes der Juncos aus genoss Don Ricardo die fantastische Aussicht auf die alte Plaza de la Vigía und die letzte Brücke, die über den San Juan führte, bevor sich das grüne Wasser des Flusses in das unerschütterliche Meer ergoss. Die Morgensonne, deren Arbeit von keiner Wolke behindert zu werden drohte, zeichnete Glitzerflecken auf die glatte Wasseroberfläche, die Bäume und die Mauern der uralten Häuser rund um den Platz, ganz so, als wolle sie letzte Hand anlegen an ein ohnehin schon vor Schönheit strahlendes Panorama.

Seit seiner Kindheit empfand Ricardo eine Vorliebe für diesen Ausblick, den bereits vier Generationen der Familie Junco von derselben Terrasse aus genossen hatten. Als sein Großonkel Vicente 1838 den Palast erbaut hatte, war die Plaza de la Vigía das Geschäftszentrum der reichsten Stadt Kubas und die Familie Junco ihrerseits so reich und so mächtig, dass Don Vicente in seinem Ehrgeiz, den imposantesten Wohnsitz weit und breit zu bauen, der Stadt ein Stück Straße abkaufen konnte, um auf ihm einen Teil des Gebäudes zu errichten und so die architektonische Harmonie zu erreichen, von der er träumte. Viel hatte sich verändert seit jenen glorreichen Tagen, in denen die Juncos Straßen, Zuckerrohrplantagen, Leben und sogar Schweigen kaufen konnten. Auch der Platz hatte sich verändert: Die alte Festung mit dem lang gezogenen roten Ziegeldach, auf die Don Ricardo seit seiner Kindheit geblickt hatte, war verschwunden, genauso wie das alte Zollgebäude am Hafen und die Zigarrenfabrik, die er nie gesehen hatte. Doch auch das riesige Vermögen der Familie hatte sich in Luft aufgelöst, aufgezehrt von Kriegen, Krisen, Betrug und Verschwendungssucht wie der seines Bruders Anselmo, der das Geld zum Fenster hinauswarf, indem er kostspielige Autorennen und lächerliche Blumenfeste finanzierte und Konzerte im Teatro Sauto veranstaltete mit anschließenden endlosen Abendgesellschaften im Palast, der sich dann mit den sonderbarsten und immer hungrigen Gestalten füllte, Verehrern des verlausten polnischen Pianisten oder der streng riechenden russischen Ballerina, die gerade in Mode waren. Die Gewinne aus den Geschäften seines Vaters Don Ramiro Junco hatten gerade mal ausgereicht, um die heruntergekommenen finanziellen Verhältnisse des Familienclans in Ordnung zu bringen, und die Ergebnisse seiner eigenen, insbesondere während der Regierungszeit Machados äußerst erfolgreichen Bemühungen flossen in ein Fass ohne Boden, sodass die Bilanzen nach dem Sturz des Generals und damit dem Ende seines leichten Zugangs zu lukrativen Geschäften beängstigend schlecht zu werden begannen. Doch von allen möglichen Optionen, die sich am Horizont abzeichneten, war die einzige, die Don Ricardo Junco in Betracht zu ziehen sich weigerte, der Verkauf dieses Palastes, Stolz der Familie und Zeugnis ihrer althergebrachten Machtfülle.

An jenem Morgen im Frühling 1938 jedoch beglückwünschte sich Ricardo Junco, denn in etwa einer Stunde würde er ein Geschäft einfädeln, das seinen wirtschaftlichen Ruin zumindest hinauszuzögern imstande war. Eine Million? Zwei Millionen? … Er frohlockte innerlich: Wenn er vor sechs Jahren seinem ersten Impuls nachgegeben hätte, wäre das Dokument, das ihm nun ein Vermögen einbringen konnte, in Rauch aufgegangen, und seine Asche wäre in alle vier Winde verstreut worden.

Um ein Haar hätte er Cristóbal Aquino, der ihn an einem Abend des Jahres 1932 zu unpassender Zeit aufgesucht hatte, nicht empfangen. Don Ricardo hatte sich aus der Politik zurückgezogen, als Machados Stern zu sinken begann; aber Aquinos Anwesenheit in seinem Hause konnte keinen anderen Grund haben als den, dass eine Durchsuchung der Loge durch die Polizei bevorstand, und er war nicht gewillt, seinen geringer werdenden Einfluss dazu zu nutzen, diese eigensinnigen Dickschädel zu schützen, die, wie sein eigener Vater, mehr an der Bruderschaft zu hängen schienen als am eigenen Leben. Für ihn selbst war die Freimaurerei lediglich ein Mittel zur Festigung seiner gesellschaftlichen Stellung gewesen. Er hatte sich von ihr distanzieren müssen, als jene fanatischen alten Männer damit begonnen hatten, sich in die Politik einzumischen, um am Ende den Präsidenten zum Rücktritt aufzufordern und ihn danach unehrenhaft aus der Bruderschaft auszuschließen, in der der General den 33. Grad innegehabt hatte, die höchste Stufe im Leben eines Freimaurers. Als hätte Machado die Zurückweisung durch seine pathetischen Freimaurerbrüder um den Schlaf gebracht!

Nur eine unergründliche und rettende Vorahnung, die er sich nicht erklären konnte, hatte ihn seine Meinung ändern lassen und ihn dazu veranlasst, Aquino in der Bibliothek zu empfangen. Als er ihn hereinkommen sah, zwischen den Fingern eine zerkaute Zigarre, unter dem Arm einen schmutzig gelben Umschlag, hatte er Mitleid mit dem Greis, der ihn so sehr an seinen eigenen Vater erinnerte. Aquino wischte sich den Schweiß vom Gesicht. Ist das Angstschweiß?, fragte sich Don Ricardo, doch schnell wurde ihm klar, dass er sich geirrt hatte. Ohne Begrüßung erklärte Cristóbal Aquino, er sei gekommen, um ihm etwas zu übergeben, das ihm möglicherweise gehöre und dessen Wert er, wie er hoffe, richtig einzuschätzen wisse. Und dann legte er den gelben, mit einem malvenfarbenen Band zusammengehaltenen Umschlag auf den Mahagonischreibtisch.

»Und was soll das sein, das mir gehört und so wertvoll ist?«, fragte Don Ricardo, nachdem er ihm einen Stuhl angeboten hatte. »Möchtest du ein Glas Wasser? Einen Kaffee?«

Aquino nickte. Dann erinnerte er ihn daran, dass der gelbe Umschlag derselbe war, den José de Jesús Heredia elf Jahre zuvor der Loge übergeben hatte. Als Ricardo Junco die Geschichte hörte, die in jenem Dokument, das er schon längst vergessen hatte, schlummerte, wurde ihm bewusst, auf welch dramatische und beunruhigende Weise seine Familie und auch er selbst davon betroffen waren, und er begann zu begreifen, wie ernst die Angelegenheit war. Entsprechend unbegreiflich erschien ihm das Verhalten seines Vaters, Don Ramiro, der auf jede Mitsprache bei der Entscheidung über das Schicksal des Manuskripts verzichtet und sich sogar geweigert hatte, es zu lesen.

»Jetzt bin ich außer dir der Einzige, der weiß, wo sich dieses Dokument befindet«, fügte Aquino hinzu. »Nicht einmal mein Sohn weiß es. Und ich bin auch die einzige Person, die das Manuskript gelesen hat.«

In diesem Moment beging Ricardo Junco einen möglicherweise folgenschweren Fehler. »Ich weiß nicht, wie viel Geld du dafür haben willst, aber ehrlich gesagt …«

»Ich will dein Scheißgeld nicht, Ricardito! Man merkt, dass du nicht so bist wie dein Vater«, hatte der Freimaurer erwidert, und noch jetzt gab es Don Ricardo einen Stich, wenn er an den verächtlichen Blick dachte, mit dem Aquino ihn bedacht hatte. »Dieses Dokument hat keinen Preis, es ist weder zu kaufen noch zu verkaufen. José de Jesús hat jahrelang im Elend gelebt und es trotzdem nicht verkauft. Dein Vater wollte nichts damit zu tun haben, aber seitdem er wusste, dass es existierte und dass José de Jesús es nicht verkauft hatte, ließ er ihm jeden Monat Geld zukommen, damit er nicht verhungerte. Cernuda hat sich geweigert, das Manuskript zu vernichten, weil er wusste, dass es sehr wichtig ist … Es handelt von deiner Familie, aber es handelt auch von dem, was dieses Land ist und was es nicht ist … Es gibt nämlich Dinge, die sind heilig, falls du das noch nicht gewusst hast.«

»Entschuldige, aber ich habe gedacht …« Don Ricardo versuchte zu retten, was nicht mehr zu retten schien.

»Du hast mich beleidigt. Ich weiß jetzt, ich hätte nicht hierherkommen dürfen. Was dort niedergeschrieben ist, geht über die Memoiren eines Menschen hinaus, und deshalb glaube ich, dass es veröffentlicht werden muss, selbst wenn es den Juncos und anderen Leuten schadet. Aber wenn es deinen Freunden von der Geheimpolizei in die Hände fällt, weiß Gott, was die dann damit machen … Auch wenn ich dich für einen Gauner und intriganten Scheißpolitiker halte, der nie seinen Fuß in die Loge hätte setzen dürfen, bin ich trotzdem der Meinung, dass das Dokument dir gehört. Mach mit ihm, was du für richtig hältst, aber bevor du es vernichtest, denke an deinen Vater und daran, dass du damit deine eigene Familie zerstören würdest … Danke für den Kaffee.«

In der Erinnerung sah Don Ricardo den alten Cristóbal Aquino hinausgehen, mit seiner aufgesetzten Würde, seiner Freimaurerethik, die er wie eine Fahne vor sich hertrug, und es bereitete ihm nachträglich Genugtuung, zu wissen, dass der Alte zwei Stunden später nach Atem ringend in seinem Bett lag, gekrümmt vor Schmerzen nach einer Herzattacke, die ihn töten würde.

Noch am gleichen Abend hatte Don Ricardo damit begonnen, die Geschichte zu lesen, die Heredia in dem Manuskript erzählte. Die

Lektüre hatte ihm den Schlaf geraubt, und am nächsten Morgen hatte er entschieden, dass das Schicksal dieses Dokumentes nur sein könne, dem Feuer übergeben zu werden. Doch eine rettende Vorahnung ließ ihn die Aktion hinauszögern. Er erinnerte sich daran, dass er der Einzige war, der das Geheimnis kannte, obwohl er monatelang den Verdacht hegte, der alte Aquino könne im Zorn gestorben sein und vor seinem Tod seinem Sohn verraten haben, wo das Manuskript sich befand. Daher nahm er sich vor, dem jungen Aquino, sollten ihn die Umstände dazu zwingen, zu erklären, sein Vater habe ihm das Manuskript, an dessen Existenz er sich nicht einmal erinnere, niemals ausgehändigt.

Sechs lange Jahre hatte Don Ricardos Tresor den Memoiren von José María Heredia als Versteck gedient, und jedes Mal, wenn er ihn öffnete, betrachtete er voller Genugtuung den gelben Umschlag. Doch die Freude darüber, so leicht und billig an das Dokument gekommen zu sein, wurde durch die Feststellung getrübt, dass sich sein Vermögen mit rasender Geschwindigkeit verringerte und in dem Tresor bald nur noch jenes infame Manuskript liegen würde.

Die Nachricht, dass sein Verwandter Dominguito Vélez de la Riva bei den kommenden Wahlen das Präsidentenamt der Republik anstrebte, machte das Öffnen des Tresors für Don Ricardo zu einem unerwarteten Quell der Freude. Denn auch wenn sein Vermögen zusehends schrumpfte, würde dieser gelbe Umschlag sicherlich für eine entscheidende Verbesserung seiner wirtschaftlichen Situation sorgen. Er würde Dominguito ein von keinem Geringeren als José María Heredia verfasstes Manuskript zum Kauf anbieten, in dem nicht nur die außereheliche Herkunft der halben Familie Junco enthüllt wurde, sondern auch ein paar wenig schmeichelhafte Geschichten seines Ururgroßvaters Domingo del Monte zur Sprache kamen, des Patriarchen der Familie, auf den der arrogante Dummkopf von Präsidentschaftskandidat so stolz war. Schlussendlich war es für Ricardito Junco fast eine Ehre, von Heredia abzustammen, gerade jetzt, da die Hundertjahrfeier seines Todestages mit Pauken und Trompeten vorbereitet, eine neue Ausgabe der Gedichte des »Sängers des Niagara« herausgebracht und der Dichter als Staatsbürger und Patriot gefeiert wurde. Für einen Anwärter auf die Präsidentschaft der Republik dagegen, Ururenkel von Del Monte und darüber hinaus Nachfahre der Alfonsos und Aldamas, die durch Sklavenhandel reich geworden waren und die Unabhängigkeit der Insel so lange wie möglich hinausgezögert hatten, konnte die Veröffentlichung der Memoiren den endgültigen Todesstoß bedeuten, was seine politischen Widersacher auch weidlich ausschlachten würden.

Die Meeresbrise verstrubbelte Don Ricardos Haar und brachte ihn in die Wirklichkeit zurück. Von seiner Dachterrasse aus sah er auf die Uhr am Rathausturm und stellte fest, dass es zwanzig vor zehn war. In zwanzig Minuten würde sein stets pünktlicher Cousin Dominguito das Haus betreten, und noch wusste Don Ricardo nicht genau, welche Summe er für das brisante Dokument verlangen sollte. Eine Million?, fragte er sich. Ist das zu viel oder zu wenig? Wie einträglich ist es, Präsident der Republik zu sein? Wie viel kann man in einem Jahr ergaunern, wie viel in vieren? Zwei Millionen?, kalkulierte er, während er die Treppe zur Bibliothek des Palastes hinunterging, der mit der Hilfe Gottes und seines Großvaters Heredia durch die Jahrhunderte hindurch im Besitz der Juncos bleiben würde.

*U*ND ENDLICH SPÜRTE ICH WIEDER den Segen eines gnädigen Ozeans, weiblich und sanft wie die von der unvergesslichen Betinha verehrte Yemanjá. Kaum begann die so sehnlichst herbeigewünschte Reise, wurde mir klar, dass elf Jahre fern der launischen Wellen des Meeres und seiner feierlichen Musik zu viel sind für einen Menschen, der an seinen Ufern geboren wurde, der bei seinem Rauschen eingeschlafen ist und es, geleitet von den Winden des Schicksals, so oft überquert hat. Elf Jahre und viele Erwartungen erinnerten mein Herz wunderbarerweise daran, dass ich früher einmal ein Dichter gewesen war, und mit den letzten Überbleibseln meiner erschöpften Empfindsamkeit schrieb ich die Ode *An den Ozean*.

Endlos erschien mir die Schiffspassage von nur sechs Tagen von Veracruz nach Havanna, zu lang für meine ungeduldige Sehnsucht, ähnlich der Irrfahrt des Ulysses auf der Suche nach den Seinen und seinem Schicksal. Ich schlief so gut wie gar nicht, versuchte Ereignisse und Gefühle vorwegzunehmen, getrieben von einem unerschütterlichen Optimismus, der mir meine Rückkehr in blauen und rosaroten Farben ausmalte. Bis wir am späten Morgen des 4. November endlich die Silhouette von Havanna erblickten: Nicht Palmen waren es, die ich als Erstes sah, sondern die dunkle Steinmasse der Befestigungsmauern, Symbol einer Macht, die auf ewig fortzubestehen gedachte. Und mit tränennassen Augen zweifelte ich in diesem Moment, nur in diesem Moment, ob es wirklich die beste Lösung gewesen war, einen ausländischen Gouverneur um Erlaubnis zu bitten, mein eigenes Land besuchen zu dürfen.

Langsam liefen wir in die Bucht ein, in der jenes Schiff vor Anker gelegen, das Varela aus Kuba fortgebracht hatte, und vom Deck aus konnte ich die Alameda de Paula sehen, die alte Promenade, die ich so oft mit meinen Freunden entlanggeschlendert war, die Plaza de Armas, das Seminar von San Carlos, den neuen Paseo del Prado, und dann nahm ich, wie eine sanfte Umarmung, die mich in meiner Heimat willkommen hieß, jenen vielschichtigen Geruch wahr, der dieser Stadt so eigen ist und den ich erst jetzt, in diesem Augenblick, in seiner unverwechselbaren und schmerzhaften Einzigartigkeit erkennen konnte.

Als ich das Fallreep hinunterging, wo zwei Uniformierte die Pässe kontrollierten, gab es die erste große Überraschung von den vielen, die meine Rückkehr für mich bereithielt: Ein Mann mit akkurat gestutztem Bart, elegant gekleidet in einem dreiteiligen weißen Leinenanzug, mit einer goldenen Uhrkette und glänzenden Lackstiefeln, sah mir durch ebenfalls goldgefasste Augengläser entgegen. Als der Mann näher kam, konnte ich ein mir bekanntes Lächeln auf seinen Lippen wahrnehmen, während er die Arme ausbreitete und sagte:

»Endlich, José María!«

Erst jetzt erkannte ich, dass dieser elegante Herr mein alter Freund Domingo war. Ich warf mich in seine Arme, einer Ohnmacht nahe.

Kein Wort brachte ich hervor, während ich mich von ihm löste und ihn auf Armeslänge von mir hielt, um zu überprüfen, ob das aktuelle Bild, das sich mir bot, mit dem des Mannes übereinstimmte, den ich seit Juni 1823 nicht mehr gesehen hatte, seit mehr als dreizehn Jahren, schwierigen Jahren, geprägt von Zweifeln und Ängsten. Domingo aber sah mich, immer noch lächelnd, aus seinen kurzsichtigen Augen offenbar zufrieden und erleichtert an.

»Da bist du ja«, sagte er.

»Was für eine Überraschung! Ich dachte, es käme niemand …«

»Ich musste dich einfach sehen, vor allen anderen. Und mich davon überzeugen, dass es dir nicht so schlecht geht, wie du in deinen Briefen schreibst. Immer musst du übertreiben!«

In diesem Moment trat ein Offizier mit Dreispitz auf uns zu und fragte, ob ich José María Heredia sei. Als ich bejahte, bat er mich, ihm zu folgen, um meine Einreise amtlich bestätigen zu lassen.

»Ich habe viel mit dir zu bereden, Domingo. Wann sehen wir uns?«

»Ich warte draußen auf dich, verstehst du? Wir essen bei mir zu Hause. Ich möchte, dass du meine Rosita kennenlernst, meine Bibliothek begutachtest, mit den Schriftstellern sprichst, die dich bewundern …«

Die unverhoffte Einladung rührte mein Herz, das ich versteinert geglaubt hatte, und mich überkam die absurde Hoffnung, dass es möglich sei, die Zeit zurückzudrehen und ihre Narben zu heilen.

»Domingo … Ich möchte, dass du mir verzeihst, falls ich irgendwann einmal …«

»Aber, aber, José María! Ich weiß nicht, wovon du sprichst. Ich warte draußen auf dich, verstehst du?«

Wir umarmten uns ein zweites Mal. Fest, zärtlich, in Erinnerung an die Jahre unserer Freundschaft, unserer Diskussionen und Besäufnisse, an unsere Gedichte, unsere Eifersüchteleien und geneideten Liebschaften. Eine Umarmung, die mich nicht im Entferntesten ahnen ließ, dass ich meinen Freund zum letzten Mal sah, den Freund, dem ich so oft verziehen hatte und der mich auf die grausamste Weise enttäuschen, auf die niederträchtigste Weise verraten sollte.

Drei Stunden ließ man mich auf einer Bank warten, und wenn ich nachfragte, sagte man mir, meine Papiere seien gleich fertig. Die Militärs, zweifellos darüber informiert, wer ich war, übten ihre schäbige, aber unbegrenzte Macht aus, zu der die Situation ihnen Gelegenheit bot, und zwangen mich, so lange zu warten, wie sie wollten, bevor sie mir erlaubten, mein Vaterland zu betreten. Als ich vor Hunger schon fast ohnmächtig war, baten sie mich in ein Büro, wo ein höherrangiger Offizier mir tausend Fragen über die Gründe meines Besuches stellte und mich auf zwei Dinge hinwies: dass meine Einreiseerlaubnis widerrufbar sei, weshalb sie mich jederzeit des Landes verweisen könnten, falls ich an irgendeiner gesetzeswidrigen Aktion teilnähme, und dass ich, sollte ich nach Ablauf der genehmigten zwei Monate auf der Insel bleiben, den spanischen Gerichten übergeben würde. Und dann händigte er mir, ohne mir Glück zu wünschen, meine elenden Dokumente aus.

Weder Jubel noch Menschenmassen oder Salutschüsse erwarteten mich, als ich auf die Straße hinaustrat. Solcherart Empfang gebührte dem Helden Gener, der zu seinen Millionen zurückkehrte, aber nicht dem kleinen, unbedeutenden Heredia, der, krank und besiegt, sein Land besuchte. Das Seltsamste aber war, dass ich auch Domingo nirgendwo erblicken konnte, obwohl ich ihn mit meinen Siebensachen auf der Schulter in den Hafenkneipen suchte, als bestünde die Möglichkeit, dass sich der nach französischem Lavendelparfüm duftende Herr, der mich auf der Mole begrüßt hatte, immer noch in den alten, heiß geliebten Spelunken herumtrieb, in denen er so viele Nächte mit Kartenspiel und billigem Wein verbracht hatte.

Da ich die Absicht hatte, direkt am nächsten Morgen nach Matanzas aufzubrechen, beschloss ich, in einer Pension ganz in der Nähe ein Zimmer zu nehmen. Dort stellte ich mein Gepäck ab, machte mich frisch und aß mit Heißhunger einen *Quimbombó* mit Fleisch und weißem Reis, der die Papillen meines Gedächtnisses kitzelte, die sich danach sehnten, jene in diesen unersetzlichen Geschmacksnuancen verborgenen Wonnen wiederzufinden. Danach begab ich mich wieder auf die Suche nach meinem Freund. Trotz der ungeheuren Menge an Mietdroschken zog ich es vor, zu Fuß durch diese wunderbare, chaotische und lärmende Stadt zu gehen. Ich begab mich direkt zum Haus Nr. 62 in der Calle Habana, wo Domingo jetzt wohnte. Wie ich erwartet hatte, war es ein richtiger Palast, mit Marmorsäulen am Portal, einem Tor für die Kutschen und großen, langen, durch wunderschön gearbeitete Gitter geschützten Fenstern. Auf mein Klopfen hin öffnete mir ein schwarzer Hausdiener in einer perfekt sitzenden Uniform, der mich in einem tadellosen Spanisch fragte, was ich wünschte. Ich sagte es ihm, und der Hausdiener beschied mir, dass der Herr nicht daheim sei. Ich fragte ihn, wo ich ihn finden könne, und er antwortete, dass er das nicht wisse. Ich fragte ihn, ob er wisse, wann sein Herr zurückkomme, und auch das konnte er mir nicht sagen. Ich bat ihn, die Hausherrin zu fragen, und er antwortete, Doña Rosita weile im Hause ihrer Eltern.

Die Nacht begann hereinzubrechen, und ich schlenderte, um mir die Zeit zu vertreiben, durch die Stadt, die ich sehr verändert vorfand. In den letzten Jahren hatten sich Tacón und Villanueva einen stumpfsinnigen Machtkampf geliefert und verschiedene Bauvorhaben in Angriff genommen, deren Resultate man an den gut gepflasterten und ausreichend beleuchteten Straßen oder an den Gebäuden und Plätzen mit schönen Brunnen ablesen konnte, was der Stadt, deren Wohlstand überall sichtbar war, Würde und Eleganz verlieh. Mit angehaltenem Atem begab ich mich außerhalb der Stadtmauern. Dort, wo früher das Haus von Madame Anne-Marie gestanden hatte, fand ich nun trostloses Brachland und gleich daneben eine noch im Bau befindliche Promenade, die Tacóns Namen tragen sollte. Ohnmächtig angesichts der verschwundenen Überreste eines Ortes, zu dem ich immer wie zu einem Tempel gepilgert war, setzte ich meinen Weg fort, ohne ein bestimmtes Ziel, bis ich ein paar Häuserblocks weiter vor dem Rohbau des neuen Theaters stand, das der Generalkapitän zu errichten befohlen hatte und das, wie die Promenade, seinen Namen tragen sollte. Die Stadt, die ich so sehr und so gut kannte, begann sich meinen alten Koordinaten zu entziehen, meine nostalgischen Erinnerungen hinwegzuschwemmen und mir meinen Status als Fremder, ja, als Ausländer im eigenen Land vor Augen zu halten. Doch dann kam mir der unverwüstliche Geruch zu Hilfe und erinnerte mich daran, dass es bestimmte Dinge gibt, die nicht einmal die Macht von Diktatoren verändern kann.

Müde von dem langen Fußmarsch und den vielen Emotionen wurde ich von dem Kanonendonner überrascht, der die neunte Abendstunde anzeigte. Ich beeilte mich, zu Domingo zu kommen, wo derselbe Hausdiener mir dieselben unbefriedigenden und entmutigenden Antworten auf meine Fragen gab. Ohne zu begreifen, was geschehen war, ging ich in meine Pension, um mich schlafen zu legen, doch trotz meiner Erschöpfung konnte ich erst Schlaf finden, nachdem ich mich stundenlang im Bett herumgewälzt hatte. Am nächsten Morgen, nach einem schwarzen, starken Kaffee, der meine Lebensgeister weckte, schritt ich erneut die Häuserblocks ab, die mich von der Calle Habana 62 trennten, und zum dritten Mal erhielt ich dieselben befremdlichen Auskünfte. Während der Fahrt nach Matanzas in einer mit Menschen vollgestopften und penetrant riechenden Kutsche ging mir dieser unerklärliche Vorfall nicht aus dem Kopf. Wo konnte Domingo stecken? Warum hinterließ er mir keine Nachricht, wo er mich doch zu sich nach Hause eingeladen hatte? War es möglich, dass er mir aus dem Weg ging, nachdem er eigens zum Hafen gekommen war, um mich zu begrüßen, er, der Einzige von all denen, die mich kannten?

Hingerissen wie immer von den unzähligen Königspalmen des Yumurí-Tals und von dem unvergleichlich schönen Blick auf Matanzas besann ich mich auf eine Welt voller Erinnerungen und verlorener Lieben, auf Überzeugungen und Ideale, die inzwischen hinfällig geworden waren, vergaß für einen Moment den seltsamen Vorfall mit Domingo und gab mich der Freude hin, meine Familie wiederzusehen. Meine Mutter, stark wie eine Eiche, weinte, als sie mich sah, und fragte sich wohl, was man ihrem geliebten Sohn angetan hatte, diesem Mann von zweiunddreißig Jahren, abgemagert, mit spärlichem Haar und dunklen Ringen unter den eingefallenen Augen, der sie küsste und um ihren Segen bat. Meine Schwestern Ignacia, Rafaela, Dolores und die kleine Conchita, die sich dem Weinen, Küssen und Umarmen anschlossen, kamen mir vor wie Menschen, die ich erst jetzt kennenlernte. Mein Onkel Ignacio, liebenswürdig wie immer, aber mit einer Traurigkeit, die zu verbergen ihm nicht gelang, entkorkte zur Feier des Tages einen hervorragenden *Manzanilla* aus

Cádiz, um mich willkommen zu heißen. Stundenlang musste ich ihnen von den Wechselfällen meines Lebens der letzten dreizehn Jahre erzählen, während meine Mutter, die neben mir saß, nicht aufhören wollte, die Hände zu streicheln, die, wie sie sagte, die schönsten Gedichte der Welt geschrieben hatten ... Verzweifelt versuchten wir, Brücken über die Distanz und das Vergessen zu schlagen, um wenigstens mit Worten – die Taten waren ja irreversibel – unsere durch die Raserei der Politik entzweigebrochenen Leben zurückzugewinnen.

Spät in der Nacht machte ich mit Ignacio einen Spaziergang durch die sehr veränderte und noch wohlhabender gewordene Stadt. Irgendetwas an Ignacios Verhalten beunruhigte mich, und nachdem wir eine Weile gegangen waren, schlug ich ihm vor, ein Gläschen zu trinken, woraufhin er mich in den León de Oro schleppte, eine bei den besseren Leuten und den Bohemiens der Stadt zur Zeit beliebte Taverne. Dort erfuhr ich schließlich nach einigen Gläsern Wein, was ich so brennend wissen wollte: Lola Junco wohnte wieder in der Stadt, war aber immer noch mit Felipillo Gómez verheiratet, und obwohl ich Ignacio in dem Glauben ließ, dass ich seinen Rat, die Vergangenheit ruhen zu lassen, annahm, notierte ich in Gedanken die Adresse, unter der sie jetzt wohnte. Erst dann wagte ich meinen Onkel nach dem Grund für seinen offensichtlichen Kummer zu fragen. Der gutherzige Mann, dem ich so viel verdankte, sah mir in die Augen und fing an zu weinen. Betreten und in dem Glauben, ich sei möglicherweise der Grund für diese heftige Reaktion, forderte ich ihn auf, mir alles zu erzählen, und daraufhin öffnete Ignacio mir sein Herz.

»Ich bin völlig am Boden zerstört, mein Junge«, begann er, und dann erzählte er mir die unfassbare Geschichte seiner fast zwanzig Jahre währenden Liebe zu einem gewissen Carlos Manuel Cernuda, einem Geschäftsmann von Matanzas, in den er sein ganzes Leben lang verliebt gewesen war. Ohne glauben zu können, was ich da hörte, erfuhr ich von einem ebenso geheimen wie stürmischen Verhältnis, und so erschloss sich mir endlich das seltsame Verhalten meines Onkels gegenüber den Frauen. Cernuda, ein verheirateter

Mann mit Kindern, war seine große Liebe gewesen, seit sie zusammen die Universität besucht hatten, und seit dem kürzlichen Tod seines Geliebten fühlte sich Ignacio wie ein Witwer. Entgegen meiner Erwartung verspürte ich weder Ekel noch Verachtung angesichts der ungeheuerlichen Enthüllung, im Gegenteil: Die Geschichte dieser in der schrecklichsten Heimlichkeit gelebten Liebe trug dazu bei, dass ich meinen armen Onkel nun endlich verstand und mir vorstellen konnte, wie sehr er aufgrund einer von Gott und den Menschen verabscheuten Neigung gelitten hatte und weiterhin litt. Immerhin war dieser von Schmerz gebeugte Mann dieselbe großherzige, treue Person, die meiner Mutter und meinen Schwestern all die Jahre hindurch ein Dach über dem Kopf gegeben und mich in den schweren Zeiten meines nordamerikanischen Exils mit seinem Geld und seinem Verständnis unterstützt hatte.

Am nächsten Morgen, aufgerüttelt vielleicht durch das Geständnis meines Onkels, beschloss ich, auf irgendeinem Wege eine Begegnung mit Lola Junco herbeizuführen, und begann, wann immer ich das Haus verließ, mit einer Nachricht in der Tasche an ihrer Villa vorbeizugehen, in der Hoffnung, sie irgendwann zu Gesicht zu bekommen oder ihrer Sklavin Teté zu begegnen, unserer Vertrauten aus alten Zeiten, die bestimmt noch in ihren Diensten stand. Doch die Tage vergingen, und aus dem Haus, in dem die Frau jetzt wohnte, die ich so sehr geliebt hatte, kam niemand, den ich kannte.

Seltsam mutete es mich an, dass mich von den vielen Freunden, die ich früher in Matanzas gehabt hatte, in den ersten Tagen meines Aufenthaltes nicht einer besuchte. Nach Ignacios Worten fürchteten sie wohl, mit mir zusammen gesehen zu werden, denn man betrachte mich nach wie vor als einen Feind der Regierung, und unter den Umständen, unter denen man in Kuba lebe, mit fast so vielen Polizisten wie Einwohnern, wolle sich niemand mit einem Aufrührer wie mir in Verbindung bringen lassen. Darum erschien es mir sogar ausgesprochen mutig von Domingo, mich im Hafen begrüßt zu haben, und sein Verhalten danach sowie das lange Ausbleiben jeglicher Nachricht von ihm umso unerklärlicher.

Erstaunlicherweise kamen Leute wie José Arango und seine Tochter Pepilla zu mir, um mich willkommen zu heißen und mich zum Essen zu sich nach Hause einzuladen. Ebenso die Alfonsos, Verwandte meines verstorbenen Freundes Silvestre, die mir ihre uneingeschränkte Freundschaft anboten und mir, auf seine Verfügung hin, ein Bündel Briefe überreichten, die ich meinem Freund all die Jahre hindurch geschrieben hatte. Auch Orlando Hernández besuchte mich, der Sohn von Doktor Hernández, und wir redeten stundenlang über die letzten Tage seines im Gefängnis verstorbenen Vaters und das klägliche Schicksal unserer zerstörten Ideale.

Eines Vormittags schließlich, fast Ende November, bekam ich überraschenden Besuch von Félix Tanco, dem witzigen Tanco aus alten Zeiten, inzwischen ein bekannter Schriftsteller und Journalist, zurzeit Leiter des städtischen Postamtes. Als ich ihn sah, kaum verändert durch die Jahre, ging ich auf ihn zu, und wir umarmten uns. Sogleich bat Tanco mich um Verzeihung, weil er mit seinem Besuch so lange gezögert habe, doch seit einer Auseinandersetzung mit den Zensoren des Generalkapitäns zwei Jahre zuvor habe er das Gefühl, jeder seiner Schritte werde von den Geheimpolizisten der Regierung überwacht. Mir erschien sein Verfolgungswahn übertrieben, denn ich wusste sehr wohl, dass Tanco, nachdem er mit der Zensur aneinandergeraten war, ganz normal weitergelebt und auch seinen Posten bei der Regierung behalten hatte. Doch irgendwie fühlte er sich unbehaglich, und ich sagte zu ihm, er solle sich keinen Zwang antun; wenn er Repressalien befürchte, könne er ohne Weiteres wieder gehen. Da brach er in sein krampfartiges Gelächter aus und sagte, ich solle alles vergessen, was er gerade gesagt habe, wir könnten ruhig miteinander reden; doch in Wirklichkeit beschränkte ich mich darauf, seine Fragen bezüglich meines Briefes an Tacón zu beantworten, und dann berichtete er mir von den Pro-und-Kontra-Diskussionen, die mein Schreiben ausgelöst hatte.

»Und du, warst du dafür oder dagegen?«, fragte ich ihn und sah ihm dabei fest in die Augen.

»Ich bin der Meinung, dass das eine persönliche Entscheidung ist, aber … ich weiß nicht, José María. Ich weiß nicht, ob das gut oder schlecht ist für das Land. Wegen dem, was du für uns bedeutest.«

»Das Land hat sich nie darum gekümmert, ob es mir gut oder schlecht ging. Ich bedeute nichts. Ich bin ein Gespenst. Dass ich noch lebe und herumlaufe, verdanke ich, glaube ich, nur meinem Wunsch, nach Kuba zurückzukehren, meine Mutter wiederzusehen, euch alle wiederzusehen. Und der Unterstützung durch meinen Onkel …«

»Um Gottes willen, José María!«, rief Tanco. »Sag so was nicht. Das Schicksal des Landes steht auf dem Spiel, begreifst du das nicht?«

Als ich diese leeren, nur allzu bekannten Worte vernahm, spürte ich, dass sich zwischen dem früher so euphorischen und lustigen Mann und mir eine undurchdringliche Mauer erhob, und ich hatte nicht die geringste Lust, sie niederzureißen oder mich ihr wenigstens zu nähern. Da die Unterhaltung sich erschöpfte, bat ich ihn, falls er Domingo sähe, ihm auszurichten, dass ich immer noch auf eine Nachricht von ihm wartete, dass ich in Kürze nach Havanna fahren würde und vorhätte, ihn zu Hause zu besuchen, so wie er es mir bei meiner Ankunft vorgeschlagen habe.

Als ich einige Tage später von einem meiner ergebnislosen Spaziergänge im Umkreis des Hauses von Lola Junco zurückkehrte, wartete der junge Dichter José Antonio Echevarría auf mich, von dem manche sagten, er sei die neue Hoffnung der kubanischen Nationaldichtung. Wir machten uns miteinander bekannt, und während wir den Kaffee tranken, den Ignacia uns liebenswürdigerweise brachte, gestand mir der junge Echevarría, wie sehr er mich bewundere und wie lächerlich ihm sein armseliges Talent im Vergleich zu meinem erscheine. Er besuche mich, fuhr er fort, weil es ihn nicht interessiere, was man in Intellektuellenkreisen über meinen Brief an Tacón und meine Reise nach Kuba sage. Seine Offenheit gefiel mir, und fast zwei Stunden lang erklärte ich ihm, welche Ereignisse und Enttäuschungen mich dazu gebracht hatten, jenen Brief zu schreiben, der so viele unterschiedliche Meinungen zutage gefördert hatte. Bisweilen glaubte ich ein verständnisvolles Aufleuchten in seinen Augen wahrzunehmen. Als ich mich schließlich von ihm verabschiedete, sagte Echevarría etwas, das mich über die Maßen erschreckte:

»Sie bedeuten sehr viel für Kuba, Heredia, aber Ihr Leben gehört

Ihnen, nur Ihnen, und Sie haben schon zu viel gelitten. Lassen Sie nicht zu, dass man Ihnen noch mehr Leids antut, als bisher schon geschehen.«

Mit dem Echo dieser Worte im Ohr beschloss ich, meine Bedenken beiseitezuschieben und Domingo zu schreiben, der mir sicherlich all meine Fragen beantworten konnte. In meinem Brief redete ich ihn mit »mein über alles geliebter Freund« an und fragte ihn, was nach unserer Begegnung im Hafen geschehen sei. Darüber hinaus gab ich, mehr denn meinem Wunsch, meinem dringenden Bedürfnis Ausdruck, ihn zu sehen und lange und ausgiebig mit ihm zu sprechen. Ich bat ihn, doch bitte meinen Brief zu beantworten, erwähnte indes die befremdlichen Besuche von Tanco und Echevarría nur ganz nebenbei.

Am darauffolgenden Abend durchbrach das erhellende Licht der Erkenntnis endlich die Finsternis der Ungewissheit. Wir hatten bereits die Lampen im Hause gelöscht, als aufgeregt an die Tür geklopft wurde und Blas de Osés hereinkam. Kaum hatte er mich erblickt, eilte er auf mich zu, umarmte mich und bat mich um Verzeihung. Ich müsse ihn verstehen, sagte er zu mir, und seine Worte überstürzten sich, während er mir zu erklären versuchte, dass es eine unausgesprochene, aber klare Anweisung an die Freunde gebe, keinen Kontakt mit mir aufzunehmen, mir aus dem Wege zu gehen und sich meine Gründe nicht einmal anzuhören. Wie benommen ging ich mit Osés auf mein Zimmer und schloss die Tür, um mich unter vier Augen mit ihm zu unterhalten.

»Man betrachtet dich als Verräter, weil du Tacón diesen Brief geschrieben hast und nach Kuba zurückgekommen bist … Du hast dir den schlechtesten Moment dafür ausgesucht, sagen sie.«

»Wer sagt das, verdammt noch mal?«, schrie ich ihn fast an. Ich konnte nicht glauben, was ich da hörte, doch ich wusste, dass ich in ein gefährliches Spiel hineingezogen werden konnte.

»Alle. Tanco, Palma, Cintra …«

»Aber Tanco hat mich doch besucht …«

»Dann schau dir an, was er Domingo geschrieben hat«, sagte er und zog ein Blatt Papier aus seiner Jackentasche. »Ich war bei José

María Heredia und habe ihn umarmt. Ich habe ihn umarmt und Scham, Empörung und Mitleid empfunden. Vor mir stand ein Deserteur, ein Abtrünniger, besiegt, gedemütigt, bar jeder Poesie, jeden Zaubers, jeder Tugend …‹«

Osés zerknüllte den Zettel. »Tanco hat mehrere Kopien von dem Brief angefertigt … Das ist zu viel für mich! Deswegen bin ich zu dir gekommen.«

Scham, Gram und Empörung verdüsterten meinen Geist, und außer mir vor Rage stieß ich die Frage hervor: »Und Domingo?«

»Tanco ist ein Trottel«, sagte Osés, und nach einer kurzen Pause fügte er hinzu: »Er hat dich besucht, um aufzuschreiben, was Domingo hören wollte.«

In diesem Moment überkam mich das wohlbekannte Gefühl, die Erde tue sich vor mir auf oder Himmel und Erde zermalmten mich erbarmungslos.

»Ich glaube, ich beginne zu verstehen. Aber da gibt es noch einiges, was ich nicht begreife, und du wirst es mir erklären, ja? Was steckt hinter alldem? Warum ist man so wütend auf mich?«

Osés bat mich, eine Flasche Wein zu holen. Mit einem Glas in der Hand redeten wir die ganze Nacht hindurch, und am Ende erfuhr ich die Hintergründe des schrecklichen Dramas, in das ich, ohne es zu wissen, hineingeraten war.

Meine Rückkehr nach Kuba ausgerechnet in diesem Moment wurde als ein weiterer Erfolg für Tacón betrachtet, der sich, als Teil seines Regierungsprogramms, vorgenommen hatte, nicht nur jeden Gedanken an einen Aufstand auszumerzen, falls es so etwas überhaupt noch gab, sondern auch den politischen und wirtschaftlichen Einfluss der reichen Kubaner, die bisher die Generalkapitäne nach Belieben für ihre Interessen eingespannt hatten, zurückzudrängen. In jenen Tagen wurde der Plan verfolgt, Tacón aus dem Amt zu jagen, und deshalb hatten die Alfonsos, die Aldamas und die Mádams riesige Summen investiert, um ihren Einfluss in der Metropole zu vergrößern. Offenbar war die Strategie des Generalkapitäns erfolgreich gewesen, und deswegen musste er weg: Zusammen mit spanischen Geschäftsleuten und Sklavenhändlern aus Barcelona und Cádiz hatte Tacón die Insel mit Sklaven überschwemmt, entgegen den Wünschen der reichen Kubaner, die durch den Strom der Negersklaven ihr Bestreben nach Unabhängigkeit gebremst und ihre Gewinne geschmälert sahen.

Also gingen die mächtigen Familien dazu über, einen Krieg an mehreren Fronten zu führen, wobei sie ihre Hoffnungen auf das neue Parlament und ihre Forderungen nach Sondergesetzen für die Insel setzten. Es war ihnen gelungen, ihre Leute auf zweien der drei Abgeordnetensitze zu platzieren – Saco und den blinden Escovedo –, während Domingo, der eigentliche Trumpf der reichen Kubaner, es wieder einmal vorzog, im Schatten zu bleiben und hinter der Bühne zu agieren ... Das Hirn, das die ganze Maschinerie lenke, flüsterte Osés mir zu, sei kein anderer als der große Domingo. Seine Gönner und seine Verwandten gäben das Geld, und er trage seine Intelligenz und die für eine geschickte, weitsichtige Schlacht notwendigen Beziehungen bei.

»Und warum ist er zum Hafen gekommen, um mich zu begrüßen?«, fragte ich, obwohl ich fast ahnte, was Blas de Osés mir antworten würde.

»Er wollte dich in deiner Niederlage sehen. Er riskierte dabei, Probleme zu bekommen, aber er konnte nicht anders, er musste dich einfach sehen. Die Schlacht gegen dich ist etwas anderes: Sie ist sein persönlicher Krieg, und er wollte den Verlierer sehen. Wenn er dich schon nicht in der Poesie besiegen konnte, wollte er wenigstens sehen, dass er dich im Leben besiegt hatte ...«

»Das kann ich nicht glauben! Was du da sagst, ist zu boshaft ...«

»Ich kann dir aber noch mehr erzählen. Es war nicht Tacón, der deinen Brief öffentlich gemacht hat, es war Domingo ... Um dich zu demütigen, schreckt er vor nichts zurück, und was er zur Zeit plant, ist perfider und gefährlicher als alles, was du dir vorstellen kannst. Er will dich als Dichter in Misskredit bringen, denn er hat sich vorgenommen, eine kubanische Literatur zu erfinden, und zwar ohne dich.«

»Was redest du da?«, fragte ich, nun vollkommen verwirrt.

»Du hast richtig gehört. Wenn dein Stern als einziger leuchtet, kann nichts und niemand seinen Glanz verdüstern. Aber wenn Wolken dich verhüllen, gleichst du nicht mehr der Sonne. Domingo hat alles auf eine Art geplant, dass es einem angst und bange wird. Und mit dem Geld seines Schwiegervaters wird es ihm auch gelingen …«

»Ich verstehe kein verdammtes Wort …«

»Er benutzt die literarischen Zusammenkünfte in seinem Haus, um seine Pläne zu verfolgen. Er hat allen geschrieben und die Rollen verteilt. Die einen sollen an die kubanischen Ureinwohner erinnern, um auf die Zeit vor den Spaniern hinzuweisen; andere sollen über die Bauern schreiben, um eine Tradition zu erfinden; andere über die Schrecken der Sklaverei, um eine Moral gegen die Sklaverei zu begründen; andere über die Sitten und Gebräuche von Havanna, um den Geist einer Stadt auferstehen zu lassen; und wieder andere über die Geschichte, um zu beweisen, dass wir uns von Spanien unterscheiden … Und wenn all das erreicht ist, wird man das Bild eines Landes erfinden und sogar auf deine Verse verzichten können … Aber das ist noch nicht das Schlimmste. Nicht nur, dass sie dieses Land neu erschaffen wollen, sie werden es auf einer Lüge aufbauen.«

Und dann erzählte mir Osés etwas, das makabrer war als alles, was ich in meiner alles andere als friedvollen Existenz gehört hatte: Vor fünf Jahren war in der Bibliothek der Patriotischen Gesellschaft eine *Geschichte von Havanna* gefunden worden, geschrieben im 18. Jahrhundert von einem Mann namens Félix de Arrate. Das Buch sollte in Kürze veröffentlicht werden, und Domingo und seine Getreuen wollten das zum Anlass nehmen, einen anderen großen Fund zu enthüllen. Vor Kurzem sei ein episches Gedicht aus dem 17. Jahrhundert aufgetaucht, würden sie behaupten, und zwar in einem Buch, das der Bischof Morell de Santa Cruz vor etwa hundert Jahren geschrieben hatte und das sich zufälligerweise ebenfalls in der Bibliothek besagter Gesellschaft befand.

»Von was für einem epischen Gedicht sprichst du?«, fragte ich.

»Von einem Schwindel, José María. Das Buch des Bischofs gibt es tatsächlich, es ist eine Art Geschichte Kubas, doch er hat lediglich ein paar Verse niedergeschrieben, die irgendjemand aus einem Gedicht eines gewissen Silvestre de Balboa rezitiert hatte. Darin ist von der Befreiung eines von französischen Piraten entführten Bischofs die Rede. Wie gesagt, es handelt sich nur um ein paar wenige Verse, aber jetzt sind Domingo und Echevarría dabei, das Gedicht zu vervollständigen, und das wollen sie dann als ein Dokument aus dem Jahre 1600 ausgeben.«

»Aber das ist doch dummes Zeug!«

»Nicht unbedingt. Denn wenn es nicht klappt, wird das Ganze als literarischer Scherz in Erinnerung bleiben, wie der mit den von Domingo geschriebenen und von Sánchez de Almodóvar unterzeichneten *Romanzen*. Aber wenn es funktioniert? Dann haben wir eine eigene literarische, christliche Tradition, mit einem epischen Gedicht, in dem der Held im Kampf gegen die Piraten ein guter Negersklave ist, der als Belohnung seine Freiheit erhält.«

In diesem Augenblick überkam mich eine Trauer so groß wie selten in meinem Leben. Nicht wegen dem, was über mich gedacht und gesagt wurde, sondern wegen der Zukunft dieses Landes, um dessen Schicksal ich so viele Jahre gelitten hatte. Eines Landes, das aus einer Lüge geboren würde, auf der Grundlage einer Täuschung, bezahlt von alten Sklavenhändlern und einem mittelmäßigen, machiavellistischen Dichter, der dank einer guten Partie erreicht hatte, was er erreichen wollte.

Im Laufe der Nacht wurden mehrere Flaschen Wein geleert, und auch mein sonst so klarer Verstand war dahin. Ich war betrunken und konnte mich weder daran erinnern, wie noch wann Blas de Osés gegangen war, nur noch an den furchtbaren Zustand, in dem ich weit nach Mittag aufwachte, einer Art Erschöpfung, die ich dem übermäßigen Alkoholgenuss zuschrieb. Angewidert von allem und jedem dachte ich, dass mein Besuch in Kuba, für den ich einen so hohen Preis gezahlt hatte, ein riesiger Fehler war, und ich begann mich nach Mexiko zurückzusehnen, nach seinem Chaos, seiner Anarchie, meiner Armut, weit weg von einer Welt, die nichts als Ekel in mir hervorrief.

Mehr als eine Woche schloss ich mich in meinem Zimmer ein, immer in der Furcht vor einer erneuten Krankheitsattacke, als mich aus Havanna ein Brief von Domingo erreichte und ich erkennen musste, dass die unglaubliche Geschichte, die Osés mir erzählt hatte, so real war wie der tägliche Sonnenaufgang. In dem auf den 28. November datierten Brief nannte er mich »mein lieber José María« und schrieb, er gedenke, bald nach Matanzas zu kommen, habe jedoch keine Zeit, mich zu besuchen (obwohl sein Palast nur drei Häuserblocks von meinem Haus entfernt lag), da ihn seine Gattin und seine Schwiegermutter erwarteten, um mit ihm eine Zeit lang auf einer der Plantagen der Familie zu verbringen. Außerdem schrieb er mir, dass jetzt nicht der richtige Moment sei, um meine Gedichte in Spanien zu veröffentlichen, womit er sich als von der Aufgabe, die er zuvor übernommen habe, entbunden betrachte. Und ohne auf das einzugehen, was am Tage meiner Ankunft geschehen war, fuhr er fort: »Mein Wunsch, mit dir zu sprechen, ist nicht weniger dringend geworden, denn an Themen mangelt es uns ja nicht, und sei es nur deine unglückselige Rückkehr auf diese Insel unter äußerst düsteren Vorzeichen«, und er verabschiedete sich von mir mit einem Messerstich direkt ins Herz: »Es liebt Dich, Du gefallener Engel, zärtlich und voller Mitleid, immer Dein Freund Domingo.«

Muss ich gestehen, dass ich weinte wie ein Kind, als ich jenen Brief las? Nichts reichte aus, um meinen Schmerz durch Hass zu verdrängen: weder die ironische Beleidigung, mich »gefallener Engel« zu nennen, noch das Mitleid, in das sich seine Liebe verwandelt hatte. Weder sein triumphierender Ton noch die Eitelkeit, mit der er mir seinen Urlaub im Schatten des ganz großen Reichtums unter die Nase rieb. Denn jenes Schreiben markierte das Ende einer stürmischen Freundschaft, um die er in besseren Tagen gekämpft und die ich durch mein Verzeihen wiederholt zu retten versucht hatte, die aber nun durch den mächtigen Domingo, den einflussreichen Gestalter und neuen Herrscher über Schicksale, dem Gott schäbiger politischer, hinter Zahlen mit sechs oder sieben Nullen verborgener Interessen geopfert wurde. Hatte diesen Brief derselbe Domingo geschrieben, der sich und seine Geltungssucht hinter anderen Namen zu verstecken pflegte? Derselbe, der beim Kartenspiel, beim Hahnenkampf oder beim Würfelspiel um sein Geld, seine Kleider oder gar sein Leben gespielt hatte? Derselbe, der Varelas Sätze wiederholt und als die seinen ausgegeben hatte? Derselbe, der dabei war, eine Literatur auf einem riesengroßen Schwindel zu begründen, und das Talent eines jeden korrumpierte, der in seine Nähe kam? Derselbe, der meinen Frauen hinterhergehechelt war wie ein Straßenköter? Derselbe, der soeben eine Schmähschrift gegen die Regierung Tacón veröffentlicht hatte, allerdings wieder nicht unter seinem Namen? Derselbe, der weder Verbannung noch Gefängnis oder Verfolgung hatte erleiden müssen, weil er nie wagte, offen für etwas einzustehen, das mit einem Risiko verbunden war? Derselbe, der in einem Schreiben an die Königin von Spanien das Ideal der Unabhängigkeit als »dieses verabscheuungswürdige Schreckgespenst« bezeichnet hatte? War es derselbe Domingo, der mir zwanzig Jahre zuvor den Vortritt in das Bett einer Prostituierten gelassen hatte, weil er sich nicht traute, der Erste zu sein, nicht einmal in der Liebe? Derselbe, der vor langer Zeit die Kontrolle über seine Gefühle verloren und mich auf den Mund geküsst hatte? Gefallener Engel: so nannte mich dieser ewige Bewohner der Hölle der Angst, der Intrige und der Mittelmäßigkeit. Ich wusch mir die Tränen vom Gesicht, denn ich wusste, dass ich nichts tun konnte. War mein Vergehen so schrecklich? Das war jetzt ohne jede Bedeutung, denn meine Gründe würden nicht gehört werden, und Domingos Stimme war die der Herren der Geschichte und das Urteil über mich bereits gesprochen. Viele Jahre würden vergehen müssen, damit die Wahrheit als solche erkannt (falls so ein Wunder überhaupt möglich ist) und die Geschichte Gerechtigkeit über uns sprechen würde. Auf jene Gerechtigkeit und auf die Gottes berufe ich mich jetzt, im Vertrauen darauf, dass die Ehrenrettung meines Andenkens irgendwann einmal möglich sein wird.

Danach fahren wir aber nach Varadero, abgemacht?«, fragte Álvaro in fast flehendem Ton und legte seine Hand auf Fernandos Schulter.

»Hör mal, Alter, das hab ich dir doch schon gesagt. Was hast du eigentlich immer mit Varadero?«

»Überhaupt nichts«, antwortete der andere. »Ich möchte nur mal wieder Titten sehen, jede Menge Titten.«

»Wusste ichs doch«, sagte Delfina und drehte sich zu Álvaro um, der gerade einen ordentlichen Schluck Rum aus seinem Flachmann trank.

»Halt endlich die Klappe, Varo«, mischte sich Miguel Ángel ein und wandte sich ab, in der Hoffnung, ein wenig schlafen zu können. »Je oller, desto doller …«

Arcadio hatte sich entschuldigt, weil er nicht an dem Ausflug teilnehmen konnte, aber er hatte ihnen den Wagen geliehen, während Conrado ihnen einen Ausweis besorgt hatte, mit dem sie ohne einen Centavo so viel tanken konnten, wie der unersättliche Motor des Lada schluckte.

Am Abend zuvor hatte Fernando seinen Freunden von dem Gespräch mit der Santori erzählt, und er war sich klar darüber geworden, dass die einzig mögliche Spur Salvador Aquino war, der Alte, falls der, so wie es aussah, sie angelogen oder vielleicht einen Teil der Wahrheit verschwiegen hatte. Deswegen war Fernando in einen Supermarkt gegangen, bevor sie aus Havanna fortgefahren waren, und hatte zwei Hähnchen gekauft, um das Herz des Alten in Colón zu erweichen.

Während Fernando Terry mit Delfina an seiner Seite und zwei der Spötter auf der Rückbank über die leergefegte Autobahn fuhr, wurde ihm klar, dass er immer weniger bereit war, das Land wieder zu verlassen. Die mögliche Rückeroberung seiner Vergangenheit, die offensichtliche Tatsache, dass wohl keiner seiner Freunde ihn verraten hatte, die Wiederbegegnung mit seiner Mutter, seinem Haus und seinen tief in seinem Innern vergrabenen Erinnerungen sowie die Wiederbelebung seiner körperlichen und geistigen Begierden und Bedürfnisse durch Delfina verwandelten die Rückkehr ins Exil in eine erneute, unerwartete und schmerzhafte Entwurzelung. Andererseits erschien ihm die Möglichkeit seiner Repatriierung vermittels eines endlosen Papierkriegs, an dessen Ende ein negativer Bescheid stehen konnte, zu kompliziert und so wenig wahrscheinlich, dass er sie nicht einmal zu erwägen versuchte. Außerdem, wenn er tatsächlich hierblieb, wovon wollte er leben? Würde er einen Chef wie den Direktor von *TabaCuba*, seinen alten Bekannten, ertragen können? Würde er sich wieder an die Mangelwirtschaft gewöhnen, daran, mit dem Fahrrad durch die Stadt zu fahren, Möglichkeiten auszuhecken, um an Milchpulver, Kaffee und Fleisch heranzukommen, wenn die mitgebrachten Dollars zu Ende gingen? Wäre eine der staatlichen Einrichtungen irgendwann überhaupt bereit, ihn für vertrauenswürdig zu halten? Die Mauern, die sich zwischen dem Traum und seiner Verwirklichung erhoben, waren so mächtig wie das Unwohlsein, das ihn befiel, wenn er an die Rückkehr in die Einsamkeit und an das Schweigen dachte, umso mehr, da er wieder die alten Verhaltensweisen und Gewohnheiten angenommen hatte. Ihm blieb wohl nur die Hoffnung, regelmäßig nach Kuba zu reisen, wann immer seine finanziellen Verhältnisse es ihm erlaubten, Delfina nachkommen zu lassen, sobald sie ihr Leben in Ordnung gebracht hätte, seine alten Bücher wieder aufzuschlagen und seine Platten zu hören, ohne dass die Angst ihn lähmte.

Die monotone Autofahrt hatte Álvaro gelangweilt und Miguel Ángel eindösen lassen. Delfina betrachtete durch das geschlossene Seitenfenster die Orangenplantagen, die an ihnen vorüberzogen. Fernando überkam ein Gefühl inneren Friedens. Er würde so oft hierherkommen, dachte er, dass er am Ende schließlich hier bleiben würde, denn in Wirklichkeit – dessen war er sich jetzt gewiss – war er niemals fortgegangen.

Als sie die Ausfahrt nach Colón erreichten, stellte Fernando fest, dass es erst zehn Uhr war, und er beschloss, direkt zu Salvador Aquino zu fahren, ohne dessen Enkel Roberto als Vermittler einzuschalten.

Wie erwartet, saß der Alte in seinem Schaukelstuhl vor der Tür seines Hauses. Den Strohhut wie immer auf dem Kopf, fächelte er sich Luft zu, während er den Schaukelrhythmus mit seinen Füßen vorgab. Wie viele Jahre mochte er jetzt wohl schon so dasitzen, mit allem, was dazugehörte, in Erwartung seines letzten Tellers Reis mit Hühnchen? Als der Wagen vor ihm hielt, wachte Salvador Aquino aus seinem Dämmerschlaf auf und musterte mit zusammengekniffenen Augen die Neuankömmlinge.

»Guten Morgen, Aquino. Erinnern Sie sich an uns?«, fragte Álvaro, und der Alte lächelte.

»Ja, natürlich … Aber wer ist der Dunkle da? Und die Dame?« Er zeigte mit dem Fächer auf Miguel Ángel und Delfina.

»Freunde von uns«, sagte Fernando schnell, um Álvaro zuvorzukommen, in dessen Blick er die Absicht erkannte, einen seiner gefürchteten Scherze loszulassen. »Wir sind durch Matanzas gekommen, und da haben wir gedacht, wir könnten Sie mal besuchen. Schauen Sie mal, was ich Ihnen mitgebracht habe …« Er hob die Tüte mit den beiden Hähnchen hoch.

»Ah, das ist gut … Lucrecia!«, schrie er ins Innere des Hauses.

Lucrecia begrüßte die Freunde herzlich. Dann ging sie mit den Hühnchen wieder ins Haus und half ihnen, vier Stühle vor die Tür zu stellen. Ihr Sohn Roberto sei in Havanna, auf einer Versammlung, sagte sie.

»Und, habt ihr was rausgekriegt?«, fragte der Greis, nachdem er den Kaffee, den seine Schwiegertochter ihnen gebracht hatte, getrunken und eine seiner mächtigen Zigarren angezündet hatte.

»Ja und nein«, begann Fernando. »Das Manuskript haben wir nicht gefunden, aber dafür haben wir einige interessante Dinge erfahren.« Und er erzählte dem Alten von den Namen der Männer, die an der fraglichen Sitzung der Loge teilgenommen hatten, von Carmen Juncos Verdacht, wie ihr Onkel Ricardo an sein Vermögen gekommen war, und von der immer konkreteren Vermutung, dass das Manuskript eine für bestimmte Leute wenig angenehme Geschichte erzählte.

»Klingt logisch«, räumte der Alte ein, wobei er Delfina ansah. Offenbar interessierte er sich mehr für ihr Dekolleté als für Fernandos Ausführungen.

»Und ich bin immer mehr davon überzeugt, dass jemand das Dokument aus der Loge entfernt hat.«

»Scheint so, ja«, murmelte Aquino, so als kümmere ihn das Ganze nicht sonderlich.

Miguel Ángel sah zu Fernando hinüber, während Álvaro auf seinem Stuhl unruhig hin und her rutschte. Auch Delfina schien sich in dieser festgefahrenen Situation unwohl zu fühlen. Allen war klar, dass Fernando sich getäuscht hatte: Von dem Alten waren keine weiteren Aufschlüsse zu erwarten.

»Sagen Sie, Opa«, Delfina beugte sich zu ihm vor und verlieh ihrer ohnehin sanften Stimme einen musikalischen Ton, »wissen Sie wirklich nichts?«

Aquino sah sie mit einem unverschämten Grinsen an. »Warum fragen Sie?«

Delfina schüttelte ihr Haar, das jetzt das Gesicht des Greises streifte. »Ich frage Sie das, weil wir glauben, dass Sie sehr wohl etwas wissen ... Schauen Sie, ich vermute, dass das Manuskript gar nicht mehr existiert, aber Fernando kann nicht beruhigt abreisen, wenn er nicht sicher weiß, dass jemand es aus der Loge fortgebracht hat und warum. Wahrscheinlich hat Heredia nämlich Dinge geschrieben, die sich keiner von uns vorstellen kann, begreifen Sie?«

»Natürlich, und ich begreife auch, dass Sie mich einwickeln wollen.«

»Also?«, insistierte Delfina sanft lächelnd.

Salvador Aquino zog an seiner Zigarre und hüllte sein Gesicht in eine Rauchwolke. Fächer und Schaukelstuhl waren zum Stillstand gekommen, während er sich mit der freien Hand den Nacken rieb. »In der Nacht, als wir wichtige Dokumente aus der Loge fortgebracht haben, machte mein Vater eine Kopie von dem Bericht, in dem die Übergabe durch José de Jesús festgehalten wurde«, sagte er, fast ohne Luft zu holen. »Diese Kopie ist dann später im Staatsarchiv aufgetaucht. Mein Vater wusste nicht, was passieren konnte, wenn die Polizei die Loge durchsuchen würde, und auch nicht, ob die Dinge, die wir in die Bibliothek brachten, dort sicher waren ... Und er wollte, dass alle erfahren, dass José de Jesús das Manuskript seines Vaters der Loge übergeben hatte.«

»Deswegen war Mendoza so überrascht darüber, dass es eine weitere Akte außerhalb des Logenbuchs gab und dass sie mit der ursprünglichen nicht identisch war«, bemerkte Fernando.

»Und warum wollte Ihr Vater, dass alle erfahren ...?«, fragte Miguel Ángel.

»Weil er wusste, dass das Manuskript wichtig war und er es in Sicherheit bringen musste.«

»Dann hat Ihr Vater es also mitgenommen?«, rief Fernando aufgeregt.

»Er hat es aus der Loge fortgebracht, habe ich gesagt. Aber wohin er es gebracht hat, weiß ich nicht. Er starb nämlich noch in derselben Nacht.«

»Hat er es vielleicht zu sich nach Hause gebracht?«, fragte Delfina.

»Nein, meine Mutter hat es nie gesehen. Außerdem lag unser Haus nicht auf dem Weg.«

»Auf welchem Weg, Aquino?«

»Ich habe gesehen, wie mein Vater die Plaza de Armas überquert hat und durch die Calle Milanés in Richtung Plaza de Vigía gegangen ist, und wir wohnten in der entgegengesetzten Richtung.«

»Also? Wohin?« Fernando spürte seine Hände feucht werden. Das Herz schlug ihm bis zum Hals, als er sich vorzustellen versuchte, wie Heredias Schriften unter dem Arm von Cristóbal Aquino die Loge verlassen hatten.

»An einen sicheren Ort. Aber ich habe keine Ahnung, um welchen Ort es sich handelt.«

»Sind Sie sicher, dass er das Manuskript nicht in der Bibliothek versteckt hat?«

»So wie ich sicher bin, dass ich eigenhändig die zehn Kartons vollgepackt, verschlossen und in die Bibliothek geschleppt habe.«

»Und er hat Ihnen gegenüber keine Andeutung gemacht?«

»Er hat mir gesagt, dass er noch etwas zu erledigen habe, mehr nicht. Er hat das Dokument aus der Geheimkammer der Meister geholt und mitgenommen. Es war ein gelber Umschlag, etwa … so groß, zusammengehalten durch ein lila Band …«

»Und er ist in derselben Nacht gestorben, sagen Sie?«

»Ja … Das letzte Mal, dass ich ihn gesehen habe, war, als er die Plaza de Armas überquert hat und die Calle Milanés hinuntergegangen ist …«

Fernando zitterte vor Aufregung am ganzen Körper. »Ricardo Junco wohnte in dem Palast an der Plaza de Vigía, nicht wahr?«

»Ja, daran habe ich auch schon oft gedacht.«

»Und er war ein Vertrauter von Machado, oder?«

»Auch das.«

»Und er war damals noch Freimaurer?«

»Ein Schlafender, wie wir es nennen, aber … ja, zu der Zeit war er noch Freimaurer.«

»Können Sie sich vorstellen, dass Ihr Vater ihm das Manuskript übergeben hat? Wegen der Geschichte von Heredia und Lola Junco …?«

»Ich weiß nicht, warum, aber ich habe immer geglaubt, dass er sie Ricardo gegeben hat, weil er der Sohn von Ramiro Junco war. Ich habe Ricardito sogar direkt danach gefragt. Er hat es abgestritten … aber ich habe es ihm nicht geglaubt.«

»Warum nicht?«

Álvaro war aufgesprungen. Er schien verzweifelt.

»Intuitiv. Weil ich ihm grundsätzlich misstraute. Ricardo Junco war nämlich ein ausgemachtes Arschloch.«

»Seltsam nur, dass Ihr Vater ausgerechnet ihm Heredias Papiere anvertraut hat, wo er doch wusste, wie er war …«

»Das habe ich mir auch oft überlegt, und deswegen war ich mir nie ganz sicher. Aber wenn es so war, wird mein Vater wohl seine Gründe dafür gehabt haben, meine ich. Vielleicht hatte er es Ramiro Junco versprochen oder so … Ramiro und mein Vater waren sehr enge Freunde.«

Fernando zündete sich eine Zigarette an, und während er seine Lungen mit Rauch füllte, wurde ihm endgültig klar, dass alle bisher beschrittenen Wege ins Nichts führten. Dann würde er also nie erfahren, was in dem unauffindbaren Manuskript stand? Würde nie Heredias Wahrheiten ergründen?

»Warum haben Sie uns das beim letzten Mal nicht erzählt, Aquino?«

Der Greis lächelte und begann wieder zu schaukeln und sich Luft zuzufächeln.

»Weil ich die Erlaubnis dazu nicht hatte. Ihr seid so plötzlich aufgetaucht …«

»Die Erlaubnis? Von wem?«

»Von meinem Enkel Roberto … Wenn jemand ein Interesse daran hatte, Heredias verschwundene Schrift wiederzufinden, dann doch wohl er, oder?«

»Und warum hat er Ihnen jetzt die Erlaubnis gegeben?«

»Weil wir inzwischen davon überzeugt sind, dass derjenige, der in den Besitz des Manuskripts gelangt ist, es verbrannt oder ins Meer geworfen hat.«

𝐷AS FURCHTBARE GEFÜHL, EIN AUSLÄNDER ZU SEIN, ein Gefühl, das ich im Laufe meines Lebens so oft schon gehabt hatte, überkam mich seitdem noch heftiger. Nur auf der kleinen, unglücklichen Karibikinsel hatte ich mich sicher gefühlt vor dem schutzlosen Ausgeliefertsein, dieser unangenehmen Leere, die mich an anderen Orten der Welt von Kind an verfolgt hatte. Kuba war anders: Kuba gehörte mir, Kuba war mein natürlicher Lebensraum, nicht weil ich zufällig im heißen Santiago, zwischen dem Meer und den Bergen, geboren worden war, sondern weil ich nur dort erfahren hatte, dass das Licht, die Luft, die Menschen, die Entwurzelung, das Essen, die Landschaften, die Hoffnungen und die Gerüche zu mir sprachen, in einer ganz eigenen Sprache, die ich sogar dann verstand, wenn alles schwieg. Deswegen war Kuba meine Heimat, und weil ich es selbst so entschieden hatte, auch wenn ich, die zwei Monate meines letzten Aufenthaltes auf der Insel mitgerechnet, nur sechs Jahre dort gelebt hatte, drei davon in meinen ersten Lebensjahren. Reichten sechs Jahre und eine Geburtsurkunde in Santiago de Cuba aus, um mich zum Kubaner zu machen? Gibt es einen möglichen Zusammenhang zwischen Vaterland, Zeit und Geburtsort? Ich hatte und habe keine Antwort auf so schwerwiegende Fragen, doch in jenen bitteren Tagen fühlte ich mich vor dem letzten Abgrund stehen, ohne Boden unter den Füßen, und genau wie an jenem erhabenen Morgen am Niagara schaute ich zu, wie der Stein, auf dem ich gestanden hatte, in den Abgrund fiel; doch jetzt stürzte ich hinterher, und es gab keinen Ast, an den ich mich hätte klammern können, um meinen Körper und meine Seele an das Land zu binden, das ich mir vorgestellt hatte und mir nun erbarmungslos entrissen wurde.

Nur eines noch gab es für mich auf der Insel zu tun, und ich wollte es so schnell wie möglich hinter mich bringen, um, ebenfalls so schnell wie möglich, nach Mexiko zurückzukehren, von wo mich beunruhigende Nachrichten vom Gesundheitszustand meiner armen Jacoba erreichten. Wenn ich daran dachte, dass mich der sehnliche Wunsch, nach Kuba zu reisen, dreizehn Jahre lang beseelt hatte! Außerdem meldete sich erneut meine eigene Krankheit, die sich bisher zurückgehalten hatte, um mir Kraft zu geben; denn es ist ja allgemein bekannt, dass die Tuberkulose sehr stark vom Gemütszustand des Kranken beeinflusst wird, und das seelische Unbehagen, das ich zu verspüren begann, ließ mein altes Leiden wieder aufbrechen, sodass ich für mehrere Tage ans Bett gefesselt blieb.

Meine Frist in Kuba lief am 5. Januar ab, und mein Aufenthalt in Matanzas ging mit dem Jahre 1836, exakt an meinem dreiunddreißigsten Geburtstag, zu Ende. Meiner armen Mutter und meinen Schwestern hatte ich versprochen, diesen Tag, für den sie ein Essen vorbereiten und einige Freunde einladen wollten, mit ihnen zu verbringen. Was für Freunde?, wollte ich sie fragen, traute mich jedoch nicht, sie vor den Kopf zu stoßen.

Als ich einigermaßen zu Kräften gekommen war, nahm ich meine Streifzüge durch die Stadt wieder auf. Besonders gern schlenderte ich über den wunderschönen Paseo Nuevo im Stadtviertel Versalles, der direkt am Meer entlangführt. Dort, ganz in der Nähe des Zentrums und doch weit weg von ihm, fühlte ich mich wohl, und das trotz der blankpolierten Statue des niederträchtigen Fernando VII., die am Anfang jener von jungen Kasuarinen gesäumten Promenade stand.

Das Schicksal wollte es, dass ich eines Tages einem Mann begegnete, der mich mit einer Mischung aus Argwohn und Angst ansah. Ich musste mein Gedächtnis anstrengen, und schließlich kam mir die Erinnerung: Es handelte sich um Antonio Betancourt, einen der Verschwörer von damals, den ich, zusammen mit seinen Schwägern, den Brüdern Juan und Pablo Aranguren, immer als meinen Verräter angesehen hatte. Meine erste Reaktion war es, ihm den Gruß zu verweigern, doch Betancourts Augen sahen mich so flehentlich bittend an, dass es mir gelang, meinen Zorn zu beherrschen. Da trat er auf mich zu und sagte mir, wie sehr es ihn freue, mich wiederzusehen.

»Dasselbe würde ich auch gerne sagen, aber ich kann nicht«, war meine bittere Erwiderung.

»Ich weiß, was du denkst, aber man hat dich getäuscht. Wir haben dich nicht denunziert.«

»Und warum sollte ich dir glauben?«

»Das musst du selbst wissen. Aber als wir verhaftet wurden, warst du immer noch frei, und später dann haben wir erfahren, dass der wirkliche Verräter verlangt hatte, dich auf freiem Fuß zu lassen.«

»Wovon redest du?«, fragte ich, verständlicherweise irritiert.

Antonio Betancourt wurde sicherer und sah mir direkt in die Augen.

»Davon, dass der Verräter jemand war, der alles über uns wusste. Jemand, der über deine Beziehung zu Doktor Hernández und zu Teurbe Bescheid wusste und auch darüber, dass du es warst, der meine Schwäger und mich veranlasst hatte, der Bewegung beizutreten. Dieser Jemand wusste alles über uns, und er hat uns verraten, aber gleichzeitig hat er verhindert, dass du verhaftet wurdest. Es muss jemand sein, der dich sehr gut kennt …«

»Ich verstehe nicht, was du meinst, und ich kann dir auch nicht glauben.«

»Ich gebe zu, es ist nicht leicht, das zu verstehen und zu glauben, aber ich schwöre dir, als man uns verhaftet hat, wusste die Polizei schon alles. Irgendjemand muss gesungen haben …«

»Und wer war dieser Jemand?«

»Das weiß ich nicht. Aber du, du müsstest es wissen.«

»Ich will nichts mehr davon hören«, waren meine letzten Worte, bevor ich neben der Statue des Verbrechers Fernando VII., dessen Tyrannei mein Leben zerstört hatte, den Mann stehen ließ, der eine so rätselhafte wie unglaubliche Behauptung aufstellte.

Noch am selben Abend erzählte ich Blas de Osés, der mich weiterhin heimlich besuchte, von diesem seltsamen Gespräch, denn so absurd das von Betancourt Geäußerte auch war, ein Schatten des Zweifels begann auf die frühere Gewissheit zu fallen, er und die Brüder Aranguren hätten mich denunziert. Doch schlagartig wurde meine Aufmerksamkeit in eine andere Richtung gelenkt, als Osés mir nämlich berichtete, dass Lola Junco in der Stadt weile, da auf der Plantage ihrer Familie die Blattern ausgebrochen seien und man sich dazu entschieden habe, die Weihnachtstage nicht wie jedes Jahr dort zu verbringen.

So begann ich das Anwesen wieder mit mehr Beharrlichkeit stundenlang zu beobachteten. Etwas von meinem alten Verschwörerinstinkt erwachte in mir, als ich wie ein Spion um das Haus schlich. Doch Lola setzte keinen Fuß vor die Tür, genauso wenig wie Teté, was mir höchst merkwürdig erschien. Wie der Junge, der fünfzehn Jahre zuvor seine Geliebte belagert hatte, erduldete der dreiunddreißigjährige Mann erneut Durst, Kälte, Regen und Sonne, jetzt allerdings schlecht gelaunt, mit geschwollenen Füßen und einem Husten, der seinen Körper zu zerreißen drohte. Erst am Abend des 25. Dezember war ich mir plötzlich sicher, dass ich sie endlich sehen würde: Während des Weihnachtsessens bei uns zu Hause fiel mir ein, dass der 26. der Tag des Heiligen Stephanus war und Lola diesen Heiligen immer sehr verehrt und häufig zu ihm gebetet hatte. Ich erfuhr, dass die erste Messe um sieben Uhr morgens stattfände, und ich bat darum, um sechs geweckt zu werden.

Es dämmerte noch, als ich meinen Beobachtungsposten bezog. Trotz der Kälte schwitzten meine Hände, und meine Knie zitterten, ganz so wie in früheren Zeiten. Um zehn vor sieben verließ sie das Haus, begleitet von einer Sklavin, die ich nicht kannte. Lola war erst dreißig Jahre alt, aber die Dame, die ich zur Kirche gehen sah, wirkte älter, ganz in Schwarz gekleidet, in einem schmucklosen, hochgeschlossenen Kleid. Um ihren Mund lag ein bitterer Zug, und ein Anflug von Traurigkeit zog ihre Mundwinkel herab. Wie oft hatte ich diesen schönen Mund geküsst! In dem streng nach hinten gekämmten Haar zeigten sich bereits die ersten weißen Strähnen. Ein beklemmendes Gefühl von Kummer und Sorge legte sich mir auf die Brust, als ich sah, was aus der Nymphe vom Yumurí geworden war, dem schönsten Juwel aus dem Schmuckkästchen von Matanzas, dem sanften, üppig ausgestatteten Mädchen, mit dem ich die intensivsten Tage meiner jugendlichen Leidenschaft erlebt hatte.

Ich betrat nach ihr die Kirche und setzte mich, ohne dass sie es bemerkt hätte, in die Reihe hinter ihr. Die Messe begann, und in einer Gebetspause legte ich ihr die Hand auf die Schulter und ließ mein kleines Briefchen in ihren Schoß fallen. Ohne sich zu mir umzudrehen, nahm sie die Nachricht auf und legte sie ungeöffnet in die Hand, in der sie den Gagatrosenkranz hielt. Ihr Duft, so unverwechselbar wie der Havannas, jedoch durch und durch weiblich und rein, drang tief in mich ein und verwirrte all meine Sinne. Ich weiß weder, wie lange die Messe dauerte, noch welche Stelle aus der Bibel gelesen wurde. Ich erinnere mich nicht einmal mehr an den Priester, der die Messe zelebrierte. Meine Wahrnehmung beschränkte sich auf den Duft und den Nacken vor mir, als existierte sonst nichts auf der Welt.

Nach der Messe kniete Lola nieder, um zu beten. Ich stellte mich, in banger Erwartung, hinten unter die Empore. Als sie ihr Gebet beendet hatte, sagte sie etwas zu der Sklavin, die daraufhin die Kirche verließ, während Lola langsam in die Kapelle ging. Ohne auch nur einen Moment zu zögern, folgte ich ihr, und als ich über die Schwelle trat, sah ich die tränenüberströmten Augen jener Frau, die einmal meine Geliebte gewesen war. Wortlos nahm Lola meine Hand, und wir gingen in den Innenhof der Kirche, wo Apfelsinenbäume das noch schüchterne Sonnenlicht filterten. Wir setzten uns auf eine kleine Bank, und erst jetzt gestatteten wir unseren Augen, uns zu betrachten.

»Ich habe nicht geglaubt, dich jemals wiederzusehen«, sagte sie zu mir. Die Wechselfälle des Lebens mochten ihr Äußeres verändert haben, ihre Stimme jedoch war unverändert geblieben, unbeeindruckt von den Verheerungen unseres heimtückischen Schicksals.

»Ich habe all die Jahre nur dafür gelebt, dich zu sehen«, gestand ich ihr, und ohne mich länger zurückhalten zu können, küsste ich sie. Es war ein zarter Kuss, mehr von Schmerz als von Leidenschaft erfüllt, ganz anders als unsere fieberhaften Küsse damals unter den Bäumen des Yumurí-Tals.

»Das Leben hat uns übel mitgespielt«, sagte sie und streichelte mein Gesicht.

»Seit Tagen versuche ich schon, dich zu sehen. Die Nachricht wollte ich Teté geben.«

»Teté ist nicht mehr bei mir. Mein Mann hat sie auf die Plantage geschickt, zum Zuckerrohrschneiden.«

»Wie ist das möglich?«

»Alles ist möglich, solange es Herren und Sklaven gibt. Dagegen hast du doch gekämpft, oder?«

»Ich kann mich kaum noch erinnern, wogegen ich gekämpft habe.«

»Ich schon ... Tag für Tag.«

»Mein Gott, Lola.«

»Du weißt nicht, was ich erlebt habe, José María.«

Noch heute, da alle irdischen Leiden vor der Gegenwart des nahen Todes in den Hintergrund treten, spüre ich Tränen über meine Wangen rinnen, sobald ich mich an jene Begegnung erinnere. Lola hatte unseren Sohn bekommen, und er war nicht gestorben, wie man mich glauben gemacht hatte. In dem Bemühen, ihr eine Schmach zu ersparen, die sie gerne ertragen hätte, hatten die Eltern ihr das Kind weggenommen und es als Sohn ihres Bruders Rubén taufen lassen, als der er aufwuchs. Felipe Gómez hatte eingewilligt, Lola zu heiraten, ohne ihr jedoch jemals zu verzeihen. Er liebte die Millionen, die man dem entehrten Mädchen als Mitgift mitgegeben hatte, und verachtete die Frau, die einen armen Poeten, einen Aufständischen, geliebt hatte. Diese Hölle dauerte nun dreizehn Jahre an, und das war auch das damalige Alter unseres Sohnes, eines kräftigen Jungen, den Lola nur sah, wenn die Familie auf der Zuckerrohrplantage ihres Bruders Rubén zusammenkam. Der Kummer, den sie empfand, wenn sie vor ihm stand und ihm nicht sagen konnte, dass sie seine Mutter war, brach ihr das Herz; aber zu seinem Wohle hatte sie sich damit einverstanden erklärt, ihn in dem Glauben zu lassen, er sei Rubéns Sohn und heiße Esteban Junco.

»Warum hast du mir diesen Brief geschrieben?«

»Man hat mich dazu gezwungen.«

»Und warum hast du mir danach nicht mehr geschrieben?«

»War es nicht besser so? War es nicht besser, dass du mich verga-
ßest? Dass du dein Leben lebtest, ohne an eine Vergangenheit gebunden zu sein, die du nicht ändern, an einen Sohn, den du nicht sehen
konntest? Deswegen habe ich geglaubt, Schweigen sei das Beste.«

»Und warum sagst du es mir jetzt?«»

»Weil ich alles über dich weiß. Ich weiß, dass du sehr krank bist.
Dass du in ein paar Tagen nach Mexiko zurückkehren musst. Und
weil ich dich noch immer liebe.«

Der zweite und letzte Kuss, den Lola und ich uns an jenem Morgen gaben, den letzten, den wir uns in unserem Leben geben sollten,
war so wild und leidenschaftlich wie in früheren Zeiten. Ich spürte
die Wärme ihrer Zunge in jeder Faser, ich trank den Saft ihres Mundes, ich biss in das wieder erblühende Fleisch ihrer Lippen, streichelte
ihre Brüste und fühlte durch den Stoff hindurch die harten Brustwarzen. Und als mir mit einem Mal klar wurde, welch schrecklicher
Irrtum unser Leben gewesen war, stand Lola auf und sah mich an.

»Ich muss gehen. Bitte, suche nicht nach mir. Du weißt jetzt, was
du wissen wolltest: Du hast einen Sohn mit Namen Esteban, und ich
habe nie aufgehört, dich zu lieben. Doch es ist unmöglich, die Zeit
zurückzudrehen. Fühle keinen Hass, gegen niemanden. Dies ist unser Leben, wir haben kein anderes. Es hat keinen Sinn, nach Schuldigen zu suchen. Eher schon, die Welt zu verändern, damit andere
nicht erleiden müssen, was wir erlitten haben. Aber du und ich, wir
wissen, dass das unmöglich ist. Leb wohl, José María«, und damit
verließ sie den Kirchhof, ohne sich auch nur ein einziges Mal umzu-
schauen.

Auf jener Bank, die nun von der Sonne des Stephanstages beschienen wurde, blieb ich noch mehrere Stunden unbeweglich sitzen und
dachte über ein Leben nach, das nicht meines war und das ich so
gerne gelebt hätte: ohne Ruhm, ohne Abenteuer, vielleicht sogar
ohne Poesie, fern von der Politik und seinen unruhigen Stürmen, ein
Leben als irgendein einfacher Anwalt in der Provinz, der alles Glück
der Welt im Kuss einer Frau und der Zärtlichkeit eines Kindes findet.
Was kann man mehr verlangen?

Es ist Álvaro«, sagte Delfina und reichte ihm den Telefonhörer, um dann ins Badezimmer zu gehen.

»Hallo, Varo … Bist du aus dem Bett gefallen?«

»Schlechte Nachrichten, Alter: Doktor Mendoza ist tot.«

Fernando wusste sofort, dass es sich nicht um einen von Álvaros Scherzen handelte; aber irgendetwas hielt ihn davon ab, der Nachricht Glauben zu schenken. Er war erst vor einer halben Stunde aufgestanden, doch die zwei Tassen Kaffee, die er getrunken hatte, hatten ihn hellwach gemacht.

»Fernando?«, unterbrach die Stimme am anderen Ende beunruhigt das lange Schweigen.

»Ja … aber … wie ist das passiert?«

»Ein Infarkt oder ein Gehirnschlag, glaube ich … Sein Sohn hat mich gerade angerufen. Heute um vier ist die Beerdigung. Die Totenwache findet in der Großen Loge statt. Ich werd noch die anderen anrufen. Was gedenkst du zu tun?«

»Warte auf mich, in einer Stunde bin ich bei dir«, sagte Fernando und legte auf.

Aus dem Bad drangen das Plätschern des Wassers und Delfinas Stimme zu ihm. Sie summte irgendein Lied, das zu identifizieren ihm nicht gelang. Sie hatte die Tür offen stehen lassen, und Fernando atmete den Duft der Seife ein, die sich über ihre nasse Haut verteilte. Das Nachthemd und die Unterwäsche auf dem Klodeckel erschienen ihm wie konkrete Beweise für ein Zusammenleben, das dem Tod so fremd war und dennoch von der Politik, dem Leben und den Menschen unmöglich gemacht wurde.

»Fernando?«, fragte sie hinter dem Duschvorhang.

»Ja.«

»Was wollte Álvaro um diese Zeit?«

»Mendoza ist gestorben«, sagte er unumwunden.

Sie schob den Vorhang zur Seite. Ihr nasses Gesicht drückte Entsetzen aus. Fernando betrachtete sie: die dunklen, fleischigen Brustwarzen, den leicht gewölbten Bauch, das vom Wasser nasse und glatte und von der restlichen Seife weißgestreifte Schamhaar, die langen, sonnengebräunten Schenkel. Und ihm wurde bewusst, dass die Begierde, die diese Frau in ihm weckte, noch lange nicht gestillt war.

»Ich bin in dich verliebt, Delfina«, sagte er und näherte sich der Dusche, um die nassen Lippen der Frau zu küssen, von der er erst jetzt, in diesem Augenblick, spürte, dass sie *seine* Frau war.

Als er bei Álvaro ankam, hatte er das Gefühl, dass sehr viel mehr Zeit seit seiner Rückkehr vergangen war als die siebenundzwanzig Tage, die er jetzt in Kuba weilte. Die Unmenge an Ereignissen und die Rückgewinnungen der letzten vier Wochen konnten Jahre seines langweiligen Lebens in Madrid mit Erinnerungen füllen. Und es erschien ihm als eine Ironie des Schicksals, dass ausgerechnet der nun verstorbene Doktor Mendoza es gewesen war, der ihn zu dem Entschluss veranlasst hatte, nach Kuba zurückzukehren, um die verschollene Wahrheit über Heredias Leben zu suchen und stattdessen die verschütteten Wahrheiten seines eigenen Lebens wiederzufinden.

»Wir warten noch auf Tomás«, sagte Álvaro, »er muss jeden Augenblick hier sein.«

»Ich glaube, Tomás ist sauer auf mich.«

»Vergiss es. Nein, besser noch, vergiss alles … Und Delfina, kommt sie nicht?«

»Sie wollte noch kurz im Betrieb vorbei und ihrem Vater das Essen hinstellen, dann kommt sie zur Totenwache, bevor es auf den Friedhof geht.«

»Willst du einen Schluck?«

»Hast du schon damit angefangen?«

»Besser gesagt, ich hab gar nicht aufgehört. Hatte mich gerade hingelegt, da hat Mendozas Sohn angerufen.«

»Du säufst dich noch zu Tode, Varo.«

»Ich hab dir doch gesagt, dass ich schon seit Langem tot bin. Mich hält nur noch bloße Trägheit vom Sterben ab. Was du hier vor dir siehst, ist so was wie ein Klon von mir …«

»Warum tust du das?«

»Weil mir danach ist, Fernando. Weil es mir gefällt und weil ich es will. Weil es das Einzige ist, was ich tun kann. Zufrieden?« Álvaro ging ins Haus und kam mit einem halb vollen Wasserglas Rum zurück, in dem ein Stück Eis schwamm.

»Was solls«, sagte er, »wir müssen alle sterben. Fragt sich nur, wann und wie.«

»Du schreibst nicht mehr, stimmts?«

»Wozu? Hat das irgendeinen Sinn?«

»So kaputt bist du?«

»Wer hier kaputt ist, bist du … Dir bleiben noch zwei Tage. Was hast du vor?«

»Fortgehen, was sonst? Danach sehen wir weiter. Delfina hab ich hier drin …« Fernando tippte sich zwischen die Augenbrauen.

»Und Heredia, wo ist der?«

»Keine Ahnung, aber ich glaube, es war die Mühe wert.«

Álvaro schüttelte das Glas, um den Rum zu kühlen. »Und der Verräter?«, fragte er.

»Warum willst du unbedingt jetzt darüber reden?« Fernando sah seinen Freund an, und dann sprach er den Gedanken aus, der ihn verfolgte: »Wenn du es nicht warst, dann gab es keinen Verräter.«

Álvaro lachte. »Du hast den Toten also verziehen?«

»Ich glaube, ja. Auch Tomás. Ich wollte immer, dass er es war.«

»Schade! Und warum glaubst du, dass ich es gewesen sein könnte?«

»Weil du genauso viel gewusst hast wie alle anderen … Übrigens würde es mir sehr wehtun, wenn du es gewesen wärst.«

»Aber jetzt glaubst du, dass ich es war, dass ich dich vielleicht doch …«

»Ich hab dir doch gleich gesagt: Lass es uns vergessen!«

»Erst nervst du uns die ganze Zeit damit, und jetzt willst du plötzlich nicht mehr darüber reden … Nachdem du dich zwanzig Jahre lang mit dem Gedanken herumgequält hast, dass einer deiner Freunde dich verraten hat, verzeihst du jetzt aller Welt, und das wars dann! Scheiße, du bist wirklich die Härte, Fernando! Und du glaubst, die anderen verzeihen dir, dass du jahrelang geglaubt hast, einer von uns wäre ein Denunziant, der dich und Enrique verpfiffen hat?«

»Hör auf damit, Varo.«

»Ich werde nicht aufhören, denn das Einzige, was mir im Leben bleibt, sind meine Freunde … Meine Kinder kenne ich kaum, ich habe seit wer weiß wie lange kein Gedicht mehr geschrieben, das was taugt, keine Frau hält es länger als eine Woche mit mir aus, mein Haus bricht mir jeden Augenblick über dem Kopf zusammen …«

»Aber hör wenigstens auf zu trinken, verflucht noch mal!«

»Nein, verdammte Scheiße! Das ist das Einzige, was ich aus freien Stücken mache«, sagte Álvaro und hob das Glas. »Und wenn ich morgen sterben muss, dann wenigstens sternhagelvoll! Vielleicht merke ich dann nichts …«

»Das Blöde ist nur, dass du morgen nicht stirbst.«

»Stimmt! Gestorben bin ich schon gestern oder vorgestern oder vor zwanzig Jahren. Ich kann mich gar nicht mehr erinnern, wann ich gestorben bin.«

Fernando sah, wie sein Freund das Glas auf einen Zug leerte, und es ging ihm durch Mark und Bein. »Ich weiß, dass du es nicht warst«, sagte er.

»Hör zu, Fernando, ich hab dir von Anfang an gesagt: Es war keiner von uns. Und nicht, weil wir so mutig sind oder so toll oder sonst was. Wenn sie uns in die Zange genommen hätten, wäre jeder von uns imstande gewesen, zu sagen, was sie wollten, um dir was anzuhängen. Aber der Zufall wollte es, dass uns niemand gefragt hat … Ich hab getan, was ich konnte, damit du wieder zu deinen Freunden zurückfindest, aber du hast den Finger in die Wunde gelegt und darin herumgestochert. Ich weiß nicht, wie die anderen darüber denken, aber ich, Álvaro Almazán, werde dir so eine Riesensauerei nicht verzeihen, hörst du?«

»Jetzt bin ich also plötzlich der Arsch … Komm, hör auf, du bist ja besoffen.«

»Ja, aber Besoffene sagen manchmal die Wahrheit. Denk darüber nach, und du wirst sehen, dass ich recht habe. Willst du jetzt was?«

Fernando sah, dass sein Freund aufstand und sich anschickte, wieder ins Haus zu gehen.

»Ja, bring mir einen Rum, einen kleinen.«

$\mathcal{H}$AVANNA BEJUBELTE DAS NEUE JAHR 1837, doch ich hatte keine Augen dafür und stand daneben wie ein Gespenst. Es war, als wäre jener Junge, der zwanzig Jahre zuvor die Stadt verschlingen und jede ihrer Ausdünstungen in sich aufnehmen wollte, ein Fremder für den Mann, der wie von Weitem das leere, vorgefertigte Glück eines Volkes betrachtete, das nach dem Brot die Spiele genoss. Ich nahm ein Zimmer in derselben Pension, in der ich direkt nach meiner Ankunft auf Kuba gewohnt hatte, und nachdem ich meiner Mutter geschrieben hatte, dass ich wohlauf war, trank ich eine ganze Flasche Wein und ließ mich ins Bett fallen.

Am nächsten Morgen ging ich aufs Amt, um den Behörden mitzuteilen, dass ich beschlossen hatte, die Insel noch vor dem 5. Januar, dem Tag, an dem mein Visum auslief, zu verlassen. Man erklärte mir, die »Carmen« werde zehn Tage später als vorgesehen auslaufen, weswegen man meine Aufenthaltsgenehmigung verlängere. Und wie ein Pilger, der sich von seinem Glauben und den geheiligten Orten verabschiedet, nahm ich die Gelegenheit wahr, die Stadt noch einmal zu durchwandern. Wenig indes lockten mich ihre neuen, prachtvollen Gebäude, ihre modernen, breiten Promenaden, ihre nun saubereren Straßen; stattdessen nahm ich oft eine Kalesche und ließ mich ins abgelegene Manglar fahren, einem Viertel, in dem ausschließlich Zigeuner und Neger wohnten. Dort aß ich in einer der Kneipen und hörte mir Geschichten an, um zu spüren, dass ich mich in derselben Stadt aufhielt wie der, die ich vor Millionen von Jahren verlassen hatte.

Doch mein Gemütszustand besserte sich kaum. Zu schrecklich waren die Ereignisse und Enthüllungen meiner Reise in die Vergangenheit, als dass die Wunden rasch hätten vernarben können. Das Schlimmste war die Gewissheit, dass mir nichts mehr zu tun blieb in diesem Land, das, weit davon entfernt, mir Gesundheit, Gefühle und Glück zurückzugeben, mich mit Verdächtigungen, Vergessen und Verachtung strafte. Alles schmeckte nach Ende, und angesichts meiner bevorstehenden Abreise schrieb ich Domingo einen Brief, frei von Groll und Schuldzuweisungen, in dem ich lediglich meinem Bedauern darüber Ausdruck verlieh, dass es mir nicht möglich gewesen war, ihn zu treffen. Nichts von seinem Brief, nichts davon, dass er mir aus dem Weg gegangen war, und noch weniger von dem, was ich inzwischen von Blas de Osés erfahren hatte. Zum Schluss verabschiedete ich mich auf immer von ihm und wünschte ihm alles Glück der Welt.

Als ich eines Abends in mein Quartier zurückkam, fand ich auf meinem Bett ein Schreiben vom Büro des Generalkapitäns vor. In Vorahnung irgendeiner Repressalie wegen der Überschreitung meines Aufenthaltsrechtes auf der Insel öffnete ich den Umschlag und hielt zu meiner Überraschung eine Einladung in der Hand, ausgesprochen von Miguel Tacón persönlich, der mich zu einem Gespräch zu sich bat. Als Termin wurde der 12. Januar genannt, um vier Uhr nachmittags, im Palast der Generalkapitäne, und es würde ihm eine große Ehre sein, schrieb er, sich mit einem so berühmten Schriftsteller unterhalten zu können. Unter seinem Namenszug prangten die obligatorischen politischen Ämter und Ehrenämter, die er innehatte, mit jener Manie aller Tyrannen, ihren Namen mit lächerlichen Titeln zu schmücken, die ihre Allmacht beweisen sollen: angefangen beim Viceconde Bayamo über den Marqués der Kubanischen Union und den Ritter des Erlauchten Ordens des Goldenen Vlieses bis hin zum Generalleutnant der Nationalen Armee und Regierenden Generalkapitän der Insel Kuba.

Mit der Unruhe, die mich seit dem Erhalt des Schreibens begleitete, stieg ich zur festgesetzten Stunde die langen Treppen hinauf, die zum Büro des Potentaten führten. Die Neugier, jenen furchtbaren Mann kennenzulernen, der die Herren des Landes in Schach hielt, während er die Stadt mit Plätzen und Monumenten überzog, wo seine Anhänger zusammenströmten, um ihn hochleben zu lassen, mischte sich mit der Abscheu davor, einem unerbittlichen Bekämpfer jeglicher freiheitlichen Idee gegenüberzutreten. Denn er war Vertreter jener Macht, die sich das Recht herausnahm, mein Verhältnis zu Kuba zu reglementieren, ein erbarmungsloser Militär, der seinem

Hass gegen alles Amerikanische wiederholt Ausdruck verliehen hatte. Natürlich erzählte man von ihm Geschichten und Legenden, die so typisch sind für Menschen seiner Art, dass es fast nicht der Mühe wert ist, sie zu erwähnen: angefangen dabei, dass er ohne Schlaf auskam und Nächte hindurch arbeiten konnte, bis hin zu seinem phänomenalen, unbestechlichen Gedächtnis, das es ihm ermöglichte, sich an jeden Befehl, jeden geäußerten Wunsch zu erinnern. Man sprach von seiner sexuellen Potenz, seinen unkontrollierten Zornesausbrüchen und seinem krankhaften Machtstreben, ebenso wie von seiner Vorliebe zu Uniformen und Rangabzeichen, die er angeblich niemals ablegte.

Der Adjutant führte mich in das Büro, wo der Generalkapitän, in der Mitte des Raumes stehend, mich erwartete. An der hinteren Wand rahmten eine spanische Fahne und eine andere mit den Symbolen des Königshauses ein großes Gemälde von Königin María Cristina ein, dazu ein alter Wappenschild der Krone von Castilla y León und die Embleme verschiedener Waffengattungen. Tacón kam mir entgegen, und diesmal zitterten mir nicht die Knie. Er streckte mir mit soldatischer Geste die Hand hin und forderte mich zum Sitzen auf. Er lächelte nicht, während mich seine Geieraugen musterten, um sich ein besseres Bild von meiner Erscheinung zu machen, die vielleicht nicht seiner Vorstellung von der eines politischen Gegners entsprach. Für seine sechzig Jahre machte der Generalkapitän einen robusten Eindruck, hatte tiefschwarze Haare, und ich sah, dass er riesige Stiefel mit breiten Sohlen und erhöhten Absätzen trug, um größer zu wirken. Doch trotz seiner unumschränkten Macht, die es ihm ermöglichte, Länder und Leben zu zermalmen, war er schließlich und endlich nichts weiter als ein Mensch, zerbrechlich wie jedes Wesen, das aus dem Bauch einer Frau kriecht. Nachdem er mir einen schrecklich süßen Kaffee angeboten hatte, wies der Allmächtige den Adjutanten an, dafür zu sorgen, dass wir von niemandem gestört würden, und nahm in dem anderen der beiden mit Leder überzogenen Holzsessel mit hoher Lehne Platz, wobei er den Blick unverwandt auf einen unbestimmten Punkt rechts hinter mir richtete.

»Ich hatte den aufrichtigen Wunsch, Sie kennenzulernen«, sagte er. »In der gesamten hispanischen Welt spricht man von dem Sänger des Niagara wie von einer lebenden Legende, und in Kuba betrachtet man Sie als Helden.«

»Dessen bin ich mir nicht so sicher«, erwiderte ich, und seine Augen hefteten sich wieder auf mich.

»Weil Sie mir geschrieben haben und nach Kuba gekommen sind?«

»Auch deswegen.«

»Es muss sehr schmerzhaft für Sie gewesen sein.«

»Das war es. Mehr, als Sie sich vorstellen können.«

»Wurden Sie in Kuba schlecht behandelt? Dabei habe ich strikte Anweisung gegeben …«

»Nein, nein, man hat mich lediglich daran erinnert, dass ich hier bin, weil Sie es so wollen, und dass sich das jederzeit ändern kann.«

»Nichts liegt mir ferner. Für mich war es sehr wichtig, dass Sie nach Kuba gekommen sind.«

»Ja, ich weiß … Für Sie bin ich so etwas wie eine Kriegstrophäe, nicht wahr?«

»Sie waren immer ein schlechtes Beispiel, und Ihre Gedichte … Heredia, dass Sie umgefallen sind, ist ein Erfolg für meine Regierung, für die spanische Krone.«

»Dass ich umgefallen bin, wie Sie es nennen, hat vor allem persönliche Gründe.«

»Ja, natürlich. Geht es Ihrer Frau Mutter gut?«

»Glücklicherweise, ja.«

»Das freut mich sehr …« Er sah mir direkt in die Augen. »In Ihrem Brief war aber noch von anderen Dingen die Rede. Sie schreiben mir, Sie seien nicht mehr der Meinung, dass das Beste für diese Insel die Unabhängigkeit ist.«

»Ich habe gesehen, was in Mexiko passiert ist. Ich weiß, was in Kolumbien vor sich geht, und das ist wenig ermutigend.«

»Das konnte man seit Jahren kommen sehen. Ich bin 1809 nach Amerika gekommen, als Gouverneur von Popayán, und ich wusste, dass es so enden würde. Ihr Vater wusste das übrigens auch …«

Ich weiß nicht, welche Faser meines Geistes der General berührte, als er meinen Vater erwähnte. Doch dass er sich mit diesem redlichen

Mann verglich, der im Elend gestorben war, rief heftigen Widerspruch in mir hervor. Meine Reaktion war nicht die eines mutigen Mannes, denn das bin ich, offen gestanden, nie gewesen. Es war eher die Erkenntnis, dass ich, was auch immer geschehen würde, diesem Menschen überlegen war. Der Potentat konnte mich nicht mehr zerstören, denn das hatte das Leben bereits getan. Ich wusste, dass meine Tage auf Erden gezählt waren und dass ich nie mehr nach Kuba zurückkehren würde, und das gab mir, wie nie zuvor im Leben, ein Gefühl von Freiheit. Ich fühlte mich in Sicherheit vor seinen eventuellen Nachstellungen. Und so zitterten weder meine Knie noch meine Stimme, als ich erwiderte:

»Es ist bedauerlich, dass gewisse Menschen, die für Gerechtigkeit gekämpft haben, zu Ungerechten werden … Aber was in Kuba geschieht, ist nicht gerade dazu angetan, einen glücklich zu machen. Es gibt Wohlstand, das ist wahr, aber nichts kann fehlende Freiheit ersetzen. Oder die Sklaverei, zum Beispiel …«

»Ja, das ist eine Schande.«

»Die Sie unterstützen.«

»Aus politischen Erwägungen. Und Sie wissen, dass die Politik Kompromisse von uns erfordert.«

»Aber zu welchem Preis!«

Tacón sah mich an, als verstünde er mich nicht; dann richtete er seinen Blick wieder auf einen vagen Punkt hinter mir und sagte in fast flüsterndem Ton: »Was denken Sie von mir? Seien Sie bitte ehrlich …«

»Ich glaube nicht, dass ich Ihnen das sagen sollte. Sie sind mein Gastgeber …«

»Bitte sagen Sie es mir!«

»Ich glaube nicht, dass Sie die Wahrheit von mir hören wollen. Ich glaube, Sie hören lieber jene Ihrer Untergebenen, die auf die Straße gehen und Sie hochleben lassen.«

»Das ist das, was die Mehrheit denkt.«

»Viele, denen man heute zugejubelt hat, hat man morgen aus ihren Gräbern geholt und zur Rechenschaft gezogen, als sie keine Macht mehr besaßen. Verlassen Sie sich also nicht zu sehr auf diejenigen, die Sie heute hochleben lassen und Ihnen gehorchen, vor allem dann nicht, wenn sie es aus Angst tun.«

»Angst? Ich glaube, Sie verstehen nicht, was in Kuba geschieht.«

»Ich meine schon. Wollen Sie wirklich hören, wie ich über Sie denke? Nun, ich denke, dass Sie Ihre Aufgabe erfüllen; aber gleichzeitig haben Sie diesem Land Terror, Zensur und Denunziantentum als Lebensform aufgezwängt. Sie hassen uns, die wir auf dieser Insel geboren sind. Sie sind ein Feind der Intelligenz, ein Demagoge, ein Diktator, und wie alle Diktatoren verlangen Sie dafür von den Leuten, dass sie Sie lieben.«

In diesem Moment sah ich zum ersten Mal ein Lächeln über Tacóns Lippen huschen. Er lehnte sich leicht zurück, strich sich über den Bart und sah mich an. Dann richtete er seinen Blick wieder ins Leere, als spräche er mit einem unsichtbaren Dritten, der bedeutender war als ein einfacher kranker, vom Leben besiegter Dichter.

»Finden Sie nicht, dass es eine wichtige Aufgabe meiner Regierung ist, das Laster, das Glücksspiel, die Prostitution und die Korruption zu bekämpfen? Halten Sie es für verwerflich, Straßen auszubessern, Parks anzulegen, Theater und öffentliche Gebäude zu errichten, ein neues Gefängnis bauen zu lassen, in dem die Gefangenen wie Menschen leben können und nicht wie Tiere? Ist es Despotismus, den Fortschritt auf die Insel zu bringen, wo es eine Eisenbahn geben wird, noch bevor es sie in Spanien gibt? Sind Sie sicher, dass es schlimmer ist, die Schriften zweier oder dreier Intellektueller zu verbieten, als Obszönität, Unmoral und ständige Angriffe in der Presse zu dulden? Glauben Sie nicht, Señor Heredia, dass es vorzuziehen sei, dem Chaos Einhalt zu gebieten, in das eine Revolution die Insel stürzen kann, nach der die Neger, sobald sie an die Macht kommen, unsere Institutionen und unsere Religion abschaffen würden, als Kuba in die Unabhängigkeit zu entlassen, die Sie vor einigen Jahren forderten?«

»Es gibt keine Rechtfertigung dafür, dass man den Willen des Volkes missachtet.«

»Aber Señor Heredia, seien Sie nicht naiv! Von welchem Volk sprechen Sie? Sagen Sie jetzt nicht, Sie meinen die Neger im Manglar, wo Sie dieser Tage oft hingingen! Oder die Sklaven, die nicht mal Spanisch sprechen können.« Er machte eine Pause und sah mich an. »Nein, nein, sicher sprechen Sie von jenen hohen Herren, die sich am Sklavenhandel bereichert und sich in letzter Zeit zu Philanthropen gewandelt haben, weil sie jetzt andere Arbeitskräfte benötigen, um ihre Taschen zu füllen … Wie viele von ihnen haben 1823 die Unabhängigkeitsbestrebungen Kubas unterstützt? … Und ich will Ihnen noch etwas sagen: Ich weiß, dass Ihr Freund Domingo sich vor Ihnen versteckt hat, mehr noch, er hat Sie nicht einmal zu einer seiner literarischen Soireen eingeladen, die er in seinem Hause veranstaltet und bei denen er sich wie ein Pascha aufführt. Nun, ebendieser Señor, der es nicht wagt, seinen Namen unter eins seiner Pamphlete gegen meine Regierung zu setzen, erhielt den Auftrag, mich zu umschmeicheln oder, vielleicht, zu kaufen, und ich glaube, er hat das mit dem größten Vergnügen getan. Zwei Mal war ich Gast in seinem Hause, einmal anlässlich eines Diners und dann bei einer seiner Soireen … Ich wünschte, Sie hätten seine Bibliothek gesehen, mit Regalen voller Bücher aus allen Teilen der Welt und Zeitschriften, die tags zuvor in Europa erschienen waren, dazu Ledersessel und hundertarmige Kronleuchter! Und die Sklaven, großer Gott! Gekleidet wie in Paris. Kann man mit diesen Herren an die Unabhängigkeit Kubas denken? Sind das die Leute, die sich für die Abschaffung der Sklaverei einsetzen? Dass ich nicht lache!«

»Es ist zu traurig, um darüber zu lachen. Aber diese Herren, die den Namen Kubas für ihre Zwecke missbrauchen, sind nicht Kuba. Dass sie so leben, wie sie leben, rechtfertigt weder den Terror noch die Unterdrückung der Freiheit oder die Repressionen gegen diejenigen, die anders denken.«

»Das ist etwas anderes. Ich weiß, Sie beschuldigen mich, jede politische Betätigung auf der Insel zu unterdrücken, aber glauben Sie mir, ich tue das nur, um größeres Unheil von diesem Land abzuwenden, auf das die Vereinigten Staaten und England ein Auge geworfen haben. Gäbe Kuba sich auch nur eine Blöße, wäre das sein Ende. Wenn es nötig ist, die politischen Forderungen einiger weniger abzuwürgen, damit diese Insel weiterhin spanisch bleibt, dann tun wir das. Von allen Übeln wählen wir das kleinere. Das ist Politik, das ist Realismus.«

»Auch dass ich von einer Polizei überwacht werde, die mehr über mich weiß als ich selbst, ist eine Realität. Und dass immer mehr Menschen von der Insel verbannt werden, ebenso.«

»Die Verbannung ist eine grausame Strafe, und genau deswegen verhängen wir sie. Aber wir tun das im Namen der Gerechtigkeit. Gesetze sind da, um befolgt zu werden. Aber da wir schon mal darüber reden, möchte ich Ihnen etwas sagen: Von allen Maßnahmen, die meine Regierung ergriffen hat, ist Sacos Verbannung die einzige, die ich bedauere. Ich habe sie angeordnet, weil der Conde de Villanueva ein Interesse daran hatte und mich dazu gedrängt hat. Er ist Kubaner wie Sie, doch er hasst alle Kubaner und verachtet sie. Aber ich habe Saco nicht gewaltsam außer Landes bringen lassen, wie meine Feinde behaupten. Hier in diesem Zimmer habe ich mit ihm geredet und ihm erklärt, was geschehen war. Und er hatte Monate, um selbst das Land, das Schiff und den Tag zu bestimmen, an dem er die Insel verlassen wollte, die Taschen voller Geld, Geld, das von den Aldamas und den Alfonsos stammte … Das wussten Sie nicht? … Aber vergessen Sie einmal Saco und schauen Sie sich im Land um. Was ist wichtiger, ein einzelner Mensch oder der Wohlstand des Landes?«

In diesem Moment merkte ich, dass mein Blick, möglicherweise wegen der Anspannung, die mich ergriffen hatte, verschwamm; doch eine eigentümliche Kraft, die der Erkenntnis erwuchs, wie sehr mein Leben durch Menschen wie ihn aus der Bahn geworfen worden war, rüttelte mich auf und drängte mich zu der Frage:

»Betrachten Sie sich als Wohltäter Kubas?«

»Was glauben Sie, nach allem, was ich für diese Insel getan habe? Heute lebt man auf Kuba besser denn je …«

»Ich dachte, der Grund dafür sei der hohe Zuckerpreis … Aber die Gewinne erreichen nicht die Hütten der Sklaven, die Sie nach Kuba bringen lassen und für die Sie Ihren Anteil in bar erhalten …«

»Sie wollen einfach nicht verstehen … Anscheinend sprechen wir von zwei verschiedenen Ländern.« Und zum ersten Mal nahm ich so etwas wie Unwillen in seiner Stimme wahr.

»Im Gegenteil, es ist dasselbe Land, und ich verstehe immer mehr. Das einzig Unbestreitbare bei alldem ist, dass das Wesen der Macht darin besteht, zu unterdrücken, und ihr Ziel, sie zu erhalten.«

»Glauben Sie, dass ich an der Macht interessiert bin? Schauen Sie, den größten Gefallen, den man mir tun könnte, wäre, einen anderen zu schicken, der diese Insel regiert …«

»Macht ist wie eine Droge, und der Rausch der Geschichte ist ihre schlimmste Folge.«

»Die Geschichte ist eine Hure, Señor Heredia, eine undankbare …« Er verstummte, als fiele ihm das richtige Wort nicht ein. Dann stand er auf und begann, im Zimmer auf und ab zu gehen.

»Aber sie wird von denen geschrieben, die die Macht besitzen. Doch die andere Geschichte, die wahre, das ist die, die am Ende zählt. Schlimm nur, dass die Menschen keine Lehre aus ihr ziehen, nie. Die Völker werden niemals aus Erfahrung klug …«

Tacón unterbrach seine Wanderung und sah mir in die Augen. »In Ihrem Brief schreiben Sie …«

»Was sollte ich machen? Es wäre äußerst töricht von mir gewesen, nicht das zu sagen, was Sie hören wollten.«

»Das ist zynisch.«

»Sie haben recht. Aber ein Sterbenskranker wie ich, der vielleicht zum letzten Mal im Leben seine Mutter und seine Familie sehen will und das Bedürfnis hat, noch einmal die Luft dieser Insel einzuatmen, hat alles Recht der Welt auf Zynismus und Lüge.«

»Außerdem sind Sie ein Feigling, Señor Heredia.«

»Das stimmt, und auch jetzt habe ich Angst. Sie haben meinen Landsleuten verboten, meine Gedichte zu lesen. Sie besitzen die Macht, über das Leben derer zu entscheiden, die auf dieser Insel leben. Und jetzt liegt das meine in Ihren Händen. Meinen Verzicht auf politische Betätigung haben Sie bereits, jetzt biete ich Ihnen meinen Kopf.«

Tacón lachte. »Ihr Verzicht auf die Politik genügt mir. Im heutigen Kuba sind Sie ein Niemand. Sie sind ein Insekt, das nicht einmal von Ihren Freunden geliebt wird. Warum sollte ich Sie umbringen lassen? Vernichtet, aber lebend sind Sie nützlicher … Ach, übrigens, glauben

Sie nicht, was man Ihnen erzählt hat: Die Poesie ist gefährlich, aber so gefährlich nun auch wieder nicht.«

»Sie haben recht. Kein Gedicht ist imstande, einen Tyrannen zu stürzen. Aber es kann eine Narbe hinterlassen, die sich manchmal nicht tilgen lässt. Vergessen Sie nicht, es bleibt die andere Geschichte, die wahre, und die wird eines Tages Ihren Namen von den von Ihnen errichteten Gebäuden entfernen und auf Ihr Grab spucken, da sie Ihnen heute nicht ins Gesicht spucken kann. Und vor dieser Geschichte, falls sie denn etwas taugt, wird meine Poesie bestehen. Das wird all Ihre Macht nicht verhindern können.«

»Wie ich schon gesagt habe: Sie sind naiv, und Sie tun mir leid. Deswegen möchte ich Ihnen etwas erzählen, wofür Sie mir vielleicht sogar dankbar sein werden«, sagte er, indem er seine Wanderung durch das Zimmer wieder aufnahm, ohne mich anzusehen. »Ihr Freund Domingo hat sich vor Ihnen versteckt, nicht wahr? Seien Sie deswegen nicht traurig. Dieser Mann ist nie Ihr Freund gewesen. Er war es, der Sie im Jahre 23 denunziert hat, nachdem Sie ihm anvertraut hatten, dass Sie an der Verschwörung beteiligt waren …«

Der Schlag traf mich mitten ins Herz. Sollte Tacón mich nur deshalb zu sich gerufen haben?

»Wenn Sie es wünschen, zeige ich Ihnen die Akten, die …«

»Nein, ich will sie nicht sehen«, murmelte ich. Ich fühlte mich hundeelend und wollte nichts als fort von hier. Am liebsten wäre ich nie hier gewesen, um diese schreckliche Enthüllung zu hören, die mich mit einer fürchterlichen Traurigkeit erfüllte und mich all meiner Kräfte beraubte.

»Wie Sie wünschen. Ich wollte nur, dass Sie wissen, wer dieser Señor ist.«

»Darf ich mich jetzt zurückziehen?«

»Dürfen Sie, dürfen Sie. Aber vergessen Sie eines nicht: Solange ich dieses Land regiere, werden Sie Kuba nicht wieder betreten.«

»Sie besitzen die Macht dazu. Wenden Sie sie an. Guten Abend.«

Ich hatte Mühe, mich zu erheben, und musste meine Arme zu Hilfe nehmen. Wie ein Betrunkener taumelte ich die Treppen hinunter, und erst auf dem letzten Absatz hob ich den Blick. Von oben herab, in seiner glänzenden, mit Orden und Rangabzeichen überladenen Uniform, mit all seinen Ehrenämtern und Titeln im Rücken, sah mir jener Mann hinterher, dem die Geschichte, ich wusste es, nicht vergeben würde. Und Domingo, dem Verräter? Und mir?

Durch schwarze, mit leuchtend weißen Totenschädeln bestickte Stoffe hindurchschimmernd, den betäubenden Duft nach Blumen, Wachs und Weihrauch durchströmend, die unveränderlichen, in Trauer gehüllten Symbole der Bruderschaft durchdringend, blieb die Zeit nicht nur stehen, sie begann rückwärts zu laufen. Das umgekehrte Werden schien nach dem unwandelbaren Wesen außerhalb des ständigen Fortschreitens der Uhren zu suchen, darum bemüht, die hartnäckige Kontinuität der Geschichte zu widerlegen.

Den unumstrittenen Mittelpunkt des Saales bildete der Sarg, um den herum die Menschen sichtlich gefasst die Zeremonie des Abschieds begingen. Stehend, ergriffen von dem erhabenen Geist des traurigen Augenblicks, hatten Freimaurer, Angehörige und die übrigen Anwesenden der ersten Invokation des Ehrwürdigen Meisters gelauscht, in der die Philosophie des Lebens und des Todes jener Menschen Ausdruck fand, die in die Geheimnisse der tausendjährigen Bruderschaft eingeführt und ihnen eidlich verpflichtet waren.

»Großer Architekt des Universums!«, hatte der mit den Insignien der Ehrwürdigkeit versehene Mann begonnen. »Unendliche Macht! Barmherziges Wesen, das begriffen, nicht aber erklärt werden kann! Unwandelbarer Urheber des ständigen Wandels! Du, der Du nichts Anormales in unserem Tod siehst, so wie Du nichts Anormales in unserer Geburt gesehen hast, Dich rufe ich an. Möge unser Bruder Gonzalo Mendoza Santiesteban bei Dir leben, wie er unter uns gelebt hat, mögest Du ihn gütig aufnehmen und ihm, der gerecht war, Gerechtigkeit zukommen lassen.« Während der Ehrwürdige Meister den Weihrauch in Brand steckte, spürte Fernando Delfinas warme Hand auf seinem Arm, und Miguel Ángel neben ihm flüsterte: »Das ist stark! Hatte ich mir nicht so vorgestellt ...«

»Setzt euch«, befahl der Ehrwürdige.

Neben Miguel Ángel saßen Arcadio, Álvaro, Conrado und Tomás, ebenfalls fasziniert von der einzigartigen Zeremonie, die von der Vergeblichkeit allen menschlichen Strebens zeugte.

»Diesem natürlichen Prozess ordnet sich die weltliche Existenz der Menschen unter. Nicht einer, der sich seiner Macht entziehen kann. Ruhm, Reichtum, Ehre, die Dinge, denen unser Trachten und Streben in diesem Leben gilt, bleiben hier auf Erden, so wie unser lebloser Körper, sobald sich die Seele aus ihrem Gefängnis befreit durch den knauserigen Kuss des Todes.«

Auf dem Hügel des Ostens lauschten die beiden Söhne und die Witwe von Doktor Mendoza den Wahrheiten, die der Ehrwürdige aussprach. Vielleicht hatte der Professor in seinen Jahren als Freimaurer diese Lektionen gelernt und den besonderen, wenn auch schwachen Trost ihrer Worte verstanden.

Während der Zeremonienmeister die »Lobrede auf den Verschiedenen« hielt, wie es der Ehrwürdige Meister angekündigt hatte, begriff Fernando Terry, der sich zum ersten Mal im Innern eines Freimaurertempels aufhielt, warum die Zeit für diese Menschen, die unbeirrt eine uralte Bruderschaft aufrechterhielten, in anderen Bahnen verlief als denen, die er bis zu diesem Zeitpunkt als normal angesehen hatte. Eine unwandelbare, den Wechselfällen der Zeit und der Epoche nicht unterworfene Ethik verband die Freimaurer mit einem Ideal auf der Grundlage frei und bewusst übernommener, unantastbarer Prinzipien von Treue, Solidarität und Brüderlichkeit. Und er versuchte sich vorzustellen, was am Abend des 11. Februar 1921 geschehen war, als José de Jesús Heredia in einer weniger traurigen, aber mit derselben Feierlichkeit begangenen Zeremonie im Schein derselben Lichter und zwischen denselben Schwertern seinen Freimaurerbrüdern die Erinnerungen seines Vaters übergeben und von den sechsundachtzig mit diesem Ritual vertrauten Männern den Schwur, das Geheimnis zu wahren, vernommen hatte.

Auf Anweisung des Ehrwürdigen erhoben sich die Trauergäste wieder und beobachteten, wie der Zweite Aufseher Blumen auf den Sarg legte und einige Male um ihn herumging. Dann führten einige Freimaurer dasselbe Ritual aus, bis der Ehrwürdige Meister vom Hügel des Ostens herabstieg und seine Brüder bat, eine Menschenkette um den mit Blumen bedeckten Sarg zu bilden. Doch dabei geschah etwas Seltsames: Zwischen dem Zeremonienmeister und dem Ehrwürdigen entstand eine Lücke in der Kette der sich an den Händen haltenden Männer. Daraufhin flüsterte der Ehrwürdige dem Mann zu seiner Rechten etwas ins Ohr, der die Botschaft an seinen Nebenmann weitergab, und so gelangte sie schließlich zum Zeremonienmeister, der seine Stimme erhob: »Ehrwürdiger Meister, die Kette ist gerissen!«

Worauf der Oberste Würdenträger der Loge erwiderte: »Liebe Brüder, der Tod unseres Bruders Gonzalo Mendoza hat die Kette, die uns einte, zerrissen. Wenn auch nur vorübergehend, hat der Verlust dieses wertvollen Gliedes den Fluss der Solidarität unterbrochen, der alle Freimaurer verbindet … Und auch wenn diese Unterbrechung die Folge eines Naturgesetzes ist, der einzige Grund, der die brüderlichen Bande lösen kann, die uns mit dem Leben verbinden, müssen wir die Kette wieder schließen, denn diese Bande dürfen sich niemals lockern … Und so fordere ich euch auf, Brüder, das verloren gegangene Glied der symbolischen Kette zu ersetzen: Schließt die Kette!«, befahl er, und der Zeremonienmeister streckte seine Hand aus, bis er die des Ehrwürdigen ergreifen konnte. »Brüder, die Kette ist geschlossen!«, verkündete der Ehrwürdige. »Möge der Kreis, den wir um die Grabesstatt unseres verstorbenen Bruders bilden, der Balsam sein, der unseren Kummer lindert und unser Bündnis festigt …«

Fernando Terry konnte sich nicht dagegen wehren: Wie auf einen versäumten Befehl hin, der keinen Aufschub mehr duldete, verschränkte er seine Linke mit Delfinas rechter Hand, während er mit seiner Rechten die linke Hand von Miguel Ángel umschloss. Miguel Ángel, den Blick starr auf die Freimaurer gerichtet, die ihre Kette wieder geschlossen hatten, fasste nach Arcadios Hand, der wiederum die Álvaros ergriff. Álvaro zögerte einen Moment und nahm dann Conrados Hand, der sie wiederum Tomás reichte, als der Ehrwürdige Meister in seiner Rede fortfuhr:

»Lasst uns, Brüder, unter diesem Trauergewölbe, dem stummen

Zeugen unserer aufrichtigen Ehrerweisung, allen Groll oder Egoismus aus unseren Gedanken verbannen. Ich fordere die Anwesenden auf, mit mir den feierlichen Schwur zu leisten, die erlittenen Beleidigungen und Schmähungen zu vergessen. Keine nichtigen Zwistigkeiten mehr! Mögen Friede und Harmonie unter uns herrschen!«

Ohne Conrados Hand loszulassen, sah Tomás Fernando an, während er auf Delfina zuging, um ihre freie Hand zu ergreifen und so die Kette zu schließen. Sechs Männer und eine Frau, vereint durch die Erinnerung an zwei verstorbene Brüder, schauten sich in die Augen, als könnte die Zeit tatsächlich stehen bleiben und sogar rückwärts laufen und das Gedächtnis von den erbittertsten Streitigkeiten befreien.

»Jemand muss sterben, damit die anderen merken, dass sie leben«, sagte Miguel Ángel.

»Keine Reden, verdammt noch mal!«, bat Álvaro.

Fernando und Tomás grinsten.

»Schade, dass der Alte tot ist, aber das muss gefeiert werden«, schlug Arcadio vor.

»Ein Treffen der Spötter wär jetzt nicht schlecht«, sagte Miguel Ángel.

»Super Idee, aber lass endlich meine Hand los«, protestierte Álvaro lachend, und die förmliche Feierlichkeit, die unerträglich zu werden drohte, löste sich auf.

Fernando und Delfina nahmen wieder ihre Plätze ein. Das Wissen darum, was diese Kette bedeuten konnte, sowie die bevorstehende Abreise Fernandos erfüllten sie mit Unbehagen.

»Wie lange waren die beiden wohl verheiratet?«, fragte Delfina und sah zum Hügel des Ostens hin, wo die Witwe stand.

»Weiß der Himmel. Der ältere Sohn ist so alt wie wir.«

»Und der mit dem karierten Hemd ist der Jüngere, oder?«

Fernando sah zu dem jüngeren Sohn der Mendozas, der neben einem Kranz aus Blumen stand und mit einem etwas älteren Mann sprach. Der Mann, ein stämmiger Mulatte mit schneeweißen Haaren, trug ein T-Shirt, das den Blick auf zwei dicke Goldketten freigab.

»Ja, er verkauft Schweinefleisch auf dem Markt«, bestätigte Fernando, als es ihn wie ein Schlag traf: Der Mann, der sich mit dem Mendoza-Sohn unterhielt, drehte sich um, und trotz der Jahre, der weißen Haare und der goldenen Medaillons und Kreuze, die auf seiner Brust glänzten, erkannte er ihn sofort. So oft hatte sein Gedächtnis dieses Gesicht mit den durchdringenden Augen ausgekotzt, dass er es sogar in der Hölle erkannt hätte. Der Mann, der bereits eine nicht angezündete Zigarette zwischen den beringten Fingern hielt, strebte ungeduldig dem Ausgang des Tempels zu, und Fernando, dessen Hände schweißnass waren, wurde von einer unbekannten Macht angetrieben, ihm zu folgen.

»Bin gleich wieder da«, sagte er zu Delfina und ging an seinen Freunden vorbei zur Tür.

Als er in die Vorhalle hinaustrat, sah er ihn mit der inzwischen brennenden Zigarette an einem der langen Fenster stehen. Er sah ihn so intensiv an, dass der Mulatte sich beobachtet fühlte und zu ihm herüberschaute, sich jedoch gleich wieder abwandte, um die Asche durchs geöffnete Fenster zu schnippen. Fernando Terry ging auf ihn zu und stellte sich neben ihn. Er überlegte, ob er ebenfalls eine Zigarette herausholen sollte, doch er wusste, dass seine Hände unkontrollierbar zittern würden, wenn er sie anzündete.

»Erinnerst du dich nicht an mich?«

Der Mann, beunruhigt durch die Anwesenheit des Fremden, war auf der Hut, zwang sich aber zu einem Lächeln, während er ihn musterte. »Dein Gesicht kommt mir bekannt vor, aber … Vom Markt?«

»Du bist Ramón«, sagte Fernando schließlich, und das Lächeln verschwand aus dem Gesicht des anderen.

»Ach so, du kennst mich von früher.«

»Ich bin Fernando Terry«, sagte Fernando und wartete auf die Reaktion des Polizisten.

»Scheiße, ja!«, lachte der Mann. »Der von der Uni. Ist aber schon ne Weile her! Wie gehts dir, mein Lieber?«

Ramón schien seine Selbstsicherheit wiedergewonnen zu haben. Er war jetzt wieder die Ruhe selbst, fast erfreut darüber, einen alten Bekannten getroffen zu haben.

»Beschissen«, sagte Fernando. »Ich musste Kuba verlassen …«

»Im Ernst?«

»Überrascht dich das?«

»Na ja, nicht sehr«, gab Ramón zu. »Es sind so viele Leute fortgegangen …«

»Und dir gehts gut, wie ich sehe …?«, Fernando zeigte auf die zur Schau gestellten Goldketten.

»Inzwischen ja, aber ich hatte auch so meine Probleme. Man hat mich 89 rausgeschmissen, wegen irgend so ner Sache mit Kunstwerken … Konnten mir nichts nachweisen, aber ich war weg vom Fenster. Danach hab ich mich so durchgeschlagen, bis ich auf dem Markt angefangen habe, zusammen mit Jorgito Mendoza.«

»Dann bist du also nicht mehr bei der Polizei?«

»Nein, seit zehn Jahren nicht mehr. Scheiß drauf … Ramón, sagst du? Kann mich kaum noch an den Namen erinnern. Danach hieß ich Waldo, Omar und schließlich Alexis … Und warum bist du aus Kuba fortgegangen?«

»Wie du weißt, haben sie mich von der Uni geschmissen und auf die schwarze Liste gesetzt.«

»Eine furchtbare Zeit, ja. Wegen irgendeiner Kleinigkeit …«

»Ich hab die ganzen Jahre von dir geträumt.«

»Was du nicht sagst, mein Lieber …«

»Nenn mich nicht ›mein Lieber‹!«

»Ist ja schon gut …«

»Und du bist jetzt Freimaurer?«

»Ja, wie das Leben so spielt.«

Fernando entging die Ironie nicht, die in der Antwort lag. Ramón – oder wie immer er jetzt hieß – konnte alles Mögliche sein: Polizist, Freimaurer, Christ, Schweinefleischverkäufer oder das, was ihn das Leben zu sein zwang.

»Ich wollte dir eine Frage stellen, und weil du ja nicht mehr bei der Polizei bist, kannst du sie mir sicher beantworten.«

Ramón lachte und warf die Kippe auf die Straße. »Wer hat mich denunziert und gesagt, ich hätte gewusst, dass mein Freund weg wollte?«

Ramón schien die Frage zu amüsieren. Er sah Fernando an wie einen seltsamen Vogel. »Wer hat dir erzählt, dass jemand dich denunziert hat?«

»Du hast es mir zu verstehen gegeben.«

»Oder du wolltest es so verstehen. Soweit ich mich erinnere, hab ich dir einen Köder hingeworfen. Wir wussten, dass ihr euch getroffen habt, dass ihr eure Sitzungen abgehalten und euch mit Gedichten totgeschlagen habt. Wir haben versucht, einen von euch anzuzapfen, ich weiß nicht mehr, wie er hieß, ein Schwarzer, der …«

»Miguel Ángel?«

»Kann mich nicht mehr erinnern. Strammes Parteimitglied. Aber er hat uns zum Teufel geschickt. Und dann passierte das mit dem, der auf einem Boot abhauen wollte, und da hab ich meine Chance gewittert. Ich hab dich zu ködern versucht, um zu sehen, ob du mit uns zusammenarbeiten wolltest. Aber du wolltest nicht und hast dich in Widersprüche verwickelt. Ich hab einen Bericht geschrieben, damit man dir die Ohren langzieht und dich an die kurze Leine nimmt, aber irgendjemand von der Universität muss wohl Schiss gekriegt haben, und da haben sie beschlossen, dich von der Uni zu entfernen.«

»Das ist gelogen.«

»Gelogen? Warum sollte ich dich jetzt noch belügen? Belogen hab ich dich damals, und du hast es geschluckt. Niemand hat irgendwas über dich gesagt. Weder der Schwule, der im Knast war, noch sonst jemand von deinen Freunden. Du hast dich ganz alleine in die Scheiße geritten, und die von der Universität haben dir die Höchststrafe verpasst, weil auch sie die Hose voll hatten.«

»Ich glaub dir nicht. Ich kann dir nicht glauben.«

»Das ist dein Problem. Ich bin nicht mehr bei der Polizei, wie gesagt, und das schon seit tausend Jahren. Wegen dir wurde ich ins Kulturministerium versetzt. An der Uni, das war sowieso n Scheißjob. Ich wollte dich nicht reinreiten.«

»Hast du aber.«

»Das kann hier jedem passieren. Schau mich an!«

»Ich kann einfach nicht glauben, dass du alles nur erfunden hast.«

»Hab ich aber! Ich schwöre es dir bei meiner Alten. Sie soll da nicht lebend rauskommen, wenn ich dich eben angelogen habe«, sagte Ramón und zeigte ins Innere des Tempels.

Fernando merkte, dass er jetzt eine Zigarette herausholen konnte. Doch er zündete sie nicht an. Der Zynismus des Mannes nahm ihm den Atem. Es hatte also weder Angst noch Druck oder Erpressung gegeben in dieser absurden Geschichte, die sein Leben und das seiner Freunde für immer gezeichnet hatte. Alles hatte mit der bösartigen Idee eines Polizisten begonnen, der die Karriereleiter hochsteigen und Informanten anheuern wollte, desselben Polizisten, der Jahre später wegen weiß Gott welchen, wahrscheinlich aber realen und strafbaren Vergehen aus dem Dienst entlassen worden war.

»Dann war es also deine Schuld, dass man mich fertiggemacht hat.«

»Besser gesagt, du hast dich fertigmachen lassen.«

»Ja …«, sagte Fernando. Er hatte keine Argumente mehr, auch kein Gesprächsthema und keine Lust, noch länger mit diesem Mann zusammenzustehen, der in einer anderen Zeit vielleicht Freimaurer und Katholiken verfolgt hatte und es fertigbrachte, jetzt Mitglied der Freimaurerloge zu sein und ein Kreuz und ein Medaillon mit dem Bildnis der Jungfrau von Cobre auf der Brust zu tragen. »Du hast es getan, weil du ein Arschloch bist.«

»Jetzt lass es aber mal gut sein, mein Lieber.«

»Du hast es getan, weil du ein Arschloch bist«, wiederholte Fernando, »aber ich bin dir dankbar für das, was du mir gesagt hast.« Zufrieden stellte er fest, dass er jetzt mit sich und seiner Vergangenheit ausgesöhnt war. Mit einem Mal fühlte er sich vollkommen sauber, frei von der Last, die dieser Mann, der jahrelang Herr über das Schicksal vieler Menschen gewesen war, ihm aufgebürdet hatte. »Ich hoffe nur, ich verpasse deine Totenwache nicht.«

Als Fernando den Tempel wieder betrat, hielten sechs Freimaurer mit Schurz und Schwert ihre Ehrenwache vor dem Sarg. Er sah Delfina und seine Freunde, die heimlich eine Rumflasche kreisen ließen. Er ging direkt auf den Sarg zu und beugte sich zwischen zwei Wachen darüber, um das Gesicht von Doktor Mendoza zu betrachten. Er wollte sich bei ihm für die Lateinstunden und die Totenfeier bedanken, die ihm die Möglichkeit gegeben hatte, sich von der dunkelsten und schmerzvollsten Seite seiner Vergangenheit zu befreien.

Seit er denken konnte, hasste Domingo Vélez de la Riva y del Monte seine Eltern dafür, dass sie ihm einen solchen Vornamen gegeben hatten.

Dominguito wurde in Paris geboren, im heiteren Frühling des Jahres 1898, während in Kuba das letzte Blut vergossen, das letzte Zuckerrohrfeld abgebrannt, das letzte spanische Schiff versenkt und der Unabhängigkeitskrieg durch die Intervention der nordamerikanischen *Marines* endlich beendete wurde.

Vier Jahre danach, just an dem Tag, bevor die Familie auf die Insel zurückkehrte, um in Havanna ein Haus zu beziehen und an den Feierlichkeiten anlässlich der Geburt der neuen Republik teilzunehmen, führte die sanfte Großmutter Flora den kleinen Domingo an zwei Orte, die sich, unterstützt durch die an jenem Tag aufgenommenen romantischen Fotografien, dem kindlichen Gedächtnis unauslöschlich einprägen sollten. Der erste war der erst vor Kurzem erbaute Eifelturm, strahlend und unendlich hoch in der Erinnerung des Kindes, das so beeindruckt war wie danach nie mehr in seinem Leben. Der zweite Ort war die Grabstätte seines Großvaters Leonardo del Monte auf dem Friedhof Montparnasse, die von derselben Trauerweide beschattet wurde wie die bescheidene Gruft, in der der Dichter Charles Baudelaire ruhte.

Vor jenem Grab, auf dessen Marmor eine Königspalme und die kubanische Fahne eingemeißelt waren, erzählte die sanfte Großmutter Flora ihm, warum seine Eltern ihm den Namen des letzten Tages der Woche gegeben hatten: Es sei der Vorname seines Ururgroßvaters Domingo Aldama, eines Emigranten aus dem Baskenland, der durch Intelligenz und harte Arbeit zu einem der reichsten Männer Kubas aufgestiegen sei, und der seines Urgroßvaters Domingo del Monte, des gebildetsten Mannes, der jemals auf jener Insel gelebt habe, auf die sie nun bald zurückkehren würden. Wegen dieser beiden Männer, fuhr die Großmutter fort, haben deine Eltern, die in der Heili-

gen-Geist-Kirche von Havanna getraut wurden, kurz bevor wir alle
das Schiff nach Paris genommen haben, beschlossen, die Frucht ihrer
Liebe Domingo zu nennen, das schönste Kind der Welt, eben dieser
Junge, der durch Gottes Wille jetzt vor mir steht, sagte sie. Darum
heißt du Domingo: in Erinnerung an die beiden Vorfahren, die unsere Familie begründet haben, die so kubanisch ist wie die Palmen
und die Spottdrosseln … Und weil du Kubaner bist wie wir alle, wirst
du morgen mit deinem Papa und deiner Mama ein großes Schiff besteigen und nach Kuba reisen, das unser Land ist, auch wenn Krieg
und Elend deine Eltern dazu gezwungen haben, sich hier in Paris zu
lieben, weshalb du an diesem Ort geboren wurdest, weit weg von unserer wunderschönen Insel. Vergiss das nie, mahnte ihn die Großmutter, sieh dir dieses Grab an, in dem dein Großvater Leonardo
del Monte ruht, der Mann, der mein Gatte war. Du bist Kubaner
durch und durch, und damit du es wurdest, haben deine Großväter
Domingo Aldama, Domingo del Monte und mein guter Leonardo
viel gelitten und sind fern jener Insel gestorben, die sie sich frei und
glücklich erträumten. Dies flüsterte ihm mit Tränen in den gütigen
Augen die sanfte Großmutter zu, die er nun nie mehr wiedersehen
würde, denn drei Jahre später war die Greisin in New York gestorben,
ohne Kuba noch einmal gesehen zu haben.

Domingo zu heißen war für ihn weniger eine Sache der Familien-
ehre und des patriotischen Gefühls denn ein Ärgernis. Im Internat
von Boston, in dem er bis zu seiner Immatrikulation in Harvard erzo-
gen wurde, war Domingo Vélez de la Riva y del Monte für seine Lehrer, die nicht in der Lage waren, seinen Namen korrekt auszusprechen,
»Dominga«, während seine amerikanischen Mitschüler ihn »Sunday«
nannten, als sie herausfanden, was jener exotische und schwer auszu-
sprechende Vorname bedeutete. In dem Haus im Vedado, wo er alle
seine Ferien zwischen 1910 und 1919 verbrachte, nannten ihn seine
Eltern und die Hausangestellten »Dominguito«. Aber die wenigen
Freunde, die er in dem Stadtviertel von Havanna fand, riefen ihn
»Mingo«, wobei erschwerend hinzukam, dass »Mingo« so viel bedeutet wie Blödmann und außerdem die weiße Kugel beim Billard
bezeichnet, die keine Zahl und deshalb keinen Wert und keine an-

dere Funktion hat als die, von den anderen Kugeln herumgestoßen zu werden.

Mit dem Stigma eines solchen Namens wuchs er auf, legte sein Examen ab und ließ sich als Anwalt in Matanzas nieder, wo er eine gute Partie machte, eine von den vielen, die seiner Familie seit jeher von Nutzen gewesen waren und von denen seine Großmutter Flora ihm nie erzählt hatte. Ana de las Mercedes Mádam war eine entfernte Verwandte, ziemlich hässlich und reizlos, deren Familie jedoch, im Gegensatz zu den Aldamas und den Alfonsos, mit denen die Mádams seit hundert Jahren geschäftlich verbunden waren, den Wechsel von der Kolonie zur Republik mit Truhen voller Geld überstanden hatte, das auf Banken ihres Vertrauens in Paris, London und New York lag.

Das Bild der sanften Großmutter Flora, auf das damals auf dem alten Friedhof von Montparnasse ein schüchterner, durch den schützenden Mantel der Trauerweide gefilterter Sonnenstrahl gefallen war, kam Domingo Vélez de la Riva y del Monte in den Sinn, als er in seinem Arbeitszimmer auf der dritten Seite des von seinem Cousin Ricardito Junco abgetippten Manuskripts angelangt war und zum ersten Mal sein eigener Vorname, Domingo, erwähnt wurde, gefolgt von einer kurzen Anmerkung, die seinen Vorfahren als einen Mann »mit der Stimme eines Engels und den Augen eines kurzsichtigen Teufels« charakterisierte. Was er bisher für einen lächerlichen Bluff von Ricardito gehalten hatte, bekam nun plötzlich einen Sinn. Domingo Vélez de la Riva y del Monte las den gesamten Text, in dem immer wieder der Vorname Domingo auftauchte, und musste immer wieder daran denken, dass es nur noch knapp acht Monate bis zum 7. Mai 1939 waren, dem Tag, an dem sein Cousin vorhatte, dieses kompromittierende Werk der Öffentlichkeit zugänglich zu machen.

Als er die letzte Seite umgeschlagen hatte, spürte er einen unendlichen Hass in sich aufsteigen. Hass auf seine Herkunft, auf seine Familie, auf das Land, in dem jene Dinge passiert waren, und vor allem auf seinen Vornamen. Jetzt ging es nicht mehr nur darum, dass er wie ein Wochentag hieß, dass er wahlweise »Sunday« oder »Dominga«

oder, spöttisch, »Mingo« genannt wurde; nun bekamen diese drei Silben eine neue Bedeutung, konnten auf das Verheerendste mit Verrat, Opportunismus, Neid und Lüge in Zusammenhang gebracht werden. Und war das Feuer erst einmal ausgebrochen, würde nichts und niemand verhindern können, dass seine Flammen auch ihn samt seinen politischen Ambitionen in Rauch aufgehen lassen würden.

Mehrere Tage ging er mit sich zurate, während er noch einmal zu einigen Stellen des Manuskripts zurückkehrte, die er bei der ersten Lektüre unterstrichen hatte. Und je länger er darüber nachdachte, desto unausweichlicher erschien es ihm, sich auf die Forderungen des Erpressers einzulassen. Einem ruinierten, unmoralischen Menschen wie Ricardito Junco konnte es kaum etwas ausmachen, dass die außereheliche Herkunft eines Teils seiner Familie bekannt wurde. Für jemanden aber, der das Amt des Präsidenten der Republik anstrebte, könnten jene Behauptungen, ob nun wahr oder unwahr, ausgesprochen von keinem Geringeren als dem Nationaldichter Kubas, entscheidende und irreversible Konsequenzen zeitigen.

Nach einigen Tagen des Grübelns beschloss Domingo, das Manuskript seiner Gattin zu zeigen, denn nur mit ihrer Einwilligung würde er den Forderungen von Ricardito Junco nachkommen können: eine halbe Million Dollar, einzuzahlen auf ein Konto bei der Chase Manhattan Bank. Voller Neugier machte sich Ana de las Mercedes sogleich an die Lektüre des Textes. Ein paar Stunden später rannte sie wutentbrannt in das Arbeitszimmer ihres Mannes und schrie, das sei eine niederträchtige Gemeinheit. Domingo Vélez de la Riva y del Monte jedoch leitete die nötigen Schritte ein, um die von einem Mann niedergeschriebenen Memoiren zu erwerben, der aus seinem verlorenen Grab heraus jene vernichtende Rache in die Zukunft geschleudert hatte.

Bevor es zur Einigung kam, las Domingo das Original auf der Suche nach möglicherweise von seinem verachtenswerten Cousin vorgenommenen Änderungen; doch er musste feststellen, dass es sich bei dem Text, den er zuvor gelesen hatte, leider um eine buchstabengetreue Abschrift handelte. Also überreichte er Ricardito Junco einen von ihm selbst und Ana de las Mercedes unterzeichneten Scheck über die geforderte Summe von fünfhunderttausend Dollar, mit der Warnung, er werde, sollte eine andere Kopie des Manuskripts auftauchen, sein gesamtes Vermögen aufwenden, um einen gedungenen Mörder zu bezahlen, damit der nicht einen einzigen Angehörigen der Juncos am Leben ließe.

Domingo Vélez de la Riva y del Monte rechnete nach, dass ihn jede der einhundertachtzehn Seiten, die auf dem Markt praktisch wertlos waren, viertausendzweihundertsiebenunddreißig Dollar und achtundzwanzig Cent gekostet hatte, wobei er nicht sicher sein konnte, das Geld jemals wieder hereinzubekommen. Ein weiterer Staatsstreich, eine weitere Revolution, eine weitere Intervention der Nordamerikaner konnten die politische Situation des Landes verändern und all seine politischen Hoffnungen von einem Moment auf den anderen zunichtemachen. Und damit die Möglichkeit, sich die Summe zurückzuholen, die er in dieses vergilbte Manuskript gesteckt hatte, das er jetzt, am 7. Mai 1939, Seite für Seite, mit wachsender Erleichterung ins Feuer warf, um sie in dunklen Rauch aufgehen zu sehen, als hätte ihn nicht jede einzelne mehr als viertausend Dollar das Stück gekostet. Und das alles nur, damit die Geschichte in Frieden ruhen konnte, wieder einmal in Ordnung gebracht durch den Willen und die Geldmittel eines Domingo, der allerdings niemals Präsident eines Landes werden sollte, das er weder verstehen noch lieben konnte, wie seine sanfte Großmutter Flora ihn damals gemahnt hatte.

Nachdem Fernando Terry sich seine Rückkehr, das Wiedersehen mit Menschen und Orten, das Wiederentdecken von Gefühlen und Geschmäckern, von Erinnerungen und Gerüchen so oft vorgestellt und sogar seine Bewegungen und Worte und Verhaltensweisen vorweggenommen hatte, wusste er nun nicht mehr, wie er Kuba verlassen sollte. Einerseits waren in den achtundzwanzig Tagen, die er in seinem Land verbracht hatte, alte Wunden verheilt, doch gleichzeitig waren neue gerissen worden, an denen er – das wusste er sehr gut – verbluten konnte. Wenn er sich zwanzig Jahre zuvor wie ein Dieb davongemacht hatte, in den Ohren die Schreie der aufgebrachten

Menschenmenge, die ihn als Abschaum bezeichnete, und deswegen entschlossen gewesen war, nie mehr wieder zurückzukehren, so erstreckte sich vor ihm nun ein Sumpf der Ungewissheit, in dem er zu versinken drohte.

Erst als Carmela ihm vorschlug, seine Freunde zu einem Essen einzuladen, hatte er eine Idee, wie er seine Tage in Kuba am besten beschließen konnte. Deswegen machte er seiner Mutter den Gegenvorschlag, alleine mit ihr zu Mittag zu essen, da er den Nachmittag mit Delfina und den Abend und die Nacht mit seinen Freunden verbringen und gemeinsam den Anbruch des Tages seiner Abreise erwarten wolle. Danach würde er kurz nach Hause kommen, seine Sachen zusammenpacken und zum Flughafen fahren. Ihm fehlte die Kraft für einen Abschied mit Umarmungen, und er zog es vor, in den letzten Momenten allein zu sein, sich allein zu fühlen, und diesen seltsamen Augenblick seines Lebens mit niemandem zu teilen.

Fernando rief Álvaro an und bat ihn, noch für denselben Abend ein Treffen der Spötter einzuberufen. Er werde dann, sagte er, etwas vorlesen, das keiner von ihnen, nicht einmal er selbst, jemals gehört habe. Dann legte er auf und ließ Álvaro mit seiner Neugier allein. Das Mittagessen mit seiner Mutter verlief still und traurig, beinahe normal. Carmela hatte den *Quimbombó* gekocht, den er so gerne aß, dazu gebratene *Malanga*, weißen Reis und geschnetzeltes Schweinefleisch mit reichlich Knoblauch und Limettensaft. Da er Delfina noch bei ihrem Vater vermutete, legte sich Fernando auf Carmelas Bett, ohne das Bedürfnis zu haben, etwas zu lesen, und schlief nach zehn Minuten ein.

Als seine Mutter ihm über die Stirn strich, wachte er auf und wusste zuerst nicht, wo er sich befand und wie spät es war. Es war ein süßes, verwirrendes Gefühl, das ihn nötigte, sich zu überlegen, wo und vor allem wann er so sanft erwacht war.

»Du wirst am Telefon verlangt«, sagte Carmela zu ihm, »los, komm schon …«

Endlich stand er auf und kehrte wieder in die Wirklichkeit zurück. Langsam schlurfte er zum Telefon, überzeugt davon, dass es Delfina war.

»Ja …?«

»Fernando?«, fragte eine Frauenstimme.

»Ja …«, antwortete er, während er versuchte, die Stimme einzuordnen.

»Hier Carmencita Junco.«

»Ach, Sie … Ja, was gibts?«

»Wann fliegen Sie?«

»Morgen. Ich fliege morgen.«

»Ich wollte Sie noch einmal sehen.«

Eine heftige Vorahnung zerriss die letzten Schleier des Schlafes, und Fernando merkte, dass sein Atem mühsam ging.

»In einer halben Stunde?«

»Ja, ich warte zu Hause auf Sie.«

Fünfundzwanzig Minuten später drückte Fernando auf den Klingelknopf unter dem Schild »Palmenhain Junco«, und kurz darauf begrüßte ihn die Enkelin von Carmencita Junco mit einem Lächeln.

Die alte Dame öffnete die Tür zum Salon und streckte ihm die Hand hin. Fernando folgte ihr ins Wohnzimmer, ohne die neuen Überraschungen zu bemerken, die der Raum bereithielt. Carmencita deutete auf das Sofa und nahm selbst in ihrem Lieblingssessel Platz. »Wie ist es Ihnen ergangen?«, erkundigte sie sich, während sie eine Zigarette in die elegante Spitze steckte.

»Nicht schlecht, würde ich sagen, auch wenn ich Heredias Manuskript nicht gefunden habe. Ich bin mir jetzt sicher, dass Ihr Onkel Ricardo der Letzte war, der es in Händen hielt, nachdem man es aus der Loge entfernt hatte. Entweder hat er es verkauft oder eigenhändig vernichtet.«

»Sie meinen also, dass das Manuskript nicht mehr existiert … Sie wollten es veröffentlichen, nicht wahr?«

»Nicht ich wollte es veröffentlichen. Es war Heredias Sohn, der das wollte.«

»Ja, Sie haben recht«, stimmte die Alte zu.

»Allerdings hätte ich gern gewusst, was drinstand …«

Carmencita Junco lächelte.

»Das lässt sich machen«, sagte sie.

Fernandos Nerven waren bis zum Äußersten gespannt.

»Sagen Sie jetzt nicht, dass Sie …«

»Nein, ich habe das Dokument nie zu Gesicht bekommen … Aber ich habe einen Brief von Heredia.«

»Was für einen Brief?«

»Ich werde ihn Ihnen geben, damit sie ihn lesen. Aber er ist nicht zur Veröffentlichung bestimmt. Es ist ein sehr persönlicher Brief. Mehr noch, sollten Sie jemals behaupten, dass Sie ihn gelesen haben, werde ich es abstreiten. Wenn Heredias Erinnerungen erschienen wären, wäre es etwas anderes.«

»Aber was ist das für ein Brief?«

»Anscheinend der letzte, den Heredia geschrieben hat. Er war für Lola Junco bestimmt, und er hat seine Frau Jacoba Yáñez gebeten, ihn ihr persönlich zu überbringen. Wenn Lola etwas passierte, sollte Esteban ihn bekommen.«

»Dann stimmt es also, dass Heredia und Lola … Und warum wollen Sie ihn mir jetzt zeigen?«

»Weil auch ich glaube, dass Heredias Manuskript nicht mehr existiert, und weil Sie wenigsten erfahren sollen, was in ihm stand.«

Die alte Frau erhob sich. Auf dem Flügel lag ein Ordner, dem sie zwei Bogen Papier entnahm, von denen jeder in einer Klarsichthülle steckte. »Lassen Sie die Bogen in den Hüllen, sie könnten Ihnen in der Hand zerbröseln …«

Fernando nahm die beiden Hüllen entgegen und setzte sich auf einen Stuhl neben einer der Fenstertüren. Irgendetwas stimmte mit dem Brief nicht, denn es war nicht Heredias Handschrift, die, schwarz und winzig, über das Pergament lief. Mit schweißfeuchten Händen hielt Fernando sich die Blätter vor die Augen und begann zu lesen, während er einen Kloß im Hals spürte, der ihn beinahe erstickte.

An Señora Dolores Junco
Matanzas
Kuba

Mexiko, den 3. Mai 1839

Meine liebste Lola,
bitte erschrick nicht, wenn es meine Frau ist, meine gute, geliebte
Jacoba, die Dir diesen Brief übergibt. Da es mir unmöglich ist, ihn
mit eigener Hand zu schreiben, habe ich sie gebeten, es nach meinem Diktat zu tun und ihn Dir persönlich oder, falls nötig, unserem
Sohn Esteban auszuhändigen. Sie, die alle Geheimnisse meines Lebens kennt, hat sich bereit erklärt, mir diesen Dienst zu erweisen, um
den ich sie angesichts meines nahen Todes gebeten habe.

Vor zwei Jahren hatte ich während meines schmerzlichen Aufenthaltes in Kuba die Freude, noch einmal meine Mutter, meine Schwestern und meinen Onkel zu sehen und meine Neffen kennenzulernen.
Doch ganz besonders erinnere ich mich an die kurze Begegnung mit
Dir, bei der Du mir von Deinem kummervollen Leben erzähltest.
Glücklicherweise durfte ich an jenem Tag aus Deinem Munde hören,
dass nicht wir selbst es waren, die den Lauf unseres Lebens bestimmten, sondern Entscheidungen, die nicht unserem Willen unterlagen,
getroffen vom Schicksal, das uns bereits auf der Stirn geschrieben
stand. Und mit unendlicher Freude nahm ich zur Kenntnis, dass die
Frucht unserer einstigen Leidenschaft nicht jenes traurige Los ereilt
hatte, wie ich lange Jahre hindurch glaubte.

Abgesehen von diesen für mich so kostbaren Momenten hielt mir
mein Aufenthalt in Kuba mit erbarmungsloser Grausamkeit vor
Augen, wohin Hass, Eitelkeit, Neid, Machtgier und Rachsucht in
den Herzen der Menschen führen können. In jenen Wochen erlebte
ich die schlimmsten Kränkungen und Erniedrigungen, die unfassbarsten Enttäuschungen, und ich erfuhr von den dreistesten Betrügereien, die sich der menschliche Geist ausdenken kann. Und zu
meinem größten Entsetzen musste ich erkennen, dass der Ursprung
all meiner Kümmernisse im Verrat eines Menschen lag, dem ich all

mein Vertrauen und meine Freundschaft geschenkt und dem ich mehr als einmal verziehen hatte.

Mit diesen schmerzvollen Erfahrungen im Gepäck kehrte ich nach Mexiko zurück. Ich wusste, dass ich todkrank war. Meine letzten Monate hier waren eine lange und schmerzhafte Agonie. Die Ärzte konnten mir nicht helfen, denn meine Krankheit ist nicht nur eine des Körpers, sondern auch der Seele. Besonders betrüblich war die Erkenntnis, dass ich nicht nur unfähig war, Gedichte zu verfassen, sondern mir auch kein Freund einfallen wollte, dem ich hätte schreiben und von meinem Kummer erzählen können. Aber weil ich das Bedürfnis hatte, das Einzige zu tun, was ich in meinem harten Erdendasein gelernt hatte, fing ich an zu schreiben, vielleicht an Gott, und brachte die Wechselfälle jenes seltsamen, hartnäckigen Romans, der mein Leben gewesen ist, zu Papier. Frei von jeder Eitelkeit, mit all der Aufrichtigkeit, die ich meinem erschöpften Geist abzuringen fähig war, dazu mit äußerst brutaler Offenheit, schrieb ich nach und nach die denkwürdigen Ereignisse meines Lebens nieder. Natürlich kommst auch Du darin vor, und alles Glück und aller Kummer, die unsere kurze Verbindung in unser beider Leben gebracht hat. Doch weil Gerechtigkeit und Wahrheit es verlangen, kommen auch Dinge zur Sprache, von denen nur ich weiß, und falls andere ebenfalls davon Kenntnis haben, werden sie aus Angst oder Berechnung schweigen. Irgendwann, so hoffe ich, wird mein Sohn Esteban davon erfahren und, wenn möglich, jeder der Söhne dieses unglücklichen Fleckchens Erde, das als mein Vaterland zu betrachten ich nicht aufgehört habe.

Obwohl es mein größter Wunsch ist, dass alle von meiner Geschichte Kenntnis erlangen und die Wahrheit den Platz einnimmt, der ihr zukommt, bitte ich Dich: Trage Sorge dafür, dass dieses Manuskript, das Jacoba Dir übergeben wird, in die Hände unseres Sohnes gelangt. Denn auch wenn Du beschlossen hast, ihm seine Herkunft zu verschweigen, glaube ich, dass wir nicht das Recht haben, ihm die Wahrheit seines Lebens vorzuenthalten. Er soll erfahren, wer seine Eltern sind und welche Gründe sie davon abhielten, ihm die Liebe zukommen zu lassen, die ein Kind der Liebe verdient. Überlasse es dann seinem Urteil und seinem Willen, zu entscheiden, was mit dem Manuskript zu geschehen habe. Von ihm soll es abhängen, ob der Text veröffentlicht oder vernichtet wird, was hieße, über die Wahrheit – die nicht nur seine Wahrheit und die seines Vaters ist – für immer den Mantel des Schweigens zu breiten.

Der Grund, der mich bewogen hat, das Schicksal meiner Memoiren in Estebans Hände zu legen, wart ihr beide – Du und er. Denn nichts liegt mir ferner, als Deiner Reputation zu schaden oder ihm die Bürde seiner Herkunft aufzuerlegen. Doch ich vertraue auf die Ehrenhaftigkeit unseres Sohnes, den zu sehen ich nie die Gelegenheit hatte, und scheide in der Überzeugung aus der Welt, dass er die Wahrheit meines Lebens der Öffentlichkeit nicht vorenthalten wird.

Ich weiß, dass in den letzten Jahren viel über mich und über das, was ich getan habe, geredet wurde, dass man mich beschuldigt, meine Prinzipien und Überzeugungen verraten, mich der Zensur gebeugt und einem Tyrannen gefügt zu haben, um für zwei lumpige Monate nach Kuba zurückkehren zu dürfen. Das ist wahr. Nur gibt es hinter dieser Wahrheit noch andere, die meinen Landsleuten unbekannt sind, wie zum Beispiel der Grund für jenen erbärmlichen Rechtfertigungsbrief, den ich 1823 an den Untersuchungsrichter geschrieben habe. Niemand konnte wissen, dass die Liebe zu Dir und die Hoffnung, zusammen mit unserem Sohn an Deiner Seite leben zu können, mich dazu veranlasst haben, meine Unschuld zu beteuern, was ich bis heute nicht bedaure, da es der einzige Weg war, der zurück in Deine Arme hätte führen können.

Doch einigen derer, die mich am heftigsten anklagen, wird am Tag der Wiedergutmachung der gebührende Platz zugewiesen werden, dem Tag, an dem die Menschen diese Geschichte werden lesen können. Etwa unser alter Bekannter Domingo, heute ein einflussreicher Mann, der sich auf seinen literarischen Veranstaltungen vergnügt, umgeben von willfährigen Jüngern und kostbaren Büchern, und sich an dem Vermögen erfreut, das sein steinreicher Schwiegervater durch Peitschenhiebe und Sklavenhandel angehäuft hat. Dann werden diejenigen, die es wissen wollen, falls es dann überhaupt noch jemand wissen will, erfahren, dass einige jener Männer, die sich als das Gewissen des Landes gebärdet haben, nichts anderes waren als Händler der Macht, bereit, für Ruhm und Reichtum ihre Seele zu verhökern. Erst an diesem Tag wird meine Seele ihren Frieden machen mit Dir, mit der Wahrheit, mit mir selbst und mit diesem unseren Sohn, den ich nie auf dem Arm halten, den ich nie küssen konnte. Und dann wird meine Seele zur Ruhe kommen an dem Ort, den Gott ihr zuweisen wird. Doch da ich ein guter Mensch gewesen bin, hoffe ich auf die unendliche Barmherzigkeit des Großen Architekten des Universums.

Geliebte Lola, wenn Du mit Jacoba sprichst, bitte, frage sie nicht, wie meine letzten Tage gewesen sind. Ich möchte, dass Du mich als den jungen Mann in Erinnerung behältst, den Du auf dem Anlegeplatz des Yumurí kanntest und der Dir dort ewige Liebe schwor. Als den, der Dir Gedichte voll tief empfundener Gefühle schrieb und Dir in aller Aufrichtigkeit versprach, Dein Ehemann zu werden und Dich glücklich zu machen.

Ich hoffe, dass Du diese Entscheidungen, die letzten in meinem Leben, verstehst und irgendwann vor dem Bild des Heiligen Stephanus für meine Seele beten wirst.

Es küsst Dich, in Liebe
José María

PS: Wenn Du kannst, schenke meiner guten Jacoba Deine Freundschaft. Sie war all diese Jahre hindurch mein Schutzengel und die sanfteste und verständnisvollste aller Ehefrauen.

Fernando betrachtete die Unterschrift, die kaum noch an die elegante, flüssige Schrift erinnerte, mit der der Dichter seine Briefe zu beenden pflegte. Sein Blick fiel wieder auf das Datum, und er dachte, dass dieser ungelenke Namenszug vielleicht das Letzte war, was die Hand des Mannes, der so viel Schönheit hervorzubringen wusste, geschrieben hatte. Und er begriff, dass all seine eigenen Sorgen und Probleme winzig klein erscheinen mussten angesichts der Schicksalsschläge, in denen zu spiegeln er sich anmaßte.

ALS ICH DAS SCHIFF BESTIEG, das mich in die Verbannung zurückbringen sollte, und auf die Stadt unter der klaren Mittagssonne des 16. Januar 1837 blickte, wusste ich, dass ich mich endgültig von Kuba verabschiedete, und ich spürte eine Mischung aus Schmerz und Erleichterung. An meinem Horizont war, im Gegensatz zu Varela, dem Priester, den wir damals verabschiedet hatten, keine Aussicht auf eine Schlacht zu sehen, nicht einmal die auf die Verteidigung eines Ideals. Denn der kaputte Beutel meiner Zukunft enthielt weder Poesie noch Liebe oder Revolution, nur noch die wenige Zeit, die mir blieb, um über meine Enttäuschungen nachzugrübeln und meinen Abschied von der Welt vorzubereiten, fern von dem Ort, an dem ich geboren worden war und an dem ich hätte leben sollen.

Während das Schiff den Hafen verließ, stand ich an der Reling und warf einen letzten Blick auf die Insel. Auf den Felsen der Küste entdeckte ich einen Mann, etwa in meinem Alter, der das Schiff mit den Augen verfolgte. Eine ganze Weile sahen wir uns an, und ich glaubte ein heimliches Bedauern in seinen Augen wahrzunehmen, eine Traurigkeit, meiner seltsam verwandt, imstande, über die Wellen und die Zeit hinweg eine geheimnisvolle Harmonie zu schaffen, die mich seitdem beseelt. Denn ich weiß, dass wir mehr waren als zwei Menschen, die sich über die Wellen hinweg ansahen.

Die drei letzten Tage, die ich vor meiner Abreise in Havanna verbrachte, nachdem ich Tacón getroffen hatte, waren vielleicht die schönsten meines bitteren Aufenthaltes in Kuba. Dass ich im Arbeitszimmer des Generalkapitäns Gift und Galle gespuckt hatte, war wie ein Aderlass für meine Seele und auch für meinen durch die Krankheit geschwächten Körper gewesen, der daraus neue Kräfte gewonnen zu haben schien.

Erstaunlich gelassen wanderte ich ziellos durch die Straßen und versuchte, ihre Gerüche in mich aufzunehmen, in Ermangelung eines letzten Gesprächs oder einer Umarmung mit meinen alten Freunden aus früheren Zeiten, von denen einige mir der Tod, andere der nun bewiesene Verrat entrissen hatte. In Erinnerung an meine Freundschaft zu Domingo betrat ich einen Hahnenkampfplatz, und zum ersten Mal in meinem Leben setzte ich Geld auf die Klauen eines Tieres und gewann dreimal hintereinander. Danach zog ich durch die Hafenkneipen, trank Wein und erinnerte mich an meine edelmütigen Freunde Silvestre und Sanfeliú. Schließlich besuchte ich auf Drängen des Schauspielers Antonio Hermosilla, desselben, der in den Tagen meines anfänglichen Ruhmes das Drama *Arteo* in einem kleinen Theater in Matanzas auf die Bühne gebracht hatte, eine Aufführung zu Ehren des Tragöden Rafael García. Als Gast des Organisators saß ich in einer der Ehrenlogen des alten Diorama-Theaters und genoss Hermosillas Interpretationen der Rollen, die García Ruhm und Ehre eingebracht hatten. Und dann geschah am Ende der Aufführung etwas völlig Unerwartetes. Noch im Kostüm des Othello, mit geschwärztem Gesicht, trat Antonio aufs Proszenium und verkündete, dass sich unter den Zuschauern der bedeutende Dichter José María Heredia befinde. Mein Magen zog sich zusammen, doch mir blieb keine Zeit, darauf zu achten, denn zu meiner größten Überraschung begann Hermosilla, mich vor dem vollbesetzten Saal mit den schönsten Lobeshymnen zu überschütten, die ich jemals gehört hatte. Vielleicht empfand ich sie auch nur so, weil ich sie aus dem Munde eines Freundes hörte, weil wir in Kuba waren und weil das Geraune der Zuschauer, nachdem Antonio geendet hatte, in die längste stehende Ovation überging, die mir jemals zuteilgeworden war. Gerührt grüßte ich meine Landsleute, die ausdrückliche sowie unausgesprochene Anweisungen und Verbote missachteten und ihrer Bewunderung Ausdruck verliehen. Ihren Höhepunkt jedoch erreichten die Emotionen, als Hermosilla um Ruhe bat und vor dem immer noch stehenden Publikum zu rezitieren begann:

Gebt mir meine Leier, gebt sie mir, denn
In meiner bebenden, erregten Seele fühle ich sie
Brennen, die Inspiration. Oh!, wie lange
Bin ich durch die Finsternis geirrt, ohne dass meine Stirn
Ihr Licht entzündet hätte …! Tosender Niagara,

Nur dein erhabenes Antlitz könnte mir noch
Zurückgeben die göttliche Gabe, die mir
Des Schmerzes grausame Hand ergrimmt geraubt.

Etwas Außergewöhnliches, Überwältigendes lag in diesen Versen, geschrieben von dem Dichter, der ich einmal gewesen war, Versen, die,
auf den Lippen eines Kubaners, in den Ohren von Dutzenden von
Kubanern, auf kubanischer Erde, endlich ihre wahre Tragweite ent-
falteten. Hatte es sich gelohnt, in mein Vaterland zurückzukehren,
nur um diesen Versen zu lauschen, um den Applaus entgegenzunehmen, der mich betäubte? Tränen liefen mir übers Gesicht, während
ich diese wunderbare Krönung genoss, die mir in einem einzigen Augenblick den Sinn meines erbärmlichen Lebens offenbarte: Das war
ich, und dies war der Triumph des Dichters.

Um das Ereignis zu feiern, gingen Antonio, Rafael und ich in eine
der Hafenkneipen, und danach schlug Hermosilla vor, einen Ort
aufzusuchen, den wir bestimmt nicht vergessen würden, wie er uns
mit vom Alkohol schwerer Zunge versicherte. Die Einwände des be-
tagten Rafael und meine Erschöpfung aufgrund des langen Tages ig-
norierend, winkte er, es war schon fast Mitternacht, eine Kalesche
heran, die uns auf die andere Seite des Paseo de la Reina brachte, wo
er uns zu einem Gebäude führte, das nichts anderes sein konnte als
ein Bordell. Das Haus, das mich an das Etablissement von Madame
Anne-Marie erinnerte, war trotz der späten Stunde geöffnet. Als wir
eintraten, sahen wir eine dralle, etwa fünfzigjährige Frau mit zimt-
farbener Haut. Sie hievte ihr üppiges Fleisch aus einem Korbstuhl
mit hoher Lehne und kam uns zur Begrüßung entgegen. Nicht nur
meine Knie begannen zu zittern, ich wurde fast ohnmächtig, als ich
erkannte, dass die fette Matrone niemand andere war als Betinha, deren Augen sich mit Tränen füllten, bevor sie auf mich zugestürzt kam
und mir um den Hals fiel.

Ich schäme mich nicht, zu erzählen, dass ich meine zwei letzten Tage
in Kuba mit Betinha in einem Zimmer des Freudenhauses verbrachte,
das sie jetzt betrieb. Genauso wenig schäme ich mich, zu gestehen,
dass wir uns dieses Mal nicht liebten, wie wir es so oft in früheren

Zeiten getan hatten. Und das nicht, weil wir keine Lust dazu gehabt hätten; doch sowohl Betinha als auch mir war bewusst, dass wir nicht mehr die von einst waren und dass es Erinnerungen gibt, die man nicht entwerten sollte, indem man sie zu übertreffen oder gar wiederzubeleben sucht. Und so saßen Betinha und ich vor dem mit Kerzen und der kleinen Skulptur ihrer Mutter Yemanjá geschmückten Altar und erzählten uns stundenlang, wie es uns ergangen war. Sie berichtete mir von ihren Abenteuern, zuerst in New Orleans, dann in dem blühenden San Francisco, und von ihrer Rückkehr nach Kuba zwei Jahre zuvor, als sie Geschäftspartnerin eines reichen französischen Kaffeeplantagenbesitzers wurde, bis sie das nötige Kapital zusammenhatte, um dieses Bordell aufzumachen, das einzige Gewerbe, von dem sie etwas verstand. Traurig wurde es, als sie mir erzählte, dass Madame Anne-Marie etwa drei Jahre zuvor gestorben war, inzwischen weit über siebzig, aber noch immer mit der Unbestechlichkeit ihrer schönen Augen, den Augen eines Polizeispitzels: Ja, das gastfreundliche Bordell ihrer früheren Chefin, gestand Betinha mir zu meinem größten Erstaunen, sei nämlich in Wirklichkeit die Fassade für einen effizienten, von der französischen Regierung bezahlten Spionagering gewesen.

Zum Beweis dafür, dass die Erinnerung an mich sie stets begleitet hatte, öffnete Betinha die Schatulle, in der sie früher die kleine Figur der Fisch-Frau, der Mutter aller Meere, aufbewahrt hatte, von der sie sich niemals trennte, und zeigte mir die alte Ausgabe meiner Gedichte, die ich ihr 1825 geschickt hatte. Das Buch mit den vom häufigen Lesen zerfledderten Seiten sei, so gab sie unumwunden zu, der schönste aller Schätze gewesen, die sie in ihrem Leben begleitet hatten.

Der Abschied von ihr war traurig, denn diesmal wussten wir, dass es keine unverhofften Begegnungen als Geschenke ihrer oder meiner Götter mehr geben würde, nur noch eine endlose Abwesenheit. An meine kranke Brust gedrückt, ermahnte mich Betinha, auf mich aufzupassen, und dann legte sie mir eine dünne Schnur mit einer winzigen Muschel um den Hals, die gegen mein Kruzifix klimperte.

»Damit du immer vom Meer träumst«, sagte sie, bevor sie die Beherrschung verlor und zu weinen begann, denn sie wusste, dass sie sich von einem Todgeweihten verabschiedete.

Mit dem Geruch meiner Freundin und Havannas im Herzen sah ich die »Carmen« die Anker lichten. Ich nahm von Kuba Abschied, begleitet von dem Blick jenes Unbekannten als letztem Lebewohl, aber auch vom Schmerz um die toten Freunde, vom Zorn auf das Schicksal, das man der schönen Lola Junco auferlegt hatte, vom Kummer über die Tausende von Menschen, die auf dieser Insel als Sklaven leben mussten, und von einem Gefühl des Mitleids mit denen, die sich gezwungen gesehen hatten, ihre Seele und ihre Intelligenz auf dem Jahrmarkt des Lebens zu verkaufen, und ebenfalls zu Sklaven geworden waren.

Als ich den Fuß auf Mexikos Boden setzte, begriff ich, wie wichtig diese Reise für mich gewesen war: Mehr, als um in Frieden leben zu können, hatte ich sie gebraucht, um in Frieden sterben zu können, jetzt, da der Tod an meinem verengten Horizont auftauchte …

Am 2. Februar 1837 traf ich in Toluca ein, wo mich eine von der Krankheit schrecklich gezeichnete Jacoba erwartete. Außerdem musste ich feststellen, dass die ausstehenden Gehälter immer noch nicht eingegangen waren und das unglückselige Land immer tiefer in Chaos und Anarchie versank. Vor einer tiefen Depression rettete mich nur die Freude über meine Kinder, die schöne und schwatzhafte Loreto und den kleinen, pummligen José de Jesús, den seine Schwester hartnäckig Bichí nannte. Sie umarmten mich und setzten sich neben mich ans Feuer, um die Neuigkeiten zu hören, die ich aus dem fernen Kuba mitbrachte, und die Grüße von ihrer Großmutter, ihren Onkeln und Tanten und Cousins und Cousinen entgegenzunehmen, die hofften, sie irgendwann in die Arme schließen und ihnen persönlich jene Küsse auf die Wangen geben zu können, deren Überbringer ich war.

Meine Kinder und meine gute Jacoba waren auch der Grund, warum ich mich aufraffte, um für unseren Lebensunterhalt zu sorgen. Zwar war ich nach wie vor Staatsanwalt am Gerichtshof von Toluca, doch die Situation der Staatsbediensteten wurde immer unerträglicher, und so versuchte ich, irgendwo eine Anstellung als Lehrer zu bekommen. Gleichzeitig stellte ich die geforderte Bewerbung für die bevorstehende Wahl der neuen Anwälte am Gerichtshof zusammen. Dafür reichte ich beim Justizminister ein *Literarische Laufbahn, Verdienste und berufliche Stationen des Rechtsanwalts José María Heredia* betiteltes Dokument ein, in der Hoffnung, der vergängliche Glanz meines einstigen Ruhmes möge wenigstens dazu dienen, mir eine erneute Anstellung als Staatsanwalt zu verschaffen. Nach mehreren Wochen bangen Wartens wurde Mitte Juli die Zusammensetzung des neuen Staatlichen Gerichtshofes bekannt gegeben, doch mein Name tauchte nicht auf der Liste auf. Gedemütigt durch eine ferne, aber unversöhnliche Macht, die mich an meine vergangene Tätigkeit als Verteidiger des Gesetzes und der Verfassung erinnerte, wurde ich im Gerichtshof vorstellig und forderte die ausstehenden Gehälter ein. Doch von den zweitausendzweihundert Pesos, die ich noch zu erhalten hatte, zahlte man mir lediglich sechsundfünfzig aus. Und um mich loszuwerden, wies man mich auf das neue Gesetz hin, das in Kürze veröffentlicht werden sollte und nach dem man gebürtiger Mexikaner sein musste, um ein Richteramt zu bekleiden.

Dank meiner ehemaligen Kollegen vom Nationalen Gerichtshof bekam ich eine Zulassung als Anwalt. Doch viel gab es nicht zu tun, und so musste ich mich mit dem Redakteursposten bei der *Gaceta Oficial* zufriedengeben, wo ich es mehrere Monate aushielt. Um dem drohenden Elend zu entgehen, mussten wir eine äußerst traurige Entscheidung treffen: Gegen den Widerstand Jacobas, die es als eine Art Selbstmord betrachtete, bot ich einen beträchtlichen Teil meiner Bibliothek, die ich während meiner Jahre in Mexiko hatte erwerben können, zum Kauf an. Viele der Bücher waren mit einer persönlichen Widmung der Autoren versehen, andere waren Geschenke von Verlegern, die eine lobende Erwähnung von mir erhofft hatten, und die übrigen waren das Ergebnis meiner Liebe zu Büchern, die so weit gegangen war, dass ich ein Buch kaufte, ohne zu wissen, ob ich noch genug Geld fürs Abendessen hatte. Jetzt aber ging es darum, dass meine Kinder etwas zu essen bekamen, und wenn die Bücher dazu beitragen konnten, würde ich mich von meiner Bibliothek trennen, so wie ich mich schon so häufig von Dingen hatte trennen müssen, an denen mein Herz hing. Während also Domingo den Bau eines pompösen Palastes plante und, umgeben von seinen Jüngern und den Tausenden von Büchern seiner prachtvollen Bibliothek, französische Weine trank, gab der Dichter José María Heredia eine Anzeige zum Verkauf seiner Bücher auf, um in der Einsamkeit der Verbannung Milch für seine Kinder und Tortillas kaufen zu können, um die hungrigen Mäuler zu stopfen.

Mit Ausnahme der Briefe, die ich mit meiner Mutter wechselte, schrieb und erhielt ich in dieser Zeit nur wenig Post. Mir waren weder Freunde noch Feinde geblieben, denen ich hätte schreiben können, und das Vergessen, in das ich gestürzt, schien mich von der Liste möglicher Adressaten derer gestrichen zu haben, die mich früher gekannt, mir geschrieben und sogar geschmeichelt hatten. Vielleicht hatte Tacón am Ende recht, vielleicht war ich ein Niemand, existierte für niemanden, interessierte niemanden. Einzig Blas de Osés richtete das eine oder andere Schreiben an mich. Von ihm erfuhr ich, dass Mitte 1838 Tacón abgesetzt wurde, und zwar mithilfe der Machenschaften von Domingos Gönnern, die mit viel Gold einen spanischen Abgeordneten gekauft hatten, einen gewissen Oliván, der es seinerseits übernahm, weitere Stimmen zu kaufen. Darauf erklärte das Parlament, dass der Generalkapitän eine Gefahr für die Stabilität Kubas sei, und setzte schließlich seine Amtsenthebung durch, die von den ehemaligen Sklavenhändlerwölfen im Schafspelz stürmisch gefeiert wurde. Weiter erfuhr ich, dass Domingo es endlich gewagt hatte, eines der vielen Pamphlete zu unterschreiben, die er im Laufe seines Lebens verfasst hatte. Diesmal handelte es sich um ein »Ersuchen an Ihre Majestät, die Königin von Spanien, im Namen des Gemeinderates von Havanna, mit der Bitte, Sondergesetze für die Insel Kuba zu erlassen«. Darin erwähnte er auch unsere früheren Freiheitsbestrebungen, »dieses Schreckgespenst der Unabhängigkeit«, wie er es nannte, das glücklicherweise von der Insel vertrieben worden sei. Die Königin, die kurz zuvor die Teilnahme kubanischer Abgeordneter an Parlamentssitzungen verboten hatte, antwortete Domingo und seinen Hintermännern ungewöhnlich schnell und teilte ihnen mit, dass die Anwendung von Sondergesetzen für Kuba nicht möglich sei ... Schließlich erfuhr ich durch Osés, ohne dass es mich noch überrascht hätte, von der Veröffentlichung eines verschollenen Gedichtes aus den Anfängen des 17. Jahrhunderts aus der Feder des königlichen Schreibers Silvestre de Balboa, wohnhaft in Santa María del Puerto Príncipe. Das epische Gedicht beschrieb die Entführung des Bischofs Juan de las Cabezas Altamirano durch den Piraten und französischen Hugenotten Gilberto Girón und seine spätere Befreiung dank der Kühnheit der Einwohner von Bayamo. Das Gedicht *Spiegel der Geduld* sei, so versicherte José Antonio Echevarría anlässlich der Veröffentlichung, die getreue Abschrift des Originalmanuskriptes – das nie jemand zu Gesicht bekommen hatte –, das wiederum eine Kopie des eigentlichen Originals sei, abgeschrieben von dem kubanischen Bischof Morell de Santa Cruz. Dieser hatte die alte Chronik begeistert in seine *Geschichte der Insel Kuba und seiner Kathedrale* aufgenommen, die, hundert Jahre, nachdem sie verloren gegangen, von ihm, Echevarría, zum Glück für die kubanische Kultur, in der Bibliothek der »Patriotischen Vereinigung von Havanna« gefunden worden sei ... Nun hatten wir, wie alle großen Nationen, endlich eine christliche, lang zurückreichende literarische Tradition, mit Helden und mythologischen Figuren, die dem Ganzen Farbe und Würze verliehen. Traurig, zu traurig war die Tatsache, dass die Geburt von etwas so Heiligem wie der Literatur auf einer Lüge beruhte. Angewidert wandte ich mich davon ab, zum ersten Mal froh darüber, weit weg von Kuba zu sein, fern jeder Mittäterschaft an einem so abscheulichen Betrug ...

Doch die in den langen Jahren des Exils angenommene Gewohnheit, Briefe zu schreiben, gaben mir Worte ein, die meine Finger zum Glühen brachten; Worte, die mir auf den Lippen brannten und danach schrien, niedergeschrieben zu werden. Eines Sonntagmorgens, als ich mit Jacoba und den Kindern aus der Messe nach Hause kam, spürte ich, wie das Verlangen, jemandem die Wahrheiten meines Lebens anzuvertrauen, zur Qual wurde, und so setzte ich mich, bewaffnet mit einer Feder, an den Tisch. Nie zuvor hatte ich jemandem erzählt, was ich gefühlt hatte, als ich im Dezember 1817 in Havanna angekommen war, auch nicht, wie ich Domingo kennengelernt und auf welche Weise unsere Freundschaft begonnen hatte. Und genau das war es, was mir zuerst durch den Kopf ging. Aber an wen sollte ich diese Erinnerungen richten, fragte ich mich ratlos, und dann wurde mir klar, dass der beste Adressat meiner Beichte mein Sohn war, der mich nicht einmal kannte und ohne diese Erforschung meines Gedächtnisses niemals die Gelegenheit haben würde, das wirkliche Leben des Mannes, der sein Vater war, kennenzulernen ...

Mein Sohn! In jenem Augenblick begann ich damit, Dir zu schreiben, und während ich mich vor Dir entblößte und mich Dir rückhaltlos so zeigte, wie ich war und bin, spürte ich, wie mein Bemühen durch Erleichterung belohnt wurde. Doch je länger ich mein Leben auf diese Seiten bannte, desto mehr keimte in mir der Wunsch, andere sollten sie zu gegebener Zeit lesen; denn sie enthalten mehr als das Leben eines unglücklichen Menschen, der von den Stürmen und den Schicksalsschlägen der Geschichte fortgerissen und von den Wechselfällen der Macht überflutet wurde ...

In den letzten Tagen meines Lebens geschah nichts Bemerkenswertes mehr, jedenfalls nichts, was Du wissen müsstest, außer der Geburt des siebenten meiner Kinder, eines wunderschönen Mädchens, das wir Luisa nannten und das, Gott sei es gedankt, zusammen mit Deinen beiden anderen Geschwistern Loreto und Bichí gesund und glücklich heranwächst.

Die letzten Monate, in denen ich kaum schreiben und manchmal nicht einmal diktieren konnte, waren von ständiger Sorge ums Überleben geprägt, und wenn wir nicht verhungert sind, dann nur dank der Barmherzigkeit einiger guter mexikanischer Freunde. Vergangenen März mussten wir nach Mexiko-Stadt zurückkehren, wo ich so viel Beifall bekommen und, mit dem Schwert in der Hand, für die Verteidigung jenes toten Buchstabens namens Verfassung gekämpft hatte. Dank des Einflusses meines alten Freundes Andrés Quintana Roo durfte ich den literarischen Teil der Regierungszeitung *Diario del Gobierno de la República Mexicana* betreuen, doch schon nach wenigen Wochen zwang mich mein Gesundheitszustand, die Arbeit aufzugeben. Ich verkroch mich in dem düsteren kleinen Haus, wo Loreto, Luisa und Bichí meinen endgültigen Verfall mit ansehen mussten, während sie ihrer Mutter halfen, Pflaster auf meine Brust zu legen, und mit mir die Kampferdämpfe einatmeten, die mir das Atmen erleichtern sollten.

Jacoba, meine geliebte treue Jacoba, schreibt seit Tagen diese letzten Seiten des Romans meines Lebens nach meinem Diktat nieder. Heute ist der 3. Mai, ich bin mit sehr hohem Fieber aufgewacht und habe zwei Mal Blut gespuckt. Ich weiß, dass dies das Ende ist, und erwarte für den heutigen Abend den Priester, um meine Rechnung mit Gott zu machen. Trotz alledem habe ich vor einigen Tagen meiner Mutter geschrieben und ihr, um sie zum letzten Mal glücklich zu machen, von meinen Plänen erzählt, nach Kuba zurückzukehren und meine Krankheit dort auszukurieren. Ich gab meiner Hoffnung Ausdruck, der neue Generalkapitän werde mir bestimmt die Genehmigung dazu erteilen, denn nicht einen Revolutionär, sondern einen erschöpften Mann würde er ins Land lassen, erst fünfunddreißig Jahre alt, aber nicht mehr imstande, sich in irgendein Abenteuer zu stürzen. »Damit Sie sich nicht erschrecken, möchte ich Sie darauf vorbereiten, dass Sie in mir nur noch einen Schatten meiner selbst sehen werden, ein Gespenst«, schrieb ich ihr, ganz so, als wäre meine Rückkehr tatsächlich möglich. »Vielleicht werde ich mich dank eines *Ajiaco, eines Ñame oder eines Quimbombó* und vor allem durch Ihre Gesellschaft und die meiner Schwestern etwas erholen können.« Ich bat Jacoba, mich im Bett aufzurichten, unterzeichnete, auf sie gestützt, den Brief und fügte eine kurze Schlussbemerkung hinzu. Muss ich Dir sagen, dass ich in jenem Moment an die heißen Nachmittage in Havanna vor zwanzig Jahren dachte, als ich auf dem nackten Rücken der Mulattin Betinha glühende, schwülstige Liebesgedichte geschrieben hatte? Jacoba, die mir all meine Launen zu verzeihen wusste, verzieh mir auch diese Albernheit, so wie Gott, nach den Worten des Priesters, mir, einem reuigen Sünder, meine Lügen, Ausschweifungen und Eitelkeiten vergeben hat.

Als ich heute Nachmittag aufwachte, bat ich Jacoba um mehr Licht, und sie entsprach meinem Wunsch. Aber es wurde nicht heller um mich herum. Denn aus meinem Innern steigt ein düsterer

Schleier, der mich einhüllt, und in diesem tiefsten Winkel meines Selbst entspringt auch, wie ein Wassertropfen in der Wüste, das Bedürfnis, meinen Geist in einem letzten Akt zu befreien. Ich bat also Jacoba, nach meinem Diktat einen Brief zu schreiben, deren Adressat, wie Du Dir denken kannst, Deine Mutter ist. Darin teile ich ihr meinen Wunsch mit, Dir diese Memoiren zukommen zu lassen und Dich zu bitten, zu gegebener Zeit die nötigen Schritte für ihre Veröffentlichung zu unternehmen – falls Du der Meinung bist, die genaue Kenntnis meines wahren Lebens könne von irgendeinem Nutzen sein.

Ich weiß nicht, ob es das nahe Ende war oder der Befreiungsakt, den dieses notwendige Schreiben bedeutete, aber in diesem Moment erwachte in mir der Wunsch, ein Gedicht zu schreiben. Die Poesie, die mich vergessen hatte, kam zurück, um sich zu verabschieden. Die Poesie, die meinem Leben einen Sinn verliehen und mir einen Ort in der Welt zugeteilt hat. Ich bat Jacoba, erneut zur Feder zu greifen, und flüsterte, in Versen, wie ich es immer getan hatte, meinen Abschied von der Welt und meine Bitte um die Barmherzigkeit des Schöpfers: *Gottes Stimme klingt in meinen Ohren, / Und Gott kann die Menschen nicht betrügen.*

Was kann ich Dir noch sagen, mein Sohn? Dich umarmen und küssen war mir nicht vergönnt, aber das wirst Du mir verzeihen. Wenn Du diese Seiten gelesen hast, wirst Du so gut wie niemand sonst den Mann kennen, der ich war und der ich sein wollte. Unverhohlen, ohne zu lügen oder etwas zu verschweigen, habe ich Dir das Persönlichste, vom Heikelsten bis zum Beschämendsten, meines Lebens erzählt. Denn mir ist klar geworden, dass es nur ohne jede Verstellung, in schonungsloser Offenheit, möglich war, diesen Dialog mit Dir und den zukünftigen Menschen zu führen, an die ich mich ebenfalls wende und für die ich eines fernen Tages Teil der Geschichte sein werde …

Esteban, liebe mich nicht, wenn Du nicht kannst. Aber ich bitte Dich, mich zu verstehen und gerecht zu sein gegen mich und meine Absichten.

Dein Vater, der Dich wie ein solcher liebt,
José María Heredia

»Nach drei Tagen des Fieberwahns und des Todeskampfes verstarb José María Heredia y Heredia um zehn Uhr morgens am 7. Mai 1839 im Hause der Calle del Hospicio de San Nicolás Nr. 15. Zum Zeitpunkt seines Todes war er fünfunddreißig Jahre, vier Monate und sieben Tage alt. Noch am selben Nachmittag wurde er in größter Armut beigesetzt, in Anwesenheit nur einiger weniger Freunde, ohne offizielle Ehrung trotz seiner früheren Tätigkeit als Abgeordneter des Parlaments. Sein Leichnam ruht auf dem Friedhof von Santa Paula, in der Kapelle der Heiligsten Jungfrau Maria der Engel. Die mexikanische Presse veröffentlichte nicht eine einzige Todesanzeige. Stattdessen erschien am Tag nach seinem Tod im *Diario del Gobierno de la República Mexicana* eine Stellenanzeige für den frei gewordenen Posten.

Sein letzter Wille war es, dieses Manuskript Señora Dolores Junco, wohnhaft in Matanzas, Kuba, zu übergeben, mit der Bitte, es, wann immer sie es für angebracht hält, Señor Esteban Junco zukommen zu lassen.

Vor Gott und der Nachwelt bezeuge ich, dass dies, soweit mir bekannt, die wahre Geschichte des Lebens von José María Heredia ist, einem Mann, der den Ruhm genoss und im Vergessen starb. Er war der Sänger des Niagara, der Palmen und des Sterns von Kuba, dem Vaterland, das er an jedem Tag seines Lebens liebte und für dessen Unabhängigkeit er die Verbannung erlitt. Möge seine Seele in Frieden ruhen.

Jacoba Yáñez, Witwe von J. M. Heredia,
Mexiko-Stadt
12. Mai 1839«

Den Blick fest auf den Morgenstern gerichtet wie ein Schiffbrüchiger, sieht sich Fernando Terry gezwungen, dem täglichen Wunder seines Verlöschens beizuwohnen. Der zuerst schwarze, dann graue und immer heller werdende Himmel hat inzwischen seine Dunkelheit vollkommen verloren, und ein überwältigendes Licht schluckt den leuchtenden Punkt am Firmament: Der Vorhang zum Tag der Abreise hat sich gehoben.

»Wenn du willst, können wir gehen«, sagt Delfina zu ihm, und Fernando spürt die Wärme ihrer Liebkosung im Nacken.

»Ich weiß nicht, wie ich es schaffen soll, von hier fortzugehen«, gesteht er und sieht sich zu ihr um.

Es war eine lange Nacht, mit viel Rum und vielen Worten. Am meisten hat Enrique geredet. Wie bei einem Staffellauf haben sich die überlebenden Spötter wechselseitig das Manuskript der *Kubanischen Tragikomödie* vorgelesen und irgendwann unweigerlich angefangen, eine Musik für Gitarre, Laute, Bongotrommeln und Rumbarasseln zu hören, »eine sinnliche Mulattenmusik mit dem Geruch nach Wald und dem Geschmack nach Rum, eine Musik, die verführerisch an feurige Wonnen denken lässt«, während sich vor ihnen die Geografie einer gewissen Verlorenen Insel ausbreitete. Die Szenen des Theaterromans ließen vor ihren Augen eine anspielungsreiche Fabel voller Ironie und Traurigkeit entstehen, versehen mit der reinigenden Kraft, Jahre der angeblichen Realität des Lebens in die Realität eines Romans einfließen zu lassen, wo sie wieder zwanzig Jahre alt waren und Enrique mit theatralischen, geschmeidigen Bewegungen seinen Platz einnahm und wie so oft zum Mittelpunkt wurde. Wie an dem Tag, als er ihnen gestanden hatte, homosexuell zu sein, oder an dem Abend, an dem er von einem Lastwagen zermalmt wurde, ohne dass die anderen jemals erfahren sollten, ob es ein perfider Selbstmord war oder eine bloße Laune des Zufalls, der den Lastwagen und den Menschen zur selben Zeit an denselben Ort geführt hatte.

Mit der Morgendämmerung verflog der Zauber, und Fernando konnte spüren, wie die Jahre ihren unverrückbaren Platz im Schicksal der tragischen Personen wieder einnahmen, die zu sein ihnen vorherbestimmt war: ohne eigenen Willen, ohne Perspektive, ohne erkennbare Zukunft, belastet mit der Bürde einer erdrückenden Vergangenheit, gezeichnet von Enttäuschungen, Verdächtigungen, Distanzen und Bitternis.

Das trügerisch ruhige Meer – wieder einmal das Meer! – beginnt sich golden zu färben im Licht der aufgehenden Sonne, und durch den schmalen Spalt, den die störenden Gebäude lassen, betrachtet Fernando seine glatte Oberfläche. Wie lange werde ich noch gezwungen sein, fern vom Meer zu leben?, fragt er sich und schaut auf die Terrasse. Zwischen leeren Flaschen, Gläsern und Dosen trinken Álvaro, Miguel Ángel, Tomás und der schöne Arcadio in andächtigem Schweigen den Kaffee, den Conrado ihnen zubereitet hat, während Delfina mit zwei Tassen zu ihm kommt. In diesem Moment muss Fernando, als hätte man ihm soeben seine genaue Todesstunde mitgeteilt, an all jene Tage seines Lebens denken, an denen er gezwungen war, einsam und allein den ersten Kaffee des Tages zu trinken, ohne den warnenden Satz, den die Frau jetzt sagt:

»Vorsicht, er ist heiß.«

Die Erkenntnis, dass sie alle konstruierte Figuren gewesen sind, manipuliert von einem durch fremde Ziele beeinflussten Willen, eingeschlossen in den Grenzen einer präzisen Zeit und eines umgrenzten Raums, ähnlich einem Blatt Papier, enthüllt ihm die unausweichliche Tragödie, in der sie gefangen sind. Sie waren nichts als Marionetten, gelenkt von höheren Absichten, mit einem Schicksal, das von den Launen der Herren des Olymp abhing, die ihnen in ihrer Macht und Herrlichkeit gerade mal den Trost gewisser Freuden, wechselseitig vorgetragener Gedichte und noch zu rettender Erinnerungen zustanden.

Fernando sieht zu seinen Freunden hinüber und denkt, dass Varo es vielleicht nicht verdient hat, ein unheilbarer Alkoholiker zu sein, der nicht mehr in der Lage ist, Gedichte zu schreiben. Oder dass El Negro für alle Zeiten ein völlig unproblematischer gläubiger Christ hätte sein können, einer von denen, die leicht durchs Leben gehen, ohne zur Seite zu schauen und ohne sich der Farbe ihrer Haut bewusst zu sein. Die Ursache für Tomás' Zynismus scheint in der Wut über sich selbst zu liegen, während Conrado, das schlaue Bäuerlein, zu einem gerissenen Schurken umgeformt wurde, durchaus willentlich und der Naivität beraubt, die für Menschen seiner Art und seiner Herkunft so typisch ist. Sogar der Glaube an Arcadios Poesie scheint ihm, der doch in einer Welt der Poesie lebt, übertrieben; denn niemand hängt mehr dieser aus der Mode gekommenen Mystik an. Unter so viel Maßlosigkeit empfindet er lediglich Delfina als eine dramatisch reale Person, lebhaft und schön, seltsam fremd inmitten dieser traurigen Romanleben.

Ist das immer schon so gewesen?, fragt er sich, und er erinnert sich an die Launen des Schicksals von José María Heredia, der von den Strömungen der Geschichte, der Macht und des Ehrgeizes fortgerissen wurde, gefangen in einem Mahlstrom, der ihm mit kaum zwanzig Jahren den Stempel eines Dichters aufdrückte, welcher sein Leben bestimmen sollte. Ist es möglich, sich aufzulehnen?, fragt er sich. Eine rhetorische Frage, nur um die Wunde noch ein wenig mehr aufzureißen, denn er weiß, dass der Akt der Auflehnung das Erste ist, was man ihnen verweigert, aus allen ihren Möglichkeiten und Sehnsüchten radikal getilgt hat. Ihm bleibt nur, seine *Moira* zu erfüllen, sein Schicksal, wie Ulysses dem seinen die Stirn geboten hat, wenn auch unfreiwillig, oder wie Heredia das seine angenommen hat, bis zum Ende.

»Ja … Aber jetzt weiß ich nicht mehr, wie ich es schaffen soll, von hier fortzugehen«, bringt Fernando mühsam hervor, und wie so oft zwingt ihn eine unbekannte Macht, den ersten Schluck seines Morgenkaffees zu trinken.

Mantilla, 1. Januar 1999–23. Juni 2001

Historische Anmerkungen

Acht Jahre nach dem Tod des Dichters wurde der Friedhof von Santa Paula geschlossen, und da niemand Anspruch auf seinen Leichnam erhob, wurden die sterblichen Überreste von José María Heredia in ein Gemeinschaftsgrab auf dem Gottesacker von Tepellac geworfen. Es gibt weder ein Grab mit seinem Namen, noch weiß man, was mit seinem ursprünglichen Grabstein geschehen ist, auf dem folgende Inschrift eingraviert war: *Seinen Körper hüllt ein des Grabes Schleier, / Doch Wissenschaft, Poesie / Und die reine Tugend, die in seiner Seele brannte / Machen ihn unsterblich im Himmel und auf Erden.*

Der Priester Félix Varela starb ebenfalls im Exil. Von ihm und von Heredia wurde gesagt, sie »verkörperten in weitestem Sinne die Ideologie eines Volkes, das sich weigerte, die Kolonie einer fernen und überholten Monarchie zu sein, und zu einer Nation wurde, lediglich gestützt auf eine kleine Anzahl von Gedichten und eine bescheidene Zeitung, die in der Verbannung herausgebracht wurde. Auf diese Weise formten Heredia und Varela den kubanischen Geist.« Selig gesprochen durch die katholische Kirche und auf dem Weg zur Heiligsprechung wurde Varela zum wichtigsten katholischen Theologen der Vereinigten Staaten seiner Zeit, auch wenn der Vatikan ihm auf Drängen der Spanier das Bischofsamt von New York verweigerte. Gleichzeitig verlor er in Kuba fast seinen gesamten Einfluss, als die Mehrheit seiner Schüler dem Gedanken der Unabhängigkeit abschwor, der Reformbewegung beitrat und unter der Kolonialmacht reich wurde. Seine *Philosophischen Lektionen*, die jahrelang als Lehrmethode in den Seminaren von San Carlos und San Ambrosio gedient hatten, wurden auf der Insel praktisch verboten. Er starb in der Gemeinde San Agustín in Florida, am Freitag, dem 25. Februar 1853, um halb neun Uhr abends. Seine Hinterlassenschaft bestand aus mehreren Bibeln, einigen Bänden seiner philosophischen Werke und einer alten Violine, der eine Saite fehlte. Seit 1911 ruhen seine sterblichen Überreste in der *Aula Magna* der Universität Havanna.

José Antonio Saco widmete mehrere Jahre seines Lebens dem Verfassen einer beeindruckenden *Geschichte der Sklaverei*, nachdem er Artikel und Pamphlete gegen annexionistische Bestrebungen in Kuba veröffentlicht hatte, die in den 1840er- und 1850er-Jahren ihren Höhepunkt erreichten. 1835 von der Insel verbannt, kehrte er erst 1860 wieder zurück, um sich dem letzten reformistischen Versuch anzuschließen, der ebenfalls scheiterte. Aus dem Exil schrieb er: »Fünfzehn Jahre nun sehne ich mich nach der Heimat. Ich füge mich darein, sie nie mehr wiederzusehen, doch weniger noch kann ich mir ein Wiedersehen vorstellen, wenn auf ihren Zitadellen und ihren Türmen die amerikanische Flagge weht. Ich glaube, ich könnte mein Haupt nicht vor dem Sternenbanner beugen, denn wenn ich auch mein Leben als Fremder in der Fremde habe ertragen können, so wäre es für mich die schrecklichste Strafe, als Fremder in meinem eigenen Land zu leben.« Seine letzten Tage verbrachte Saco in einem kleinen Haus am Paseo de Gracia in Barcelona, erneut als Abgeordneter des Parlaments, wo er weiterhin politische Reformen auf der Insel Kuba zu erreichen hoffte. Er starb 1879 im Alter von zweiundachtzig Jahren, genau in dem Moment, als der zehnjährige Krieg zwischen Kuba und Spanien, den er nie befürwortet hatte, mit dem Frieden von Zanjón beendet wurde.

Félix Tanco, der 1871 in den Vereinigten Staaten starb, konnte seinen Roman *Petrona und Rosalía*, den er auf Drängen von Domingo del Monte schrieb, nie gedruckt sehen. José Antonio Echevarría, der sich separatistischen Bewegungen angeschlossen hatte, starb 1885, ebenfalls in den Vereinigten Staaten. Außer der Veröffentlichung und Kommentierung des epischen Gedichts *Spiegel der Geduld* – dessen Echtheit von der Mehrheit der Fachleute anerkannt wurde, obwohl das merkwürdige Auftauchen des Manuskripts und die unterschiedlichen Stile einiger seiner Strophen nie befriedigend erklärt werden konnten – schrieb Echevarría, ebenfalls auf Anregung von Del Monte, den historischen Roman *Antonelli*, der im Havanna des 16. Jahrhunderts spielt. Tanco und Echevarría werden als Autoren minderer Qualität betrachtet, die nur für Wissenschaftler von Interesse sind.

Am 17. Juni 1844, vier Tage nach ihrer Ankunft in Kuba, starb in Matanzas, im Alter von dreiunddreißig Jahren, Jacoba Yáñez, Heredias Witwe. Ihre drei Kinder Loreto, José de Jesús und Luisa sowie die Dokumente und Manuskripte des Dichters blieben in der Obhut von María de la Merced Heredia y Campuzano, der Mutter von José María, die ihren Sohn um siebzehn Jahre überlebte. Dolores Junco y Morejón, das junge Mädchen, in das auch Silvestre Alfonso verliebt war, starb 1863 in der Nähe von Matanzas, verheiratet in zweiter Ehe mit dem Spanier Ángel Zapatín.

Domingo del Monte verließ Kuba 1843 aus Furcht vor Repressalien wegen seiner möglichen Verwicklung in die Pläne der Engländer, einen Sklavenaufstand auf der Insel zu provozieren, mit dem Ziel der Unabhängigkeit Kubas oder der möglichen Annexion durch England. Der Dichter Plácido – Gabriel de la Concepción Valdés, erschossen 1844 – beschuldigte ihn, an dem Komplott beteiligt gewesen zu sein, wogegen sein entschiedenster Verteidiger der Dichter Francisco Manzano war, ein ehemaliger Sklave, der seine Freiheit den Bemühungen und Spendensammlungen von Del Monte verdankte. Manzano bestritt hartnäckig jede Verbindung seines Wohltäters zu den angeblichen Verschwörern. Del Monte, der offiziell nie unter Anklage gestellt wurde, wurde seiner sämtlichen Ämter enthoben und kehrte nie nach Kuba zurück. Den Rest seines Lebens verbrachte er zwischen Paris und Madrid, in Häusern mit allem erdenklichen Luxus, wo er Empfänge und literarische Abende veranstaltete, die an jene in Matanzas und Havanna erinnerten. Bei einer dieser Gelegenheiten »sprach er von Heredia als einem Wahnsinnigen«, berichtete Nicolás Azcárate, »und soviel ich weiß, lehnte er verschiedene Aufforderungen des Verschwörers ab, dem Komplott beizutreten, im Gegenteil, er konnte ihn von einigen seiner Pläne abbringen ...« Ohne dass seine Rolle in der sogenannten *Conspiración de la Escalera* endgültig geklärt werden konnte, starb Domingo del Monte 1853 in Madrid.

An den Wasserfällen des Niagara wurde zu Ehren seines großen Sängers eine Bronzeplatte mit den Versen der berühmten Ode ange-

457

bracht. In Toluca gibt es eine Statue von José María Heredia. Als 1902 die Unabhängigkeit der Insel verkündet wurde, wurde die Straße in Santiago de Cuba, in der Heredia geboren wurde, endgültig nach ihm benannt, und viele betrachteten ihn als Nationaldichter. Zwei Jahrhunderte nach seiner Geburt gilt seine Poesie noch immer als der erste bedeutende Beitrag zur kubanischen Literatur und zur hispanoamerikanischen Romantik. Seine Gedichte wie zum Beispiel die Ode *Niagara*, *Im Tempel von Cholula*, *Hymne des Verbannten* und *Der Stern Kubas* werden als die schönsten Beispiele aus den Anfängen der Lyrik des Landes angesehen und von Fachleuten wie Lesern häufig zitiert. Seine patriotischen Verse machen José María Heredia zum ersten großen Bürgerdichter Kubas und zu einem bedeutenden Romantiker Amerikas, wie José Martí in einer Erinnerungsrede an den im Elend und im Vergessen gestorbenen Dichter sagte.

Das Havanna-Quartett

Ein perfektes Leben – Das Havanna-Quartett: »Winter«
Teniente Mario Conde soll einen Verschwundenen finden, Rafael Morín, der mit Conde zur Schule gegangen ist. Der Mann mit der scheinbar blütenweißen Weste war schon damals ein Musterschüler, der immer das bekam, was er wollte – auch Condes Freundin Tamara. Der Teniente muss sich den Träumen und Illusionen seiner eigenen Generation stellen.

Handel der Gefühle – Das Havanna-Quartett: »Frühling«
Mario Conde wird mit einer heiklen Untersuchung beauftragt: Eine junge Chemielehrerin wurde ermordet, in ihrer Wohnung wurden Spuren von Marihuana gefunden. Mario Conde muss feststellen, dass nicht nur beim Parteikader, sondern auch im Bildungswesen die Kriminalität alltäglich geworden ist, dass Vetternwirtschaft, Drogenhandel und Betrug blühen.

Labyrinth der Masken – Das Havanna-Quartett: Sommer
In Havanna wird die Leiche eines Transvestiten gefunden. Als sich herausstellt, dass es sich bei dem Toten um den Sohn eines Diplomaten handelt, will sich bei der Polizei keiner die Finger an dem Fall verbrennen. Mario Conde springt ein – und gerät in ein listiges Verwirrspiel, das ihn in eine verborgene Welt führt.

Das Meer der Illusionen – Das Havanna-Quartett: »Herbst«
Havanna im Herbst 1989: Fischer entdecken am Strand die Leiche eines hohen Funktionärs der kubanischen Regierung, der sich elf Jahre zuvor in die USA abgesetzt hatte. Warum kehrte er nach Kuba zurück? Während der Hurrikan Félix unbarmherzig auf Havanna zurast, fühlt Mario Conde, dass ein wichtiger Abschnitt seines Lebens zu Ende geht.

Mehr über Autor und Werk auf *www.unionsverlag.com*

Adiós Hemingway

Vierzig Jahre nach Hemingways Tod wird auf seiner Finca bei Havanna eine Leiche gefunden, getötet mit zwei Kugeln aus einer Maschinenpistole seiner legendären Waffensammlung. War Hemingway ein Mörder? Ex-Polizist Mario Conde findet ganz unerwartet die Lösung für dessen letztes Geheimnis.

Der Nebel von gestern

Mario Conde entdeckt zwischen den Büchern einer alten Bibliothek das Porträt einer Bolerosängerin aus den Fünfzigerjahren. Ihre Schönheit – und ihr rätselhafter Tod – lassen ihn nicht mehr los, und so dringt er vor in das Havanna von gestern, in die wilden Jahre der Boleros und der Mafia, aber auch in das melancholische Havanna der Gegenwart.

Der Mann, der Hunde liebte

Leonardo Paduras vielschichtiger Roman führt ins Spanien des Bürgerkriegs, ins Mexiko Frida Kahlos und Diego Riveras, ins Prag von 1968, nach Kuba. Geheimdienstler, Freiheitskämpfer, Verschwörer und Verbrecher kreuzen sich an den Schauplätzen der Revolution. Die minutiösen Vorbereitungen zur Ermordung Trotzkis gipfeln in einem furiosen Finale.

Der Schwanz der Schlange

Ein außergewöhnlicher Mordfall führt Mario Conde in die geheimnisvolle Welt von Havannas Barrio Chino. Ein religiöser Ritualmord? Oder eine interne Abrechnung? In den geheimen Zirkeln der chinesischen Gemeinde stößt Mario Conde auf mysteriöse Zusammenhänge und obskure Machenschaften und immer wieder auf Geschichten von Entwurzelung und Einsamkeit.

Ketzer

Havanna, 27. Mai 1939: Die *MS St. Louis* fährt im Hafen ein. An Bord: 937 jüdische Flüchtlinge aus Deutschland. Daniel Kaminsky wartet an Land auf Eltern und Schwester. Doch die Einreise wird allen verweigert, das Schiff fährt zurück nach Europa.

Amsterdam, 1648: Elias, ein Schüler Rembrandts, wird vom mächtigen Rabbinerrat aufgrund seiner Malerleidenschaft aus der Stadt verstoßen. Der Meister selbst gibt ihm sein Porträt mit auf den Weg ins Exil.

London, 2007: Sensation auf dem Kunstmarkt. Ein bislang unbekanntes Christusporträt von Rembrandt taucht bei einer Auktion auf. Wer ist der Eigentümer? Mario Conde macht sich auf die Suche nach den Geheimnissen des Christusbildes und der Familie Kaminsky. Der Fall führt ihn durch die Jahrhunderte. Die Spur zieht sich um die halbe Welt.

Neun Nächte mit Violeta

Dreh- und Angelpunkt der Geschichten ist Paduras Havanna. Alles, was wir aus seinen Romanen kennen, ist da: Der Bolero, die Hitze, die Bars, in denen am Weihnachtsabend der Rum ausgeht, die zu kleinen Wohnungen mit Wasserflecken an den Decken, der Applaus aus dem Baseballstadion, die Düfte aus all den zur Straße hin offenen Küchen. Padura macht aus Alltagsszenen dieser turbulenten Stadt kurze, dichte Erzählungen, die oft die Tragik eines ganzen Menschenlebens erfassen. Diese Geschichten sind der erste Carta blanca on the rocks für alle, die Padura noch nicht kennen. Seine Leser entdecken viele neue Facetten eines vertrauten Kosmos.

Betibú

Inmitten der idyllischen Wohnsiedlung *La Maravillosa* wird Pedro Chazarreta mit aufgeschlitzter Kehle in seinem Lieblingssessel aufgefunden, in der Hand ein blutiges Messer, eine leere Flasche Whisky auf dem Boden. Im ersten Moment deutet alles auf Selbstmord hin, doch schon bald erwachsen Zweifel. Denn: Drei Jahre zuvor wurde im selben Haus die Ehefrau des Unternehmers ermordet. Zufall? Die Tageszeitung *El Tribuno* plant eine ausführliche Story und schickt die in Ungnade gefallene Schriftstellerin Nurit Iscar und einen jungen Polizeireporter an den Tatort. Dessen Vorgänger Jaime Brena wurde zwar geschasst, weil er einmal zu oft über das Ziel hinausgeschossen war, kann es sich aber ebenfalls nicht verkneifen mitzumischen – nicht zuletzt, weil er ein Auge auf Nurit geworfen hat.

Der Riss

Was kostet es, das Ruder noch einmal herumreißen und die eigenen Träume leben zu wollen? Seit zwanzig Jahren sitzt Pablo Simó im selben Architekturbüro und schafft den Absprung nicht. Ebenfalls zwanzig Jahre dauert seine Ehe mit Laura, mit der ihn nurmehr die Gewohnheit und die gemeinsame, pubertierende Tochter verbindet. Als unerwartet eine junge Frau ins Büro kommt und nach Nelson Jara fragt, enthüllt sich allmählich ein Geheimnis, in das Simó ebenso verwickelt ist wie sein Chef und eine Arbeitskollegin. Das aufgetauchte Mädchen bringt das prekäre Gleichgewicht von Simós Leben ins Schwanken. Und eine nach der anderen entgleiten ihm die Gewissheiten, die ihn bis zu diesem Augenblick getragen haben.